KB104548

비올레트,
묘지지기

CHANGER L'EAU DES FLEURS
© Editions Albin Michel - Paris 2018
All rights reserved.

No part of this book may be used or reproduced in any manner
whatever without written permission, except in the case of brief quotations embodied
in critical articles or reviews.

Korean Translation Copyright © 2022 by Elle Lit
Published by arrangement with Albin Michel, through BC Agency, Seoul.

이 책의 한국어판 저작권은 BC 에이전시를 통한 저작권자와의 독점 계약으로 (주)엘리에
있습니다. 저작권법에 의해 한국 내에서 보호를 받는 저작물이므로 무단전재와 무단복제
를 금합니다.

Cet ouvrage, publié dans le cadre du Programme d'aide à la Publication Sejong, a
bénéficié du soutien de l'Institut français de Corée du Sud – Service culturel de l'Am-
bassade de France en Corée. 이 책은 주한 프랑스대사관 문화과의 세종출판번역지원 프
로그램의 도움을 받아 출간되었습니다.

AMBASSADE
DE FRANCE
EN CORÉE
Liberté
Égalité
Fraternité

주한
프랑스
대사관

문화과

비올레트,
묘지지기

Changer l'eau des fleurs

발레리 페랭 장편소설 | 장소미 옮김

엘리

일러두기

● 본문 중의 주석은 모두 옮긴이주이다.

● 인명, 상품명 등 외국어의 우리말 표기는 국립국어원 외래어표기법에 따르되, 통용되는 일부
  표기는 허용했다.

프랑신 페랭과 이방 페랭, 나의 부모님께.
파트리시아 로페스 "파키타"와 소피 돌을 위해.

1

오직 한 사람이 사라졌고,
이제 세상엔 아무도 없다.

나의 이웃들은 간이 크다. 그들은 근심 걱정이 없고, 사랑에 빠지지 않으며, 손톱을 물어뜯지 않는다. 우연을 믿지 않고, 약속을 하지 않으며, 법석을 떨지 않는다. 소리를 내는 법도 없다. 의료보험이 없고, 울지 않으며, 열쇠니 안경이니 리모컨이니 이리저리 찾지 않는다. 아이들도, 행복도 찾지 않는다.

그들은 책을 읽지 않고, 세금을 내지 않으며, 다이어트를 하지 않고, 선호하는 것도 의견 변화도 없다. 이불을 정돈하지 않고, 담배를 피우지 않고, 해야 할 일 목록을 작성하지 않으며, 뜸 들이지도 않는다. 그들을 대신해줄 누군가도 없다.

그들은 아첨하지 않고 야망이 없으며 꽁하지 않고 알랑거리지 않는다. 야비하지도 관대하지도 질투심이 있지도 않으며, 꾀죄죄하지도 깨끗하지도 훌륭하지도 재밌지도 않다. 뭔가에 꽂혀 있지도 않고 인색하지도 않으며, 상냥하지도 약삭빠르지도 폭력적이지도 사랑스럽지도 않고 불평분자도 아니다. 위선적이지도 다정하지도 무뚝뚝하지도 않다. 무르거나 냉혹하지도 않으며, 거짓말쟁이도 도둑도 노름꾼도 아니다. 용감하지도 나태하지도 않고, 믿음이 있지도 타락하지도 않았고, 낙천적이지도 않다.

그들은 죽었다.

그들 간의 유일한 차별점이라면 그들이 누운 관의 목재다. 그것이 참나무인지 소나무인지, 혹은 마호가니인지.

2

너의 발소리를 더는 듣지 못하는 난 이제 어찌해야 할까.
살아 있지 않은 것이 과연 너인지 나인지 모르겠어.

내 이름은 비올레트 투생. 건널목지기였고 지금은 묘지지기다.

나는 삶을 음미한다. 꿀을 탄 재스민차처럼 한 모금씩, 천천히 넘긴다. 저녁이 되어 묘지의 철문을 닫고 열쇠를 욕실 문에 걸어두면, 나는 천국에 있다.

내 이웃들의 천국에 있다는 말이 아니다. 그럴 리가.

살아 있는 이들의 천국 말이다. 이를테면 매년 9월 1일에 호세루이스 페르난데스가 가져다주는 1983년산 크뤼 포트와인 한 모금 같은 것. 작은 크리스털 잔에 따르는 여분의 휴가, 비가 오거나 눈이 내리거나 바람이 부는 저녁 7시 무렵에 코르크 마개를 따는 일종의 인디언 서머라고 할까.

골무처럼 작은 두 개의 잔에 담긴 루비색 액체. 포르투 포도밭의 피. 나는 가만히 두 눈을 감는다. 그리고 음미한다. 한 모금만으로도 나의 저녁 시간이 즐거워지기에 충분하다. 골무 잔으로 딱 두 잔. 나는 취기가 좋은 것이지 알코올이 좋은 게 아니기 때문이다.

호세루이스 페르난데스는 일주일에 한 번씩 아내인 마리아 핀토 페르난데스(1956-2007)의 무덤에 꽃을 가져다놓는다. 7월은 예외인데, 그땐 내가 그를 대신한다. 포트와인은 내 수고에 대한 그의 감사 표시다.

나의 오늘은 하늘이 주신 거야. 매일 아침 눈을 뜨며 내가 하는 생각이다.

나는 몹시 불행했었다. 심지어 진이 모두 빠진 상태였다. 존재가 무의미했고 넋이 나가 있었다. 나의 이웃들과 같은 상태였고, 어떤 의미로는 그들보다 못했다. 신체기관은 기능했지만 그 속에 정작 나는 없었으니까. 뚱뚱하든 말랐든, 크든 작든, 젊든 늙었든 누구나 보유한 영혼의 무게, 그 21그램*이 결여된 듯이.

하지만 나는 불행엔 결단코 취미가 없었기에 그 상태를 오래 끌지 않기로 마음먹었다. 불행은 언젠가는 끝나야만 한다.

내 인생은 출발이 매우 좋지 못했다. 나는 벨기에와 국경이 맞닿은 아르덴 지방 북부에서 부모를 모르는 채로 태어났다. 이 지역의 기후는 (가을이 성급히 오고 겨울엔 빈번히 강추위가 몰아치는) '교차적 대륙성' 기후이고, 짐작건대 자크 브렐이 노래한 매달린 운하도 여기서 비롯되었을 것이다.**

---

* 1907년 미국인 의사 덩컨 맥두걸이 환자들이 임종할 때 21그램이 줄어든다는 걸 실험, 발표했고 이를 '영혼의 무게'로 가정했다. 100년 뒤인 2007년, 스웨덴의 룬데 박사 팀이 정밀 컴퓨터 제어장치로 맥두걸의 실험을 검증했고, 임종 시 체중 변화는 놀랍게도 21.26214그램이었다고 한다.
** 벨기에 가수 자크 브렐이 조국을 그리며 만들고 노래한 〈평평한 나라〉 중 "운하를 삼킨 아주 낮은 하늘, (…) 운하가 매달린 짙은 잿빛 하늘"의 가사를 암시한다.

나는 태어나며 울지 않았다. 그래서 나는, 받는 사람 이름도 없고, 우표도 붙어 있지 않고, 우편물 접수 소인도 찍히지 않은 2.67킬로그램짜리 소포처럼 방치되었다.

사산아. 목숨도, 부모도 없는 아이.

조산사가 서류의 빈칸을 채우기 위해 이름을 급조해야 했을 것이고, 그렇게 채택된 이름이 비올레트*였다.

모르긴 해도 아마 내가 머리끝부터 발끝까지 보라색이 아니었을까.

내 혈색이 바뀌자, 내 피부가 분홍빛을 되찾자 조산사는 출생 신고서를 작성해야 했을 것이고 미처 이름을 고치지 못했으리라.

나는 라디에이터 위에 놓여졌다. 몸이 다시 따뜻해지기 시작했다. 나를 원치 않았던 내 어머니의 자궁이 나를 얼어붙게 만들지 않았을까. 온기가 나를 다시 환한 세상으로 데려다주었다. 아마 그 때문에 내가 그토록 여름을 좋아하고, 해바라기처럼 비쳐드는 하루의 첫 햇살 속으로 파고드는 순간을 기어이 놓치지 않으려는 것이리라.

결혼 전 성은 트레네였다. 모두가 아는 가수 샤를 트레네의 그 트레네. 아마 내 이름을 비올레트라고 지은 조산사가 비올레트 뒤에 갖다 붙인 성씨일 것이다. 그이가 샤를 트레네의 팬이었으리라. 이어서 나 또한 그 가수의 팬이 되었다. 나는 오래도록 샤를 트레네를 나의 먼 친척, 이를테면 한 번도 본 적 없는 미국인 삼촌쯤으로 여겼다. 원래 가수를 좋아하다보면 그의 노래들을 늘 흥얼거리다 못해 소위 한 가족처럼 여기기 마련인 것이다.

* 프랑스어로 '보라색'의 뜻.

투생이라는 성은 나중에 얻었다. 필리프 투생*과 결혼했을 때. 그런 이름은 조심했어야 하는데. 하긴 프랭탕**이라는 이름이어도 아내를 폭행하는 남자들이 있다. 예쁜 이름을 갖고도 아무 지장 없이 쓰레기가 될 수 있는 것이다.

어머니가 그리웠던 적은 결코 없었다. 신열이 올랐을 때를 빼곤. 아프지 않을 때 나는 무럭무럭 자라났다. 매우 꼿꼿하게 뻗어갔다. 마치 부모의 부재가 내 척추의 지지대라도 되는 듯. 나는 늘 곧은 자세이고 이것은 나의 특징이기도 하다. 나는 결코 구부정해지지 않는다. 설사 슬픔에 잠긴 날일지라도. 발레를 했느냐는 말도 심심치 않게 듣는다. 나는 아니라고 대답해준다. 하루하루 몸에 밴 습관이라고, 매일매일이 내게 발레 바와 푸앵트***가 되었노라고.

---

* 프랑스어로 모든 성인을 기리는 '만성절'의 뜻.
** 프랑스어로 '봄'의 뜻.
*** 발레에서 발끝으로 서는 동작.

3

날 데려가거나 나의 사람들을 데려가기를.
결국 모든 묘지는 언젠가 정원이 될 것이므로.

1997년, 건널목이 자동화되고 나와 남편은 직장을 잃었다. 우리는 신문사로 갔다. 문명의 발달에 연계된 마지막 피해자로서, 수동식 산업의 마지막 보루를 지켰던 노동자로서 인터뷰에 응했다. 신문기사를 위해 사진까지 찍혔는데, 필리프 투생은 포즈를 취하며 심지어 내 허리에 팔까지 둘렀다. 나는 미소 지었지만, 사진 속의 내 눈이 슬프다는 걸 신만은 아신다. 　'

신문에 기사가 실린 날, 필리프 투생은 영혼이 죽은 채로 국립고용안정국에서 돌아왔다. 자신이 노동을 해야만 한다는 현실을 깨달은 것이다. 그는 내가 그의 일을 대신하는 데 익숙했다. 게으름 차원에서 보자면 나는 그와 결혼하며 복권에 당첨된 것이나 다름없었다. 숫자도 다 맞고 잭팟을 터트렸다고 할까.

나는 그의 기운을 북돋기 위해 전단지를 건넸다. 〈묘지지기, 미래의 직업〉. 그가 미친 여자를 보듯 나를 바라보았다. 1997년에 그는 나를 매일 미친 여자 보듯 바라보았다. 사랑했던 아내를 더는 사랑하지 않는 남자의 시선이란 그런 것일까?

나는 그에게 이 광고문을 우연히 보았노라고 설명했다. 브랑시옹엉 샬롱 시청에서 묘지를 관리할 커플을 구하는데, 죽은 사람들은 시간도 딱딱 지키고 기차보다 덜 시끄럽지 않으냐고. 시청에 문의했더니 우리를 바로 고용할 태세라고.

남편은 내 말을 믿지 않았다. 자기는 우연 따위 믿지 않는다며 "거길" 가서 하이에나 모양으로 밥벌이를 하느니 차라리 뒤지겠다고 했다.

그는 텔레비전을 켜고는 슈퍼마리오 64 게임을 시작했다. 게임의 목적은 세상의 모든 스타를 모으는 것이었다. 내가 원하는 건 단 하나의 스타다. 좋은 별. 마리오가 쿠파에게 납치당한 피치 공주를 구하기 위해 사방으로 뛰어다니는 걸 보면서 내가 한 생각이었다.

나는 필리프를 설득했다. 묘지지기가 되면 우리에게 월급도 각각 나오고, 건널목을 지킬 때보다 수입이 월등할 것이니 죽은 사람들이 기차보다 더 수익률이 높다고. 관리비가 들지 않는 아주 멋진 관사를 얻게 될 거라고. 겨울이면 낡아빠진 돛단배처럼 물이 새고 여름이면 북극점만큼 더워지는, 우리가 수년간 살던 오두막에서 탈출하는 거라고. 우리의 새로운 출발이 될 거라고, 우린 그럴 필요가 있지 않느냐고. 창문에 예쁜 커튼을 달면 음산한 이웃이며 십자가며 혼자된 부인네들이며 그 모든 꺼림칙한 것들이 전혀 보이지 않을 거라고, 커튼이 우리의 삶과 다른 이들의 슬픔 사이에 가림막이 되어줄 거라고. 진실을 말할 수도 있었으리라. 그 커튼은 나의 슬픔과 다른 이들의 슬픔 사이에 가림막이 될 거라고. 하지만 절대 안 될 말이었다. 아무 말도 하지 말아야 했다. 믿게 해야 했다. 가장해야 했다. 그가 뜻을 굽히도록.

그를 결정적으로 설득하기 위해 나는 그가 할 일은 아무것도 없으리라고 약속했다. 산역꾼 세 명이 이미 묘혈이며 묘지 관리도 맡고 있고, 그의 업무래 봤자 기껏해야 묘지의 철문을 여닫는 일이라고. 그저 거기 붙어 있기만 하면 그만이라고. 저 길다고 소문난 발스린 철길보다도 더 기나긴 휴가와 주말을 즐길 수 있다고. 나머지는 내가 알아서 한다고, 나머지는 모두 내가.

슈퍼마리오가 달리기를 멈추었다. 공주가 굴러떨어졌다.

필리프 투생은 잠들기 전에 전단지를 다시 한번 읽었다. 〈묘지지기, 미래의 직업〉.

우리가 지키던 건널목은 말그랑주쉬르낭시에 있었다. 당시 내 삶은 사는 것이 아니었다. 당시 내 삶이라기보다는 '당시 내 죽음'이라고 하는 편이 맞을지도 모른다. 아침에 눈을 뜨면 옷을 입고, 일을 하고, 장을 보고, 잠이 들었다. 수면제를 한 알 삼키고서. 아니면 두 알이나 그보다 더. 그리고 나를 미친 여자 보듯 바라보는 남편을 바라보았다.

나의 일과는 진저리나도록 빡빡했다. 주중엔 하루에 열다섯 번 가까이 건널목의 차단기를 올렸다 내려야 했다. 첫 기차가 새벽 4시 50분에 지나고, 마지막 기차가 밤 11시 4분에 지나갔다. 내 머릿속엔 건널목의 신호음이 자동으로 저장됐고, 나는 신호음이 울리기도 전에 그소리를 들었다. 이 숨 막히는 삶의 리듬을 나누어야 했으리라. 교대로 굴러가게 해야 했으리라. 하지만 필리프 투생이 굴러가게 한 건 자기의 오토바이와 애인들의 육체뿐이었다.

아, 내 앞을 스쳐가는 기차의 승객들은 나를 꿈꾸게 했다. 비록 낭시와 에피날 구간을 이으며 외진 촌락들의 정거장에 십여 차례 정차하는, 지역민들을 위한 작은 기차였지만 말이다. 그래도 나는 기차 안의 저 남자와 여자들이 부러웠다. 그들은 약속을 향해, 내 앞을 끝없이 스쳐가는 저들처럼 나에게도 있었으면 하는 약속을 향해 가는 듯했다.

＊＊＊

신문에 기사가 실리고 나서 3주 뒤, 우리는 부르고뉴 지방으로 향했다. 잿빛에서 초록빛으로 삶을 바꿨다. 아스팔트에서 초목으로, 철길의 타르 냄새에서 자연의 냄새로 선회했다.

우리는 1997년 8월 15일에 브랑시옹엉샬롱 묘지에 도착했다. 온 나라가 휴가 중이었다. 온 주민이 마을을 비웠다. 이 무덤에서 저 무덤을 날던 새들도 더는 날지 않았다. 화분들 틈에서 기지개를 켜던 고양이들도 자취를 감췄다. 개미와 도마뱀들에게도 폭염이었고, 대리석들도 절절 끓었다. 산역꾼들도, 신입 망자들도 휴가였다. 나는 내가 결코 만나지 못할 이들의 이름을 줄줄이 훑으며 묘지의 오솔길을 홀로 거닐었다. 그럼에도 바로 편안해졌다. 내 자리에 있는 기분이었다.

4

존재는 영원하고, 삶은 잠시 들르는 것,
영원한 기억이 메시지가 되리라.

청소년들이 자물쇠 구멍에 추잉 껌을 붙이지 않는 한, 묘지의 육중한 철문을 여닫는 건 나다.

개방 시간은 계절에 따라 변동된다.

3월 1일에서 10월 31일까진 오전 8시부터 저녁 7시까지.

11월 2일에서 2월 28일까진 오전 9시부터 오후 5시까지.

2월 29일에 대해선 아무도 언급하지 않았다.

11월 1일●은 오전 7시부터 저녁 8시까지다.

남편이 떠난 이후, 정확히는 실종된 이후로는 내가 그의 일을 떠맡았다. 필리프 투생은 경찰 기록에는 '의문의 실종'으로 기록돼 있다.

그렇지만 내 곁엔 아직 남자들이 여럿 있다. 산역꾼 3인조인 노노, 가스통, 엘비스. 장의업을 하는 루치니 3형제, 피에르, 폴, 자크. 그리고 세드릭 뒤라스 신부. 이 남자들이 모두 하루에도 몇 번씩 내 집에 드나

● 만성절.

17

든다. 한잔 또는 요기를 하기 위해 들르고, 혹시 내가 텃밭에 부식토를 뿌린다거나 집에 누수가 생기면 돕는다. 나는 그들을 일터의 동료가 아닌 친구로 대한다. 그들은 내가 집에 없더라도 내 부엌에 들어와 커피를 내려 마시고 찻잔을 씻어놓은 뒤 나갈 수 있다.

산역꾼은 반감과 거부감을 불러일으키는 직업이다. 하지만 내 묘지의 산역꾼들은 내가 아는 가장 다정하고 유쾌한 남자들이다.

노노는 내가 가장 신뢰하는 사람이다. 핏속에 삶의 기쁨이 흐르는 반듯한 남자. 그는 모든 걸 즐거워하고 절대 노, 라고 말하는 법이 없다. 단 어린아이의 장례는 예외다. 그는 이것만은 다른 이들에게 맡긴다. 이른바 '용감한 이들'에게. 노노는 가수 조르주 브라상스를 닮았다. 내가 그렇게 말하자 그는 자기를 조르주 브라상스와 닮았다고 하는 사람은 세상에 나밖에 없다며 껄껄 웃었다.

가스통은 불안감을 조성하는 인물이다. 동작이 불안정하고, 마시는 게 물뿐인데도 늘 취한 사람 같다. 장례식에서는 만약의 경우 균형을 잃을 것에 대비해 노노와 엘비스 사이에 자리한다. 가스통의 발밑엔 늘 지진이 인다. 그는 남을 쓰러뜨리고 스스로도 넘어지고 물건을 뒤엎고 밟기 일쑤다. 내 집에 올 때면 나는 그가 다치거나 무언가를 부술까봐 불안해진다. 불안이 위험을 막을 순 없기에 그는 번번이 유리컵을 깨뜨린다든가 부상을 입는다.

엘비스는 엘비스 프레슬리 때문에 엘비스로 불린다. 글을 읽을 줄도 쓸 줄도 모르지만 자기 우상의 노래만큼은 전곡을 외운다. 발음이 엉망이라서 그의 노래가 영어인지 프랑스어인지 결코 알 수 없지만 진정성만큼은 의심의 여지가 없다. "러브 미 텐데르, 러브 미 투루……"

루치니 3형제는 연년생이다. 각각 서른여덟, 서른아홉, 마흔. 그들은
몇 대째 대를 이어 장의업에 종사하고 있다. 그들은 또한 그들의 업장
옆에 붙은 브랑시옹 시체공시소의 행복한 주인들이다. 그들의 업장과
시체공시소를 오직 철문 하나만이 가르고 있다고 노노가 내게 말해주
었다. 상을 당한 유가족을 맞는 건 장남인 피에르다. 폴은 염장이고, 지
하에 있다. 자크는 장의차 운전사다. 마지막 여행을 책임진다. 노노는
그들을 "사도들"이라고 부른다.

그리고 우리의 신부 세드릭 뒤라스. 신도 늘 공정할 수는 없어서 취
향이란 게 있다. 세드릭 신부가 부임한 이후로 마을의 무수한 여자들
이 신의 계시를 받은 듯했다. 일요일 오전, 성당의 벤치엔 여성 신도들
이 점점 늘어갔다.

나는 성당에는 절대 나가지 않는다. 그건 마치 직장 동료와 자는 것
같다고 할까. 그럼에도 나는 고해실의 세드릭 신부보다 더 많은 이들
의 고해를 받고 있지 싶다. 유가족들은 주로 누추한 내 집이나 묘지의
오솔길에서 심경을 토로한다. 묘지에 도착하거나 떠나면서, 때로는 두
번 다. 어찌 보면 고인들처럼. 고인들은 침묵과 묘비명과 방문객과 꽃
다발과 사진, 그리고 그들 앞에 선 방문객들의 태도로 내게 자신들의
일생을 들려준다. 그들이 살아 있던 때를. 움직였던 때를.

내 직업을 이루는 요소는 이렇다. 입이 무거울 것, 타인에게 호의적
일 것, 연민을 품지 않을 것. 나 같은 사람에게 연민을 품지 말라는 건,
우주비행사나 외과의사나 화산학자, 유전학자가 되라는 소리와 같다.
그건 내 세계가 아니고 내 능력 밖의 일이다. 하지만 나는 방문객 앞에
선 절대 울지 않는다. 장례식 전후엔 눈물을 보일 때도 있지만 장례식

중에는 절대 울지 않는다. 내 묘지는 300년의 역사를 품고 있다. 이곳에 처음 묻힌 이는 여성이었다. 디안 드 비뉴롱(1756-1773), 열일곱 나이에 아이를 가진 채로 죽었다. 손끝으로 묘비를 만지면 아직도, 희끄무레한 돌에 각인된 그의 이름을 더듬어 짐작할 수 있다. 묘지에 자리가 부족한데도 디안은 끝내 파내지 못했다. 부임한 시장들 중 누구도 이 묘지에 최초로 묻힌 이를 방해할 결단을 내리지 못했다. 더욱이 디안을 둘러싼 오랜 전설까지 도는 마당에야. 주민들에 따르면 디안은 "하얗게 빛나는 옷을 입고" 수차례 시내 상점들의 쇼윈도와 묘지에 나타났다. 마을 벼룩시장 축제에 참여할 때면 나도 우편엽서나 18세기 판화에 유령으로 표현된 디안의 모습을 심심찮게 발견하곤 했다. 통속적인 유령으로 조악하게 꾸며 무대에 올려진 가짜 디안을.

묘지를 둘러싼 숱한 전설들이 존재한다. 산 자들이란 죽은 자들의 삶을 곧잘 꾸며내는 법이다.

브랑시옹엔 디안 드 비뉴롱보다 훨씬 후세인 두 번째 전설이 있다. 이름은 렌 뒤샤(1961-1982), 내 묘지의 삼나무 구역 15번 길에 묻혔다. 묘석에 걸린 사진 속에서 젊고 예쁜 갈색머리 여인이 미소 짓고 있다. 그는 마을 입구에서 차를 몰아 자살했다. 젊은이들이 길가 사고 지점에서 온통 하얀 옷을 입은 그를 본다는 소문이 돈다.

'하얀 옷 여성들'의 신화는 전 세계에 있다. 이 여성 유령들은 고통스러운 영혼으로 성이나 묘지를 떠돌며, 산 자들의 세상을 맴돌고 있다.

그리고 렌의 전설에 힘을 실어주기 위해 그의 무덤이 움직였다. 노노와 루치니 형제들 얘기로는 토양침하였다. 지하 묘소에 물이 차면 흔히 일어나는 현상이라고.

생각해보면 나는 20년의 세월 동안 이곳에서 숱한 일들을 겪었다. 어떤 밤들엔 묘지 위나 묘지들 사이에서 사랑을 나누는 그림자들과 맞닥뜨리기도 했다. 유령들은 아니었다.

전설을 제외하고 나면 영원한 것은 아무것도 없다. 임대 묘지조차. 15년, 30년, 50년 단위로 또는 영구 계약으로 묘지 임대 계약을 맺을 수는 있다. 하지만 영구 계약을 제외하고는 장담할 수 없다. 30년 임대 기간이 지나 관리가 중단되고(허름하고 황폐해진 외관으로 알 수 있다) 그 뒤로도 오래도록 안장이 이루어지지 않는다면, 시에서 땅을 회수할 수 있다. 잔해는 묘지 안쪽의 납골당으로 옮겨진다.

나는 이곳에 온 이후로 기한이 지난 임대 묘지들이 수없이 파헤쳐지고 청소되며 고인의 유골이 납골당으로 옮겨지는 걸 목격했다. 누구도 이의를 제기하지 않는다. 망자들은 이제 더는 아무도 찾지 않는 분실물로 간주되기 때문이다.

죽음이란 늘 그 모양이다. 죽은 지 오래될수록 산 사람들에게 끼치는 죽은 사람들의 영향력은 미미해진다. 세월이 삶을 풍화시킨다. 세월이 죽음을 풍화시킨다.

나와 세 명의 산역꾼, 우리는 하나의 묘도 방치하지 않기 위해 최선을 다한다. 〈본 묘지는 회수 대상입니다, 시청으로 조속히 신고 바랍니다〉. 시 당국의 안내문이 붙은 걸 보며 곤혹스러워하지 않는다. 어쨌든 이곳에 잠든 고인의 이름이 여전히 남아 있지 않은가.

어쩌면 바로 그 때문에 묘지에 수많은 묘비명이 있는 것인지도 모른다. 흐르는 세월의 운명을 거스르기 위해. 추억을 꼭 붙들기 위해. 내가 좋아하는 묘비명은 이것이다. "죽음은 당신 꿈을 꾸는 사람이 더는 아무도 없을 때 시작된다." 1917년에 사망한 젊은 간호사인 마리 데샹의 무덤에 있는 말이다. 1919년에 한 군인이 이 추모패를 놓아준 듯하다. 이곳을 지날 때마다 그가 마리를 오래도록 꿈꾸었을지 궁금해진다.

장자크 골드만의 "내가 무얼 하든 네가 어디에 있든, 내게서 널 지우는 건 아무것도 없어. 난 늘 널 생각해"와 프랑시스 카브렐의 "별들이 오직 네 얘기만을 해"는 묘비명에 가장 빈번히 인용되는 노래 가사들이다.

내 묘지는 굉장히 아름답다. 오솔길엔 수백 년 된 보리수들이 줄지어 있고, 대부분의 무덤들엔 꽃이 만발해 있다.

나는 내 작은 집 앞에서 화분을 판다. 꽃들이 더는 팔기 힘든 상태가 되면 방치된 묘들에 갖다놓는다.

소나무도 심었다. 여름에 내뿜는 향기를 맡기 위해. 소나무향은 내가 가장 좋아하는 향이다.

나는 소나무들을 1997년, 이곳에 도착한 해에 심었다. 지금은 엄청나게 뻗어나 묘지에 굉장한 운치를 드리우고 있다. 묘지 관리는 이곳에 잠든 이들을 돌보는 것이다. 그들을 존중하는 것이다. 그들은 생전에 존중받지 못했더라도 적어도 죽어서는 존중받을 수 있다.

묘지엔 당연히 쓰레기들도 다수 잠들어 있을 것이다. 하지만 망자엔 선인과 악인의 구분이 없다. 게다가 살아가며 누군들 한 번쯤 나쁜 인간이 되었던 적이 없을까?

필리프 투생은 나와 달리 이 묘지를 단박에 싫어했다. 이 작은 마을을, 부르고뉴를, 시골을, 오래된 바위들을, 흰 암소들을, 이곳 주민들을.

그는 내가 이삿짐을 미처 다 풀기도 전에 오토바이를 타고 나가 아침부터 밤까지 쏘다녔다. 몇 달이 지나자 일주일 내내 집을 비우기도 하다가, 어느 날 영영 돌아오지 않았다. 경찰들은 내가 왜 바로 실종 신고를 하지 않았는지 의아해했다. 나는 이미 수년 전부터 그가 내가 차린 저녁을 들면서도 실종된 상태였다는 걸 그들에게 결코 말하지 않았다. 그럼에도 그가 사라진 지 한 달이 다 되어가자, 내가 정기적으로 닦아주는 묘들처럼 버려진 기분이 엄습했다. 그 묘들처럼 우중충하고 음울하고 불안정해진 기분, 당장이라도 파헤쳐져 나의 잔해가 납골당에 던져질 것 같은 기분이었다.

5

인생이라는 책은 지고의 책이다. 내키는 대로 덮을 수도,
내키는 대로 펼칠 수도 없다. 좋았던 페이지로 되돌아가고 싶어도
우리의 손은 이미 죽음의 페이지를 넘기고 있다.

필리프 투생과는 1985년에 샤를르빌메지에르의 나이트클럽 '티부
랭'에서 만났다.

그는 바에 팔꿈치를 걸치고 있었다. 나는 바텐더였는데, 나이를 속여
가며 이 일 저 일을 하고 있었다. 당시 내가 지내고 있던 위탁가정의 한
친구가 신분증을 위조해 나를 성인으로 둔갑시켰다.

나는 나이 가늠이 쉽지 않았다. 적게는 열네 살부터 많게는 스물다
섯 살로도 보일 수 있었다. 나는 진과 티셔츠만 입었고 머리는 짧게 잘
랐고 곳곳에 피어싱을 했다. 심지어 코에도. 여위었고, 니나 하겐 비슷
한 분위기를 풍기려고 눈 주위에 검정 칠을 하고 다녔다. 학교를 그만
둔 참이었다. 나는 글을 잘 읽지 못했고 쓸 줄도 몰랐다. 셈은 할 수 있
었다. 이미 여러 삶을 경험한 터였고 일하는 목적은 오직 하나였다. 집
세를 벌어 가능한 한 빨리 위탁가정을 나오는 것. 그다음은 글쎄.

1985년, 나에게 있는 것 중 가지런한 것은 치열뿐이었다. 나는 유년
시절 내내 잡지 속 여자들처럼 하얗고 예쁜 치아를 가져야 한다는 강

박에 사로잡혔다. 지도사들이 위탁가정을 방문해 무엇이 필요한지 물을 때면, 나는 언제나 치과에 보내달라고 요청했다. 내 운명과 인생이 온통 치열 고운 미소에 달려 있다는 듯이.

나는 동성 친구가 없었고, 지나치게 남자아이 같은 외모였다. 유사 자매 관계에 집착했지만, 반복된 이별과 빈번한 위탁가정 교체에 좌절해 있던 터였다. 절대 애착 갖지 않기. 나는 머리를 짧게 자르면 날 보호할 수 있을 거라고, 남자 같은 마음과 담력이 생길 거라고 믿었다. 그러자 여자아이들이 나를 피했다. 나는 남들과 똑같아지기 위해 이미 여러 아이들과 잤지만, 대수로울 것이 전혀 없는 경험이었다. 실망스러웠다. 아무 느낌이 없었다. 나는 속마음을 감추려고, 아니면 옷이나 담배나 무슨 입장권, 혹은 내 손을 잡아주는 손을 위해 그들과 잤다. 나에겐 아무도 내게 들려준 적 없는, 아이들을 위한 동화 속의 사랑이 더 좋아 보였다. "그들은 결혼해서 아주 아주 아주······"

필리프 투생은 바에 팔꿈치를 걸친 채 콜라를 섞은 스트레이트 위스키를 홀짝이며 홀에서 춤을 추는 친구들을 구경했다. 그는 천사 같은 얼굴이었다. 오색찬란한 미셸 베르제 같았다고 할까. 기다란 곱슬머리, 푸른 눈, 맑은 피부, 매부리코, 딸기 같은 입술······ 아주 잘 익어 바로 먹을 수 있는 7월의 딸기 말이다. 그는 진과 하얀 티셔츠에 검은색 가죽점퍼를 걸쳤다. 장신에 체격도 좋아 완벽했다. 그를 본 순간 내 심장은 상상 속 삼촌인 샤를 트레네의 노랫말처럼 그야말로 쿵, 내려앉았다. 이제 나에게 필리프 투생은 저 위스키들을 포함한 모든 것이 공짜였다.

그는 상한 고기를 에워싸고 윙윙거리는 파리 떼처럼 자기 주변을 맴도는 예쁜 금발 아가씨들에게 키스하는 것 말고는 할 일이 없어 보였다. 모든 것에 아무 관심이 없는 표정이었다. 그는 여자들이 하는 대로 몸을 내맡겼다. 원하는 걸 얻기 위해 손가락이라도 슬쩍 들어올릴 때는, 형광 불빛 속 키스 세례 틈틈이 술잔을 입에 가져가고 싶을 때뿐이었다.

그는 내게서 등을 돌리고 있었다. 내가 볼 수 있는 건 조명을 받아 초록색에서 빨간색으로, 빨간색에서 파란색으로 물드는 그의 구불구불한 금발뿐이었다. 내 눈은 한동안 그의 머리칼 속에서 헤어나지 못했다. 이따금 그가 자신의 귀에 대고 무언가를 소곤거리는 여자의 입술로 고개를 기울일 때면 나는 그의 옆모습을 힐끔 훔쳐보았다.

이윽고 그가 바를 향해 몸을 돌렸고 그의 시선이 내게 꽂히며 나를 놓아주지 않았다. 그 순간부터 나는 그의 최애 장난감이 되었다.

처음엔 그의 잔에 무료로 따라주는 술 때문에 내게 관심을 보인다고 생각했다. 나는 그의 잔에 술을 따르며 그가 나의 물어뜯은 손톱을 못 보도록, 오직 가지런하고 하얀 치아만을 보도록 조심했다. 그가 좋은 집 자식일 거라는 생각이 들었다. 내겐 위탁가정의 아이들을 제외한 모두가 좋은 집의 아들딸로 보였다.

그의 뒤에선 아가씨들이 북새통을 이루고 있었다. 대대적인 여름휴가 첫날에 휴양지로 향하는 고속도로의 톨게이트 같았다고 할까. 하지만 그는 욕망이 가득한 눈빛으로 계속해서 나를 곁눈질했다. 나는 그가 힐끔거리는 것이 진짜 나인지 확인하기 위해 바에 몸을 기대며 그를 마주하고 섰다. 그리고 그의 잔에 빨대를 꽂아주며 눈을 치떴다. 확실히 나였다.

나는 말했다. "뭐 다른 거 더 마실래요?" 그의 대답이 들리지 않았다. 나는 그에게 바짝 다가가 소리쳤다. "뭐라고요?" 그가 말했다. 내 귀에 대고서. "너."

나는 주인 몰래 버번위스키를 내 잔에 따랐다. 한 모금 넘기자 얼굴이 더는 붉어지지 않았다. 두 모금째엔 마음이 편안해졌고, 세 모금째엔 용기가 솟았다. 나는 그의 귓가로 다시 몸을 기울이며 대답했다. "일 끝나고 같이 한잔해요."

그가 미소 지었다. 그의 치아도 나처럼 하얗고 가지런했다.

필리프 투생이 바 위로 팔을 뻗어 내 팔을 스치듯 만졌을 때 나는 이제부터 인생이 달라지리라 생각했다. 무언가를 예감한 듯 피부가 쭈뼛섰다. 그는 나보다 열 살 위였다. 이 나이 차 때문에 그가 높아 보였다. 별을 바라보는 나비가 된 기분이었다.

6

추모비 속의 모든 이들이
그의 목소리를 듣고서 나올 시간이 왔으니.

노크 소리가 들렸다. 기다리는 사람이 없었다. 아주 오래전부터 나는
더 이상 누구도 기다리지 않았다.

내 집엔 출입구가 두 곳이다. 묘지에 면한 문과 길가에 면한 문. 엘
리안이 낑낑거리더니 길가에 면한 문으로 다가갔다. 이 녀석의 주인
인 마리안 페리(1953-2007)는 참빗살나무 구역에 잠들어 있다. 엘리
안은 마리안의 장례 때 이곳에 온 뒤 아예 눌러앉았다. 첫 몇 주 동안은
내가 주인의 무덤가에서 밥을 먹었고 그렇게 점차 집까지 나를 따라오
게 되었다. 노노가 엘리안이라는 이름을 지어주었다. 영화 〈치명적 여
름〉에서 이자벨 아자니가 맡은 역할의 이름이다. 똑같이 아름다운 파
란 눈을 지녔고, 주인이 8월에 세상을 떠났기 때문이다.

이곳을 지킨 20년 동안, 주인을 따라왔다가 정황상 어쩔 수 없이 내
가 주인이 된 개는 세 마리였고, 지금은 엘리안만 남았다.

노크 소리가 다시 들린다. 나는 망설였다. 이제 겨우 오전 7시였다.
비스코트에 수잔 클레르가 선물한 딸기잼과 가염버터를 바르며 차를

홀짝이던 중이었다. 수잔 클레르의 남편(1933-2007)은 삼나무 구역에 잠들어 있다. 음악을 듣고 있었다. 근무 시간 외에 나는 늘 음악을 듣는다.

나는 몸을 일으켜 라디오를 껐다.

"누구세요?"

남자 목소리가 머뭇거리며 대답한다.

"실례합니다. 불빛이 보여서요."

그가 현관 매트에 발을 터는 소리가 들린다.

"이 묘지에 묻힌 어떤 분에 대해 여쭐 것이 있어요."

그에게 문을 여는 시간인 8시에 다시 오라고 할 수도 있으리라.

"잠깐만요, 나갈게요!"

나는 침실로 올라가 겨울 옷장을 열어 실내가운을 걸쳤다. 나는 옷장이 두 개다. 겨울 옷장과 여름 옷장. 계절과는 아무 상관이 없고 상황에 따른 구분이다. 겨울 옷장엔 일반적이고 어두운색 옷들이 있다. 다른 사람들에게 보이기 위한 옷들. 여름 옷장엔 환한 원색의 옷들뿐이다. 나를 위한 옷들이다. 나는 여름옷 위에 겨울옷을 걸쳤다가 혼자가 되면 겨울옷을 벗는다.

나는 분홍색 실크 잠옷 위에 회색 누비 실내가운을 걸친 뒤, 아래층으로 내려가 문을 열었다. 마흔 살가량의 남자가 모습을 드러냈다. 처음엔 나를 뚫어져라 바라보는 그의 검은 눈동자만 보였다.

"안녕하세요, 이른 시간에 실례가 많습니다."

아직 어둑했고 한기가 감돌았다. 그의 뒤로는 밤이 얹어놓은 성에만이 보였다. 그의 입에서 나오는 하얀 김이 움트는 여명 속에서 담배 연기처럼 피어올랐다. 그에게선 담배와 계피와 바닐라 냄새가 났다.

나는 한마디도 할 수가 없었다. 마치 한동안 못 보았던 누군가를 다시 만난 것 같았다고 할까. 그가 내 집에 너무 늦게 찾아왔다는 생각이 들었다. 20년 전에만 이 집에 발을 들였어도 모든 게 달라졌을 텐데. 왜 이런 생각을 하는 거지? 수년 동안 만취한 젊은이들 외에는 길가에 면한 내 집 문을 두드린 사람이 없어서? 내 집을 찾는 모든 방문객들은 묘지에 면한 문으로 찾아와서?

나는 그를 집으로 들였다. 그가 난처해하며 감사를 표했다. 나는 커피를 대접했다.

인근 주민이라면 내가 모르는 사람이 없다. 내 묘지에 아직 가족이 묻히지 않은 주민들을 포함한 누구라도. 이곳 주민들은 친구든 이웃이든 동료의 모친이든, 지인의 장례식에 참석하기 위해 적어도 한 번쯤은 이 묘지를 거쳤다.

그런데 이 남자는 한 번도 본 적이 없다. 문장 사이를 끊어 말할 때 지중해 지방의 억양 같은 게 살짝 느껴진다. 머리칼은 짙은 갈색인데 색이 하도 짙어서 드물게 솟은 흰머리가 헝클어진 머리칼 속에서 유독 튀어 보인다. 큼지막한 코에 두툼한 입술, 눈 밑에 늘어진 주름. 세르주 갱스부르를 약간 닮았다. 면도기와는 사이가 안 좋은 듯하지만, 기품은 잃지 않았다. 손이 곱고 손가락이 기다랗다. 그는 잔 위를 후후 불며 뜨거운 커피를 한 모금씩 넘기고는, 양손으로 잔을 감싸 손을 녹였다.

여전히 방문 목적은 말하지 않고 있다. 내가 그를 집으로 들인 것은 이곳이 오롯한 내 집이 아니기 때문이다. 이곳은 모두의 집이다. 내가 부엌 겸 거실로 변신시킨 시청의 대기실 같은 곳이라고 할까. 이곳은 여기 모여드는 모든 이와 주민들의 것이다.

그가 벽들을 살피는 눈치다. 이 8평 남짓한 공간은 내 겨울 옷장과 비슷한 분위기를 풍긴다. 벽에는 아무것도 걸려 있지 않다. 다채로운 테이블보도, 파란색 소파도 없다. 사방에 보이는 베니어합판과 앉을 수 있는 의자들뿐이다. 과시적인 장식이 전혀 없다. 언제든 대접할 준비가 된 커피메이커와 하얀색 찻잔들, 그리고 슬픔에 잠긴 사람들을 위한 독한 술만이 마련돼 있다. 내가 눈물과 고백과 분노와 한숨과 절망, 그리고 산역꾼들의 웃음을 맞을 수 있도록.

내 침실은 2층에 있다. 내 비밀의 화원, 진짜 내 집. 내 침실과 욕실은 온통 파스텔 톤이다. 캔디 분홍색과 아몬드 초록색과 맑은 하늘색. 마치 내가 봄의 색깔로 다시 그려낸 듯하다. 햇살이 비쳐들면 나는 곧바로 창문을 활짝 연다. 사다리에 올라가지 않는 한 밖은 보이지 않는다.

침실이 이렇게 되고부터 내 방에 들어온 사람은 아무도 없었다. 필리프 투생이 실종된 직후 나는 방을 완전히 다시 칠하고 커튼이며 레이스로 치장했다. 하얀색 가구들과 커다란 침대를 들이고 침대에 맞춘 스위스 매트리스를 새로 깔았다. 필리프 투생이 누웠던 곳에서 더는 잠들지 않기 위해서였다.

낯선 남자가 찻잔을 연신 불어댔다. 마침내 그가 입을 열었다.

"전 마르세유에서 왔어요. 마르세유를 아세요?"

"매년 소르미우에 가는걸요."

"칼랑크 산맥의?"

"네."

"재밌는 우연이로군요."

"전 우연을 믿지 않아요."

그가 진 바지 주머니에서 무언가를 찾는 듯했다. 나의 남자들은 진을 입지 않는다. 노노, 엘비스, 가스통은 늘 파란색 작업복 차림이고, 루치니 형제와 세드릭 신부는 테르갈 바지를 입는다. 남자가 머플러를 풀어 목을 드러내고는 테이블에 빈 잔을 내려놓는다.

"우린 비슷하군요. 저도 이성적인 편이거든요…… 그리고 경찰입니다."

"콜롬보 같은?"

그가 처음으로 웃음을 보이며 대답한다.

"아니요, 콜롬보는 형사고요."

그가 테이블에 어질러진 설탕 가루를 검지로 모은다.

"제 어머니가 이곳에 묻히고 싶어하세요. 저는 그 이유를 모르고요."

"어머니가 이 지역에 사세요?"

"아니요, 마르세유에. 두 달 전에 돌아가셨어요. 이곳에 묻히는 게 어머니가 남기신 유언 중 하나예요."

"죄송해요. 혹시 커피에 위스키 좀 타드릴까요?"

"이렇게 이른 아침에 사람들을 위로하는 게 익숙하신가 봅니다."

"그런 경우들이 종종 있죠. 어머니 성함이?"

"이렌 파욜입니다. 화장을 원하셨어요…… 유골은 여기 묻힌 가브리엘 프뤼당이라는 분의 묘에 놓으라고 하셨고요."

"가브리엘 프뤼당? 가브리엘 프뤼당, 1931-2009. 삼나무 구역 19번 길에 잠들어 있죠."

"이곳에 묻힌 사람들을 다 아십니까?"

"거의요."

"사망일과 묘의 위치까지 전부 다?"

"거의요."

"가브리엘 프뤼당은 어떤 사람입니까?"

"한 여자분이 이따금 찾아와요…… 딸일 거예요, 아마. 고인은 변호사였고 검은 대리석 묘비엔 묘비명도 사진도 없죠. 장례 날은 기억나지 않아요. 하지만 원하시면 기록을 살펴볼 수 있어요."

"기록이요?"

"저는 이곳의 매장과 이장에 대해 모두 기록해놓거든요."

"그런 것까지 업무인지는 몰랐습니다."

"의무는 아니에요. 하지만 사람이 주어진 업무만 하고 산다면 인생이 슬프지 않겠어요?"

"재밌군요. 그런 말을 이런 일을 하는 분의 입에서 듣…… 부인 직업을 뭐라고 해야 하죠? 묘지지기?"

"왜죠? 제가 아침부터 밤까지 흐느낄 거라 생각하셨나요? 내내 눈물과 슬픔 속에서 축 처져 있을 거라고?"

"혼자 하고 계세요?"

나는 그가 두 번이나 같은 질문을 하는 동안 묵묵히 그의 잔에 커피를 다시 채웠다.

그리고 결국 그렇다고 대답했다.

나는 서랍장을 열어 2009년 노트를 펼쳐 성씨를 훑어 내려갔고, 이내 가브리엘 프뤼당을 찾아냈다. 나는 소리 내어 읽기 시작했다.

"2009년 2월 18일, 가브리엘 프뤼당의 장례. 장대비가 쏟아짐.

참석 인원은 128명. 두 딸 마르트 뒤브뢰유, 클로에 프뤼당과 함께 전 부인도 참석.

고인의 뜻에 따라 꽃이나 화환 생략.

유족이 다음의 문구를 새겨 넣음.

〈용기 있는 변호사였던 가브리엘 프뤼당을 기리며. "변호사에게 용기란 필수적 자질이다. 용기 없이 나머지는 중요하지 않다. 재능, 교양, 문화 수준, 사법 지식은 변호사에게 필요하다. 하지만 용기 없이는, 결정적 순간에 잇따르는 건 번지르르한 죽은 말과 문장들뿐일 것이다."(로베르 바댕테르)〉

신부도 십자가도 없이, 장례식은 단 삼십 분 만에 끝남. 두 장의사가 묘혈에 관을 내려놓자 모두가 떠남. 장대비가 그치지 않음."

나는 노트를 덮었다. 경찰이 넋 나간 표정이더니 이내 생각에 잠겼다. 그는 손으로 머리를 감쌌다.

"어머니가 대체 왜 그 사람 곁에 잠들고 싶어하는 건지 모르겠군요."

한동안 그는 아무 볼 것이 없는 사방의 벽들을 다시 찬찬히 뜯어보다가, 이윽고 못 믿겠다는 표정으로 나를 주시했다. 그가 시선으로 2009년 노트를 가리켰다.

"제가 좀 읽어볼 수 있을까요?"

대개는 유족에게만 노트를 내준다. 나는 잠시 머뭇거리다가 노트를 건넸다. 그가 노트를 받아 훑기 시작했다. 그리고 페이지를 넘기는 틈틈이 고개를 들어 나를 찌를 듯 주시했다. 마치 내 이마에 2009년 기록이 적히기라도 한 듯. 그의 손에 들린 노트가 나를 작정하고 응시할 구실이라도 되는 듯.

"모든 장례를 이렇게 기록하시는 겁니까?"

"다는 아니지만 거의요. 장례식에 참석하지 못한 이들이 절 찾아올 경우 노트를 보며 이야기해줄 수 있잖아요…… 혹시 사람을 죽여보셨나요? 그러니까 직업상 말이에요……"

"아니요."

"무기를 가지고 다니시나요?"

"때에 따라서요. 오늘은 없습니다."

"어머니 유골은 들고 오셨어요?"

"아니요. 아직 화장터에 있습니다…… 모르는 사람 묘에 어머니의 유골을 두지는 않을 겁니다."

"당신에게는 모르는 사람이겠지만, 어머니껜 아니죠."

그가 일어섰다.

"그분 묘를 볼 수 있을까요?"

"네. 삼십 분 뒤에 다시 오시겠어요? 전 실내가운 차림으로 묘지 안을 다니지 않거든요."

그가 두 번째로 웃음을 보이고는 거실에서 물러났다. 나는 반사적으로 실내등을 켰다. 나는 누군가 내 집에 들어올 때가 아니라, 나갈 때 등을 켠다. 그의 존재를 조명으로 대체하기 위해서다. 부모 얼굴을 모르고 태어난 아이의 오래된 습관이라고 할까.

삼십 분 뒤, 그가 철문 앞에 주차된 차에서 나를 기다리고 있었다. 차 번호판을 확인했다. 13, 부슈뒤론. 머플러에 얼굴을 묻고 잠이 들었던 모양이다. 뺨에 구깃구깃한 자국이 남았다.

나는 연홍색 원피스 위에 남색 외투를 걸치고 목까지 단추를 채웠다. 내 모습은 어두컴컴한 밤을 연상시키겠지만 외투 안은 환한 대낮이었다. 그가 다시 두 눈을 끔뻑거리게 하려면 외투를 풀어헤치면 그만이리라.

우리는 오솔길을 따라 걸었다. 나는 그에게 묘지가 네 구역으로 나뉘어 있다고 설명했다. 월계수, 참빗살나무, 삼나무, 주목. 그리고 납골당과 추모 공원 각각 두 곳. 그가 내게 "이 일"을 한 지 오래되었느냐고 물었고, 나는 대답했다. "20년 됐어요. 그 전엔 건널목지기였죠." 그가 기차에서 관으로 바꾸니 어떠냐고 물었고 나는 대답할 말을 찾지 못했다. 그 두 삶 사이에 많은 일들이 있었다. 다만 이성적인 경찰이 별 우스운 질문을 해댄다고 생각할 뿐이었다.

가브리엘 프뤼당의 묘에 이르자 그의 안색이 창백해졌다. 마치 사는 동안 전혀 들은 바가 없지만 자신의 아버지, 삼촌, 혹은 형제일 가능성이 농후한 사람의 묘 앞에서 추모하는 마음이 되기라도 한 듯이. 한동안 우리는 얼어붙은 듯 미동도 하지 않았다. 잠시 후 나는 밀려드는 한기에 손을 후후 불고 말았다.

보통은 방문객 곁에 머물지 않는다. 묘까지 동행한 후 물러선다. 하지만 지금은 왜인지 그를 혼자 내버려둘 수 없다. 내게는 영원처럼 느껴지던 시간이 흐른 끝에, 그가 이제 그만 가보겠다고 말했다. 마르세유로 돌아가겠다고. 나는 언제 다시 와서 프뤼당 씨의 묘에 어머니의 유골을 놓을 건지 물었다. 그는 대답하지 않았다.

7

내 삶을 웃게 하기엔 늘 무언가가 비어 있을 거야,

바로 네가.

나는 자클린 빅토르 당쿠안(1928-2008)의 무덤 화분에 꽃을 옮겨 심었다. 모리스 르네 당쿠안(1911-1997)의 부인이다. 아름다운 흰색 칼루나 두 대. 화분이라는 바닷가에 우뚝 솟은 두 개의 절벽 같았다. 국화와 다육 식물과 함께 겨울을 버틸 수 있는 드문 꽃이다. 당쿠안 부인은 흰 꽃을 좋아했고, 주마다 한 번씩 남편의 묘를 찾았다. 우리는 곧잘 수다를 떨곤 했다. 그러니까 그이가 남편의 죽음에 익숙해지고 난 이후에 말이다. 첫 몇 해 동안은 황망해했다. 불행은 말을 잃게 한다. 아무 말이나 떠들게 하거나. 그러다가 점차 옳은 길로 들어서고 단순한 말들을 되찾게 된다. 타인의 안부, 산 사람들의 안부를 묻게 된다.

왜 '무덤 위'라는 표현이 있는지 모르겠다. 덩굴이나 도마뱀이나 고양이나 개가 아니라면, 아무도 무덤 위에 올라가지 않는다. 당쿠안 부인은 어느 날 갑자기 남편의 뒤를 따랐다. 월요일만 해도 사랑하는 이의 묘석을 닦고 있었는데, 목요일엔 내가 부인의 무덤에 꽃을 가져다 놓게 되었다. 장례식 이후로 부부의 자식들이 일 년에 한 번씩 이곳을 찾는다. 그 밖의 날들은 내게 부탁했다.

나는 칼루나 화분의 흙을 톡톡 다독이는 걸 좋아한다. 정오에도 햇살이 파리하고 온기가 느껴질까 말까 한 이 10월의 날씨에도 말이다. 손가락이 냉기로 곧아올라도 마냥 즐겁다. 내 정원의 흙 속에 손을 넣을 때와 마찬가지다.

몇 미터 떨어진 곳에선 가스통과 노노가 삽으로 묘혈을 파며 저녁 모임에 대해 두런거린다. 내가 있는 곳에서도 그들의 대화가 바람의 방향에 따라 뜨문뜨문 실려 온다. "집사람이 그러는데…… 텔레비전에서…… 가려움증…… 그러는 게 아니지…… 대장이 올 텐데…… 비올레트가 해준 오믈렛…… 그 친구라면 나도 알지…… 괜찮은 친구야…… 곱슬머리 말이지?…… 그래, 우리랑 비슷한 나이대 같던데…… 착했지…… 그 친구 부인…… 새침데기…… 자크 브렐 노래…… 돈이 없으면 아예 있는 척을 하면 안 된다고…… 오줌 마렵네…… 겁이 나…… 전립선…… 문 닫기 전에 장을 봐야지…… 비올레트한테 달걀을…… 나쁘지 않으면……"

내일은 오후 4시에 장례가 있다. 묘지에 새 식구가 들어온다. 55세 남자. 과도한 흡연이 사망 원인이다. 어쨌든 의사의 소견이 그렇다. 그들은 55세 남자가 사랑받지 못해서, 이해받지 못해서, 세금고지서가 너무 밀려서, 카드 값에 치여서, 아이들이 자라 떠나가는 걸 보며 진정한 이별의 말을 하지 못해서 죽었다고는 절대 말하지 않는다. 후회스러운 삶, 싸늘한 삶 때문이라고는 절대. 그저 담배와 술이 장기에 종양을 일으켰고, 그가 생전에 그것들을 몹시 즐겼다는 결론이다.

삶이 너무 자주 지긋지긋해서 죽을 수 있다고는 절대 말하지 않는다.

좀 더 멀리에선 두 여인, 핀토 부인과 드그랑주 부인이 남편들의 묘석을 열심히 닦고 있다. 그들은 매일 출석하는 만큼 애써 일거리를 만들어낸다. 두 남편의 무덤은 바닥재를 진열해놓은 인테리어 자재상만큼이나 말끔하다.

무덤을 매일 찾는 이들은 유령과 흡사하다. 삶과 죽음 사이에서 머뭇거린다고 할까.

핀토 부인과 드그랑주 부인은 겨울을 난 참새만큼이나 홀쭉하다. 마치 그들이 아직 살아 있도록 그들을 먹여 살리는 것이 남편들이라도 되는 듯하다. 나는 이곳에서 일하기 시작하면서부터 그들을 알았다. 둘은 20년 이상을 매일 아침 장 보러 가기 전에 의무라도 되는 양 이곳에 들른다. 사랑 때문인지 순종심 때문인지 알 수 없다. 어쩌면 둘 다일지도 모른다. 남의 이목 때문이거나 애정 때문이거나.

핀토 부인은 포르투갈인이고, 브랑시옹에 사는 대부분의 포르투갈인들처럼 여름이면 포르투갈로 돌아간다. 그래야 휴가철이 끝나고 돌아와 일을 할 수 있다. 9월 초순이면 그는 여전히 비쩍 마른 몸으로 돌아온다. 피부는 그을리고, 무릎은 조국에서 죽은 이들의 무덤을 닦느라 흉터투성이인 채로. 그가 없는 동안 프랑스 무덤의 꽃들엔 내가 물을 주고, 그는 답례로 내게 플라스틱 상자에 든 포르투갈 민속의상 인형을 선물한다. 나는 매년 인형을 선물받아야 한다. 그리고 매년 이렇게 말한다. "감사해요, 핀토 부인, 감사해요, 이러실 필요까진 없는데, 꽃을 돌보는 건 내게 일이 아니라 기쁨인걸요."

포르투갈엔 수백 가지 민속의상이 있다. 따라서 핀토 부인이 앞으로 30년을 더 살고 나 또한 그런다면, 나는 이 무서운 인형을 서른 개나 더 갖게 될 것이다. 인형들은 먼지가 타지 않도록 플라스틱 상자에 담겼는데, 마치 관 같은 이 상자가 쓰러질 때마다 눈을 감는다.

핀토 부인이 이따금 집으로 찾아오기 때문에, 그가 선물한 인형들을 안 보이게 치워둘 수도 없다. 하지만 침실에 두고 싶지는 않다. 사람들이 위안을 얻으러 찾아오는 거실에 두는 것도 안 될 말이다. 인형들이 그다지 사랑스럽진 않기 때문이다. 별수 없이 나는 그것들을 침실로 오르는 계단에 '전시'했다. 계단은 유리문 뒤에 있어 부엌에서는 인형들이 보인다. 핀토 부인은 내 집에 커피를 마시러 올 때면 인형들이 제자리에 잘 있는지 확인한다. 겨울엔 오후 5시면 해가 떨어지는데, 그럴 때 번쩍이는 그 검은 눈과 요란한 의상을 보노라면 인형들이 상자 뚜껑을 열고 뛰쳐나와, 다리를 걸어 나를 계단에서 굴러떨어지게 할 것 같은 기분에 휩싸인다.

관찰한 바에 의하면, 핀토 부인과 드그랑주 부인은 이곳을 찾는 대부분의 사람들과 달리 남편들에게 일절 말을 건네지 않는다. 묵묵히 묘석을 닦을 뿐이다. 마치 남편들이 죽기 훨씬 전부터 대화를 잃었던 것처럼. 침묵이 이전 삶의 연장선인 것처럼. 또한 절대 눈물을 흘리는 법이 없다. 눈물샘이 마른 지 벌써 오래다. 간혹 두 여자 간에 텔레파시와 생각이 오가기도 한다. 화창한 날씨며 자식들과 손자들, 심지어 머지않은, 세상에 벌써 그렇게 됐단 말이야, 증손자들에 대해서.

그들이 웃는 걸 딱 한 번 보았다. 단 한 번, 짧게. 핀토 부인이 단짝에게 손녀딸이 이런 걸 묻더라며 이야기할 때였다. "할머니, 만성절이 뭐야, 방학 같은 거야?"

8

너의 마음이 안온했던 것처럼
너의 휴식도 안온하기를.

2016년 11월 22일, 푸른 하늘과 10도의 날씨. 오후 4시. 티에리 테시에(1960-2016)의 장례. 마호가니 관. 대리석 생략. 맨흙에 바로 매장.

30여 명 참석. 노노, 엘비스, 피에르 루치니와 나를 포함.

딤DIM● 공장 동료 15명이 백합 꽃다발을 바침. 〈우리의 소중한 동료에게〉.

클레르라는 이름의 마콩 종양센터 직원이 하얀 장미 꽃다발을 손에 들고 있었음.

고인의 아내와 두 자녀(각각 30세, 26세인 아들과 딸)도 참석. 작은 추모패엔 〈우리의 아버지께〉라고 새겨져 있음.

티에리 테시에의 사진은 없음.

다른 추모패엔 〈나의 남편에게〉라고 새겨져 있음. '남편'이라는 단어 위엔 작은 꾀꼬리가 그려져 있음.

● 프랑스의 속옷 기업.

41

커다란 올리브나무 십자가가 관에 놓임.
세 명의 동료가 번갈아 자크 프레베르의 시를 낭송함.

온 마을이 슬픔에 잠겨
상처 입은 새의 노래를 듣네
마을의 유일한 새
마을의 유일한 고양이가
새를 절반쯤 삼켜버렸네
새는 노래하기를 멈췄네
고양이는 가르릉거리기를 멈췄네
콧등을 핥기를 멈췄네
마을에선 새를 위해
성대한 장례를 치렀네
장례식에 초대받은 고양이는
죽은 새가 누워 있는
작은 지푸라기 관 뒤를 따르네
관을 받쳐 든 작은 소녀가
울음을 그칠 줄 모르네
고양이가 소녀에게 말하기를
네가 그토록 가슴 아파할 줄 알았더라면
새를 통째로 먹어치웠을 텐데
그러고는 네게 새가 멀리 날아가는 걸
보았다고 말해주었을 텐데

세상 끝까지 멀리멀리

그곳은 너무 멀어서

다시는 돌아오지 못한다고

그랬더라면 네가 덜 슬퍼했을 텐데

그저 안타까워하고 아쉬워만 했을 텐데

그러게 무슨 일이든 절대 절반만 하다 마는 게 아니라네.

관이 땅으로 내려가기 전에 세드릭 신부가 말씀하심.

"나사로가 죽고 예수께서 그의 누이에게 하신 말씀을 기억합시다. '나는 부활이요, 생명이니. 나를 믿는 자는 죽었어도 살 것이니라.'"

클레르가 하얀 장미 꽃다발을 십자가 옆에 내려놓음. 모두가 동시에 떠남.

나는 고인을 알지 못하지만, 몇몇 사람들이 그의 무덤을 바라보는 시선으로 미루어 생전에 좋은 사람이었으리라고 생각함.

9

그의 아름다움과 젊음이 그가 살았던 세상에 미소를 보냈다.
이윽고 그의 손에서 그가 전혀 읽지 못한 책이 떨어져 내렸다.

내 묘지 곳곳엔 천 개 이상의 사진이 흩어져 있다. 흑백, 세피아, 생생하거나 빛바랜 컬러 사진들이.

저 모든 사진이 찍힌 날, 사진 속의 여자나 남자나 아이들은 무심결에 포즈를 취하며 그 순간이 자기들을 영원히 대표하게 되리라는 걸 몰랐을 것이다. 아마도 기념일이나 가족 식사 모임이 있던 날이었으리라. 일요일에 공원 산책을 나갔거나 결혼식 사진이거나, 아니면 졸업 파티나 새해맞이 파티가 있던 날이었을 수도 있다. 평소보다 더 꾸민 날, 모두가 모인 날, 그들이 보다 우아해진 특별한 날. 혹은 군복이나 세례복을 입은 날이거나. 자기들 무덤에서 웃고 있는 저 모든 이들의 시선에 깃든 해맑음이라니.

장례 전날엔 흔히 신문에 부고 기사가 뜬다. 단 몇 문장으로 고인의 삶을 요약해버리는 기사. 단신. 지역 신문에선 한 사람의 생이 넓은 지면을 차지하지 않는다. 고인이 지역의 유력 상인이거나 의사, 또는 축구 코치라도 되면 지면이 좀 넓어질까.

무덤에 놓인 사진은 중요하다. 사진이 없으면 이름뿐일 테니까. 죽음은 얼굴을 지운다.

묘지에서 가장 아름다운 커플은 아나 라브 다앵(1914-1987)과 벤자맹 다앵(1912-1992) 부부다. 그들의 무덤엔 1930년대 결혼식 사진이 있다. 새롭게 컬러를 입힌 사진 속에서 미모가 출중한 두 얼굴이 웃고 있다. 여자는 태양처럼 빛나는 금발에 피부가 투명하고, 남자는 조각 같은 섬세한 얼굴이다. 찬란한 사파이어처럼 반짝이는 두 시선과 영원을 향해 지어 보이는 두 미소.

1월이면 나는 이 무덤 저 무덤의 사진들을 닦는다. 사람이 거의 찾지 않거나 아예 버려진 무덤들만을 찾아서. 소독용 알코올을 한 방울씩 떨어뜨린 손걸레로. 추모패들도 닦는데 이때는 식초에 적신 것을 사용한다.

그렇게 묘지 전체를 도는 데 5주 내지 6주가 걸린다. 노노와 가스통과 엘비스가 도와준다고 해도 거절한다. 그들은 묘지의 전반적인 관리만으로도 이미 일거리가 넘친다.

그가 다가오는 소리를 듣지 못했다. 드문 경우다. 대개는 묘지의 자갈길을 걷는 사람들의 발소리를 즉각 알아차린다. 발소리의 주인이 남자인지 여자인지 아이인지, 또한 우연한 산책자인지 아니면 단골인지까지. 그런데 이 남자는 소리도 없이 이동했다.

등 뒤에서 그의 시선이 느껴진 건, 내가 엠 일가의 아홉 얼굴—에티엔(1876-1915), 로렌(1887-1928), 프랑수아즈(1949-2000), 질(1947-2002), 나탈리(1959-1970), 테오(1961-1993), 이자벨(1969-

2001), 파브리스(1972-2003), 세바스티앙(1974-2011)—을 닦고 있을 때였다. 뒤를 돌아보니 그가 역광으로 서 있었고 그 때문에 그의 얼굴을 바로 알아보지 못했다.

그 남자임을 깨달은 건 "안녕하세요"라는 인사말, 그 목소리 덕분이었다. 목소리에 뒤이어 계피와 바닐라가 어우러진 그의 향이 느껴졌다. 남자가 다시 찾아오리라고는 생각지 못했다. 그가 길가에 면한 내 집 문을 두드린 지 두 달이 넘었다. 심장 박동이 살짝 빨라졌다. 어떤 감정이 일었다. 경계심이었다.

필리프 투생이 사라진 이후로 내 심장을 빨리 뛰게 한 남자는 아무도 없었다. 내 심장 박동의 리듬은 무기력하게 똑딱거리는 낡은 괘종시계처럼 한결같았고, 정확했다.

투생, 그러니까 만성절을 제외하고는 말이다. 만성절엔 심장 박동에 가속도가 붙는다. 국화 화분을 백 개 가까이 팔 수 있고, 만성절을 맞아 묘지에 와서 측근의 무덤을 찾아 길을 잃고 헤매는 수많은 방문객들을 안내해야 한다. 그런데 오늘 아침은 죽은 성자들의 날도 아닌데, 심장이 쿵쾅거린다. 저 남자 때문이다. 아무래도 두려움의 발현인 듯하다. 내 두려움의 발현.

내 손엔 여전히 손걸레가 들렸다. 경찰이 내가 윤을 내던 얼굴들을 죽 훑더니, 이윽고 나를 마주하며 멋쩍게 미소 짓는다.

"가족분들이세요?"

"아니요, 그냥 묘지를 관리하는 거예요."

머릿속에서 충돌하는 말들을 달리 정리할 길이 없던 나는 이렇게 내뱉었다.

"엠 일가는 다들 일찍 죽었죠. 마치 삶에 알레르기라도 있는 사람들처럼. 아니면 삶이 그들을 원치 않았거나요."

그가 고개를 끄덕이더니 외투 깃을 여미며 미소와 함께 말했다.

"으슬으슬하네요, 이 지역은."

"확실히 마르세유보다는 여기가 더 춥죠. 북쪽이잖아요."

"마르세유엔 여름에 가세요?"

"네, 매년 여름에요. 거기서 딸도 만나고요."

"따님이 마르세유에 살아요?"

"아니요, 여기저기 돌아다녀요."

"무슨 일을 하는데요?"

"마술사예요. 프로 마술사."

작은 티티새 한 마리가 우리를 방해하기라도 하려는 듯 엠 일가의 묘에 날아와 앉더니 목청껏 울기 시작했다. 사진의 얼굴들을 윤낼 마음이 더는 들지 않았다. 나는 양동이의 물을 자갈 위에 쏟고는 손걸레와 소독용 알코올을 챙겼다. 그러면서 몸을 굽혔고 그 바람에 내 회색 외투가 벌어져 안에 입은 예쁜 연홍색 꽃무늬 원피스가 드러났다. 경찰이 이 모습을 놓치지 않는 것이 보였다. 그는 다른 사람들처럼 나를 바라보지 않는다. 그의 시선엔 무언가 다른 게 있다.

나는 그의 주의를 딴 데로 돌리기 위해 어머니의 유골을 가브리엘 프뤼당의 무덤에 안치하려면 유가족의 동의를 얻어야 한다고 알렸다.

"그건 문제없습니다. 가브리엘 프뤼당이 사망 전에 어머니가 곁에서 잠들도록 시에 조치해놨더라고요…… 그가 다 예비해뒀습니다."

그는 곤혹스러워 보였다. 수염이 꺼칠한 두 볼을 손으로 비벼댔다.

그의 손은 장갑을 끼고 있어서 보이지 않았다. 그가 나를 좀 길다 싶게 응시했다.

"어머니 유골을 안치하는 날, 부인께서 뭔가 형식을 갖추는 걸 도와주셨으면 합니다. 말하자면 격식 없는 격식 비슷한 거요."

티티새가 하늘로 날아올랐다. 쓰다듬어달라고 내게 몸을 비벼오는 엘리안에게 겁을 먹은 탓이다.

"아, 전 그런 일은 하지 않아요. 피에르 루치니에게 문의하시는 게 좋겠어요. 레퓌블리크 가에 있는 '르 투르뇌르 뒤 발'˙ 장의사예요."

"장의사는 장례식에 필요하고요. 저는 그저 제가 그 양반의 묘에 어머니 유골을 안치하는 날, 어머니께 바칠 몇 마디를 쓰고 싶고 부인께서 그걸 도와주셨으면 하는 겁니다. 저 이외엔 아무도 안 오거든요. 그저 어머니랑 저만의…… 어머니께 어머니와 저만 간직할 몇 마디를 드리고 싶어요."

그가 이번에는 엘리안을 쓰다듬기 위해 몸을 굽혔다. 내게 이야기하면서도 녀석에게서 시선을 떼지 않았다.

"부인의 기록부…… 그 장례노트 말입니다, 부인은 그걸 뭐라고 부르시는지 모르겠군요, 아무튼 거기에 추도사를 옮겨놓으셨잖아요. 제가 그중 몇 마디를 차용해도 될지요…… 다른 이들 추도사를 제 어머니 추도사에."

그가 손으로 머리칼을 쓸어내렸다. 지난번의 희끗희끗한 머리칼이 더는 보이지 않았다. 어쩌면 햇볕을 받아 달리 보이는 것일 수 있다. 오

˙ 프랑스어로 '무도회 주최자'의 뜻.

늘, 하늘은 푸르고 해는 하얗게 빛난다. 내가 이 남자를 처음 만난 날은 하늘이 낮았다.

핀토 부인이 우리 곁으로 다가와 인사했다. "안녕, 비올레트." 그러고는 경찰을 경계하는 눈초리로 뜯어보았다. 이 마을에선 낯선 이가 대문이나 철책이나 현관을 넘어오면 그 즉시 경계의 눈초리를 던진다.

"오늘은 오후 4시에 장례식이 있어요. 저녁 7시 이후에 집으로 오시면 어떨까요. 그때 같이 문구를 작성해봐요."

그가 안도하는 표정을 지었다. 짐을 내려놓은 듯했다. 그가 호주머니에서 담배를 꺼내 입에 물더니 불을 붙이지 않은 채로, 가장 가까운 호텔이 어디에 있는지 물었다.

"25킬로미터 떨어진 곳에 있어요. 아니면 성당 뒤에 빨간 덧문들이 달린 작은 집이 있거든요. 브레앙 부인 댁인데 민박을 해요. 방이 딱 하난데 손님이 묵은 적이 없어요."

그는 더는 내 얘기를 듣고 있지 않았다. 시선이 딴 데 가 있었다. 자기 생각 속에 빠져 멀리 떠났던 그가 내게 다시 돌아왔다.

"브랑시옹엉샬롱…… 이곳엔 사건은 없나요?"

"사건이라면 우리 주변에서 끊이질 않죠. 모든 죽음은 누군가의 사건이니까요."

그가 기억 속을 헤집다가 원하는 바를 찾지 못한 듯했다. 두 손을 호호 불더니 중얼거렸다. "이따 뵙죠." 이어서 "감사합니다." 그가 철문을 향해서 중앙 통로를 거슬러 올라갔다. 여전히 발소리를 내지 않았다.

핀토 부인이 내 곁을 지나쳐 물뿌리개에 물을 채웠다. 그 뒤에서 마콩 종양센터 직원 클레르가 한 손에 장미 묘목을 들고서 티에리 테시에의 묘로 향한다. 내가 다가가자 클레르가 말했다.

"안녕하세요, 부인. 이 장미나무를 테시에 씨 무덤에 옮겨 심었으면 해요."

나는 관리실에 있는 노노에게 전화했다. 이곳엔 산역꾼들의 관리실이 있고, 그들은 그곳에서 옷을 갈아 입는다든지 아침저녁으로 샤워를 한다든지 옷을 세탁한다. 노노가 말하기를, 망자의 냄새는 옷에 배지 않는다. 하지만 머릿속에 들러붙은 걸 씻어줄 세척제는 절대 없다고.

클레르가 장미나무를 심기 원하는 위치에 노노가 구덩이를 파는 동안 엘비스는 옆에서 연신 흥얼거린다. "올웨이즈 온 마이 마인드, 올웨이즈 온 마이 마인드……" 노노가 장미나무가 곧게 뻗도록 지지대를 꽂고 이탄을 다독이더니, 클레르에게 자기도 티에리를 알았었다고, 좋은 사람이었다고 말했다.

클레르가 내게 티에리의 장미나무에 이따금 물을 주기를 부탁하며 사례하려고 했다. 나는 나무에 물은 주겠지만 돈은 절대 사양한다고 말했다. 정 내고 싶으면 부엌 냉장고 위에 있는 무당벌레 모양 저금통에 동전을 넣으라고, 그 돈으로 묘지 식구인 동물들의 사료를 구입한다고.

클레르는 "그럴게요"라고 답하고 나서 보통 이런 일은, 그러니까 센터 환자의 무덤을 찾는 일은 절대 없다고 말했다. 이번이 처음이고, 티에리 테시에는 너무 좋은 사람이라서 이렇게 주변에 아무것도 없이 덩그러니 묻히게 할 수는 없다는 것이었다. 티에리를 상징하기 위해 빨간 장미나무를 선택했고 이 나무를 통해서 그가 계속해서 존재하기를 바란다며, 꽃들이 그의 동반자가 되어줄 거라고 덧붙였다.

　나는 클레르를 묘지에서 가장 아름다운 무덤가로 데려갔다. 쥘리에트 몽트라셰(1898-1962)의 묘인데, 갖가지 식물과 관목들이 풍성하게 자라나 전혀 관리하지 않았는데도 다양한 색깔과 이파리들이 조화롭게 어우러져 있다. 천혜의 묘지 정원이라고 할까. 우연과 자연이 호의로 의기투합한 듯했다.

　클레르는 말했다. "이곳의 꽃들은 마치 하늘로 향하는 사다리 같군요." 그는 내게 감사를 표했다. 그러고는 내 집 부엌에서 물을 한 잔 마신 뒤 무당벌레 저금통에 지폐 몇 장을 흘려 넣고 떠났다.

10

너에 대해 이야기하는 것이 곧 너를 존재하게 하는 거야,

아무 말도 하지 않는다면 너는 잊힐 거야.

필리프 투생과는 1985년 7월 28일에 만났다. 위대한 시나리오 작가인 미셸 오디아르가 죽은 날이다. 어쩌면 바로 그 때문에 필리프 투생과 나는 늘 별반 나눌 이야기가 없었던 것인지도 모른다. 우리의 대화가 투탕카멘의 뇌전도보다 더 밋밋했던 건지도. 그가 "그 한잔, 우리 집에 가서 할까?"라고 제안했을 때 나는 곧바로 대답했다. "좋아."

클럽을 나서는데 다른 여자들의 시선이 느껴졌다. 필리프가 나를 바라보느라 등을 돌린 이후 그의 뒤로 계속해서 늘어나던 줄에서 목을 빼고 서 있던 여자들. 음악이 멈췄을 때, 아이섀도와 마스카라를 잔뜩 바른 그들의 눈동자가 나를 죽이고, 저주하고, 단단히 벼르는 것이 느껴졌다.

그에게 좋아, 하고 대답하고서 우리가 그의 오토바이에 올라타자마자 내 머리엔 너무 헐거운 헬멧이, 내 왼쪽 무릎엔 그의 손이 놓였다. 나는 두 눈을 감았다. 비가 내리기 시작했다. 얼굴에 떨어지는 빗방울이 느껴졌다.

그의 부모가 아들에게 샤를르빌메지에르 시내에 원룸 아파트를 얻어주었다. 아파트 계단을 오르며 나는 물어뜯은 흔적이 남은 내 손톱을 소매 속에 감추었다.

그는 집 안에 들어서기가 무섭게 한마디 말도 없이 내게 달려들었다. 나 역시 아무 말도 하지 않았다. 필리프 투생이 어찌나 잘생겼던지 나는 말을 잃었다. 마치 초등학교 5학년 때, 선생님이 피카소와 그의 청색시대에 대해 설명했을 때처럼. 선생님이 자로 짚으며 우리에게 소개했던 책의 그림들에 나는 말을 잃었고, 나의 남은 생은 청색이 되리라고 결심했었다.

나는 그가 내 몸에 제공한 쾌락에 얼떨떨한 채로 그의 집에서 잠이 들었다. 처음으로 남자와 자는 게 좋았고, 그것을 무언가의 대가로 삼지 않았다. 나는 또 하기를 바랐고, 우리는 또 시작했다. 나는 그의 집을 떠나지 않았고 다시 잠들었다. 하루가 지나고 이틀, 사흘. 그렇게 모든 날이 뒤섞였다. 그날이 그날 같았고 날짜 감각도 없었다. 기억이 더는 칸 구분이 없는 열차가 된 듯했다. 오직 여행의 추억만 남은.

필리프 투생은 나를 구경꾼으로 만들어버렸다. 잡지에 실린 푸른 눈의 금발 남자, 그 사진을 경탄스럽게 바라보며 이렇게 중얼거리는 여자아이 말이다. "이 사진은 내 거야, 이걸 주머니에 넣어 차지할 거야." 나는 그를 만지며 몇 시간이고 보냈다. 내 손은 늘 그의 몸 어딘가를 만지고 있었다. 얼굴을 뜯어먹고 살지 않는다지만 나는 그의 얼굴을 전채, 메인, 디저트까지 뜯어먹었다. 그러고도 더 먹을 것이 있었다면 마다하지 않았으리라. 그는 내가 그렇게 하도록 두었다. 그는 나를 마음에 들어하는 것 같았다. 내 몸짓들도. 나는 그의 소유였다. 그것만이 중요했다.

　나는 사랑에 빠졌다. 다행스럽게도 나는 애초에 가족이 없었다. 안
그랬다면 내가 가족을 잊었을 터였다. 필리프 투생은 나의 최우선적이
고 유일한 관심사가 되었다. 나의 모든 것과 내가 가진 모든 것을 그에
게 집중했다. 나의 온 존재를 오직 한 사람에게만. 만일 내가 그의 안으
로 들어갈 수 있었다면, 그 속에서 살 수 있었다면, 나는 그렇게 하기를
주저하지 않았을 것이다.

　어느 아침, 그가 내게 말했다. "여기 와서 살아." 아무 말도 덧붙이지
않고 단지 이렇게만 말했다. "여기 와서 살아." 나는 위탁가정에서 도망
쳤다. 아직 성인이 아니었기에 거길 나오는 건 그 방법뿐이었다. 나는
가방 하나만 달랑 들고서 필리프 투생의 집에 상륙했다. 그 가방엔 내
가 가진 전부가 담겨 있었다. 얼마 안 되는 보잘것없는 것들이. 우선 옷
가지와 나의 첫 인형인 카롤린. 처음 선물을 받았을 때 카롤린은 말을
했다. "안녕, 엄마, 내 이름은 카롤린이에요. 나랑 놀아주세요." 그러고
는 까르르 웃음을 터뜨렸다. 하지만 건전지가 방전되고 전기회로는 눅
눅해진 데다 수차례의 이사와 여러 위탁가정, 사회복지사, 특수지도사
등을 거치면서 카롤린 또한 말을 잃었다. 그 밖엔 학급 친구들의 사진과
네 장의 엘피판(에티엔 다호의 〈허언증 환자〉와 〈라 노떼, 라 노떼●〉,
록그룹 앵도쉰의 〈3〉, 샤를 트레네의 〈바다〉), 다섯 권의 '땡땡의 모험'
시리즈(『푸른 연꽃』『카스타피오레의 보석』『오토카 왕국의 지휘봉』
『땡땡과 카니발 작전』『태양의 신전』), 그리고 나의 빈약한 학창 시절

● 이탈리아어로 '밤'의 뜻.

54

의 동반자였으며 다른 모든 열등생 친구들(롤로, 시카, 소, 스테판, 마농, 이자벨, 앙젤로)의 볼펜 서명으로 뒤덮인 책가방.

필리프 투생이 자기 물건들을 한쪽으로 밀어 내 물건들을 놓도록 자리를 내주고는 말했다.

"넌 정말 별난 애로구나."

나는 이렇게 대답했다.

"우리 섹스할까?"

나는 대화를 시작하고 싶지 않았다. 그와 대화를 시작하고 싶었던 적이 결코 없었다.

11

그대의 가장 다정한 노래로 그의 안식을 토닥이기를.

파리 한 마리가 나의 포트와인 잔 속을 유영한다. 나는 잔을 들어 창가에 내려놓았다. 창문을 다시 닫고 있자니 길가를 걸어 올라오는 경찰이 보인다. 가로등 불빛이 그의 외투를 비추고 있다. 묘지로 올라오는 길가엔 나무들이 줄지어 서 있다. 길 끝엔 세드릭 신부의 성당이 있고, 성당 뒤로 시내로 이어지는 작은 길들이 뻗어 있다. 경찰이 걸음을 빨리한다. 추위로 몸이 곱아든 듯하다.

문득 혼자 있고 싶은 생각이 간절해진다. 여느 저녁처럼. 아무와도 말을 섞지 않고서 책을 읽는다든지 라디오를 듣는다든지 욕조에 몸을 담그고 싶다. 덧문들을 닫아걸고서 분홍색 실크 실내가운을 걸친 채 편안히 휴식했으면.

일단 묘지의 철문을 닫고 나면 모든 시간이 온전한 내 것이 된다. 오직 나만이 시간의 주인이다. 자기 시간의 주인이 된다는 건 값진 일이다. 인간이 누릴 수 있는 최고의 호사 중 하나가 아닐까.

평소 이 시간엔 여름옷을 입지만 오늘은 아직 겨울옷 차림이다. 경찰에게 저녁에 집에 들르라고, 도와주겠다고 덥석 약속한 나 자신이 원망스럽다.

그가 첫날처럼 문을 노크한다. 엘리안은 미동도 없다. 녀석은 이미 밤이다. 자기 집에 깔린 몇 겹의 이불 속에서 몸을 둥글게 말고 있다.

그가 내게 미소 지으며 인사한다. 그와 함께 건조한 한기가 집 안에 밀려든다. 나는 얼른 문을 닫고 그가 앉을 수 있도록 테이블에서 의자를 빼준다. 그는 외투를 벗지 않는다. 조짐이 좋다. 오래 머무르지 않겠다는 의미이리라.

나는 그에게 묻지도 않고 크리스털 잔을 꺼내 포트와인을 따라주었다. 호세루이스 페르난데스가 선물한 1983년산 크뤼 포트와인. 방문객이 내가 바bar로 사용하는 진열장 속의 술병 컬렉션을 차례로 훑으며 커다랗고 검은 두 눈을 껌뻑거린다. 수백 병이 진열돼 있다. 아페리티프용 와인, 몰트위스키, 리큐어, 브랜디, 독주.

"밀수한 거 아니고, 다 선물 받은 거예요. 대개 저한텐 꽃 선물은 하지 않거든요. 묘지기한텐 꽃을 주지 않죠, 꽃은 제가 파니까요. 꽃장수한텐 꽃을 주는 게 아니잖아요. 매년 휴가에서 돌아오며 플라스틱 상자에 든 인형을 갖다주는 핀토 부인 외에는 다들 술병이나 잼을 들고 오죠. 그걸 다 맛보려면 이번 생만으로는 안 될걸요, 몇 번의 생을 더 살아야지. 그래서 대개는 산역꾼들과 나눠요."

그가 장갑을 벗더니 포트와인의 첫 모금을 넘겼다.

"지금 드신 게 제가 가진 것 중 최상급이랍니다."

"천상의 맛이네요."

왜인지 몰라도 그가 내 포트와인을 마시며 '천상'이라는 단어를 입에 올리리라고는 상상도 하지 못했다. 사방으로 헝클어진 머리칼을 제외하면 그에게선 어떤 낭만도 찾아볼 수 없다. 그는 그가 걸친 옷들만큼이나 칙칙해 보인다.

나는 필기구를 들고서 그의 맞은편에 앉아 어머니에 대해 이야기해 달라고 말했다. 그가 얼마간 생각에 잠긴 듯하더니, 숨을 들이마시곤 대답했다.

"금발이셨어요. 염색이 아닌 자연 금발."

그러고는 끝이었다. 그는 또다시 하얀 벽들을 명화라도 걸린 듯 관찰하기 시작했고, 이따금 크리스털 잔을 입으로 가져가 액체를 목 안으로 조금씩 넘겼다. 그가 와인을 음미하고 있다는 걸 알 수 있었다. 술을 마시며 차차 긴장이 풀어지고 있다는 걸.

"살면서 이야기라는 걸 제대로 해본 적이 없어요. 사건 보고나 신원 파악이나 할 줄 알죠. 가령 누군가 흉터나 주근깨나 사마귀가 있다든가…… 다리를 절룩거린다든가, 신발 사이즈라든가 그런 건 말할 수 있어요…… 신장, 몸무게, 눈동자 색, 피부색 같은 특징은 한눈에 파악이 되죠. 하지만 감정을 가늠하는 건…… 제 능력 밖의 일입니다. 혹시 뭔가 숨기는 게 있는 사람이라면 모를까……"

그가 잔을 비웠다. 나는 바로 잔을 다시 채워준 뒤, 도자기 접시에 콩테 치즈 몇 조각을 잘라 놓았다.

"비밀을 잡아내는 후각은 발달했거든요. 그야말로 사냥개죠…… 무언가를 숨기고 있는 건 바로 알아채요. 제 말은 이제껏은 그렇게 알고 있었는데…… 막상 어머니의 마지막 유언을 알고 나니 그것도 영……"

내 포트와인은 모두에게 똑같은 효력을 발휘한다. 진실의 묘약이다.

"부인은요? 부인은 안 드십니까?"

나는 잔에 눈물방울만큼 소량을 따라 그와 잔을 부딪쳤다.

"그것만 드세요?"

"전 묘지기예요. 이렇게 눈물방울씩만 마셔요…… 어머니의 '취미'에 대해 얘기해보면 어떨까요. 연극이나 번지점프 같은 게 아니어도 돼요. 어떤 색을 좋아하셨는지, 어디로 산책 다니기를 즐기셨는지, 무슨 음악을 좋아하셨는지, 어떤 영화를 보셨는지, 고양이나 개 또는 식물은 키우셨는지, 그것들을 어떻게 돌봤는지, 비나 바람이나 햇빛은 좋아하셨는지, 어떤 계절에 설레셨는지……"

그는 오래도록 묵묵부답이었다. 길을 잃은 산책자처럼 낱말들을 찾아 헤매는 눈치였다. 그가 잔을 비우더니 입을 열었다.

"눈과 장미를 좋아하셨어요."

그러고 끝이었다. 모친에 대해 더는 아무 할 말이 없었다. 그는 민망해하는 동시에 어쩔 줄 몰라 했다. 마치 내게 어떤 희귀병에 걸린 걸, 가족에 대해 말하지 못하는 병에 걸린 걸 고백이라도 한 사람 같았다.

나는 자리에서 일어나 서류장으로 가서 2015년 기록부를 꺼내 첫 페이지를 펼쳤다.

"2015년 1월 1일에 마리 제앙을 위해 낭독한 추도사예요. 손녀딸이 업무상 외국에 있어서 장례식에 참석할 수 없자, 내게 이걸 써 보내 장례식에서 읽어달라고 부탁했죠. 이게 당신한테 도움이 될 것 같아요. 이 기록부를 갖고 가서 추도사를 읽으며 메모를 해보세요. 내일 오전에 돌려주시고요."

그가 벌떡 일어나 기록부를 받아 팔에 꼈다. 기록부가 내 집 밖을 나가는 건 이번이 처음이다.

"감사합니다. 전부 다 감사합니다."

"브레앙 부인 댁에서 묵으시나요?"

"네."

"저녁식사는요?"

"브레앙 부인이 준비해주셨어요."

"마르세유엔 내일 돌아가시고요?"

"새벽에요. 기록부는 떠나기 전에 가져다놓겠습니다."

"창문턱에 두세요. 파란색 화분 뒤에."

12

잘 자, 할머니, 잘 자, 하지만 어린애 같은 우리의 웃음소리만큼은
천상의 가장 높은 곳에서도 여전히 들릴 거야.

마리 제앙을 위한 추도사

할머니는 걷는 법이 없이 늘 종종대셨어요. 좀처럼 가만히 계시
질 않으셨죠. 진드그러하질 않으셨어요. '진드그러하다'는 '진드근
하다'의 방언이에요. "좀 진드그러하게 있어"라고 하면 "움직이지
말고 한자리에 가만히 있어"라는 뜻이죠. 그런데 정말로 그렇게 됐
네요. 이제 더는 움직이지 않고 한자리에 가만히 계시니까.

할머니는 일찍 잠들고 새벽 5시면 일어나, 빵집이며 식료품점에
제일 먼저 도착하곤 했어요. 줄을 서지 않도록. 줄 서는 걸 질색하
셨거든요. 오전 9시면 이미 하루치 장 보기가 끝나죠.

할머니는 12월 31일에서 1월 1일로 넘어가는 밤에 돌아가셨어
요. 평생을 잠시도 쉬지 않고 헉헉거리며 사시던 분이 휴일에 돌아
가신 거예요. 새해맞이 파티가 벌어지는 통에 각종 사건 사고가 많
은 때인데, 할머니가 천국 문 앞에서 너무 오래 줄 서 계시지 않았

으면 해요.

방학이면 저는 할머니를 졸라 뜨개바늘 두 개와 양모 털실을 얻어내곤 했어요. 결코 열 줄 이상 떠본 적이 없었죠. 세월이 지나 어쩌면 상상하던 머플러 한 개쯤 완성할 수도 있을 거예요. 그러면 마침내 저도 천국에 가게 되었을 때 할머니가 직접 제 목에 둘러주시겠죠. 물론 제가 천국에 갈 자격이 된다면 말이에요.

할머니는 전화로 당신임을 밝힐 땐 껄껄거리며 "할미다"하셨어요.

자식과 손주들에게 매주 편지를 쓰셨죠. 집에서 멀리 떠난 자손들에게. 할머니는 늘 생각을 가감 없이 말씀하셨어요.

생일이나 기념일, 크리스마스, 부활절엔 '똥강아지들'에게 소포나 수표를 보내셨고요. 할머니껜 모든 자손이 '똥강아지'예요.

할머니는 맥주와 와인을 좋아하셨어요.

빵을 자르기 전엔 빵 위에 십자가를 그리셨죠.

'주 예수'와 '성모마리아'를 입에 달고 사셨고요. 할머니껜 마침표 같은 거라고 할까요. 문장이 끝날 때마다 붙이는 구두점이요.

부엌 찬장엔 커다란 라디오가 있었는데 아침 내내 켜져 있었죠. 일찍 혼자되신 까닭에 남자 진행자들의 목소리가 삶의 동반자가되어주지 않았나 싶어요.

정오부터는 텔레비전이 라디오의 바통을 이어받아요. 정적을 죽일 수 있도록. 온갖 의미 없는 게임 쇼들이 화면에 차례로 지나가요. 결국 할머니가 일일 연속극 〈사랑의 불꽃〉 앞에서 잠들 때까지 말이죠. 할머니는 연속극 속 인물들의 대사에 번번이 토를 달아요, 마치 그들이 실제로 존재한다는 듯이요.

온전히 걸을 수 없게 되자 별수 없이 집을 떠나 요양원에 가시기 2, 3년 전쯤이었어요. 우리가 할머니 창고에서 크리스마스 꽃장식이며 트리에 다는 장식 볼을 훔쳤는데, 할머니가 제게 울면서 전화하셨죠. 마치 할머니 평생의 크리스마스를 모조리 도둑맞기라도 한 듯이요.

할머니는 노래를 자주 흥얼거리셨어요. 굉장히 자주. 심지어 생이 끝나갈 무렵에도 "노래하고 싶어" 하셨죠. "죽고 싶어"라고도 하셨어요.

할머니는 일요일엔 꼬박꼬박 미사에 참석하셨어요.

또한 아무것도 버리는 법이 없었죠. 특히 남은 음식은. 꼭 다시 데워 드셨어요. 때로는 한 음식을 며칠에 걸쳐 몇 번이고 재탕을 해서 탈이 나기도 하셨죠. 하지만 할머니는 멀쩡한 걸 쓰레기통에 버리느니, 토하는 한이 있더라도 먹어야 한다는 쪽이셨어요. 전쟁을 겪은 분의 배 속에 똬리를 튼 오랜 습관일 거예요.

할머니는 겨자소스를 살 때도, 캐릭터 그림이 그려진 유리잔 모양의 용기를 선택했어요. 방학에 찾아오는 '똥강아지들'에게 주기 위해서죠.

할머니의 가스레인지 위 무쇠 냄비에선 늘 맛있는 음식이 보글거렸어요. 밥을 곁들인 닭 요리를 만들면 일주일은 가죠. 닭 육수는 저녁식사에 수프로 활용되고요. 또 할머니의 부엌에선 두세 개의 양파가 프라이팬 위에서 익어가고 있었어요. 침이 고이게 하는 소스가 끓고 있었고요.

할머니는 늘 세입자였어요. 주인이었던 적이 없어요. 할머니 소유의 유일한 공간이라면 바로 할머니가 묻힌 가족묘예요.

방학을 맞아 우리가 온다는 걸 아시면 부엌 창문가에 붙어 우리를 기다리셨죠. 집 아래 작은 주차장에 멈춰 서는 자동차들을 연신 살피면서요. 우리가 멀리서 부엌 창문에 솟은 할머니의 흰머리를 보면서 다가가면, 할머니는 우리가 집에 채 닿기도 전에 말씀하시곤 했죠. "이 할미 보러 또 언제들 올 거냐?" 마치 우리가 곧장 떠나기를 바라시는 것처럼.

생애 마지막 몇 해는 더는 우리를 기다리지 않으셨어요. 함께 외식하기 위해 요양원으로 모시러 가는 날 오 분 정도 늦는 불상사가 발생하면, 이미 다른 분들과 구내식당에 가 계셨어요.

할머니는 헤어 롤을 만 머리가 풀리지 않도록 머리에 망을 쓰고 주무셨어요.

매일 아침, 미지근한 물에 레몬즙을 타서 드셨죠.

할머니의 침대 시트는 빨간색이었어요.

할머니는 할아버지의 전시 대모였죠. 일선 장병에게 위문품이나 위문편지를 보내주는 여자 말이에요. 할머니가 전선의 할아버지께 위문품과 편지를 보내주셨죠. 뤼시앵 할아버지가 부헨발트 강제수용소에서 돌아왔을 때 할머니는 할아버지를 알아보지 못했어요. 할머니의 침대맡 협탁엔 할아버지의 사진이 놓여 있었죠. 그 사진은 요양원까지 할머니를 따라갔고요.

저는 할머니의 나일론 잠옷을 입어보는 게 얼마나 신이 났던지요. 할머니는 필요한 모든 걸 편지로 요청하셨고 온갖 자질구레한 물품과 선물을 받으셨거든요. 저는 할머니 집에 도착하기가 무섭게 옷장을 뒤져봐도 되느냐고 묻곤 했고 할머니의 대답은 한결같았죠. "되고말고. 어서 가서 열어보렴." 그럼 저는 몇 시간이고 할머니의 옷장을 뒤졌고, 미사 경본이며 이브 로셰 크림이며 이불 시트, 납 병정 인형, 털실 뭉치, 원피스, 머플러, 브로치, 도자기 인형들을 끄집어내곤 했어요.

할머니의 손은 거칠었어요.

때로 제가 할머니의 헤어 롤을 말아드리곤 했죠.

할머니는 절대 물을 틀어놓고 그릇을 헹구지 않았어요. 물이 아까워서요.

말년엔 요양원 신세가 되신 것을 두고서 "대체 내가 하느님한테 뭔 잘못을 했기에 여기 있는 거냐?"라고 말씀하셨죠.

저는 열일곱 살 무렵엔 할머니의 작은 아파트를 슬슬 꺼리기 시작했어요. 할머니 집에서 300미터 거리에 사는 외숙모 집에 자러 가려고요. 외숙모 집은 1층에 대형 카페와 젊은이들이 드나드는 극장이 있는 멋진 아파트였거든요. 극장엔 테이블 축구 게임기며 비디오 게임기며 아이스크림 가게도 있었어요. 아무튼 밥은 할머니 집에 가서 먹더라도, 온종일 여는 상영관이나 술집이나 몰래 피우는 담배 맛 때문에 잠만은 외숙모 집에서 자고 싶었죠.

외숙모 집에 가면 페브라는 이름의 상냥한 아줌마가 늘 집안일이나 다림질을 하고 있었어요. 그런데 어느 날인가 외숙모 집에서, 방마다 청소기를 돌리던 할머니와 코앞에서 마주친 거예요. 페브 아줌마가 아팠던지 휴가 중이었던지 아무튼 할머니가 대신 오신 거였어요. 그런 날들이 적지 않다는 걸, 저는 그제야 알게 됐죠.

할머니가 돌아가신 날, 저는 바로 '그 일' 때문에 잠을 이룰 수 없었어요. 그때, 우리 사이에 감돌았던 그 불편했던 감정 때문에. 낄낄거리면서 방문을 연 순간 집안일을 하시던 할머니와 코앞에서 마주쳤을 때의 그 당황스러움, 쪼들리는 월말을 수습하고자 몸을 굽힌 채 청소기를 돌리시던 할머니. 그날 우리가 무슨 얘기를 나누었는지 기억을 떠올리려 했지만 허사였죠. 그래서 잠을 이룰 수 없었어요. 그날의 장면을 머릿속에서 자꾸 되새겼어요. 할머니가 돌아가시기 전까진 까맣게 잊고 있던 그 장면을. 매일 밤 그 문을 열어 그 뒤에 있던 할머니, 남들 집에서 일을 하던 할머니를 그려보았죠. 매일 밤, 나는 사촌들과 낄낄댔고 할머니는 청소기를 돌렸어요.

이다음에 할머니를 뵙게 되면 이렇게 여쭐 거예요. "할무니, 할무니가 외숙모 집에서 일하는 걸 내가 봤던 날 기억나?" 할머니는 분명 어깨를 풀썩 추어올리며 이렇게 대답하실 거예요. "우리 똥강아지들, 우리 똥강아지들은 잘 지내니?"

13

죽음보다 강하다.

산 사람들의 기억 속에 남아 있는,

가고 없는 사람들에 대한 추억은.

파란색 화분 뒤에 2015년 기록부가 놓여 있었다. 경찰이 메모를 남겼다. '정말 감사합니다. 전화 드리겠습니다.' 마르세유 8구의 스포츠 센터 전단지 뒷장에. 앞장에선 여성 모델이 웃고 있었다. 여자의 환상적인 몸이 무릎 부근에서 찢겼다.

다른 말은 없었다. 마리 제앙을 위한 추도사나 그의 어머니에 대해서도 아무 언급이 없었다. 그는 아직 마르세유에서 멀리 있을까, 아니면 벌써 도착했을까? 몇 시에 출발한 거지? 바닷가에 살고 있을까? 바다를 바라볼까, 아니면 바다엔 이제 관심 없을까? 너무 오래 함께 산 사람들이 헤어지는 것처럼.

묘지의 철문을 여는데 노노와 엘비스가 도착했다. "안녕, 비올레트!" 그들이 인사말을 던지고는 중앙 통로에 공무용 트럭을 주차한 뒤, 관리실로 가서 작업복을 걸쳤다. 간밤에 아무런 이상이 없었는지, 다들 제자리에 잘 있는지 묘지를 둘러보고 있으려니 그들의 웃음소리가 들려왔다.

고양이들이 다가와 내 다리에 몸을 비볐다. 현재 묘지 식구는 총 열한 마리다. 그중 다섯 마리는 고인들이 주인이었다. 적어도 그렇지 싶은 게, 이 녀석들은 각각 샤를로트 부아뱅(1954-2010), 올리비에 페주(1965-2012), 비르지니 테상디에(1928-2004), 베르트랑 위트먼(1947-2003), 플로랑스 르루(1931-2009)의 장례 날 나타났다. 샤를로트는 털이 하얗고, 올리비에는 까맣다. 비르지니는 줄무늬가 있고, 베르트랑은 회색이며, 플로랑스(다른 애들처럼 주인을 따라 여자 이름이지만 이 녀석은 수컷이다)는 하얀색과 검은색과 갈색이 섞였다. 다른 여섯 마리는 세월과 함께 흘러들었고, 사라졌다 나타나기를 반복한다. 묘지에서 고양이들을 거두어 밥도 먹이고 중성화도 시킨다는 것을 알고 사람들이 고양이들을 묘지에 버리거나 심지어 담장 너머로 던졌다.

엘비스가 이 녀석들을 보는 대로 이름을 지어주었다. 스페니시 아이스, 켄터키 레인, 무디 블루, 러브 미, 투티 프루티, 마이 웨이.* 마이 웨이는 남성용 구두 상자(43 사이즈)에 담겨 내 집 현관 매트 위에 놓인 걸 발견했다.

묘지에 아이들이 새로 올 때마다 노노가 이곳의 분위기를 알린다. "경고하는데 여기 주인 특기가 불알 싹뚝이란다." 그래도 고양이들은 아랑곳없이 내 곁에 머문다.

노노가 내 집 문에 고양이 출입구를 만들어놓았지만, 대부분은 영안소로 스며든다. 고양이들에게도 익숙한 곳, 선호하는 자리가 있기 마련이다. 마이 웨이와 플로랑스만이 내 침실 곳곳에서 웅크리고 있고,

---

● 모두 엘비스 프레슬리의 노래 제목이다.

나머지는 현관까지 나를 졸졸 따라와도 집 안으로 들어오진 않는다. 마치 필리프 투생이 여전히 집에 있다는 듯. 혹시 고양이들이 그의 영혼을 보았을까? 고양이들은 영혼과 이야기를 나눈다는 말이 있지 않은가. 필리프 투생은 고양이를 좋아하지 않았다. 반면에 나는 솜털 보드라운 유년 시절부터 고양이를 좋아했다. 비록 나의 유년 시절은 거칠기만 했다 해도.

묘지 방문객들은 대개 고양이와 마주치기를 좋아한다. 그들 중 다수가 이곳에 묻힌 그들의 측근이 고양이를 통해 신호를 보낸다고 믿는다. 미슐린 클레망(1957-2013)의 묘엔 다음과 같이 쓰였다. "혹여 천국이 있다면, 그곳은 고양이와 개들이 맞아주는 곳일지니."

나는 무디 블루와 비르지니를 뒤로한 채 집으로 들어갔다. 문을 열자 노노가 세드릭 신부에게 가스통에 대해 한창 이야기 중이었다. 가스통의 전설적인 실수며 가스통에겐 끊이지 않는 듯한 그 지진에 대해서. 이장이 있던 어느 날, 가스통이 묘지 한가운데서 인골이 가득한 수레를 뒤엎었고 그 바람에 해골이 벤치 밑으로 굴러 들어갔다. 이를 알아차리지 못하는 가스통에게 노노가 벤치 밑에 '당구공'이 있다는 걸 알렸다.

세드릭은 이전 신부들과 달리 아침마다 내 집에 들렀다. 노노의 이야기를 들으며 세드릭 신부가 되뇌었다. "하느님 맙소사, 말도 안 돼, 하느님 맙소사, 말도 안 돼." 그러면서도 아침이면 어김없이 내 집을 찾아와 노노의 이야기에 빠져들며 질문을 해댔다. 노노의 말이 끝날 때마다 박장대소를 했고 우리도 덩달아 웃음을 터뜨렸다. 내가 제일 먼저 웃었다.

나는 죽음에 대해 농담하며 웃기를, 죽음을 희화하기를 즐긴다. 죽음을 무찌르는 나만의 방법이다. 그렇게 죽음은 덜 심각해진다. 죽음을 가벼이 대하며 삶이 죽음 위로 올라서게 한다, 더 큰 힘을 갖게 한다.

노노는 세드릭 신부에게 반말을 하지만, 호칭은 꼬박꼬박 '신부님'을 사용한다.

"주구장창 그 모양이라니까, 한번은 시신을 꺼냈는데 이게 거의 그대로인 거라. 아니, 신부님, 70년이 넘은 시체가 그대로더라고! 문제는 시체를 다시 묻어야 하는데 구멍이 너무 작은 거라. 그러니 엘비스가 나한테 헐레벌떡 뛰어와서는 여느 때처럼 콧물을 흘리며 재촉했지. '노노, 얼른 와봐, 얼른.' 무슨 일이냐고 물었더니 엘비스가 소리를 꽥지르더라고. '가스통이 손님을 거시기에 욱여넣고 있어!' 뭔 거시기냐며 구덩이까지 냅다 뛰어갔더니만 가스통이 시체를 구덩이에 우격다짐으로 밀어넣고 있더라고! 내가 한소리 했지. '젠장칠, 여기가 전쟁통 독일놈들 막사도 아니고, 대체 뭐 하는 짓이야!' 제일 기막힌 건, 어이구야, 제일 기막힌 건, 내가 시장한테는 백 번도 더 한 말인데, 그때마다 시장도 웃겨죽거든…… 뭐냐면 시에서 우리한테 부탄가스 통을 줬어, 토치를 연결해서 네 바퀴 수레로 밀고 다니면서 잡초를 태우라는 거였지. 그래, 엘비스가 점화를 하고 가스통이 가스를 열었는데…… 생각해봐, 신부님, 가스를 조심조심 열어야 할 거 아냐, 근데 가스통이 한 번에 왕창 열어버린 거야, 그랬으니 묘지 전체가 펑! 터져버렸지! 전쟁이 났다고 해도 믿었을 거야. 이제부터 배꼽들 꼭 붙들어 매! 그랬더니 글쎄……"

노노가 천둥 같은 소리로 웃기 시작했다. 가까스로 진정한 그가 수건에 코를 풀더니 말을 이었다.

"한 부인이 무덤의 묘석을 닦고 있었거든. 핸드백을 무덤에 올려놓고서. 그 핸드백에 불이 붙었어…… 맹세하는데 진짜야, 신부님! 거짓말이면 이 자리에서 죽어도 좋아. 엘비스가 글쎄 불을 끄려고 핸드백 위로 껑충 달려들었어, 핸드백 위로 껑충!"

창문에 등을 기댄 채 마이 웨이를 무릎에 올려놓은 엘비스가 나직하게 흥얼거리기 시작했다. "아이 펠 마이 템퍼러처 라이징, 하이어, 하이어, 잇츠 버닝 스루 투 마이 소울……"

"엘비스, 신부님한테 핸드백 안에 안경이 들어 있었다고 어서 말해, 네가 그걸 으스러뜨렸다고 이실직고하란 말이야! 정말이지 신부님이 그 꼴을 봤어야 해! 엘비스가 '가스통이 핸드백에 불을 내서 그만……' 이라고 하는데 부인이 악을 쓰는 거야. '저 작자가 내 안경을 빼갰어! 저 작자가 내 안경을 빠개버렸다고!'"

세드릭 신부가 미친 듯이 웃다 못해 찻잔에 얼굴을 묻고 흐느꼈다.

"하느님 맙소사, 말도 안 돼, 하느님 맙소사, 말도 안 돼!"

유리창을 통해 대장이 나타나는 것을 본 노노가 부리나케 일어났다. 엘비스도 그를 따라 몸을 일으켰다.

"호랑이도 제 말 하면 온다더니. 흥 좀 보려니까 나타나네. 미안해, 신부님! 신께서 날 용서하시길, 혹시 용서하지 않으셔도 상관없고. 자, 다들 안녕!"

노노와 엘비스가 집을 나서 자기네 대장 쪽으로 향한다. 장루이 다르몽빌이 시의 공익사업부 책임자로서 산역꾼들을 감독한다.

그는 브랑시옹 중심가만큼이나 이 묘지에도 애인이 많은 듯하다. 그렇다고 멍청이는 아니다. 그는 이따금 이곳에 코빼기를 내밀고 묘지 안을 어슬렁거린다. 그가 품에 안는 둥 마는 둥 했던 그 모든 여자들을 추억하는 것일까? 그들의 사진을 보는 것일까? 그들의 이름을 기억이나 할까? 그들의 얼굴은? 목소리는? 웃음은? 체취는? 사랑이 아니었던 그의 사랑에서 무엇이 남았을까? 나는 그가 묵념하는 걸 단 한 번도 본 적이 없다. 그저 고개를 쳐들고 거니는 것만 보았을 뿐. 저 여자들 중에 그에 대해 떠벌릴 사람이 아무도 없다는 걸 확인하러 오는 것일까?

나에겐 대장이 없다. 시장만이 있을 뿐. 20년간 바뀌지 않은 시장. 나는 그를 오직 시 관계자들의 장례가 있을 때만 본다. 지역 상인들, 군인들, 시청 직원들, 이곳에서 소위 '기름'이라고 부르는 유력 인사들. 한 번은 그의 유년 시절 친구가 이곳에 묻혔는데, 슬픔이 어찌나 깊게 드리웠던지 얼굴을 알아보지 못할 정도였다.

세드릭 신부도 떠나기 위해 자리에서 일어났다.

"좋은 하루 보내세요, 비올레트. 커피도 잘 마셨고 즐거운 시간도 감사해요. 정말 밝은 기운 받고 갑니다."

"좋은 하루 보내세요, 신부님."

그가 문손잡이에 손을 얹었다가 나를 돌아본다.

"비올레트 자매님, 혹시 자매님도 의심할 때가 있어요?"

나는 대답 전에 내 말의 무게를 가늠해본다. 나는 늘 내 말의 무게를 가늠한다. 절대 모를 일이니까. 신의 대리인을 상대할 때는 더더욱.

"요 몇 년은 덜해요. 여기가 내 자리라는 생각이 들어서 그런가."

그가 잠시 생각하더니 말을 이었다.

"전 제가 부족한 건 아닌지 두렵습니다. 미사를 집전하고 혼례를 말고 세례를 베풀고 설교를 하고 교리를 가르치는 건, 무거운 책임이죠. 내게 고해를 하는 성도들을 배신하는 기분이 종종 들어요. 제일 먼저 신을 배신하는 기분이."

이번엔 아무것도 재지 않고 대답했다.

"신이 먼저 인간을 배신했다는 생각은 해본 적 없으세요?"

"신은 사랑이실 뿐입니다."

"신이 사랑일 뿐이라면 당연히 인간을 배신했겠네요. 사랑의 본질은 배신이니까요."

"비올레트, 정말 그렇게 생각하는 겁니까?"

"전 늘 생각한 걸 말하는걸요. 신은 인간의 초상이에요. 신은 거짓말하고, 베풀고, 사랑하고, 다시 빼앗고, 배신하죠. 모든 인간들처럼."

"신은 만유의 사랑입니다. 신은 모든 창조물을 통해 진화하십니다. 자매님 덕분에, 우리 덕분에, 모든 진리의 위계질서 덕분에, 신은 모든 살아 있는 것 안에서 느끼고 살아 계세요. 항상 더 완벽하고 아름다운 것을 창조하기를 원하십니다. 제가 의심하는 건 저예요. 신에 대해선 절대 의심하지 않습니다."

"왜 신부님을 의심하시는데요?"

그는 아무 소리도 내지 못했다. 실의에 빠진 그가 나를 바라보았다.

"말씀하셔도 돼요, 신부님. 브랑시옹엔 고해실이 두 군데랍니다. 신부님의 성당, 그리고 여기요. 사람들이 이곳에서 많은 걸 이야기한다는 걸 알아두세요."

그가 슬프게 웃었다.

"아버지가 되고 싶은 욕망이 점점 강해집니다…… 밤에 자다가도 벌떡 일어날 정도로…… 처음엔 이 부성 욕구를 오만이나 허영으로 간주했습니다만……"

그가 테이블로 다가가 무심결에 사탕 상자를 열었다 닫았다. 마이 웨이가 다리에 몸을 비비자, 그가 허리를 굽혀 마이 웨이를 쓰다듬었다.

"입양은 생각해보셨어요?"

"제겐 권리가 없는걸요, 비올레트 자매님. 모든 법으로 금지돼 있어요. 인간의 법으로도 신의 법으로도."

그가 몸을 돌려 무심결에 창문을 바라본다. 그림자 하나가 지나간다.

"이런 질문을 용서하세요, 신부님. 혹시 사랑에 빠져보셨나요?"

"제가 사랑하는 건 오직 신뿐입니다."

14

누군가 당신을 사랑한 날,

날이 몹시 좋았다.

우리가 샤를르빌메지에르에서 같이 살았던 첫 몇 달 동안 나는 빨간 색 수성 펜으로 달력의 날짜들에 매일 이렇게 쓰곤 했다. 미친 사랑. 그 1985년 12월 31일까지는. 내 그림자는 늘 필리프 투생의 그림자 속에 있었다. 일할 때를 제외하고는. 그는 나를 빨아들였다. 나를 마셨고 나를 뒤덮었다. 그는 감당할 수 없을 만큼 관능적이었다. 입술로 나를 캐러멜처럼, 슈거 파우더처럼 녹였다. 내겐 축제의 연속인 날들이었다. 당시의 내 삶을 떠올리면 축제 속의 내가 보인다.

그는 손과 입술과 키스를 어디에 두어야 하는지 모르는 때가 없었다. 결코 헤매는 법이 없었다. 내 몸의 지도를 보유하고 있었고, 나는 존재조차 몰랐던 여정을 외우고 있었다.

관계가 끝나면 우리의 다리와 입술은 하나가 되어 덜덜거렸다. 우리는 서로의 불길 속에서 살았다. 필리프 투생은 되뇌곤 했다. "비올레트, 미친, 아, 미친, 비올레트, 이런 기분은 난생처음이야! 넌 마녀야, 마녀가 분명해!"

그는 첫해부터 이미 바람을 피웠던 것 같다. 바람을 피우지 않은 적이 없었으리라. 숨 쉬듯 거짓말을 하고, 내게서 등을 돌리는 즉시 다른 여자들에게 달려갔을 터였다.

필리프 투생은 물 위에선 그토록 우아했다가 뭍에선 뒤뚱거리는 저 백조들과 같았다. 그는 우리의 침대를 천국으로 변신시켰다. 사랑을 할 땐 다정하고 관능적이었다. 그러다 몸을 일으키면, 수직선이 되면, 우리 사랑의 수평선을 떠나면, 그는 여러모로 감을 잃었다. 어떤 대화도 나눌 줄 몰랐고, 관심은 오직 오토바이와 비디오 게임뿐이었다.

그는 내가 바텐더 일을 계속하기를 원치 않았다. 내게 접근하는 남자들을 심하게 질투했다. 그래서 곧바로 그만두어야 했다. 이후 나는 브라스리에서 종업원으로 일했다. 점심 영업 준비를 위해 오전 10시에 출근해 저녁 6시에 퇴근했다.

오전에 내가 원룸 아파트를 나설 때 필리프 투생은 여전히 자고 있었다. 포근한 둥지를 떠나 거리의 한기 속으로 나서는 건 전혀 쉽지 않았다. 그는 낮 동안 오토바이를 타러 간다고 말했다. 저녁에 집에 돌아오면 그가 텔레비전 앞에 누워 있었다. 나는 문을 열고 들어가 그의 위에 누웠다. 일이 끝난 뒤 햇살에 잠긴 커다랗고 따뜻한 수영장에 몸을 담그는 것과 정확히 똑같은 효과였다. 내 삶이 청색이기를 원했는데, 정말 그렇게 되었다.

나는 그가 나를 만지게 하기 위해서라면 무엇이든 할 수 있었다. 단지 그것, 나를 만지게 하기 위해서라면. 내 육체와 영혼이 그의 것이 된 기분이었고, 그게 무척 좋았다. 육체와 영혼이 그의 것이 된 것이. 나는 열일곱 살이었고, 그간 누리지 못했던 뒤늦은 행복을 느꼈다. 그가 나를 떠났더라면, 내 육체는 엄마와의 이별 이후 두 번째 이별의 충격을 받아들이지 못했을 것이다.

필리프 투생은 이따금씩만 일했다. 부모가 노발대발할 때만. 그의 부친에겐 그를 고용해줄 친구가 끊이지 않았다. 그는 만능이었다. 건물 페인트칠, 수리기사, 배달기사, 야간경비원, 건물관리원. 필리프 투생은 첫날엔 정시에 출근했지만 대개 일주일을 버티지 못했다. 늘 그만둘 핑계를 찾아냈다. 우리는 내 월급으로 생활했다. 나는 미성년자였기에 내 월급은 그의 계좌로 입금됐다. 그 편이 보다 간단했다. 나는 팁만 챙겼다.

간혹 그의 부모가 낮에 예고 없이 들이닥치기도 했다. 그들에겐 보조 키가 있었고, 아파트에 들이닥쳐 스물일곱 살짜리 외동아들을 나무란 뒤 냉장고를 채워놓고 떠나곤 했다.

나는 그들을 본 적이 없었다. 나는 일을 했다. 하지만 휴가를 낸 어느 날, 그들이 불쑥 나타났다. 우리가 섹스를 끝낸 직후였다. 나는 벌거벗은 채로 소파에 누워 있었고 필리프 투생은 샤워 중이었다. 나는 그들이 들어오는 소리를 듣지 못했다. 리오의 노래를 목청껏 불러대고 있었기 때문이다. "날 사랑한다 말해줘! 거짓말이라 해도! 거짓말이라는 걸 나도 아니까! 삶이 너무도 슬퍼! 날 사랑한다 말해줘! 그날이 그날같이 흐르고 있어! 난 로매애애애앤스가 필요해!" 그들을 본 순간 이런 생각이 들었다. '필리프 투생은 부모와 하나도 안 닮았구나.'

투생의 모친이 내게 보낸 시선, 그 비웃음을 결코 잊지 못하리라. 그 시선에 담긴 경멸을 결코. 글을 떠듬떠듬 읽고 어휘력도 달리는 나였지만 그 시선은 읽을 수 있었다. 마치 악당의 거울이 나를 초라하고 비참하고 무가치한 어린 여자로 비춰 보여주는 듯했다. 쓰레기, 버려지, 오점, 천박한 것.

모친의 머리칼은 다갈색이었다. 머리를 어찌나 세게 잡아당겨 틀어 올렸던지 맑은 피부의 관자놀이에 불거진 정맥이 훤히 보였다. 입술은 못마땅한 듯 일직선을 그렸고, 푸른 눈동자의 눈두덩에 늘 칠하는 초록색 아이섀도는, 저주처럼 시도 때도 없이 흘리고 다니는 세련되지 못한 감각을 드러냈다. 코는 멸종 위기에 처한 희귀종 새의 부리를 닮았고, 희멀건 피부는 따사로운 햇살을 한 번도 쐬지 못한 듯했다. 투생의 모친은 아이섀도로 더덕더덕한 눈을 내리깔아 봉긋해진 내 배를 확인하자, 황급히 부엌 의자를 찾아 주저앉았다.

투생의 부친은 타고나기를 순종적인 구부정한 사내였다. 그가 마치 교리 교육이라도 하듯 우리에게 일장연설을 늘어놓기 시작했다. '무책임한'과 '경솔한'이라는 단어가 기억난다. 아마 예수도 들먹였지 싶다. 대체 예수가 이 원룸과 무슨 상관인지 의문이었다. 치욕, 잘 차려입은 의복에 파묻힌 투생의 부모, 고층 건물 일러스트에 뉴욕 시티 글자가 빨간색으로 인쇄된 이불로 알몸을 돌돌 감싼 나를 보며 대체 예수는 무슨 말을 할 것인가?

허리에 수건을 두른 채 욕실에서 나온 필리프 투생은 나를 거들떠보지도 않았다. 마치 내가 존재하지 않는 듯이, 방 안에 오직 자기 어머니만 있는 듯이. 그는 오직 자기 어머니만 바라보았다. 나는 더욱 하찮아진 기분이었다. 거지발싸개, 아무것도 아닌 것 같은 기분. 그건 투생의 부친도 마찬가지였다. 모자간에 나를 두고 말이 오갔다. 마치 내가 그들의 말을 듣고 있지 않다는 듯. 특히 모친이.

"그래, 애 아빠가 너라는 거야? 확실해? 이용당하는 거 아니고? 대체 어디서 이런 애를 만났니? 우리가 죽는 꼴을 보고 싶은 거야? 그런 거야? 주제를 알아야지! 대체 정신을 어디다 팔고 다니는 거냐, 이 딱한 놈아!"

아버지란 사람은 계속해서 번드르르한 훈계를 늘어놓았다.

"아직 늦은 건 없다, 불가능한 건 아무것도 없어, 바꿀 수 있고말고, 믿기만 하면 된다, 절대 포기하지 않으면……"

나는 이불로 몸을 감싼 채 웃고 싶은 동시에 울고 싶었다. 이탈리아식 화려함만 빠진 이탈리아 코미디의 주인공이 된 기분이었다. 그간 사회복지사나 특수지도사들을 겪으며, 나는 마치 나와 상관없는 일이라는 듯 나와 내 삶과 내 미래에 대해 이야기하는 걸 구경하는 데 익숙했다. 마치 내 이야기, 내 삶에서 나는 없다는 듯. 마치 내가 사람이 아니라 해결해야 할 문제라는 듯.

투생의 부모는 결혼식장에라도 가는지 머리를 단장하고 신발도 갖췄다. 이따금 투생의 모친이 나를 힐끔 쳐다보고는 이내 시선을 돌렸다. 시선을 더 두었다간 부리가 더럽혀지기라도 한다는 듯.

그들이 내게 인사도 없이 떠나고 필리프 투생이 소리를 지르기 시작했다. 그가 벽을 발로 차며 악을 썼다. "씨발! 지긋지긋해!" 그가 나더러 자기가 진정될 때까지 나가 있으라고 말했다. 안 그러면 발길질이 나한테서 끝날 거라면서. 그는 기겁한 눈치였다. 정작 기겁해야 할 사람은 나였는데도. 폭력은 내게 생소하지 않았다. 성장하는 동안 실제로 육체적인 피해를 입은 적은 없지만, 폭력은 늘 가까이에 있었다. 늘 아슬아슬하게 위기를 비켜갔다.

나는 거리로 나섰다. 날이 추웠다. 나는 몸을 덥히기 위해 걸음을 재촉했다. 무사태평한 날을 보내고 있었는데, 어느 날 투생의 부모가 집으로 쳐들어와 모든 것이 풍비박산 나고 말았다. 한 시간 뒤에 집으로 돌아가니 필리프 투생은 잠들어 있었다. 나는 그를 깨우지 않았다.

다음 날, 나는 열여덟 살이 되었다. 생일 선물로, 필리프 투생은 그의 부친이 우리 둘에게 일자리를 구해주었다고 알렸다. 우리는 건널목지기가 될 터였다. 당시 근방에 곧 자리가 날 테니 기다려야 했다.

15

착한 나비야, 예쁜 날개를 펼쳐 그의 무덤으로 날아가
내가 그를 사랑한다고 전해주렴.

가스통이 또다시 구덩이에 빠졌다. 나는 이번이 몇 번째인지 더는
세지 않는다. 2년 전, 이장이 있던 어느 날에는 관 속에 엎어지며 그대
로 유골을 덮친 적도 있었다. 대체 몇 번이나 상상의 줄에 걸려 넘어진
건지.

노노가 40미터 남짓 떨어진 곳에 있는 손수레를 가져오려고 잠깐
등을 돌렸다. 가스통은 다리외 백작부인과 담소 중이었다. 노노가 돌
아왔을 땐 가스통이 보이지 않았다. 흙이 무너져 내렸고 가스통은 구
덩이 속에서 헤엄치듯 허우적거리며 울부짖었다. "비올레트를 불러
와!" 그에 대한 노노의 답은 이러했다. "비올레트는 수영 코치가 아니
야!" 그러잖아도 노노가 이미 경고했다. 이 계절엔 흙이 무너져 내리기
쉽다고. 그가 가스통이 구덩이에서 빠져나오는 걸 돕는 동안, 엘비스
는 노래를 불렀다. "페이스 다운 온 더 스트리트, 인 더 게토, 인 더 게
토……" 종종 내가 막스 브라더스와 동료인가 싶다. 그것도 아니라는
현실을 매일 깨닫지만.

내일은 기으노 박사의 장례식이 있다. 의사들도 결국 죽기 마련이다. 91세의 자연사. 수면 중에 영원히 잠들었다. 그는 50여 년 동안 브랑시 옹엉샬롱과 근방의 모든 이들을 치료했다. 아마 장례식에 인파가 엄청나게 몰릴 것이다.

다리외 백작부인은 내가 브륄리에 씨(그 부모가 삼나무 구역에 잠들어 있다)에게 받은 자두주를 조금씩 목으로 넘기며 놀란 가슴을 진정시켰다. 가스통이 구덩이에 빠지는 통에 크게 놀랐다. 백작부인은 짓궂은 미소를 지으며 말했다. "세계 수영 선수권 대회가 다시 열린 줄 알았잖아요." 나는 이 여인이 무척 마음에 든다. 나를 유쾌하게 하는 방문객 중 한 명이다.

내 묘지엔 다리외 백작부인의 남편과 애인이 잠들어 있다. 백작부인은 봄에서 가을 사이 두 개의 무덤에 헌화한다. 남편 무덤엔 활엽수를 갖다놓고, "진정한 사랑"이라고 부르는 애인 무덤의 화병엔 해바라기 꽃다발을 꽂아둔다. 문제는 그 진정한 사랑이 유부남이라는 것이다. 이 진정한 사랑의 아내가 화병에서 백작부인의 해바라기를 발견하면 그 즉시 쓰레기통행이 된다.

나는 이 버려진 꽃들을 주워 다른 무덤에 갖다놓은 적이 있었으나, 허사였다. 진정한 사랑의 아내가 다시 꽃잎들을 죄다 뜯어버렸다. 백작부인의 해바라기 꽃잎들을 한 장 한 장 뜯으면서 "사랑한다, 안 한다, 사랑한다, 안 한다, 사랑한다, 안 한다" 꽃잎 점을 치진 않았으리라.

20년 세월 동안 나는 장례식에선 비탄에 빠졌다가 이후엔 묘지에 발도 들이지 않는 혼자된 부인들을 적잖이 보아왔다. 아내의 시신이 채식기도 전에 재혼하는 수많은 남편들도. 그들도 처음엔 내가 아내 무덤의 꽃을 돌보도록 무당벌레 저금통에 동전 몇 개를 흘려 넣는다.

나는 혼자된 남자들을 전문으로 상대하는 몇몇 여자들을 안다. 그들은 머리끝부터 발끝까지 검은색으로 차려입고서 묘지의 오솔길을 거닐며, 고인이 된 아내 무덤의 꽃에 홀로 물을 주는 남자들을 탐색한다. 나는 그중에서 클로틸드 C.라는 여자의 수작을 오랫동안 지켜보았다. 클로틸드 C.는 매주 돌봐야 할 고인들을 새로이 꾸며낸다. 그렇게 처음으로 눈에 띈 비탄에 잠긴 남자에게 다가가, 날씨며 모든 것에도 불구하고 계속되는 삶에 대해 대화를 나누다가 "언제 저녁에 아페리티프나 함께 마시자"는 초대를 받기에 이른다. 그러곤 마침내 아르망 베르니갈(그의 아내 마리피에르 베르니에 베르니갈(1967-2002)은 주목 구역에 잠들어 있다)과 결혼하는 데 성공했다.

내가 쓰레기통이나 풀숲에서 주워 모은 추모패만 해도 수십 개다. 격분한 유가족이 버린 것들이다. 내연의 남녀 연인들이 사랑하는 이의 무덤에 가져다놓은 추모패엔 〈영원한 내 사랑에게〉라고 쓰여 있다.

은밀히 추모하러 오는 내연의 연인들을 매일 본다. 특히 여성들을. 묘지를 맴도는 사람들은 여성이 압도적이다. 그들의 수명이 더 길기 때문이다. 내연의 연인들은 주말엔, 누군가 마주칠 위험이 있는 시간엔, 절대 오지 않는다. 늘 묘지의 철문을 열거나 닫는 시간에 온다. 내가 무심결에 가두어버린 이들이 벌써 몇 명인지. 묘지에 웅크린 그들을 미처 발견하지 못한 탓이다. 그들이 묘지에서 나가기 위해 내 집 문을 두드리는 일이 다반사다.

에밀리 B.가 기억난다. 그는 연인이었던 로랑 D.가 세상을 뜬 이후로, 늘 개방 시간 삼십 분 전에 묘지에 도착했다. 나는 철문 뒤의 그를 발견하면 잠옷 위에 서둘러 검은색 외투를 걸치고 실내화 차림 그대로 문을 열어 갔다. 내가 이런 호의를 베푼 건 그가 유일했다. 에밀리를 보면 마음이 몹시 아팠다. 나는 매일 아침 약간의 우유와 설탕을 탄 커피를 대접했다. 그러면서 몇 마디 주고받았는데, 그는 로랑을 향한 광적인 사랑을 토로했다. 로랑에 대해 마치 살아 있는 사람처럼 이야기하며 이렇게 말했다. "기억은 죽음보다 강해요. 내 몸에선 여전히 그이의 손길이 느껴져요. 그이가 날 지켜보고 있다는 걸 알 수 있어요." 그는 나가기 전 빈 찻잔을 창문가에 내려놓았다. 로랑의 아내나 부모나 자식들이 로랑의 무덤을 찾을 때면 에밀리는 다른 무덤에 가 있거나 묘지 구석에 숨었다가, 다들 떠나고 나면 다시 로랑에게 돌아와 그를 추모하며 그에게 말을 걸었다.

어느 아침, 에밀리가 나타나지 않았다. 나는 에밀리가 마침내 애도를 끝냈다고 생각했다. 그런데 관 속에 누운 채로 묘지에 다시 나타났다. 자신의 가족에게 둘러싸여서. 로랑과 에밀리가 사랑했다는 것을 아는 사람은 아무도 없으리라. 당연히 에밀리는 그의 곁에 묻히지 못했다.

에밀리의 장례 날, 모두가 떠났을 때 나는 탄생수를 심듯 꺾꽂이를 했다. 말인즉슨 에밀리가 생전에 로랑의 무덤에 라벤더를 한 그루 심었는데, 내가 이 라벤더의 기다란 줄기 하나를 떼어내 다시 뿌리내리기 쉽도록 작은 생채기들을 내고는 윗부분을 자른 뒤, 구멍 뚫은 플라스틱 병에 흙과 약간의 퇴비와 함께 심었다. 한 달 뒤, 줄기가 뿌리를 내렸다.

로랑의 라벤더는 이제 에밀리의 라벤더도 될 터였다. 그들은 오랫동안 부모 자식 간인 이 꽃을 공통으로 소유하리라. 나는 겨울 내내 새순을 정성껏 돌보았다가, 봄에 에밀리의 무덤에 옮겨 심었다. 바바라가 노래하듯 "봄에 사랑 이야기라니 어여쁘도다". 오늘도 로랑과 에밀리의 라벤더는 휘황하고, 주변의 모든 무덤까지 향기롭다.

16

우연한 만남이란 결코 없다.
그들이 우리의 길을 지나는 데는 이유가 있다.

"레오닌."

"뭐라고?"

"레오닌."

"안 돼, 제정신이야? 무슨 이름이 그래? 그건 세탁세제 브랜드잖아."

"난 이 이름이 정말 좋거든. 그리고 줄여 부르면 레오잖아. 남자 이름
도 되고 여자 이름도 되고. 난 남자 이름을 가진 여자애들이 좋더라."

"아예 앙리라고 하지 그래."

"레오닌 투생…… 정말 예쁘다."

"지금은 1986년이라고! 좀 더 현대적인 이름을 붙여줘야지. 제니퍼,
아니면 제시카라든가."

"안 돼, 제발, 레오닌으로 하자."

"당신은 당신 맘대로 해. 딸이면 당신이, 아들이면 내가 정하는 걸
로."

"아들이면 뭐라고 지을 건데?"

"이아손."

"딸이어야 할 텐데."

"난 반대야."

"우리, 할까?"

17

세상의 모든 소리에서 너의 목소리가 들려.

2017년 1월 19일, 잿빛 하늘, 영상 8도, 오후 3시.

필리프 기으노 박사 장례식(1924-2017). 참나무 관. 관 위에 노란 장미와 흰 장미가 놓임. 검은 대리석. 묘석 위에 작은 금색 십자가.

묘의 하단엔 오십여 개의 꽃다발과 화환이 놓임(백합, 장미, 시클라멘, 국화, 난초).

근조 리본엔 다음의 글들이 적힘. 〈사랑하는 우리의 아버지께〉 〈사랑하는 나의 남편에게〉 〈사랑하는 우리의 할아버지께〉 〈1924년 동창들의 추억으로〉 〈브랑시옹엉샬롱 상인 조합〉 〈우리의 친구에게〉 〈우리의 친구에게〉 〈우리의 친구에게〉.

추모패엔 다음의 글들이 새겨짐. 〈세월은 가도 추억은 남는다〉 〈사랑하는 나의 남편에게〉 〈널 절대 잊지 않을 네 친구들이〉 〈우리의 아버지께〉 〈우리의 할아버지께〉 〈우리의 증조 큰할아버지께〉 〈우리의 대부께〉 〈의식, 아름다움, 기품, 재능, 그렇게 모든 것이 지상에서 스러진다, 바람에 뒤집히는 덧없는 한 송이 꽃처럼〉.

100여 명의 사람들이 무덤을 둘러쌈. 노노, 가스통, 엘비스, 나를 포함. 입관 전 400명 이상의 사람들이 세드릭 신부의 작은 성당에 모임. 전원 입장과 착석이 불가능한 까닭에 노인들이 우선 입장하여 촘촘히 앉음. 많은 사람들이 성당 안뜰에 선 채로 추모 예배를 드림.

다리외 백작부인이 내게 이 친절한 의사가 자정이 넘어 자신의 집에 구깃구깃한 셔츠 차림으로 왕진하러 왔던 날이 떠오른다고 회고함. 헐레벌떡 달려와 진찰한 뒤, 다음 날 아침이 지나 그 집 막내아들의 열이 내렸는지 확인하기 위해 다시 왔다고 함. 다음은 백작부인의 이야기. "다들 자기들이 앓았던 협심증이라든지 유행성 이하선염이나 독감, 아니면 기으노 선생이 부엌 식탁에서 허리를 구부리고 작성해줬던 사망진단서 하나쯤은 떠오를 거예요. 그가 개업했던 초창기엔 아직 병원보다는 자기 집 침대에서 죽는 시절이었거든요."

필리프 기으노는 사는 동안 매우 훈훈한 족적들을 남김. 그의 아들이 추도사를 낭독함. "아버지는 헌신적인 의사셨습니다. 한날 여러 번을 왕진하거나, 왕진한 집 식구들 모두의 가슴에 청진기를 대고도 진료비를 한 번만 받으셨죠. 환자에게 단 세 마디만 묻거나 환자의 눈만 까뒤집어 보고도 올바른 진단을 내릴 수 있는 명의셨고요. 세상에 아직 '일반 의약품'이란 게 없던 시대에 말입니다."

묘석 위엔 필리프 기으노의 사진이 든 작은 타원형 액자가 놓임. 유가족이 의사가 오십 대일 때 여름휴가를 즐겼던 사진을 선택함. 의사는 이를 훤히 드러내며 활짝 웃고 있고 구릿빛으로 그을었으며 바다가 배경이리라 추측됨. 태양을 맞으며 두 눈을 감기 위해, 그가 대리 의사를 구하고 왕진과 기침들로부터 멀어졌던 어느 여름.

세드릭 신부가 관 위에 성호를 긋기 전에 마지막으로 축도함. "필리프 기으노, 주 아버지께서 나를 사랑하셨듯이 나도 그대를 사랑했습니다. 사랑하는 이들을 위해 생을 바치는 것보다 더 큰 사랑은 없습니다."

시청 연회실에 고인을 기리는 술자리가 마련됨. 그런 초대야 늘 있지만 나는 가지 않음. 모두가 떠나고 나와 피에르 루치니만 남음.

대리석 가공업자가 가족묘를 덮는 동안, 피에르 루치니가 내게 고인이 아내를 만난 사연을 들려줌. 의사는 아내를 아내가 다른 남자와 결혼식을 올린 날 만남. 아내가 피로연에서 춤을 추다가 발목을 삐었고 필리프 기으노가 급히 호출됨. 의사는 거기서 웨딩드레스 차림으로 얼음에 발목을 담근 미래의 아내를 보고 사랑에 빠지게 됨. 그는 종합병원에서 엑스레이 촬영을 하도록 아내를 품에 안아 데려갔고, 하루짜리 새신랑에게 절대 다시 데려다놓지 않음. 피에르가 미소 지으며 덧붙임. "그러니까 발목을 치료하며, 청혼의 손을 내민 셈이야."

묘지 문을 닫기 전에 필리프 기으노의 두 아들이 다시 와서 대리석 가공업자의 작업을 확인함. 그리고 꽃다발들에 달린 조의문을 떼어냄. 그들이 내게 손 인사를 보낸 뒤 차에 올라 파리로 돌아감.

18

낙엽들이 삽에 쓸어 담긴다.

추억도 회한도 함께.

나는 혼잣말을 한다. 죽은 이들에게, 고양이들에게, 도마뱀들에게, 꽃들에게, 신께(늘 사근사근한 건 아니다). 나는 중얼거린다. 스스로에게 묻고, 스스로를 불러 세우고, 스스로 용기를 북돋는다.

나는 어떤 유형에도 속하지 않는다. 어떤 유형에도 속해본 적이 없다. 잡지를 보다가 〈나는 나에 대해 얼마나 알고 있을까〉〈자신에 대해 더 잘 알기〉 같은 테스트를 하면, 나에게 해당되는 답은 없다. 난 늘 여러 유형에서 동률을 이룬다.

인근엔 나를 싫어하거나 경계하고 혹은 두려워하는 사람들이 있다. 내가 늘 상복 차림이라고 여기기 때문이리라. 만일 그들이 상복 안에 여름이 있다는 걸 안다면, 마녀라도 되는 듯 장작 위에 날 묶고 불태울지도 모른다. 죽음과 관련된 모든 직업은 미심쩍은 분위기를 풍긴다.

하물며 어느 날, 내 남편이 사라졌다. 느닷없이. "솔직히 이상하잖아요. 오토바이를 타고 나가 펑, 연기처럼 사라져버렸으니. 그 뒤로 아무도 본 사람이 없어요. 게다가 좀 잘생긴 사람이었냐고요, 정말 인물이 아깝지. 경찰도 아무것도 안 하고. 저이도 아무 걱정도 안 하고, 경찰한 테도 아무것도 묻지 않았잖아요. 슬픈 기색도 없고. 눈이 뽀송뽀송한 게. 뭔가 감추고 있는 게 분명해요. 늘 검은색 옷만 입고 머리는 한 올도 흐트러짐 없이…… 여자가 음산해요. 묘지에서 신성하지 않은 일이 벌어지고 있다고요. 찜찜한 구석이 있는 여자라니까요. 산역꾼들은 여자 집에서 노상 배를 채우고요. 그리고 그 혼잣말하는 것 좀 보세요, 그렇게 혼자 중얼거리는 게 어디 정상이냐고요."

이렇게 말하는 사람들도 있다. "용감한 여자예요. 너그럽고요. 헌신적이고, 미소를 잃지 않고, 사려 깊고. 어려운 직업이잖아요. 요즘 누가 저런 일을 하겠어요. 게다가 혼자서. 남편이 저이를 버린 거예요. 인정할 건 인정해줘야죠. 불행한 일을 당한 사람들에게 늘 한잔 건네며 따듯한 위로를 전하잖아요. 게다가 옷도 저렇게 입는 게 맞죠, 격에 맞잖아요…… 예의 바르고, 잘 웃고, 공감능력도 갖췄고. 나무랄 데가 하나도 없어요. 진짜 일꾼이라고요. 묘지 상태도 완벽하잖아요. 의뭉스럽지 않은 단순한 사람이에요. 약간 몽상적이긴 하지만, 몽상적인 게 남에게 해될 일은 절대 아니죠."

나는 주민들 간 내전의 중심 주제다.

한번은 시장이 나를 묘지기기에서 해고하라는 탄원서를 받았다. 그는 내가 아무 실책도 저지르지 않았다고 정중히 답변했다.

젊은이들이 나를 위협하려고 내 방 덧문에 돌을 던지거나 한밤중에 집 문을 마구 두드리는 일이 왕왕 있다. 그들이 빈정거리며 낄낄거리는 소리가 침실까지 들린다. 엘리안이 짖어대거나 내가 음산한 소리를 내는 종을 흔들면 그들은 전속력으로 달아난다.

젊은이들, 나는 사람들이 슬픔으로 등이 휜 채 그들의 관을 따르는 것보다는 차라리 그들이 살아 있고, 고약하고, 소란스럽고, 취해 있고, 어리석은 걸 보는 게 속이 편하다.

여름엔 또 청소년들이 묘지 담을 타 넘어오기도 한다. 그들은 떼로 몰려와 자정이 되기를 기다린 뒤 담력 시험을 즐긴다. 불평 어린 신음을 흘리면서도 십자가들 뒤에 숨는다거나, 영안소의 문을 탕 소리가 나도록 밀치는 식이다. 여자애들에게 강렬한 인상을 심어주거나 겁을 주기 위해 퇴마 흉내를 내는 남자애들도 있다. "악귀야, 거기 있느냐?" 퇴마 의식 중에 여자애들이 울부짖는 소리가 내 귀에도 들려온다. 그 중엔 '초자연적 현상'에 줄행랑을 치는 아이들도 있다. 초자연적 현상은 불나방을 쫓아 무덤 사이를 오가는 고양이들이나 고양이 밥그릇을 뒤엎는 고슴도치들, 또는 묘지 뒤에 숨어 에오신 염료를 섞은 물총으로 그들을 정조준하여 쏘는 나한테서 비롯된다.

나는 고인들이 안식하는 장소를 존중하지 않는 걸 참을 수 없다. 처음엔 집 앞에 불을 켜두고, 종을 흔든다. 그래도 반응이 없으면 에오신 물총을 꺼내 들고 그들을 찾아 묘지의 길들을 달려간다. 밤엔 묘지가 불빛 한 점 없이 어두컴컴하다. 나는 절대 들키지 않고서, 묘지 안을 이동할 수 있다. 묘지 사정에 훤하다. 눈을 감고 다닐 수도 있을 정도로.

사랑을 나누러 온 사람들 외에, 공포영화를 보러 온 무리를 발견한 적도 있다. 그들은 이곳에 최초로 매장된 디안 드 비뉴롱의 무덤에 앉아 있었다. 수세기 동안 이 지역 주민들이 유령을 보았다는 전설의 디안 드 비뉴롱. 내가 침입자들 뒤로 살금살금 걸어가 있는 힘껏 호루라기를 불면, 그들은 놀란 토끼 떼처럼 줄행랑을 친다. 무덤에 노트북도 내팽개친 채로.

2007년엔 휴가차 마을을 찾은 젊은이들 때문에 문제가 심각했다. 여행자들이었다. 파리지앵이거나 엇비슷한 다른 지역에서 왔거나. 7월 1일부터 30일까지 그들은 매일 밤 묘지 담을 넘어와 무덤가에서 별을 보며 잠이 들었다. 내가 경찰을 부른 것도 부지기수였고 노노가 엉덩이를 걷어차며 묘지는 야영장이 아니라고 호통을 치기도 했지만, 그들은 다음 날이면 다시 묘지를 찾았다. 내가 아무리 집 앞에 불을 켜고 종을 흔들고 에오신 물총을 쏘아대도 소용없었다. 도무지 그들을 쫓아낼 방도가 없었고, 어떤 것도 그들에게 위협이 되지 않았다.

다행히도 7월 31일 오전에 그들이 마을을 떠났다. 하지만 이듬해에 다시 찾아왔다. 7월 1일 밤, 그들이 묘지를 점령했다. 자정 무렵에 소리가 들렸다. 그들은 세실 드라세르브(1956-2003)의 무덤에 자리 잡았다. 이전 해와 달리 엄청나게 담배를 피워댔고, 무덤 곳곳에 술병을 널브러뜨리면서 술을 마셔댔다. 매일 아침 무덤의 화분들에 짓이겨놓은 담배꽁초를 주워야 했다.

그러다가 기적이 일어났다. 7월 8일에서 9일로 넘어가는 밤에 그들이 떠났다. 그들이 뱉어낸 공포에 질린 비명을 절대 잊지 못하리라. 그들은 '무언가'를 보았노라고 주절댔다.

다음 날, 노노가 납골당 쪽에서 파란 '약'을 발견했다고 말했다. 다소 강력한 성분의 마약인데 이것이 그들의 해롱거리는 의식 속에서 도깨비불을 유령으로 변모시킨 듯했다. 내게서 어리석은 젊은이들을 퇴치해준 것이 디안 드 비뉴롱의 유령이었는지 하얀 옷 여인인 렌 뒤샤의 유령이었는지는 몰라도, 아무튼 나는 감사의 뜻을 표했다.

19

네 생각을 할 때마다 꽃이 한 송이씩 피어난다면,

지상은 거대한 정원이 될 거야.

나는 우리의 원룸 아파트 건물 1층의 현관문을 밀며, 책표지에 그려
진 진열창 속의 빨간 사과를 보았다. 존 어빙의 『신의 작품, 악마의 몫』●
이었다. 제목이 이해되지 않았다. 내겐 너무 어려웠다. 1986년에 나
는 열여덟 살이었고 학력 수준이 초등학교 1학년 정도였다. 선-생-님,
학-교, 나는 간다, 나는 -이다, 너는 -이다, 나는 집-으로 돌아-간다,
그것은 -이다, 안녕-하세요, 판자니, 베이비벨, 부르생, 스킵, 오아시
스, 발렌타인.●●

나는 분량도 820페이지나 되는 데다 한 문장을 읽고 이해하는 데도
몇 시간씩 걸리는 이 책을 구입했다. 조금은 XXXXXL 사이즈의 몸에
XS 사이즈의 진을 껴입는 기분이었다고 할까. 하지만 나는 이 책을 사
버렸다. 표지의 사과가 내 구미를 돋웠기 때문이다. 몇 달 전부터 욕구

● 원제는 The Cider House Rules, 우리말로는 『사이더 하우스』로 번역되었다.
●● 판자니부터 발렌타인까지 파스타, 치즈, 치즈, 세제, 음료, 위스키의 브랜드명 또는 상품명.

를 잃은 터였다. 그것은 내 목덜미에 닿은 필리프 투생의 숨결로부터 시작되었다. 그가 준비되었고, 나를 욕구한다는 걸 의미하는 숨결. 나는 반응하지 않았다. 잠든 척했다. 숨소리를 크게 내면서.

내 몸이 그의 부름에 응하지 않은 건 그때가 처음이었다. 그러다가 욕구 상실 기간이 지나갔다. 한 번, 두 번. 하지만 욕구 상실은 서리가 내려앉듯 종종 나를 다시 지배했다.

나는 늘 삶을 꾸며냈다. 늘 밝은 면만을 봤고, 어두운 면을 보는 때는 드물었다. 바다에 면한 앞면으로 햇살이 비쳐드는, 바닷가의 집들처럼. 배를 타고 가다가 그 집들을 보면 화사하게 칠한 벽이며 거울처럼 하얀 울타리며 초록으로 뒤덮인 정원이 보인다. 내가 건물 뒤를 보는 경우는, 바다가 아닌 길가에 면한 뒤쪽의 그늘, 쓰레기통과 오물 구덩이가 숨겨진 그늘을 보는 경우는 드물었다.

필리프 투생을 만나기 전에도 나는 위탁가정과 물어뜯은 손톱에도 불구하고 햇살이 비치는 앞면을 보아왔다. 그늘을 보는 경우는 드물었다. 그런데 그와 살면서 나는 환멸이 무엇인지 깨달았다. 한 남자를 사랑하기 위해서는 육체관계를 갖는 것만으로는 충분하지 않았다. 번쩍이는 잡지 속 잘생긴 남자가 구겨져버렸다. 그의 게으름과 부모를 대하는 비겁한 태도, 폭력 충동, 그의 손끝에서 풍기는 다른 여자들의 냄새가 내게서 무언가를 앗아갔다.

우리 사이에서 아이를 원한 건 그였다. 아이를 낳자고 말한 건 그였다. 그런데 나보다 열 살이나 많은 그 남자가 모친에게 자기가 나를 "거뒀고", 내가 "불쌍한 애"이며, "엄마한테는 미안하다"고 소곤거렸다. 모친이 몇 번째인지도 모를 수표를 써주고 돌아가자, 내 목덜미에 키스하며 "노친네"들을 퇴치하려다보면 늘 아무 말이나 떠들게 된다고 해명했지만 이미 엎질러진 물이었다.

나 또한 그날, 마음을 숨겼다. 나는 미소 지으며 대답했다. "알았어, 당연히 그랬겠지, 이해해." 이 환멸이 내 안에 다른 걸 움트게 했다. 강력한 무언가를. 나는 배가 불러오는 것을 보며 다시 공부하고 싶은 욕구를 느꼈다. 구미가 돋는다는 것의 진정한 의미를 알고 싶어졌다. 누군가를 통해서가 아니라 글을 통해서. 책에 쓰인 것들과, 겁부터 났기에 내가 애써 피해왔던 것들을 통해서.

나는 필리프 투생이 오토바이를 타고 나가기를 기다렸다가 책 뒤표지의 설명을 읽었다. 큰 소리로 낭독할 수밖에 없었다. 글의 의미를 이해하기 위해선 귀로 들어야만 했다. 내가 나에게 이야기를 들려주기라도 하듯. 나는 분열했다. 배우고 싶어하는 나와 배우게 될 나로. 나의 현재와 나의 미래가, 똑같은 책을 들여다보았다.

왜 우리는 사람들에게 향하듯 책으로 향하는 것일까? 왜 우리는 어떤 시선, 전에 들어 친숙한 것 같은 어떤 목소리, 가던 길의 방향을 바꾸게 만들고 눈을 치켜뜨게 하고 우리의 관심을 끌어 존재마저 뒤바꾸게 하는 어떤 목소리에 이끌리듯 책에 이끌리는 것일까?

두 시간 남짓이 흘렀을 때, 나는 겨우 열 페이지를 읽었을 뿐이었다. 그나마 다섯 단어 중 한 단어만 겨우 이해했다. 나는 다음의 문장을 큰 소리로 읽고 또 읽었다. "고아는 매일 일정한 시간에 솟구치는 무언가에 대한 구미 때문에 일반 어린이들보다 더 어린다. 고아는 오래가고 지속될 가망이 농후한 모든 것에 대해 갈망을 드러낸다." '갈망.' 이 단어는 무슨 의미일까? 사전을 구입해서 사용법을 익힐 터였다.

나는 엘피판에 적힌 노래 가사들을 알고 있었다. 나는 노래를 들으면서 동시에 가사를 읽으려 해보았다. 그러나 무슨 뜻인지 이해할 수 없었다.

사전을 살 결심을 하면서 배 속에서 레오닌의 태동을 처음으로 느꼈다. 내가 큰 소리로 읽은 말들이 아이를 깨운 것이리라. 아이의 느릿한 움직임이 응원처럼 여겨졌다.

이튿날, 나와 필리프 투생은 건널목지기가 되기 위해 말그랑주쉬르낭시로 이사했다. 나는 그 전에 사전을 구입해 '갈망'이라는 단어를 찾았다. "무언가를 간절하게 바람."

20

삶이 잠시 머무는 것에 불과할지라도,
우리의 기억은 네 모습을 간직할 거야.

나는 포르투갈 인형들이 담긴 플라스틱 상자들을 닦았다. 작고 까만
못대가리 같은 인형들의 눈알을 보지 않기 위해 가능한 한 그것들을
눕혀놓는다.

가정집 정원에 장식 삼아 두는 인형 조각품들도 없어지는 추세라고
들었다…… 핀토 부인한테 인형들을 다 도둑맞았다고 하면 어떨까?

뒤에선 노노와 세드릭 신부가 한창 대화 중이었다. 특히 노노가 대
화에 열을 올렸다. 엘비스는 부엌 창문에 기대어 〈투티 프루티〉를 나
지막하게 흥얼거리며 행인들을 구경한다. 노노의 목소리가 엘비스의
노래를 덮는다.

"내가 칠장이였다고. 피카소 같은 화가가 아니라 건물을 칠하는. 애
들이 아주 어렸을 때 마누라가 애들을 나한테 떠넘기고 집을 나가버
렸어…… 직장도 잃었을 때였지. 불경기라고 해고당했거든. 그러다가
1982년에 시에 산역꾼으로 고용된 거야."

세드릭 신부가 물었다.

"아이들이 몇 살이었습니까?"

"얼마 안 먹었었어. 큰놈과 둘째가 각각 일곱 살, 다섯 살이었고 막내가 6개월 됐었으니까. 내가 그놈들을 혼자 키웠지. 나중에 딸 하나를 더 얻었고…… 난 이 근방에서 태어났어. 신부님 성당 옆에 붙은 첫 번째 주택단지 뒤쪽에서. 당시엔 조산사들이 집으로 찾아와 출산을 도왔지. 신부님은 어디서 태어나셨나?"

"브르타뉴요."

"거긴 주구장창 비가 내리잖아."

"그럴지도요. 그래도 아이들이 태어나는 덴 지장이 없죠. 저는 브르타뉴에 오래 안 살았어요. 아버지가 군인이셔서 걸핏하면 전근 발령을 받으셨거든요."

"군인한테 신부 아들이라. 흔한 일은 아니네."

세드릭 신부의 너털웃음이 방 안 전체에 울려 퍼졌다. 엘비스는 끊임없이 흥얼거렸다. 저토록 사랑 노래로 세월을 보내는데도 나는 정작 그가 연애하는 걸 본 적이 없다.

노노가 나를 불렀다. "비올레트! 인형 좀 그만 주무르고 문에 가봐, 누가 노크하고 있어."

나는 계단에 손걸레를 두고서, 아마도 묘의 위치를 물을 게 뻔한 방문객에게 문을 열어주러 갔다.

나는 묘지에 면한 문을 열었다. 경찰이었다. 그가 이 문을 통해 내 집에 온 건 이번이 처음이다. 유골함은 들고 있지 않았다. 여전히 머리칼이 헝클어져 있었고, 여전히 계피와 바닐라 향을 풍겼다. 울기라도 한 듯, 두 눈이 반짝였다. 피로 탓이리라. 그가 멋쩍게 웃었다. 엘비스가 창문을 닫는 소리에 내 인사가 묻혔다.

경찰이 테이블에 앉은 노노와 세드릭 신부를 발견하고는 내게 물었다. "제가 방해가 됐나요? 나중에 다시 올까요?" 나는 아니라고 대답했다. 두 시간 뒤에 장례가 있어서 나중엔 더 시간이 없다고.

그가 들어와 노노, 엘비스, 세드릭 신부와 짧은 악수를 나눴다.

"소개할게요. 제 동료 노르베르와 엘비스, 그리고 세드릭 뒤라스 신부님이세요."

이어서 경찰이 자기소개를 한다. 나도 그의 이름을 처음으로 들었다. 쥘리앵 쇨. 나의 세 친구가 나란히 자리를 떴다. 마치 경찰이란 말만으로도 오싹하다는 듯. 노노가 소리쳤다. "이따 봐, 비올레트!"

나도 처음으로 나를 소개했다.

"전 비올레트라고 해요. 비올레트 투생."

경찰이 대답했다.

"압니다."

"아, 아세요?"

"처음엔 별명이려니 했어요. 장난 같은."

"장난이요?"

"묘지기한테 투생이라니, 솔직히 일반적인 이름은 아니잖아요."

"실은 트레네였어요. 비올레트 트레네."

"트레네. 투생보단 그게 당신한테 더 잘 어울리네요."

"투생은 남편 성이었죠."

"왜 과거형입니까?"

"실종됐거든요. 어느 날 갑자기 사라졌어요. 엄밀히 말하면 갑자기는 아니네요…… 그냥 그의 빈번한 부재가 길어졌다고 해두죠."

그가 난처해하며 말했다.

"그것도 압니다."

"알아요?"

"브레앙 부인은 인정도 많지만, 말도 많더라고요."

나는 손을 씻었다. 액체 비누를 손바닥의 오목한 곳에 흘려 넣었다. 부드러운 장미향 비누. 내 집에선 모든 것에서 은은한 장미향이 풍겼다. 향초, 향수, 속옷, 차, 커피에 적셔 먹는 작은 쿠키. 나는 손에 장미향 크림을 발랐다. 몇 시간이고 흙을 만지며 정원을 돌보기에 손을 보호할 필요가 있었다. 나는 손이 고왔으면 한다. 오래전부터 더는 손톱을 물어뜯지 않는다.

그동안 쥘리앵 쉴은 또다시 내 집의 벽들을 뜯어보고 있다. 꽤나 몰두한 눈치다. 엘리안이 그에게 주둥이를 비비자 그가 미소 지으며 엘리안을 쓰다듬는다.

나는 그에게 차를 건네며 브레앙 부인이 대체 뭐라고 떠들었을지 생각해본다.

"어머니께 드릴 추도문을 써봤습니다."

그가 안주머니에서 봉투 하나를 꺼내더니 무당벌레 저금통에 기대세운다.

"이 추도문을 주시려고 400킬로미터를 달려오신 거예요? 우편으로 보내시지 않고요?"

"아니, 꼭 그것 때문에만 온 건 아닙니다."

"어머니 유골을 들고 오셨나요?"

"아니요."

그가 잠시 뜸을 들였다. 점점 더 난처해하는 눈치였다.

"창문가에서 담배 좀 피워도 될까요?"

"네."

그가 창가로 가서 창문을 반쯤 열더니, 내게 등을 돌리고서 담배를 한 모금 빨아 바깥으로 연기를 내뿜었다.

나는 그가 담배 연기의 회오리 속에서 흘린 말을 알아들은 것 같다.

"남편분이 계신 곳을 제가 압니다."

"뭐라고요?"

그가 창문 바깥 턱에 담배를 눌러 불을 끄고는 꽁초를 호주머니에 넣은 뒤, 나를 돌아보며 재차 말했다.

"남편분이 계신 곳을 제가 압니다."

"어떤 남편이요?"

당혹스러웠다. 그가 무슨 말을 하는 건지 결단코 알아듣고 싶지 않았다. 그가 허락도 구하지 않고 내 침실로 올라와 서랍이란 서랍을 죄다 뒤져 내용물을 마구 꺼내놓는데도 아무 제지를 못하는 심정이었다. 그가 시선을 내리며 들릴 듯 말 듯한 소리로 말했다.

"필리프 투생 말입니다…… 그가 어디에 있는지 압니다."

21

밤은 결코 완전하지 않다,
길 끝엔 늘 열린 창문이 있기 마련이다.

내가 믿는 유일한 유령은 추억이다. 실제든 상상이든. 내게 영혼, 유령, 귀신, 이 모든 초자연적인 것들은 살아 있는 이들의 정신에 존재하는 것일 뿐이다.

어떤 이들은 죽은 이들과 교감한다. 사실일 것이다. 하지만 죽은 사람은 죽은 사람이다. 만일 그가 돌아온다면 산 사람이 기억으로 그를 다시 불러들인 것이다. 그가 말을 한다면 산 사람이 그에게 목소리를 빌려준 것이고, 모습을 드러낸다면 산 사람이 의식 속에서 그를 투영한 것이다. 홀로그램처럼, 3D 프린터처럼.

상실감, 고통, 견딜 수 없는 심정이 상상을 초월하는 것들을 살아나게 하고 생생히 느끼게 한다. 죽은 사람은 떠난다. 오직 남은 이들의 정신에 머물 뿐이고, 인간의 정신은 우주보다 더 광활하다.

처음엔 외바퀴자전거 타는 법을 익히는 게 가장 어려우리라고 생각했다. 내가 틀렸다. 제일 힘든 건 공포였다. 공포를 다스리기가 제일 힘들었다. 그것도 밤에. 쿵쾅거리는 심장을 진정시키기가, 떨지 않기가,

움츠러들지 않기가. 눈을 질끈 감고 돌진해야 했다. 골칫덩이들을 처치해야 했다. 그러지 않으면 절대 끝나지 않을 터였다.

할 수 있는 건 다 동원했다. 달래도 보고, 얼러도 보고, 다른 것도 모조리. 더는 잠도 오지 않았다. 오직 그 생각뿐이었다. 골칫덩이들 처치하기. 하지만 어떻게?

자전거에선 바퀴가 몇 개든, 원칙은 같다. 균형 잡기. 반면 묘지의 자갈길을 달리는 건 밤에 하는 게 나았다. 묘지지기가 자전거로 무덤들 사이를 활보하는 걸 아무도 못 보게 해야 하니까. 해서 나는 며칠을 내리 밤이 되어 철문을 잠그고 나서야 연습에 몰두했다. 속도를 줄이고 올리는 연습을 해야 했다. 실전에서 넘어지는 건 있을 수 없었다.

가장 지루하고 힘들었던 건, 수의를 바느질하는 거였다. 시체들을 두르는 옷 말이다. 나는 흰색 자투리 천들을 수 미터씩 모았다. 모슬린, 실크, 순면, 얇은 망사. 이 모든 걸 현실적이면서도 초현실적으로 보이도록 이어 붙이느라 바느질로 숱한 시간을 보냈다. 나는 밤에 '그걸' 만들며 즐기기 위해, 필리프 투생과 결혼하던 날에 입지 못했던 웨딩드레스를 짓는 거라고 상상했다. 시간이 지나면 세상에 웃지 못할 일이란 없다. 확신한다. 어쨌든 피식거리는 정도라도. 정말이지 모든 것에 피식거릴 수 있다.

다음으로 수의를 세탁기에 넣고 베이킹 소다 500그램을 찬물에 풀어 돌리고서, 안감에 형광테이프를 대고 꿰맸다. 형광테이프는 빛에 노출되면 그 빛을 죄다 끌어모은다. 교통경찰차에서 수 미터를 미리 슬쩍해두었다. 형광테이프는 대개 외부 신호에 사용된다. 매우 강력한 빛을 발산하기 때문이다. 사용 전에 빛을 쐬게 하면 그만이다. 햇볕이

나 전등에 어느 정도 동안.

얼굴과 머리칼은 완전히 가려야 했다. 나는 관리실에서 노노의 검은색 비니를 가져와 눈가에 구멍을 내고 뒤집어쓴 뒤 그 위에 면사포를 걸쳤다. 언젠가 내 묘지에 왔던 한 장의사가 내게 천사 모양 열쇠고리를 주었다. 이 천사의 끝부분을 누르면 제법 강력한 빛을 발산했다. 작고 말랑말랑한 호신용 손전등이라고 할까. 나는 그것을 입에 물었다.

거울을 보니 내가 봐도 으스스하기 짝이 없었다. 디안 드 비뉴롱의 무덤에서 내가 호루라기를 불자 노트북도 내팽개치고 달아났던 젊은 이들이 보던 공포영화 속의 유령과 흡사했다. 이런 특수한 맥락에서—아주 작은 나뭇가지가 바스락거리는 소리로도 비이성적인 생각이 들기 십상인 공동묘지의 밤—이런 차림으로—유령 같은 치렁한 하얀 옷, 면사포 속에 숨겨진 얼굴, 헤드라이트 불빛 속 눈송이처럼 어지러이 반짝이는 몸, 벌렸다 다물었다 할 때마다 불빛이 번쩍이는 입—나는 심장마비를 유발할 법한 모양새였다.

아쉬운 건 사운드였다. 영상은 있는데 효과음이 없었다. 혼자 키득거리자니 떠오른 아쉬움이었다. 신음이나 탄식, 삐걱거림, 바람 소리, 발소리, 느릿느릿 흐르는 음악, 무엇이라도 좋았다. 나는 주파수가 맞지 않는 작은 라디오를 선택했다. 그것을 자전거에 매달았다. 때가 되었을 때, 바로 켜리라.

밤 10시 무렵, 나는 영안소 안에 기이한 차림의 몸을 숨긴 채 숨을 죽였다. 심장이 두방망이질을 쳤다. 손은 자전거를 움켜잡고 있었다.

오래 기다리지 않아도 되었다. 목소리에 이어 발소리가 들려왔다. 그들이 묘지 동쪽 담을 타 넘었다. 이날 밤은 다섯 명이었다. 남자 셋, 여자 둘. 어쩌면 다른 조합일 수도 있었다.

나는 그들이 '판을 벌이기'를 기다렸다. 맥주 캔을 따고 무덤의 화병을 재떨이로 만들기를. 그들이 세디오 부인의 무덤에 드러누웠다. 딸의 무덤에 꽃을 놓으러 오던 선량한 여인. 나도 그와 알고 지냈다. 젊은 무법자들이 이 모녀의 무덤에 드러누웠다고 생각하니 힘이 솟구쳤다.

나는 자전거에 올라탄 뒤 치렁한 옷자락을 가다듬었다. 자칫 바퀴에 끼기라도 하면 안 될 일이었다. 내 차림은 멀리서도 알아볼 수 있었다. 형광테이프를 할로겐등에 두 시간 노출시킨 터였다. 나는 최대한 요란한 소리, 둔탁한 소리를 내며 영안소의 문을 열었다. 그들의 말소리가 뚝 그쳤다. 나는 그들 무리로부터 몇백 미터 떨어진 거리에 있었다. 페달을 밟기 시작했다. 천천히. 마치 공기가 나를 실어 나르듯이.

내가 대략 400미터 거리로 접근했을 때 무리 중 남자아이 하나가 나를 발견했다. 순간 머리칼이 쭈뼛 섰다. 손이 축축해지고 다리에 힘이 풀리며 얼굴이 달아올랐다. 청년은 입 밖으로 한마디도 밀어내지 못했다. 하지만 그의 표정으로 겁에 질렸다는 것을 알 수 있었다. 여자아이 하나가 입에 담배꽁초를 문 얼굴을 내 쪽으로 돌리더니 비명을 질렀다. 소리가 어쩌나 쩌렁했던지 나도 입이 바짝바짝 타들어갔다. 그 아이의 비명에 나머지 세 명이 소스라쳤다. 그제껏 큰 소리로 웃어젖히던 그들이 웃음을 뚝 그쳤다.

다섯 명 전원이 내게서 시선을 떼지 못했다. 그렇게 1초, 혹은 2초가 지났을까. 그 이상은 아니었다. 나는 그들에게서 200미터 떨어진 곳에서 우뚝 멈춰 섰다. 그리고 입을 앙다물어 그들 쪽으로 불빛을 발사했다. 이어서 두 팔을 십자가처럼 수평으로 벌린 채 다시 그들을 향해 돌진했다. 이번엔 보다 빠르게, 위협적으로.

기억 속에서 그 모든 것이 슬로모션으로 지나갔다. 그 순간을 초 단위로 파헤칠 수도 있을 정도로 느리게. 만일 내 작전이 실패했다면, 내 정체가 탄로 났다면, 그들이 나를 뒤쫓았다면, 나는 끝장이 났을 것이다. 하지만 그들은 깊게 생각하지 않았다. 유령이 두 팔을 수평으로 벌린 채 자기들에게 통통거리며 전속력으로 달려들고 있다는 걸 깨닫자, 그 즉시 패스트모션으로 줄행랑을 쳤다. 누구도 따라할 수 없을 만큼 벌떡 몸을 일으켰다. 무리 중 셋은 울부짖으며 철문 쪽으로, 둘은 묘지 안쪽으로 달아났다.

나는 세 명 쪽으로 방향을 틀어 그들을 뒤쫓았다. 그중 하나가 넘어졌으나 이내 발딱 일어났다.

그들이 높이가 350미터나 되는 철문을 어떻게 타 넘었는지 알 길이 없다. 무서움은 모든 걸 이기게 한다는 말의 방증일까.

그 뒤로 그들을 두 번 다시 보지 못했다. 그들이 호사가들에게 묘지에 귀신이 씌었다고 떠들어댔다는 걸 안다. 나는 그들이 버린 담배꽁초와 빈 맥주 캔들을 줍고 나서 세디오 부인의 무덤에 뜨거운 물을 끼얹어주었다.

쉽게 잠이 오지 않았다. 자꾸만 웃음이 새어 나왔다. 눈을 감으면 놀란 토끼 떼처럼 줄행랑을 치던 그들의 모습이 떠올랐다.

이튿날 아침, 나는 자전거와 유령 변장 용품을 창고에 보관했다. 유령 옷을 여행 가방 속에 숨기기 전, 감사 인사를 보냈다. 나는 그것을 웨딩드레스를 보관하듯 고이 모셔놓고, 옷이 아직 몸에 맞나 확인하기라도 하듯 이따금 꺼내어 본다.

22

작은 생명의 꽃.

인류가 너무 일찍 널 꺾었을지라도 너의 향기는 영원하리라.

"필리프 투생은 죽었어요. 그 인간과 이 묘지에 잠든 고인들이 유일하게 다른 점이 뭔지 아세요? 제가 이곳 고인들의 무덤 앞에선 묵념을 하기도 한다는 거예요."

"필리프 투생이 전화번호부에 있더라고요. 뭐, 그의 자동차정비소 번호가 등록된 거긴 하지만요."

지난 19년 동안 그의 이름을 내 앞에서 크게 소리 내어 말하는 이는 아무도 없었다. 필리프 투생은 심지어 다른 이들의 대화 속에서도 사라져버렸다.

"자동차정비소요?"

"부인이 알고 싶어하실 거라고 생각했어요. 그동안 찾으셨을 거 아닙니까?"

나는 경찰에게 대답할 말을 찾지 못했다. 나는 필리프 투생을 찾은 적이 없었다. 오랫동안 그를 기다리기는 했다. 그 둘은 다르다.

"투생 씨의 은행계좌를 추적했는데 사용 흔적이 있었어요."

"은행계좌……"

"1998년에 돈이 모조리 빠져나갔더라고요. 돈이 인출된 은행에 가서 확인해봤죠. 사기인지, 신분 사칭인지, 아니면 정말 투생 본인이 인출한 건지 알아보려고요."

나는 머리부터 발끝까지 얼어붙었다. 그가 그 인간의 이름을 내뱉을 때마다 그 입을 다물게 하고 싶었다. 그가 내 집에 결코 발을 들이지 않았더라면.

"남편분은 실종되지 않았어요. 여기서 100킬로미터 떨어진 곳에 살고 있습니다."

"100킬로미터……"

어쩐지 하루의 시작이 좋더라니. 노노와 세드릭 신부가 찾아왔고, 엘비스가 창가에서 흥얼거렸으며, 모두가 유쾌한 기분이었다. 커피 향, 웃음소리, 무서운 인형들과 떨어주어야 할 먼지, 손걸레, 계단의 온기……

"대체 왜 필리프 투생을 추적하신 거죠?"

"브레앙 부인한테서 남편분이 실종됐다는 말을 들었을 때, 진상을 알고 싶었습니다. 부인을 돕고 싶었어요."

"쉴 씨, 우리 집 옷장 문 위에 왜 열쇠가 있는지 아세요? 아무도 열어보지 못하게 하기 위해서랍니다."

23

삶이 그저 잠시 지나는 길에 불과할지라도,
우리는 적어도 그 길에 꽃씨를 뿌리기로 해요.

나와 필리프 투생은 1986년 봄이 끝나갈 무렵, 말그랑주쉬르낭시의 건널목에 도착했다. 봄엔 모든 것이 가능해 보인다. 햇살도, 미래도. 겨울과 여름 사이의 팔씨름에서 이미 승리한 기분. 주사위가 던져진 기분. 비가 내리는데도 일찌감치 시작된 자동차 경주 같다고 할까.

"지원받는 애들은 작은 것에도 만족해요." 일곱 살 때 한 지도사가 나의 세 번째 위탁가정에 한 말이었다. 마치 내가 듣고 있지 않다는 듯, 내가 존재하지 않는다는 듯. 날 때부터 버려졌다는 점이 나를 투명인간으로 만들었다. 게다가 그 '작은 것'은 또 뭐란 말인가.

그래서 모든 걸 가진 기분이었다. 청춘, 『신의 작품, 악마의 몸』을 읽고 이해하고 싶다는 마음, 사전, 배 속의 아이, 집, 직업, 나의 첫 가족이 될 가족까지 전부. 엉성한 가족이었으나 어쨌든 가족은 가족이었다. 태어나서 그때까지 내 것이라곤 나의 미소와 옷 몇 벌, 첫 인형인 카롤린, 에티엔 다호와 앵도쉰과 샤를 트레네의 엘피판, '땡땡의 모험' 시리즈가 전부였다. 그 외엔 아무것도 가져보지 못했다. 그랬는데 열여덟 살에 정규 직장과 은행계좌와 내 열쇠, 다른 누구의 것도 아닌 나만의 열쇠를 갖게 되었다. 그 열쇠를 온갖 참 장식과 함께 걸어 짤랑거릴 때마다 내게도 열쇠가 있다는 걸 떠올릴 터였다.

우리 집은 네모반듯했고, 이끼 낀 기와지붕이었다. 유치원생들의 그림처럼. 개나리 두 그루가 집의 양옆에서 각각 꽃을 피웠다. 양옆에 노란색 고리가 달리고 빨간 창문들이 있는 하얗고 작은 요새라 부를 만했다. 아직 봉오리 상태인 빨간 장미나무 울타리가 집 뒤쪽과 철길을 가르고 있었다. 레일이 가로지르는 중앙 도로에서 옆으로 2미터쯤 떨어진 곳의 계단참에 낡아빠진 발 매트가 놓여 있었다.

우리 이전에 건널목지기였던 레스트리 부부는 우리가 도착하고 이틀 뒤에 떠났다. 그 이틀간 인수인계가 이루어졌다. 그들이 우리에게 이 직업의 핵심 기술을 설명했다. 차단기를 내리고 올리는 법을.

레스트리 부부는 낡은 가구들과 리놀륨 바닥과 작별했다. 거뭇해진 비누 조각은 남기고, 수년 동안 벽에 걸렸던 액자들은 떼어갔다. 꽃무늬 벽지에 벽지보다 색이 약간 밝은 직사각형 얼룩이 군데군데 남았다. 부엌 창문 옆에 걸린 모나리자 그림 캔버스는 버리고 갔다.

부엌은 부엌이 아니었다. 낡은 가스레인지와 녹슨 나사못으로 간신히 고정된 설비만 있는 기름투성이 공간일 뿐. 문 뒤에 버려진 듯 놓인 미니냉장고를 열어보니 엉성하게 둘둘 만 누레진 버터 조각이 덩그러니 있었다.

지저분하고 노후했지만, 어떻게 모습을 갖출지 계산이 섰다. 붓을 한 번 휘둘러 어떻게 이 장소를 변신시킬지. 전쟁 전으로 거슬러 올라갈 너절한 꽃무늬 벽지 아래 숨은 벽 색깔 앞에서도 미소 지을 수 있었다.

내가 이곳을 싹 다 뜯어고치리라. 특히 나를 도와 우리 미래의 삶을 지탱해줄 선반들을. 필리프 투생이 레스트리 부부가 떠나는 즉시 벽지를 싹 다 바꿀 것을 내 귀에 대고 약속했다.

노부부는 떠나기 전, 차단기가 고장날 경우에 도움을 요청할 수 있는 전화번호 목록을 넘겼다.

"이제는 차단기를 수동으로 조작하지 않는 대신, 전기선이 먹통이 될 때가 있어요. 일 년에 몇 번씩 발생하는 말썽이죠."

열차 시간표도 넘겼다. 여름 시간, 겨울 시간. 그 외엔 크게 덧붙일 것이 없었다. 공휴일, 파업, 일요일, 이런 날들엔 행인도 열차도 줄어 한산했다. 녹록지 않은 일과에 업무 리듬도 피곤하리란 걸 말해두고 싶다고 했다. 두 사람이 결코 많은 인원이 아닐 거라고. 아, 그렇지, 잊을 뻔했다며 신호음이 울리고 기차가 지나가기까지 삼 분이 걸린다는 말도 했다. 그러니까 차단기를 내릴 시간이, 조종실의 버튼을 눌러 차단기로 통행을 제지할 시간이 삼 분이었다. 열차가 지나가고 나면 일 분을 기다려 차단기를 올리는 것이 규칙이었다.

레스트리 씨가 외투를 걸치며 말했다.

"혹시 열차 뒤에 다른 열차가 가려져 있을 수도 있으니까요. 30년 동안 건널목을 지켰어도 그런 경우는 보지 못했지만요."

레스트리 부인이 문을 나서다가 우리를 돌아보며 경고했다.

"차단기가 내려져 있어도 막무가내로 지나가려는 차들을 조심해요. 미친놈들은 언제고 나올 테니까. 꽐라가 된 놈도 마찬가지고."

일에서 놓여나 쉬러 가기에 급급하면서도 그들은 우리의 앞날에 행운을 빌어주며 미소 없이 덧붙였다.

"이젠 우리가 기차를 타네요."

그 뒤로 그들을 두 번 다시 보지 못했다.

그들이 문을 나서자마자 필리프 투생이 벽지를 싹 다 새로 바르는 대신 나를 부둥켜안으며 말했다.

"아, 나의 비올레트, 네가 싹 다 정리하고 나면 이곳이 얼마나 근사해질까."

전날 읽기 시작한 책이 내게 힘을 주었던 것일까, 아니면 그날 아침에 구입한 사전이? 아무튼 나는 필리프 투생에게 처음으로 돈을 요구할 용기가 났다. 그동안 내 월급은 그의 계좌로 입금되었고 나는 종업원 팁으로 그럭저럭 버텨왔으나, 이젠 정말 수중에 한 푼도 없었다.

그가 지갑에서 마지못해 꺼내 든 10프랑짜리 지폐 세 장을 내게 호기롭게 건넸다. 나는 접근 권한이 전혀 없는 지갑. 그는 매일 지갑의 지폐를 세어 돈이 없어지지 않았는지 확인했다. 그리고 그런 행동을 할 때마다 나를 잃었다. 내가 아니라, 내가 그에게 품었던 사랑을.

필리프 투생의 머릿속에선 모든 것이 간단했다. 나는 그가 나이트클럽에서 거둬준 가련한 아이였으니, 그는 내게 거처와 잠자리를 제공하는 대신 일을 시켰다. 게다가 나는 어리고 예쁘고 거슬리지 않으며 몸매도 좋고 과감한 편이니, 그는 나와의 육체관계를 즐겼다. 또한 그는 가장 야비한 의식의 밑바닥에서 내가 버려지는 걸 몹시 두려워한다는 걸, 따라서 절대 떠나지 않으리라는 걸 꿰뚫고 있었다. 아이만 하나 낳으면 나를 자기 곁에 붙들어둘 수 있다는 걸 알았다.

다음 기차가 지나가기 전까지 한 시간 십오 분의 여유가 있었다. 나는 주머니에 30프랑을 넣고서 길을 가로질러 슈퍼마켓 '카지노'에 들어가, 양동이와 대걸레와 스펀지 수세미와 세척제를 구입했다. 아무거나 가장 싼 걸로 골랐다. 나는 열여덟 살이었고 가사용품에 대해 아는 게 없었다. 그 나이엔 대개는 음반을 구입한다. 나는 계산대에서 자기소개를 했다.

"안녕하세요, 저는 비올레트 투생이라고 해요. 맞은편에 새로 온 건널목지기예요. 레스트리 씨 부부를 대신하게 됐어요."

스테파니라는 이름표를 부착한 계산원은 내 말을 듣고 있지 않았다. 그가 봉긋한 내 배에서 시선을 뗄 줄 모르다가 물었다.

"새로 온 건널목지기분의 딸이세요?"

"아니요, 전 누구의 딸도 아니에요. 제가 바로 새 건널목지기예요."

스테파니는 모든 것이 둥글었다. 체형, 얼굴, 두 눈. 좀 놀란 표정이었는데, 색연필로 그린 만화 주인공 같았다. 약삭빠르지 않고 순진하고 착한 여자 주인공. 두 눈을 연신 깜빡거리는.

"몇 살인데요?"

"열여덟 살이요."

"아, 알겠어요. 아기는요, 예정일이 언제예요?"

"9월이요."

"아, 네, 그렇군요. 그럼 이제 자주 만나겠네요?"

"네, 자주 만나게 될 거예요. 안녕히 계세요."

나는 옷을 정리하기 위해 침실의 선반부터 닦기 시작했다.

꾀죄죄한 카펫을 들추니 타일 바닥이었다. 카펫을 걷어내는데, 차단기 신호음이 울리기 시작했다. 15시 6분 열차가 들어오고 있었다.

나는 건널목으로 달려가 차단기를 내리는 빨간색 버튼을 눌렀다. 차단기가 내려가는 것을 보자 안도감이 들었다. 자동차 한 대가 서행하며 내가 있는 곳에서 멈춰 섰다. 차체가 기다란 흰색 차였는데 운전사가 마치 열차 시간을 배정한 사람이 나이기라도 한 듯 나를 노려보았다. 15시 6분 열차가 지나갔다. 레일이 흔들렸다. 행인들은 토요일을 즐기러 나온 사람들이었다. 쇼핑을 하거나 시시덕거리며 오후를 보내기 위해 낭시 시내에 가려는 한 무리의 여자아이들.

나는 생각했다. '어쩌면 지원받는 애들일 수도 있어, 작은 것에도 만족하는.' 나는 차단기를 올리기 위해 초록색 버튼을 누르며 빙긋 웃었다. 나에겐 직업과 열쇠와 새로 칠할 집이 있었다. 배 속의 아이와 걷어낼 카펫과 장 보고 난 거스름돈을 잊지 않고 돌려줘야 할 어설픈 남편과 사전과 음악과 읽어야 할 책이 있었다.

24

당신 존재의 소중함을 모르는 이들에게
당신의 부재를 안기는 법을 익혀야 한다.

죽음엔 휴식이 없다. 죽음은 여름휴가도, 공휴일도, 치과 예약도 모른다. 비수기, 모두가 도시를 비우는 대대적인 휴가철, 지중해로 향하는 고속도로, 주 35시간 근무, 유급 휴가, 연말연시 모임, 행복, 젊음, 무사태평, 좋은 날씨, 이 모든 것에 관심이 없다. 죽음은 도처에, 언제나 있다. 아무도 죽음에 대해 깊이 생각하지 않는다. 안 그랬다간 미쳐버리고 말 것이다. 죽음은, 늘 다리 사이에서 어슬렁거리는데도 우리를 물어뜯었을 때에야 비로소 그 존재를 깨닫게 되는 개와 같다. 더 나쁘게는 우리의 측근을 물었을 때.

내 묘지엔 위령비가 있다. 삼나무 구역 3번 길에. 유해가 없이 텅 빈 묘에 세운 묘비. 바다, 산, 비행기에서 또는 자연 재해로 사라진 고인이 남긴 공허. 산 채로 사라졌으나 죽음을 부인할 수 없는 경우. 브랑시옹의 위령비엔 설명이 적힌 추모패가 더 이상 없다. 아주 오래전에 세워졌다는 것만 알고 정확히 언제였는지는 몰랐는데, 어제 자크 루치니에게 이 위령비의 내력에 대해 우연찮게 듣게 되었다. 1967년에 산에 갔다가 실종된 젊은 커플을 추모하기 위해 세워졌다고 한다. 자크가 장의차에 오르기 전에 덧붙였다.

"젊은 사람들이 등반하다 추락한 거겠지."

자식을 잃는 것보다 더한 고통은 없다, 흔히 듣는 말이다. 하지만 소식을 모르는 것보다 더한 고통은 없다는 말도 흔히 듣는다. 무덤보다 더 끔찍한 건, 게시판이며 벽이며 유리창이며 신문, 텔레비전에 붙은 실종자의 얼굴이다. 사진은 세월을 타도, 그 속의 얼굴은 세월을 타지 않는다. 장례식보다 더 끔찍한 건 실종 추모일이다. 텔레비전 뉴스이고, 하늘에 띄우는 풍선들이고, 침묵 속의 하얀 행진*이다.

30여 년 전, 브랑시옹에서 몇 킬로미터 떨어지지 않은 곳에서 한 아이가 실종됐다. 아이의 엄마 카미유 라포레가 매주 묘지를 찾는다. 시에서 그에게 특별히 한 자리를 양도했다. 실종된 아들의 이름을 새겨 넣을 수 있도록. 드니 라포레. 드니가 죽었다는 어떤 증거도 없다. 실종 당시 아이는 열한 살이었다. 교실을 나와 학교 맞은편 버스 정류장으로 가던 중에 사라졌다. 공부 모임이 있어서 친구들보다 한 시간 먼저 교실을 나섰다. 그러고는 증발했다. 아이 엄마는 사방팔방 찾아다녔다. 경찰도 마찬가지였다. 이제는 이 지역의 온 가정이 드니의 얼굴을 안다. '1985년 실종자'의 얼굴로.

카미유는 내게 이 가짜 묘에 새겨진 드니의 이름이 자기를 살렸노라고 입버릇처럼 말했다. 대리석에 각인된 이 이름이 희망과 절망 사

● 1996년 벨기에에서 아동 성폭력 살인사건(마크 뒤트루 사건)의 피해자 부모와 이들을 지지하는 사람들이 범인에게 항의하고 아이를 추모하기 위해 하얀 옷에 슬로건 없이 행진했고, 이후로 아동 성폭력 및 납치, 살인의 피해자들을 기리는 보편적인 방식이 되었다.

이에서 자기를 붙들어주었노라고. 아이가 어딘가에서 아직 혼자, 사랑 없이, 고통스럽게 살아가고 있을 거라는 생각이. 그는 내 집 문을 밀고 들어와 테이블에 앉아 커피를 마실 때마다 묻는다. "잘 지냈어요, 비올레트?" 그리고 덧붙인다. "죽음보다 더한 게 있다면, 그건 실종이에요."

나는 정말이지 필리프 투생의 실종에 적응했다. 결코 소식을 알고 싶어하지 않았다.

쥘리앵 쇨이 어머니를 위해 쓴 추도문 봉투를 열었다. 그가 가브리엘 프뤼당의 무덤에 마침내 어머니의 유해를 올려놓기로 마음먹은 날에 읽게 될 추도문. 두 사람의 만남은 그야말로 저주받은 만남이 아닌가. 이렌 파욜이 가브리엘 프뤼당을 만나지 않았던들, 쥘리앵 쇨이 내 묘지에 발을 들이는 일도 없었으리라.

이렌 파욜은 제 어머니셨습니다. 어머니에게선 좋은 향이 났어요. 겔랑의 뢰르 블루 향수를 뿌리셨죠.

1941년 4월 27일 마르세유 태생인데도 남쪽 억양이 전혀 없었어요. 유전자에 남부가 없었죠. 어머니는 조용하고, 다가가기 어렵고, 말수가 적었어요. 더위보다는 추위를, 햇빛보다는 흐린 하늘을 언제나 더 좋아하셨죠. 외모마저 남부 지방과는 거리가 멀었어요. 파리한 안색에 주근깨가 점점이 박히고 금발이셨거든요.

어머니는 베이지색을 좋아하셨어요. 절대 화려한 색의 옷을 입지도, 맨발로 다니지도 않으셨죠. 제가 태어나기 전 스웨덴에서 보낸 휴가 사진 속의 노란색 원피스를 제외하면요. 어머니 인생의 오점과도 같은 옷이죠.

어머니는 영국 차를 좋아하셨어요. 눈을 좋아해서 눈 사진을 즐겨 찍으셨고요. 그래서 가족사진은 눈 속에서 찍은 것들뿐이에요.

어머니는 잘 웃지 않으셨어요. 곧잘 혼자만의 생각에 잠기셨죠.

아버지와 결혼하고 쇨 부인이 됐지만, 이름을 적으며 철자라도 틀린 기분이 드셨는지● 미혼 시절 성씨인 파욜을 유지했어요.

자식은 저 하납니다. 부모님이 더는 자식을 낳지 않은 것이 저 때문이었는지 우리 집 성씨 때문이었는지, 오래도록 의문이었지요.

어머니는 원래 미용사였다가 원예가가 되셨어요. 겨울에도 끄떡없는 다양한 종류의 장미를 개발하셨죠. 당신 이미지의 장미를.

어느 날, 어머니는 제게 꽃을 팔고 싶다고 하셨어요. 비록 묘지를 장식할 꽃이더라도요. 장미는 장미일 뿐, 결혼식에 놓이든 묘지에 놓이든 아무 상관 없다고 하셨죠. 〈결혼식과 장례식〉. 모든 꽃집의 쇼윈도엔 이렇게 쓰여 있다고, 이 둘은 한 쌍이라고.

어머니가 제게 그 말씀을 하신 날, 당신이 영원히 함께 잠들기로 선택한 미지의 인물을 이미 염두에 두신 건지는 모르겠습니다.

어머니가 생전에 늘 제 선택을 존중하셨듯이, 저도 어머니의 선택을 존중합니다.

사랑하는 어머니, 편히 잠드시길.

● '쇨'은 '혼자인' '외로운'을 뜻하는 형용사이고, 프랑스어에서 형용사는 수식하는 명사의 성별에 따라 변화한다. 이에 따르면 이렌은 여성이니 이렌 쇨Seule이 되어야 하는데, 남편의 성인 쇨Seul은 고유명사여서 변화하지 않는다.

25

어머니의 사랑은 신이 단 한 번 내리는 보물이다.

레오닌은 내가 건널목지기 관사 벽의 페인트칠을 완전히 끝내기를 기다려 세상에 왔다.

1986년 9월 2일에서 3일로 넘어가는 밤에, 나는 첫 진통을 느끼며 잠에서 깨어났다. 필리프 투생은 내게 몸을 붙이고 잠들어 있었다. 내 딸은 세상에 나올 준비를 하는 시간으로 밤을 선택했다. 토요일 마지막 열차와 일요일 아침 기차 사이에 아홉 시간의 막간이 있는 밤을. 나는 필리프 투생을 깨웠다. 그는 네 시간 안에 나를 산부인과에 데려다주고 돌아와 7시 10분 열차에 맞춰 차단기를 내려야 했다.

레오닌은 자기가 첫 울음을 내지르는 걸 아빠가 참관하게 하려는지 너무 오래 뜸을 들었다. 내가 아이를 세상에 내보냈을 때는 정오였다.

사랑과 공포의 파도가 밀려왔다. 내가 책임져야 할, 내 것보다 더 무거운 생명의 무게가 느껴졌다. 숨을 쉬는 것조차 버거웠다. 레오가 내 숨을 끊어놓았다고 할 수도 있겠다. 온몸이 부들거렸다. 감동과 두려움으로 이가 딱딱 맞부딪쳤다.

아이는 조그만 늙은이 같았다. 순간적으로 이 아이가 조상님이고 내가 아이인 듯한 기분이 들었다.

아이의 살이 내 살에 닿았고, 아이의 입이 내 가슴을 찾았다. 내 손바닥 안에 작디작은 얼굴이 얹혔다. 그 숫구멍과 검은 머리칼, 피부의 초록색 얼룩, 하트 모양 입술. '지진'이라는 단어가 과하지 않았다.

레오닌의 등장과 함께 나의 청춘은 타일 바닥에 유리 꽃병이 떨어지듯 충격적으로 부서졌다. 이제 나의 청춘은 다시 오지 않을 터였다. 웃다가도 이내 울음이 나왔고, 기분이 맑았다가도 금세 비 오는 날이 되었다. 나는 3월 하늘처럼 맑은 동시에 꾸무럭거렸다. 내 모든 감각이 앞이 안 보이는 사람이 된 것처럼 곤두서고 예민해졌다.

평생 거울을 볼 때마다 내가 부모 중 누굴 닮았는지 의문이었다. 이제 나를 뚫어져라 바라보는 아이의 커다란 두 눈을 보고 있자니 그 눈이 하늘을, 우주를, 괴물을 닮았다는 생각이 들었다. 아이가 못생긴 동시에 예뻐 보였다. 사나운 동시에 순해 보였다. 일체감과 동시에 거리감이 들었다. 나는 아이에게 마치 오래전부터 나누었던 대화를 이어가듯 말을 걸었다.

아이에게 환영 인사를 하며 어루만졌다. 아이를 눈으로 먹고, 숨으로 빨아들였다가, 다시 뱉어놓았다. 아이의 살갗을 1센티미터 간격으로 훑었고, 시선으로 핥았다.

간호사가 아이의 신장과 몸무게를 재고 몸을 씻기느라 내 품에서 거둬갔을 때 나는 두 주먹을 꼭 쥐었다. 아이가 눈앞에서 사라진 순간, 어린애가 된 기분이었다. 아주 어려진 기분, 아무것도 알 수 없는 기분, 아무 할 일이 없어진 기분. 나는 엄마를 외쳤다. 열도 오르지 않았건만 엄마를 외쳤다.

유년 시절이 머릿속을 스쳤다. 내 딸이 내가 겪은 걸 겪지 않게 하려면 나는 무엇을 해야 할까? 혹시 아이를 빼앗기는 것은 아닐까? 레오가 내 삶에 등장한 바로 그 순간, 나는 우리가 헤어지게 될까봐 두려웠다. 레오가 날 버릴까봐 두려웠다. 동시에 역설적으로 레오가 사라져 버렸으면, 나중에 내가 어른이 되었을 때 다시 찾아왔으면 하는 마음이 생겨났다.

필리프 투생은 오후에, 15시 7분과 18시 9분 사이에 우리 모녀를 다시 찾았다. 실망했을 터였다. 아들을 원했기 때문이다. 그는 아무 말도 하지 않았다. 그저 우리를 바라보며 빙긋 미소 지었다. 그가 내 머리를 얼싸안았다. 우리의 아이를 품에 안은 그가 잘생겨 보였다. 내가 언제까지나 우리를 보호해달라고 하자 그가 대답했다. "당연하지."

이어서 두 번째 지진. 레오 생후 이틀째였다. 나는 막 젖을 빨고 난 아이를 구부린 내 무릎에 올려놓았다. 아이의 작은 머리통이 내 무릎에서 비스듬히 쳐들렸고, 작은 발은 내 배를 지그시 눌렀으며, 작은 두 주먹은 내 검지를 움켜쥐었다. 나는 아이를 바라보았다. 아이의 얼굴에서 과거를 찾았다. 마치 그 얼굴에 내 부모가 있다는 듯. 조산사가 애 얼굴이 닳겠다고 했다. 내가 말을 거는 동안 아이는 나를 뚫어져라 바라보았다. 무슨 말을 했었는지는 더 이상 기억나지 않는다. 아기들은 실제로는 웃는 게 아니라고 한다. 그저 천사에게 웃는 거라고.● 나를 통해 어떤 천

● '천사에게 웃다'는 웃는 것처럼 보이는 아기들 얼굴 근육의 움직임을 칭하는 프랑스어의 관용적 표현이다.

사를 보았는지는 몰라도 아이는 분명 나를 뚫어져라 바라보며 미소 지었다.

마치 나를 안심시키려는 듯했다. 이렇게 말해주려는 듯했다. "다 잘될 거예요." 평생 그처럼 뭉클한 사랑을 느껴본 적이 없었다.

퇴원 전날, 투생의 부모가 잘 차려입고서 찾아왔다. 모친은 손에 보석들을 둘렀고, 부친은 테슬이 달린 고가의 구두를 신었다. 부친이 내게 '어린애'에게 세례를 줄 건지 묻는 동안, 모친은 투명한 플라스틱 침대에서 곤히 잠든 레오닌을 안아 올렸다. 내게 묻지도 않고 마치 자기 아이인 양 서툴게 품에 안았다. 심술궂은 할머니가 블라우스 천으로 레오닌의 숫구멍을 막았다. 나는 분노로 울지 않기 위해 볼 안쪽을 꽉 물었다.

그날 나는 깨달았다. 내겐 무슨 짓이든 할 수 있고 무슨 말이든 할 수 있다. 나의 몸과 영혼은 날 때부터 면역이 되어 사람을 짓밟는 어떠한 공격도 튕겨낼 수 있다. 하지만 누구도 내 딸을 건드릴 순 없었다. 내 딸을 건드리는 건 무엇이든 내게 그대로 흡수됐다. 나는 아이와 관련된 모든 걸 빨아들였다. 필터라곤 없었다.

투생의 모친이 내 딸을 토닥이며 카트린이라고 불렀다. 나는 바로잡아주었다. "레오닌이에요." "카트린이 훨씬 예쁘구나." 그러자 투생의 부친이 아내를 나무랐다. "샹탈, 무슨 그런 쓸데없는 소릴." 그래서 알게 되었다. 투생의 모친에게도 이름이 있다는 걸……

레오가 울기 시작했다. 늙은이 냄새, 투생 모친의 목소리와 연한 살을 파고드는 힘이 들어간 손가락과 꺼칠한 피부 때문이리라. 나는 이제 그만 아이를 달라고 했지만 받아들여지지 않았다. 투생의 모친은 울부짖는 레오를 내 품이 아닌 침대에 내려놓았다.

마침내 우리는 나중에 레오가 이름을 붙인 '기차 집'으로 돌아왔다. 나는 레오를 침대에서, 침실에서 꼭 끌어안았다. 투생은 오른쪽에서, 나는 왼쪽에서, 레오는 더 왼쪽에서 잠을 잤다. 첫 두 달 동안 나는 차단기를 올리고 내릴 때 외에는 한시도 아이 곁을 떠나지 않았다. 아이의 기저귀를 갈아주었고, 매일 목욕시키기 위해 욕실을 덥혔다.

겨울이 되었다. 유아차의 레오닌을 모자와 머플러로 꽁꽁 감쌌다. 처음으로 돋아난 이, 까르르거리는 웃음소리, 첫 귀앓이. 열차 시간 틈틈이 레오를 데리고 산책을 나가면 사람들이 몸을 굽혀 아이를 들여다보며 말하곤 했다. "엄마를 닮았네요." 그러면 나는 대답했다. "아니요, 아빠 닮았어요."

그리고 찾아온 레오의 첫 봄. 나는 집과 철길 사이의 풀밭 그늘에 모포를 깔았다. 똑바로 앉기 시작한 레오는 장난감이란 장난감은 모조리 입에 넣으며 까르르거리는 웃음을 그칠 줄 몰랐다. 차단기를 올리고 내려야 할 필리프 투생은 어디론가 훌쩍 사라졌다가도 밥때가 되면 어김없이 돌아와 배를 채우고는 다시 나갔다. 그는 레오와 놀며 무척 재미있어했지만 십 분을 넘기지 못했다.

나는 어렸지만, 있는 힘껏 아이를 보살폈다. 아이를 위한 몸짓과 말과 스킨십을 알아냈고, 아이의 말을 들을 줄 알았다. 세월이 흐르자 아이를 잃을지 모른다는 두려움도 사라졌다. 나와 레오가 서로를 놓을 어떤 이유도 없다는 걸 깨닫게 되었다.

26

그 어떤 것도 밤을 막지 못해,
그 어떤 것도 정당하지 않아.*

어두운 그림자가 깃들었기에

그건 망각의 발걸음보다도 더 높은 바람 저편

산중에서 내려온 것이 아니기에

이해하지 못하니

욕망을 품고 바람이 이루어지기를 기도하니

배워야 하기에

때론 모든 걸 주는 것으로도 충분치 않다고

너는 내심으로

확신하기에

● 프랑스 록과 상송을 이끌며 높은 대중적 인기를 누리고 존경을 받은 뮤지션 알랭 바슝이 1991년에
발표한 곡 〈용감해져요 조제핀〉의 가사 중 일부. 베를린 장벽이 무너졌던 당시 상황에서 용기와 집념
의 베를린 여성들을 위해 쓰인 여성의 자유에 대한 노래로, 2012년 델핀 드 비강이 자신의 소설 『어떤
것도 밤을 막지 못해』(국내 번역본 제목 『내 어머니의 모든 것』)의 제목으로 차용했다. 델핀 드 비강
은 여기서 '밤'을 '죽음을 선택한 사람들'로 해석했으며, 다의적 의미가 함축된 알랭 바슝의 노래들을
좋아한다고 밝혔다.

너의 심장이 더 잘 뛰는 곳은

다른 곳이기에

우린 널 붙잡기엔 널 너무 사랑하기에

네가 떠나가기에……•

장례식에서 가장 많이 들을 수 있는 노래다. 성당에서든 묘지에서든.
20년 세월 동안 나는 정말 안 들어본 노래가 없다. 〈아베마리아〉부터
조니 할리데이의 〈욕구를 느끼고 싶은 욕구〉까지. 언젠가 한 장례식에
서 유족이 피에르 페레••의 〈잠지〉를 틀어달라고 요청했다. 고인이 제
일 좋아하는 노래였다는 것이 이유였다. 피에르 루치니와 이전 신부가
거부했다. 피에르는 고인의 모든 유언을 이루어줄 수는 없다고, 그건
신의 집에서든 '영혼의 정원'―그는 우리의 묘지를 이렇게 부른다―
에서든 마찬가지라고 설명했다. 유족은 장례 절차의 유머 부족을 이해
하지 못했다.

음악 재생기를 들고서 묘지를 찾는 사람들을 심심찮게 볼 수 있다.
그들은 음악을 절대 크게 틀지 않는다. 마치 주변의 이웃들을 방해하
지 않겠다는 듯.

언젠가는 남편 무덤에 작은 라디오를 놓아두고서 '뉴스를 듣게' 해
주는 아내도 보았다. 한 소녀는 어느 중학생의 무덤 십자가에 이어폰
을 양쪽으로 걸어놓았다. 친구에게 콜드플레이의 신작 앨범을 들려주

● 장자크 골드만의 〈네가 떠나가기에〉 중에서.
●● 속어와 구어를 포함해 언어 유희를 즐기는 익살맞고 철학적인 노래들을 주로 발표했다.

기 위해서였다.

생일이나 기념일에 찾아와 무덤에 꽃을 놓거나 휴대폰으로 음악을 틀어놓는 사람들도 있다.

매년 6월 25일엔 올리비아라는 이름의 여성이 찾아와, 추모 공원에 유해가 흩뿌려진 고인을 위해 노래한다. 그는 묘지 문을 여는 시간에 도착해 내 부엌에서 설탕을 타지 않은 차를 잠자코 마신다. 간혹 날씨에 대해 언급할 때를 제외하고는 도통 말이 없다. 그러고는 9시 10분 무렵에 추모 공원으로 향한다. 나는 동행하지 않는다. 그는 이곳 지리에 훤하다. 날이 좋아 창문을 열어놓으면 노랫소리가 내 집까지 들린다. 늘 똑같은 곡. 쳇 베이커의 〈블루 룸〉이다. "윌 해브 어 블루 룸, 어 뉴 룸 포 투 룸, 웨어 에브리데이즈 어 홀리데이 비코즈 유 아 메리드 투 미……"

그는 충분히 시간을 가지며 노래한다. 노래가 오래 머물도록 크게, 천천히 부른다. 소절마다 깊은 정적이 끼어드는데 마치 누군가 그에게 화답하는 듯, 메아리로 답하는 듯하다. 그렇게 노래가 끝나면 땅바닥에 앉아 얼마간을 머문다.

지난 6월엔 장대비가 쏟아져 내가 우산을 빌려주었다. 우산을 돌려주기 위해 집에 들른 그에게 나는 가수였느냐고 물었다. 목소리가 무척 아름다웠기 때문이다. 그는 외투를 벗더니 내게 바짝 다가와 앉았다. 그러고는 마치 내가 엄청나게 많은 질문을 쏟아내기라도 한 양 이야기를 풀기 시작했다. 20년 세월 동안 나는 고작 한 가지만을 물었을 뿐이었는데 말이다.

그의 이야기는 한 남자, 그가 매년 노래를 들려주러 오는 프랑수아에 관한 것이었다. 올리비아는 마콩에서 고등학교를 다닐 때 그를 만났다. 그는 국어선생이었다. 올리비아는 수업 첫날 한눈에 사랑에 빠졌고, 식욕을 잃었다. 이제 올리비아의 삶의 이유는 오직 그를 다시 만나는 거였다. 방학은 밑 빠진 깊은 우물이었다. 수업시간에 기어이 맨앞줄에 앉기 위해 수를 쓴 건 당연했다. 올리비아는 국어 공부만 했고 뛰어난 국어 성적을 얻었다. 그렇게 모국어를 재발견했고, 중간고사 작문 과목에서 20점 만점에 19점을 받았다. 그가 택한 주제는 이러했다. '사랑은 과연 올가미일까?' 그는 사랑을 주제로 십여 장에 달하는 빛나는 글을 작성했고, 선생 신분의 남자는 그 사랑을 학생 중 하나에게 즉각적으로 느꼈으나 단호히 물리쳤다. 올리비아의 작문은 마치 자신이 범인인 탐정소설과 같았다. 모든 등장인물(학급 학생들)의 이름과 사건 발생 장소가 교체되었다. 프랑스의 고등학교는 영국의 중학교가 되었다.

올리비아는 프랑수아에게 당돌하게 물었다.

"선생님, 왜 19점이죠? 왜 20점이 아닌가요?"

그는 대답했다.

"만점이란 없으니까요, 학생."

올리비아는 물러서지 않았다.

"만점이 없다면 20점은 왜 만든 거죠?"

"수학 때문에요. 수학 문제는 정답을 푸는 거니까. 하지만 국어엔 정확한 한 가지 답만 있는 경우가 극히 드물어요."

그는 19점의 점수 옆에 빨간 펜으로 의견을 적었다. '완벽한 직설적 문체. 뛰어난 상상력으로 견고하고 문학적인 서사를 구축했어요. 매우 흥미로운 주제를 탁월한 솜씨로 가볍고 유머러스하면서도 깊이 있게 풀어냈고요. 훌륭해요, 무르익은 작문 실력이 유감없이 발휘됐군요.'

올리비아는 작문 노트에 코를 박으며 자신에 대한 선생의 시선에 깜짝 놀랐다. 믿기지 않았다. 그해 그는 엠마 보바리의 감정에 대해 설명하는 선생을 바라보며 볼펜 뚜껑을 숱하게 씹었다.

올리비아는 자신의 감정이 상호적이라는 걸 확신했다. 신기한 사실은 두 사람의 성씨가 같다는 거였다. 비록 그들의 성인 르루아가 드물진 않아도 올리비아는 이 사실에 동요했다.

국어 바칼로레아 시험이 있기 며칠 전, 프랑수아와 함께 복습하는 기회를 얻은 우등생 중 하나였던 올리비아는 이런 말을 하는 만용을 부렸다.

"르루아 선생님, 만일 우리 둘이 결혼하면 제 성은 그대로겠네요. 남편을 따라 성을 바꿀 필요가 없으니까요. 호적사항도, 신분증도, 주소지의 이름도 고칠 필요가 전혀 없어요."

좌중의 아이들이 웃음을 터뜨렸고 프랑수아는 얼굴을 붉혔다.

올리비아는 국어 바칼로레아 시험을 치렀고, 구술에서 19점, 필기에서 19점을 받았다. 그는 프랑수아에게 메모를 남겼다. '선생님, 저는 또 20점을 받지 못했네요. 선생님이 우리 문제를 아직 풀지 못했기 때문이겠죠.'

프랑수아는 올리비아가 바칼로레아 전 과목의 시험을 모두 끝내자 일대일 면담을 청했다. 그는 올리비아가 사랑의 혼란으로 간주한 긴 침묵 끝에 마침내 입을 열었다.

"올리비아, 남매는 결혼할 수 없어요."

올리비아의 첫 반응은 웃음을 터뜨리는 것이었다. 자신을 늘 '학생'이라고 부르던 그가 이름을 불렀기 때문이다. 그랬다가 자신을 뚫어져라 바라보는 그의 시선에 웃음을 그쳤다. 이어서 프랑수아가 그들의 아버지가 같다고 알렸을 땐 어안이 벙벙했다. 프랑수아는 올리비아 아버지의 이전 결혼에서 태어났다. 올리비아가 태어나기 20년 전이었고, 니스 근처였다. 프랑수아의 아버지와 어머니는 2년간 함께 살다가 고통스럽게 헤어졌다. 그리고 세월이 흘렀다.

프랑수아는 훗날 조사를 통해 아버지가 재혼했고 올리비아라는 소녀의 아빠가 되었다는 걸 알았다.

아버지는 두 번째 가족에게 프랑수아의 존재를 숨겼다. 아버지와 아들은 재회했다. 프랑수아는 아버지 가까이에 살기 위해 마콩으로 전근을 신청했다.

자신의 수업에서 여동생을 발견한 그는 혼란스러웠다. 신학기에 자기가 자기의 성을 부르고, 이름이 불린 올리비아가 옆자리 학생의 귀에서 입을 떼며 한 손가락을 높이 쳐들고 그를 똑바로 쳐다보면서 "네"라고 대답했을 때, 그는 우연의 장난이 지나치다고 생각했다. 그는 올리비아를 대번에 알아보았다. 그들이 닮았기 때문이다. 프랑수아는 알고 있었기에 알아차렸고, 올리비아는 몰랐기에 그러지 못했다.

올리비아는 처음엔 믿으려 들지 않았다. 아버지가 프랑수아의 존재를 숨길 수 있었다는 것을. 프랑수아가 변덕스러운 여자아이의 도발에 종지부를 찍기 위해 꾸며낸 이야기라고 생각했다. 결국 이 이야기가 진실임을 깨닫자 올리비아는 짐짓 가볍게 내뱉었다.

"그래도 같은 배 속에서 나온 건 아니니까 상관없어요. 난 선생님을 남자로 사랑해요."

그가 차가운 분노로 대답했다.

"아니, 잊어요. 그 말은 당장 잊어버려요."

마지막 학기였다. 두 사람은 학교 복도에서 마주치곤 했다. 올리비아는 그럴 때마다 그의 품에 달려들고 싶은 기분이었다. 오빠에게 달려드는 동생으로서가 아니라 다른 방식으로.

그는 시선을 내린 채 올리비아를 피했고, 이것이 맘에 들지 않았던 올리비아는 일부러 길을 돌아 다시 그와 마주치며 외치다시피 말했다.

"안녕하세요, 르루아 선생님!"

그는 쭈뼛거리며 인사를 받았다.

"안녕, 르루아 학생."

올리비아는 아버지에게 감히 아무것도 묻지 못했다. 그럴 필요도 없었다. 졸업식이 있던 날, 아버지가 프랑수아를 바라보는 시선을 보았기 때문이다.

올리비아는 프랑수아와 아버지 간에 오가는 미소에 놀랐다. 둘 다 똑같이 나쁘다는 생각이 들었고 원망스러웠다. 눈물과 분노가 차올랐다. 잊는 것 외엔 출구가 보이지 않았다.

졸업식이 끝나고 축하 행사가 열렸다. 학생과 선생들이 차례로 공연을 했다. 프랑스 록 그룹 트러스트와 텔레폰의 노래들이 불린 뒤, 프랑수아가 〈블루 룸〉을 쳇 베이커처럼 깊이 있게, 아카펠라로 불렀다. "윌 해브 어 블루 룸, 어 뉴 룸 포 투 룸, 웨어 에브리데이즈 어 홀리데이 비코즈 유 아 메리드 투 미……"

그가 올리비아를 똑바로 바라보며 올리비아를 향해 노래했다. 올리비아는 그가 아닌 다른 남자를 사랑하는 일은 결코 없으리라는 걸, 이 불가능한 사랑이 상호적이었다는 걸 깨달았다.

그래서 올리비아는 떠났다. 전국을 돌았고, 자신도 국어선생이 되기 위해 자격증을 땄다. 어딘가에서 다른 남자와 결혼하여 성을 바꿨다.

7년 뒤 스물다섯 살이 되었을 때 올리비아는 프랑수아 곁에서 살기 위해 돌아왔다. 어느 아침 그의 집 문을 두드려 그에게 말했다. "우린 이제 함께 살 수 있어요. 이젠 성이 다르거든요. 결혼은 하지 마요, 아이도 갖지 말고요. 그냥 함께 살아요." 프랑수아는 대답했다. "그래요."

그들은 존댓말을 고수했다. 영원히. 서로에게 거리를 두기 위해. 처음에, 처음 만났을 때에 머물기 위해. 삶은 그들에게 20년의 동고동락을 허락했다. 그리고 똑같은 햇수의 세월이 그들을 갈라놓았다.

올리비아는 포트와인을 한 모금 넘기며 내게 말했다. "우리는 가족에게 버림받았어요, 그리 고통스럽진 않았죠. 우리가 서로에게 가족이었으니까. 프랑수아가 죽자 그의 어머니는 우리를 벌주려는 듯, 그를 여기, 자기 고향인 브랑시옹-엉-샬롱에서 화장했어요. 아들을 세상에서 완전히 사라지게 하기 위해 유해를 이곳 추모 공원에 뿌려버렸죠. 하지만 그는 절대 사라지지 않을 거예요. 내 안에 늘 살아 있을 테니까. 그는 내 영혼의 단짝이었어요."

27

희붐한 여명이 석양의 멜랑콜리를
들판에 쏟아놓네.*

레오닌이 태어나자마자 나는 글을 다시 배우기 위해 학습서를 주문
했다. 『어린이의 하루-보셰르 이론』, 지은이는 M. 보셰르와 V. 보셰르,
J. 샤프롱(교사들), 그리고 M. J. 카레이다. 임신 말기에 라디오에서 한
여성 교사가 이 책에 대해 이야기하는 걸 들었다. 그의 학생 중 하나가
글을 몰라 초등학교에서 두 번이나 유급되었다. 아이는 글을 읽는 것
이 아니라 어림짐작했다. 아무 말이나 떠들거나, 기억을 이용해 외우
는 것을 읽는 체했다. 정확히 그때까지의 내 방식이었다. 그래서 교사
는 이 학습 이론을 적용했고, 학생은 6개월 만에 학급의 다른 학생들처
럼 글을 읽을 수 있게 되었다. 이 옛 학습법은 철저히 음절 위주로 이루
어져 있다. 문장 전체를 포괄적으로 읽는 걸 금지한다. 그러니 속임수
를 쓸 수 없다. 단어나 문장을 알아맞히거나 어림짐작하는 것이 불가
능하다.

● 폴 베를렌의 시 「석양」 중에서.

레오닌이 아직 유아차를 타야 하는 갓난애였을 때 나는 아이에게 몇 시간씩 큰 소리로 학습서를 읽어주곤 했다. "라 뤄 아 미디, 이 위 이 이 위 위 이 위, 이부, 륀, 뷔셰트, 빌. 라 페트 드 노엘, 위 오 아 이 오 위 아 오, 올리브, 아비옹, 도미노, 아리코, 아브리코. 토토 아 에테 테튀. 타. 테. 티. 테. 튀. 테. 토. 태. 에밀. 라 륀. 르 로토. 라 람. 라 림. 에밀 아 에 테 폴리 아 레콜. 쿠. 수. 푸. 슈. 푸. 부. 구. 라 수 피 에 르. 라 부 슈. 르 쿠 드. 르 비 주. 라 수 쿠 프. 라 샬루프. 라 쿠 튀 르, 라 두 브. 앵 필루. 엘리안 아셰트 앵 주주, 주 데부슈 라 카라프, 마 메르 쿠프라 앵 슈, 프 라 드 라 수프."

레오닌은 커다란 두 눈으로 날 바라보며 느린 낭독 속도와, 반복과, 잘못된 발음과, 입속에 걸려 나오지 못하는 단어들을 탓한다거나 단어들의 의미를 따지지 않고서 내 말을 경청했다. 나는 단어들이 술술 발음될 때까지, 아이에게 매일 똑같은 음절을 반복해서 들려주었다.

책의 일러스트는 다채로운 색상에 밝고 순진한 분위기였다. 얼마 지나지 않아 레오닌은 작은 손을 책으로 뻗었다. 나의 소중한 노트가 레오닌이 만지고 구기는 대로 얼룩져갔다. 침, 초콜릿, 토마토소스, 수성펜. 심지어 표지는 이로 물기도 했다. 책을 삼키기라도 하려는 듯 입으로 가져갔다.

처음 몇 해 동안 나는 이 학습서를 숨겼다. 우연히 필리프 투생의 눈에 띄는 걸 원치 않았다. 내가 이제야 제대로 읽는 법을 공부한다는 걸 그가 알게 되는 게 참을 수 없었다. 그건 내가 정말 그의 모친에게 멸시받는 그대로 가련하고 못 배운 아이라는 의미가 될 테니까.

그가 한 바퀴 돌러 나가면 나는 바로 책을 다시 꺼냈고, 책을 본 레오닌이 기쁨의 비명을 질러댔다. 낭독이 시작되리라는 걸 알았기 때문이다. 이제 내 목소리에 토닥거려질 테고, 아예 외우다시피 하는 그림들을 자세히 뜯어볼 수 있을 터였다. 책에선 빨간색 원피스를 입은 금발 머리 소녀들, 병아리, 오리, 크리스마스트리, 푸른 들판과 나무, 꽃, 삶의 일상적인 장면들이 펼쳐졌다. 단순화된 행복한 삶이.

나는 아이가 유치원에 갈 수 있는 3년 뒤엔 글을 유창하게 읽을 수 있으리라 생각했다. 발전은 그보다 빨랐다. 레오닌이 한 살 촛불을 불었을 때는 이미 60페이지를 읽고 있었다.

나는 보셰르 이론 덕분에 더듬지 않고 정확히 읽는 법을 다시 배웠다. 이 사실을 라디오에 출연했던 교사에게 전하고 싶었다. 그의 증언 덕분에 내 인생이 바뀌었노라고. 나는 에르테엘 방송국에 전화를 걸어 1986년 8월에 파브리스가 진행하던 방송에 출연했던 교사의 조언을 들었고, 도움이 되었기에 그 교사에게 감사를 전하고 싶다고 말했다. 정확한 날짜를 모르면 해당 교사를 찾을 수 없다는 답변이 돌아왔고, 나는 정확한 날짜를 알지 못했다.

글 읽는 법은 수영하는 법을 배우는 것과 같다. 일단 팔을 젓는 동작을 익히고 물에 대한 공포가 가시고 나면, 수영장이나 대서양이나 가로지르는 건 똑같은 이치다. 요컨대 호흡과 연습의 문제인 것이다.

나는 금세 마지막에서 두 번째 페이지에 이르렀다. 거기엔 레오닌이 가장 좋아하게 된 동화가 있었다. 안데르센 동화에서 발췌한 『작은 전나무』였다.

옛날 숲속에 아주 작고 귀여운 전나무가 살고 있었어요. 전나무는 햇볕이 따스하게 내리쬐는 양지바른 곳에서 소나무며 전나무며 다른 나무 친구들에게 둘러싸여 자라났지요. 작은 전나무는 오직 한 가지 생각뿐이었어요. 어서 빨리 크는 것. 전나무 곁에 앉은 아이들이 전나무를 바라보며 말했어요. "이 작은 전나무 정말 귀엽지 않아?" 아이들의 칭찬에도 괴롭기만 했던 작은 전나무는 생각했어요. '어서 컸으면, 어서 컸으면. 그래서 하늘 끝까지 높아지고 나이를 먹었으면, 그것만이 지상에서 유일하게 행복해지는 길이야……' 연말이 되면 늘 그렇듯 나무꾼들이 숲으로 나무를 베러 왔어요. 잘생긴 나무들 몇 그루를 골라 베어 갔지요. '나무꾼들은 어디 있지?' 작은 전나무는 생각했어요. 황새 한 마리가 전나무에게 말했어요. "내가 나무꾼들을 본 것 같아. 멋진 신상 유람선을 타고서 고개를 쳐들고 당당하게 세상을 여행하고 있지." 크리스마스엔 매년 가장 잘생기고 보기 좋은 작은 관목들이 잘려나갔지요. 작은 전나무는 생각했어요. '그 관목들은 어디로 갔을까?' 마침내 작은 전나무의 차례가 되었어요. 작은 전나무가 간 곳은 훌륭한 소파가 놓인 커다랗고 아름다운 거실이었어요. 작은 전나무의 가지마다 장난감들이 반짝이고 조명이 환히 빛났지요. 세상에 이렇게 반짝이다니! 이토록 황홀할 수가! 이토록 기쁠 수가! 다음 날이 되자, 작은 전나무는 집 안 구석에 처박혔고 그대로 잊혔어요. 혼자서 깊이 생각할 시간이 많았지요. 작은 전나무는 숲속에서의 행복했던 유년 시절과 신났던 크리스마스 밤을 떠올렸어요. '다 지난 일이야, 다 지난 일이야! 아, 내가 아직 기회가 있었을 때, 탁 트인 숲과 따스한 햇볕을 즐길 수만 있었더라면!'

나는 어린이들을 위한 진짜 책들을 구입했고, 레오닌에게 백 번이고 천 번이고 읽어주었다. 그것은 매일의 의식이 되었다. 레오닌은 이야기를 듣지 않고는 절대 잠들지 않았다. 심지어 낮에도 손에 책을 들고 달려와 종알거렸다. "옛날 얘기, 옛날 얘기." 이 채근은 내가 아이를 무릎에 앉혀 함께 책을 펼칠 때까지 그치지 않았다. 낭독이 시작되면 아이는 이야기에 매혹되어 미동도 하지 않았다.

『신의 작품, 악마의 몫』은 25페이지에서 책을 덮고, 서랍 속에 숨겨둔 터였다. 희망처럼, 미루어둔 휴가처럼. 그랬다가 레오닌이 두 살 되던 해에 다시 펼쳐 들었다. 이후로 그 책을 다시 덮은 적이 없었다. 심지어 지금도 매년 수차례 재독하고 있다. 나는 입양 가족을 찾아가듯, 책 속의 인물들과 재회한다. 윌버 라치 박사는 가슴으로 받아들인 나의 아버지이고, 미국 메인주의 세인트 클라우즈 고아원은 내가 유년 시절을 보낸 집이다. 고아인 호머 웰스는 내 오빠이며, 에드나 간호사와 앤절라 간호사는 내 상상의 이모들이다.

왕처럼 선택할 수 있는 고아의 특권이라고 할까. 맘대로. 부모도 고를 수 있다.

『신의 작품, 악마의 몫』은 나를 입양한 책이다. 왜 나는 한 번도 입양되지 않았는지 모르겠다. 왜 나를 입양시키지 않고 위탁가정을 전전하게 했던 것일까? 혹시 내 생모가 내가 입양되지 못하도록 간간이 소식을 전해왔던 것일까?

2003년, 나는 샤를르빌메지에르로 돌아가 나의 고아원 기록부를 조사했다. 예상대로 아무것도 없었다. 편지도, 보석도, 사진도, 변명도. 혹시 내 엄마가 원한다면 조사할 수도 있을 기록부. 나는 그 안에 내 입양소설을 흘려 넣었다.

28

나눌 수 없는 고독일 뿐이다.

오늘 아침, 빅토르 뱅자맹(1937-2017)을 묻었다.

세드릭 신부는 참석하지 않았다. 빅토르 뱅자맹이 종교예식 없는 장례식을 원했다. 자크 루치니가 무덤 옆에 음향장비를 설치했고, 다니엘 기샤르의 노래 〈내 아버지〉가 울려 퍼지는 가운데 고인을 기렸다.

"낡고 해진 외투 차림으로 떠나버렸네, 겨울, 여름, 으슬으슬한 이른 아침, 내 아버지는……"

고인의 요청으로 십자가도 꽃다발도 화환도 생략되었다. 친구와 동료들, 그리고 아내와 자식들이 놓아둔 몇 개의 추모패가 있을 뿐. 고인의 자식 중 한 명이 반려견을 줄에 묶어 데리고 있었다. 주인의 장례식에 참석한 개는 다니엘 기샤르의 노래가 흐르자 바닥에 풀썩 앉았다.

"다들 아는 노래라네, 모두가 떠나네, 부르주아, 사장님, 좌파, 우파, 심지어 자비로운 신마저, 내 아버지와 함께."

유족이 걸어서 떠났다. 그 뒤를 따르는 반려견을 엘리안이 마음에 들어하는 눈치였다. 녀석이 행렬을 얼마간 뒤쫓는가 싶더니 이내 돌아와 자기 집에서 둥글게 몸을 말았다. 사랑을 하기엔 너무 늘어버렸다.

집에 돌아오니 지독히 우울했다. 이를 감지한 노노가 바삭한 바게트와 방목 달걀을 사 왔다. 우리는 콩테 치즈를 갈아 넣은 맛있는 오믈렛을 즐기며 라디오에서 재즈 방송을 찾아냈다.

집배원이 테이블에 어지러이 놓인 샐러드 채소 씨앗 및 실편백나무 모종 광고 전단지와 각종 식물 구입 명세서와 빌럼 & 자르댕 사의 카탈로그 사이에, 편지 한 통을 놓아두었다. 무성한 주목을 배경으로 고성이 그려진 우표가 눈에 띄었다. 마르세유에서 발송된 것이었다.

비올레트 트레네-투생

브랑시옹엉샬롱 묘지(71)

손에루아르

나는 노노가 떠나기를 기다려 편지를 개봉했다.

쥘리앵 쇨은 '친애하는 비올레트'라든가 '부인' 따위의 격식을 차리지 않고 바로 본론으로 들어갔다.

법무사가 저와 함께 제 앞으로 된 편지를 개봉했어요. 저에 대한 어머니의 신뢰가 부족했던 거죠. 모든 게 '공식적'이기를 바라신 겁니다. 자신의 유언을 저버리지 않도록 법무사가 제게 읽어주기를 바라셨던 것 같아요.

어머니의 바람은 오직 한 가지였어요. 당신의 묘지에 있는 가브리엘 프뤼당 곁에 잠드는 것. 처음 들어보는 그 남자의 이름을 법무사에게 재차 확인했죠. 가브리엘 프뤼당.

법무사에게 뭔가 착오가 있나보다고. 내 어머니는 마르세유의 생피에르 묘지에 묻힌 내 아버지 폴 쇨의 아내였다고 말했죠. 법무사는 착오가 아니라고, 1941년 4월 27일에 마르세유에서 출생한, 폴쇨의 배우자 이렌 파욜의 유언이 틀림없다고 대답했고요.

저는 차에 올라 내비게이션에 '브랑시옹엉샬롱, 묘지 길'을 입력했어요. '묘지'만은 안내목록에 나와 있지 않았거든요. 397킬로미터. 프랑스를 곧바로 거슬러 올라가야 했지요. 우회도 커브도 없이 마콩까지 고속도로를 곧장 달려야 했어요. 상세 부근으로 빠져 시골길을 10킬로미터 더 달리면 도착이었죠. 어머니가 대체 무엇 때문에 거기까지 가야 했는지 알 길이 없었어요.

그날 나머지 시간 동안 업무에 몰두하려 했지만 허사였어요. 밤 9시 무렵에 고속도로를 탔죠. 몇 시간을 달리다가 리옹 부근에서 차를 멈췄어요. 커피도 마시고, 주유도 하고, 휴대폰으로 '가브리엘 프뤼당'도 검색해보았죠. 제가 찾은 거라곤 위키백과의 '프뤼당스'● 정의뿐이었어요. '위험과 위협에 대한 거부감으로부터 형성됨.'

죽어서 땅에 묻힌 그 남자를 향해 달리며 어머니를, 지난 몇 년동안 어머니와 함께했던 시간들을 되새겨보았죠. 일요일에 함께했던 몇 번의 점심식사, 가끔 어머니 동네인 파라디 가 근처를 지날때 가졌던 커피 타임. 어머니는 세상 돌아가는 일에 몇 마디 보탰을뿐, 제가 행복한지는 절대 묻지 않았어요. 저 또한 어머니가 행복한

● 프랑스어로 '신중함' '조심성'의 뜻.

지 절대 묻지 않았고요. 제 직업과 관련해 몇 가지 물으셔서 대답하면 실망한 기색이셨죠. 피비린내 나는 범죄나 치정 사건을 기대했는데, 마약 밀수범이나 소매치기 아니면 잡범 얘기가 다였으니. 그래도 헤어질 땐 늘 복도에서 안아주시며 제 직업과 관련해 당부하셨죠. "어쨌든 몸조심해라."

혹시 제가 엿볼 수 있도록 어머니가 살짝 흘린 사생활이 있었던가 생각을 헤집었지만, 전혀요. 제 기억 속에선 그 남자의 어떤 흔적도 찾을 수 없었어요. 그림자조차.

브랑시옹엉샬롱엔 새벽 2시에 도착했어요. 철문이 굳게 닫힌 묘지 앞에 차를 세우고 잠이 들었다가 악몽을 꾸었죠. 한기가 느껴졌어요. 몸을 덥히려고 자동차 시동을 걸고서 다시 잠이 들었죠. 눈을 떠보니 오전 7시 무렵이었어요.

당신 집에서 불빛이 새어 나오기에 다가가 문을 두드렸죠. 거기서 당신이 나오리라고는 전혀 생각지도 못했어요. 묘지지기의 집 문을 두드리면 얼굴이 불그죽죽한 배불뚝이 노인네가 나타날 거라고 예상했으니까요. 압니다, 어리석은 편견이라는 걸. 하지만 그 집에서 당신 같은 사람을 마주하게 될 줄 누가 상상이나 하겠어요. 그런 영민하고 겁먹은 시선을, 다정하면서도 경계하는 듯한 시선을.

당신은 머리칼을 뒤로 모아 쪽을 지고 있었죠. 법무사 사무실에서 받은 충격 때문이었는지 아니면 밤길 운전의 피로로 눈이 어떻게 되었던 건지, 아무튼 당신은 놀랍도록 비현실적으로 보였어요. 어느 면으로는 유령이나 환영 같았죠.

당신을 보면서 저는 처음으로 어머니가 자신의 비밀스럽고 기이

한 삶을 저와 나누고 있다고, 자신이 실제로 머물 이곳으로 저를 이끌었다고 느꼈습니다.

그랬는데 당신이 기록부를 꺼내 들더군요. 그때 깨달았어요, 당신이 독특한 사람이라는 걸, 다른 여자들과 전혀 다른 여자들이 존재한다는 걸. 당신은 그 누구의 복제도 아닌 특별한 사람이었어요.

당신이 옷을 갈아입는 동안 저는 제 차로 돌아가서 기다렸지요. 차의 시동을 켜고 두 눈을 감았어요. 잠이 오질 않았죠. 문을 열고 나타난 당신이 머릿속에 다시 떠올랐거든요. 한 시간 가까이 당신이 내 머릿속에서 계속해서 문을 열어줬죠. 금방 본 장면의 음악을 다시 듣기 위해 계속해서 되감는 영화의 한 장면처럼.

다시 차에서 나와, 기다란 남색 외투를 걸치고 철문 뒤에서 날 기다리고 있는 당신을 본 순간 생각했어요. **저 여자가 대체 어디서 온 건지, 여기서 뭘 하는 건지 반드시 알아내야겠어.**

이윽고 당신이 날 가브리엘 프뤼당의 무덤으로 데려갔어요. 당신의 자세는 곧았고 옆모습은 아름다웠죠. 당신이 걸음을 옮길 때마다 외투 속에 입은 옷의 빨간색이 언뜻언뜻 보였어요. 구두 속에 비밀을 감추고 있는 것 같았다고 할까요. 다시 결심했죠. **저 여자가 대체 어디서 온 건지, 여기서 뭘 하는 건지 반드시 알아내야겠어.** 아마 10월의 그 아침에 을씨년스럽고 음산한 묘지에서 당신에게는 제가 슬퍼 보였을 수도 있을 거예요. 정작 제 기분은 정반대였지만요.

가브리엘 프뤼당의 무덤 앞에서, 저는 자기 결혼식 날 하객으로 온 여자에게 첫눈에 반한 남자가 된 기분이었어요.

두 번째로 묘지를 방문했을 때 당신을 한참 동안 관찰했어요. 무덤에 놓인 고인들의 사진을 닦으면서 그들에게 말을 붙이고 있더군요. 세 번째로 결심했죠. **저 여자가 대체 어디서 온 건지, 여기서 뭘 하는 건지 반드시 알아내야겠어.**

민박 집 주인인 브레앙 부인은 제가 굳이 질문할 필요도 없이 알아서 얘기를 술술 풀어놓더군요. 당신이 혼자 살고 있고, 남편이 '사라졌다'고. 우선은 '사라졌다'는 말이 '죽었다'는 의미인 줄 알았죠. 고백건대 기뻤습니다. '혼자군'이라는 생각이 불러일으킨 시커먼 기쁨이었죠. 브레앙 부인이 20년쯤 됐나, 당신 남편이 홀연히 사라졌다고 덧붙여 설명했을 때, 어쩌면 그가 돌아올지도 모른다는 생각이 들었어요. 당신이 처음 문을 열어주었을 때 느껴졌던 그 비현실적인 분위기가 어쩌면 그것 때문이었을 수 있겠다는 생각이 들었죠. 삶과 또 다른 삶 사이, 당신을 가둬놓은 그 실종 속에서 정지된 시간들 말이에요. 아무도 부르러 오지 않고, 아무도 이름을 부르지 않는 채로, 하염없이 앉아 기다리는 대기실. 트레네와 투쟁이 서로에게 공을 차 넘기는 듯이. 아마 그거였을 거예요. 당신이 변장하고 있는 것 같은 느낌, 회색 실내가운 속에 청춘을 숨기고 있는 것 같은 느낌.

당신을 위해서, 알아내고 싶었습니다. 성에 갇힌 공주를 해방시키고 싶었어요. 만화 속 주인공 역할을 해보고 싶었어요. 당신의 남색 외투를 벗겨내 그 안의 빨간색 원피스를 보고 싶었어요. 어쩌면 저는 당신을 통해 제 어머니에 대해 몰랐던 걸, 그러니까 제 진짜 존재에 대해 알고자 했던 건지도 모릅니다. 틀림없이 그럴 겁니다. 그러니까 제가 안도하고자 당신의 사생활에 무단 침입한 셈이에요. 용서를 구합니다.

죄송합니다.

아무튼 저는 이십사 시간 만에 당신이 20년 동안 모르고 지낸 사실을 알아냈어요. 당신이 경찰에 진술한 내용을 현지 경찰로부터 넘겨받는 건 저한테 어려운 일이 아니었죠. 1998년에 당신을 맞았던 경찰의 기록을 읽어보니 당신 남편은 정기적으로 집을 비웠더군요. 행선지도 알리지 않고 며칠씩, 몇 주씩 나가 있으면서 소식도 없는 경우가 드물지 않았고요. 수색은 전혀 이루어지지 않았어요. 그의 실종이 염려스럽지 않다고 판단되었기 때문이죠. 건강 상태로나 정신적, 도덕적인 측면으로나 그가 자발적으로 떠났으리라는 추측이 가능했어요. 그의 실종은 전설일 뿐이라는 걸 깨달았죠. 당신에게나 주민들에게나.

성인이라면 누구나 자유롭게 가족과 연을 끊을 수 있습니다. 소재지가 파악된다 하더라도 당사자 동의 없이는 통지되지 않죠. 제겐 당신에게 필리프 투생의 연락처를 전달할 권리가 없어요. 하지만 전하겠습니다. 당신도 이렇게 말했으니까. "주어진 업무만 하고 산다면 인생이 슬프지 않겠어요?"

이 주소로 무얼 하든 당신 마음입니다. 주소를 적은 메모를 이 편지에 동봉하겠습니다. 원하면 열어보세요.

당신의 충실한
쥘리앵 쇨

난생처음 받아보는 연애편지. 희한한 연애편지지만 아무튼 연애편지다. 어머니를 기리는 글은 겨우 몇 줄 써놓았을 뿐이었다. 밖으로 꺼내기가 죽도록 힘들어 보이는 말들. 그런데 나에게는 몇 페이지나 썼다. 확실히 가족 모임에서보다 완벽한 타인 앞에서 속내를 드러내기가 훨씬 쉽다.

나는 그가 편지에 첨부한, 필리프 투생의 주소가 든 봉투를 살펴보다가 〈로즈 마가진〉● 사이에 끼워놓았다. 이걸 어찌할지는 아직 잘 모르겠다. 봉해진 봉투째 간직할지, 버려버릴지 아니면 개봉할지. 필리프 투생이 묘지에서 100킬로미터 떨어진 곳에 살고 있다. 나로서는 믿기지 않는 사실이다. 막연히 그가 외국에, 세상 끝에 있다고 상상했었다. 아주 오래전부터 더 이상 내 것이 아닌 세상에.

● 여성 암환자들을 위해 발행되어 병원이나 관련 단체에 배포되는 무가지.

29

나뭇잎들이 떨어져 내리고, 계절이 지나간다.
오직 기억만이 영원하다.

필리프 투생은 1989년 9월 3일 레오닌이 세 살 되던 날, 나와 결혼했다. 내 앞에 무릎을 꿇고서 프러포즈를 하거나 그 비슷한 걸 하지는 않았다. 어느 저녁, 두 번의 "한 바퀴 돌고 올게" 사이에 이렇게만 말했다. "애를 위해서라도 결혼하는 게 좋을 것 같아." 그걸로 얘기 끝이었다.

몇 주 뒤, 그가 내게 시에 전화를 걸어 날을 맞추었는지 물었다. 정확히 "날을 맞추었는지"라고. '맞추다'는 그의 어휘가 아니었다. 그가 누군가 주입한 문장을 주워섬겼을 뿐이라는 걸 깨달았다. 필리프 투생은 모친이 시켜서 나와 결혼했다. 내가 그와 이별할 경우, 레오닌의 양육권을 갖지 못하도록. 내가 '그런 여자애들'처럼 어느 날 갑자기 흔적도 없이 달아나버리지 않도록. 그렇다, 투생 모친의 눈에 나는 영원히 '남' '개' '그런 여자애'일 터였다. 절대로 이름을 갖지 못할 터였다. 그의 모친도 절대 내게 샹탈일 수 없듯이.

결혼식 당일 오후에 우리는 말그랑주쉬르낭시에 오고 나서 처음으로 건널목에 대체자를 세웠다. 그간 우리는 번갈아 휴식을 취한 적은 있어도 함께 건널목을 비운 적은 단 한 번도 없었다. 필리프 투생에겐 우리가 절대 함께 휴가 여행을 떠나지 못할, 반가운 핑계였다. 내 휴가 동안에도 그는 습관을 바꾸지 않았기에 내가 일을 했다.

시청은 우리 건널목에서 불과 300미터 거리의 그랑뤼에 있었다. 우리는 걸어서 시청에 갔다. 우리라 함은 필리프 투생과 그의 부모, 스테파니―'카지노'의 계산원―, 레오닌과 나를 뜻한다. 투생의 모친이 아들의 증인이, 스테파니가 내 증인이 되었다.

레오가 태어난 이후 투생의 부모는 일 년에 두 번 우리를 만나러 왔다. 그들이 우리 집 앞에 커다란 차를 세우면 우리의 작고 보잘것없는 집이 묻혀버렸다. 그들의 부유함이 우리의 궁핍을 한순간에 삼켜버렸다. 우리는 가난하지 않았으나 부자도 아니었다. 적어도 함께는. 세월이 흐르며 나는 필리프 투생이 돈이 많다는 걸 알게 되었으나 그에겐 별도의 계좌가 있었고 그의 모친에게 모든 대리권이 있었다. 물론 우리는 부부별산제 합의하에 결혼했다. 투생의 부친이 성당에서 예식을 올리지 않는 것에 크게 실망했으나, 투생은 뜻을 굽히지 않았다.

투생의 모친은 정기적으로, 대개는 상황이 좋지 않을 때 전화를 걸었다. 예컨대 아이가 욕조에 있을 때라든가 막 식사를 하려는 때라든가 차단기를 내리기 위해 집을 나서려는 때라든가, 아니면 레오가 욕조에 있고 차단기를 내리기 위해 집을 나서려는 때라든가. 모친은 '한 바퀴 돌러' 나가 많은 경우 집에 없는 아들과 통화하기 위해 우리 집으로 하루에도 몇 차례씩 전화했고, 전화를 받는 건 대부분 나였기에 나는 마뜩잖다는 한숨 소리에 이어 채찍처럼 날카로운 목소리를 들어야 했다. "필리프 바꿔요." 투생의 모친은 허비할 시간이 없었다. 그러기엔 할 일이 너무 많았다. 마침내 아들과 통화가 연결될 때면 둘의 대화 주제는 나로 흘렀고, 필리프 투생은 나를 피해 슬그머니 방을 나갔다. 내가 적이라도 되는 듯, 경계할 대상이라도 되는 듯, 그가 목소리를 낮추는 소리가 들렸다. 그는 나에 대해 무슨 말을 할 수 있었을까? 지금도 그가 대체 나에 대해 자기 어머니에게 무슨 말을 할 수 있었을지 의문이다. 그는 나를 어떻게 생각했을까? 나에 대해 생각이나 하긴 했을까? 나는 그가 먹을 음식을 준비하고, 그의 일을 하고, 청소하고, 벽에 페인트칠을 새로 하고, 그의 딸을 키우는 여자였다. 그는 비올레트 트레네를 재창조했을까? 내게 온갖 나쁜 습성을 갖다붙였을까? 기벽을? 한 여자, 자기 여자에 대해 말하기 위해 그간 사귀었던 애인들을 총동원했을까? 이 여자의 특징을 살짝, 저 여자의 특징을 살짝, 모두에게 공통적인 특징을 살짝 빌려 나를 재창조했을까?

결혼식은 시장의 보좌관의 보좌관이 주관했는데 민법전의 세 문장을 낭독한 것이 전부였다. 그가 "죽음이 두 사람을 갈라놓을 때까지 정절을 지키며 함께할 것을 맹세합니까?"라고 물었을 때 14시 7분 열차가 그의 목소리를 덮었다. 레오닌이 외쳤다. "엄마, 기차야!" 아이는 내가 왜 차단기를 내리러 가지 않는지 이해하지 못했다. 필리프 투생이 네 하고 대답했다. 나도 네 하고 대답했다. 그가 내게 고개를 기울여 키스했다. 보좌관의 보좌관은 또 다른 일정이 있었던바, 옷을 꿰입으며 급히 선언했다. "두 사람이 혼인 서약으로 맺어진 부부가 되었음을 선언합니다." 보좌관의 보좌관들은 아무래도 신부가 웨딩드레스를 입지 않으면 최소한의 업무만 진행하는 모양이다. 스테파니가 찍어준 사진 한 장만이 내게 남아, 아직도 그 결합을 유일하게 증명한다. 필리프 투생과 나는 겉보기에는 아름다웠다.

모두가 '지노'로 점심식사를 하러 갔다. 이탈리아에는 발도 들인 적 없는 알자스 출신들이 운영하는 피자집이었다. 레오닌이 까르르거리며 촛불 세 개를 후 불었다. 아이의 두 눈이 반짝거렸다. 내가 준비한 커다란 생일 케이크를 바라보던 그 빛나는 표정이라니. 그 순간이 여전히 생생하게 느껴진다, 그 순간은 얼마든지 되살릴 수 있다. 그 순간의 레오, 그리고 제 아빠와 똑같은 곱슬머리를.

레오는 나를 자애로운 엄마로 만들었다. 나는 아이를 늘 품에 안고 있었다. 필리프 투생은 종종 핀잔을 주곤 했다. "애를 한순간이라도 가만 내버려둘 수는 없어?"

내 딸과 나는 결혼 선물과 생일 선물을 뒤섞어 손에 잡히는 대로 개봉했다. 즐거웠다. 아무튼 나는 즐거웠다. 결혼식 날 웨딩드레스는 입지 못했지만, 레오의 웃음 덕분에 나는 가장 아름다운 드레스를 걸쳤다. 내 딸의 유년이라는 드레스를.

우리가 개봉한 선물 상자엔 인형이며 부엌 살림살이, 찰흙, 요리책, 색연필, 〈프랑스 루아지르〉 1년 정기구독권, 공주 인형 세트와 마술봉이 들어 있었다.

나는 레오에게 마술봉을 빌려 획 한 번 휘두른 뒤, 접시에 코를 박고 오늘의 요리를 먹고 있는 무리에게 말했다. "레오닌 요정이 이 결혼을 축복하기를." 아무도 내 말을 듣고 있지 않았다. 오직 레오닌만이 까르르거리면서 마술봉 쪽으로 손을 뻗으며 말했다. "이젠 나, 나, 나."

30

네가 꿈꾸기를 좋아하던 그 강물과
그토록 경쾌하게 떠내려가던 은빛 물고기들 앞에서
사그라지지 않을 우리의 추억을 간직해.

오늘 아침 내 집은 사람들로 북적인다. 노노가 세드릭 신부와 세 사
도에게 이야기를 늘어놓고 있다. 루치니 3형제가 다 모이는 경우는 매
우 드물다. 셋 중 한 명은 늘 사업장을 지키고 있기 마련인데, 열흘 전
부터 죽은 이가 한 명도 없었다.

마이 웨이는 엘비스의 무릎에서 몸을 둥글게 말고서 잠이 들었고,
엘비스는 여느 때와 다름없이 창밖을 바라보며 흥얼거린다.

노노가 모두를 웃기고 있다.

"펌프로 물을 퍼올리다보면 간혹 묘혈이나 지하 묘까지 건드리게 되
거든. 묘혈이 물로 가득 차면서 맨 위까지 찰랑거린다고. 그럼 그 안에
파이프를 넣어 물을 빼는 거야, 이따만 한 파이프로다가!"

노노가 파이프의 직경을 설명하기 위해 커다란 몸짓을 해 보인다.

"펌프를 작동시키면 파이프를 잘 잡고 있어야 하잖아! 그런데 이놈
의 가스통, 이자가 길가에 파이프를 내동댕이쳐버렸네…… 데이지꽃
들 가까이 이렇게…… 파이프가 마구 부푸는 거야, 마구 부풀다가 빡!

사방에 물난리가 났겠지! 물이 대포처럼 발사되는데, 가스통과 엘비스, 이자들이 한 부르주아 마나님을 물에 빠뜨려버렸네! 쪽 진 머리 꼭대기까지 물에 잠겼다고! 모조리 잠긴 거야! 마나님도, 안경도, 쪽 진 머리도, 악어가죽 핸드백도! 그 꼴을 봤어야 하는데! 마나님이 3년 만에 처음으로 죽은 남편을 찾아온 거였는데. 그 뒤론 두 번 다시 보지 못했어!"

엘비스가 뒤를 돌아보며 흥얼거린다. "위드 더 레인 인 마이 슈즈, 레인 인 마이 슈즈, 서칭 포 유."

피에르 루치니가 끼어들었다.

"나도 기억나! 나도 그 자리에 있었다고! 젠장, 얼마나 웃겼던지! 공사 현장 감독 부인이었지! 자기가 재밌어야 겨우 웃는 꽉 막힌 여자 있잖아. 뻣뻣하고 부자연스럽기가. 남편이 살아생전에 메리 포핀스라고 불렀다고. 마누라가 사라져버렸으면, 영원히 사라져버렸으면 했거든. 어찌나 남편 감시가 심했던지."

노노가 말을 이어받았다.

"그래도 장례식은 제법 성대했잖아."

엘비스가 노래했다.

"바닷가의 석양처럼."

노노가 그에게 물었다.

"바다를 본 적이나 있고?"

엘비스가 대답 없이 창밖을 향해 몸을 돌렸다.

자크 루치니가 말했다.

"그동안 엄청나게 북적거리는 장례식도 봤고, 대여섯 명만 참석한

장례식도 봤지. 그래봤자 땅에 묻히기는 매한가지지만…… 장례식장
에서 상속 문제로 싸움이 나는 경우도 심심찮게 있어, 관 앞에서 서로
악다구니를 퍼붓지…… 내가 본 최악은 두 여자가 서로 머리끄덩이를
잡고 싸운 거야. 둘을 억지로 떼어놓아야 했다고…… 정신 나간 인간
들이 저마다 핏대를 세우는데…… '왜 네가 이것도 갖고 저것도 가지
려고 하니', 욕을 주거니 받거니…… 딱하더라고."

노노가 한숨을 내쉬었다.

"장례식 중에…… 잘하는 짓들이다……"

"당신이 오기 전 일이야, 비올레트. 전 묘지기기인 사샤 시절에."

자크 루치니가 내게 말했다. 사샤의 이름을 듣자, 다리에 힘이 풀렸
다. 나는 의자를 찾아 앉았다. 수년 동안 내 앞에서 이 이름을 입 밖에
꺼낸 사람은 아무도 없었다. 폴 루치니가 물었다.

"사샤는 대체 어떻게 됐을까? 혹시 소식 아는 사람 없어?"

노노가 바로 화제를 돌렸다.

"10여 년 전인가…… 아주 오래된 무덤 하나가 새로 팔렸거든. 그 안
에 있는 걸 죄다 버려야 했지. 싹 다 청소하고 나온 것들을 덤프차에 실
었다고. 웬만하면 원하는 사람들한테 주기도 하는데, 그것들은 정말
이지 낡고 썩고 형편없었어. 그중엔 〈떠나간 나의 소중한 이에게〉라
고 적힌 옛날식 추모패도 있었는데, 덤프차에 바로 던져버렸지. 그런
데 잘 차려입은 어느 부인이 지나가는 거야, 누구였는지 이름은 말하
지 않을게, 착하고 씩씩한 여자니까…… 이 부인이 덤프차에 처박힌
그 추모패를 줍더니 비닐봉투에 쑤셔 넣는 거라. 아니, 그걸로 뭘 하실
거냐고 물었더니 아주 진지한 얼굴로 이렇게 대답하더라고. 제 남편이

겁이 많아서 이걸 선물하려고요!"

다들 어찌나 요란하게 웃었던지 마이 웨이가 겁을 먹고 내 침실로 올라갔다.

세드릭 신부가 물었다.

"그 모든 얘기 속에 하느님은 계신 건지? 그 모든 이들은 하느님을 믿을까요?"

노노가 머뭇거리다가 대답했다.

"하느님이 멍청이들을 처치해주는 날, 믿는 사람들이 생기겠지. 난 즐거운 홀어미, 행복한 홀아비들을 알고 있고, 그것만으로도 신부님의 그 하느님한테 기꺼이 감사할 수 있어…… 아, 농담이야, 농담, 그러니까 그런 얼굴 하지 말라고. 신부님의 신이 인간의 고통을 덜어주잖아. 간단해, 만일 신이 존재하지 않는다면 만들어내기라도 해야지."

세드릭 신부가 노노에게 미소 지었다. 폴 루치니가 이어받았다.

"우리 일을 하다보면 정말 이 꼴 저 꼴 못 보는 게 없어. 불행한 사람들, 행복한 사람들, 신자들, 흐르는 세월, 부당함, 견딜 수 없고 참을 수 없는 일…… 인간 만사, 인생사 말이야. 사실 우리 장의사들이 상대하는 건 삶이라고. 어쩌면 다른 어떤 직업보다도 더. 왜냐하면 우리를 찾는 건 남은 사람들, 살아남은 사람들이거든. 신부님이 우리한테 늘 온화하게 하시는 말씀 있잖아. '형제님들, 우린 죽음의 산파들입니다. 우린 죽음을 출산하니까요. 그러니 생을 누리세요, 꼭 쟁취하십시오.'"

31

사랑할 때 우리는 둘이었고,

널 그리며 우는 나는 혼자야.

필리프 투생의 오토바이가 그를 브랑시옹에서 멀리 데려가지 못했다. 그는 내 묘지에서 정확히 110킬로미터 떨어진 곳에 살고 있다. 단지 행정구역을 바꾸었을 뿐이었다.

의문들이 수시로 솟구쳤다. '대체 왜 새 인생으로 갈아탄 거지? 대체 왜 그 인생에 머물러 있는 거지? 머리가 어떻게 됐나? 사랑에 빠진 건가? 왜 나한테 알리지 않았지? 해고 통보든 사퇴 통보든 방치 통보든, 왜 나한테 아무것도 보내지 않은 걸까? 집을 나간 날 무슨 일이 있었던 걸까? 아예 돌아오지 않을 작정을 하고 떠난 걸까? 내가 무언가 하지 말아야 될 말이라도 한 걸까, 아니면 내가 너무 아무 말도 않은 것일까?' 그즈음 나는 거의 아무 말도 하지 않았다. 밥을 차려줬을 뿐.

그는 여행 가방을 꾸리지 않았다. 아무것도 가져가지 않았다. 옷도, 소지품도, 자기 딸 사진도.

처음엔 다른 여자 침대에서 좀 지체하는 거려니 생각했다. 그 여잔 말을 하는가보다 하고.

한 달이 지나자 사고를 당했나 싶어 경찰서에 가서 실종 신고를 했다. 필리프 투생이 은행계좌를 싹 비웠다는 걸 내가 알 도리는 없었다. 나는 통장에 접근 권한이 없었다. 대리권은 오직 그의 모친에게만 있었다.

6개월이 지나자 그가 돌아올까봐 겁이 났다. 그의 부재에 익숙해지자 나는 다시 숨을 쉬는 기분이었다. 마치 오랫동안 물속에, 수영장 밑바닥에 가라앉아 있기라도 했던 것처럼. 그가 떠남으로써 발차기가 가능해졌다. 수면 위로 올라가 숨을 쉬는 것이 가능해졌다.

1년이 지나자 이런 생각이 들었다. 돌아오면 죽여버릴 거야.

2년이 지나자 이런 생각이 들었다. 돌아오면 집에 발도 못 붙이게 할 거야.

3년 뒤 : 돌아오면 경찰을 부를 거야.

4년 뒤 : 돌아오면 노노를 부를 거야.

5년 뒤 : 돌아오면 루치니 형제를 부를 거야(정확히는 염장이 폴을).

6년 뒤 : 돌아오면 자초지종을 물은 후에 죽여버릴 거야.

7년 뒤 : 돌아오면 내가 집을 나갈 거야.

8년 뒤 : 그는 돌아오지 않아.

***

나는 공증인인 루오 변호사의 사무실을 찾았다. 그를 통해 필리프 투생에게 공식 서신을 보내려 했으나, 그는 자기는 할 수 있는 일이 없다고 했다. 이런 문제는 가정법 전문 변호사를 찾아야 한다고, 절차가 그렇다고 했다.

루오 변호사는 내 사정을 매우 잘 알았기에 나는 전 과정을 그에게 일임했다. 변호사 선택부터 서신 작성까지. 설명하거나 증명하거나 읍소하거나 요구할 건 아무것도 없었다. 그저 결혼 전 성을 되찾고 싶다는 나의 뜻을 필리프 투생에게 전하려는 거였다. 나는 루오 변호사에게 위자료든 뭐든 돈을 요구하려는 것이 아니라 호적을 정리하는 것이 목적이라고 말했다. 그러자 그가 '가정 방치에 대한 위자료'를 언급했고 나는 "아니요, 아무것도 바라지 않아요."라고 대답했다.

아무것도 바라지 않는다.

루오 변호사는 위자료를 받으면 노년에 도움이 될 거라고, 훨씬 편안해질 거라고 나를 설득했다. 노년, 나는 그것을 내 묘지에서 보낼 터였다. 게다가 이미 편안한데 이보다 더 편안해질 필요도 없었다. 그가 주장을 굽히지 않고 말했다.

"어쩌면 어느 날 더는 일을 못 할 상황이 될 수도 있잖아요, 비올레트. 그럼 은퇴하고 편히 쉬어야 하지 않겠어요?"

"아니요, 아무것도 바라지 않아요."

"알겠습니다, 비올레트. 제가 다 처리할게요."

그가 필리프 투생의 주소를 옮겨 적었다. 쥘리앵 쇨이 보내준, 내가 끝내 개봉한 봉투에 들어 있던 그것을.

필리프 투생, 프랑수아즈 펠르티에 부인 댁
13, 프랭클린 루스벨트 대로
69500 브롱

"혹시 남편분을 어떻게 찾아낸 건지 여쭤도 될까요? 저는 실종된 걸로 알고 있었거든요. 그동안 일을 해야 했을 테고, 그럼 사회보장번호도 있었을 텐데요!"

사실이었다. 시에서는 그가 실종되고 몇 달 뒤에 그의 월급 지급을 중단했다. 나는 이 사실도 훨씬 나중에야 알았다. 그의 부모가 그의 월급명세서를 받아왔고 세금 신고도 도맡았던 터였다. 우리는 건널목지기와 묘지지기 생활을 하며 집세나 관리비를 내본 적이 없었다. 장은 내 월급으로 보았다. 필리프 투생은 말했다. "내가 너한테 머리를 누이고 몸을 덥힐 지붕을 제공하고 널 빛나게 해주었으니, 대신 너는 날 먹여는 줘야지."

같이 사는 동안, 그는 오토바이 관리 비용을 제외하고는 자기 월급을 쓴 적이 없었다. 그의 옷과 레오닌의 옷도 늘 내 돈으로 구입했다.

"남편분이 확실해요? 투생은 흔한 성이에요. 동명이인일 수도 있습니다. 아니면 비슷한 사람이거나."

나는 루오 변호사에게 사람을 잘못 보는 일이야 있을 수 있지만, 수년을 같이 산 남자를 착각할 수는 없다고 설명했다. 아무리 머리카락이 빠지고 몸에 살이 붙었다고 해도 절대로 필리프 투생을 다른 남자와 혼동하지는 않는다고.

나는 루오 변호사에게 쥘리앵 쇨에 대해 이야기했다. 이름이 정말로 쥘리앵 쇨인 것과 그가 내 묘지를 찾게 된 연유와 그의 어머니의 유골이며 가브리엘 프뤼당에 대한 것부터, 그가 내 외투 밖으로 비어져 나온 빨간 원피스 자락 때문에 내 허락도 없이 필리프 투생을 추적했고

159

그 결과 필리프 투생이 내 묘지에서 불과 110킬로미터 떨어진 곳에서 멀쩡히 잘 살고 있었다는 것까지. 또한 내가 노노—"산역꾼 노르베르 졸리베 말이에요"—의 차를 빌려 브롱까지 달려가서 프랭클린 대로 13번지 한옆에 주차했고, 13번지의 그 집은 내가 프랑스 동부에서 건널목지기를 했을 때, 그러니까 말그랑주쉬르낭시에 살았을 때 살던 집과 크게 다를 바 없었으나 다만 그 집엔 창문에 근사한 커튼이 걸렸고 한 층이 더 높았으며 창문도 참나무 틀에 이중창이었다는 것까지. 그리고 13번지 맞은편엔 '카르노'라는 브라스리가 있었는데 내가 거기서 커피를 세 잔이나 마시며 기다렸다는 것, 대체 무얼 기다렸는지, 도무지 그걸 알 수 없다는 것까지 이야기했다.

그러다가 대로를 건너는 그를 보았다. 한 남자와 함께였다. 그들은 웃고 있었다. 그들이 내 쪽으로 걸어와 브라스리로 들어왔다. 나는 고개를 숙였다.

내가 바에 달라붙어 몸을 움츠렸을 때 필리프 투생이 내 뒤로 지나간 듯했다. 나는 그의 체취, 카롱의 남성용 향수와 다른 여자들의 향수 냄새가 뒤섞인 별난 향을 알아차렸다. 그는 거슬리는 옷처럼 여자들의 냄새를 늘 달고 다녔다. 나쁜 기억들처럼 그에게 들러붙어 있는 옛 정부들의 냄새, 오직 나만이 식별할 수 있는. 세월이 흐르고 흐른 지금까지도.

두 남자가 오늘의 요리 2인분을 주문했다. 나는 맞은편 거울을 통해 점심을 먹는 그를 보았다. 세상에 불가능한 일이 무엇이랴 싶었다. 모든 게 가능했다. 그도 웃을 수 있고, 누구라도 새 삶을 시작할 수 있고, 레오닌이나 나나 오래도록 그의 소식을 듣지 못할 수 있고, 모두가 현재의 그를 모를 수 있다. 세상 누구라도 이 삶을 살았다가 저 삶 속으로 사라질 수 있다. 세상 어디에서든 누구라도 새롭게 태어나 새 삶을 시작할 수 있다. 세상 누구라도 한 바퀴 돌러 나갔다가 영영 돌아오지 않은 필리프 투생이 될 수 있다.

필리프 투생은 몸이 불었으나 진심으로 웃고 있었다. 우리가 함께 살 때는 결코 보이지 않았던 웃음이었다. 시선에 호기심이 없는 것은 여전했다. 그는 프랭클린 루즈벨트 대로에 살고 있지만, 이전보다 더 활짝 웃는 지금도 루스벨트가 누구인지는 모르리라는 걸 나는 알 수 있었다. 아무리 삶을 바꿨어도 누군가 프랭클린 루스벨트가 누구냐고 묻는다면 그는 이렇게 대답할 터였다. "우리 집 길 이름인데요."

나는 바를 움켜쥔 채, 그가 떠나서 영영 돌아오지 않은 것이 내게 크나큰 행운이었다는 걸 깨달았다. 나는 꼼짝도 하지 않았다. 뒤돌아보지 않았다. 그에게서 등을 돌린 채, 거울 속에서 웃고 있는 그의 반사된 모습만을 지켜보았다.

종업원은 그를 '펠르티에 씨'라고 불렀고, 내가 그의 친구라고 짐작했던 남자는 그를 두 차례나 '사장님'이라고 불렀다. 이어서 종업원이 "평소대로 전부 다 펠르티에 씨 이름으로 달아놓을까요?"라고 묻자 필리프 투생이 "오케이"라고 대답했다.

나는 길까지 그의 뒤를 밟았다. 두 남자는 나란히 걷다가 브라스리에서 200미터 떨어진 자동차정비소로 들어갔다. 펠르티에 정비소.

나는 필리프 투생이 사라질 때까지 나만큼이나 상태가 안 좋아 보이는 한 자동차 뒤로 몸을 숨겼다. 우리는 고장나고 찌그러지고 긁힌 채, 과연 이대로 어떤 운명을 맞을지 알 수 없는 채로 길 한옆에 멈춰 서 있었다. 분명 부품 몇 개는 재활용이 가능했다. 게이지 바닥에 연료도 남았다. 충분히 다시 움직일 수 있었다. 여정을 끝낼 수 있었다.

필리프 투생이 유리 칸막이로 가려진 사무실로 가더니 전화를 걸었다. 사장 같아 보였다. 하지만 십 분 뒤 프랑수아즈 펠르티에가 도착하자 바로 사장의 남편 같아졌다. 그가 웃으며 여자를 바라보았다. 여자를 사랑스럽게 바라보았다. 그가 여자를 바라보았다.

나는 그곳을 떠났다.

노노의 차로 가니, 앞 유리창과 와이퍼 사이에 과태료 종이가 끼워져 있었다. 주차위반으로 135유로를 물어야 했다.

"여기까지가 제 인생 이야기랍니다."

내가 웃으며 말을 맺었다. 루오 변호사는 몇 초간 할 말을 잃었다가 입을 열었다.

"이런, 우리의 소중한 비올레트, 제가 변호사 노릇을 하면서 정말이지 안 겪어본 일이 없거든요. 형인 줄 알았던 작은아버지, 서로를 부인하는 자매들, 가짜 홀어미, 가짜 홀아비, 가짜 자식, 가짜 부모, 위조된 증명서, 위조된 유언 등등. 그런데도 이런 얘기는 또 처음 듣네요."

그가 나를 사무실 입구까지 배웅했다.

내가 사무실을 나서기 전, 그가 다시 한번 자기가 다 처리하겠다고 약속했다. 변호사 선정, 서신, 이혼 절차.

루오 변호사는 내게 진심이다. 얼음이 얼 때마다 원산지가 아프리카인 꽃들을 내가 비닐로 감싸주기 때문이다. 그가 아내 마리 다르덴 루오(1949-1999)를 위해 심어놓은 꽃이다.

32

친애하는 벗들이여, 내가 죽거든,

무덤가에 버드나무 한 그루 심어주오.

눈물 흘리듯 늘어진 그 이파리들이 나는 좋다네.

내겐 부드럽고 소중한 흐늘거리는 이파리들이,

내가 잠든 땅에 살포시 그늘을 드리우겠지.●

4월이면 진디의 번식을 막기 위해 내 장미나무들과 무덤가 장미나무들에 무당벌레 애벌레를 퍼뜨린다. 내가 직접 작은 붓으로 이파리 하나하나에 애벌레들을 태운다. 봄에 묘지를 새로 칠하는 기분이다. 마치 내가 땅과 하늘 사이에 사다리를 놓고 있는 기분이다. 나는 유령이나 귀신은 믿지 않지만 무당벌레는 믿는다.

무당벌레가 내 위에 내려와 앉을 때면 영혼이 신호를 보내는 거라는 확신이 든다. 어렸을 땐 무당벌레가 나를 보러 지상에 내려온 아빠일 거라고 상상했다. 아빠가 돌아가셨기 때문에 엄마가 날 버린 거라고. 또 사람이란 믿고 싶은 걸 믿으니까, 나는 아빠가 영화 〈서부를 향해 달려라〉의 주인공인 로버트 콘래드를 닮았을 거라고 상상했다. 잘생기고 힘세고 다정해서 하늘에서도 날 사랑할 거라고, 아빠가 계신 곳에서 날 보호해줄 거라고.

● 알프레드 드 뮈세의 시 「루시」 중에서.

나는 그렇게 나의 수호천사를 꾸며냈다. 내가 태어나는 날 늦게 도착했던 수호천사. 나는 자라났고 내 수호천사는 절대 정규직이 아니란 걸 깨달았다. 그는 걸핏하면 국립고용안전국을 전전했고, 브렐처럼 노래하며 "매일 밤, 싸구려 포도주에"* 취해 있었다. 나의 로버트 콘래드는 곱게 나이 먹지 못했다.

무당벌레 내려놓는 일은 이 일만 해도 족히 열흘이 걸린다. 와중에 장례식이 없다면 말이다. 장미나무에 무당벌레를 내려놓고 있으면 태양을 향해 문을 열어 내 묘지 구석구석 빛을 들이는 기분이 든다. 일종의 허가처럼, 통행증처럼. 그렇다고 4월에 사람이 죽거나 누가 내 묘지를 찾아오는 걸 막진 못한다.

이번에도 나는 그의 발소리를 듣지 못했다. 그가 내 뒤에 있었다. 쥘리앵 쇨이 내 뒤에. 그가 꼼짝도 하지 않은 채 나를 지켜보고 있었다. 얼마나 저러고 있었던 걸까? 그는 어머니의 유골함을 품에 안고 있었다. 그의 눈은 겨울 햇빛에 은은하게 반사된, 성에가 내려앉은 검은 대리석처럼 반짝거렸다. 나는 할 말을 찾지 못했다.

그를 바라보고 있으니 마치 내 옷장이 된 기분이었다. 분홍색 실크 원피스 위에 걸친 검은색 울 코트. 그에게 미소를 보내진 않았지만, 내 심장은 좋아하는 빵집 문 앞에 뒤늦게 도착한 어린아이처럼 쿵쿵댔다.

"어머니가 왜 가브리엘 프뤼당 씨의 무덤 곁에 잠들고 싶어하셨는지 알려드리러 왔어요."

"전 사라지는 사람들한테 익숙한걸요."

● 자크 브렐의 노래 〈이 사람들〉 중에서.

이것이 내가 할 수 있는 유일한 대답이었다.

"그의 묘에 같이 가주시겠습니까?"

나는 몽포르 일가 무덤에 붓을 조심스럽게 내려놓고 가브리엘 프뤼당의 무덤으로 향했다.

쥘리앵 쇨이 내 뒤를 따르며 말했다.

"제가 방향감각이 전혀 없어서요, 게다가 묘지에선……"

우리는 19번 길 쪽으로 묵묵히, 나란히 걸었다. 가브리엘 프뤼당의 무덤 앞에 도착하자 쥘리앵 쇨이 유골함을 내려놓았다가, 마치 올바른 자리를 찾아 퍼즐 조각을 이리저리 맞추기라도 하듯 몇 번이나 위치를 바꿨다. 마침내 그가 묘석 앞 그늘로 유골함의 자리를 정했다.

"어머니가 양지보다는 그늘을 좋아하셨으니……"

"어머니를 위해 쓴 추도문을 읽으시겠어요? 혼자 있게 해드릴까요?"

"아니요, 나중에 부인이 읽어주셨으면 합니다. 묘지 문을 닫고 나서요. 잘해주실 거라고 믿어요."

유골함은 전나무의 초록색이었다. '이렌 파욜(1941-2016)'이란 글자가 금박으로 새겨져 있었다. 그가 몇 초간 묵념했다. 나는 그의 곁을 지켰다.

"제가 기도라는 걸 제대로 해본 적이 없어서요…… 꽃을 사는 것도 잊었네요. 여전히 꽃을 파시는지요?"

"네."

그는 수선화 화분을 고르면서, 시내로 가 추모패를 사고 싶다며 내게 루치니 형제의 장의업장인 '르 투르뇌르 뒤 발'까지 동행해줄 수 있느냐고 물었다. 나는 길게 생각지 않고 수락했다. 이제껏 그곳에 가본 적이 한 번도 없었다. 다른 이들에게 그곳에 가는 길을 알려준 지 20년 인데, 정작 나는 한 번도 발을 들이지 않았다.

경찰의 차에 올라타자 퀴퀴한 담배 냄새가 풍겼다. 그는 말이 없었다. 나도 마찬가지였다. 그가 시동을 켜자 카스테레오에 이미 들어 있던 시디에서 알랭 바슝이 〈엘사스 블루스〉를 목청껏 부르기 시작했다. 우리 둘 다 소스라쳤다. 그가 소리를 죽였다. 우리 둘 다 웃음을 터뜨렸다. 알랭 바슝이 대단히 훌륭하지만 죽도록 슬픈 이 노래로 누군가를 웃긴 건 이번이 처음이었다.

'르 투르뇌르 뒤 발' 앞에 차가 멈춰 섰다. 루치니 형제의 업장 옆엔 시체공시소와 중국 식당 '피닉스'가 나란히 붙어 있다. 장의업장 옆의 식당 상호가 '불사조'라니, 이곳 주민 모두가 즐기는 우스개다. 하지만 점심 때 '피닉스'가 사람들로 미어터지는 데는 아무 지장이 없다.

우리는 문을 밀었다. 쇼윈도에 추모패와 조화 다발들이 진열돼 있다. 나는 조화라면 질색이다. 플라스틱이나 합성섬유 장미는 태양을 흉내 내려는 침대맡 램프처럼 느껴진다. 내부로 들어가면 바닥재 색깔을 선택할 수 있는 인테리어 자재상처럼 목제 관들이 진열돼 있다. 고급 관을 제작하는 비싼 나무들도 있다. 중급 관에 사용되는 무르거나 단단한 목재, 수입 목재, 합판들도 있다. 산 사람들의 사랑의 깊이가 그들이 선택한 목재의 품질에 비례하지 않기를.

쇼윈도의 거의 모든 추모패엔 이런 글귀가 새겨져 있다. 〈꾀꼬리야, 이 무덤가를 날게 되거든, 네가 부를 수 있는 가장 아름다운 노래를 들려주렴〉. 쥘리앵 쉴은 피에르 루치니가 보여주는 문구 몇 개를 살핀 뒤, 황동색으로 〈나의 어머니께〉라고 새겨진 검은색 추모패를 선택했다. 시나 묘비명은 따로 없었다.

피에르가 가게에서 나를 보고는 흠칫했다. 지난 수년간 일주일에 몇 번씩이나 내 집에 들르고, 묘지에 오면 나한테 인사하러 오는 걸 절대 빼먹지 않는 사람이면서.

나는 피에르에 대해 모르는 것이 거의 없다. 어릴 때 갖고 놀던 유리구슬, 첫사랑, 아내, 아이들의 편도염, 아버지가 돌아가셨을 때의 슬픔, 머리에 바르는 탈모 제품 브랜드 등등. 그런데 지금, 영원만을 이야기하는 추모패와 조화들 속에서 나는 그에게 그저 낯선 이였다.

쥘리앵 쇨이 값을 치르고 우리는 가게를 나왔다.

묘지로 돌아오며 그가 저녁을 대접해도 되겠느냐고 물었다. 내게 자기 어머니와 가브리엘 프뤼당에 대해 이야기하고 싶다면서.

더불어 모든 것에 대해 감사하고, 언질도 없이 필리프 투생을 찾아본 것에 대해서도 용서를 구하고 싶다고 했다. 나는 대답했다. "알겠어요. 다만 식사는 제 집에서 하는 게 좋겠어요."

그러는 편이 시간도 여유롭고, 음식이 나올 때마다 방해받는 일도 피할 수 있었다. 나는 고기는 없겠지만 그래도 맛있을 거라고 덧붙였다. 그가 브레앙 부인 댁에 손님이 있었던 적은 없지만 그래도 가서 방을 예약한 후 저녁 8시경에 다시 오겠다고 대답했다.

33

세월과 함께, 사라지네, 모든 게 사라지네,

열정도 잊고, 목소리도 잊었네.

우리에게 나지막이 말하던 가엾은 사람들,

너무 늦게 들어오지 마라, 특히 한기 들지 마라.*

이렌 파욜과 가브리엘 프뤼당은 1981년 엑상프로방스에서 만났다. 여자는 마흔, 남자는 쉰 살이었다. 남자는 다른 재소자의 탈옥을 도운 어느 재소자의 변호사였다. 이렌 파욜은 친구이자 직원인 나디아 라미레스의 요청으로 법정에 참석했다. 이 친구가 공모자의 아내였다. "사람을 골라서 사랑에 빠지는 게 아니잖아. 그럼 세상에 문제될 게 뭐겠느냐고." 나디아가 뿌리 펌과 드라이 중간에 이렌에게 구시렁거렸다.

이렌 파욜은 프뤼당 변호사의 변론이 있던 날, 재판에 참석했다. 그가 쩔렁거리는 열쇠 소리며, 자유며, 몇 년이나 됐는지 알 수도 없는 좁은 방에서 빠져나와 하늘과 잊었던 지평선과 카페의 커피 냄새를 되찾아야 할 필요성에 대해 강변했다. 또한 재소자들 간의 연대에 대해서도 설파했다. 감금 상황에서의 혼거는 남자들 사이에 진정한 우정을 싹틔울 수 있고, 허심탄회한 토로는 구원의 출구일 수 있다고. 자유를

● 레오 페레의 노래 〈세월과 함께〉 중에서.

잃는 것은 소중한 존재를 잃는 것이며, 장례를 치르는 것과 마찬가지라고. 그건 경험하지 않으면 아무도 모르는 거라고.

이렌 파욜은 변론이 진행되는 동안, 슈테판 츠바이크의 『한 여자의 24시』에서처럼 프뤼당 변호사의 손만을 보았다. 폈다 쥐었다를 반복하는 커다란 손을. 하얀 손톱은 깔끔하게 정리돼 있었다. 이렌 파욜은 생각했다. '희한하네, 저 남자 손은 늙지를 않았어. 나이를 안 먹고 그대로네. 청년의 손, 피아니스트의 손이야.' 가브리엘 프뤼당이 배심원들을 향할 때는 펼쳐졌던 손이, 그가 검사를 향하자 실제 나이를 되찾은 듯 움츠러들며 꽉 쥐여졌다. 그의 두 손은 그가 법정을 응시할 때는 굳었고, 방청석을 훑어볼 때는 들뜬 두 청소년처럼 둘 곳을 몰라 했으며, 마침내 피고를 향할 때는 맞잡으며 온기를 찾는 두 마리 어린 고양이들처럼 서로를 비벼댔다. 단 몇 초 만에 그의 두 손은 감금에서 기쁨으로, 억류에서 자유로 이동했다가 다시 일종의 기도와 애원을 향해 갔다. 요컨대 그의 손짓은 그의 연설의 구현이었다.

변론이 끝나자 법정을 떠나 한잔 들며 배심원들의 심의 결과를 기다려야 했다. 엑스가 늘 그렇듯 날이 화창했고, 이렌은 날씨에 들뜨지도 우울해하지도 않았다. 그는 화창한 날씨에 늘 무감각했다. 철저히 무관심했다.

나디아 라미레스는 양촛불을 붙여 소원을 빌기 위해 생테스프리 교회로 갔다. 이렌은 눈에 띄는 아무 카페나 들어갔다. 다른 이들처럼 테라스에 앉고 싶지 않았다. 그는 조용히 있기 위해 2층으로 올라갔다. 책을 읽고 싶었다. 전날 밤, 남편인 폴이 이미 잠들어 있는 동안, 몰입하고 싶었던 책을 읽기 시작한 터였다.

햇볕은 좋아했으나 사람이 많은 걸 좋아하지 않았던 프뤼당 변호사가 거기, 구석자리에 홀로 앉아 있었다. 닫힌 창문에 기대 고객의 판결 결과를 기다리면서. 멍한 시선으로 줄담배를 피우고 있었다. 2층엔 변호사 혼자뿐이었는데도 뿌연 연기가 샹들리에까지 잠식했다. 그는 한 개비의 불을 끄기도 전에, 다른 한 개비를 집어 불을 붙이려 했다. 이렌은 다시 한번 재떨이에 꽁초를 비비는 그의 오른손에 주목했다.

전날 시작한 소설에서, 만날 운명인 사람들은 보이지 않는 끈으로 연결돼 있고 이 끈은 엉킬 순 있을지언정 절대 끊어지지 않는다는 내용을 읽은 터였다.

가브리엘 프뤼당이 계단 위에 선 이렌 파욜을 발견하고 말을 걸었다. "좀 전에 법정에 계셨던 분이로군요." 질문이 아닌 단정이었다. 법정은 방청객으로 북적였다. 이렌은 뒤에서 둘째 줄 구석자리에 앉아 있었다. 그런데 대체 어떻게 알아봤던 것일까? 이렌은 묻지 않았다. 잠자코 카페 구석자리로 가서 앉았을 뿐이었다.

그는 마치 이렌의 생각을 읽었다는 듯, 배심원들이며 두 대리인이며 피의자들, 방청석에 앉았던 모든 이의 옷차림을 묘사하기 시작했다. 하나하나. 그는 바지며 치마며 스웨터의 색깔을 이야기하며 재미있는 단어들을 사용했다. '맨드라미색' '바다 파란색' '분필 하얀색' '샤르트뢰즈 술 초록색' '산호색'. 생피에르 시장*의 염색업자나 직물 상인이라도 된 듯했다. 심지어 그는 세 번째 줄 맨 왼쪽에 앉았던 '쪽 진 새카만 머리에 리넨 회색 정장을 입고 개양귀비 문양 머플러를 두른' 부인

● 파리에 있는 100년 이상 전통의 직물 시장.

170

이 풍뎅이 모양 브로치를 꽂았던 것까지 지적했다. 혀가 내둘러지는 이 옷차림 묘사가 이어지는 내내 그는 순간순간 두 손을 흔들었다. 무엇보다 '초록색'이란 말을 해야 할 때 이 단어를 입 밖으로 꺼내지 않았다. 마치 금기어라도 되는 양 '에메랄드색'이라든가 '박하소다색' '피스타치오색' '올리브색'을 사용했다.

이렌 파욜은 묵묵히 듣기만 하면서 대체 사람들의 옷차림을 구분하는 것이 변호사한테 무슨 소용인지 궁금했다.

그가 다시 한번 마치 이렌의 생각을 들은 양, 법정에선 옷차림으로 모든 것이 드러난다고 말했다. 무고함, 회한, 죄책감, 증오, 용서. 공판 날은 모두가 자기 옷이든 다른 이의 옷이든, 입을 옷을 구체적으로 선택한다는 거였다. 결혼식이나 장례식처럼. 우연의 자리는 없다는 것이었다. 그는 사람들의 옷차림에 따라 그들이 손해배상 청구인인지 그 반대편인지, 피고인지 원고인지, 아버지, 형제, 어머니, 이웃, 증인, 연인, 친구, 적, 혹은 구경꾼인지 짐작할 수 있었다. 그래서 변론도 그가 말을 하고 시선을 두는 사람의 옷차림과 외모에 맞춘다는 거였다. 예컨대 이렌 파욜의 오늘 옷차림으로 보아 이 사건에 연루되지 않은 사람임이 분명했다. 이 여자는 어느 편도 아니고, 딜레탕트로서 취미 삼아 온 것일 뿐이었다.

'딜레탕트', 그는 정말 이 단어를 사용했다.

이렌이 미처 대꾸할 틈이 없었다. 나디아 라미레스가 나타났기 때문이다. 나디아는 이렌에게 이런 날씨에 카페 안에 갇혀 있다니 너무했다고, 자기와 자기 남자는 테라스를 꿈꾼다고 말했다. 그러면서 자기 남자가 무죄 판결을 받으면 이 지역 카페란 카페들의 테라스를 모두 옮겨 다니며 축하하자고 덧붙였다. 이렌 파욜은 생각했다. '나는, 내 꿈은 핸드백 속에 있는 소설을 마저 읽는 건데…… 아니면 이 카페 구석에서 줄담배를 피우고 있는 남자와 아이슬란드로 떠나거나.'

나디아는 프뤼당 변호사에게 인사하며, 훌륭한 변론이었고 수임료는 계약대로 매달 조금씩 지불할 것이며 자기의 쥘*이 변호사님 덕분에 틀림없이 무죄 판결을 받을 거라고 말했다. 변호사가 담배 연기를 내뿜는 사이로 진지하게 대답했다.

"그건 잠시 뒤에 심의가 끝나면 알게 되겠죠. 그나저나 오늘 무척 아름다우십니다, 특히 그 분홍 드라제**색 원피스가 마음에 드는군요. 오늘 원피스 덕분에 남편분도 틀림없이 기운이 났을 겁니다."

이렌은 차를, 나디아는 살구 주스를, 가브리엘 프뤼당은 거품 없는 생맥주를 마셨다. 그가 전부 계산한 뒤 먼저 카페를 떠났다. 이렌은 그의 손을 마지막으로 보았다. 서류를 움켜쥐고 있었다. 진행 중인 재판을 그러쥔 두 개의 커다란 집게.

이렌 파욜은 선고 공판엔 참석하지 못했다. 가족에게만 입장이 허용되었다. 그는 법정 앞 통로 끝에서 기다리며, 법정을 나서는 사람들의 옷 색깔을 관찰했다. 바다 파란색 스웨터, 산호색 원피스, 박하소다색 치마, 쪽 진 새카만 머리 여인의 풍뎅이 모양 브로치. 나오는 사람들을 차례로 빠짐없이 훑었다.

이렌은 마르세유로 혼자 돌아왔다. 나디아 라미레스는 이 테라스에

● '쥘'은 '남자 애인'의 별칭이기도 하다.
●● 아몬드에 여러 가지 맛 시럽이나 초콜릿을 입힌 과자.

서 저 테라스로 옮겨 다니며 자신의 쥘의 무죄 판결을 축하하기 위해 엑스에 남았다.

몇 주 뒤, 이렌은 미용업을 접고 원예업에 뛰어들었다. 손으로 할 수 있는 다른 걸 해보고 싶다고 생각했다. 헤어 커트와 암모니아 염색제와 샴푸대에, 특히 수다에 신물이 났다. 이렌 파욜은 미용사가 되기엔 천성적으로 과묵하고 내향적이었다. 좋은 미용사가 되려면 호기심이 많고 활달하고 너그러워야 했다. 이렌은 자신에게 이중 어떤 자질도 없다고 느꼈다.

오래전부터 토양과 장미가 이렌의 가슴에 박혔다. 그는 미용실을 처분한 돈으로 마르세유 7구에 작은 땅을 구입해 장미원으로 탈바꿈시켰다. 꽃을 심고, 키우고, 물을 주고, 따는 법을 익혔다. 또한 가브리엘 프뤼당의 손을 떠올리며 양홍색, 산딸기색, 석류색, 연분홍색 장미를 교배해 새로운 품종을 개발하는 법도 익혔다.

펼쳐졌다가 오므라들며 날씨를 표현하는 손 모양을 창조하듯, 꽃들을 창조했다.

1년 뒤, 이렌 파욜은 두 번째 공판을 위해 나디아 라미레스와 엑스에 동행했다. 친구의 남편이 경악스러운 사건으로 또다시 체포되었다. 이렌은 떠나기에 앞서 어떻게 입어야 '딜레탕트'로 보이지 않을지 고민했다.

이렌은 실망했다. 프뤼당 변호사는 더 이상 엑스에 없었다. 이 지역을 떠났다.

이렌은 그 사실을 마르세유에서 엑스로 향하는 차 안에서 들었다.

나디아가 불안하다고, 이번엔 프뤼당 변호사가 아니라 그의 동료가 자기의 죄를 변호하기 때문이라고 말했다.

"왜?" 이렌은 마치 여름방학 여행을 바닷가로 떠나지 않는다는 얘기를 들은 아이처럼 물었다.

나디아는 변호사가 이혼을 해 이사했다는 소리를 들었다며 그 이상은 모른다고 답했다.

그렇게 몇 달이 흘렀다. 한 여자가 이렌 파욜의 장미원으로 들어와 하얀 장미 꽃다발을 엑상프로방스로 배달해달라고 주문하기까지. 이렌은 배달 주문장을 작성하면서 장미의 배송지를 엑스의 생피에르 묘지에 있는 가브리엘 프뤼당의 아내 마르틴 로뱅 부인 무덤 앞이라고 적었다.

1984년 2월 5일 아침, 이렌은 처음으로 꽃을 직접 배달하기 위해 간밤에 얼어붙은 엑상프로방스로 향했다. 배달할 꽃다발에 특별히 정성을 기울였다. 꽃다발이 영업용 차의 뒷좌석을 온통 차지했다.

생피에르 묘지에서 시 소속 직원이 장미 꽃다발을 실은 차가 묘지 내부로 진입하는 걸 허락했다. 아직 입관이 이루어지지 않은 마르틴 로뱅의 무덤가에 놓을 꽃이었다. 아직 오전 10시였고, 입관은 오후에 있을 예정이었다.

대리석엔 〈마르틴 로뱅, 프뤼당의 아내(1932-1984)〉라고 새겨졌다. 이름 밑엔 사진까지 이미 붙어 있었다. 아름다운 갈색머리 여인이 카메라를 보며 웃고 있었다. 삼십 대일 때 찍은 사진인 듯했다.

이렌은 묘지에서 나와 기다렸다. 가브리엘 프뤼당을 다시 만나고 싶었다. 멀리서나마. 숨어서나마. 아내를 잃은 남자가 정말 그인지, 땅에 묻히는 사람이 정말 그의 아내인지 알고 싶었다. 부고 기사를 찾아보았으나 그와 관련된 부고인지 분명치 않았다.

"마르틴 로뱅이 향년 52세로 엑상프로방스에서 갑작스럽게 세상을 떠났음을 깊은 슬픔 속에서 알립니다. 마르틴은 고인들이 된 가스통 로뱅과 미슐린 볼뒥의 딸이었습니다. 유족으로는 딸 마르트 뒤브뢰유, 형제자매 리샤르와 모리세트, 이모 클로딘 볼뒥 바베, 의붓어머니 루이즈, 그 밖에 여러 사촌 형제자매들이 있습니다. 가까운 친구들인 나탈리, 스테판, 마티아스, 니농도 그 밖의 여러 친구들과 함께 고인을 기립니다."

가브리엘 프뤼당의 흔적은 전혀 찾을 수 없었다. 마치 슬퍼해야 할 이들의 목록에서 삭제라도 당한 듯이.

이렌은 묘지에서 나와 300미터 근처의 비스트로 앞까지 차를 달렸다. 도로변의 간이식당. 그는 생각했다. '식당이 묘지와 시립수영장 사이에 끼어 있네. 묘해, 꼭 길을 잃고 서 있는 느낌이야.'

이렌은 차를 세웠다가, 다시 돌려 되돌아갈 뻔했다. 유리창이 더럽기 짝이 없고 창문에 걸린 커튼도 고색창연했기 때문이다. 하지만 실루엣 하나가 이렌을 붙잡았다. 식당 안의 구부정한 실루엣이. 이렌은 더러운 유리창 너머 그를 알아보았다. 거기에 그가 있었다. 정말 거기에. 닫힌 창문에 기대어 멍한 시선으로 담배를 피우며.

한순간, 이렌은 환영이라고 생각했다. 현실을 부정하고 싶은 욕망, 진짜 삶, 학창 시절 다짐보다 더 재미없는 현실의 삶이 아닌 소설 속 삶으로 들어가고 싶은 욕망이 불러일으킨 착각이라고. 게다가 그를 본 것도 3년 전 딱 한 번뿐이 아닌가.

이렌이 식당 안으로 들어가자 그가 고개를 들었다. 세 남자가 바에 팔꿈치를 걸친 채 서 있었고, 앉아 있는 사람은 가브리엘 프뤼당이 유일했다. 그가 이렌에게 말했다.

"당신은 미테랑이 대통령으로 선출된 해에 엑스에서 장피에르 레망과 쥘 라미레스 재판에 참석했던 분이잖아요…… 딜레탕트."

이렌은 그가 자신을 알아본 것에 놀라지 않았다. 그저 당연한 일로 여겨졌다.

"네, 안녕하세요, 나디아 라미레스의 친구예요."

그가 고개를 주억거리며, 들고 있던 꽁초로 새 담배에 불을 붙이고는 대답했다.

"기억합니다."

그는 앉으라는 말도 없이 당연하다는 듯, 검지를 위로 들어 종업원을 부르면서 커피 두 잔과 칼바도스 두 잔을 주문했다. 평생 커피는 마셔본 적 없고—차를 마신다—오전 10시에 칼바도스는 더더욱 마셔본 적 없는 이렌 파욜은 다시 한번, 가브리엘의 커다란 손을 뚫어져라 바라보며 그의 맞은편에 앉았다. 그의 손은 여전히 늙지 않았다.

먼저 여러 말을 늘어놓은 건 그였다. 그는 부인인, 그러니까 전 부인인 마르틴의 입관을 위해 엑스에 왔으나, 성수반이니 새파랗게 어린 신부니 죄책감 따위의 것들을 참을 수 없다고 했다. 그래서 장례식엔 가지 않고 입관만 볼 터라 여기서 기다리는 중이었다. 또한 2년 전부터 마콩에서 다른 여자와 살고 있고 그 이후로 부인과는, 그러니까 전

부인과는 만난 적이 없었다. 그가 다른 여자를 만나서 부부가 헤어진 것이기에 아이는—하나였다—그에게 길길이 날뛰었고, 소식을 듣고서—마르틴이 죽다니!— 망연자실했지만 그는 늘 아내와 자식을 버린 자타공인 쓰레기였기에 아무도 그를 이해하지 못할 터였다. 그의 부인, 그러니까 그의 전 부인 마르틴의 뜻인지 딸의 뜻인지 그로서도 잘 모르겠으나, 아무튼 사후 복수로서 그의 성, 프뤼당도 묘석에 새겨졌다. 마르틴이 자기의 영원 속으로 그를 끌고 갔다.

"당신이라면 어떻겠어요? 당신도 그럴 것 같아요?"

"글쎄요."

"엑스에 사세요?"

"아니, 마르세유에 살아요. 오늘 아침에 묘지에 당신 부인, 그러니까 당신 전 부인 앞으로 꽃을 배달했어요. 길을 떠나기 전에 차를 마시고 싶었고요. 날이 춥잖아요. 전 원래 추위를 잘 타진 않아요, 그 반대죠. 그런데 오늘은 추웠어요. 칼바도스가 들어가니 몸이 따뜻해지긴 하네요, 머리가 빙빙 도는 것도 같고요, 이런, 세상에, 머리가 빙빙 돌아요. 당장 운전대를 잡진 못하겠어요. 칼바도스가 꽤 독하네요…… 신중하지 못했어요, 죄송해요, 제가 원래 이러진 않거든요. 그런데 지금 아내분과는 어떻게 만나신 거예요?"

"아, 전혀 특별할 게 없어요. 제가 수년간 변호를 맡았던 사람 때문이죠. 그이를 변호하느라 그 아내한테도 설명을 해야 했고, 그이가 몇 년간 다시 감방에 가게 되니 결국 우리가 사랑에 빠진 거죠. 당신은요, 당신도 그래본 적이 있어요?"

"뭘요?"

"사랑에 빠져본 적이?"

"네, 남편 폴 쇨과요. 우리 사이엔 아들이 하나 있어요. 열 살이에요."

"일을 하십니까?"

"원예사예요. 그 전엔 미용사였어요. 꽃을 팔기만 하는 게 아니라 키우기도 해요. 교배도 하고요."

"뭐요?"

"교배요. 다양한 종의 장미들을 교배시켜 새로운 종을 만들어내죠."

"왜요?"

"그게 좋으니까요…… 이종교배가."

"그럼 어떤 색이 나오죠? 여기 커피 두 잔하고 칼바도스 두 잔 더요!"

"양홍색, 산딸기색, 석류색, 연분홍색이요. 하얀색들도 다양하게 교배해요."

"어떤 종류의 하얀색이요?"

"눈 하얀색이요. 전 눈을 좋아하거든요. 제가 개발한 장미들은 추위를 타지 않는 특성도 있고요."

"그럼 당신은요? 당신은 색깔 옷을 절대 입지 않나요? 엑스 재판 때도 베이지색을 입었었잖아요."

"밝은색들은 꽃이나, 예쁘고 젊은 여자들한테서 보는 게 더 좋아요."

"당신은 예쁜 거 이상인걸요. 당신 얼굴에선 여러 삶이 보여요. 왜 웃죠?"

"웃는 게 아니에요. 취한 거예요."

정오 무렵, 그들은 샐러드를 곁들인 오믈렛 두 접시와 감자튀김 한 접시를 주문해 나눠 먹었다. 이렌은 차를 주문했다. "차와 오믈렛이 잘 어울리려나 모르겠군요." 그의 말에 이렌은 이렇게 대답했다. "차와 안 어울리는 음식은 없어요. 흰색이랑 검은색과 같죠. 정말 다 어울리거든요."

그는 식사 내내 손가락을 핥았다. 감자튀김에 뿌린 소금을 핥았고, 생맥주를 들이켰다. 이렌이 영국 차에 몇 잔째인지도 모를 칼바도스를 타자 그가 말했다. "노르망디●와 영국은 흰색과 검은색 같죠. 서로 찰떡궁합이에요."

그는 두 차례 자리에서 일어났다. 이렌은 햇살 속에서 그가 일으키는 정전기와 풀풀 날리는 먼지를 바라보았다. 눈발이 흩날리는 것 같았다. 그들은 감자튀김과 차와 칼바도스를 추가로 주문했다. 여느 때의 이렌이라면 이런 불결한 장소에서는 옷자락 안쪽으로 컵을 닦았을 테지만, 여기선 아니었다.

장의차가 식당 앞을 지나갔다. 오후 3시 10분이었다. 이렌은 시간이 훌쩍 지난 걸 알아차리지 못했다. 식당에 들어온 것이 십 분 전처럼 느껴졌다. 그들은 다섯 시간을 함께 있었다.

두 사람은 서둘러 일어나, 서둘러 음식값을 치렀다. 이렌은 그에게 데려다줄 테니 자기 차에 오르라고 말했다. 마르틴 로뱅의 묘가 어디 있는지 알고 있다면서.

차 안에서 그가 이름을 물었다. '당신'이라고 부르기 지친다면서.

"이렌이에요."

"전 가브리엘입니다."

● 칼바도스는 노르망디 칼바도스 지역에서 생산되는 브랜디이다.

그들은 마르틴 로뱅의 묘로 이어지는 철문 앞에 당도했다. 그가 내리지 않고서 말했다.

"여기서 기다립시다, 이렌. 중요한 건 마르틴이 내가 여기 왔다는 사실을 아는 거니까. 다른 사람들이야 알 바 아니고요."

가브리엘이 차에서 담배를 피워도 되는지 물었고, 이렌은 괜찮다고 대답했다. 그가 차창을 내린 뒤 머리 받침대에 머리를 기대고서 이렌의 왼손을 잡고 두 눈을 감았다. 그들은 말없이 기다렸다. 묘지 통로를 오가는 사람들을 지켜보았다. 한순간, 음악 소리가 들린 것도 같았다.

모두가 떠나고 빈 장의차가 그들 앞을 지나가자 가브리엘이 차에서 내려 이렌에게 함께 가달라고 청했다. 이렌이 머뭇거리자 그가 재차 청했다. "부탁입니다." 그들은 나란히 걸었다.

"마르틴한테는 다른 여자가 생겨서 떠난다고 했지만, 실은 거짓말이었어요. 이렌, 당신한텐 진실을 말할 수 있습니다. 전 마르틴 때문에 마르틴을 떠난 거예요. 다른 사람들도 마찬가지죠. 누군가가 생겨서 떠난다는 건 핑계나 알리바이일 뿐이죠. 사람들은 사람들 때문에 떠나는 거예요. 이유를 멀리서 찾지 말아야 해요. 물론 마르틴한테는 절대 말하지 않겠지만요. 특히나 오늘은."

그들은 무덤가에 이르렀고, 가브리엘은 사진에 키스했다. 그의 손이 묘석을 지배한 십자가를 움켜잡았다. 그가 무슨 말인가를 속삭였고 이렌은 듣지 못했다. 들으려고 하지 않았다.

이렌의 하얀 장미가 무덤 중앙에 놓였다. 수많은 꽃들과, 사랑의 말들과, 화강암으로 제작된 새도 한 마리 있었다.

＊＊＊

"그런 얘기를 다 누구한테 들은 거예요?"

"어머니 일기장에서 읽었어요."

"일기를 쓰셨어요?"

"네. 지난주에 유품을 정리하다가 상자들 속에서 발견했어요."

쥘리앵 쉴이 몸을 일으켰다.

"새벽 2시네요. 이만 가봐야겠어요. 고단하군요. 내일은 일찍 길을 나서야 하거든요. 저녁식사 감사합니다. 정말 맛있었어요. 감사해요. 이렇게 잘 먹어본 게 언젠지도 모르겠어요. 이렇게 즐거운 시간을 가져본 것도. 제가 했던 말을 또 하고 있죠? 제가 편하면 이렇게 했던 말을 자꾸 합니다."

"그런데…… 입관 이후에 두 사람은 어떻게 됐나요? 이야기의 결말을 말씀해주셔야죠."

"어쩌면 결말이 없는 이야기라서요."

그가 내 손을 잡아 손등에 키스했다. 정중한 남자보다 더 설레는 건, 없다.

"당신은 여전히 좋은 향을 풍기는군요."

"아뇨 구딸의 '오 뒤 시엘'이에요."

그가 미소 지었다.

"그 향수 절대 바꾸지 마세요. 잘 자요."

그가 외투를 걸치고 길에 면한 문으로 나가더니 문을 닫기 전에 말했다.

"결말을 이야기하러 다시 오겠습니다. 지금 얘기해주면, 당신이 더이상 날 보고 싶어하지 않을 테니까."

나는 잠자리에 누워, 좋아하는 소설을 한창 읽는 중에 죽고 싶지는 않다고 생각했다.

34

그대는 우리의 가슴속에 영원히 머물지니.

우리가 결혼하고 3년 뒤인 1992년 6월, 프랑스 국영철도가 마비되었다. 말그랑주에선 6시 29분 열차가 10시 20분 열차가 되었고, 10시 20분 열차는 12시 5분 열차가 되었으며, 13시 30분 열차는 16시 열차가 지나가야 할 철길에서 멈춘 채 이십사 시간 동안 꼼짝하지 않았다. 파업 노동자들이 우리의 건널목에 200미터가량의 바리케이드를 쳤다. 열차는 만원이었고 그날은 유독 더웠다. 승객들은 얼마 못 가 낭시-에 피날 열차의 문과 창문들을 열어야 했다.

슈퍼에 그렇게 많은 인파가 몰린 적은 일찍이 없었다. 생수가 몇 시간 만에 동이 날 지경이었다. 오후 무렵엔 스테파니가 계산대에서 생수를 계산하는 것이 아니라, 아예 열차 발판에서 직접 팔기 시작했다. 아무도 더는 일등칸과 이등칸을 구분하지 않았다. 모두가 밖으로 나와 철도 주변에, 열차가 만든 그늘에 머물렀다. 국영철도공사의 승무원과 기관사들은 동시에 자취를 감췄다.

승객들이 열차가 다시 출발하지 않으리라는 걸 알게 되자, 그들의 이웃이며 친구들의 자가용이 속속 도착하기 시작했다. 몇몇은 우리 집에서 전화를 걸어 데리러 올 측근을 불렀다. 공중전화를 이용하는 이들도 있었다. 그렇게 몇 시간이 지나자 열차와 그 주변이 한산해졌다.

지역의 모든 대중교통이 끊겼다. 사람들이 봉쇄된 바리케이드 앞까지 와서 승객들을 데리고 왔던 길을 되돌아갔다. 밤 9시, 큰길가는 고즈넉했고 슈퍼는 문을 닫았다. 셔터를 내리는 스테파니의 얼굴이 벌겠다. 멀리선 파업 노동자들 소리밖에 들리지 않았다. 바리케이드 뒤에서 한뎃잠을 잘 모양이었다.

이미 밤이 깊었고, 필리프 투생은 오래전에 한 바퀴 돌러 나간 뒤 감감무소식이었다. 나는 맨 앞 열차 칸을 여전히 지키고 있는 승객 두 명을 발견했다. 중년 여자와 레오닌 또래의 여자아이였다. 여자에게 데리러 올 누군가를 기다리느냐고 묻자 자기는 여기서 720킬로미터 떨어진 곳에 살고 있어서 사정이 좀 복잡하다는 답이 돌아왔다. 지금은 독일에서 손녀를 데리고 와 파리로 가는 길인데, 당장은 누가 됐든 연락할 수 있는 상황이 아니고, 다음 날이나 그 이후는 되어야 하는데 그것도 확신할 수 없다는 것이었다.

나는 우리 집으로 와 저녁을 먹으라고 권했다. 여자는 거절했고 나는 고집을 꺾지 않았다. 내가 허락도 없이 그들의 여행 가방을 들고 앞장서자 그들이 별수 없이 내 뒤를 따랐다.

레오는 이미 두 주먹을 쥐고서 잠들어 있었다.

이번만큼은 창문이란 창문을 다 열었다. 집이 후텁지근할 수 있었다.

나는 지친 아이에게 저녁을 먹였다. 이름이 에미인 아이는 밥을 먹는 동안 레오의 인형을 갖고 놀았다. 식사 후에는 레오의 옆에 눕혔다. 나란히 잠든 아이들을 보면서 둘째를 갖고 싶다는 생각이 들었다. 하지만 필리프 투생이 동의하지 않을 터였다. 둘째를 갖기엔 집이 너무 좁다고 이미 말한 적이 있었다. 나는 새 아이를 맞기에 너무 좁은 건, 집이 아니라 우리의 사랑이라고 생각했다.

나는 이름이 셀리아인 아이의 할머니에게 우리 집에서 자고 가야 한다고, 그를 빈 열차로 되돌려 보내지 않을 거라고, 거긴 너무 위험하다고 말했다. 나도 파업 덕분에 몇 년 만에 처음 휴가를 누리고 집에 손님도 맞았다며 철도가 가능한 한 오랫동안 끊겼으면 좋겠다고, 드디어 나도 차단기를 내리느라 수면을 방해받지 않고서 여덟 시간 이상 내리 잘 수 있게 되었다고 덧붙였다.

셀리아가 내게 딸과 단둘이 사느냐고 물었다. 웃음이 나왔다. 나는 대답 대신 맛이 매우 좋은 레드와인의 마개를 열었다. '좋은 날'을 위해 아껴두었던 것인데 그때까지 기회가 전혀 없었다.

우리는 마시기 시작했다. 셀리아는 두 잔째를 비우고 나서야 자고 가라는 내 초대를 받아들였다. 그에게 우리 침실을 내주고, 나와 남편은 침대 겸용 소파에서 잘 터였다. 필리프 투생의 부모가 찾아왔을 때도 우리가 침대 겸용 소파에서 잤다. 그들은 우리가 결혼하고 우리 집을 두 차례 방문했다. 방학을 맞은 레오를 데려가기 위해서였는데, 한 번은 크리스마스와 새해 사이의 일주일 동안, 다른 한 번은 여름에 열흘 동안 바닷가에 데려갔었다.

손님은 세 잔을 비우고 나더니 자기가 소파를 사용한다는 조건하에 자고 가는 걸 수락하겠다고 선언했다.

셀리아는 오십 대였다. 푸른 눈은 아름답고 매우 다정했으며, 듣기 좋은 남부 억양이 섞인 안정적인 어투는 느긋했다.

나는 "알겠어요. 그럼 소파를 쓰세요" 하고 대답했다. 잘한 일이었다. 마침내 집에 돌아온 필리프 투생이 침실로 직행하더니 그대로 쓰러졌기 때문이다. 그는 우리를 거들떠보지도 않았다.

나는 우리 앞을 지나치는 필리프 투생을 보며 셀리아에게 말했다. "제 남편이에요." 셀리아는 대답 없이 미소만 지었다.

나와 셀리아는 거실에 머무르며 새벽 1시까지 이야기를 나누었다. 창문은 여전히 열린 채였다. 그곳에 정착하고 그런 무더위는 처음이었다. 셀리아는 마르세유에 살았기 때문에, 나는 그에게 그가 우리 집에 태양을 몰고 온 게 틀림없다고 말했다. 보통은 열기가 집 안으로 들어오지 않는다, 보이지 않는 장벽이 열기를 막고 있다는 말도 덧붙였다.

와인 병을 다 비우고 나는 함께 잔다는 조건하에 그가 소파에서 자는 걸 받아들이겠다고 말했다. 나는 동성 친구도 자매도 있어본 적이 없기에, 내 딸이 아기였을 때 함께 잤던 걸 제외하고는, 진짜 친한 친구들끼리 그러는 것처럼 친구와 자본 적이 없기 때문이라고 이유를 설명했다. 셀리아는 대답했다. "알았어요, 친구 해요, 함께 자요."

그날 밤, 나는 뒤늦은 우정을 얼마간 만회하면서 소원을 이뤘다. 제일 친한 친구의 부모 곁에서 그 친구와 함께 잠들기를 소망했던 그 모든 밤들, 친구와 함께 담을 타 넘은 다음 길모퉁이에서 경량 오토바이에 앉아 우리를 기다리는 남자들에게 달려가기를 소망했던 그 모든 밤들, 나는 그 밤들을 얼마간 만회했다.

새벽 6시까지 수다가 이어졌을 것이다. 나는 동이 트고 나서야 잠에 빠져들었다. 오전 9시 무렵, 레오가 나를 깨우며 자기 침대에 말을 못 하는 여자아이가 있다고 했다. 에미는 독일인이었고 프랑스어는 전혀 할 줄 몰랐다. 레오는 질문들을 폭포처럼 쏟아냈다.

"엄마는 왜 여기서 자? 아빠는 왜 침대에서 옷을 다 입고 자? 저 아줌마는 누구야? 오늘은 왜 기차가 안 와? 저 사람들은 누구야? 저애는 누구야? 친척이야? 여기 계속 살 거야?"

안타깝게도, 그렇지 않았다. 셸리아와 에미는 이틀 뒤에 떠났다.

그들이 기차에 오를 때 나는 무척이나 슬펐다. 오래전부터 알고 지낸 사이라도 되는 듯이. 파업은 모두 끝이 났다. 내 휴가도. 하지만 난 누군가를, 내 첫 친구를 만났다. 셸리아가 7번 차량의 반쯤 열린 창문으로 얼굴을 내밀며 말했다.

"마르세유로 와서 우리와 함께 살자. 당신도 거기가 맞을 거야. 내가 일자리도 구해줄게…… 원래 난 누굴 평가하는 성격이 아니지만, 국가가 파업을 한 마당이니 나도 파업을 좀 하자. 솔직히 말할게, 비올레트. 당신 남편은 정말이지 당신이랑 맞는 사람이 아니야. 헤어져."

나는 셸리아에게 나도 이미 부모가 없어봤는데 레오닌에게까지 아빠가 없게 할 수는 없다고 대답했다. 허울뿐인 아빠일지언정, 아빠는 아빠였다.

그들이 떠나고 일주일 뒤, 셸리아에게서 장문의 편지가 날아왔다. 편지와 함께 마르세유행 기차표 세 장이 동봉돼 있었다.

셸리아는 소르미우 칼랑크에 작은 별장이 있었고, 우리에게 석회암 절벽과 바다가 절경인 그곳을 언제든 이용하라고 했다. 냉장고도 채워놓을 테니 누리라는 것이었다. "이제라도 그곳을 누려. 진짜 휴가를 보낼 수 있을 거야, 비올레트. 딸과 함께 바다를 보라고." 셀리아는 내가 베풀어준 잠자리와 식사를 잊을 수 없을 거라며, 내가 선물한 그 이틀에 대한 대가는 매년 마르세유에서 보내는 휴가가 될 거라고 썼다.

필리프 투생은 가지 않겠다고 했다. '레즈비언' 집에 가는 것보단 다른 할 일이 많다면서. 그는 자기와 자지 않는 여자를 그렇게 불렀다.

나는 가지 않겠다니 잘됐다고 대답했다. 우리, 레오와 내가 없는 동안 그가 건널목을 지키면 되겠다고. 그랬더니 우리가 자기 없이 즐거운 시간을 보낼 게 마뜩지 않은 모양이었다. 사랑이 되살아난 모양이었다. 6년 만에 처음, 그의 요청으로, 국영철도청이 몇 시간 만에 우리에게 대체자를 구해주었다.

그로부터 2주 뒤인 1992년 8월 1일, 우리는 마르세유를 찾았다. 셀리아가 생샤를 역 플랫폼에서 우리를 기다리고 있었다. 나는 셀리아의 품으로 뛰어들었다. 플랫폼에서부터 벌써 날씨가 좋은 것이 느껴졌다. 셀리아에게 이렇게 말했던 기억이 난다. "플랫폼에서부터 벌써 날씨가 좋네……"

난생처음 지중해를 보았을 때, 나는 셀리아의 차 뒷좌석에 앉아 차창을 내리고 아이처럼 울었다. 인생에 남을 충격을 받았던 것 같다. 장엄한 아름다움이라는 충격을.

35

모든 것이 지워진다,
모든 것이 기억 밖으로 사라진다.

연애편지, 손목시계, 립스틱, 목걸이, 소설책, 동화책, 휴대폰, 외투, 가족사진, 1966년 달력, 인형, 럼주 병, 신발 한 켤레, 만년필, 말린 꽃다발, 하모니카, 은 펜던트, 핸드백, 선글라스, 커피 잔, 사냥총, 성냥, 엘피판, 조니 할리데이가 표지 사진인 잡지. 관 속엔 없는 것이 없다.

오늘은 잔 페르네(1968-2017)를 묻었다. 폴 루치니가 고인의 뜻대로 관 속에 자녀들의 사진을 흘려 넣었다고 내게 말했다. 유언은 대체로 존중된다. 대개는 고인의 뜻을 감히 거스르지 못한다. 어겼다간 저세상에서 불운을 가져다줄까 두렵기 때문이다.

나는 묘지의 철문을 닫았다. 싱싱한 꽃들이 놓인 잔의 무덤을 지나며 꽃의 비닐 포장들을 벗겨주었다. 꽃들이 숨을 쉬도록.

사랑하는 잔, 편히 잠들길.

어쩌면 넌 벌써 다른 곳에서, 세상 저편 다른 도시에서 태어났을지도 몰라. 새 가족이 널 에워싸고 있겠지. 그들이 널 바라보고, 선

물로 뒤덮고, 네게 키스하고, 엄마를 닮았다고 두런거릴 거야. 이곳
에선 널 생각하며 울고 있지만. 넌 잠이 든 채 모든 게 다시 시작되
는 새로운 삶을 준비하겠지. 이곳에선 죽었지만. 이곳에서 넌 추억
이고, 그곳에선 미래가 바로 너야.

***

셀리아의 차가 소르미우 만灣까지 뻗어 있는 가파른 좁은 길로 들어
서자, 눈앞에 장관이 펼쳐졌다. 레오가 멀미가 난다고 칭얼댔다. 나는
아이를 무릎에 앉히며 말했다. "저것 봐, 저 아래 바다가 보이지? 거의
다 왔어."

우리는 별장의 덧문을 열어 햇빛을 들였다. 환한 빛과 자연의 냄새를.
매미들이 울어댔다. 텔레비전에서나 들어본 소리였다. 매미 소리가
우리의 말소리를 뒤덮었다.

우리는 가방을 푸는 것도 잊고 냉큼 수영복으로 갈아입었다. 한껏
음미할 바다가 코앞에 있었다. 100여 미터를 걸어가자 맑고 투명한 초
록빛 물이 발밑을 적셔왔다. 멀리선 지중해가 수정처럼 푸르게 반짝였
다. 이제껏 염소로 소독된 시립수영장의 물밖에 알지 못했다.

나는 레오의 황새 모양 튜브를 불었다. 우리는 기쁨의 환호성을 내
지르며 차가운 물속으로 뛰어들었다.

필리프 투생이 우리를 웃게 했다. 그가 우리에게 물을 튀겼고 내게
키스했다. 내 입술에 소금기를 남겼다. 레오가 말했다. "아빠가 엄마한
테 뽀뽀했어."

아빠의 어깨에 앉은 레오의 까르르 소리, 매미 소리, 바다와 태양의 싱그러움. 머리가 어지러웠다. 너무 빨리 돌아가는 회전목마를 탄 기분이었다. 나는 물속에 머리를 담근 채 두 눈을 떴다. 소금기로 두 눈이 홧홧했다. 기쁨이 밀려들었다.

우리는 그곳에 열흘을 머물렀다. 잠은 자는 둥 마는 둥이었다. 내 안의 무언가가, 너무 벅찬 행복감이 두 눈을 감기를 거부했다. 감정이 한도 수치를 넘어섰다. 그렇게 즐거워하는 레오를 본 적이 없었다.

시간에 상관없이 날은 늘 낮이었고, 시간에 관계없이 우리는 수영을 했다. 아니면 먹고 있거나. 아니면 듣고 있거나. 아니면 관찰하거나. 아니면 숨을 쉬거나. 우리 입에서 나오는 말은 단 세 마디뿐이었다. "냄새 좋다" "물 좋다" "좋다". 행복은 사람을 바보로 만든다. 세상이 바뀐 기분, 강렬한 밝은 빛이 쏟아지는 어느 곳에서 다시 태어난 기분이었다.

그 열흘 동안 필리프 투생은 한 바퀴 돌러 나가지 않았다. 우리 곁에서 우리와 함께 있었다. 그는 나와 잤고, 나도 그에게 기쁨을 되돌려주었다. 햇볕을 잔뜩 머금은 피부는 행복을 가장할 수 있었다. 우리는 연애 시절로 돌아갔다. 사랑은 없이. 단지 즐겁기 위해서, 모든 것을 즐기기 위해서일 뿐이었다. 모든 것이 멀리 있었다. 우리가 떠나온 곳의 하늘이며 그 밖의 것들이.

레오는 내가 선크림을 발라줄 때마다 발버둥쳤다. 그늘을 만들어주려고 햇빛을 가리려 해도 발버둥쳤다. 다 벗고 물속에서 살기로 작정한 듯했다. 어린 인어공주가 되기로 작정한 듯했다. 애니메이션 영화에서처럼.

그 열흘 동안 우리는 신발을 신은 적이 없었을 것이다. 나는 깨달았다. 휴가란 바로 그런 것이었다는 걸. 더 이상 신발을 신지 않는 것.

휴가는 보상 같은 것이다. 일등상, 금메달. 요컨대 자격을 갖추어야 한다. 셀리아는 내가 자격 있는 삶을 살았다고 판단했다. 위탁가정에서, 또 필리프 투생과.

셀리아가 이따금 우리를 보러 왔다. 우리의 행복을 감독했다. 나와 함께 커피를 마신 뒤, 흡족한 공사 현장 감독처럼 입가에 미소를 걸고 떠나갔다.

나는 남자들이 자기 여자를 보석으로 휘감듯, 셀리아를 감사 인사로 휘감았다. 감사의 장신구들을 여기저기 둘러주었다. 아무리 둘러줘도 충분치 않았다. 그곳을 떠날 때 별장의 덧문은 내가 닫지 않았다. 그건 필리프 투생에게 맡겼다. 내가 직접 닫으면 산 채로 땅에 묻히는 기분, 내 무덤의 흙을 내가 덮는 기분이 될 것 같았다. 자크 브렐은 이렇게 노래했다. "넌 내가 널 위해 꾸며낸 허무맹랑한 말들을 이해할 거야." 그곳을 떠나는 순간에 레오가 울지 않도록, 별장 문을 꼭 붙들고 울부짖지 않도록, 내가 한 일이었다. 나는 허무맹랑한 말들을 꾸며냈다. 어린 아이들을 달래는 말, 가장 단순한 말.

"이제 집에 가야 돼, 120일 밤만 더 자면 크리스마스잖아, 120일이 얼마나 빨리 간다고. 집에 가서 얼른 산타 할아버지한테 받을 선물 목록을 써야지. 여긴 볼펜도 색연필도 종이도 없잖아. 순 바다뿐이고. 그러니까 집에 돌아가야지. 크리스마스트리도 만들어야 되잖아. 가지 끝마다 예쁜 공을 매달고, 트리에 두를 종이 장식도 우리 손으로 직접 만들자, 그래, 우리 손으로! 그러니까 얼른 집에 가야 돼, 이러고 있을 시간이 없어. 착하게 굴면 네 방 벽도 새로 칠해줄게. 분홍색 어때? 네가 골라. 아, 맞다, 그리고 크리스마스 전에, 세상에, 크리스마스 전에 또 뭐가 있는 줄 알아? 네 생일! 그건 정말 며칠 안 남았다. 가서 풍선 불자, 그래, 얼른, 얼른, 얼른 집에 가야겠다! 집에 가서 할 재미있는 일들이 무지 많아. 어서 양말 신어. 얼른, 얼른, 얼른 가방 싸자! 기차도 다시 봐야지, 어쩌면 기차가 또 멈출지도 모르잖아! 그 안에 셀리아 할머니가 타고 있을지도 몰라. 얼른, 얼른, 얼른 집에 가자! 게다가 마르세유엔 내년에 다시 올 거잖아. 선물을 잔뜩 들고서.”

36

너를 알던 모든 이들이
너를 그리워하며 눈물을 흘려.

이렌 파욜과 가브리엘 프뤼당은 마르틴 로뱅 프뤼당의 묘를 떠났다. 가브리엘 프뤼당은 떠나기 전에 묘석에 새겨진 자신의 이름을 어루만 졌다. 그가 이렌에게 말했다. "묘석에 새겨진 내 이름을 보고 있자니 아무튼 기분이 묘하군요."

그들은 생피에르 묘지를 거닐며 이따금 다른 무덤 앞에서, 모르는 이들의 무덤 앞에서 걸음을 멈추고 사진이며 날짜들을 보았다. 이렌이 말했다.

"저는 화장해달라고 해야겠어요."

묘지 앞 주차장에서 가브리엘이 물었다.

"자, 무얼 하고 싶으세요?"

"이제 우리가 무얼 할 수 있을까요?"

"사랑. 당신의 베이지색들을 벗기고서 다른 온갖 색을 보게 하고 싶군요."

이렌은 대답하지 않았다. 그들은 별수 없이 이렌의 차에 올랐고, 그 모든 사랑과 알코올과 슬픔을 핏속에 간직한 채 달렸다. 이렌은 차를 달려 가브리엘을 엑스 기차역에 데려다놓았다.

"저와 하고 싶지 않아요?"

"도둑들처럼 호텔방에서…… 우린 그것보단 나아야 하지 않나요? 그리고 우리가 누구 걸 어떻게 훔치겠어요?"

"저와 결혼해주겠어요?"

"전 이미 결혼했어요."

"제가 너무 늦었군요."

"네."

"왜 남편 성을 따르지 않았죠?"

"남편 성이 쇨이거든요. 폴 쇨. 제가 그 성을 따르면 이렌 쇨이 되는데, 그럼 문법에 맞지 않잖아요."

헤어지기 전에 그들은 서로를 안았다. 키스는 하지 않았다. 인사말도 나누지 않았다. 가브리엘이 차에서 내렸다. 양복이 구깃구깃했다. 이렌은 마지막으로 그의 손을 바라보았다. 그것이 마지막일 거라고 이렌은 생각했다. 가브리엘이 손짓을 해 보이고는 등을 돌려 플랫폼 쪽으로 멀어졌다.

이렌은 마르세유를 향해 다시 길을 달렸다. 고속도로 진입로는 기차역에서 그리 멀지 않았다. 교통은 원활했다. 한 시간 후면 이렌은 폴이 기다리고 있는 집 앞에 차를 멈출 것이었다. 그리고 세월이 흐르리라.

텔레비전으로 가브리엘을 보게 되리라. 그가 결백을 확신하며 변호하고 있을 누군가나 범죄 사건에 대해 설명하는 것을 보게 되리라. 그는 주장하리라. "이 모든 사건은 부당하게 설계된 것이고, 제가 그 사실을 조목조목 파헤칠 것입니다." 그는 말하리라. "제가 입증할 것입니다!" 그는 흥분했을 것이고, 무고하게 누명을 쓴 피의자를 안타까워하는 것이 얼굴에 역력하리라. 그런 그를 보며 그가 피로하고 초췌하고 어쩌면 늙었다고 생각하리라.

라디오로 니콜 크루아지의 노래를 들으리라. "연인과 와인이 기다린다는 걸 알게 되자 그는 이탈리아인처럼 명랑해졌다네." 그때는 반드시 앉아 있어야 하리라. 노래 가사에 무릎이 꺾일 것이고, 순식간에 1984년 2월 5일의 그 간이식당으로 가게 될 것이기 때문에. 감자튀김과, 흉한 커튼과, 맥주와, 장례식과, 하얀 장미 꽃다발과, 오믈렛과, 칼바도스 사이에 오갔던 대화의 조각들이 떠오르리라.

"당신은 세상에서 제일 좋아하는 게 뭐죠?"

"눈이요."

"눈?"

"네, 아름답잖아요. 조용하고요. 눈이 내리면 세상이 멈추죠. 커다란 하얀 가루 이불이 세상을 뒤덮는 것 같다고 할까…… 정말 경이롭지 않나요? 마법 같아요, 안 그래요? 당신은요? 당신은 세상에서 제일 좋아하는 게 뭔가요?"

"당신이요. 제가 세상에서 제일 좋아하는 건 당신 같아요. 아내 장례식 날 내 인생의 여인을 만나다니 묘하군요. 어쩌면 제가 당신을 만나도록 아내가 죽은 건 아닐지……"

"끔찍한 말씀을 하시는군요."

"아무래도 그렇죠? 그런가요? 전 늘 삶을 좋아했습니다. 음식을 좋아하고, 섹스를 좋아하고. 전 활동적이고 삶의 돌발성을 즐기는 편이에요. 혹시 당신이 초라한 제 존재를 저와 나눠 빛내주고 싶다면, 환영일 텐데요."

가브리엘 프뤼당을 생각하며 화려한 위용을 뽐내는 깃털을 떠올리리라.

문득, 가정하기보다는 진짜 살고 싶다는 생각이 들었다. 이렌은 비상등을 켜고 차를 돌렸다. 뤼인 출구를 타고서 쇼핑센터 구역을 따라 달리다가, 기차역을 향해 속도를 올렸다. 열차 출발 시간 전에 닿을 수 있도록.

기차역에 이르자 이렌은 주차장의 직원 전용 자리에 차를 세우고 플랫폼까지 달려갔다. 리옹행 열차는 이미 떠났으나 가브리엘은 기차를 타지 않았다. 브라스리 '출발'에서 담배를 피우고 있었다. 금연 구역이라 종업원은 그에게 두 차례나 주의를 주었다. "손님, 여기선 누구라도 담배를 피우실 수 없습니다." 그는 대답했다. "난 그 '누구라도'가 누군지를 모르겠군요."

이렌을 발견하자 그가 활짝 웃으며 말했다.

"내가 당신 주머니를 털겠어요, 이렌 파욜."

37

널 사랑했고, 사랑하고, 사랑할 거야.

엘비스가 잔 페르네(1968-2017)에게 〈돈 비 크루얼〉을 노래해준다. 내게도 멀리서 그의 노랫소리가 들려온다. 가스통은 장을 보러 갔다. 오후 3시이고 묘지는 텅 비었다. 엘비스의 노래만이 묘지의 오솔길들을 채운다. "돈 비 크루얼 투 어 하트 댓츠 트루, 아이 돈 원 노 아더 러브, 베이비, 잇츠 저스트 유 아임 씽킹 오브……"

엘비스는 새로 묻힌 고인들과 종종 우정을 맺곤 한다. 자기가 그들과 함께 있어주어야 한다는 듯이.

더없이 화창한 날이다. 나는 날이 좋은 김에 국화 묘목 몇 그루를 심었다. 국화는 자라는 데 다섯 달이 걸린다. 11월의 투생, 즉 만성절에 꽃을 피우기까지 다섯 달.

그가 들어오는 소리를 듣지 못했다. 그가 집에 들어와 문을 닫은 뒤 부엌을 가로질러 내 침실로 올라가 내 침대에 누웠다가, 계단의 인형들을 발로 걷어차며 다시 내려와 집 뒤의 정원으로 나오는 소리를. 나의 개인 정원, 나는 매일 그곳에서 키운 꽃을 팔아 우리의 생활비에 보됐다. 그는 우리를 보호해준 적이 없었기 때문에.

"베이비, 이프 아이 메이드 유 매드, 포 섬씽 아이 마잇 해브 세드, 플리즈, 레츠 포겟 더 패스트……"

그는 오늘 노노가 묘지에 없으리란 걸 알았던 것일까? 이번 주엔 루치니 형제도 올 일이 없다는 걸 알았던 것일까? 죽은 사람이 아무도 없다는 걸? 나와 단둘이 있게 되리라는 걸?

"더 퓨처 룩스 브라잇 어헤드……"

미처 대응할 틈이 없었다. 나는 두 손 가득 흙을 묻힌 채였고, 발치엔 묘목과 물뿌리개가 있었다. 나는 뒤를 돌아 그의 그림자를 보았다. 거대하고 위협적인 그의 그림자를. 차가운 검이 나를 관통했다. 나는 얼어붙었다. 필리프 투생이 거기 있었다. 머리에 쓴 오토바이 헬멧의 바이저를 올리고서 내 눈을 노려보고 있었다.

'그가 나를 죽이러, 끝장내러 왔구나. 그가 돌아왔구나. 이제 더는 괴로워하지 않으리라 다짐했는데.'

와중에 들었던 모든 생각이다. 레오를 생각했다. 그 아이가 이 장면을 보는 것이 싫었다. 어떤 소리도 입 밖으로 나오지 않았다.

악몽일까, 아니면 현실?

"돈 비 크루얼 투 어 하트 댓츠 트루, 아이 돈 원 노 아더 러브, 베이비, 잇츠 저스트 유 아임 씽킹 오브……"

그의 시선이 경멸인지 공포인지 증오인지 알 수 없었다. 그가 나를 세상에서 가장 하찮고도 하찮고도 또 하찮은 존재인 양 훑어 내렸다. 마치 내가 세월과 함께 쪼그라들었다는 듯이. 그의 부모, 특히 모친이 나를 훑었듯이. 내가 이런 식의 시선을 받았었다는 걸 잊고 있었다.

그가 내 팔을 잡아채 거칠게 움켜쥐었다. 아팠다. 나는 버둥거리지 않았다. 비명을 지를 수도 없었다. 나는 공포로 마비되었다. 그가 어느 날 이런 식으로 내 몸에 손을 대리라고는 생각지 못했다.

"돈 스탑 씽킹 오브 미, 돈 메익 미 필 디스 웨이, 컴 온 오버 히어 앤 러브 미……"

나 같은 사람도 살고 있는 걸 보면 세상에 못 견딜 일이란 없고, 아무것도 심각하지 않으며, 인간에겐 마치 두터운 피부층이 겹겹이 있기라도 한 듯 화상을 입었다가도 얼마든지 회복하는 놀라운 능력이 있다는 걸 알게 된다. 여러 겹의 인생. 상점에 진열된 또 다른 인생. 망각이란 상점의 재고는 떨어질 날이 없다.

"유 노우 왓 아이 원 유 투 세이, 돈 비 크루얼 투 하트 댓츠 트루……"

나는 두 눈을 감았다. 그를 보고 싶지 않았다. 목소리를 듣는 것만으로도 이미 버거웠다. 그의 냄새가 느껴지는 것이 견딜 수 없었다. 그가 내 팔을 점점 더 세게 틀어쥐며 내 귀에 대고 말했다.

"변호사한테 서신을 받았어. 그걸 도로 갖고 왔지…… 내 말 똑똑히 들어, 똑똑히 들으라고. 나한테 이 주소로 절대 다시 편지 보내지 마, 알아들어? 너도, 네 변호사도, 절대. 네 이름을 두 번 다시, 어디서도 보고 싶지 않아. 또 어기는 날엔 내가 널…… 내가 널……"

"와이 슈드 위 비 어파트? 아이 리얼리 러브 유, 베이비, 크로스 마이 하트……"

그가 내 앞치마 주머니에 편지봉투를 쑤셔 넣고는 그 길로 떠나버렸다. 나는 그대로 주저앉았다. 오토바이에 시동 거는 소리가 들렸다. 그가 떠났다. 다시는 돌아오지 않으리라. 드디어, 확신한다, 그는 돌아오지 않는다. 그는 내게 작별을 고하러 온 것이다. 끝이다, 종결이다.

나는 구깃구깃해진 서신을 확인했다. 루오 변호사가 선임한 질 르가르디니라는 변호사가 작성한 것이었다. 투생의 배우자 비올레트 트레네가 마콩 지방법원에 제출한 합의이혼 신청서의 내용을 필리프 투생에게 공지하는 내용이었다.

나는 샤워를 하기 위해 2층으로 올라갔다. 손톱 사이에 낀 흙을 긁어냈다. 그의 증오가 내게로 건너왔다. 바이러스처럼, 염증처럼 그가 내게 전염시켰다. 나는 침대 커버를 벗기고 인형을 주워 모은 뒤, 세탁소에 가져가기 위해 비닐봉투에 담았다. 내 집에서 범죄가 발생했고 그 증거가 될 모든 흔적들을 없애기라도 하는 듯이.

범죄는, 바로 그다. 내 공간에 남은 그의 발자국, 그의 존재감. 그가 내 방에서 몰아쉬고 뱉어낸 숨결. 나는 방 안을 모조리 환기시킨 뒤, 혼합장미향 방향제를 분사했다.

욕실 거울 속의 내가 오싹하리만치 창백하다. 투명해지지 않은 것이 다행일 정도로. 몸속에 피가 돌지 않는 것 같다고 할까. 피가 시퍼런 내 팔에 모인 듯하다. 그가 내 살에 손자국을 남겼다. 멍, 바로 이것이 내게 남게 될 그의 흔적이다. 그리고 나는 그 위로 금세 새살이 돋게 할 것이다. 늘 그래왔듯이.

엘비스에게 한 시간만 묘지를 봐달라고 부탁했다. 그가 내 말을 듣고 있지 않은 듯이 나를 쳐다본다.

"내 얘기 듣고 있어요, 엘비스?"

"얼굴이 하얘, 비올레트, 하얗게 질렸어."

몇 년 전, 내가 겁을 주어 달아나게 했던 젊은이들이 떠오른다. 오늘 나는 그들이 줄행랑치게 만들기 위해 변장할 필요가 없을 듯하다.

38

행복했던 날들의 기억이 고통을 달래준다.

그렇게 우린 8월 중순에, 크리스마스트리 장식을 준비하고 오색 판지를 자르기 위해 집으로 돌아왔다. 바다를 뒤로한 채 발길을 돌렸다.

말그랑주쉬르낭시의 건널목으로 돌아오는 열차에서, 레오와 내가 기차역에서 구입한 터키색 수성 펜으로 바다 위의 배들과 태양과 물고기들과 매미들을 그리는 동안, 필리프 투생은 열차가 정차하는 플랫폼이나 열차의 식당 칸, 아니면 이 칸 저 칸에서 마주치는 여자들에게 자신의 구릿빛 피부의 매력을 시험했다. 자신에게 머무는 그 모든 시선에 흡족해하는 눈치였다.

집에 도착하자 우리를 대체했던 이들이 문턱에서 우리를 기다리고 있었다. 그들은 인사도 건네는 둥 마는 둥 우리가 짐을 풀 틈도 주지 않고서, 아무 일도 없었고 특별히 전할 일도 없다며 집 안을 믿기지 않는 난장판으로 만들어놓은 채 떠나버렸다.

다행히도 레오의 방엔 발을 들이지 않았다. 레오는 작은 침대에 앉아 두 개의 목록을 작성했다. 하나는 생일 선물 목록이고, 다른 하나는 산타클로스 할아버지에게 부탁할 선물 목록이었다.

나는 집 안 정리를 시작했고, 필리프 투생은 한 바퀴 돌러 나갔다. 그간 못 한 외출을 만회해야 했다. 별장 침대에서 나와 함께 있느라 놓쳤던 것을.

이튿날, 나는 온 집 안을 청소했고 일상이 다시 제자리를 잡았다. 나는 기차 시간의 리듬에 따라 차단기를 올리거나 내렸다. 필리프 투생은 계속해서 한 바퀴 돌러 나갔고, 나는 장을 보러 나갔다.

레오와 나는 함께 거품 목욕을 다시 시작했고, 여행 사진을 백 번도 더 봤으며 그 사진들을 집 안 곳곳에 붙여놓았다. 잊지 않기 위해서, 간간이 슬쩍 보는 것만으로도 그곳에 다시 가 있기 위해서.

9월엔 기차 시간 틈틈이 레오의 방을 새로 칠했다. 레오가 나를 도왔다. 아이가 바닥과 벽을 연결하는 나무 널을 직접 칠하고 싶어서, 내가 아이 모르게 그 위에 덧칠을 해야 했다.

레오가 초등학교 2학년이 됐고, 눈 깜짝할 사이에 양모조끼를 입는 계절이 돌아왔다.

우리는 색종이로 크리스마스 장식을 만들고 인조 크리스마스트리를 샀다. 그 하나로 매년 크리스마스에 사용할 수 있고, 매년 진짜 나무를 베는 걸 막을 수 있을 터였다.

레오가 산타클로스의 존재를 믿는 마지막 해가 되리라는 생각이 들었다. 이듬해엔 끝이 나겠지. 우리의 삶엔 산타클로스가 존재하지 않는다는 걸 알려주는 어른과의 만남이 존재한다. 그 실망감으로 인한 좌절의 시간도.

치마만 둘렀다 하면 따라다니는 필리프 투생을 견딜 수 없을 법도 했으나, 실은 나로서도 반가운 일이었다. 그가 내 몸을 만지는 것이 더는 달갑지 않았다. 잠이 절실했다. 전날 밤의 마지막 기차와 아침 첫 기차 사이에 잘 시간이 부족했다. 고요한 휴식이 절실했다. 그런데 내 몸 위에서 그의 몸은, 전에는 좋아했으나 이제 더는 전혀 좋지 않은 난동 그 자체였다.

때로 라디오에서 노래를 들을 때면 멋진 남자를 꿈꾸기도 했다. 다정하고 격정적이며 거친 말들이 오가는 남자나 여자의 목소리들. 약속으로 가득한 목소리들. 아니면 밤에 레오닌에게 이야기를 들려주며 꿈을 꿨다. 레오의 방은 내 안식처였다. 소녀 인형과 곰 인형, 드레스, 목걸이, 투명 유리구슬, 수성 펜, 책들이 동화 같은 난장판 속에서 뒤섞이고 뒤엉켜 잠든 천국의 땅.

말을 건넬 사람이 내 딸과 스테파니뿐이라는 사실, 이를 견디지 못할 수도 있었다. 스테파니의 말이래야 내 구입 품목에 대한 코멘트였다. 늘 똑같은. 새로 출시된 주방세제를 권하거나, 아니면 이런 식이거나. "텔레비전에서 광고하는 거 봤지? 욕조에 칙칙 뿌리고 오 분 정도 됐다가 헹구면 더러움이 싹 씻겨 내린다니까. 값도 싸고. 꼭 써봐."

우리는 나눌 이야기가 전혀 없었다. 절대 친구가 될 수 없을 터였다. 매일 마주치지만 결코 일치하지 않는 평행한 두 삶일 뿐이었다. 때로 스테파니가 점심 휴식 시간에 우리 집에 와서 커피를 마시고 가기도 했다. 나는 스테파니를 반겼다. 상냥한 사람이었고, 내게 샴푸나 바디크림 샘플을 나눠주었으며, 종종 이렇게 말하곤 했다. "자기는 좋은 엄마야, 그건 확실해, 엄마로서 정말 잘하고 있어." 그러고는 슈퍼 유니폼 차림으로, 계산대와 상품을 채워 넣어야 할 진열대로 돌아갔다.

셀리아는 매주 내게 장문의 편지를 보냈다. 나는 글을 통해 그의 미소를 읽었다. 편지 쓸 시간이 없을 땐 토요일 밤에 통화를 나눴다.

필리프 투생은 내가 일찌감치 잠드는 레오를 재우고 나면 나와 함께 저녁식사를 했다. 우리 사이엔 일상적인 몇 마디가 오갔고, 언성이 높아지는 일은 없었다. 우리의 관계는 화목하면서 데면데면했다. 적막했고, 폭력적이진 않았다. 한편, 고함을 지르지 않고 화내는 법이 없으며 서로에게 무심한 커플은 종종 그 자체로 엄청나게 폭력적인 관계일 수 있다. 우리 집에선 그릇이 나뒹굴며 깨지는 일 같은 건 없었다. 시끄러울까봐 창문을 닫는 일도 없었다. 오직 적막뿐이었다.

저녁식사를 마치면 그는 한 바퀴 돌러 나가지 않으면 텔레비전을 켰고, 나는 『신의 작품, 악마의 몫』을 펼쳤다. 함께 사는 10년 동안, 그는 내가 늘 똑같은 소설을 읽는 것을 보았다. 내가 책을 읽지 않을 때면 우리는 함께 영화를 보았지만 취향이 같은 경우는 극히 드물었다. 텔레비전 프로그램도 좋아하는 것이 달랐다. 많은 경우 그가 먼저 잠들었다.

나는 마지막 기차를 기다렸다. 낭시-스트라스부르 23시 4분 열차. 그리고 스트라스부르-낭시 4시 50분 열차가 올 때까지 잠자리에 들었다. 나는 4시 50분에 차단기를 다시 올리고, 잠든 레오를 보기 위해 레오의 방으로 갔다. 내가 가장 좋아하는 전경이었다. 어떤 이들은 바다를 보러 간다지만, 내겐 딸이 있었다.

그 세월 동안 나는 나를 고독하게 둔 필리프 투생을 원망하지 않았다. 고독하다고 느끼지 않았기 때문이다. 고독이 체감되지 않았기 때문이다. 고독은 내게 흡수되지 못하고 미끄러져 내렸다. 고독과 권태는 공허한 사람들에게나 타격을 입히는 것이라는 생각이 든다. 내겐 빈자리가 없었다. 나의 딸, 책, 음악, 상상. 레오가 학교에 가고 없고 내가 소설을 읽지 않을 때, 설거지나 집안일이나 요리를 하며 나는 음악을 들었다. 나는 이곳의 삶을 살며, 다른 곳의 수천 가지 삶을 상상했다.

레오닌은 내 일상의 여분이었다. 내 삶의 덤. 필리프 투생이 내게 준 가장 큰 선물. 금상첨화로 그는 좋은 외모를 물려주었다. 레오는 제 아빠처럼 인물이 빼어났다. 거기에 매력과 명랑함까지. 레오가 눕든 앉든 나는 아이를 눈으로 삼켰다.

필리프 투생은 딸과도 나와 같은 관계였다. 그가 레오에게 언성을 높이는 걸 한 번도 본 적이 없었다. 하지만 레오는 그의 관심을 오래 끌지 못했다. 레오를 보며 딱 오 분 동안 즐거워하다가 관심을 돌렸다. 레오가 아빠에게 질문을 해도 대답을 하는 건 나였다. 그가 미처 끝맺지 못한 문장을 늘 내가 마무리했다. 그는 딸과 부녀 관계라기보다는 친구 관계였다. 그가 자식과 유일하게 나누고 싶어하는 것이 있다면 바로 오토바이였다. 아이를 오토바이 뒤에 태우고 주택가를 천천히 돌았고, 그렇게 십 분 남짓 아이를 즐겁게 해주는가 싶다가 속도를 올리기 일쑤였다. 레오는 오토바이가 조금이라도 빨라지면 바로 겁을 먹고 비명을 질렀다.

아들이었다면 더 쉽게 어울릴 방법을 찾아냈을까. 필리프 투생에게 모든 여자는 다 여자였다. 여섯 살이든 서른 살이든. 여자는 절대 남자보다, 진짜 남자보다 나을 수 없었다. 축구를 하고 RC카를 조종하는 남자아이, 넘어져서 무릎이 다치고 더러워져도 울지 않고 기계나 자동차 핸들도 다룰 줄 아는 남자아이, 반짝이 분홍색 여자아이 레오닌과 정반대인 남자아이 말이다.

레오닌은 도서관 회원이었다. 도서관은 시청 옆에 있었고, 수요일 오후를 포함해 일주일에 두 번 문을 열었다. 나와 레오닌은 매주 수요일 13시 27분 열차와 16시 5분 열차 사이 시간에 손을 잡고 도서관에 가서, 레오가 읽을 일주일치 책을 잔뜩 빌리고 이전 주에 빌린 책을 반납했다. 돌아오는 길에는 슈퍼에 들러 브로사르 제과의 '사반'을 샀다. 그럴 때면 스테파니가 레오에게 사탕을 주곤 했다. 집으로 돌아와 나는 홍차에, 레오는 오렌지꽃차에 파운드케이크를 적셔 먹은 뒤, 16시 5분 열차에 맞춰 차단기를 내리고 올렸다.

레오는 세 살 때부터 열차가 지나갈 때마다 현관으로 나가 집 앞을 지나는 열차의 승객들에게 손을 흔들어 인사를 보냈다. 그것은 아이가 제일 좋아하는 놀이가 되었다. 나중엔 이 순간을 기다리는 승객들까지 생겨났다. 그들은 '꼬마'가 나타날 것을 알았고, 기다렸다.

말그랑주쉬르낭시는 역이 아닌 건널목일 뿐이어서 열차들은 정차하지 않고 지나치기만 했다. 첫 역인 브랑지 역까지 닿으려면 7킬로미터를 더 달려야 했다. 스테파니가 우리 둘을 차에 태우고서 브랑지-낭시 구간을 여러 차례 왕복으로 달려주었다. 레오는 열차가 지나는 걸 볼 때마다 타고 싶어했다. 그 회전목마를 타고 싶어했다.

아무 목적 없는 그 기차 여행의 첫날, 레오는 기쁨의 환호성을 질렀다. 결코 잊지 못할 장면이었다. 지금도 그날을 그려볼 때가 있다. 놀이 공원을 데려갔어도 그만큼 행복해하지는 않았으리라. 우리는 당연히 우리 집 앞을 지나는 노선 열차를 탔고, 아이 아빠가 집 현관에 나와 기다렸다가 우리가 지날 때 손을 흔들었다. 역할이 바뀐 것에 행복해하는 아이들이라니, 참으로 희한하다.

　우리는 1992년의 크리스마스를 셋이서 축하했다. 필리프 투생은 매년 그렇듯 "좋은 걸로 사, 너무 비싼 건 말고"라며 내게 수표 한 장을 건넸다. 나는 그에게 카롱의 향수와 멋진 옷을 선물했다.

　때로는 그가 계속해서 다른 여자들의 마음에 드는 것이, 무엇보다 그가 스스로에 대해 흡족해하는 것이 내가 그에게 좋은 향과 좋은 옷을 입히는 이유인 것 같기도 했다. 스스로 흡족해하는 한, 거울이나 다른 여자들의 시선 속에서 자신감을 잃지 않는 한, 그가 내게 관심을 갖지 않았기 때문이다. 나는 그가 내게 관심을 갖지 않기를 바랐다. 남자는 자기가 거들떠보지 않는 여자, 구시렁대지도 잔소리도 하지 않으며 문도 쾅 닫지 않는 여자는 떠나지 않는 법이다. 너무 편하기 때문이다.

　필리프 투생에게 나는 이상적인 아내, 귀찮게 굴지 않는 아내였다. 모르긴 해도 사랑에 빠져서 날 떠난 건 아닐 터였다. 그는 어울렸던 여자들과 사랑에 빠지진 않았고, 나는 그걸 느꼈다. 손끝에선 그들의 향이 묻어났지만 사랑은 아니었다.

　아마 그것, 귀찮게 굴지 않는 건 내게 밴 습성이었을 것이다. 어릴 때 위탁가정에서 늘 이런 생각을 했다. '아무 소리도 내지 말고 쥐죽은 듯 지내자, 그럼 이번엔 남을 수 있을 거야, 이 사람들이 날 쫓아내지 않을 거야.' 나는 사랑이 아주 오래전에 우리 집에서 떠나갔다는 걸, 다른 곳으로, 이제 절대 우리 집은 아닌 다른 곳으로 가버렸다는 걸 잘 알았다. 칼랑크의 별장은 바닷물로 짭짜름해진 우리 두 육체의 일탈이었다. 나는 필리프 투생이 어느 날 레오를 데리고 사라질지도 모른다는 두려움을 느꼈다. 그래서 존중해야 할 룸메이트를 돌보듯 그를 보살폈다.

크리스마스이브가 되었고, 레오닌은 목록에 적었던 것을 모조리 얻었다. 나자의 『푸른 개』를 비롯해 오직 레오만을 위한 책들, 공주 드레스, 카세트 비디오, 갈색머리 소녀 인형, 그리고 이전 해 크리스마스 선물보다 더 강력해진 신상 마법사 세트. 마술봉도 두 개였고 마법카드와 비밀카드도 추가되었다. 레오는 마법 부리기를 즐겼다. 아주 어릴 때부터 마술사가 되고 싶어했다. 모자 속으로 모든 걸 사라지게 만들고 싶어했다.

이튿날은 휴일이었으므로 배차 간격이 넓었다. 열차가 4분의 1로 줄었다. 나는 좀 쉬며 레오와 놀아줄 수 있었다. 레오는 다색 스카프 뒤로 두 손을 사라지게 했다.

저녁엔 아이의 여행 가방을 꾸렸다. 12월 26일 오전, 필리프 투생의 부모가 여느 해와 다름없이 내 딸을 일주일간 알프스에 데려가기 위해 왔다. 그들은 오래 머물지 않았으나, 와중에도 모자는 부엌으로 들어가 속닥거릴 시간을 가졌다. 모친이 아들에게 새해 선물로 수표를 주었으리라. 나는 예년과 다름없이 럼주에 절인 체리가 든 다크 초콜릿을 선물로 받았다. 몽셰리 초콜릿도 아니고, 그 브랜드를 따라해 분홍색으로 포장한 몽트레조르 초콜릿이었다.

이번엔 내가 현관에 나가서, 투생 부모의 차가 출발할 때 레오에게 손을 흔들었다. 레오는 무릎에 마법사 세트를 올려놓고서 입가에 미소를 그려 보였다. 아이가 차창을 내렸다. 우리는 인사를 나누었다. "일주일 뒤에 만나." 레오가 내게 키스를 보냈다. 나는 그것을 간직했다.

그들이 커다란 차로 내 딸을 데려갈 때마다 혹시 아이를 돌려보내지 않는 것은 아닐까 두려움이 엄습했다. 애써 더는 생각하지 않으려 해도 몸이 대신 생각했다. 몸져눕고 신열에 시달리기 일쑤였다.

레오가 떠나 있을 때면 나는 아이의 방을 정리하며 일주일을 보냈다. 분홍색 벽들과 인형들에 둘러싸이면 안도감이 들었다.

12월 31일, 필리프 투생과 나는 텔레비전 앞에서 새해를 맞았다. 우리는 그가 좋아하는 모든 것을 먹었다. 스테파니가 예년처럼 우리에게 팔리지 않은 선물 바구니를 주었다. "비올레트, 내일까지 먹어야 돼. 안 그러면 전부 상하니까, 알았지?"

1월 1일 오전, 레오닌이 우리에게 전화를 걸었다.

"해피 뉴 이어, 엄마. 해피 뉴 이어, 아빠. 해피 뉴 이어, 아빠, 엄마. 나 스키 첫 번째 별 통과했어!●"

1월 3일, 레오가 빛이 나는 환한 얼굴로 돌아왔다. 내 신열도 내렸다. 투생의 부모는 한 시간 동안 머물렀다. 레오의 스웨터에 별 배지가 달려 있었다.

"엄마, 나 별 하나 땄어!"

"잘했어."

"S자로도 할 줄 알아."

"오, 대단하다!"

"엄마, 여름방학 때 아나이스랑 같이 가도 돼?"

"아나이스가 누군데?"

● 프랑스의 스키 등급은 첫 번째 별, 두 번째 별, 세 번째 별, 황동별, 황금별의 5단계로 나뉜다.

39

중요한 건 눈에 보이지 않아.●

"요즘은 죽는 사람이 없네."

세드릭 신부, 노노, 엘비스, 가스통, 피에르, 폴, 자크가 내 부엌에 모여 이야기가 한창이다. 루치니 3형제는 허송세월 중이다. 벌써 한 달째 그들의 업장을 찾는 이가 없다. 모두가 테이블을 에워싸고서 커피를 마신다. 내가 만들어준 대리석무늬 초코 케이크를 마치 생일 케이크를 둘러싼 소녀들처럼 나눠 먹으며 두런거리고 있다.

나는 나의 정원에 국화 묘목 심기를 끝냈다. 열린 문으로 그들의 목소리가 귓가에 들려온다.

"날씨가 좋아서 그래. 날씨가 좋으면 사람이 덜 죽거든."

"오늘 저녁에 학부모 면담이 있어. 벌써 끔찍해. 뭐, 누가, 우리 애 학교에서 잘하고 있다고 얘기하겠어? 온종일 말썽 피울 생각뿐이라고 하겠지."

● 생텍쥐페리의 『어린 왕자』 중에서.

"우리 일이란 게 결국 인간에 관한 일이야. 우린 길을 잃고 헤매는 살아 있는 사람들을 상대하잖아. 장례식에 엄청 의미를 두는 사람들 말이야. 장례를 잘 치러야 고인들을 잘 보내줄 수 있으니 그러겠지. 그런 차원에서 우리 일은 그야말로 서비스업이야. 실수가 용납될 수 없어."

"전 지난 금요일에 두 아이에게 세례를 했습니다. 쌍둥이였는데 무척 감동적이었죠."

"우리 일이 다른 직업들과 다른 건 이성적이 아니라 감성적인 일이라는 거야."

"아, 정말 성스럽게 즐거웠어요!"

"무슨 소리야?"

"실수가 절대 용납되지 않는다고. 가족마다 중시하는 점이 전부 다르거든. 어떤 가족한테는 괜찮은 게 다른 가족한테는 큰일 날 일이지. 세세하게 전부 달라. 가령 내가 마지막으로 보내드린 망자한텐 중요한 게 딱 한 가지였는데, 오른손에 손목시계를 차고 떠나는 거였거든."

"엊저녁에 텔레비전에서 재밌는 영화를 봤는데, 거기 나온 배우가, 거, 금발 있잖아, 하, 이름이 생각이……"

"어디 그뿐이야? 부고엔 절대 철자를 틀리면 안 돼. 크리스토프Christophe나 크리스틴Christine 중에 꼭 K와 f를 쓰는 크리스토프Kristof나 y를 쓰는 크리스틴Chrystine이 있어."

"철물점 몇 시에 닫더라? 잔디 트랙터 부품 사러 가야 되는데."

"그리고 모든 게 고인과의 관계에 대한 문제야. 남편과 아내, 자식들과 부모들, 말하자면 인간사라고나 할까."

"참, 그 부인 만났어, 이름이 뭐더라…… 그래, 드그랑주 부인, 남편이 농기구 도매상에서 일했잖아."

"가스통, 조심 좀 해, 여기저기 커피 좀 흘리지 말라고."

"거기에 종교 문제와 감정적인 측면도 신경 써야지."

"미용사도 있었어, 자노 말이야, 부인 건강 때문에 걱정이더라고."

"우리 업장을 찾는 사람 중에 우는 사람은 의외로 많지가 않아. 그보다는 관이니 성당이니 묘 걱정이 우선이지."

"넌 왜 그러니, 엘리안, 뭐가 필요해서 그래? 간식 달라고? 아니면 쓰다듬어줘?"

"우리가 그들에게 음악이라든가 문구라든가 추도하거나 추모하기 위해 할 수 있는 일이라든가 선택지를 제시하면, 왜냐면 할 수 있는 일이 굉장히 많으니까, 그들은 많은 부분 우리에게 일임하잖아."

"그러고 보니 비올레트의 경찰을 못 본 지 꽤 되었네."

"난 말이지, 사람들이 감사 인사를 전하러 왔다며 너무 좋았다고 할 때마다 기분이 이상해. 어쨌든 장례 얘기잖아."

"난 말이지, 아무래도 그 작자가 비올레트를 간 보고 있는 것 같아. 우리 비올레트를 어떤 눈으로 보는지 봤어?"

"인간을 땅에 묻기 시작한 지 5000년이야. 그런데 이 일이 사업화된 건 아주 최근의 일이라고. 말하자면 우리가 이 직업을 쇄신한 거지."

"엊저녁에 오딜이 간 요리를 해줬는데."

"장례 문화가 변했어. 예전엔 만성절이면 으레 무덤에 꽃을 갖다놓는데 이젠 사람들이 부모나 조부모가 묻힌 곳에서 사는 게 아니니까 움직이는 게 쉽지 않지."

"다음 대통령은 과연 누가 될지…… 그 금발 여자*만 아니라면."

"지금은 추억을 관리하는 방식이 아예 다르다니까. 죽으면 화장을 하잖아. 풍습이 변한 거지. 비용 출처도. 자기 장례식을 자기가 직접 준비하니까."

"하긴 그놈이 그놈이지. 좌파나 우파나 자기들 호주머니 채울 생각뿐인 건 매한가지니까…… 중요한 건 월말에 우리 지갑에 얼마가 남느냐는 건데, 어느 놈이 권력을 잡든 뭐가 달라지겠어?"

"2040년엔 프랑스인의 25퍼센트가 자기 장례식을 미리 준비할 거라는 거 알아?"

"난 그렇게 생각하지 않아. 그래도 그들의 투표로 법이 결정된다는 걸 잊지 말라고."

"그건 가정마다 달라. 어느 가정에선 죽음 얘기는 일절 꺼내지 않거든. 섹스처럼 금기어란 말이지."

"그래도 신부님, 신부님한텐 그놈이 그놈 아닌가?"

"우리는 이 땅 위 죽음의 대표들입니다. 그러니 사람들한텐 당연히 슬픈 사람들이겠지요."

"따뜻하고 맛있는 염소 치즈 샐러드나 먹을까, 꿀 조금하고 잣하고 뿌려서."

"우리 같은 개인 사업체면 '안치실', 병원 같은 곳에선 '영안실'이라고 해."

"난 됐어, 바비큐 그릴을 꺼내놨어."

"염습과 철저한 보관. 아직 법적으로 의무사항은 아니지만 보건위생

● 프랑스 극우정당인 국민연합 대표 마린 르 펜을 암시한다.

문제이니 금세 법안이 나올 거야.”

“'카르나' 자리에 새 가게가 문을 연다더군. 빵집이지, 아마.”

“주거지에 망자를 둘 수 없다는 법안.”

“엊저녁에 집 안 전기 퓨즈가 죄다 끊어졌거든. 아무래도 세탁기가 고장나면서 누전된 것 같아.”

“난 말이지, 산 사람들이 있을 곳과 죽은 사람들이 있을 곳은 따로 있다고 봐. 죽은 사람을 집에 두면 위험한 게, 도저히 상을 치를 수 없게 돼.”

“여자 몸매가 썩 괜찮아서 내가 꼭 침대로 데려가려고. 꼭 성공할 거야.”

“나한텐 원칙은 딱 하나야. 마음이 시키는 대로 하기.”

“올여름에 짧게라도 떠나?”

“난 이 일을 시작할 때 이렇게 생각했어. 화장하는 사람들 관은 비싼 걸 쓰지 말아야지. 초보자의 판단 오류였어. 아버지 말씀이 이랬지. '왜, 땅속 3미터 아래로 들어가는 게 좀 더 나아야 할 것 같아? 가족들이 불 타 없어질 관에 돈을 쏟아붓고 싶어하는 건 물론 합리적인 생각은 아니지. 그렇더라도 네가 나서서 값비싼 관을 선택하는 걸 막을 순 없어. 넌 그 사람들의 삶을 모르니까, 네가 결정할 수 없는 거라고.'”

“난 말이지, 은퇴는 끝의 시작이라고 봐.”

“경력이 쌓이면서 여러 가족을 상대하다보니 아버지가 옳으셨다는 걸 깨닫게 됐어. 관에다 엄청난 비용을 들이고 싶어하는 사람들이 많더라고. 이유는? 나도 몰라.”

“브르타뉴로 떠나. 처남이 거기 살거든.”

"마을 사람들이 계획을 잡을 거야, 7월 초순에. 난 낚시가 좋아, 물고기 외엔 아무도 귀찮게 안 해도 되니까. 물고기들은 강에 도로 놓아줄 거고."

"6일 안에 매장해야 돼, 법이 그래."

"피아노 교습을 해. 거기 산 지 3년쯤 됐지? 텔레비전에라도 출연하는 양 늘 갖춰 입는 예술가라고."

"화장한 유해를 여기저기 흩는 건 금지돼 있어. 법적으로 한몸이야."

"양파 조금이랑 버섯을 생크림에 살짝 볶으면 맛있어."

"유해를 바다에 뿌리는 건 영화에서나 보는 거야. 배가 흔들거리고 바람이 불고 재가 수면에 뜨잖아? 실제론 자연분해 되는 함에 넣어서 해안에서 1킬로미터 떨어진 지점에 던져야 된다고."

"교리 교육에 오는 아이들이 몇 명이나 돼, 신부님? 엄청 많을 것 같진 않은데."

"장례 계약을 맺으면서 이제 사람들은 더 이상 가족묘에 수천 유로씩 들이고 싶어하지 않아. 자식들도 리옹이나 마르세유에 흩어져 사니까. 많은 사람들이 이렇게 말한다고. '처음엔 화장이 꺼려졌지만 다시 생각해보니 우리 돈이 아이들한테 가는 게 더 낫겠더라고요.' 나도 지당하신 생각이라고 말해주지."

"저는 집전할 결혼식이 7월에 세 건, 8월에 두 건 예정돼 있습니다."

"자기 장례식을 자기가 구상하다니 아무튼 묘해. 아직 관에 들어가지도 않았는데 묘비에 자기 이름이 쓰인 걸 본다니."

"내가 시장한테 도로 수준이 이 지경이면 뭔가 해야 한다고 건의했거든. 이러다 어느 날엔가 정말 큰 사달이 난다고."

"자기 장례식을 준비하는 사람들, 고통스러워하지 않아. 갑작스럽게 떠나지 않아도 되니까. 그래서 비용도 두 배나 덜 쓰더라고."

"수의사들이 환영하겠군!"

"우리 업계에선 금하는 게 금기지만, 나는 가족들한테 이장하는 건 되도록 보지 말라고 하고 있어."

"봤어? 두 번째 골, 예술이었지. 공이 텔레비전 화면을 가득 채우는 데……"

"사랑했던 사람은 좋은 이미지로 간직해야 해. 가까운 이를 잃고 땅에 묻는 것만도 이미 고통이잖아…… 다행히 방부 기술이 엄청나게 발전하긴 했지. 열에 아홉은 정말 감쪽같거든. 꼭 자고 있는 것처럼 보이지. 내가 화장도 연하게 하고 피부 상태도 자연스럽게 만들거든. 가족한테 문의해 평소 입던 옷을 입히고 뿌리던 향수까지 뿌려줘."

"글쎄, 확인해봐야지. 실린더 조인트가 문제일 수 있어. 그럼 비싸게 먹힐 거야."

"심각하지, 그렇다고 또 아주, 아주 심각하진 않아. 왜냐, 그 심각한 게 뭔지 이젠 아니까. 2주 전에 장의차 흙받기가 떨어져나갔어. 핸드폰이 부서졌고, 집에 물이 새. 징글징글하지만 심각하진 않아."

"지난번엔 엘비스가 관리실 문을 열었다가 다르몽빌 대장을, 글쎄, 그 레미 엄마랑 그러고 있는 대장을 코앞에서 마주친 거라. 미안해, 신부님. 놀란 엘비스가 그대로 돌아 나와 후다닥 튀었다고."

"사람들한테 사랑한다고 자주 말해줘, 다들 살아 있을 때 기회를 놓치지 말고. 나도 이전보다 사는 게 즐거워진 것 같아. 내려놓았다고 해야 되나."

"러브 미 텐더……"

"냉혈동물이 되어야 한다는 얘기는 아니야. 유가족의 고통은 이해하지만 내가 일을 당한 건 아니니까. 고인들과 아는 사이도 아니고."

"고인과 추억이 있으면 훨씬 고통스럽지. 개인적으로 알았던 사람이면."

40

할머니는 내게 별 따는 법을 일찌감치 가르쳐주셨어요.
밤에 마당 한가운데 대야를 갖다놓기만 하면
발아래에 별이 가득해져요.

나는 루오 변호사를 찾아가 모든 걸 중단해달라고 요청했다. 그가
옳았던 것 같다고, 필리프 투생은 사라졌으니 이쯤에서 멈추자고, 과
거를 더 이상 헤집고 싶지 않다고 말했다.

루오 변호사는 아무것도 묻지 않고 내 앞에서 르가르디니에 변호사
에게 전화를 걸어 소송을 중단하라고, 내가 알아낸 것에서 더 이상 캐
지 말라고 말했다. 이젠 내 성이 트레네건 투생이건 상관없다. 사람들
은 나를 비올레트 또는 '마드무아젤 비올레트'라고 부른다. '마드무아
젤'이란 단어는 언젠가부터 프랑스어에서 삭제된 듯하지만, 내 묘지에
선 아니다.

돌아와 가브리엘 프뤼당의 무덤에 들렀다. 내가 심은 소나무 한 그
루가 이렌 파욜의 유골함에 그늘을 드리웠다. 엘리안이 다가와 그르렁
거리다가 내 발치에 앉았다. 어디서 나타났는지 무디 블루와 플로랑스
도 다가와 내게 몸을 비비고는 묘석 위에 길게 드러눕는다. 나는 몸을
굽혀 녀석들을 쓰다듬었다. 녀석들의 배와 대리석이 따스하다.

문득 가브리엘과 이렌이 고양이들을 통해 내게 무슨 신호를 보내는 건 아닐까 하는 생각이 스쳤다. 레오가 현관으로 나가 열차의 승객들에게 인사를 보낼 때처럼. 나는 그 두 사람을, 엑스 역에서 가브리엘에게 가고 있는 이렌을 상상해보았다. 왜 이렌은 폴 쉴을 떠나지 않았던 것일까, 왜 집으로 돌아간 것일까, 이 남자 곁에서 잠들고 싶다는 마지막 유언은 대체 무슨 의미인 걸까. 생은 함께하지 못했으나 영원은 함께하겠다는 것일까? 쥘리앵 쉴은 내게 이 이야기를 마저 들려주기 위해 다시 올까? 그러자 사샤, 사샤 생각이 났다.

노노가 다가왔다.

"꿈이라도 꾸는 거야, 비올레트?"

"좋을 대로 생각해요……"

"드디어 루치니 형제 가게에 손님이 왔어."

"누군데요?"

"교통사고야…… 몰골이 처참한가봐."

"누군데요, 아는 사람이에요?"

"아무도 신원을 모르는 것 같아. 신분증도 없더래."

"이상하네요."

"마을 사람들이 구덩이에 처박힌 걸 발견했어. 그 상태로 사흘은 됐다나."

"사흘?"

"응, 오토바이족이야."

안치실에서 피에르와 폴이 내게 경찰 조사를 기다리는 중이라고 설명했다. 몇 시간 뒤엔 오토바이족의 시신이 마콩으로 출발할 터였다. 법의학자가 부검을 신청해두었다.

엉터리 배우들이 엉터리 조명 아래 연기하는 엉터리 연속극에서처럼, 폴이 내게 사고 당한 시신을 보여주었다. 얼굴은 말고 몸만. "얼굴은 형체가 없어." 폴이 말했다. 그는 원칙적으로는 내게 고인을 보여줄 수 없다는 말도 덧붙였다.

"하지만 당신은 다르니까, 비올레트. 경찰도 문제 삼지 않을 거예요. 어때요, 아는 사람 같아요?"

"아니."

"그런데 왜 보고 싶다고 한 거예요?"

"확실히 해두려고. 헬멧은 안 쓰고 있었어?"

"썼는데, 버클을 안 채웠어요."

남자는 나신이었다. 폴이 천으로 성기와 머리를 가려놓았다. 몸 전체가 멍이었다. 시신을 보는 건 처음이었다. 그동안은, 그들과 나의 볼일은, 노노의 말마따나 그들이 이미 '상자 속'에 들어가고 난 뒤였다. 속이 안 좋았다. 다리가 풀렸다. 눈앞에 검은 베일이 드리워 내렸다.

41

흙이 널 덮었으나, 내 심장은 여전히 널 보고 있어.

1993년 1월 3일, 투생의 모친이 떠나기 전에 내게 팸플릿 하나를 건넸다. 아나이스는 카트린(투생의 모친은 레오닌을 절대 레오닌이라 부르지 않았다)의 친구로, 그들이 알프스에서 지낼 때 친분을 쌓은 "상당히 괜찮은 사람들"의 딸이었다. 아나이스의 아버지는 일반의였고 어머니는 방사선과 의사였다. 투생의 모친은 "의사"나 "변호사"를 발음할 때면 좋아 어쩔 줄 몰라 했다. 내가 물안경을 쓰고 지중해에 몸을 담글 때와 같았다. 의사나 변호사들과 "어울리는" 건 투생의 모친에게 있어 행복의 최고봉이었다.

아나이스는 레오의 스키 강습반 친구였다. 두 소녀는 첫 번째 별 단계를 나란히 통과했다. 아나이스의 가족은 낭시에서 멀지 않은 막스빌에 살았다, 반가운 우연이었다.

매년 여름방학에 아나이스는 손에루아르 지방의 라클레트에 갔다. 이번 7월에는 레오닌도 아나이스와 함께 가면 좋을 것이었다. 아나이스의 부모가 가는 길에 우리 집에 들러 레오닌을 태워 가겠다는 제안까지 했다. 투생의 모친이 우리에게 묻지도 않고 이미 좋다고 대답한 터였다. "가엾은 어린것이 한 달 내내 기찻길 옆에 처박혀 지낼 생각을 하니……" 투생의 모친은 레오에 대해 늘 동정하는 투로 이야기했다. 마치 레오를 내 딸이라는 커다란 불행에서 구해내기 위해 자신이 나서야 한다는 듯이.

나는 "가엾은 어린것"은 어떤 계절에도 기찻길 옆에서 불행한 적이 없었다고 대답하지 않았다. 여름에 열차 시간 틈틈이 우리가 많은 것을 했다고 대답하지 않았다. 튜브를 불어 정원에 수영장을 만들었고, 작지만 어쨌든 몸을 담글 수 있었고, 거기서 정말 즐거웠다고는. 우리의 비닐 수영장에선 웃음이 끊이질 않았다. 그러나 우리의 웃음은 필리프 투생 부모의 어휘 사전엔 없는 단어였다.

다만 나는 8월엔 소르미우에 가니 7월이면 안 될 것이 없다고, 레오만 좋다면 친구와 함께 갈 수 있을 거라고만 대답했다.

투생의 부모가 떠난 뒤 나는 라클레트의 노트르담데프레 여름캠프 팸플릿을 펼쳐 보았다. 〈우리의 투철한 정신만큼은 방학이 없습니다〉라는 슬로건 아래 파란 하늘 사진을 배경으로 등록 조건이 제시돼 있었다. 홍보 책자를 만든 이가 비 오는 날씨는 제외시킨 게 분명했다. 첫번째 페이지엔 아름다운 성과 커다란 호수 사진이 있었다. 다음 페이지엔 열 살가량의 아이들이 식사하고 있는 구내식당, 그 아이들이 그림을 그리고 있는 미술실, 그 아이들이 물놀이를 하는 호숫가 사진이 있었고, 마지막 페이지엔 그 아이들이 환상적인 평원에서 조랑말을 타고 있는 가장 큰 사진이 있었다.

어째서 모든 소녀의 꿈은 조랑말을 타는 것일까?

나는 영화 〈바람과 함께 사라지다〉를 본 이후로 조랑말을 경계해왔다. 레오가 필리프 투생의 오토바이 뒷좌석에 앉는 것보다 조랑말에 타는 게 더 겁이 났다.

투생의 모친은 레오의 머리통에 대고 속삭였다. "올여름엔 아나이스와 함께 시골로 조랑말을 타러 가는 거야." 마법의 문장, 모든 일곱 살짜리 소녀를 꿈꾸게 만드는 문장.

달이 지나고 열차들이 지나갔다. 레오닌은 동화와 신문과 사전과 시와 작문을 구분할 줄 알게 되었다. 산수도 풀었다. "나한테 크리스마스 선물 살 돈이 30프랑 있어. 10프랑으로 스웨터를 사고 2프랑으로 과자를 샀더니 엄마가 용돈을 5프랑 줬어. 그럼 부활절을 위해 나한텐 얼마가 남아 있을까?" 레오는 프랑스에 대해 공부했다. 프랑스의 지도상 위치며 주요 도시들이며 유럽에서의 위치, 그리고 세계에서의 위치를 익혔다. 레오는 마르세유에 빨간색 점으로 표시를 했다. 또 마술봉을 휘둘러 모든 걸 사라지게 했다. 방 안의 난장판을 제외한 모든 것을.

이윽고 레오는 내게 자랑스럽게 성적표를 보였다. '3학년으로 통과.'

1993년 7월 13일, 아나이스의 부모가 우리 집으로 내 딸을 데리러 왔다.

매력적인 사람들이었다. 여름캠프의 팸플릿 분위기와 흡사했다. 그들의 시선엔 파란 하늘뿐이었다. 레오가 아나이스를 얼싸안았다. 아이들은 까르르거리는 웃음을 그칠 줄 몰랐다. '나하고 있을 때도 저렇게까지 웃지는 않는데.' 그런 생각마저 들었다.

"피곤하네요, 좀 쉬고 싶어요……"

쥘리앵 쇨이 눈앞에 있었다. 안색이 좋지 않았다. 병실 벽에 걸린 창백한 조명등 때문인지도 몰랐다. 구급대원이 와 안치실에서 쓰러진 나를 실어 간 뒤 노노가 그에게 연락을 넣었다. 노노는 우리가 연인이라고, 그러니 쥘리앵 쇨이 나를 보살펴줄 거라고 생각한다. 착각이다. 나이외엔 아무도 나를 보살피지 않을 것이다.

내 걱정을 하는 듯 보이는 쥘리앵 쇨에게 내가 해줄 수 있는 말은 "피곤하네요, 좀 쉬고 싶어요……" 그뿐이다.

마르세유로 향하던 이렌 파욜이 기차역의 가브리엘 프뤼당에게 돌아가기 위해 차를 돌리지 않았다면, 쥘리앵 쇨이 내 묘지를 찾아오는 일은 절대 없었을 것이다. 가브리엘 프뤼당의 무덤으로 안내하던 날 아침에 그가 내 외투 밖으로 비어진 붉은색 원피스 자락을 보지 않았다면, 그가 내 삶에 끼어드는 일은 절대 없었을 것이다. 그가 내 삶에 끼어들지 않았다면 필리프 투생을 찾아내는 일 따위는 절대 하지 않았을 것이고, 필리프 투생이 내 이혼신청서를 받아 들지 않았다면 브랑시옹에는 결코 돌아오지 않았을 것이다. 이것이 사건의 전말이다.

지난주에 필리프 투생이 내 집에 왔었다는 말을 누구에게도 하지 않았다. 노노에게조차.

쥘리앵 쇨이 병실에 들어와 처음으로 본 것은 내 팔이었다. 진짜 사냥개. 그는 아무 말도 하지 않았지만 멍을 보는 집요한 시선을 느낄 수 있었다.

더 기함할 일이 있다. 내 집을 나간 필리프 투생은 묘지에서 300미터 떨어진 길가에서 사고로 죽은 렌 뒤샤(1961-1982), 여름밤이면 그곳에 출몰하는 것을 사람들이 보았다는 그 젊은 여인과 똑같은 지점에서 죽었다.

필리프 투생도 렌 뒤샤의 유령을 본 사람들 중 하나였을까? 내 집에 들어왔다 나가는 동안에도 벗지 않은 헬멧은 대체 왜 채우지 않았던 것일까? 신분증은 또 왜 없었을까?

쥘리앵 쇨이 자리에서 일어나며 나중에 다시 오겠다고 말했다. 그는 병실을 나서기 전 내게 필요한 것이 없느냐고 물었다. 나는 고개를 저어 없다고 표시하고는 두 눈을 감았다. 그리고 천 번이나, 어쩌면 그보다 많을 수도 있고 적을 수도 있지만, 기억을 되새김질했다.

아나이스의 부모는 곧장 떠나지 않았다. 그들은 "친분"을 쌓고 싶어 했다. 아이들에게도 재회의 시간을 주고 싶어했다. 우리는 이탈리아에는 발도 들인 적 없는 알자스 출신들이 운영하는 피자집 '지노'로 갔다. 필리프 투생은 차단기를 작동시키고, 정오 열차들, 즉 12시 14분, 13시 8분, 14시 6분 열차들을 맞느라 집에 남았다. 그는 모르는 사람들과 대화하는 걸 질색했고, 여름방학이며 아이들이며 조랑말에 대한 이야기는 여자들 일이라고 생각했다.

두 아이는 달걀프라이 토핑을 올린 피자를 오물거리며, 조랑말과 수영복과 3학년과 첫 번째 별과 마술봉과 선크림에 대해 재잘거렸다.

아나이스의 부모인 아르멜과 장루이 코생은 오늘의 요리를 주문했다. 계산은 내가 해야 한다고 생각하며 나도 같은 걸로 주문했다. 레오닌을 데려가주는데, 최소한 그 정도 보답은 해야 했다. 나는 이미 여름 캠프 비용을 댄 터라 이번 달은 대출을 받아야 할지도 몰랐다.

식사 내내, 음식을 한 모금씩 넘길 때마다 머릿속엔 온통 그 생각뿐이었다. 나는 자격이 안 되는데 은행에서 어떻게 대출을 받을지 고민이었다. 속으로 계산을 해보았다. '오늘의 요리 세 개에 어린이 메뉴 두 개, 거기에 음료수 다섯 병.' 이렇게 생각했던 기억이 난다. '다행히 먼 길을 떠나니 와인은 안 시킬 거야.' 필리프 투생은 여전히 내게 한 푼도 주지 않았다. 우리 셋은 내 월급으로 생활했고, 나는 한 푼이 아쉬운 처지였다.

그들이 이런 말을 한 기억도 난다. "엄마가 정말 젊으시네요. 카트린을 몇 살에 낳으신 거예요?" 그들은 레오닌이 레오닌인 줄 몰랐다. 레오가 피자 도우를 달걀노른자에 적셨던 기억이 난다. "내가 달걀 너를 터트려버릴 거야." 레오닌이 이렇게 말하며 깔깔거렸다.

그때 이런 생각을 했던 기억이 난다. '됐네, 이제 다 컸어, 진짜 친구가 생겼으니. 난 생애 첫 친구를 스물다섯 살에 만나기 위해 기차가 파업까지 해야 했는데.'

"네…… 아니요…… 아…… 아…… 좋아요…… 멋지네요." 나는 코생 부부의 아름다운 파란 눈에 간간이 눈을 맞추며 이렇게 대꾸했지만 그들의 말을 듣고 있지는 않았다. 레오에게서 시선을 떼기가 어려웠다. 그리고 계산을 하고 있었다. '오늘의 요리 세 개에 어린이 메뉴 두 개, 거기에 음료수 다섯 병.'

레오는 문장마다 웃음으로 마침표를 찍었다. 이가 두 개나 빠져서, 웃을 때마다 창고에 버려진 피아노가 되었다. 나는 레오의 머리를 양 갈래로 땋아주었다. 그 편이 여행에 편할 터였다.

식당을 나서기 전, 레오는 마술봉으로 냅킨을 사라지게 했다. 계산서도 사라지게 했다면 얼마나 좋았을까. 나는 손을 떨며 수표로 음식값을 치렀다. 잔고가 없었다면 부끄러워 죽어버렸을지도 모른다고 생각하면서. 희한한 일이었다. 아마 온 동네 사람들이 내 남편이 바람피우는 걸 알았을 테지만, 나는 대로에서 내게 꽂히는 남들의 시선이 전혀 아무렇지 않았다. 그렇지만 잔고도 없이 수표 쓰는 걸 사람들이 아는 날엔 두 번 다시 외출할 수 없었다.

우리는 건널목으로 돌아왔다. 레오는 코생 가족의 차 뒷좌석에 올라 아나이스와 나란히 앉았다. 레오의 애착인형을 잊을 뻔했다. 레오가 여행할 때 아직 애착인형이 필요하다는 걸 아나이스가 모르도록, 내 핸드백에 숨겨놓았었다. 멀미약도 먹였다. 레오가 차멀미를 하는데 가야 할 길이 348킬로미터였다. 나는 돌아올 때에 대비해 레오의 주머니에 약통을 미끄러뜨렸다.

오후 늦게 캠프에 도착할 터였고 도착하는 대로 전화를 주기로 했다.

레오의 물건들을 정리하다가 2주 전에 써두었던 목록을 발견했다. 여행 가방을 꾸릴 때 빠뜨리는 게 없도록 미리 적어둔 것이었다.

"비상금, 수영복 두 벌, 러닝셔츠 일곱 장, 팬티 일곱 장, 샌들, 운동화(승마부츠는 제공됨), 선크림, 모자, 선글라스, 원피스 세 벌, 멜빵바지 두 벌, 반바지 두 벌, 긴 바지 세 벌, 티셔츠 다섯 장(이불과 수건은 제공됨), 목욕타월 두 장, 만화책 세 권, 머릿니 방지 샴푸, 칫솔, 딸기향 치약, 저녁에 입을 따뜻한 스웨터와 조끼 한 벌씩, 바람막이 점퍼, 볼펜과 낙서 공책. 일회용 카메라와 마법사 세트. 애착인형."

밤 9시 무렵, 레오가 전화해 흥분한 목소리로 모든 게 너무너무 좋다고 말했다. 여름캠프에 도착해 너무 귀여운 조랑말을 보았고, 조랑말들에게 빵과 당근을 준 것도 너무 좋았고, 날씨도 너무 좋고, 방도 너무 예쁘다는 것이었다. 방엔 이층침대가 있는데 아나이스가 밑에서, 레오가 위에서 잘 거라고 했다. 식사 후에는 레오가 마법을 부려서 둘이서 너무 웃었다고 했다. 보조원 언니들은 너무 친절한데, 그중 한 명은 나와 너무 닮았다고 했다. 레오에게 아빠는 바꿔줄 수 없었다. 그는 한 바퀴 돌러 나간 참이었다. "사랑해, 엄마, 뽀뽀, 아빠한테도 뽀뽀 전해줘."

나는 전화를 끊은 뒤 마당 한쪽에 꾸민 나의 작은 정원으로 나갔다. 튜브 수영장 안에는 바비 인형이 엎드린 채 물에 둥둥 떠 있었다. 물색이 푸르뎅뎅했다. 나는 물을 비워냈다. 물이 장미나무들을 따라 졸졸 흘러갔다. 다음 주에 레오가 돌아오면 새로 물을 채워야지.

42

사랑, 그것은

우리에게 우리의 소식을 전하는 누군가를 만났을 때다.

쥘리앵 쇨이 병원으로 나를 데리러 왔다. 우리는 말없이 달렸다. 그는 나를 집에 내려준 뒤 곧장 마르세유로 향하며 곧 다시 오겠다고 했다. 그가 내 오른손을 잡아 손등에 키스했다. 우리가 알게 된 이후로 두 번째 손 키스였다.

나는 처방약과 비타민 D와 함께 나의 묘지로 돌아왔다. 검사 결과는 아무 이상 없었다. 엘리안이 문 앞에서 나를 기다리고 있었다. 엘비스와 가스통과 노노도 집 안에서 나를 기다렸다. 가스통의 아내가 데우기만 하면 되는 요리를 준비해주었다. 시체를 보고 기절할 일이냐고, 명색이 묘지기인데 너무하는 거 아니냐며 그들이 가볍게 놀려대듯 말했다.

나는 은퇴한 동료의 소식을 묻듯, 사망자의 소식을 물었다. '신원미상 오토바이족'의 시신은 마콩으로 이송되었다. 아무도 그가 누구인지 몰랐다. 미등록 오토바이인 데다 일련번호도 지워진 흔한 모델이었다. 훔친 물건이기 십상이었다. 경찰이 추적 조사 중이었다.

노노가 내게 지역 신문의 기사를 보여주었다. 제목은 '저주받은 커브 길'.

"렌 뒤샤가 1982년 사망한 장소에서 비극적인 사고가 발생했다. 오토바이를 탄 한 남성이 헬멧을 채우지 않은 채 속도를 높였다. 얼굴이 훼손되었기에, 본 기사에는 신원 확인을 위한 사진 대신 몽타주 사진을 게재한다."

나는 연필로 그린 몽타주 사진을 들여다보았다. 필리프 투생을 알아볼 수 없었다. 사진 설명. "55세가량의 남성, 하얀 피부, 다갈색 머리칼, 푸른 눈. 신장 188센티미터에 문신이나 특징적 표시는 없고 장신구도 하지 않았음. 흰색 티셔츠, 리바이스 진, 검은색 부츠, 퓨리건 브랜드의 검은색 가죽점퍼 착용. 모든 제보는 가장 가까운 경찰서 또는 전화번호 17번으로(기동경찰대 및 순찰대)."

누가 그를 찾을 것인가? 아마도 프랑수아즈 펠티에가 아닐까. 그 여자 외에 친구가 있었을까? 함께 살 때도 그는 애인은 있어도 친구는 없었다. 아는 사람이라고는 샤를르빌과 말그랑주에 오토바이 친구 두서넛과 부모 정도일 텐데, 그의 부모는 이제 죽고 없다.

나는 신문기사를 오래 붙들지 않고서, 침실로 올라가 샤워를 하고 옷을 갈아입었다. 여름과 겨울 옷장을 열며 트렌치코트 속에 분홍색 원피스를 입어야 할지 검은색 원피스를 입어야 할지 잠시 고민했다. 나는 이제 혼자되었고, 아무도 이 사실을 모른다.

안치실에서 대번에 그를 알아보았다. 그의 몸을 알아보았다. 공포에 이어 밀려든 반감 때문에 기절했을 것이다. 그에 대한 반감. 그가 나의 정원으로 들이닥쳐 나를 겁박했을 때의 증오, 그에 대한 증오, 그가 내 팔을 거칠게 움켜잡음으로써 그의 증오를 내게 전염시켰다. 동작이 어찌나 거칠었던지 아직도 내 팔에 자국이 남아 있다.

나는 죽음을 비웃기 위해 늘 어두운색 옷 속에 밝은색 옷을 입어왔다. 화장한 얼굴을 부르카로 가린 여인들과 같은 이치다. 오늘만큼은 그 반대로 입고 싶다. 검은색 원피스 위에 분홍색 외투를 걸치고 싶다. 하지만 다른 사람들, 고인을 떠나보내고 남은 사람들, 홀로 묘지를 거니는 사람들을 존중해야 하기에 그럴 수는 없다. 게다가 나는 분홍색 외투를 가져본 적이 한 번도 없다.

투명 플라스틱 상자에 든 인형들이 발에 채이지 않도록 조심하며 계단을 내려가 부엌으로 갔다. 눈물 같은 포트와인을 유리잔에 채우고 나 자신에게 건배했다.

이어서 묘지를 둘러보기 위해 밖으로 나갔다. 엘리안이 졸졸 따라왔다. 나는 월계수, 삼나무, 참빗살나무, 주목의 네 구역을 차례로 거닐었다. 완벽하다. 무당벌레들이 모습을 드러내기 시작했다. 쥘리에트 몽트라셰(1898-1962)의 무덤은 여전히 아름답다.

이따금 쓰러져 있는 화분들을 주워 담기도 했다. 호세루이스 페르난데스가 보였다. 아내 무덤의 꽃들에 물을 주고 있다. 투티 프루티가 그의 곁을 지키고 있다. 핀토 부인과 드그랑주 부인도 보인다. 말없이 각자의 남편 무덤 주변을 돌보고 있다. 더는 뽑아낼 것도 없는 땅을 긁고 또 긁는다. 잡초들이 투항한 지 오래다.

안면만 있는 한 커플과 마주쳤다. 여자가 언니인 나딘 리보(1954-2007)의 무덤에 이따금 들른다. 우리는 인사를 나누었다.

비가 그쳤다. 날이 갰다. 허기가 졌다. 필리프 투생의 죽음이 내 식욕을 끊어놓진 못했다. 걸을 때마다 허벅지를 스치는 분홍색 실크원피스의 감촉이 느껴진다. 레오는 견디지 못했으리라. 제 아빠를 묻는 것. 나또한 마찬가지다.

필리프 투생은 내 삶에서 사라지기를 선택하면서, 죽음으로써 사라지기를 선택했다. 나는 그의 무덤 주변을 돌보지 않을 것이며, 꽃도 사다놓지 않을 것이다. 젊은 시절 그와 나눈 사랑의 순간들을 떠올린다. 관계를 가진 지 벌써 오래다. 나는 어린이 동산 쪽으로 방향을 틀었다.

이곳은 대부분의 무덤이 하얀색이다. 추모패, 화단, 묘석 위 곳곳에 천사들이 있다. 분홍색 하트와 곰 인형과 수많은 양초와 무수한 시들.

오늘은 찾아온 부모가 없다. 그들이 오는 시간은 대개 일정하다. 퇴근 무렵인 5시나 6시부터 찾아오는데 대개 똑같은 사람들이다. 그들은 처음엔 이곳에서 망연자실한 채 온종일을 보냈다. 슬픔에 멍해지고, 죽음에 얼이 빠져서. 살아 있는 죽은 사람들. 몇 년이 지나자 발길이 뜸해졌다. 그 편이 낫다. 삶은 계속되기에. 죽음은 다른 곳에 있다.

그리고 이 구역엔 150살이 되었을 아이들이 있다.

그리고 150년 후엔, 우리가 사랑했던 이를,
우리가 잃었던 이를, 더 이상 생각하지 않게 될 거야
거리를 훔친 이들을 위해 우리의 맥주를 비우러 가요!
모두가 흙으로 돌아간다니, 세상에, 이런 낭패가 있나!

우리를 노려보는 저 해골들 좀 보라지
찡그리지 마, 싸움 걸지 마
우리에게도 그들처럼 아무도 남아 있지 않을 텐데
그땐 내가 검이나 총을 들 테니
그러니 웃으렴.*

나는 그다음 아이들의 무덤 앞에서 몸을 웅크렸다.

아나이스 코생(1986-1993)

나데주 가르동(1985-1993)

오세안 드가(1984-1993)

레오닌 투생(1986-1993)

● 라파엘의 노래 〈그리고 150년 후에〉 중에서.

43

폭풍우에 휩쓸려 꺾인 꽃처럼,
죽음이 그의 나이에 맞을 봄을 앗아갔구나.

내 딸, 내가 크리스마스에 네게 마법사 세트를 선물한 걸 얼마나 자책했는지 넌 모를 거야. 넌 너에게 마법을 거는 것도 성공했구나, 네가 정말로 사라져버렸어. 게다가 아나이스를 포함한 세 친구도 사라지게 했지.

여름캠프 숙소인 성 안의 다른 방들은 무사했어. 아니면 그 방의 아이들은 제때 방을 빠져나왔거나. 모르겠다, 그건 기억이 안 나.

오직 네 방만. 너희 방만. 너희가 잠들었던 방, 그 방은 부엌에서 가장 가까웠지.

누전, 아니면 전열기를 제대로 끄지 않았거나.

아니면 오븐에 남았던 음식물에 불이 붙었거나.

아니면 가스 누출.

아니면 담배꽁초.

나중에, 그건 나중에 알게 될 거야.

네 마술에 속임수는 없었어. 바닥에 몰래 뚫어놓은 문도, 박수갈채도, 음악과 감탄 속의 요란한 재등장도.

폐허, 잿더미, 세상의 끝.

작은 네 명의 생명이 한 줌 재로 스러졌어. 넷 모두를 한 줄로 높이 쌓아도 3미터가 되지 않는 총 31년 삶의 어린 소녀들이.

그 밤 이후로 너희는 날아가버렸어.

우린 우리가 할 수 있는 방식으로 서로를 위안했어, 너희가 고통받지 않았다는 것으로. 너흰 잠든 채 숨이 끊겼어. 불길이 너희를 물어뜯기 시작했을 때 너흰 이미 떠나고 없었지. 꿈을 꾸는 중이었고, 영원히 그 상태로 남았어.

네가 조랑말을 타는 중이었으면 해, 내 아가, 아니면, 칼랑크에서 인어공주 놀이를 하는 중이었거나.

5시 50분 열차가 지나간 뒤, 나는 소파에 누워 있었어. 깜빡 졸았던 가봐. 전화벨이 울리는데 가슴이 덜컥 내려앉았어. 7시 4분 열차를 놓친 줄 알았거든. 수화기를 들었어. 네 할머니가 내게 눈도 입도 없는 곰인형을 줘서 네 수성 펜으로 눈과 입을 그려 넣는 꿈을 꾼 참이었지.

경찰이었어. 그가 내 신분을 확인하더니 이어서 네 이름이, "노트르담데프레…… 라클레트…… 신원이 밝혀지지 않은 네 구의 시신" 따위의 말들이 들려왔지.

"비극" "화재" "아이들" 소리도.

"죄송합니다" 그리고 또 네 이름, "너무 늦게 도착했어요…… 소방대가 아무것도 할 수 없었습니다" 하는 말도.

피자 도우로 달걀노른자를 터뜨리고 냅킨들을 사라지게 하는 네 모습이 떠올랐어. 내가 이런 계산을 하고 있는 동안 말이야. '오늘의 요리 세 개에 어린이 메뉴 두 개, 거기에 음료수 다섯 병.'

수화기 너머의 남자 말을 믿지 않을 수도 있었어. 그에게 이렇게 말해줄 수도 있었어. "뭔가 착오가 있는 것 같아요, 레오닌은 마법사랍니다, 다시 나타날 거예요." 아니면 이렇게. "투생의 모친 짓이군요. 레오닌을 나한테서 뺏으려고 데려가고서, 대신 침대에 불탄 헝겊 인형을 넣어놓은 거예요." 증거를 요구하고, 전화를 끊어버리며 이렇게 쏘아붙여줄 수도 있었을 거야. "당신 농담은 아주 저질이에요." 그렇게 쏘아붙여줄 수도…… 하지만 난 그의 말이 진실이라는 걸 알았단다.

엄마는 유년 시절부터 쥐죽은 듯 절대 소리 내지 않고 살았어. 쫓겨나지 않으려고, 더는 버림받지 않으려고. 그런데 너의 유년 시절, 그건 울부짖으며 떠나보냈구나.

네 아빠가 나타나 수화기를 뺏어서 경찰이랑 몇 마디 나누더니 울부짖기 시작했어. 하지만 나처럼은 아니었지. 그는 욕을 했어. 너한텐 쓰지 못하게 했던 온갖 나쁜 말들을, 네 아빠가 경찰한테 쏟아부었지. 한 문장 속에. 나는, 네 죽음에 망연자실한 채 허깨비가 되었어. 그 절규 뒤에 오래도록 입을 닫았지. 네 아빠는 네 죽음에 격분했어.

7시 4분 열차가 지나가는데도 우리 둘 중 누구도 차단기를 내리러 나가지 않았어.

그날 밤 노트르담데프레 성을 폐허로 만든 신은 어쨌든 고맙게도 우리의 건널목 쪽만은 지켜주었어. 우리 생의 목록에서 비극은 하나만으로도 충분했던 것일까. 그 시간에 건널목을 지나간 자동차가 하나도 없었단다. 그 시간에 달려와 7시 4분 열차와 충돌한 자동차가. 통행량이 많은 시간이었는데.

다음 열차들은 네 아빠가 누군가에게 알려 도움을 요청했어. 그날 누가 대신 왔었는지 나는 영영 알 길이 없을 거야.

난, 난 네 방에 누워 꼼짝도 하지 않았어.

프뤼돔 박사가 왔어. 알아, 네가 그분 싫어하는 거. 네 편도염이나 수두나 귀앓이를 고치러 왔을 때 넌 그분을 "나쁜 냄새"라고 불렀지.

그가 내게 주사를 놨어.

다른 주사도. 또 다른 주사도.

같은 날 다 놓은 건 아니야.

아빠가 셀리아에게 전화를 걸어 도움을 청했어. 내 고통에 어찌할 바를 몰랐어. 다른 사람한테 나를 넘겼어.

할머니 할아버지도 왔었던 것 같아. 날 보러 네 방에 들어오진 않았어. 잘한 일이야. 그건 처음이자 마지막으로 그들이 잘한 일이었어. 그들은 날 혼자 내버려두고서 라클레트로 갔어. 너한테로, 아무것도 남지 않은 너의 잔해에게로.

셀리아가 도착했어. 그들이 떠나고 바로 뒤였는지, 아니면 좀 더 나중이었는지는 모르겠어. 시간은 나에게 아무 의미가 없었단다.

캄캄한 밤이었고, 셀리아가 문을 밀고 들어왔던 게 기억나. 셀리아가 말했어. "나야, 나 왔어, 내가 왔어, 비올레트." 셀리아의 목소리에도 평소의 태양이 없었어. 그래, 셀리아의 목소리도 네가 죽으니 밤이었지.

셀리아는 감히 나를 만지지도 못했어. 난 네 침대에서 몸을 웅크리고 있었어. 하잘것없는 짐짝처럼. 셀리아가 날 달래며 억지로 음식을 좀 넘기게 했어. 바로 토했어. 셀리아가 또 달래며 억지로 뭘 좀 마시게 했어. 바로 토했어.

아빠가 전화를 걸어 셀리아에게 네 아이의 시신에서 아무것도 남지 않았다고 말했어. 쑥대밭이었다고. 너희가 다 잿더미가 됐다고. 누가 누구인지 구분할 수 없었다고. 고소해야 한다고. 손해배상을 청구해야 한다고. 그 밖의 다른 아이들은 모두 집으로 돌아갔다고. 현장엔 경찰들만 흩어져 있었다고. 너희가 우리의 동의하에, 어린이 동산에, 함께 묻힐 거라고. 그가 재차 말했어. '함께 묻힐' 거라고. 장례는 기자들과 군중과 혼란을 피하기 위해, 라클레트에서 몇 킬로미터 떨어진 브랑시옹엉샬롱의 작은 공원 묘지에서 철저히 비공개로 치러질 거라고.

셀리아에게 부탁했어. 네 아빠에게 전화를 걸어 네 여행 가방을 찾아오게 해달라고.

셀리아가 가방도 불타 없어졌다고 말했어. 계속 이 말만 했어. "아이들이 고통받지 않았어. 자는 중에 죽었다고." 나는 대답했어. "고통은 우리가 받겠지." 셀리아가 혹시 관 속에 물건이든 옷이든 넣고 싶은 게 있는지 물었어. 나는 대답했어. "나."

사흘이 지났어. 셀리아가 다음 날 일찍 출발할 거라고 말했어. 장례식이 열리는 브랑시옹엉샬롱에 데려다주겠다고. 그러고는 내게 무얼 입을 건지, 혹시 마땅한 옷을 사다주느냐고 물었어. 나는 거절했어. 장례식에 가기를 거절했어. 셀리아가 그건 안 된다고 말했어. 있을 수 없는 일이라고. 나는 대답했어. 된다고, 재가 된 딸의 장례식엔 가지 않을 거라고. 내 딸은 이미 멀리, 다른 곳으로 가버렸다고. 셀리아가 말했어.

"가서 보내줘야 해. 가서 레오닌에게 마지막 인사를 해야 돼." 나는 아니라고, 가지 않을 거라고, 대신 소르미우에, 칼랑크에 가고 싶다고 대답했어. 거기서 네게 작별 인사를 할 거라고. 바다가 마지막으로 너를 내게 이어줄 거라고.

그렇게 셀리아의 차를 타고 길을 떠났어. 그 여정이 기억나지 않아. 약기운에 정신이 혼미했어. 나는 자는 것도, 깨 있는 것도 아니었어. 짙은 안개 속을 떠다니는 기분이었어. 고통 이외의 모든 감각이 마비된, 끝도 없는 악몽 속의 무의식 상태. 마취 상태로 정지된 듯 누워 수술을 받으면서도 의사의 동작을 낱낱이 느끼는 사람들처럼. 내 뼈를 으스러뜨리는 슬픔의 굴착기가 더 이상은 버틸 수 없을 최대치로 나를 밀어붙이는 기분이었어. 숨을 쉬는 것이 고통이었어.

"고통을 1에서 10까지의 단계로 표현하면 어디쯤인가요?"

"무한정, 무한대, 영원이요."

온종일 팔다리가 잘려 있는 기분이었어.

'심장이 멈출 거야, 멈춰버릴 거야, 가능한 한 곧.' 정말 가능한 한 곧, 나의 심장이 멈추기를 바랐어. 나의 유일한 희망은 죽음이었어.

오래된 자두주 두 병을 끼고 마셨단다. 네 아빠가 원룸 아파트 시절부터 갖고 있었던 것들이야. 간간이 한 모금씩 삼키면 내 안 깊은 곳, 널 품었던 곳이 타들어가는 듯했어.

셀리아의 차가 소르미우의 칼랑크로 향하는 가파른 길로 접어들었어. 그 길을 뭐라 부르는지 아니? '불의 길.' 지난해엔 관심도 없었는데.

입고 있던 옷 그대로 바다에 들어갔어. 물속으로 잠기며 두 눈을 감았어. 고요의 소리가 들렸어. 지난해 우리 여행의 소리, 행복의 소리,

눈물이 아닌 것들의 소리가.

곧바로 네가 느껴졌어. 네 존재가 느껴졌어. 내 배와 허벅지와 어깨와 얼굴을 스쳐가는 돌고래의 어루만짐처럼. 나를 둘러싸고 일렁이는 물결 속에서 무언가 부드러운 것이 왔다 가기를 반복했어. 네가 있던 바로 그곳에 네가 있다는 것이 느껴졌어. 네가 무서워하지 않는다는 것이 느껴졌어. 네가 혼자가 아니라는 것이 느껴졌어.

셀리아가 내 어깨를 잡아 수면으로 끌어올리기 직전, 너의 목소리가 생생하게 들렸어. 너의 목소리는 어른의 목소리였어, 이제 나는 결코 듣지 못할 네 미래의 목소리. 그 목소리가 하려는 말을 나는 알 것 같았어. "엄마, 그날 밤 무슨 일이 있었는지 엄마는 꼭 알아야 해." 셀리아가 내 이름을 울부짖는 바람에, 아가, 그 말에 미처 대답하지 못했구나.

지난해의 우리처럼 수영복 차림으로 휴가를 즐기던 사람들이 나를 뭍으로 끌어올리는 걸 도왔어. 간발의 차이였어.

44

꾀꼬리여, 혹여 그 무덤 위로 날아오른다면
거기 잠든 이에게 너의 가장 부드러운 노래를 들려주렴.

눈부시게 화창한 날이다. 5월의 태양이 내가 삽으로 파내는 흙을 쓰다듬는다. 늙은 고양이들 중 세 마리가 한련 이파리들 속에서 젊음을 되찾은 듯, 상상의 생쥐들을 뒤쫓아 나란히 달린다. 의심 많은 티티새 몇 마리가 조금 멀리 떨어진 곳에서 노래한다. 엘리안은 큰대자로 드러누워 자고 있다.

나는 나의 정원 앞에 쭈그리고 앉아, 쇼팽 관련 방송을 들으며 토마토 묘목 심기를 끝낸 참이다. 몇 년 전, 중고장터에서 건진 작은 건전지 라디오를 나무 벤치에 올려놓았다. 나무 벤치는 가끔씩 파란색이나 초록색 칠을 해준다. 벤치에 세월의 때가 예쁘게 묻었다.

노노와 가스통과 엘비스는 점심을 먹으러 갔다. 묘지엔 아무도 없는 듯하다. 지대가 높은 내 정원에서 묘지가 내려다보이기는 하지만, 돌벽으로 구분된 어떤 통로들은 벽에 가려 보이지 않는다.

나는 회색 저지 블라우스를 벗어, 속에 입은 면 원피스에 나염된 꽃들을 해방시키고는 낡은 장화를 신었다.

나는 생명을 돌보는 일이 좋다. 씨를 뿌리고, 물을 주고, 수확을 하는 것이. 매년 다시 시작하는 것이. 나는 오늘 이대로의 삶을 사랑한다. 양지 바른 삶. 나는 본질에 충실한 것이 좋다. 사샤에게 배웠다.

나의 정원에 식탁을 차린다. 총천연색 토마토 샐러드와 렌틸콩 샐러드를 만들고, 몇 가지 치즈와 맛있는 바게트도 사두었다. 화이트와인도 마개도 열어 아이스버킷에 담가놓았다.

나는 도자기 접시와 면 식탁보를 좋아한다. 크리스털 잔과 은 식기 세트를 좋아한다. 나는 물건의 아름다움이 좋다. 영혼의 아름다움을 믿지 않기 때문이다. 오늘 이대로의 삶을 사랑하지만, 그 삶을 친구와 나누지 않는다면 아무 의미가 없다. 묘목에 물을 주면서 내 친구이자 지금 기다리고 있는 세드릭 신부를 떠올린다. 우리는 매주 화요일에 함께 점심을 먹는다. 우리의 의식이다. 장례식이 있을 때를 제외하고는.

세드릭 신부는 내 딸이 이 묘지에 잠들어 있는 걸 모른다. 노노 외엔 아는 사람이 아무도 없다. 시장도 모른다.

나는 사람들에게 레오닌 이야기를 수시로 한다. 그 아이에 대해 말하지 않는 건, 그 아이를 다시 한번 죽이는 것이기 때문이다. 그 아이의 이름을 발음하지 않는 건 침묵을 인정하는 것이다. 나는 아이의 추억과 함께 살고 있지만, 아이가 추억이라는 건 아무에게도 말하지 않는다. 아이가 다른 곳에 사는 것으로 해둔다.

아이 사진을 보여달라고 하면, 군데군데 비어 있는 이를 드러낸 채 웃고 있는 어린 시절 사진을 보여준다. 그러면 나를 닮았다고들 한다. 아니, 레오닌은 필리프 투생을 닮았다. 나를 닮은 구석이 전혀 없다.

"저 왔습니다, 비올레트."

세드릭 신부가 도착했다. 그가 양손에 디저트 상자를 들고서 씩 웃으며 말한다.

"식탐은 몹쓸 결함이긴 하지만 죄악은 아니죠."

그의 옷에선 성당의 향내가, 내 옷에선 장미파우더향이 풍긴다.

우리는 절대로 악수나 볼 키스를 나누지 않지만, 잔은 함께 부딪친다.

나는 손을 씻고 와 그와 함께 앉았다. 그가 우리의 잔에 와인을 따랐다. 우리는 평소대로 텃밭을 마주 보며 앉아, 우선 못 본 지 오래된 공동의 친구라도 되는 듯 신에 대해 이야기했다. 신은 내게는 손톱만큼도 신뢰하지 않는 깡패였고, 신부에게는 비범하고 모범적이며 헌신해야 마땅한 인물이었다. 이어서 국제 정세와 부르고뉴 동향에 대해 저마다의 의견을 보탠 뒤, 언제나 제일 신나는 소설과 음악 이야기로 대화를 끝맺는다.

평소 우리는 절대 사생활의 선을 넘지 않는다. 와인이 두 잔째 들어가도 마찬가지다. 나는 그가 누군가에게 반한 적이 있는지 없는지 알지 못한다. 여자와 관계를 해봤는지 안 해봤는지 모른다. 그도 내 사생활에 대해 아는 바가 전혀 없다.

그런데 오늘, 그가 마이 웨이를 쓰다듬으며 처음으로 쥘리앵 쇨이 '단순한 친구'인지, 아니면 우리 사이에 무언가가 있는지 내게 묻기를 감행한다. 나는 우리 사이엔 그가 털어놓기 시작했고 내가 그 결말을 기다리는 어떤 이야기가 있을 뿐, 그 밖엔 아무것도 없다고 답했다. 이렌 파욜과 가브리엘 프뤼당의 이야기 말이다. 그들의 이름은 밝히지 않았다. 쥘리앵 쇨이 결말을 들려주길 기다리고 있다고만 했다.

"그 이야기가 끝나면 그를 더는 만나지 않을 거라는 뜻인가요?"

"네, 그렇겠죠."

나는 디저트 접시를 가지러 갔다. 공기가 온화하다. 술기운인지 머리가 어지럽다.

"신부님은 여전히 아이를 원하세요?"

그가 와인 잔을 다시 채우고는 마이 웨이를 발밑에 내려놓는다.

"밤이면 그 생각으로 잠 못 이루기도 합니다. 엊저녁엔 텔레비전으로 〈우물 파는 사내의 딸〉을 봤어요. 오직 그것에 대해서만 이야기하는 영화였죠. 부성애, 사랑, 혈육. 저녁 내내 울었습니다."

"신부님, 신부님은 아주 멋진 남자예요. 충분히 누군가를 만나고, 아이를 가질 수 있어요."

"신을 떠나라고요? 절대 안 될 말입니다."

우리는 케이크를 감싼 슈거퐁당과 아몬드 가루를 디저트 포크의 등으로 깨뜨렸다. 그는 내가 불만스러워하는 소리를 듣고도, 말없이 웃기만 한다.

"비올레트, 오늘 아침식사 시간에 신과 무슨 얘기를 나눴는지는 몰라도 신한테 잔뜩 화가 난 모양입니다." 그가 내게 종종 던지는 말이고 내 대답은 늘 똑같다. "내 집에 들어오기 전, 매트에 신발 터는 꼴을 본적이 한 번도 없어서 그래요."

"저는 신의 사람입니다. 그분의 길을 따르고, 그분을 섬기기 위해 이 땅에 있는 거예요. 하지만 자매님은 다르죠, 비올레트, 왜 새로 시작하지 않으시는 겁니까?"

"삶은 절대 새로 시작할 수 있는 게 아니니까요. 종이 한 장을 들고 찢어보세요. 찢긴 조각들을 아무리 이어 붙인들, 찢기고 구겨진 자국이며 테이프의 흔적은 영원히 남잖아요."

"그렇다고 치죠. 그래도 이어 붙인 종이에 계속해서 무언가를 써나갈 순 있지요."

"네, 성능 좋은 수성 펜이 있다면요."

우리는 웃음을 터뜨렸다.

"아이를 갖고 싶은 욕망은 어쩌시려고요?"

"잊어야죠."

"욕망은 잊히지 않아요, 특히 간절할수록."

"저도 늙겠지요, 다른 사람들처럼. 이러다 지나갈 거예요."

"지나가지 않으면요? 늙는다고 다 잊히는 건 아니에요."

세드릭 신부는 흥얼거리기 시작했다.

"세월과 함께, 사라지네, 모든 게 사라지네. 사랑했던 사람, 빗속에서 찾던 사람도, 회피하는 시선 속에서 속마음을 짐작했던 사람도……"

"누군가를 사랑해본 적이 있어요?"

"신이요."

"사람 말이에요."

신부가 입에 케이크 크림을 잔뜩 묻힌 채 대답한다.

"신이요."

45

죽음은 비밀스럽게 존재하건만,
우리는 죽음이 없다고 믿는다.

레오닌은 계속해서 자신의 물건들을 사라지게 했다. 아이의 방이 점차 휑해졌다. 옷과 장난감들이 '에마위스'*로 떠났다. 파울로라는 이름의 회원이 내 집 앞에 아베 피에르 신부의 얼굴이 그려진 트럭을 세울 때마다, 나는 그에게 분홍색 물건들이 채워진 봉투들을 건넸다. 레오의 장기 중 하나를 내주는 기분이었다. 다른 아이가 대신 누리도록, 레오의 인형, 치마, 신발, 장난감 성, 인조 진주목걸이, 털 인형, 색연필들을 통해 삶이 계속되도록.

레오는 크리스마스도 사라지게 했다. 크리스마스트리가 우리 집에서 영원히 사라졌다. 살아 있는 나무들을 죽이지 않기 위해 택했던 문제의 플라스틱 트리는 내 인생 가장 끔찍한 투자로 남으리라. 부활절, 새해, 어머니날, 아버지날, 생일, 기념일…… 레오가 죽은 뒤로 나는 케이크의 촛불을 단 한 개도 불지 않았다.

● 아베 피에르 신부가 1949년에 설립한 자선, 자립공동체.

나는 알코올의존증 환자처럼 의식이 몽롱한 채로 살았다. 술이라곤 넘기지 않았는데도 내 몸이 고통으로부터 자신을 보호하기 위해 취해 있는 듯했다. 그렇더라도, 늘 그런 건 아니었다. 때로 술을 들이붓기도 했다. 밑 빠진 독, 그게 바로 나였다. 늘어져 살았다. 팔다리가 따로 놀았고 행동이 굼떴다. 아직 레오닌의 방 벽에 걸려 있던 때의 땡땡처럼, 나는 달 위를 걸었다.

석류 주스를 해치웠다. 레오닌과 먹던 과자들을, 마카로니 파스타를, 어린이용 진통제를 먹어치웠다. 그 사이사이 몸을 일으켜 차단기를 내리고, 다시 눕고, 다시 일어나고, 필리프 투생의 끼니를 챙기고, 차단기를 올리고, 다시 누웠다.

대로에 걸린 〈삼가 조의〉에 감사 인사를 했고 무수한 우편물에 감사의 답신을 보냈다. 반 친구들이 그린 수많은 그림들을 봉투에 보관했다. 봉투 색은 파란색을 선택했다. 레오가 남자아이였던 것처럼. 실제로 존재하지 않았던 것처럼.

최악 중의 최악은 슈퍼에 갈 때마다 계산대 뒤에 서 있는 스테파니의 질겁한 시선을 마주하는 것이었다. 그 시선과 밤들. 그것이 가장 두려웠다. 집을 나서고 길을 건너고 마침내 슈퍼의 문을 밀려면 몇 시간이고 마음을 다잡아야 했다. 눈을 내린 채 좁은 통로로 카트를 밀고 가면, 그 끝에 스테파니의 시선이 있었다. 나를 보는 순간 스테파니의 시선엔 슬픔이 어렸다, 안개처럼 절망이 어렸다. 그것은 거울을 보는 것 이상이었다. 비탄이었다. 그는 내가 계산대 위에 올려놓는 물건들을 보고도 구시렁대지 않았다. 술병들. 그것들을 보면서 가격을 말하는 것이 다였다. 나 역시 카드를 건네고 비밀번호를 입력한 뒤 안녕, 또 올게, 하는 인사가 다였다.

스테파니는 더 이상 내게 신상품이나 '대박 상품'을 권하지 않았다. 직접 써본 그 모든 상품들을 추천하지 않았다. 피부 보호 성분이 함유된 주방세제, 향이 좋고 찬물에서든 30도의 물에서든 때가 잘 빠지는 세탁세제, 냉동식품 진열대에 놓인 맛있는 '채소를 곁들인 쿠스쿠스', 마법의 먼지떨이, 오메가 3 등등. 자식을 잃은 어미에게는 더는 아무것도 권하지 않는다. 세일 상품도 할인 쿠폰도. 그저 시선을 내린 채 위스키를 사도록 내버려둔다. 집 문을 밀 때까지도, 등 뒤로 스테파니의 시선이 느껴졌다.

보험회사와 변호사들과의 일이 남았다. 노트르담데프레 운영진을 상대로 소송이 진행 중이었다. 우리는 그들을 영원히 문 닫게 할 것이고, 물론 피해보상을 받을 터였다.

일곱 살 반짜리 생명의 값은 얼마일까?

나는 밤마다 레오의 목소리, 성인이 된 레오가 내게 말하는 소리를 들었다. "엄마, 그날 밤 무슨 일이 있었는지 엄마는 꼭 알아야 돼. 왜 내 방에 불이 났는지 엄마는 알아야 한다고." 이 말이 나를 버티게 했다. 하지만 정황을 알기 위해 노력할 수 있기까지는 오랜 시간이 필요했다. 당시는 육체적으로 불가능했다. 고통으로 기력이 없었다.

시간이 필요했다. 회복할 시간은 아니었다. 나는 절대 회복할 수 없었다. 다만 다시 움직일 수 있기 위한 시간, 움직일 힘을 얻기 위한 시간이었다.

매년 8월 3일에서 16일까지 국영철도청에서 우리에게 대체자를 보내주었다. 필리프 투생은 나의 "병적인 망상"에 동행하기를 거절한 채 샤를르빌의 친구들을 만나기 위해 오토바이를 타고 떠났고, 나는 소르미우로 향했다. 셀리아가 생샤를 역으로 마중 나와 나를 별장까지 데려다주고 내 추억과 혼자 있게 해주었다. 이따금 들여다보았는데 그럴 때면 우리는 바다를 보며 카시스 와인을 마셨다.

내게는 8월이 추모의 달이었다. 나는 물속에 잠겨, 이제 더는 세상에 없는 내 딸을 느꼈다.

아나이스의 부모인 아르멜과 장루이 코생에게선 어떤 연락도 받지 못했다. 전화 한 통, 편지 한 통, 소식 한 통 없었다. 재가 된 아이들의 장례식에 나타나지 않은 나를 원망하는 것인지도 몰랐다.

투생의 노인네들은 묘지를 여러 차례 방문했고 그때마다 아들을 대동했다. 그들 또한 레오닌이 죽은 이후로 본 적이 없었다. 그들은 더는 내 집에 들어오지 않았다. 그것은 우리 사이의 암묵적 합의였다.

분노와 막대한 피해보상의 가능성이 필리프 투생을 버티게 했다. 그의 강박은 방화범들이 대가를 치르는 것이었다. 하지만 방화범은 따로 없고 그저 사고였다는 말이 반복적으로 들려올 뿐이었다. 그것이 그의 분노를 더욱 거세게 했다. 조용한 분노. 그는 보상을 원했다. 그는 우리 딸의 재 값으로 그들이 금값을 치러야 한다고 생각했다.

외모도 변하기 시작했다. 얼굴이 굳었고 머리칼은 허옇게 셌다.

일 년에 두 번 브랑시옹엉샬롱 묘지에 다녀올 때면, 그의 부모는 집에 들어오지 않은 채 그를 집 앞에 내려주었고 그는 내게 아무 말을 하지 않았다. 아침에 일어나서도 아무 말을 하지 않았다. 한 바퀴 돌러 나갈 때도 아무 말을 하지 않았다. 몇 시간 뒤 집에 돌아와서도 아무 말을 하지 않았다. 식탁에서도 말이 없었다. 오직 텔레비전 앞에 앉아 조종하는 비디오 게임기만이 요란한 소리를 냈다. 그러다가 때로 경찰이나 변호사나 보험사에서 전화가 걸려오면 악을 쓰며 돈을 요구했다.

우리는 여전히 함께 잤지만 나는 더는 잠을 이룰 수 없었다. 악몽에 시달려 늘 공포 상태였다. 밤이면 그는 내게 몸을 붙여왔다. 나는 내 뒤에, 거기에, 내 딸이 있다고 상상했다.

한두 번인가 그가 내게 말했다. "우리 다시 아이 낳자." 나는 그러자고 대답했지만 항우울제와 진정제와 함께 피임약을 복용했다. 내 배는 파괴됐다. 사망선고를 받은 내 몸속에 생명을 잉태하는 일은 절대 있을 수 없었다. 레오가 그것도, 그러니까 다른 아이의 가능성도 사라지게 했다.

떠날 수도 있었다. 우리의 아이가 죽은 뒤로 필리프 투생과 이별할 수도 있었다. 하지만 나는 그럴 힘도, 용기도 없었다. 그의 곁에 남는 건, 레오닌 곁에 머무는 것이기도 했다. 매일 그애 아빠의 얼굴을 보는 건, 그애의 흔적을 보는 것이기도 했다. 아이의 방문 앞을 지나는 건, 이 땅에 있었던 아이의 우주와 흔적과 자취를 스치는 것이기도 했다. 나는 남겨질 뿐, 떠날 수 없었다.

1995년 9월, 보내는 사람 이름이 없는 소포를 받았다. 브랑시옹엉샬롱에서 발송된 것이었다. 처음엔 내게 소포를 보낼 사람은 나의 소중한 셀리아밖에 없으리라 생각했다. 셀리아가 '거길' 갔을 거라고. 하지만 셀리아의 글씨가 아니었다.

소포를 열었을 때, 나는 의자에 앉아야 했다. 다리가 후들거렸다. 내 손에 하얀색 추모패가 들렸다. 예쁜 돌고래 모양 추모패의 한옆에 다음과 같은 글이 새겨져 있었다. 〈나의 소중한 아가, 넌 9월 3일에 태어나 7월 13일에 죽었지만, 내게 너는 늘 8월 15일●일 거야〉.

내가 쓸 법했을 문구였다. 대체 누가 내게 이걸 보낸 것일까? 누군가 내가 레오닌의 무덤에 이걸 갖다놓기를 바라는 것일까? 대체 누가?

나는 추모패를 도로 상자에 담아 침실 장롱 속에, 우리가 한 번도 사용한 적 없이 차곡차곡 개켜진 수건들 밑에 넣어두었다.

그러곤 이불을 다시 정리하다가, 이불 사이에서 미끄러져 내리는 그것을 발견했다.

에디트 크로크비에유, 교장

스완 르텔리에, 요리사

준비에브 마냥, 생활지도사

엘로이즈 프티 & 루시 랭동, 보조원

알랭 퐁타넬, 관리인

필리프 투생이 급히 쓴 노트르담데프레의 직원 명단. 그가 소송 주간에 그들의 이름을 메모한 듯했다. 마콩에서 소송이 있던 해에 카페 '팔레'에서, 3인분의 식사 내역이 찍힌 영수증 뒷면에 적은 것이었다. 3인은 필리프 투생과 그의 부모이리라.

나는 이것을 레오닌의 신호로 받아들였다. 레오닌을 마지막으로 본

● 성모 승천 대축일.

사람들의 명단이 추모패와 함께 한날 내 손에 들어왔다.

바로 그날부터 나는 집 밖으로 나가 건널목에서 열차의 승객들에게 손을 흔들기 시작했다. 바로 그날부터 필리프 투생이 나를 미친 여자처럼 보기 시작했다. 하지만 그는 알지 못했다. 내가 제정신이 돌아왔다는 것을.

나는 정신과 약 봉지를 찢는 것부터 시작했다. 그렇게 점차 약을 줄여나갔다. 술은 완전히 끊었다. 이제 온갖 고통이 나를 덮치고 집요하게 들러붙을 터였다. 하지만 더는 굴복할 수 없었다.

나는 집에서 나와, 슈퍼 유리창 너머 계산대 뒤에서 내게 슬픈 미소를 지어 보이는 스테파니와 눈을 맞췄다. 그리고 십 분 남짓 걸으며 생각했다. 전에 이 길을 걸을 때는, 이렇게 나란한 집들을 따라 걸을 때는, 내 딸의 손을 잡아 호주머니에 넣고 걸었었는데. 이제 내 호주머니는 늘 비어 있을 테지만 레오닌의 손은 언제까지나 나의 길잡이가 될 것이었다. 나는 베르나르 운전학원으로 들어가 운전면허 교습을 신청했다.

46

너는 더는 네가 있던 자리에 없지만,
너는 내가 가는 곳 어디에나 존재해.

뜨거운 차를 한 모금씩 넘기며 서서히 잠에서 깨어난다. 아침 햇살이 부엌의 커튼을 통과하며 스며든다. 약간의 먼지가 가볍게 날아오른다. 내겐 아름다운 광경이다. 동화 같은. 음악을 잔잔하게 틀었다. 조르주 들르뤼가 작곡한 〈아메리카의 밤〉의 주제곡. 나는 오른손으론 찻잔을 들고, 왼손으론 눈을 감으며 목을 내미는 엘리안을 쓰다듬는다. 손으로 녀석의 온기를 느끼는 것이 좋다.

노노가 문을 노크하고 들어온다. 그도 세드릭 신부처럼 나와 볼 키스나 악수를 하는 법이 없다. 그저 "안녕, 나의 비올레트", 그게 전부다. 그가 커피를 따르기에 앞서 내가 읽을 수 있도록 〈주르날 드 손에루아르〉를 테이블에 놓는다. '브랑시옹엉샬롱의 오토바이 사고 사망자 신원 확인.'

"좀 읽어줄래요? 안경이 없어요."

노노에게 이렇게 말하는 나의 하얗게 질린 목소리가 들린다.

손끝에서 긴장을 감지한 엘리안이 노노에게 인사차 짧게 몸을 비비고는 나가고 싶다는 뜻으로 문을 긁는다. 노노가 엘리안을 쓰다듬고 문을 열어준 뒤 내 곁으로 돌아와 의자를 당겨 나와 마주 앉는다. 그리고 주머니를 뒤져 국가에서 전액 지원받은 돋보기를 꺼내 쓰고 기사를 읽기 시작한다. 약간은 초등학생처럼 한 음절 한 음절 또박또박. 레오닌이 아기였을 때 보셰르 이론에 따라 책을 읽어주었던 나처럼. "만일 세상의 모든 소녀들이 바다를 중심으로 손을 맞잡는다면 커다란 원을 만들 수 있을 거예요." 하지만 이번의 내용은 내가 읽어주었던 알록달록한 책과는 전혀 달랐다.

"브랑시옹엉샬롱에서 발생한 사고 피해자의 신원이 동거인을 통해 확인되었다. 피해자는 리옹 지역에 거주하는 남성으로, 지난 4월 23일 브랑시옹엉샬롱에서 숨진 채 발견되었다. 경찰의 첫 현장 감정 결과, 효성 아킬라 GV650 오토바이—등록번호는 지워졌다— 가 갓길을 침범하며 헬멧의 버클을 채우지 않은 운전자의 추락으로 이어졌다. 동거인은 사고 피해자가 사라진 다음 날 경찰과 인근 병원에 행방을 의뢰했고 그렇게 사실관계가 확인됐다."

한 무리의 유가족이 묘지에 몰려왔다. 그중 몇이 어쿠스틱 기타를 연주했다. 저마다 한 손에 풍선을 들고 있었다.

노노는 신문을 내려놓으며 말했다.

"내가 가볼게."

"나도 갈게요."

나는 검은색 외투를 걸치며, 경찰에 필리프 투생이 내 집에 다녀간 걸 알려야 할지 갈등했다.

"침묵만이 답이야." 사샤가 수시로 한 말이었다.

나는 이미 겪을 만큼 겪은 게 아니었던가? 나는 평화로워질 자격이 없는 것일까? 필리프 투생은 죽어서도 여전히 나를 괴롭힌다. 그의 마지막 말과 그가 내 팔에 남긴 멍들이 떠오른다.

평화롭게 살고 싶다. 사샤가 가르쳐준 대로 살고 싶다. 여기, 이곳에서. 삶다운 삶을 살고 싶다. 내 삶에 무용한 이를 곱씹고 싶지 않다. 그의 부모가 내게서 내 삶의 유일한 태양을 앗아갔다.

장의차가 묘지에 들어와 감비니 가족묘로 향한다. 오늘은 유명한 축제 유치자인 마르셀 감비니의 장례가 있다. 그는 1942년의 어느 날, 브랑시옹엉샬롱의 작은 마을에서 태어났다. 그의 부모는 강제수용소로 끌려가기 직전, 가까스로 아이를 마을 성당에 숨겨놓았다.

그 사연을 들어서인지 절망적인 처지에 놓인 사람들이 자기 아이들을 세드릭 신부의 성당에 숨겨주었으면 하는 마음이 들곤 한다. 삶은 빗나가기가 일쑤다. 나도 위탁가정을 전전하기보다는 세드릭 신부 같은 이의 손에서 자랐으면 무척이나 좋았을 것이다.

마르셀의 장례엔 300명 남짓의 사람들이 운집했다. 그중 기타리스트, 바이올리니스트, 콘트라베이시스트가 관을 둘러싸고서 장고 라인하르트의 곡을 연주한다. 슬픔, 흐르는 눈물, 어두운 시선, 황망하고 구부정한 실루엣들이 음악과 대조를 이룬다. 모두가 침묵하는 가운데 마르셀의 손녀인 열여섯 살짜리 소녀 마리 감비니가 추도사를 낭독한다.

"할아버지는 솜사탕처럼 달콤한 분이었어요. 사과 사탕처럼 바삭했고, 크레이프와 와플 냄새가 났고, 마시멜로와 누가와 추로스처럼 부드러웠어요. 인생의 쓴맛에 담금질 된 감자튀김, 단순한 행복이 끈적끈적하게 묻은 손가락 같은 분이셨죠. 할아버지는 물주머니 속에 든 금붕어를 보며 의기양양해하는 아이의 미소를 늘 간직하실 거예요. 목마를 타고 앉아 한 손엔 낚싯대를, 다른 손엔 풍선을 든 아이 말이에요. 할아버지는 평생 이런 걸 노력하셨어요. 우리에게 사격게임 시켜주기, 그래서 차차 침대 위를 뒤덮은 호랑이 인형을 따게 해주기, 숨어 있다가 비행기나 소방차, 아니면 경주 차에 탄 아이에게 손 흔들어주기. 할아버지는 우리가 따내는 영광이자 첫 흥분이었고, 무한궤도나 귀신의 집, 아니면 미로 속에서 나누는 첫 뽀뽀였어요. 우리에게 예정된 미래, 그 아찔한 롤러코스터의 맛을 확실히 알게 해준 슈거파우더 맛 뽀뽀 말이에요. 할아버지는 또한 목소리이자 음악이었어요. 손금을 읽어주는 보헤미안들의 신이었죠. 할아버지의 피엔 떠돌이 집시의 재즈가 흘렀어요. 이제 할아버지는 우리가 더 이상 들을 수 없는 새로운 화음을 내기 위해 떠나셨어요. 할아버지의 손금이 끊어져버렸어요. 사랑하는 할아버지, 평화롭게 쉬라고는 하지 않을게요. 할아버지한테 휴식이란 불가능하니까. 그냥 이렇게만 얘기할래요. 신나게 즐기고 있어, 곧 다시 만나."

마리 감비니가 관에 키스한다. 이어서 나머지 가족도 관에 키스한다.

피에르와 자크 루치니가 도르래로 마르셀 감비니의 관을 내리는 동안, 연주자들이 일제히 장고 라인하르트의 〈마이너 스윙〉을 다시 연주한다. 모두가 손에 들고 있던 풍선을 하늘로 날린다. 이어서 유족들이 저마다 관 위로 당첨권이며 털 인형을 던진다.

오늘 밤은 저녁 7시에 묘지 문을 닫지 않는다. 유족 측이 무덤가에서 저녁식사를 하고 싶다며 허락을 구했다. 나는 자정까지 시간을 주었다. 그들이 감사의 답례로 2주 뒤에 열리는 마콩 축제의 놀이기구 무료 이용권 십여 장을 주었다. 나는 감히 거절하지 못했다. 노노의 손자손녀들에게 주면 될 듯했다.

장례식의 아름다움으로 한 사람의 생을 판단할 수 있을는지는 몰라도, 마르셀 감비니의 장례식은 내가 참석했던 가장 아름다운 장례식 중의 하나였다.

47

첫 별이 나타나기 위해선
어둠이 깊어져야 한다.

추모패를 받고 4개월 뒤인 1996년 1월, 나는 그것을 가방에 넣고서
필리프 투생에게, 이번만은 그가 일을 해야겠다고, 이틀 동안 차단기
를 관리하라고 말했다. 그리고 그에게 대답할 새도 주지 않고 스테파
니의 차를 운전해 떠났다. 빨간색 피아트 판다, 차 백미러에 매달린 하
얀색 호랑이 인형이 나의 동행이 돼주었다.

보통은 세 시간 반이 걸리는 여정이었지만 여섯 시간을 잡았다. 모
든 것이 보통과는 다를 터였다. 달리다가 여러 번 멈춰 서야 했다. 운전
하는 동안 나는 라디오를 들었다. 2년 반 전 코생 가족 차의 뒷좌석에
서 호주머니엔 멀미약을 넣고, 양손엔 애착인형을 쥐고 있었을 레오닌
을 상상하며 아이에게 노래를 불러주었다.

"꿈이 새처럼, 벌처럼, 날갯짓을 하며 날아가네, 구름처럼, 바람처럼,
달이 걸어오고 밤이 내려앉네, 모든 집의 불빛이 희미해지고 장작불마
저 모습을 감추면, 장미나무의 꽃들도 잎을 닫고 오직 안개만이 드리
우겠지……"

획획 스쳐가는 집과 나무와 길들과 풍경을 보며 무엇이 레오닌의 관심을 끌었을지 상상해보았다. 혹시 잠이 들었을까? 마법을 부렸을까?

내가 레오와 둘이서 차를 탔던 드문 순간들은 셀리아나 스테파니의 차에 올랐을 때뿐이었다. 아니면 둘이서 기차를 탔다. 우리는 차가 없었다. 필리프 투생은 오토바이뿐이었다. 그렇게 우리 둘을 어디로도 데려가지 않을 수 있었다. 하기는 그가 우리를 어디로 데려가겠는가?

오후 4시경, 브랑시옹엉샬롱에 도착했다. '간식 시간이네.' 나는 생각했다. 묘지기의 집 문이 반쯤 열려 있었다. 아무도 보이지 않았다. 나는 누구에게도 아무것도 묻지 않았다. 혼자 레오닌을 찾고 싶었다.

한 손에 하얀색 추모패를 들고서 묘 사이를 삼십 분가량 거닐고 나니 마침내 주목 구역의 어린이 동산이 보였다. 나는 생각했다. '이맘때쯤 레오닌의 중학교 입학 준비를 하고 있었어야 하는데. 학용품도 사고, 필요한 서류도 준비하고, 눈 화장도 못 하게 하고. 그런데 여기서 이렇게, 고통스럽고 방황하는 영혼이 되어 죽은 사람보다도 더 죽은 것 같은 얼굴로 무덤 위의 딸아이 이름을 찾고 있다니.'

대체 내가 무슨 잘못을 했기에 이런 일을 당한 것인지 오래도록 생각했다. 대체 누가 뭐 때문에 나를 벌하고 싶어한 것인지. 나는 나의 모든 잘못을 되새김질했다. 내가 아이를 이해하지 못했던 때를, 화를 냈던 때를, 이야기를 들어주지 않았던 때를, 믿어주지 않았던 때를, 아이가 춥다거나 덥다거나 목이 너무 아픈 걸 알아채지 못했던 때를.

나는 하얀 대리석에 새겨진 아이의 이름에 입을 맞췄다. 일찍 찾아오지 못한 것에 대해 용서를 구하진 않았다. 이제 자주 오겠다고 약속하지도 않았다. 그보다는 침묵과 눈물의 이 장소보다 아이에게 훨씬 더 어울리는 8월의 지중해에서 다시 만나고 싶다고 했다. 그날 밤 무슨 일이 있었던 건지, 왜 아이의 방이 불탔는지 알아내겠다고 약속했다.

나는 〈나의 소중한 아가, 넌 9월 3일에 태어나 7월 13일에 죽었지만, 내게 너는 늘 8월 15일일 거야〉라고 적힌 나의 추모패를 내려놓았다. 꽃과 시와 하트와 천사들 사이에. 옆 무덤엔 이렇게 적혀 있었다. 〈태양이 너무 일찍 져버렸다〉.

그곳에 얼마나 머물러 있었던 것일까. 묘지를 나가려 하자 철문에 자물쇠가 채워져 있었다.

묘지기의 집 문을 노크해야 했다. 집 안에서 불빛이 새어 나오고 있었다. 은은하게 퍼지는 불빛. 창문 너머로 안을 들여다보려 했으나 커튼에 가려 보이지 않았다. 문과 창문을 몇 차례 더 두드려보았지만 아무도 나오지 않았다. 결국 반쯤 열린 문을 미는 수밖에 없었다. 나는 안으로 발을 들이며 외쳤다. "아무도 안 계세요?" 대답이 없었다.

2층에서 무슨 소리가, 머리 위에서 발소리가 들렸다. 음악 소리도. 라디오 진행자의 목소리가 드문드문 섞이는 바흐의 음악이었다.

대번에 이 집이 마음에 들었다. 사방 벽과 냄새가. 나는 문을 닫고서, 우뚝 선 채로 주변의 가구들을 휘 둘러보며 기다렸다. 부엌은 차茶 상점처럼 정돈돼 있었다. 선반마다 진열된 오십여 개의 통에 스티커가 붙었고, 차 이름이 손 글씨로 적혀 있었다. 질흙으로 만든 찻주전자들에도 같은 스티커들이 보였다. 옆에선 향초들이 타고 있었다.

직전까지만 해도 딸의 재와 마주하고 있었는데, 문 하나를 밀었더니 세계가 바뀌었다.

계단에서 발소리가 들리기까지 꽤 오래 기다렸을 것이다. 검은색 풀과 검은색 리넨 바지에 이어 하얀색 셔츠가 보였다. 남자는 예순다섯 살쯤 되어 보였다. 혼혈이었다. 베트남인과 프랑스인이 섞인 듯했다. 그는 문 앞에 우뚝 선 나를 보고도 놀란 기색 없이 말했다.

"죄송합니다, 샤워를 하고 있었어요. 앉으세요."

목소리가 배우 장루이 트랭티냥을 닮았다. 허스키하고, 우수 어리고, 다정하고, 관능적이었다. 그 목소리로 그가 말했다. "죄송합니다, 샤워를 하고 있었어요. 앉으세요." 마치 우리가 약속이라도 한 것처럼. 나를 다른 사람으로 착각한 모양이었다. 내가 무슨 대답을 할 새도 없이 그가 말을 이었다.

"아몬드 가루와 오렌지꽃을 가미한 두유를 한 잔 드리죠."

스트레이트 위스키였더라면 더 좋았겠지만 나는 군말 없이 음료를 준비하는 그를 지켜보았다. 그가 믹서에 두유와 아몬드 가루와 오렌지꽃을 넣고 돌리더니 커다란 유리잔에 붓고는, 마치 우리가 어느 아이의 생일 자리에 와 있는 듯, 잔에 오색 빨대를 꽂아 내게 건넸다. 이제껏 누구도, 셀리아조차 내게 지어 보이지 않았던 웃음과 함께.

그의 모든 것이 길쭉했다. 다리, 팔, 손, 목, 눈, 입술. 미터자로 팔다리와 이목구비를 그려낸 것 같았다. 초등학교에서 지도 위에 대고 세계를 측량할 때 사용하는 그런 자 말이다.

나는 빨대로 음료를 빨아들였다. 맛있다는 생각이 들었다. 내가 가져보지 못한 유년 시절을, 그리고 레오닌의 유년 시절을 떠올리게 하는 맛이었다. 한없이 부드러운 무언가를 떠올리게 하는 맛이었다. 나는 왈칵 눈물을 쏟았다. 너무나 오랜만에 무언가를 삼키는 즐거움을 느꼈다. 1993년 7월 14일부터 나는 미각을 잃었다. 레오닌이 그것도, 내 미각도 사라지게 했다.

"죄송해요. 묘지 문이 닫혀 있어서요." 내가 말하자 그가 대답했다. "잘 오셨어요. 앉으세요." 그가 의자 하나를 집어 내게 옮겨주었다.

나는 머물 수 없었다. 나는 떠날 수 없었다. 나는 말할 수 없었다. 나는 불능이었다. 레오의 죽음이 내게서 말을 앗아갔다. 책은 읽었으나 말은 할 수 없었다. 들어오는 것은 있었으나 아무것도 내보낼 순 없었다. 내 삶의 어휘는 "고맙습니다…… 안녕하세요…… 안녕히 가세요…… 그러세요…… 죄송하지만 이제 자야겠어요"로 요약되었다. 운전면허 시험을 볼 때조차 말이 필요 없었다. 올바른 답에 표시를 하고 정확히 주차하면 그만이었다.

나는 여전히 선 채였다. 눈물이 두유 잔으로 떨어져 내렸다. 그가 손수선에 '오시안의 꿈'이라는 이름의 향수를 적셔 내 코에 대고 맡게 했다. 봇물이 터진 듯 울음이 그치질 않았으나 눈물을 쏟으니 기분이 나아졌다. 내 안의 해로운 것들이 비워졌다. 몸 안의 나쁜 것들과 독한 것들이. 이미 다 울었다고 생각했는데 아직 남은 것이 있었다. 버려야 할 눈물이, 질퍽한 것이 남아 있었다. 비는 오래전에 그쳤는데도 웅덩이 깊은 곳에 고여 있는 물처럼.

남자가 나를 앉혔다. 그의 손이 내 몸에 닿자 전율이 느껴졌다. 그가 내 뒤에 서더니 어깨를, 등세모근을, 목덜미와 머리를 마사지하기 시작했다. 마치 나를 치료해주는 듯, 등줄기부터 머리끝까지 내게 따뜻한 반창고를 붙여주는 듯. 그가 말했다. "등이 벽보다 더 딱딱하군요. 밧줄을 타고 올라도 되겠어요."

이런 손길은 처음이었다. 그의 손은 무척 뜨거웠고, 그 손이 발산하는 기이한 에너지가 내 몸으로 스며드는 것을 느낄 수 있었다. 마치 그가 내 피부 곳곳에 가벼운 화상을 입히고 있는 기분이었다. 나는 저항하지 않았다. 이해하려 들지 않았다. 나는 묘지의, 내 딸의 재가 묻힌 묘지의 집에 있었다. 내가 한 번도 하지 않았던 여행을 떠올리게 하는 집에. 후에 그가 치료사라는 걸 알았다. 그는 자신을 "일종의 접골사"라고 즐겨 말했다.

나는 그의 손의 압력을 느끼며 두 눈을 감았고, 잠이 들었다. 까맣고 깊은 잠. 고통스러운 이미지도, 젖은 이불도, 악몽도, 나를 삼키는 쥐도, 귓가에 "엄마, 일어나, 난 죽지 않았어" 속삭이는 레오닌도 없었다.

이튿날 아침, 나는 소파에서 두툼하고 폭신한 이불을 덮은 채로 깨어났다. 눈을 떴을 때, 쉽사리 정신이 들지 않았다. 내가 어디에 있는지 알아차리는 데 한참이 걸렸다. 찻잎을 보관하는 통들이 보였다. 내가 앉았던 의자가 여전히 방 한가운데 놓여 있었다.

집엔 아무도 없었다. 뜨거운 찻주전자가 소파 앞 낮은 테이블에 놓여 있었다. 나는 차를 따라 조금씩 목으로 넘겼다. 재스민차였고 좋았다. 찻주전자 옆 도자기 접시엔 집주인이 준비해둔 작은 피낭시에가 있었다. 그 빵들을 차에 적셔 먹었다.

낮에 보니 묘지지기의 집도 내 집만큼이나 소박한 것이 한눈에 들어왔다. 하지만 전날 나를 맞아준 남자가 그의 웃음과 환대와 아몬드 두유와 초와 향과 함께 궁전으로 변신시켰다.

그가 밖에서 집 안으로 들어왔다. 옷걸이에 커다란 외투를 걸더니 양손을 호호 불고는, 나를 돌아보며 빙긋 웃었다.

"편히 주무셨어요?"

"가봐야겠어요."

"어디로요?"

"집이요."

"어딘데요?"

"동부, 낭시 옆이에요."

"레오닌 어머니시죠?"

"……"

"어제 오후에 묘지에 계신 걸 봤어요. 아나이스, 나데주, 오세안의 어머니는 다 만나 봤는데, 부인은 처음……"

"제 딸은 당신 묘지에 없어요. 여기 있는 건 잿더미뿐이죠."

"나도 이 묘지의 주인은 아니에요. 이곳을 지키는 사람일 뿐이죠."

"어떻게 이걸, 이런 일을 하시는지 모르겠군요…… 이런 웃기는 일을, 아니, 웃기진 않죠. 전혀."

그가 또다시 빙긋 웃었다. 그의 시선엔 어떤 평가의 기색도 없었다. 또한 후에, 그가 늘 상대에게 맞춰 사람을 대한다는 걸 알게 되었다.

"부인은요? 부인은 무슨 일을 하시죠?"

"전 건널목지기예요."

"부인은 사람들이 저편으로 건너가는 걸 막고, 난 사람들이 저편으로 건너가는 걸 돕는다고 할 수 있겠군요."

그의 웃음에 나도 그럭저럭 미소로 화답하려 애썼다. 웃음, 그게 무언지 이제 더는 몰랐다. 그의 모든 것은 선의였고, 나의 모든 것은 부서져 있었다. 나는 폐허였다.

"다시 오실 겁니까?"

"네, 그날 밤 아이들 방에 왜 불이 난 건지 알아야겠어요…… 혹시 이 사람들을 아시나요?"

나는 필리프 투생이 식당 영수증 뒷면에 적은 직원 명단을 꺼내어 그에게 건넸다.

그가 명단을 주의 깊게 읽고 다시 나를 보았다.

"레오닌의 무덤엔 다시 오실 겁니까?"

"모르겠어요."

우리의 만남이 있고 8일 뒤에 그에게서 편지 한 통을 받았다.

> 비올레트 투생 부인,
> 집 테이블에 부인이 잊고서 두고 간 명단이 있어요. 찾아가세요. 차도 준비해두었습니다. 녹차에 아몬드와 재스민 꽃잎과 장미 꽃잎을 섞었죠. 혹시 제가 없더라도 와서 드시면 됩니다. 문은 항상 열려 있을 것이고, 티백은 노란색 선반 위, 주물 찻주전자 오른쪽 옆에 두었으니까요. 티백에 부인의 이름이 적혀 있을 겁니다. '비올레트를 위한 차.'
>
> 당신의 사샤 H.

내게는 이 남자가 소설 속에서 튀어나온 것처럼 보였다. 아니면 정신병원이거나. 그 둘이 별반 다르지 않았다. 그는 묘지에서 무얼 하는 것일까? 묘지기라는 직업이 있는 줄도 몰랐다. 내가 아는 죽음과 관

267

련된 직업은 납빛 안색에 검은색 옷을 입고 어깨에 관 아니면 시신을 올리고 있는 장의사가 다였다.

하지만 그보다 훨씬 당혹스러운 사실이 있었다. 내가 봉투와 편지에서 그의 글씨체를 알아보았다는 것. 내가 레오의 무덤에 놓은 추모패는 그가 보낸 것이었다.

그는 대체 어떻게 나에 대해 알았을까? 어떻게 이 날짜들을, 무엇보다 우리의 행복한 날을 알았을까? 그는 아이들이 묻혔을 때도 이미 거기 있었던 것일까? 왜 아이들에게 관심을 갖는 걸까? 왜 내게? 왜 날 묘지로 끌어들인 것일까? 대체 웬 참견이란 말인가? 의문들이 꼬리를 물었고 급기야는 그가 날 자기 집에 들어오게 하려고 고의로 묘지에 가둔 거라는 생각마저 들었다.

내 삶은 폐허가 된 벌판이었고, 그 한가운데서 낯선 병사가 내게 추모패와 편지를 보냈다.

그렇다, 전쟁이 끝나가고 있었다. 나는 그것을 느꼈다. 나는 내 딸의 죽음에서 결코 회복되지 않을 것이나 폭격은 멈추었다. 나는 이제 전후를 겪을 터였다. 더욱 길고, 더욱 힘들고, 더욱 해로운…… 아무리 슬픔을 딛고 일어나도, 그 또래의 소녀를 수시로 맞닥뜨린다. 적군이 떠나고 남은 자리엔 아무것도 남아 있지 않다. 황망함, 빈 옷장, 유년기에 박제된 사진뿐. 다른 모두가, 심지어 나무들까지, 꽃들까지 자라난다. 나의 아이만을 제외하고.

1996년 1월, 나는 필리프 투생에게 이제 격주 일요일마다 아침 일찍 묘지에 갔다가 밤늦게 돌아올 거라고 선언했다.

그가 한숨을 내쉬었다. 하늘로 눈을 치뜨며 '이제 한 달에 두 번은 꼼짝없이 일하게 생겼군' 하는 표정을 지었다. 그는 도무지 이해가 가지 않는다며, 장례식엔 오지도 않더니 갑자기 웬 변덕이냐는 말을 덧붙였다. 나는 아무 대답도 하지 않았다. 무슨 대꾸를 하겠는가? '변덕'이라는 말에. 그에 의하면 내가 딸의 무덤에 애도하러 가는 것이 변덕이고, 충동이었다.

크리스티앙 보뱅은 말했다. "말해지지 않은 말들이 우리 안 깊은 곳에서 울부짖으며 떠나간다."

정확한 문장은 아니었다. 하지만 나는 내 안에서 울부짖는 침묵으로 가득했고, 그것이 밤이면 날 깨웠다. 날 살찌게 하고, 여위게 하고, 늙게 하고, 울게 하고, 종일토록 자게 하고, 끝없이 술을 붓게 하고, 문이며 사방 벽에 머리를 짓찧게 했다. 그럼에도 나는 살아남았다.

프로스페르 크레비용은 말했다. "불행이 장대할수록 살아가는 것이 장대해진다." 레오닌은 죽으면서 내 주변의 모든 것을 사라지게 했다. 나를 제외한 모든 것을.

48

겨울이 다가올 무렵 제비가 날아가듯,
네 영혼, 돌아오리라는 희망 없이 날아가버렸네.

쥘리앵 쉴이 내 집 문턱에 서 있다. 집 뒤쪽에 있는 나의 정원으로 난 문에.

"티셔츠 입은 모습은 처음 보네요. 청년 같아 보여요."

"저도요, 저도 당신이 색깔 있는 옷을 입은 모습은 처음 봅니다."

"집에 있으니까요. 내 집 정원에. 이 뒤에선 아무도 마주치지 않거든요. 이번엔 얼마나 계시나요?"

"내일 아침에 떠납니다. 어떻게 지내셨어요?"

"묘지기기처럼 지냈죠."

그가 빙긋 웃는다.

"정원이 예쁘네요."

"비료 덕분이에요. 묘지 근처에선 모든 게 금세 쑥쑥 자라죠."

"이렇게 말씀을 잘하시는 줄은 몰랐는걸요."

"그야 당신은 절 모르니까요."

"어쩌면 전 당신이 생각하는 것보다 더 당신에 대해 잘 알 겁니다."

"그 사람 주변을 뒤진다고 그 사람에 대해 잘 아는 건 아니에요, 경찰관님."

"제가 저녁식사 초대를 해도 될까요?"

"당신 이야기의 결말을 들려주신다면요."

"어떤 이야기요?"

"가브리엘 프뤼당과 당신 어머니 이야기요."

"저녁 8시에 모시러 오겠습니다. 무엇보다 옷은 갈아입지 마세요. 그대로 화사하게 계세요."

49

지난 시절의 추억인 이 몇 송이 꽃들.

나는 사샤의 집으로 들어갔다. 그리고 티백을 열어 두 눈을 감고 그 안의 향을 들이마셨다. 내가 정말 이 집에서 다시 살아나려는 것일까? 내가 이 집으로 들어온 건 두 번째였고, 벌써 그 냄새가, 레오가 죽은 뒤로 허울뿐인 삶이었던 어둠 속에서 반강제로 나를 끌어냈던 그 냄새가 다시 한번 느껴졌다.

티백은 사샤가 편지에 쓴 대로 노란색 선반의 주물 찻주전자 옆에 놓여 있었다. 그가 티백에 아이들 공책처럼 이름표를 붙였다. '비올레트를 위한 차.' 그런데 티백 밑에 그가 편지에선 언급하지 않았던, 내 이름 앞으로 된 크라프트지 봉투 하나가 더 있었다. 봉해져 있지 않았고, 열어보니 종이 몇 장이 들어 있었다.

처음엔 최근에 죽은 이들의 명단이라고 생각했다. 그러니까 봉투에 쓰인 '투생'은 내 이름이 아니라 만성절을 의미하는 투생이고, 만성절에 꽃을 놓아야 할 묘의 명단이라고. 그러다가 곧 깨달았다.

사샤는 1993년 7월 13일과 14일 밤 사이에 노트르담데프레 성에 있었던 직원 전원의 연락처를 모아놓았다. 에디트 크로크비에유, 교장/스완 르텔리에, 요리사/준비에브 마낭, 생활지도사/엘로이즈 프티 & 루시 랭동, 보조원/알랭 퐁타넬, 관리인.

교장을 제외하고, 내가 내 딸을 마지막으로 본 사람들의 얼굴을 처음으로 확인하는 순간이었다.

텔레비전 8시 뉴스에서 이 사건을 다룬 바가 있었다. 전 채널에서. 노트르담데프레 성이며 호수며 조랑말 사진들이 지나가고, 핵심적 단어들이 재탕되었다. 참사, 화재사고, 사망한 채 발견된 네 명의 어린이, 여름방학 캠프. 아이들은 며칠을 두고 지역 신문의 1면을 차지했다. 나는 필리프 투생이 장례식 다음 날 가져다준 신문들을 훑었다. 아이들의 사진, 이가 빠진 채로 환하게 웃는 표정, 요정이 이를 가져가버렸다. 우리, 부모들에겐 더는 아무것도 없었다. 레오의 이를 찾을 수만 있었다면, 그것이 어디에 떨어져 있는지 알 수만 있었다면, 나는 목숨이라도 내주었으리라. 하지만 신문에서 캠프 운영진의 사진은 찾아볼 수 없었다.

사샤가 모아놓은 자료에서 교장인 에디트 크로크비에유는 희끗희끗한 쪽머리에 안경을 쓰고 차분하게 카메라를 응시하고 있었다. 사진기사가 이렇게 지시한 것이 느껴졌다. "웃으세요, 너무 활짝은 말고요. 인상 좋고 신뢰감이 가도록." 나도 본 적 있는 사진이었다. 몇 해 전, 투생의 모친이 내게 건넨 팸플릿 뒷면에 박혀 있던 사진. 파란색 하늘이 가득하던 팸플릿. 조금은 장의업체 홍보 팸플릿과도 비슷하게.

'우리의 투철한 정신만큼은 방학이 없습니다.' 이 문구의 행간의 의미를 읽지 못한 나를 얼마나 자책했던가?

교장의 사진 밑에 그의 주소가 적혀 있었다.

스완 르텔리에의 것은 즉석사진기 사진이었다. 사샤는 어떻게 그 사진을 손에 넣은 것일까? 마찬가지로 사진 밑에 주소가 있었다. 사는 집은 아닌 듯했다. 마콩의 한 식당인 '르 테루아르 데 수슈'*의 주소였다. 스완은 서른다섯 살가량의 남자로 호리호리한 편이었고, 아몬드 모양 눈은 아름다운 동시에 불안해 보였으며, 얇은 입술과 음흉한 시선으로 묘한 분위기를 풍겼다.

생활지도사인 준비에브 마냥의 사진은 결혼식에서 찍은 것 같았다. 신랑신부의 부모들이나 가끔 쓸 법한 우스꽝스러운 모자 차림이었고, 화장은 엉망이었으며, 오십 대로 보였다. 파란색 꽃무늬 정장에 파묻힌 이 오동통한 여자가 레오의 마지막 식사를 챙겨주었으리라. 레오는 분명 이 여자에게 감사하다고 말했을 것이었다. 가정교육을 잘 받은 아이니까. 내가 그렇게 가르쳤다. 그걸 가장 중요하게 가르쳤다. 안녕하세요, 안녕히 가세요, 감사합니다, 이런 인사는 꼬박꼬박 해야 한다고.

보조원인 엘로이즈 프티와 루시 랭동은 다니는 고등학교 앞에서 함께 사진을 찍었다. 사진 속의 그들은 열여섯 살쯤 되어 보였다. 영리하고 해맑은 두 소녀. 그들은 아이들과 같은 테이블에서 저녁을 먹었을까? 레오는 전화로 그중 한 명이 나와 '너무' 닮았다고 말했었다. 하지만 엘로이즈와 루시는 푸른 눈의 금발이었고 그 누구도 나와 닮지 않았다.

● '향토'의 뜻.

관리인인 알랭 퐁타넬의 사진은 신문에서 오려낸 것으로 축구선수 유니폼 차림이었다. 축구공을 앞에 두고서 다른 선수들과 무릎을 구부린 포즈를 취했다. 얼핏 가수 에디 미첼 같았다.

각 사진 밑엔 어김없이 파란색 잉크로 주소가 적혀 있었다. 준비에브 마냥과 알랭 퐁타넬의 주소는 동일했다. 필체는 추모패가 들어 있던 소포, 편지, 찻잎 통에 붙은 스티커의 필체와 동일했다.

대체 날 여기로 끌어들인 이 묘지지기는 누구란 말인가? 무슨 이유로 날 끌어들인 것일까?

그를 기다렸으나 돌아오지 않았다. 나는 가방에 티백과 그날 밤 성에 있었던 사람들의 명단과 사진이 든 봉투를 넣고는 사샤를 찾아 묘지를 둘러보았다. 꽃과 나무에 물을 주거나 묘지를 거니는 낯선 이들과 마주쳤고, 이곳에 묻힌 이들은 그들과 어떤 관계일까 궁금했다. 그들의 얼굴을 보며 상상해보았다. 어머니일까? 사촌? 형제? 남편?

사샤를 찾아 한 시간 남짓 묘지를 거닌 끝에, 다시 어린이 동산에 이르렀다. 천사 조각상들을 따라서 레오의 무덤까지 걸어갔다. 묘석에서 내 딸의 이름을 다시 보았다. 옷들을 여행 가방에 개어 넣기 전에 옷깃 안쪽에 내가 바느질로 새겨주었던 그 이름. 규정이 그랬다. 안 그러면 도난이나 분실 시 주최 측이 일체의 책임을 지지 않는다고 했다. 지난 방문 이후로 대리석 그늘진 곳들에서 이끼들이 돋아나고 있었다. 나는 무릎을 꿇고 앉아 소맷단 안쪽으로 지저분한 데들을 훔쳐냈다.

50

내겐 이것이 세월일지니,

너의 빛나는 미소가 아름다운 여름과 함께

늘 똑같은 장미꽃을 영원히 피어나게 할지니.*

이렌 파욜과 가브리엘 프뤼당은 눈에 띈 첫 번째 호텔로 들어갔다. 엑스 기차역에서 몇 킬로미터 떨어진 곳이었다. 호텔 '체류'. 그들은 파란 방을 선택했다. 조르주 심농의 소설 제목 같은. 다른 이름의 방들도 있었다. 조제핀의 방, 아마데우스의 방, 르누아르의 방.

가브리엘 프뤼당은 프런트에서 4인분의 파스타와 레드와인을 룸서비스로 요청했다. 그는 사랑이 허기를 불러오리라고 생각했다. 이렌 파욜이 물었다.

"왜 4인분이죠? 우린 두 명인데."

"당신은 틀림없이 남편 생각을 할 테고, 저는 아내 생각을 할 테니까요. 그러니 아예 그들도 불러서 먹여버리는 거죠. 그렇게 말 못 할 것들과 궁상거리들을 싹 다 차단하려고요."

"궁상거리?"

"멜랑콜리, 죄책감, 회한, 전진, 후퇴 등을 총칭하기 위해 제가 지어

● 스테판 말라르메의 시 「오 멀리 있는 너무도 소중한」 중에서.

276

낸 말입니다. 우리 발목을 잡는 삶의 모든 것들. 우리를 앞으로 나아가지 못하게 하는 것들."

그들은 키스하고, 옷을 벗었다. 이렌은 어둠을 원했으나 그가 그럴 필요 없다고, 법정에서 그의 시선이 이미 이렌의 옷을 여러 차례 벗겼다고, 그래서 굴곡을, 당신의 몸을 다 알고 있다고 말했다.

이렌은 망설이다가 말했다.

"언변이 정말 뛰어나군요."

"당연하죠."

그는 파란 방의 파란 커튼을 쳤다.

노크 소리가 들렸다. 룸서비스였다. 그들은 먹고, 마시고, 사랑을 나누고, 먹고, 마시고, 사랑을 나누고, 먹고, 마시고, 사랑을 나눴다. 서로에게 절정을 선사했고, 와인을 마시며 웃었고, 절정에 이르렀고, 웃었고, 울었다.

그들은 이 방에서 절대 나가지 않기로 굳게 다짐했다. 여기서, 지금, 함께 죽자고 말했다. 그것도 해결책일 수 있었다. 그들은 도주를, 실종을, 자동차 절도를, 기차를, 비행기를 떠올렸다. 각국을 떠올렸다.

그들은 아르헨티나에 가 살기로 결정했다. 전범들처럼. 이렌은 잠이 들었다. 가브리엘은 깨어 있는 채로 담배를 피우다가 두 병째 화이트 와인과 다섯 가지 디저트를 주문했다.

이렌이 눈을 뜨고 그들의 남편과 아내 외에 세 번째 초대 손님은 누구냐고 물었다. 그가 대답했다. "우리의 사랑."

두 사람은 욕실로 갔다. 침대로 돌아오며 춤을 추었다. 그들은 알람 라디오를 켰고, 전범인 클라우스 바르비의 신병이 프랑스로 인도되어 재판을 받을 수 있게 되었다는 뉴스를 들었다. 가브리엘 프뤼당이 정확히 이렇게 말했다. "드디어, 정의가. 축배를 들어야겠군." 그는 샴페인을 주문했다. 이렌은 말했다. "당신과 스물네 시간 동안 같이 있었는데, 전 계속 취해 있어요. 우리 맑은 정신으로 다시 만나야 하지 않을까요?"

그들은 질베르 베코의 〈다시 그대를 찾아오리라〉에 맞춰 춤을 추었다.

이렌은 새벽 4시 무렵에 잠이 들었다가 새벽 6시 무렵에 다시 눈을 떴다. 가브리엘은 막 잠이 들었다.

방에서 퀴퀴한 담배와 술 냄새가 풍겼다. 새들의 지저귐이 들렸다. 이렌은 그 소리가 싫었다.

〈밤을 붙들어〉. 조니 할리데이의 노래. 이렌에게 떠오른 문장이었다. 새벽 6시에 파란 방에서 조니 할리데이라니. 이렌은 가사를 떠올려보았다. "밤을 붙들어, 오늘은 세상이 끝날 때까지 밤을 붙들어……" 다음은 기억나지 않았다.

그는 등을 돌리고 있었다. 이렌은 그의 등을 만지고 그의 살 냄새를 맡았다. 그 바람에 그가 눈을 떴다. 그들은 다시 사랑을 나누었고, 함께 잠이 들었다.

오전 10시에 프런트에서 전화가 걸려와, 계속 묵을 건지 체크아웃을 할 건지 물었다. 나간다면 정오에 방을 비워야 했다.

51

지나는 하루하루로

너와의 추억, 그 보이지 않는 씨줄과 날줄을 엮는다.

중앙 통로인 1층 복도 좌측에 학생용 방 세 개와 직원용 방 한 개가 일렬로 배치됨. 학생용 방엔 각각 화장실과 세면대와 이층침대 두 개가 구비됨. 2층엔 역시 화장실과 세면대와 이층침대 두 개가 구비된 학생용 방 세 개와 직원용 방 다섯 개가 배치됨.

1993년 7월 13일과 14일 밤, 모든 방에 사람이 있었음.

에디트 크로크비에유(교장, 교사), 스완 르텔리에(요리사), 준비에브 마냥(생활지도, 교사), 알랭 퐁타넬(관리), 엘로이즈 프티(보조원)는 2층에 기거. 루시 랭동(보조원)은 1층에 기거.

아나이스 코생(7세), 레오닌 투생(7세), 나데주 가르동(8세), 오세안 드가(9세)는 1층의 1호실을 사용. 상기 여학생 4인이 허가 없이 방을 빠져나와 옆방 중 한 곳에서 잠든 보조원(루시 랭동)이 깨지 않도록 소리를 죽이고, 그들의 방에서 5미터가량 떨어진 중앙통로 끝 부엌으로 향함. 냉장고를 열어 우유를 꺼낸 뒤, 2리터들이 스테인리스 냄비에 부어 끓임. 8구(2구는 전기, 6구는 가스)짜리

레인지를 사용했고, 가정용 성냥으로 그중 한 개의 가스 화구에 불을 붙임. 부엌 뒤편 창고를 뒤져 코코아 가루를 찾아내고 식기장에서 네 개의 사발을 가져와 뜨거운 우유를 따름.

각자 뜨거운 우유 사발을 한 개씩 들고서 방으로 돌아옴. (1호실에서 네 개의 사발이 발견됨. 불연성 세라믹 재질.)

4인의 피해자가 스테인리스 냄비를 올려놓은 가스 불을 최대한 약하게 줄여놓은 채, 부주의로 끄지 않음.

스테인리스 냄비의 플라스틱 손잡이가 타들어가면서 불이 붙음. (불연성 스테인리스 재질의 냄비가 발견됨.)

십 분 뒤(추정 시간) 플라스틱 손잡이에서 번진 불길이 레인지 우측 상단 부엌 집기에 옮겨 붙음.

플라스틱 가공품인 부엌 집기 외장재에 심각한 유해성분이 함유된 것으로 드러남. 휘발성이 매우 강한 유기 화합물(래커와 니스).

여학생 4인은 부엌문은 물론, 자기들 방의 문도 닫지 않은 것으로 드러남.

4인의 피해자가 부엌을 나온 뒤, 유독가스가 부엌과 복도와 그들의 방을 점령하기까지의 시간은 대략 이십오 분에서 삼십 분 사이.

상기한 대로 1호실과 부엌 사이의 거리는 약 5미터로, 부엌 집기 연소 시 발생된 유독가스가 4인의 아이들을 빠르게 코마 상태에 빠뜨리며 질식과 가스중독으로 인한 사망을 유발.

피해자 4인의 시신은 침대에서 불탄 채로 발견됨. 유독가스를 흡입했을 당시 잠들어 있었고, 이것이 그들을 사망에 이르게 함.

1호실이 불타오르며 열기를 못 이기고 창문 한 개가 폭발했고 그렇게 경보음이 울림.

폭연과 열기 속에서 방의 나머지 창문들이 모조리 폭발하고 그 덕에 일부 유독가스가 외부로 방출됨. 1층의 나머지 방들(모두 문이 닫혀 있었음)은 피해 없이 온전함.

피해자 4인의 옆방을 이용했던 보조원(루시 랭동)이 1층의 다른 두 방에 잠들어 있던 학생 8인을 대피시켰고, 전원이 화재 피해 없이 무사함.

루시 랭동이 1호실에 진입하는 것은 불가능했음.

2층 사용자들(학생 12인과 성인 5인)이 모두 안전하고 무사한 것을 확인한 뒤, 루시 랭동은 소방서에 화재 신고를 함.

당시 소방관들은 라클레트에서 10킬로미터 남짓 떨어진 곳에서 진행된 불꽃놀이 축제에 시민의 안전을 위해 동원된바, 화재 신고 접수가 평소보다 늦어짐.

알랭 퐁타넬과 스완 르텔리에가 갖은 수단을 동원하여 1호실에 진입을 시도했으나 실패함. 불길의 열기와 기세가 매우 거세었음.

루시 랭동의 신고가 있고 소방관들이 도착하기까지 이십오 분이 소요됨. 신고 시각은 23시 25분, 소방차들이 화재 현장에 도착한 시각은 23시 50분.

건물 1층의 좌측 대부분이 이미 불길에 휩싸임.

화재가 완전 진압되기까지 세 시간 소요.

피해자 4인의 연령대와 시신의 연소 진행 상태로 인해, 치열의 형태로도 신원 확인 불가.

이것이 수사 결과가 밝힌 사실이다. 경찰이 검찰에 제출한 보고서에 기록된 대략적인 내용이다.

재판(나는 참석하지 않았다) 중에 발표되고, 필리프 투생이 내게 그대로 전해준 사실.

신문기사(나는 읽지 않았다)에 쓰인 사실.

감정이 배제된 객관적이고 구체적인 단어들. '가련하고 하잘것없는 무기인 눈물 없이, 극적인 감정의 토로 없이, 고통이란 그렇듯 속으로만 우는 것이기에.'●

에디트 크로크비에유는 2년 징역형에 1년 실형을 언도받았다. 부엌 출입구를 잠그지 않았고, 건물의 바닥이며 벽이며 천장이 노후했기 때문이다. 책임 소재가 아이들에게 있다는 내용이 명백히 발언되거나 기록된 적은 없었다. 일곱 살, 여덟 살, 아홉 살짜리 어린 피해자들을 비난하지는 못한다. 하지만 내게는 교장의 형량이 아이들에게 책임을 안기는 암묵적인 판결로 보였다.

보고서 내용 중 내게 즉시 문제가 되었던 건, 레오닌이 우유를 마시지 않는다는 사실이었다. 레오닌은 우유를 질색했다. 한 모금만 마셔도 토할 정도로.

● 장자크 골드만의 노래 〈네가 떠나가기에〉 중에서.

52

여기, 나의 정원에서 가장 아름다운 꽃이 잠들다.

중국 식당 '피닉스'의 한쪽 벽면을 거대한 수족관이 온통 차지하고 있었다. 수족관을 색색으로 물들인 물고기들을 바라보면서 나는 소르미우의 칼랑크를 떠올렸다. 그 태양을, 눈부신 빛 속의 아름다움을.

"마르세유에선 바다에 수영하러 자주 가세요?"

"어렸을 땐 그랬죠."

쥘리앵 쉴이 나의 빈 잔에 와인을 다시 채운다.

"호텔 '체류', 파란 방, 와인, 파스타, 가브리엘 프뤼당과의 사랑, 그 모든 게 어머니 일기장에 쓰인 거예요?"

"네."

그가 안주머니에서 수첩을 꺼낸다. 엄숙한 남색 표지가 장 루오의 『영광의 전쟁터』 표지와 비슷하다. 셀리아가 내게 주었던 1990년도 공쿠르상 수상작.

"읽어보시라고 가져왔어요. 당신과 관련 있는 페이지들에 색종이를 끼워뒀습니다."

"무슨 말씀이신지?"

"어머니가 일기에 당신에 대해서도 쓰셨더라고요. 묘지를 찾았다가 당신을 여러 번 보신 모양이에요."

나는 수첩을 펼쳐 파란색 잉크로 쓴 이렌의 필체를 슬쩍 훑었다.

"갖고 가세요. 나중에 돌려주시면 됩니다."

나는 수첩을 가방 안에 넣었다.

"소중히 다룰게요…… 일기로 어머니의 또 다른 삶을 발견한 소감은 어떠세요?"

"다른 누군가, 모르는 사람의 이야기를 읽은 기분이에요. 게다가 아버지도 오래전에 돌아가셨으니 소위 시효도 지났고요."

"어머니가 아버지와 함께 잠들지 않는 건 괜찮으세요?"

"처음엔 받아들이기 힘들었지만 지금은 괜찮습니다. 덕분에 당신도 알게 되었고요"

"다시 한번 말씀드리지만 우리가 서로를 아는지는 모르겠어요. 우린 그저 만났을 뿐이고, 그게 다예요."

"그럼 알아가도록 하죠."

"전 좀 마셔야 할 것 같아요."

나는 그가 따라놓은 와인을 단숨에 비웠다.

"보통은 아주 소량을 마시거든요. 그런데 지금은 도저히 그럴 수 없군요. 그리고 절 바라보는 당신의 그 시선. 대체 날 묶어두고 싶은 건가요, 아니면 나와 결혼하고 싶은 건가요? 도무지 알 수가 없네요."

그가 웃음을 터뜨린다.

"그게 그거 아닌가요?"

"결혼하셨어요?"

"이혼했습니다."

"아이는 있으세요?"

"아들이 하나 있어요."

"몇 살이에요?"

"일곱 살."

어색한 침묵.

"우리가 호텔에서 서로를 알아가기를 원하세요?"

그가 내 질문에 놀란 듯했다. 손끝으로 순면 테이블보를 쓰다듬더니, 다시 빙긋 웃음을 지어 보인다.

"당신과 함께 호텔이라…… 제 중장기 계획 중 하나이긴 해요…… 하지만 당신이 제안하시니 기간을 단축할 수도 있겠네요."

"호텔은 여행의 시작이에요."

"아니, 호텔은 그 자체로 이미 여행입니다."

53

내 죽음에 울지 마요.
내 생을 기념해주세요.

사샤를 두 번째로 보았을 때, 그는 텃밭에 있었다.

나는 그의 집으로 들어갔다. 어지러웠다. 개수대엔 냄비들이 쌓였고, 찻잔과 빈 찻주전자들이 굴러다녔고, 낮은 소파 테이블엔 종이들이 흩어져 있었다. 찻잎 통들에도 먼지가 내려앉았다. 하지만 방 안에선 여전히 좋은 냄새가 풍겼다.

집 뒤에서 소리가 났다. 클래식 음악이 들려왔다. 텃밭으로 난 부엌 안쪽의 문이 활짝 열려 있었다. 햇살이 쏟아져 들어오고 있었다.

사샤는 자두나무에 기댄 사다리에 올라 감자 자루에 달콤한 과일을 따 넣고 있었다. 그는 나를 보자 비할 데 없는 특유의 미소를 지었다. 이렇게 슬픈 장소에서 어쩌면 그렇게 행복한 표정을 지을 수 있는 것인지 나로서는 알 수 없었다.

나는 티백과 명단에 대해 곧바로 감사를 표했다.

"아, 뭘요."

"사진과 주소는 어떻게 구하신 건가요?"

"아, 어렵지 않은 일이에요."

"교장과 다른 직원들을 아세요?"

"난 모르는 사람이 없어요."

그에게 그 사람들에 대해서 묻고 싶었다. 하지만 그럴 수 없었다.

그가 사다리에서 내려오며 말했다.

"위에서 보니 꼭 한 마리 참새 같더군요. 둥지에서 떨어진 아기 새 말이에요. 안쓰러워 보여요. 가까이 오세요, 들려줄 말이 있으니."

"제 주소는 어떻게 아셨죠? 왜 제게 추모패를 보내신 거죠?"

"친구분 되는 셀리아 씨가 주셨습니다."

"셀리아를 아세요?"

"몇 달 전 그 추모패를 놓으러 묘지에 왔었지요. 아이의 무덤을 묻기에 동행했어요. 그때 이야기를 좀 나눴습니다. 부인이 여기 왔더라면 추모패에 무슨 말을 새겼을지 생각해봤다더군요. 부인을 대신해서 문구를 선택했다고. 친구분은 부인이 무덤에 한사코 발을 들이지 않는 이유를 이해하지 못했어요. 추모패를 놓는 것이 부인에게 좋을 거라고, 부인에 대해 한참 이야기했지요. 부인 상태가 위태롭다고. 그래서 내가 허락을 구했습니다. 직접 오셔서 추모패를 놓도록 내가 부인에게 그걸 보내도 되겠느냐고. 한참을 망설이다가 좋다고 하셨고요."

그가 고랑 끝에 놓인 온도계를 집어 들었다. 그러곤 내게 유리잔을 건네 차를 부어주며 "재스민 꿀차예요"라고 속삭이고는 말을 이었다.

"아홉 살 때 처음으로 내 텃밭이 생겼어요. 반 평도 안 되는 작은 땅이었지요. 어머니가 씨앗을 심고, 물을 주고, 수확하는 법을 가르쳐주셨어요. 재미있더라고요. 어머니가 늘 말씀하셨죠. 뭘 수확했는지 매일 따지기보다는 네가 어떤 씨앗들을 심었는지 생각해보렴."

그가 우뚝 말을 멈추더니 내 팔을 붙잡고 내 눈을 바로 보며 말했다.

"이 텃밭이 보이지요? 20년 동안 가꾼 겁니다. 아름답지 않은가요? 저 모든 채소들이? 저 색들이? 이게 200평이거든요. 말하자면 200평의 기쁨과 사랑과 땀과 열의와 의지와 인내라고 할까요. 부인께 텃밭 돌보는 법을 가르쳐드리죠, 다 익힐 때쯤 이곳도 넘기겠습니다."

나는 무슨 소린지 모르겠다고 대답했다. 그가 장갑을 벗더니 손가락에 낀 반지를 보여주었다.

"내 첫 텃밭에서 발견한 거예요."

그가 나를 덩굴이 타고 오른 쉼터 아래로 데려가 오래된 의자에 앉히고는 나와 마주 앉았다.

"일요일이었어요. 스무 살쯤이었나, 리옹 변두리의 임대아파트에 살았거든요. 근처에서 작은 개 한 마리를 산책시키고 있었지요. 주차장에서 멀어져 발길 닿는 대로 걸었는데, 걷다보니 길 조금 위쪽에 들판 비슷한 곳이 있더라고요. 시멘트 한복판에 버석한 풀들이 자라난 땅이었는데 썩 보기 좋진 않았어요. 오래된 나무들의 섬 같았다고 해야 하나. 그 길 끝에서 한 무리의 사람들과 마주쳤지요. 떡갈나무 아래 앉아 방수포를 덮은 낡은 테이블에 껍질콩을 한 무더기 올려놓고 다듬고 있더라고요. 한데 표정들이 어찌나 행복해 보이던지 너무 놀랐어요. 안면 있는 임대아파트 이웃들이었는데, 새장 같은 엘리베이터에서 마주쳤을 땐 그렇게 활짝 웃는 걸 한 번도 본 적이 없었거든요. 그들 주위로 여러 작물을 이렇게 저렇게 심어놓은 밭이 보였어요. 거기서 과일이며 채소들을 기르는 거였어요. 순간 그 작은 땅과 우물이 그들을 그렇게 웃게 한 거구나 깨달았지요. 나도 그들처럼 텃밭을 가질 수 있을지 물었더니 시청에 전화해보라는 게 아니겠어요. 약간의 돈이면 빌릴 수 있고, 뒤쪽에 아직 몇 구역이 더 남았다면서요.

그렇게 땅을 빌려 10월에 내 터를 자랑스레 쑤석이고는 퇴비를 덮어줬어요. 겨울엔 빈 요구르트 병에 각종 씨앗들을 심었고요. 미니 단호박, 바질, 파프리카, 가지, 토마토, 주키니 호박. 무럭무럭 자라난 녀석들이 벌써부터 눈에 선하더라고요. 왈칵 욕심이 생기지 뭐예요. 봄이 되어, 잘 키운 모종들을 텃밭에 옮겨 심었어요. 채소 가꾸기 책에서 시키는 그대로 했는데, 그게 그러니까 가슴이 아니라 머리로 채소들을 돌본 거예요. 달의 주기, 냉해, 비바람, 햇빛 등 자연적인 변수엔 전혀 신경을 쓰지 않고서. 당근 씨는 골도 안 내고 그냥 뿌리고 감자는 두둑도 안 만들어주고요. 그리고 작물들이 자라나기를 기다렸지요. 이따금 물이나 주면서. 비에 기대면서.

당연히 아무것도 자라지 않았어요. 마법이 펼쳐지려면 종일 밭을 돌봐야 한다는 걸 알지 못했던 거죠. 작물 주위로 잡초가 자란다는 걸, 매일 뽑아주지 않으면 그것들이 수분과 양분을 빨아들여 결국 작물을 죽인다는 걸 몰랐던 거예요."

그가 몸을 일으켜 부엌으로 가더니 피낭시에가 담긴 도자기 접시를 들고 나왔다.

"좀 들어요, 그리 홀쭉해서야."

내가 시장하지 않다고 했더니 그가 말했다. "그게 이거랑 무슨 상관." 우리는 마주 웃으며 빵을 맛보았다. 그가 이야기를 마저 이었다.

"텃밭이 날 비웃기라도 하듯, 9월이 되니 당근 하나가 비죽 나왔더라고요. 달랑 하나가! 마르고 공기도 안 통하는 흙 속에서 누르스름한 이 파리 하나가 외따로 뻗어났지요. 제가 미처 이해해주지 못한 땅속에서요. 부끄러워 죽을 것 같은 심정으로 그걸 뽑아 닭들에게나 던져주려는데, 형체가 비틀린 가련한 채소에 은반지가 끼워져 있지 뭐예요. 오래전 내 텃밭에서 누군가가 잃어버렸을 게 분명한 진짜 은반지였어요. 당근을 물에 헹궈 베물고는 반지를 빼냈는데, 내겐 그게 어떤 신호 같았어요. 비록 아내에게 온전히 다가가지 못한 채 결혼 첫해를 망쳤더라도, 아직 아내를 행복하게 해줄 수십 년의 기회가 남아 있다고 말하는 것 같았죠."

54

그는 눈물을 감추고, 웃음을 나누었다.

모직 스웨터를 제외한 그의 옷들을 가루세제로 세탁하고, 건조기에 말리기. 아직 따뜻한 빨래들을 차곡차곡 개켜 선반에 색상별로 정리하기. 장 보기. 불소치약, 자동차 잡지 〈오토모토〉, 질레트 면도기, 비듬 방지용 캐모마일 샴푸, 직모 면도크림, 섬유 유연제, 가죽 광택제, 도브 비누, 라거 맥주, 밀크초콜릿, 바닐라 맛 요구르트.

그가 좋아하는 것들. 그가 선호하는 브랜드들.

욕실의 깨끗한 솔빗과 참빗, 언제든 사용할 수 있게 준비된 족집게와 손톱깎이.

바삭한 바게트. 체리향 나는 것들. 숨 참고 고기 썰기. 무쇠 냄비에서 노릇하게 굽다가 뭉근하게 익히기. 뚜껑을 열고 죽은 짐승의 일부가 타지 않는지 살피기. 밀가루를 더하고, 접시에 담고, 양파 소스에 적셔진 월계수 잎을 함께 올리기.

식탁 차리기.

오직 채소와 파스타 면과 으깬 감자만 먹기. 오직 곁들인 음식만 먹기. 그게 바로 나다. 곁들여진 존재.

식탁 치우기.

부엌 바닥 닦기. 청소기 돌리기. 환기시키기. 먼지 떨어내기, 그가 프로그램을 마뜩지 않아하면 곧바로 채널 돌리기. 음악 끄기. 그가 있을 땐 음악 금지. 내가 좋아하는 '바보 같은' 가수들은 그의 정신을 사납게 한다.

한 바퀴 돌러 나가는 그, 집에 남는 나. 잠자리에 들기. 늦게 들어오는 그. 나는 잠을 깬다. 그가 소리를 낸다. 거리낌 없이 세면대에 물을 흘려보내고, 변기 물을 내리고, 문을 쾅쾅 여닫는 그. 그가 내 뒤로 몸을 붙여온다. 다른 여자의 냄새. 자는 척하기. 하지만 이따금, 그가 나를 원한다. 다른 여자를 직전에 떠나왔는데도. 그가 강제로, 내게 미끄러져 들어오며 으르렁거린다. 나는 눈을 감는다. 다른 곳을 생각한다, 지중해로 헤엄치러 떠난다.

내가 아는 건 그것뿐이었다. 오직 그의 냄새. 오직 그의 목소리와 말과 습관. 그와 함께 보낸 나중의 세월이 내 기억 속에서 더 큰 비중을 차지한다. 이전의 짧은 몇 해, 가볍고 태평했던 사랑의 몇 해, 우리의 젊음이 서로에게 얽혀들었던 그때의 시간보다.

필리프 투생이 나를 늙게 했다. 사랑받으면, 젊은 채로 남는다.

섬세한 남자와 사랑을 나누기는 이번이 처음이다. 필리프 투생 전에는 샤를르빌과 위탁가정 시절의 몇이 전부였다. 서툴렀고, 덜컹거리는 인생끼리의 충돌에 불과했다. 요란할 뿐 어루만질 줄 모르는, 조율되지 않은 악기들. 교과서로 대화를, 사랑을 배운 미숙했던 우리들.

쥘리앵 쇨은 사랑할 줄 안다.

그가 잠들었다. 나는 그의 숨소리를 듣는다. 새로운 숨소리. 그의 살갗을 듣고, 그의 몸짓을 호흡한다. 내게 얹힌 그의 손들, 내 왼쪽 어깨와 내 오른쪽 엉덩이를 두르고 있는 손들. 그는 나의 곳곳에 밀착돼 있다. 나의 밖에. 내 안이 아니라.

그가 잠들었다. 누군가와 밀착되어 다시 잠들기까지 나는 얼마나 많은 생을 겪어야 했던가? 안심하며 두 눈을 감기까지. 머릿속을 맴돌며 떠나지 않던 영혼들을 물리칠 만큼 누군가를 충분히 신뢰하기까지. 나는 이불 속에서 맨몸이다. 이불 속에서 벗은 몸이었던 것이 아득한 옛날이다.

사랑의 순간이, 부풀었던 삶의 순간이 좋았다.

이젠 집으로 가고 싶다. 엘리안과 내 침대의 고독을 되찾고 싶다. 그를 깨우지 않고서 이 호텔방을 떠나고 싶다. 도망치고 싶다, 사실은.

내일 아침 그와 작별 인사를 주고받을 것이 참을 수 없게 여겨진다. 그와 마주한다는 것이, 레오닌을 잃고 스테파니의 시선을 마주했던 것만큼이나 견딜 수 없다.

대체 무슨 말을 한단 말인가?

우리는 서로에게 용기를 북돋기 위해, 결국 서로를 만지기 위해, 샴페인 한 병을 비웠다. 우리는 서로에게 겁을 먹었다. 서로를 정말로 좋아하는 사람들처럼. 이렌 파욜과 가브리엘 프뤼당처럼.

나는 사랑을 원치 않는다. 그럴 나이는 지났다. 기차는 떠났다. 내 빈약한 연애사는 신발장 깊숙이 처박힌 낡은 신발이다. 버리진 않지만 더는 신지 않는. 상관없다. 레오의 죽음 이외의 그 어떤 것도 상관없다.

내 삶은 끝나지 않았지만 남자와의 사랑은 끝났다. 혼자 사는 것에 익숙해지면 더는 둘이 살 수 없다. 확신할 수 있다, 그건.

우리는 브랑시옹엉샬롱에서 20킬로미터 떨어진, 클뤼니 바로 옆 호텔 '아르망스'에 와 있다. 걸어서 돌아가진 않을 것이다. 택시를 부를 것이다. 프런트로 내려가 택시를 부를 것이다.

이 충동적인 생각이 나를 행동하게 했다. 나는 최대한 살살 침대를 빠져나왔다. 필리프 투생과 함께 잠들었다가 그를 깨우고 싶지 않았던 때처럼.

나는 원피스를 꿰입고 가방을 집어 든 뒤, 신발을 손에 들고 살금살금 방을 나왔다. 그가 내가 떠나는 모습을 보았다는 걸 안다. 그에겐 아무 말도 하지 않는 우아함이, 나는 뒤돌아보지 않는 우아함이 있었다.

무례한 여자, 이것이 나에 대한 나의 평가다.

택시에서 이렌 파욜의 일기장을 펼쳐 아무 페이지나 읽어보려 했지만 안 됐다. 너무 어두웠다. 주택가를 지날 때 가로등 불빛들이 뜨문뜨문 일기장을 비추었다.

가브리엘…… 손…… 불빛…… 담배…… 장미……

55

그의 생은 아름다운 추억이다.

그의 부재는 조용한 고통이다.

사샤의 묘지에서 나오니 저녁 6시였다. 피아트 판다의 운전석에 앉아 마콩 방향으로 고속도로를 향해 달렸다. 백미러에 매달린 하얀색 호랑이가 힘없이 흔들리며 나를 곁눈질했다.

사샤와 그의 텃밭과 그의 웃음과 그의 말들을 되새겨보았다. 철도 파업이 내게 셀리아를 보내주었고, 레오의 죽음이 내게 이 밀짚모자 정원사를 보내주었다. 나만의 윌버 라치 박사. 삶과 죽음 사이의 남자, 자신이 가꾸는 땅과 자신이 돌보는 묘지 사이의 남자. 어쩌면 신의 작품, 악마의 몫.

여름캠프의 직원들을 떠올렸다. 그들도 선량한 사람들이리라. 교장, 요리사, 생활지도사, 두 보조원, 관리인의 얼굴을 차례로 되새겼다. 그들의 얼굴이 겹쳐졌다.

이제 그들의 주소로 나는 무얼 할 것인가? 한 명 한 명 찾아가 그들을 만날 것인가?

차를 달리며, 요리사인 스완 르텔리에가 마콩에 있는 식당에서 일한다는 사실을 떠올렸다. 식당이 시내의 에리탕 가에 위치해 있는 걸 지도에서 보았다.

나는 고속도로를 타지 않고 마콩으로 들어선 뒤, 시청 근처의 식당에서 200미터쯤 떨어진 주차장에 차를 세웠다. 여자 종업원이 친절하게 나를 맞았다. 두 쌍의 커플 손님이 이미 있었다.

내가 마지막으로 발을 들인 식당은 '지노'였다. 아나이스의 부모와 함께 점심식사를 했던 날, 레오닌이 까르르거리며 피자의 달걀노른자를 터트렸던 날. 나는 그날을 천 번도 더 되새김질했다. 식사, 아이의 원피스, 양 갈래로 땋은 머리, 아이의 웃음, 마법, 식사 비용, 아이가 코생 가족의 자동차에 올라 내게 작별 인사를 하던 순간, 무릎 밑에 숨겼던 애착인형, 세탁기에 수차례 돌린 바람에 한쪽 귀는 떨어지고 오른쪽 눈알은 덜렁거리던 회색 토끼. 금세 잊힐 수도 있는 시간들이 있다. 그러나 어떤 사건들로 인해 달라져버리는 순간들.

스완 르텔리에는 보이지 않았다. 주방에 있으리라. 보이는 직원은 홀에서 부산하게 움직이며 손님을 응대하는 여자들뿐이었다. '무덤 속의 아이들처럼 여자가 넷.'

와인 반병을 마셨다. 음식은 거의 삼키지 못했다. 종업원이 내게 음식이 입에 맞지 않느냐고 물었다. 아니라고, 별로 배고프지 않다고 대답하자 종업원이 친절한 미소를 지어 보였다. 나는 사람들이 식당에 들어왔다 나가는 모습을 바라보았다. 술을 입에 대지 않은 지 몇 달째였다. 그러나 물만 마시기에는, 이 테이블에서, 나는 너무 혼자였다.

밤 9시 무렵, 식당은 만석이 되었다. 나는 휘우뚱거리며 식당을 나와 조금 멀리 떨어진 벤치에 앉아 스완 르텔리에를 기다렸다. 어둠 속에서 눈에 불을 켠 채.

손 강이 흘러가는 소리가 지척에서 들려왔다. 강물 속으로 와락 뛰어들고 싶었다. 레오에게 가고 싶었다. 레오를 다시 만날 수 있을까? 바다에 뛰어들어야 하는 게 아닐까? 레오는 여전히 거기에 있을까? 어떤 모습으로? 그럼 나는, 나도 여전히 거기에 있을까? 내 삶은 이제 무슨 의미일까? 무슨 소용일까? 누구에게? 내가 태어난 날, 대체 왜 나를 라디에이터 위에 올린 것일까? 그 라디에이터는 1993년 7월 14일부터 고장나버렸다.

대체 저 가련한 이에게 무슨 말을 한단 말인가? 나는 정확히 무얼 알고 싶은 것일까? 아이들의 방은 불타버렸다. 이제 와 묻는 것이 무슨 소용인가? 시궁창을 휘젓는 것이.

스테파니의 피아트 판다에 다시 올라 건널목으로 돌아갈 용기가, 밤을 달릴 용기가 나지 않았다.

몸을 일으켜 뒤편 벽을 타 넘어 검은 강물에 뛰어들어야지 생각하고 있는데, 샴 고양이가 다가와 가랑거리며 내 다리에 몸을 비볐다. 녀석의 아름다운 파란 눈이 나를 응시했다. 나는 허리를 숙여 고양이를 쓰다듬었다. 보드랍고 따뜻하고 멋졌다. 녀석이 내 무릎으로 뛰어올랐다. 나는 움찔했으나 움직이지 않았다. 녀석이 내 무릎 위에 가로로 길게 누웠다. 내 허벅지를 자기 몸의 무게로 눌러 나를 막으려는 듯이. 나는 허공에 몸을 날리려 했는데 녀석이 나를 저지했다. 그날 밤 그 고양이가, 그나마 얼마 남지 않았던 내 목숨을 구했다고 생각한다.

마지막 손님들이 떠나고 식당의 불이 꺼지자 스완 르텔리에가 가장 먼저 모습을 드러냈다.

나는 앉아 있던 벤치에서 움직이지 않았다.

그는 가로등 불빛에 반사되어 번쩍거리는 검은색 점퍼와 진에 운동화를 신고 어깨를 흔들며 걸었다.

나는 그를 불렀다. 내 목소리가 어색했다. 마치 다른 여자가 그를 부르는 것 같았다. 내 안에 사는 낯선 이가. 술기운이었을 것이다. 눈앞의 모든 것이 흐릿하게 보였다.

"스완 르텔리에 씨!"

고양이가 펄쩍 뛰어내리며 내 발아래에 앉았다. 남자가 내 쪽을 돌아보더니 잠시 나를 관찰하다가 미심쩍은 목소리로 대답했다.

"네?"

"저는 레오닌 투생의 엄마예요."

그가 얼어붙었다. 그의 눈빛이, 내가 하얀 옷의 유령으로 변장한 날 밤에 공포에 빠뜨렸던 젊은이들과 똑같아졌다. 그의 질겁한 시선이 내 눈을 후비는 기분이었다. 나는 어둠 속에 잠겨 있었지만, 그의 모습은 그가 서 있는 곳에서 확연히 드러나 있었다.

종업원 하나가 식당에서 나와 그에게 다가가더니 그의 등을 양팔로 감쌌다. 그가 갈라진 목소리로 말했다.

"먼저 가, 뒤따라갈게."

여자는 내 쪽을 향한 그의 시선을 곧바로 알아차렸다. 나를 알아보더니 그의 귀에 무언가를 속닥였다. 모르긴 해도 내가 혼자서 와인 반병을 해치웠다는 소리일 것이다. 여자가 나를 노려보다가 이윽고 자리를 뜨며 외치다시피 말했다.

"'티티'에서 기다릴게!"

그가 내게 다가왔다. 내 앞에 이르자 내가 말하기를 기다렸다.

"제가 왜 여기 왔는지 아세요?"

그가 고개를 저어 모르겠다는 표시를 했다.

"제가 누군지 아세요?"

그가 차갑게 대답했다.

"레오닌 투생의 어머니라고 말씀하셨잖아요."

"레오닌 투생이 누군지 아세요?"

그가 머뭇거리며 대답했다.

"장례식에도, 재판에도 오지 않으셨더군요."

그런 소리를 들을 줄이야. 마치 그가 내 따귀를 때린 기분이었다. 나는 주먹을 꽉 쥐었다. 손톱이 살을 파고들었다. 샴 고양이는 여전히 내 곁에 있었다. 내 발아래에 앉아 나를 올려다보고 있었다.

"저는 그날 밤, 아이들이 부엌에 갔다는 말을 절대 믿지 않아요."

그가 방어적으로 대답했다.

"왜요?"

"직감이에요. 당신은요, 당신은 그날 밤 뭘 봤죠?"

그가 쭈뼛거리며 대답했다.

"저희도 방에 들어가려고 노력했어요. 그래봤자 너무 늦었고요."

"나머지 직원들과는 사이가 좋으셨나요?"

그가 숨쉬기가 어려운지, 호주머니에서 벤토린 흡입기를 꺼내 들이마셨다.

"이만 가봐야 해요. 기다리는 사람이 있어서요."

나는 그의 공포를 감지했다. 겁에 질린 사람은 다른 이의 두려움을 보다 쉽게 간파한다. 그날 밤 벤치에 앉아 나는, 이 불안스럽고 불안해하는 젊은 남자를 앞에 두고 겁에 질렸다. 내가 진실을 밝혀내지 않는한, 내 아이를 태운 불이 언제까지나 그 아이를 태우리라고 느꼈다.

"그날 일은 다시 생각하고 싶지 않아요. 어머님도 저처럼 하셔야 하고요. 불행한 일이지만 그게 인생이니까요. 인생이 늘 아름답진 않잖아요. 죄송합니다."

그가 내게 등을 돌리더니 매우 빠르게 걷기 시작했다. 거의 뛰다시피. 검찰 보고서가 사실이 아니라는 내 심증을 굳히는 반응이었다.

나는 시선을 내렸다. 샴 고양이가 어느새 사라지고 없었다.

56

시들지 않는 추억은 감미로워라.

코생 부부는 아나이스의 무덤에 딸을 추모하러 왔을 때 내가 누구인지 알지 못했다. 그들은 1993년 7월 13일 말그랑주에서 함께 식사를 했던 허름한 차림의 내향적인 젊은 여자와, 단호한 걸음으로 브랑시옹 묘지의 오솔길을 거니는 단정한 공무원을 연결 짓지 못했다. 내게 꽃을 사면서도 이미 나를 알아보지 못했다.

딸을 잃고, 나는 15킬로가 여위었고 얼굴은 움푹 팬 동시에 부풀었다. 단번에 백 살이 늙어버렸다. 쭈글쭈글한 외피 속에 어린아이의 얼굴과 몸이 들어 있었다.

늙은 소녀.

나는 일곱 살이었고 수백 살이었다.

사샤는 나를 두고 이렇게 말했다. "둥지에서 떨어진 비 맞은 늙은 아기 새."

사샤를 만난 이후로 나는 허물을 벗었다. 머리를 기르고 옷차림을 바꿨다. 진과 티셔츠에 흥미를 잃었다.

내가 내 몸을 되찾았을 때, 쇼윈도에 비춰 봤을 때, 내 몸은 여자의 몸이었다. 나는 그 몸에 원피스며 치마며 블라우스를 입혔다. 얼굴형도 변했다. 내가 그림이라면, 베르나르 뷔페의 각진 타원형 얼굴에서 오귀스트 르누아르의 고결하고 선한 얼굴로 넘어갔다고 할 수 있다.

사샤가 나를 한 세기 앞으로 돌려놓았다. 계속해서 앞으로 나아가기 위해, 계속해서 뒤로 돌아오게 했다.

최근에 파울로가 에마우스 트럭을 타고 찾아왔을 때 나는 마지막으로 남은 레오닌의 물건들과 나의 첫 인형 카롤린과 바지들과 볼품없고 투박한 신발들을 모조리 줘버렸다. 줄칼로 손톱을 손질하고, 눈꺼풀에 색색의 칠을 하고, 구두를 샀다.

화장기 없는 얼굴에 진 차림만 보던 스테파니는 계산대에 파우더와 분홍색 블러셔를 내려놓는 나를 의심스러운 눈초리로 살폈다. 그의 코 앞에 온갖 술병을 내려놓던 시절보다 더 의심스러운 눈초리로.

사람들은 희한하다. 자식을 잃은 어미와 시선이 마주치는 걸 견딜 수 없어하지만, 그가 기운을 차리고 옷을 차려입고 치장한 모습에는 더욱 경악한다.

나는 다른 여자들이 요리를 배우듯이 데이 크림, 나이트 크림, 장미 모양 콤팩트파우더를 알아나갔다.

"묘지를 돌보는 여자는 슬픈 분위기를 풍기지만 방문객들에게 늘 미소를 잃지 않는다. 슬픈 분위기, 어쩌면 그 직업에 필요한 미덕인지도 모르겠다. 그이는 지금은 이름이 기억나지 않는 어떤 여배우를 닮았다. 예쁜데, 나이가 가늠되지 않는다. 그러고 보니 언제나 잘 차려입고 있다. 어제는 그이에게서 가브리엘에게 줄 꽃을 샀다. 그에게 내가 가꾼 장미를 주고 싶지는 않았다. 묘지를 돌보는 여자가 내게 매우 아름다운 연보라색 히스를 팔았고, 우리는 꽃에 대해 이야기를 나누었다. 그이에게서 정원에 대한 열렬한 애정이 느껴졌다. 내가 장미원이 있다고 말하자 얼굴이 환해졌다. 방금 전의 얼굴이 사라지고 다른 얼굴이 되었다."

이렌 파욜이 2009년 일기에 나에 대해 쓴 글이다. 가브리엘 프뤼당의 장례식이 있고 한 달 뒤였고, 필리프 투생이 실종되고 몇 년 뒤였다.

이렌 파욜이, 어느 날 그 '묘지를 돌보는 여자'가 자신의 아들과 사랑의 밤을 보내게 되리라는 걸 알았더라면.

쥘리앵 쇨에게선 소식이 없다. 아마 여느 때처럼 어느 날 아침, 소리도 없이 나타나리라. 호텔을 떠나던 때의 나처럼.

나는 장례가 진행되는 마리 가야르(1924-2017)의 관 앞에서 우리의 그 밤을 떠올린다. 마리 가야르는 생전에 고약스러웠던 모양이다. 그 집에서 일했던 여자가 내 귀에 대고서 "늙은이"가 정말 죽었는지 똑똑히 확인하기 위해 왔노라고 속삭였다. 웃지 않기 위해 손바닥을 세게 꼬집어야 했다. 묘 주변을 어슬렁거리는 고양이 한 마리 없었다. 묘지 고양이들조차. 꽃 한 송이, 추모패 하나 없었다. 마리 가야르는 가족묘에 안장되었다. 다시 만날 가족들에겐 너무 밉게 굴지 않기를.

묘지를 거닐다보면 무덤에 침을 뱉는 사람들을 심심치 않게 볼 수 있다. 심심치 않은 정도가 아니라 생각보다 흔하게 본다. 이 일을 시작하고 처음엔, 미워했던 사람이 죽으면 그에 대한 증오도 사라질 거라고 생각했다. 하지만 묘석은 증오까지 가두지 못한다. 나는 눈물 없는 장례식들을 보았고, 심지어 슬픔 없는 장례식들도 보았다. 모두가 속 시원해하는 죽음도 있다.

마리 가야르를 묻고 나자 그 집에서 일했던 여자가 중얼거린다. "인간이 고약스러운 건 퇴비 같은 거지. 암만, 치운 뒤에도 냄새가 가시질 않고 공기 중에 들러붙어 있다니까."

***

1996년 1월부터 나는 격주 일요일마다 사샤를 만나러 갔다. 이혼한 부부 중 아이를 양육하지 않는 쪽이 격주 주말마다 아이를 만나러 가듯이. 늘 스테파니의 빨간색 피아트 판다를 빌렸고, 스테파니는 한 번도 싫은 내색을 하지 않았다. 대개 새벽 6시에 출발해 밤에 돌아오는 일정이었다. 그 생활이 오래가지 못하리라는 예감이 들었다. 머지않아 필리프 투생이 꼬치꼬치 캐물으며 내가 떠나지 못하게 막으리라. 그는 의심이 매우 많았다.

묘지에 다니면서부터 외모가 변했다. 애인 있는 여자 같아졌다고 할까. 나의 유일한 애인은 사샤가 내게 말똥으로 만드는 법을 가르쳐준 퇴비였다. 사샤는 10월에는 잘 섞어 엎는 법을, 봄에는 날씨에 따라 다시 엎는 법을 가르쳐주었다. 지렁이 조심하기, 지렁이들이 '할 일을 하도록' 상처내지 않는 게 중요했다.

9월에 수확하고 싶다면, 하늘을 관찰하고서 모종을 1월에 심어야 할지 아니면 더 늦게 심어야 할지 결정하는 법도 가르쳐주었다.

자연은 서두르지 않고 제때를 기다린다며, 1월에 심은 가지가 9월 이전에 나오는 법은 없다고, 산업화된 농장에서는 채소들이 빨리 자라도록 화학비료를 대량으로 살포한다고 했다. 묘지의 텃밭은 수익과 상관없었다. 묘지지기인 그와 '둥지에서 떨어진 늙은 아기 새'인 나 말고 우리의 채소를 기다리는 이는 아무도 없었다. 자연을 보살피기 위해선 오직 자연만 사용하기. 퇴비 이외의 비료는 절대 사용하지 않기. 그는 내게 작물과 꽃들의 비료가 되는 쐐기풀 물거름과 세이지 액 만드는 법을 가르쳤다. 살충제는 절대 사용하지 않았다. 그가 말했다.

"비올레트, 자연은 정말 손이 많이 가요. 하지만 시간은, 우리가 살아 있는 한, 찾아낼 수 있어요. 시간이란 아침 이슬 속의 버섯들처럼 쑥쑥 돋아난다고요."

그는 얼마 안 가 내게 말을 놓았다. 나는 아니었다.

나를 보면 사샤는 잔소리부터 늘어놓았다.

"꼴이 그게 뭐야? 예쁜 여자면 예쁜 여자처럼 입고 다니면 안 되는 거야? 아니, 머리는 왜 또 그렇게 짧아? 혹시 머릿니 있어?"

그는 이런 말을 고양이들, 그가 애지중지하는 고양이들에게 하듯 내게 했다.

나는 일요일 오전 10시에 그곳에 도착하곤 했다. 묘지에 들어가 레오닌의 무덤으로 간다. 그애가 더는 거기 없다는 걸 안다. 그 대리석 밑은 텅 비었다는 걸. 황무지처럼, 무인지대처럼. 나는 아이의 이름을 읽은 뒤 거기에 입을 맞췄다. 꽃은 놓지 않았다. 레오닌은 꽃에 관심이 없다. 일곱 살은 장난감이나 마술봉을 더 좋아할 나이다.

사샤의 집 문을 밀고 들어가면 언제나 그 냄새, 프라이팬에서 익는 소박한 양파 요리와 차와 그가 손수건부터 방 안 여기저기에 뿌리는 '오시안의 꿈'이 뒤섞인 냄새가 났다. 들어서는 순간 숨쉬기가 한결 편안해졌다. 내게는 그곳이 휴양지였다.

우리는 마주 앉아 점심을 먹었다. 식사는 늘 훌륭했다. 풍미가 살아 있고, 색이 다채롭고, 향미가 조화롭고, 맛이 좋았다. 고기는 없었다. 그는 내가 고기를 질색한다는 걸 알았다.

사샤는 나의 일주일, 나의 매일, 말그랑주쉬르낭시에서의 삶, 내 일, 내가 읽는 책, 내가 듣는 음악, 내 집 앞을 지나는 기차들에 대해 물었다. 필리프 투생 이야기는 절대 꺼내지 않았다. 언급해야 할 때면 '그 친구'라고 칭했다.

조금 있으면 우리는 텃밭으로 나가 함께 일했다. 날이 춥든 화창하든, 할 일은 늘 있었다.

심고, 뿌리고, 모종하고, 지지대를 설치하고, 밭을 갈고, 잡초를 뽑고, 꺾꽂이를 하고, 고랑을 정돈했다. 우리 둘 다 흙을 향해 허리를 굽히고 있었다, 흙 속에 손이 있었다, 언제나 그랬다. 날이 좋을 때 그가 가장 즐기는 장난은 호스로 내게 물을 뿌리는 것이었다. 사샤의 눈은 아이의 눈 같았다. 장난과 잘 어울렸다.

그는 오랫동안 이 묘지의 관리인이었다. 그 밖의 사생활에 관해선 언급하는 법이 없었다. 생애 첫 텃밭에서 찾아낸, 당근을 감싸고 있던 반지가 그가 끼고 있는 유일한 반지였다.

이따금 그는 호주머니에서 장 지오노의 소설 『소생』을 꺼내 내게 몇 구절을 읽어주었고, 나는 『신의 작품, 악마의 몫』에서 외우고 있는 몇 구절을 그에게 읊어주었다.

이따금 응급 상황이 발생해 우리의 노동이 중단되기도 했다. 누군가 허리 통증이 있거나 발목을 접질리거나. 그럴 때면 사샤는 "계속하고 있어, 난 다녀올 테니" 하고는 환자를 돌보기 위해 삼십 분 남짓 사라졌다. 그러곤 한 손에 찻잔을 들고 미소와 함께 돌아와 늘 똑같은 질문을 했다. "자, 우리 땅이 어디까지 진척됐지?"

그 첫 순간들이 얼마나 좋았던지. 손은 흙 속에, 얼굴은 하늘로 들어 냄새를 맡으며 그 둘을 연결 짓던 순간. 그 둘이 불가분의 관계임을 배웠던 순간. 처음으로 묘목을 심고 2주 뒤에 찾아와 변화를 확인하던 순간. 계절을 다른 방식으로 기다리고, 생명의 힘에 대해 다시 생각하던 순간.

일요일 사이의 날들은 내게 끝없는 기다림의 시간이었다. 사샤의 묘지에 가지 않는 일요일은 내게 미래만이 중요한, 저 수평선상의 다음 주 일요일만이 기다려지는 사막과 같았다.

나는 내가 심은 것들에 대해 적은 글, 어떻게 꺾꽂이하고 어떻게 모종했는지 적은 글들을 읽으며 시간을 보냈다. 사샤에게 빌린 정원 관련 잡지들을 『신의 작품, 악마의 몫』을 탐닉했듯 탐닉했다.

열흘째부터는 석방 전까지 남은 시간을 세는 죄수의 심정이 되었다. 목요일 저녁부터 안절부절못했고 금요일과 토요일이 되면 더는 참을 수 없어서 기차 시간 사이사이 밖으로 나가 성큼성큼 걸어 다녔다. 필리프 투생이 눈치채지 못하도록 뻗치는 기운을 진정시켜야 했다. 나는 그가 오토바이로 다니지 않는 샛길들을 골랐다. 그와 마주치기라도 하면 급히 장을 보러 가는 길이라고 둘러댔다. 토요일 초저녁이면 벌써 스테파니의 집 앞에 주차된 판다를 가지러 갔다.

세상 누구도 내가 스테파니의 피아트 판다를 아끼듯이 자동차를 아끼진 못했을 것이다. 어떤 컬렉터도, 페라리가 됐건 애스턴 마틴이 됐건 그 어떤 드라이버도, 내가 피아트 판다의 핸들에 떨리는 손을 얹을 때의 기분을 느끼진 못했을 것이다. 열쇠를 돌리고, 액셀을 밟아 첫 발을 내딛던 그 기분을.

나는 차를 달리며 하얀 호랑이에게 말을 걸었다. 내가 보게 될 것들을 상상했다. 한층 자라난 식물들, 모종할 묘목들, 잎사귀들의 색, 부드럽거나 마르거나 비옥한 흙의 상태, 과일나무의 껍질들, 가지에 돋았을 잎눈, 채소들, 꽃들, 냉해의 위협. 사샤가 준비했을 점심과 우리가 함께 마실 차와 집 안의 냄새와 그의 목소리를 상상했다. 나만의 윌버라치 박사, 나만의 의사를 되찾으러 갔다.

스테파니는 내가 딸을 만나러 가고 싶어 애를 태운다고 생각했지만, 아니었다. 나는 내 딸 이후의 생명을 되찾으러 가고 싶어 애가 탔다. 나 이외의 다른 생명들. 중심은 꺼졌다. 화산은 죽었다. 그러나 내 안에서 가지들이, 줄기들이 자라는 것이 느껴졌다. 씨를 뿌릴 때마다 그것을 느낄 수 있었다. 나는 나를 파종하고 있었다. 황량한 내 안의 땅은 묘지의 텃밭보다 더 불모지였다. 자갈밭이었다. 그렇지만 어디서든 새순 하나는 기어이 돋아나고, 그 어디서든이 바로 나였다. 아스팔트를 뚫고도 싹은 돋아난다. 생명이 움틀 수 있는 작디작은 틈새가 필요할 뿐이다. 약간의 비와 조금의 햇빛만 있다면, 어디서 왔는지 모를, 아마도 바람에 실려 왔을 새 생명이 모습을 보인다.

6개월 전에 심은 토마토를 처음 수확하기 위해 몸을 웅크렸던 날, 나는 알았다. 레오닌의 존재가 아주 오래전부터 이 텃밭에 가득 드리워져 있었다는 걸. 그애가 자신이 묻힌 이 묘지의 작은 텃밭으로 지중해를 데려왔다는 걸. 그날, 나는 알았다. 흙이 일으키는 모든 작은 기적에 그애가 깃들어 있다는 걸.

57

운명은 자기의 길을 갔지만,
우리의 마음에서 결코 멀어진 적이 없었다.

1996년 6월, 준비에브 마냥

나는 '신맛'이라는 단어를 읽거나 듣는 것에 너무 예민하다. 혀가 아
프고 눈이 따갑다. 속 안이 온통 타들어가는 기분이다. 텔레비전에서
신맛 사탕 광고를 볼 때마다 그렇다. "예민하게 좀 굴지 마", 엄마는 내
따귀를 연속으로 때리며 이렇게 내뱉곤 했다.

아마 연통관의 이치, 균형의 문제일 것이다. 무슨 말인가 하면 내 영
혼이 망가져서 떠돌이 개한테나 던져주기 딱 좋으니 몸도 그대로 따라
가는 것이다.

채널을 돌린다. 인생도 리모컨을 눌러서 바꿀 수 있는 거라면. 나는
일자리를 잃은 이후로 낡은 소파에서 뒹굴며 무얼 할지 모르고 있다.
전혀 심각할 거 없다고 스스로를 다독이면서. 끝났다고, 돌이킬 수 없
다고, 사건 종료라고. 죽었고, 묻혔다.

스완 르텔리에한테서 전화가 왔을 때 나는 자고 있었다. 그가 메시

지를 남겼다. 처음엔 무슨 소린지 알아듣지 못했다. 횡설수설이었다. 워낙에 머리 나쁜 인간이 다급하고 허둥대기까지 했으니. 여러 번 들은 끝에 단어들을 짜 맞추니 골자가 이랬다. 레오닌 투생의 엄마가 그가 요리사로 일하는 식당 앞에서 그를 기다렸다. 머리가 돈 것 같았고, 그날 밤 아이들이 코코아를 만들러 부엌에 갔다는 걸 믿지 않는다.

재판이 끝났으니 이제 레오닌의 이름은 두 번 다시 들을 일이 없을 줄 알았다. 아나이스나 오세안이나 나데주의 이름을 절대 다시 들을 일이 없는 것과 마찬가지로. 다행히도, 다른 사람, 교장이 다 뒤집어썼다. 2년 징역형. 부자들도 조금은 똥을 밟아볼 필요가 있다. 가끔은 정의가 바로잡힐 필요가 있다. 나는 정말이지 그 가식덩어리를 좋아해본 적이 없다.

레오닌 투생의 엄마라…… 보통 캠프에 오는 아이들의 가족은 이 지역 주민들이 아니다. 자식들이 성의 호수에 엉덩이를 담그도록 놀러 보낼 수 있는 건 부르주아들뿐이다. 그들은 이곳에 올 때도 정확히 묘지만 들르고, 자식의 무덤에 꽃과 십자가를 놓은 뒤 서둘러 자기들이 살던 데로 돌아갔을 것이다.

그런데 대체 무슨 속셈일까? 원하는 게 뭘까? 우리 집에도 올까? 직원들을 다 찾아다닐 셈인가? 스완 르텔리에는 허둥대지만, 나는 아니다. 세상 누구도 무섭지 않게 된 지 오래다.

캠프가 열린 성에서 우린 모두 여섯이었다. 르텔리에, 크로크비에유, 랭동, 퐁타넬, 프티 그리고 나.

그 모든 일을 생각하니, 그를 처음 보았던 때가 기억난다. 마지막이 아니라 처음이. 평소라면 마지막이 떠오를 텐데. 문득 신맛 사탕의 물결처럼 피가 끓는 증오가 치민다.

처음, 그것은 유치원 졸업식이 있던 어느 날이었다. 블라우스에 우유 토사물이 엉겨 붙어 얼룩졌다. 열이 오른 막내가 토를 했다. 나는 사람들이 둥그런 자국을 보지 못하도록 블라우스를 조금 열어젖혔다. 그는 나를 본 게 아니었다. 내 수유 브래지어에 힐끔 눈길을 주었을 뿐이다. 소름이 돋았다. 뜨거운 개의 눈빛. 그가 나를 불붙게 했다. 거칠게.

그는 나를 보지 않았지만, 나는, 그러니까 부자들의 사랑 노래처럼 "오직 그만 보였다".

두 달간의 방학이 내 마음에 찬물을 끼얹었다.

그러다가 내가 병설 유치원에 생활지도사로 고용되었다. 첫날 나는 강아지처럼 그를 기다렸다. 그가 자기 아이를 데려가기 위해 학교 마당에 들어섰을 때, 피부가 쭈뼛 서며 그의 점퍼 가죽처럼 뻣뻣해졌다. 그를 따뜻하게 해줄 수만 있다면 기꺼이 가죽이 벗겨질 수 있었다.

그가 오는 날은 드물었다. 늘 엄마가 아이를 데려오고 데려갔다.

그가 내게 말을 걸기까지는 몇 달이 걸렸다. 분명 그날 할 일이 없었을 것이다. 심심함을 달랠 다른 여자가. 반반한 생김대로 위험한 호색가. 그는 몸에 딱 붙는 진과 티셔츠 차림으로 100미터 밖에서도 색을 풍겼다. 그 차가운 푸른 시선으로, 암모니아 냄새가 나는 복도를 오가는 엄마들을 포함해 치마를 두른 모든 것의 옷을 벗겼다.

유치원 수업이 끝난 뒤에 내가 아작스 세제로 광을 낸 유리창들……내가 화장실에 데려간 코흘리개들……

어느 날, 나는 그를 불러 세워 아무 말이나 지어냈다. 아이들 책상에서 발견된 이른바 분실물인 안경을 구실로 삼았다. 이 안경이 혹시 아버님 건가요? 그는 학교 창고의 냉동고만큼 찬바람이 불었다. "아니, 제 거 아닌데요." 그는 이런 접근에 익숙했다. 그게 보였다, 냄새가 났다. 그는 저주받은 왕자, 배신자, 무뢰한, 미남자의 얼굴을 하고 있었다. 옛날 영화에 나오는 주인공들의 얼굴을.

학년 말, 그는 자기와 마주치기 위해, 자기와 부딪치기 위해 복도에서 맴도는 날 거들떠보지 않던 끝에, 마침내 나와 약속을 잡아주었다. 달콤한 말을 속삭이기 위한 약속은 아니었다. 아니, 그는 내게 시간과 장소를 알리면서 벌써 내 옷을 벗겼다.

그가 불쑥 다가와 내뱉었다. "하룻밤, 빨리 끝내자." 그는 결혼한 사람이었기 때문이다. 나도 그랬고. 그는 성가신 상황도, 호텔 침대도 원치 않았다. 그는 클럽 화장실, 나무, 차 뒷좌석에 익숙했다.

나는 시간을 들여 준비했다. 다리털을 정리하고, 크림을 바르고, 얼굴과 큰 코에 진흙 팩을 하고, 겨드랑에 향수를 뿌리고, 입을 다물어줄 친구 집에 아이들을 맡겼다. 비슷한 상황에서 내가 비슷한 역할을 해준 친구였다. 자기 일도 있으니 입을 함부로 놀리지 못할 친구.

우리는 '작은 바위'에서 만나기로 돼 있었다. 지역 주민들이 마을 초입에 세워진 커다란 돌멩이를 이르는 말이었다. 부서진 선돌 같은 것인데, 오래전에 아이들이 가로등을 깨뜨려서 일대가 어두컴컴했다.

그는 오토바이를 타고 왔는데 헬멧을 벗더니 오토바이 시트에 내려놓았다. 마치 오래 있지 않을 사람처럼. 인사도 없었고 안부도 묻지 않았다. 가까스로 미소를 지어 보였던 것 같다. 심장이 뛰기 시작했다. 목구멍이 터질 것 같았다. 새 구두가 진창 속에 처박혔다. 이걸 신느라 발에 물집이 생겼다.

그가 나를 뒤로 돌렸다. 애무도 달콤하거나 거친 말도 없었다. 단 한마디도 없었다. 그는 거셌고 나는 죽을 것 같았다. 몸이 덜덜거리기 시작했다. 나무가 한시바삐 떨구고 싶어하는 낙엽처럼.

이후에, 그가 떠나고 났을 때, 내 물집과 눈에서 동시에 물이 흐르기 시작했다. 사랑, 그것에 대해 엄마는 늘 부자들 놀음이라고 했다. "가정부한테는 가당찮은 일이야."

그는 나와 작은 바위에서 만날 때마다 나를 보지 않은 채 뒤로 돌렸다. 그는 내 비명이 천국이자 지옥이요, 선이자 악이며, 쾌락이자 고통이고, 종말의 시작임을 결코 알지 못했다.

목덜미에서 느껴지는 그의 숨결, 나는 그것이 좋았다. 그것을 더 원했다. 그가 지퍼를 올리는 동안 나는 물었다. "다음 주에 또 만날까? 같은 시간에?" 그는 대답했다. "오케이."

그다음 주, 나는 약속 장소에 와 있었다. 나는 늘 와 있었다. 그는 늘은 아니었다. 매번 오진 않았다. 오지 않기도 했다. 다른 데로 가기도 했다. 나는 기다렸다, 서늘한 작은 바위에 등을 기댄 채. 나는 그의 오토바이 불빛을 기다렸다. 그런 관계가 몇 달 동안 지속되었다.

그를 마지막으로 본 날, 그는 자동차로 왔다. 혼자가 아니었다. 조수석에 남자 하나가 타고 있었다. 나는 당황했고 떠나려 했으나 그가 내 팔을 잡아 거칠게 움켜쥐며 잇새로 으르렁거렸다. "그냥 있어, 꼼짝 말고. 넌 내 거야." 그가 나를 돌려 세우더니 평소대로 했다. 나는 신음했지만 그대로 내버려두었다. 고함이 들렸다. 자동차 문소리가 들렸다. 엄마의 푸념이 들렸다. "사랑은 부자들 놀음이야." 그가 우리 바로 옆에 있던 남자에게 말했다. "이제 네 거야." 나는 싫다고 했다. 하지만 그대

314

로 내버려두었다.

그들이 떠났다. 나는 여전히 뒤돌아 있었다. 팔다리가 어긋난 꼭두각시. 입술이 작은 바위에 붙어 있었다. 돌 맛이, 약간의 거품과 함께 느껴졌다. 피라고 생각했다.

이후 나는 두 아이를 데리고 이사했다. 그를 두 번 다시 보지 못했다.

노크 소리가 들린다. 아마 그 여자일 것이다. 여자는 장례식에 오지 않았다. 재판에도 출석하지 않았다. 어디든 오긴 와야 했으리라.

58

하지 않은 말,

그것이 관 속의 죽은 이들을 그토록 무겁게 만든다.

1996년 6월, 격주 일요일마다 사샤의 집에 다닌 지 6개월이 되었다. 나는 사샤의 집에서 나왔다. 손톱에 아직 흙이 끼어 있었다. 그들의 주소를 계기반 위에 올려놓았다. 마콩 바로 다음, '라비슈오샤유'라고 불리는 곳. 삼십 분 남짓 차를 달리다가 길을 잃었다. 앞으로 갔다 뒤로 갔다 반복하다가 울분이 치밀어 눈물이 났다. 그리고 결국 찾아냈다. 더 크고 더 당당한 다른 두 집 사이에 낀, 낡고 거무죽죽한 작은 초벽집. 한껏 떨쳐입은 두 부모 사이에 낀 가련한 어린 소녀 같은.

문에 매달린 우편함에서 두 이름이 보였다. G. 마냥. A. 퐁타넬.

심장이 요동치기 시작했다. 메스꺼웠다.

이미 늦은 시간이었다. 말그랑주까지 가려면 밤길을 달려야 할지도 모른다는 생각이 들었다. 나는 밤 운전이 두렵다. 덜컥 겁이 나서 문을 연달아 두드렸다. 아주 세게 두드려야 했다. 손가락이 아팠다. 손톱에 낀 흙이 보였다. 손이 건조했다.

그 여자가 문을 열었다. 처음엔 내 앞에 선 그 사람과, 사샤가 봉투에 흘려 넣은 결혼식 사진에서 우스꽝스러운 모자를 쓰고 있던 여자를 곧바로 연결 짓지 못했다. 여자는 사진 속 그날 이후로 훨씬 늙고 살이 붙었다. 사진 속에선 엉망이어도 화장을 했다. 저물녘 노을빛을 받은 여자의 피부엔 세월의 흔적이 묻어났다. 눈 밑은 보랏빛이었고, 불그죽죽한 반점들이 양 볼을 따라 이어졌다.

"안녕하세요, 저는 비올레트 투생이라고 합니다. 레오닌 엄마예요, 레오닌 투생."

그 여자 앞에서 내 딸의 이름을 대자니 피가 얼어붙는 것 같았다. 나는 생각했다. '이 여자가 레오한테 마지막으로 밥을 줬을 거야.' 천 번째로 생각했다. '나는 어떻게 일곱 살짜리 여자애를 혼자 거기로 가게 내버려둘 수 있었을까?'

여자는 대답하지 않았다. 대리석처럼 얼어붙어 입을 봉한 채 내가 말하도록 내버려두었다. 여자의 모든 것이 이중으로 잠겨 있었다. 미소도 표정도 없이, 오직 핏발이 선 끈적끈적한 시선을 내게 얹은 채.

"그날 밤에, 화재가 났던 날 밤에 부인이 보신 걸 알고 싶어요."

"무엇 때문에요?"

어떻게 이런 질문을 한단 말인가. 나는 곧바로 대답했다.

"내 딸이, 일곱 살짜리가 우유를 데우러 부엌에 갔다는 게 믿기지 않아요."

"그럼 재판에서 그렇게 말하셨어야죠."

다리가 후들거렸다.

"당신은요, 당신은 재판에서 무슨 말을 하셨나요?"

"난 아무 말도 안 했어요."

여자가 잘 가요, 하고는 문을 쾅 닫아버렸다. 그렇게 그 문 앞에서, 숨이 멎은 채, 한참을 서 있었다. 비늘처럼 일어난 페인트와 플라스틱 명패에 적힌 그들의 이름을 멍하니 바라보면서. G. 마냥. A. 퐁타넬.

나는 스테파니의 피아트 판다에 다시 올랐다. 손이 아직도 덜덜 떨렸다. 스완 르텔리에와 이야기를 나눈 후 그날 밤 사건에 뭔가 석연치 않은 점이 있다고 느꼈는데, 준비에브 마냥을 '만나고' 나니 그 느낌이 더 확연해졌다. 왜 하나같이 수상해 보이는 걸까? 내가 그렇게 느끼는 걸까? 내가 미쳐가는 것일까? 점점 더?

집으로 돌아가는 동안, 나는 빛에서 어둠으로 갔다. 나는 사샤를 생각했고, 노트르담데프레 성의 직원들을 생각했다. 2주 뒤 일요일엔 성에 가봐야겠다고 마음먹었다. 지금껏 그 앞을 지날 용기를 내지 못했다. 묘지에서 불과 5킬로미터 거리건만. 그리고 마냥과 퐁타넬의 집을 다시 찾아갈 것이다. 그들이 입을 열 때까지 그 집 문을 걷어찰 것이다.

집 앞에 도착하니 22시 37분이었다. 차를 세우고 아슬아슬하게 22시 40분 열차의 차단기를 내릴 수 있었다. 집에 들어가니 필리프 투생이 소파에서 잠들어 있었다. 그를 깨우지 않고 바라보면서 생각했다. 그를 사랑했었지, 오래전에. 내가 열여덟 살이고 머리가 짧았다면 그에게 사랑을 나누자며 달려들었을 것이다. 하지만 지금은 그로부터 11년이 지났고 나는 머리를 길렀다.

침대로 가서 누웠으나 잠이 오지 않았다. 한밤중에 필리프 투생이 침대로 미끄러져 들어오며 구시렁거렸다. "왔네." 나는 생각했다. '다행히도. 안 그랬으면 누가 22시 40분 차단기를 내리겠어?' 나는 자는 척,

듣지 못한 척했다. 그가 내 몸에 대고 코를 쿵쿵거리는 것이, 내 머리칼에서 다른 이의 냄새를 추적하는 것이 느껴졌다. 그가 찾아낸 유일한 냄새는 피아트 판다의 방향제 냄새였다. 그는 이내 코를 골았다.

사샤가 들려준 씨앗 이야기가 떠올랐다. 그는 텃밭에 멜론을 기르고 싶었는데 씨앗에서 좀처럼 싹이 나지 않았다. 2년 연속 허사였다. 멜론은 싹을 틔우기를 거부했다. 이듬해 그는 남은 씨앗들을 새들에게 던져주었다. 텃밭 뒤쪽 한구석에 화분이며 쇠스랑이며, 물뿌리개, 세제 따위가 쌓였다. 그런데 새 한 마리가 무심결인지 장난이었는지 씨앗들을 부리로 물어다 텃밭 통로 한가운데 떨어뜨린 모양이었다. 몇 달 뒤, 예쁜 싹이 움텄고, 사샤는 그것을 뽑지 않고 보호막을 빙 둘러주었다. 거기서 잘생긴 멜론 두 통이 자라났다. 큼지막하고 다디달았다. 멜론은 매년 한 통, 두 통, 세 통, 네 통, 다섯 통 늘어갔다. 사샤가 말했다. "거봐, 하늘이 내린 멜론이지. 자연의 섭리야. 다 자연이 결정하는 거야."

나는 그 말을 새기며 잠이 들었다.

꿈을 꾸었다. 레오닌을 학교에 데려다주는 길이었다. 1학년 등교 날이었다. 우리는 복도를 따라 걸었다. 레오닌은 내 손을 잡고 있었다. 이윽고 레오닌이 내 손을 놓았다. 자기는 "이제 다 컸다"면서.

나는 비명을 지르며 깨어났다.

"아는 여자야! 본 적 있는 여자야!"

필리프 투생이 머리맡의 전등을 켰다.

"왜 그래? 무슨 일이야?"

그가 눈을 비비며 나를 귀신 들린 여자 보듯 바라보았다.

"아는 여자야! 학교에서 일했었어. 레오닌 반 말고 옆 반에서."

"뭐?"

"그 여잘 만났어. 묘지에 갔다가 준비에브 마냥의 집을 찾아갔어."

필리프 투생의 얼굴이 일그러졌다.

"뭐라고?"

나는 시선을 내렸다.

"알아야 했어. 그날 밤 거기 있었던 사람들을 만나야 했어."

그가 벌떡 일어나 침대를 돌아오더니 내 멱살을 잡아 올렸다. 숨이 막혔다. 그가 소리치기 시작했다.

"정말 사람 지긋지긋하게 할래? 계속 이러면 아예 가둬버릴 거야! 알 아들어?! 경고하는데 다신 거기 가지 마! 알아들어?! 절대 발도 들이지 마!"

세월과 함께 그는 내가 끝없는 고독 속에, 검은 우물 속에 가라앉게 했다. 그는 내가 다른 누구였어도 상관없었을 것이다. 나 아닌 다른 이 를 고용해 차단기를 올리거나 내리게 하고, 장을 보게 하고, 점심과 저 녁을 준비하게 하고, 빨래를 하게 하고, 침대 왼쪽 귀퉁이에서 잠들게 했어도 그는 아무것도 알지 못했을 것이다. 아무것도 보지 못했을 것 이다.

지금까지는 이런 일이 없었다. 나를 밀치거나 위협한 적이. 이제 그 렇게 함으로써 그는 나를 내게 되돌려놓았다. 나는 나로 돌아왔다.

***

다음 날 아침, 나는 차 열쇠를 돌려주기 위해 스테파니의 집으로 갔다. 월요일엔 슈퍼가 문을 닫는다. 스테파니는 대로변 주택의 2층에 혼자 산다. 그가 나를 들어오게 하더니 유리잔에 커피를 내주었다. 클라우디아 쉬퍼의 얼굴이 날염된 기다란 티셔츠를 걸치고 있었다. 그가 말했다. "월요일은 집에서 집안일하는 날이야." 슈퍼모델 얼굴 위에 얹힌 스테파니의 얼굴을 보자니 기분이 묘했다. 하지만 바로 그 얼굴이 나를 뭉클하게 했다. 둥근 얼굴, 불그스름한 두 볼, 빛바랜 금발.

"기름을 가득 채웠어."

"어, 고마워."

"날씨가 좋을 것 같네."

"그러네."

"커피 맛있어…… 남편이 더 이상 묘지에 가지 말래."

"아, 그래. 그래도 그렇지, 어쨌든 애를 보러 가는 건데, 그치?"

"응, 맞아. 아무튼 다 고마워."

"뭘, 아무것도 아닌 걸 갖고서."

"아니야, 고마웠어, 정말로."

나는 스테파니를 꽉 안았다. 스테파니가 움직이지 못하고 가만히 있었다. 이제껏 누구도 그에게 어떤 애정 표시도 한 적이 없었던 것처럼. 스테파니의 눈과 입이 평소보다 더 동그래졌다. 세 개의 비행접시. 그는 내게 슈퍼의 외계인, 영원한 미스터리로 남을 터였다. 나는 두 팔을 어색하게 내리고 선 스테파니를 거실 한가운데 놔두고 집을 나왔다.

이어 대로를 걸어 초등학교로 향했다. 데이브의 노래처럼 "스완네 집 쪽으로", 그 길을 다시 거슬러 올랐다. 매일 아침 레오와 함께 걷던 길을. 레오의 책가방에선 도시락 통이 책이나 공책보다 더 많은 자리를 차지했다. 나는 아이에게 부족한 게 하나도 없도록, 간식을 그득그득 싸주어야 한다는 강박이 있었다. 위탁가정 시절의 허기가 남아 있었기 때문이다. 어려서 학교에서 소풍을 갈 때면 다른 아이들의 가방엔 과자, 초코바, 캉파뉴 빵 샌드위치, 사탕, 탄산음료들이 가득했다. 내게도 부족한 건 없었지만 내 비닐봉지엔 소풍의 흥을 북돋을 간식도 없었다. "지원받는 애들은 작은 것에도 만족해요." 내가 덜 가진 것 때문에 슬픈 건 아니었다. 내 빈약한 도시락을 친구들과 나눌 수 없는 것이 슬펐다. 딱 내가 먹을 최소한의 것밖에 없는 것이. 레오닌에게는 친구들과 나눌 수 있는 기회를 주고 싶었다.

레오닌이 다니던 학교의 안마당에 들어섰을 때 나를 철렁하게 한 건 아이들이 아니었다. 냄새, 학교 부속건물의 구내식당에서 흘러나오는 냄새와 아이들이 바글거리는 복도였다. 점심시간이었다. 나는 점심시간에 레오닌을 데리러 오곤 했다. 레오닌은 자주 이렇게 말했다. "봐, 식당 냄새 너무 별로야, 엄마. 집에 가서 좋아."

고통의 단계에서, 이 망할 것에도 단계가 있다면, 레오닌의 학교에 들어서는 것은 묘지에 들어서는 것보다 수위가 높았다. 브랑시옹 묘지에서 내 딸은 죽은 자들 가운데 죽은 아이였다. 하지만 학교에서는 살아 있는 아이들 가운데 죽은 아이였다.

레오닌의 친구였던 아이들은 더는 그곳에 없었다. 그애들은 중학교에 들어갔다. 그애들과 마주쳤더라면, 똑똑히 알아보지 못한 채 그들을 알아봤더라면 나는 참지 못했으리라. '삶'이라는 옵션이 더해진 변함없는 형체들. 가늘고 길쭉해진 다리, 젖살이 빠진 얼굴, 입안의 교정기, 큼지막한 운동화를 신은 발.

나는 빈 호주머니인 채로 복도를 걸었다. 레오닌이 곁에 있었어도 교실까지 가면서 내가 호주머니 속에 자기 손을 잡아 넣는 걸 거부했을 것이다. 언젠가 한 엄마가 말하길, 일단 중학교에 들어가면 그때부턴 매년 조금씩 아이들을 잃는 거라고 했다. 그건 그렇다, 그리고 여름 캠프에 가면 단번에 아이들을 잃는 수도 있다.

레오닌은 1학년, 2학년 담임 선생님을 '마드무아젤 클레르'라고 불렀다. 다정한 클레르 베르티에가 공책들을 내려 보고 있다가 고개를 들어 교실에 들어서는 나를 보자, 대번에 창백해졌다. 레오가 떠난 이후 우리는 만난 적이 없었다. 나의 존재는 클레르를 당황시켰다. 할 수만 있다면 어디든 숨고 싶었으리라.

아이의 죽음은 어른들을, 성인들을, 다른 사람들을, 이웃들을, 상인들을 불편하게 한다. 그들은 시선을 내리고 부모를 외면한다, 길을 돌아간다. 아이가 죽으면, 많은 사람들의 생각에 부모도 함께 죽는다.

우리는 예의 바른 인사를 나누었다. 나는 그에게 다른 말을 할 틈을 주지 않고서, 곧바로 준비에브 마냥의 사진을 꺼냈다.

"혹시 이 여자를 알아보시겠어요?"

내 질문에 놀란 그가 미간을 모으며 사진을 들여다보더니 전혀 모르겠다고 대답했다. 나는 포기하지 않았다.

"여기서 일했던 걸로 알아요."

"여기요? 학교 말씀이세요?"

"네, 옆 반에 있었던 것 같은데요."

클레르 베르티에의 아름다운 초록색 눈이 사진에 머물렀다. 그는 사진 속 얼굴을 좀 더 오랫동안 뜯어보았다.

"아…… 기억나는 것 같아요. 피올레 선생님 반이었어요. 유치원 졸업반이요. 학기 중에 왔다가, 여기 그리 오래 있지 않았어요."

"감사해요."

"왜 이 사진을 저한테 보여주시는데요? 이분을 찾고 계세요?"

"아니, 아니에요, 제가 어디 사는지 아는걸요."

클레르는 내게 미소를 지어 보였다. 미친 여자, 아픈 여자, 혼자된 여자, 부모 없는 아이, 술로 사는 인간, 황폐한 인간, 아이 잃은 엄마에게 미소 짓듯이.

"안녕히 계세요, 감사해요."

59

나무가 쓰러지고 나서야
비로소 우리는 그 크기를 헤아린다.

이렌 파욜의 일기장을 머리맡 협탁 서랍에 보관했다. 나는 나와 관련된 부분들을 되는대로 읽고 있다. 전혀 연대순이 아니다. 이렌은 2009년부터 2015년까지 가끔씩 가브리엘의 무덤을 찾아왔다. 그동안 날씨와 가브리엘과 이웃 무덤들과 무덤의 화분들과 나에 대해 기록했다.
쥘리앵은 '묘지 여자'에 대해 언급한 페이지들에 색종이들을 끼워놓았다. 슈테판 츠바이크의 『모르는 여인의 편지』가 연상되었다.

2010년 1월 3일
오늘은 묘지 여자가 울었다는 걸 알았다……

2009년 10월 6일
묘지를 나서며 묘지를 관리하는 여자와 마주쳤다. 여자가 미소를 지었다. 산역꾼 한 명과 개 한 마리, 고양이 두 마리가 함께 있었다……

2013년 7월 6일

묘지 여자가 수시로 묘를 닦는다. 의무사항이 아닐 텐데……

2015년 9월 28일

묘지 여자와 마주쳤다. 내게 미소를 지었지만 생각이 딴 데 가 있는 듯하다……

2011년 4월 7일

묘지 여자 남편이 실종되었다는 사실을 알게 되었다……

2012년 9월 3일

묘지 여자의 집이 자물쇠로 잠기고 덧문들도 닫혔다. 산역꾼에게 이유를 물었더니, 크리스마스와 9월 3일엔 여자가 아무도 만나고 싶어하지 않는다고 한다. 여름휴가를 제외하고 일 년 중 유일하게 대체자를 세우는 날이라고 한다.

2014년 6월 7일

묘지 여자가 추도사를 노트에 기록하는 것 같다……

2013년 8월 10일

꽃을 사면서 묘지 여자가 마르세유에서 여름휴가를 보낸다는 사실을 알게 되었다. 어쩌면 우리가 마주쳤을 수도 있겠다……

나와 관련된 글에서 벗어나거나, 쥘리앵이 색색의 책갈피를 끼워놓지 않은 곳을 펼칠 때면, 이렌의 방에 들어가 이불 속을 뒤지고 있는 기분이 든다. 그의 아들이 필리프 투생을 찾기 시작했을 때처럼. 나의 경우는, 내 관심사를 빠져나왔을 때 찾게 되는 것은 가브리엘 프뤼당이었다.

어떤 단어들은 알아보기 힘들었다. 이렌은 처방전에 약명을 휘갈기는 의사들만큼이나 악필이었다. 볼펜으로 가느다란 파리 다리들을 그려놓은 듯했다.

가브리엘 프뤼당과 이렌 파욜은 파란 방에서 사랑의 밤을 보낸 뒤, 호텔을 나란히 나서지 않았다.

정오에 체크아웃을 해야 했다. 가브리엘은 프런트에 전화를 걸어 하루 더 머물겠다고 알렸다. 그가 손끝으로 이렌을 어루만지며 담배 연기 사이로 중얼거렸다.

"나는 어서 이 술을 다 깨야 해요. 무엇보다 여길 나가기 전에 당신한테서도 깨야 되고."

이렌은 몸을 일으켜 샤워를 하고 옷을 입었다. 결혼한 뒤로 한 번도 외박을 한 적이 없었다. 욕실을 나왔을 때 가브리엘은 잠들어 있었다. 재떨이의 덜 꺼진 담배꽁초에서 매캐한 연기가 피어올랐다.

이렌은 미니바를 열어 물병을 꺼냈다. 가브리엘이 다시 눈을 뜨더니 병째 물을 마시는 이렌을 바라보았다. 이미 외투를 걸치고 있었다.

"조금만 더 있어요."

이렌이 손등으로 입을 훔쳤다. 가브리엘은 이 동작을 사랑했다. 이렌의 피부도, 시선도, 검은색 고무줄로 쓸어 묶은 머리칼도.

"집에서 어제 아침에 나왔어요. 엑스에 꽃 배달을 갔다 온다고 하고선. 남편이 벌써 실종 신고를 했을지도 몰라요."

"실종되고 싶지 않아요?"

"아니요."

"나한테 와서 함께 삽시다."

"난 결혼했고 아들이 있는걸요."

"이혼해요, 아들도 데려오고. 난 애들이랑 잘 어울리는 편이에요."

"어떻게 그렇게 이혼을 하죠, 한 번에 뚝딱? 당신한텐 모든 게 참 단순하군요."

"모든 게 단순하지 않을 이유가 없는걸요."

"난 남편 장례식에 가고 싶지 않아요. 당신 아내도 당신이 버렸기 때문에 죽은 거잖아요."

"왜 갑자기 불쾌하게 구는 거지요?"

이렌은 핸드백을 찾아 차 열쇠가 있는지 확인했다.

"불쾌하게 구는 게 아니라 현실적인 거예요. 사람을 그렇게 버리는 법은 없어요. 당신한테는 다른 이들이나 그들의 슬픔 따위는 아랑곳없이, 모두 다 내팽개치고 다른 데 가서 새 삶을 시작하는 게 쉬울지 모르겠지만요…… 그래서 참 좋겠네요."

"다 각자 살아가는 거예요."

"아니요, 다른 이들의 삶도 중요해요."

"나도 알죠, 그래서 내가 재판정에서 다른 이들의 삶을 변호하며 내 삶을 보내는 거잖아요."

"당신이 변호하는 건 다른 이들의 삶이죠. 모르는 사람들의 삶. 당신 자신의 삶이나 가족의 삶이 아니라. 참…… 쉽기도 하군요."

"우리 벌써 잔소리하는 단계인 건가요? 하룻밤 사이에? 너무 이르지 않나."

"오직 진실만이 상처가 되죠."

그가 언성을 높였다.

"난 진실이라면 질색이에요! 진실 따위는 존재하지 않아요! 신처럼…… 인간의 창작품일 뿐!"

이렌은 어깨를 추어올리며, 다음의 말을 표정으로도 지어 보였다.

"놀랍지 않네요."

"벌써…… 내가 더는 놀랍지 않군요."

이렌은 고개를 끄덕였다. 그에게 엷은 미소를 지어 보인 뒤, 작별 인사도 없이 문을 쾅 닫고 나왔다.

그리고 세 계단을 내려와 자신의 영업용 차를 찾았다. 전날 어디에 세워뒀는지 기억나지 않았다. 호텔 인근 길가를 살피다가 마지막 겨울 세일을 알리는 쇼윈도 앞에서, 이렌은 달려가 그에게 안기고 싶은 충동을 느꼈다. 몸을 돌리려는 찰나, 막다른 골목 구석에 세워진 차가 보였다. 반 정도는 인도에, 다소 아무렇게나 걸쳐진 차가.

막다른 골목에. 아무렇게나. 정말 아무렇게나. 어서 집으로, 폴과 쥘리앵에게로 돌아가야 했다.

차에서 퀴퀴한 담배 냄새가 났다. 한겨울이었지만 이렌은 차창을 내린 채 마르세유까지 달렸다. 장미원에 들르지 않고 곧장 집으로 향했다.

폴이 기다리고 있었다. 이렌이 문을 열자 그가 외치다시피 말했다. "당신이야?" 폴은 몹시 걱정했지만 실종 신고는 하지 않았다. 그는 아내가 어느 날 갑자기 사라질 수 있다는 걸 알았다. 그는 늘 알고 있었다. 아내는 너무 아름답고, 너무 말수가 적었고, 너무 비밀스러웠다.

이렌은 남편에게 사과했다. 묘지에서 뜻밖의 만남이 있었다고, 가족에게 버려진 남자인데, 어쨌든 일이 희한하게 되었다고, 자기가 모든 걸 해결해줘야 했다고 둘러댔다.

"모든 거라니, 그게 무슨 말이야?"

"그냥 모든 거."

폴은 결코 질문하는 법이 없었다. 그에게 질문이란 과거에 속했다. 그는 현재를 살았다.

"다음엔 전화해줘."

"뭐 좀 먹었어?"

"아니."

"쥘리앵은?"

"학교."

"배고파?"

"응."

"파스타 해줄게."

"좋아."

이렌은 미소를 지은 뒤, 부엌으로 가서 냄비를 꺼내 물을 받고는 소금과 허브를 넣고 끓이기 시작했다. 전날 가브리엘과 먹은 파스타와 그와 나눈 사랑이 다시 떠올랐다.

폴이 부엌으로 들어와 뒤에서 이렌을 안으며 목덜미에 입을 맞췄다.
이렌은 눈을 감았다.

60

기억은 죽지 않는다, 다만 잠들 뿐.

1996년 6월, 준비에브 마냥

그날, 어린 파리지앵들이 미니버스를 타고 도착했다. 여행 가방, 묶은 머리, 땋은 머리, 꽃무늬 원피스, 구토용 봉지들과 기쁨의 환호성. 종알종알, 재잘재잘, 여섯 살에서 아홉 살 사이 여자애들의 쉼 없는 수다. 다 내가 아는 애들이었다. 전해에 이미 만났던 아이들. 모두 여자아이. 네 명이 뒤늦게 자동차로 도착했다. 두 명은 칼레에서, 다른 두 명은 낭시에서.

나는 여자애들을 예뻐한 적이 없었다. 여동생들이 떠올라서. 도무지 좋아지지 않았다. 다행히도 나는 아들들뿐이었다. 두 튼튼이. 남자애들은 재잘대지 않는다. 주먹질을 한다. 재잘대진 않는다.

나는 수학 성적이 좋았던 적이 없다. 다른 과목이라고 별다르진 않았다. 하지만 확률은 안다. 젠장 할 내 인생이 철저히 익혀주었다. 자, 이리 오렴, 내가 대가리 속에 콕 박히게 해줄 테니. 경우의 수가 많을 수록 사건 발생 확률도 커진다. 하지만 이번 건은 정말이지 경우의 수가 극히 적었다. 2년 동안 촌구석에서 대체직을 하며 맡은 영혼은 고작 300명이었다.

차에서 내리는 낯빛이 파리한 그애를 보면서도 언뜻 닮았다고만 생각했지, 그럴 확률은 상상도 못 했다. '정신 차려라, 이제 네가 정말 돌았구나. 온 사방에서 재앙을 보고 있으니.' 그렇게만 생각했다.

나는 아이들에게 크레이프를 만들어주기 위해 부엌으로 돌아왔다. 잠시 뒤 다시 구내식당으로 가 물병과 석류주스 병 주위에 설탕 뿌린 크레이프를 산더미처럼 놓아주자 아이들이 아귀아귀 먹어치웠다.

교장이 출석을 부르자 꼬마가 대답했다. 그애 이름을 듣는 순간, 정신이 아득해졌다. 모든 성인의 날의 이름.

"어디 안 좋으세요? 더위 때문에 그래요?" 보조원 중 하나가 내게 찬물을 건네며 물었고, 나는 그런 것 같다고 대답했다.

그 순간 나는 악마가 존재한다는 걸 깨달았다. 신은 멍청이들의 산물인 걸 진작 알았다. 하지만 악마는 달랐다, 악마는 존재했다. 그날, 나는 모자를 벗어 악마에게 경의라도 표하고 싶은 심정이었다. 내가 가져본 적 없는 모자. 우리 집에선 모자를 쓰는 일이 거의 없었다.

"모자는 부르주아들한테나 어울리는 거야." 엄마가 따귀 세례 속에서 퍼붓곤 했던 말이다.

아이는 아빠를 빼닮았다. 나는 그 마지막을, 입안에 감돌던 피 맛을 떠올리며, 크레이프를 삼키는 아이를 보았다. 그를 못 본 지 3년이 지났지만 그 생각이 나지 않은 날이 없었다. 밤이면 더러 땀에 젖은 채로 깨어났다. 그가 없어졌으면 했다, 또한 복수의 열망도 있었다. 그가 나를 죽였듯이 나도 그를 죽이고 싶은 열망.

간식시간이 끝나고 아이들이 놀러 나갔다. 나는 식탁을 치웠다. 날이 화창했다. 창문을 열었다. 그애가 환호성을 내지르며 다른 아이들과 어울려 뛰어다녔다. 아무래도 일주일을 버틸 수는 없었다. 일주일이나 아침, 점심, 저녁으로 챙기며 아이를 통해 그를 볼 수는. 아프다고 해야 하는데. 하지만 내게 이 일은 절실했다. 이 일로 한 해를 먹고살았다. 성수기에 도망칠 수는 없었다. 교장이 우리 모두에게 경고한 바 있었다. "7월과 8월엔 죽지 않는 한, 어떤 결근도 용납하지 않을 겁니다." 고상한 얼굴의 가식덩어리.

계단에서 아이 발을 걸어 다리를 부러뜨리고 일찌감치 제 아빠에게 돌려보낼까도 생각했다. 쥐도 새도 모르게 발송지로 반송. 원피스 자락에 메모 한 장 붙여서. 〈내 최악의 기억과 함께〉.

식사를 준비했다. 토마토 샐러드, 생선가스와 볶음밥, 디저트 푸딩까지. 스물아홉 명의 수저를 놓는 걸 퐁타넬이 도왔다.

"당신, 좀 안 좋아 보여."

나는 입 다물라고 했고 그는 어이없어했다.

퐁타넬이 창문으로 몸을 기울여 두 보조원을 흘금거리는 동안, 아이들은 '하나 둘 셋 태양!'*을 하며 놀았다.

하나, 둘, 셋, 태양······

---

* 프랑스식 '무궁화 꽃이 피었습니다'.

61

오늘은 하늘이 그리 높지 않으니
우리는 네가 우리 곁에 있으리란 걸 알아.

1997년 8월, 우리가 묘지로 이사했을 때, 사샤는 이미 집을 비웠다.
평소와 다름없이 문이 열려 있었다. 테이블에 그의 메모와 열쇠가 남
겨져 있었다. 메모에는 환영 인사와 함께 온수 통이며 전기계량기, 송
수관, 여분의 전구와 퓨즈 등의 위치가 설명돼 있었다.

찻잎이 담긴 통들은 사라졌고 집은 깨끗했다. 그가 없는 집은 슬프
고 영혼이 없어 보였다. 첫사랑을 잃은 이처럼. 나는 2층과 빈 침실을
처음으로 둘러보았다.

텃밭의 식물들엔 그가 전날 물을 주었다.

저녁엔 시청의 관리국장이 우리가 문제없이 짐을 풀었는지 확인하
러 왔다.

처음엔 사람들이 사샤가 떠난 줄 모르고서 우리 집으로 힘줄염이나
만성통증을 치료하러 왔다. 사샤는 아무에게도 작별 인사를 고하지 않
았다.

***

성당의 종이 울린다. 일요일엔 장례를 치르지 않는다. 살아 있는 이들에게 신의 섭리를 상기시키는 미사가 있을 뿐이다.

일요일 정오엔 대개 엘비스가 나와 점심을 하러 온다. 그는 나를 위해 바닐라 슈크림을 들고 오고, 나는 그에게 버섯크림 펜네를 만들어 준다. 생 파슬리를 약간 뿌리면 맛이 기막히다. 나는 계절별로 텃밭에서 키운 것들을 수확하고, 우리는 토마토나 래디시 또는 껍질콩 샐러드를 먹는다.

엘비스는 말수가 적고 나는 그것이 불편하지 않다. 그와는 대화를 하지 않아도 된다. 그도 나처럼 부모가 없다. 열두 살까지 마콩의 위탁 가정에서 지내다가 이곳으로 와 한 농가의 일꾼으로 들어갔다. 마을 초입에 있는 농가였는데 현재는 폐가다.

농가의 가족은 전원이 오래전 사망해 내 묘지에 묻혔다. 엘비스는 그 가족묘 근처엔 가지 않는다. 그는 그 가족의 아버지인 에밀리앵 푸리에(1909-1983)를 두려워한다. 푸리에는 움직이는 모든 것을 때리는 난폭한 인간이었다. 그 가족묘 주변 길은 정리되지 않은 낙엽들로 무성하다. 엘비스는 내게 그들과 함께 묻히고 싶지 않다는 말을 되풀이했다. 내게 그러지 못하게 하겠다는 약속을 받아냈다. 그러려면 내가 그보다 오래 살아야 한다. 그래서 그가 루치니 형제와 장례 계약을 맺게 해주었다. 그가 따로 묘지를 임대받고, 묘석엔 엘비스 프레슬리의 사진과 함께 금박으로 올웨이즈 인 마이 마인드를 새기도록. 엘비스는 평소 아이의 얼굴, 엄마의 손길을 모르는 남자아이의 얼굴을 하고 있지만 곧 은퇴를 바라보는 나이다.

노노와 내가 그의 가계부 관리를 해주고 행정 업무들을 봐준다. 본명은 에리크 델피에르인데, 나는 그가 본명으로 불리는 걸 한 번도 듣지 못했다. 주민 누구도 그의 본명을 모를 것이다. 그는 영원히 무대 이름으로 살고 있다. 엘비스 프레슬리에게 빠진 것은 여덟 살 때였다. 어떤 이들은 종교에 빠지지만 그는 엘비스에게 빠졌다. 아니, 엘비스를 받아들였다. 엘비스 프레슬리의 노래가 기도처럼 관통해 그의 안에 남았다. 세드릭 신부는 "하느님 아버지"를, 엘비스는 "러브 미 텐더"를 읊는다. 여자를 만나는 걸 본 적이 없고, 그건 노노도 마찬가지다.

찬장 양념 칸에서 말린 월계수 잎을 찾다가 올리브 오일과 발사믹 식초 사이에 꽂힌 사샤의 편지를 발견한다. 나는 사샤의 편지들을 집 안 곳곳에 심어두었다. 잊고 있다가, 이런 식으로 우연히 발견하기 위해. 이 편지는 1997년 3월에 쓰인 것이다.

비올레트에게,

내 텃밭이 내 묘지보다 더 슬프게 변했구나. 하루하루 작은 장례식 같은 날들이 이어지고 있어.

어떻게 하면 널 다시 볼 수 있을까? 내가 그 기찻길 옆으로 가서 납치극이라도 벌여야 하는 걸까?

한 달에 두 번의 일요일, 그것도 과한 건 아니었는데. 무리한 일정이 아니었는데.

왜 넌 그 친구한테 복종하는 거지? 안 그럴 때도 있어야지. 새로 심은 토마토는 누가 돌보라고.

어제는 고르동 부인이 대상포진 치료차 왔었다. 웃으면서 돌아갔지. 그이가 묻더구나. "치료해주신 보답으로 저는 뭘 해드리면 좋을까요?" 이렇게 대답할 뻔했다. "가서 내게 비올레트를 데려다주세요."

지금은 당근 파종을 하는 중이야. 사기 찻잔에 씨들을 심어 거실 창문 바로 뒤, 찻잎 통들 옆에 조르르 두었다. 해가 비치면 바로 볕을 받을 수 있도록. 따듯해야 쑥쑥 자라거든. 온기보다 좋은 건 없지. 벽난로 앞에 놓으면 더할 나위 없겠지만 내 작은 집엔 벽난로가 없으니. 그래서 산타도 내 집엔 안 오는 거고. 당근들이 싹을 틔우면 창 아래에 둘 거야. 양파나 염교나 껍질콩은 땅에 직접 심어도 되지만 당근은 안 돼. 냉해의 성인들이 오시는 생드글라스, 그러니까 매년 5월 11일에서 13일은 절대 잊으면 안 돼. 바로 이 시기에 모든 게 결정되거든. 모종도 이때 해야 하고. 이론적으로는 그래. 만일 어린것들을 보호하고 싶다면, 밤엔 항아리를 덮어주거나 얇은 비닐을 씌워주면 된단다.

어서 돌아오렴. 산타처럼 굴지 말고.

깊은 우정을 담아.

사샤

엘비스가 문을 두드리고 하얀 종이에 싼 바닐라 슈크림을 손에 들고 들어온다. 나는 사샤의 편지를 접어, 있던 자리에 둔다. 잊고 있다가 다음번에 우연히 발견하기 위해.

"왔어요?"

"밖에 누가 찾아왔어. 필리프 투생 씨 부인을 만나러 왔대."

내 몸의 피가 얼어붙는다. 그림자 하나가 엘비스를 따라 들어온다. 여자가 말없이 나를 똑바로 바라본다. 집 안을 휘 둘러보더니 다시 내 눈으로 시선이 향한다. 많이 울고 난 얼굴이다. 나는 많이 운 사람들을 알아볼 수 있다. 그게 며칠 전 일이더라도.

엘비스가 자신의 양 허벅지를 탁탁 두드려 엘리안을 부르더니 밖으로 데리고 나간다. 엘리안을 보호하려는 듯이. 엘리안이 신이 나서 엘비스를 따른다. 엘리안은 그와 산책 나가는 데 익숙하다.

이제 집 안엔 오직 여자와 나뿐이다.

"혹시 제가 누군지 아시겠어요?"

"네. 프랑수아즈 펠르티에 씨."

"그럼 제가 왜 여기 왔는지도 아시나요?"

"아니요."

여자가 눈물을 참기 위해 심호흡을 크게 한 번 한다.

"그날, 필리프와 만나셨죠?"

"네."

여자가 움찔한다.

"무슨 일 때문에 여길 왔던가요?"

"제게 편지를 돌려주러 왔었어요."

여자가 불편해 보인다. 안색이 변하며 이마에 땀방울이 맺힌다. 여자는 손가락 하나도 까딱하지 않지만 짙은 푸른색 눈빛에 태풍이 지나가는 것이 보인다. 여자가 두 주먹을 꽉 쥐고 있다. 손톱이 살을 파고들 만큼.

"앉으세요."

여자가 엷은 감사의 미소를 띠며 의자를 자기 쪽으로 당긴다. 나는 커다란 유리잔에 물을 따라 여자에게 건넨다.

"무슨 편지였죠?"

"제가 브롱에 있는 댁으로 이혼신청서를 보냈거든요."

내 대답에 여자가 안도하는 듯하다.

"그는 당신 이름을 더는 듣고 싶어하지 않았어요."

"저도 마찬가지예요."

"당신 때문에 자기가 돌아버렸다고. 여기를, 이 묘지를 끔찍해했어요."

"......"

"왜 필리프가 떠났는데도 여기 남으신 거죠? 왜 이사하지 않으셨어요? 왜 새 삶을 시작하지 않으셨나요?"

"......"

"예쁘신데요."

"......"

프랑수아즈 펠르티에가 유리잔의 물을 단번에 들이켠다. 몸을 심하게 부들거린다. 한 사람의 죽음은 남은 이의 동작을 굼뜨게 한다. 여자의 동작 하나하나가 늘어지고 느리게 보인다. 나는 여자에게 물을 한 잔 더 따라주었다. 여자가 가까스로 미소를 지어 보인다.

"필리프를 처음 본 건 1970년 샤를르빌메지에르에서였어요. 그가 첫영성체를 받는 날이었죠. 그는 열둘, 나는 열아홉이었어요. 그가 하얀 가운을 걸치고 나무 십자가를 목에 걸었는데 그렇게 안 어울릴 수가 없었어요. '옷만 소년 성가대같이 입었지 누가 이 아일 믿겠어?' 그런 생각을 했던 기억이 나요. 몰래 영성체 와인을 마시고 담배를 피워 댈 것 같았죠. 나는 뤼크 펠트티에, 그러니까 필리프의 어머니인 샹탈 투생의 오빠와 약혼한 참이었어요. 뤼크는 그날 아침 미사에 참석해 여동생 가족과 점심을 해야 한다고 고집을 부렸죠. 그는 여동생이나 그 남편과는 사이가 썩 좋지 않고 그들을 '밥맛없게 오만한 인간들'이라고 부를 정도였지만, 조카만은 끔찍이 아꼈어요. 꽤나 지루한 하루였어요. 우린 필리프가 선물을 모조리 끌러볼 때까지 기다렸다가 오후 3시에 그 집을 나섰어요. 필리프의 어머니는 종일 나를 곱지 않은 눈으로 흘겨봤어요. 자기 오빠가 어린 여자랑 재미를 보는 것에 식식거리는 게 느껴졌죠. 내가 뤼크보다 서른 살 아래였거든요.

같은 해, 뤼크와 나는 리옹에서 결혼식을 올렸어요. 필리프와 그의 부모가 못내 유감스러워하며 참석했고요. 필리프는 어른들의 잔을 모조리 비우더니, 피로연이 시작되자 술에 취해선 내 입술에 키스를 해대며 숙모 사랑한다고 고래고래 소릴 질렀어요. 하객들이 웃음바다가 되었어요. 그는 이후 저녁 시간 내내 토하느라 화장실을 떠나지 못했어요. 그의 어머니는 불쌍한 것이 소화불량으로 일주일째 고생이라며 문 앞을 지켰고요. 항상 그런 식이었어요. 늘 어떻게든 아들을 감쌌죠. 나는 필리프가 재밌었어요. 앳되고 잘생긴 얼굴이 좋았고요.

결혼식 후 뤼크와 나는 브롱에 자동차정비소를 개업했어요. 단순 수리, 오일 교환, 관리 점검, 도색에서 시작해 점차 특약점이 되었죠. 장사가 잘됐어요. 일은 고됐지만 고생은 안 했어요. 절대. 2년 뒤 뤼크가 '우리 필리프'를 집에 초대했어요. 여름방학 때 와서 지내라고요. 우린 정비소에서 이십 분 거리에 있는 시골집에서 살았죠. 필리프는 우리와 함께 열네 살 생일을 맞았고, 뤼크는 필리프에게 50cc 오토바이를 선물했어요. 필리프가 얼마나 신나했는지 몰라요. 그런데 그때부터 뤼크와 여동생은 영영 사이가 틀어졌어요. 그쪽에서 전화에 대고 욕설을 퍼부었어요. 뤼크한테 온갖 새끼를 갖다붙이며, 대체 무슨 권리로 자기 아들한테 오토바이를 사준 거냐, 그 위험한 걸 왜 사주냐, 필리프가 죽길 바라는 거냐, 평생 자식 한 번 못 가져본 아무짝에도 쓸모없는 인간이라고 쏘아붙였죠. 사실이었어요. 전 부인하고도 그랬고, 뤼크는 나하고도 애가 없었거든요.

그날 필리프의 어머니는 민감한 문제를 건드린 거였어요. 뤼크는 여동생과 두 번 다시 말을 섞지 않았죠. 하지만 부모들이 반대해도 필리프는 매년 여름 우리 집에 왔어요. 갈 때가 되면 자기 집으로 안 가고 싶어했고요. 내내 우리 집에서 살고 싶다면서. 자기를 데리고 있어주면 안 되겠느냐고 사정했지만 뤼크는 불가능한 일이라고 말했어요. 그랬다간 그날로 자기 사형 날이 될 거라고, 여동생이 자길 죽일 거라고. 착한 아이였어요. 번잡하긴 했어도 착했어요. 뤼크는 그런 필리프를 보며 흐뭇해했고, 자식처럼 애정을 쏟았어요. 필리프는 오랫동안 뤼크에게 아들 대신이었어요. 나도 필리프와 잘 지냈고요. 내가 그에게 어린아이 대하듯 말하면, 자기는 애가 아니라며 골을 내곤 했죠.

필리프의 열일곱 살 여름엔, 셋이서 칸 근처의 비오로 여행을 갔어요. 바다가 보이는 빌라를 얻어 매일 바다로 나갔죠. 우린 바닷가 초가지붕 아래서 점심을 먹고 저녁에 돌아오곤 했어요. 필리프는 여자들과 나갔어요. 매일 여자가 달라졌죠. 낮에 바닷가에서 우리와 합류하는 경우도 종종 있었고요. 필리프는 수건을 깔고 누워 그들에게 키스했는데, 그가 성숙해 보여서 난 좀 당황했어요. 무신경해 보여 당혹스러웠고요. 그에겐 늘 모든 것에 아무 관심이 없는 분위기가 있었죠. 그는 매일 밤 춤추러 나가서 밤늦게 돌아왔어요. 외출 전엔 욕실을 독점했는데 그가 나가고 나면 향수병 마개들이 나뒹굴었어요. 삼촌 면도기를 몰래 쓰는가 하면, 세면대 주변엔 늘 면도크림 거품이 남아 있었고, 치약 뚜껑은 닫는 법이 없었고, 욕실 바닥에는 수건이 나뒹굴었죠. 뤼크는 그런 걸 다 못마땅하게 여겼어요. 그러면서도 재밌어했죠. 나는 뤼크와의 사이에 가져보지 못한 아이가 던져놓은 옷가지와 수건들을 주워 모아서 빨았고요. 우린 필리프가 집에 오는 걸 반겼어요. 우리에게 젊음과 태평을 안겨주었거든요. 필리프와 난 일곱 살 차이밖에 나지 않았어요. 스무 살까지는 나이 차이가 의미가 있죠. 서로 다른 행성에서 각자 사는 거라고 할 수 있어요. 하지만 세월이 흐르면 이 차이도 희미해지다가 결국 두 행성이 가까워져요. 영화, 텔레비전, 음악 취향이 같아져요. 결국 같은 것에 웃게 되죠.

그때 비오에서 난 한 바텐더와 관계를 가졌어요. 별다를 것도 크게 위험할 것도 없는 만남이었죠. 뤼크와 나는, 우리는 서로 사랑했어요. 늘 서로를 열렬히 사랑했어요. 뤼크는 내게 수시로 말했어요. 자기는 늙은 바보라고, 젊은 남자들과 즐기고 싶어지면 자기 모르게 언제든지 즐기라고. 다만 사랑에 빠지지는 말라고, 그건 못 참을 거라고. 지나고 보니 이제 분명히 알 것 같아요. 뤼크는 그때 다른 이의 품으로 떠밀며 내가 임신하길 바란 거였어요. 의식하진 못했겠지만 내심 어느 날 내가 임신해서 돌아오길 오랫동안 바랐을 거예요. 이름에 자기 성을 붙여줄 아이를 기다렸을 거예요. 아무튼 그 여름휴가 동안 빌라에서 파티를 연 적이 있었거든요. 스무 명 남짓 모였을까, 다들 어지간히 마셨는데, 수영장에 그 애인과 있다가 필리프에게 들켰어요. 그때 나를 보던 필리프의 눈빛을 절대 잊지 못할 거예요. 그의 눈 속에서 나는 놀람과 뒤섞인 즐거움, 그러니까 일종의 만족감을 보았어요. 아마 그날 밤 필리프가 처음으로 날 여자로 보았던 거 같아요. 필리프는 위험한 포식자였어요. 신도 질투할 미남이었고. 그쪽에겐 알려드릴 필요도 없는 사실이겠지만······

물론 필리프는 뤼크한텐 아무 말도 하지 않았어요. 일러바치지 않았죠. 하지만 빌라에서 마주치면 내게 암묵적인 미소를 보냈어요. '우린 공범이야' 말하는 듯한 미소를. 난 그게 끔찍하게 싫었어요. 그는 참을 수 없이 오만해졌어요. 함께 웃던 우리였는데 어느 날 갑자기 웃음이 뚝 끊겼죠. 그의 존재가, 그의 향수 냄새가, 그가 사방에 어질러놓는 난장판이, 새벽 5시에 들어오며 내는 소음이 견딜 수 없어지기 시작했어요. 내가 필리프를 쌀쌀맞게 대하면 뤼크는 좀 부드럽게 대해주라고, 제 어머니만으로도 골머리가 아픈 녀석이라고 했어요. 식탁에선 뤼크가 등을 보이기만 하면, 필리프가 히죽거리며 내게 시선을 고정했어요. 눈을 내려도 오만하게 불타는 그의 시선이 나를 향해 있다는 걸 느낄 수 있었죠.

여름휴가의 마지막 밤, 그가 평소보다 일찍 돌아왔어요. 여자 없이. 나는 선잠이 든 채, 혼자 테라스의 긴 의자에 누워 있었고요. 그가 내 입술에 자기 입술을 갖다댔어요. 나는 화들짝 깨어나 그의 뺨을 때리고는, 한 번 더 이따위 짓을 하면 그날로 우리 집엔 발도 못 들일 줄 알라고 했어요. 그는 군소리 없이 자러 갔고 이튿날 우리는 빌라를 떠났어요. 그를 기차역까지 데려다줬고, 그는 샤를르빌메지에르로 향하는 열차를 탔죠. 떠나기 전 플랫폼에서 그가 볼 키스를 하며 우리를, 양팔로 나와 뤼크를 끌어안았어요. 받아주고 싶은 마음이 없었지만 내겐 달리 방도가 없었어요. 자기 조카를 못마땅하게 여기는 걸 뤼크가 몹시 괴로워했으니까요. 나로서는 진퇴양난이었죠. 몇 번이나 고맙다고 말하면서 우리를 끌어안고 있는 동안, 필리프는 한 손을 내 등에서 엉덩이로 미끄러뜨리며 내 몸을 자기 허벅지에 붙였어요. 나는 아무것도 할 수 없었어요. 뤼크가 바로 곁에 있었으니까요. 필리프의 행동에 등골이 오싹했죠. 그는 끔찍스럽게 뻔뻔했어요. 너무나 제멋대로인 행동이었어요. 마침내 그가 인사와 함께 우리를 놓아주더니 가방을 어깨에 걸쳐 메고 기차에 올랐어요. 그러곤 천사 같은 미소를 지으며 우리에게 손을 들어 보였죠. 내 눈은 그에게 기관총을 난사하고 있었지만, 그는 마치 날 가졌다고 말하는 듯 빙글거리고 있었어요.

우리는 브롱으로 돌아와 다시 정비소 일을 시작했어요. 이듬해 봄에 필리프가 전화를 걸어 그해 여름엔 우리 집에 오지 않을 거라고 했어요. 친구들과 스페인으로 열여덟 살 생일을 기념하러 간다고요. 정말이지 나는 안도했어요. 그러지 않았다면 그의 불손한 시선과 행동을 마주할 수도 피할 수도 없었을 테니까요. 뤼크는 실망이 컸지만, 그 나이엔 당연한 일이라고 말하며 전화를 끊었어요. 우린 다시 비오로 가서 그곳의 친구들과 재회했고 그렇게 한 달을 보냈어요. 뤼크는 필리프의 부재를 못내 아쉬워했어요. 집이 매일 너무 말끔하다고, 여긴 왜 이렇게 조용하냐는 말을 달고 살았어요. 엄밀히 말하면 뤼크가 필리프를 애지중지하긴 했어도, 그가 그때 그리워한 건 필리프가 아니었어요. 우리 아이였어요. 돌아오는 길에 뤼크에게 입양을 제안했던 기억이 나요. 그는 싫다고 했어요. 그 역시 오래 고민했을 거예요. 그는 우리 둘만으로 좋다고, 그것만으로 넘치게 좋다고 했어요.

이듬해 1월, 뤼크의 어머니가 세상을 떠났어요. 우린 장례식에 참석했고, 뤼크와 그의 여동생은 그런 상황에서도 서로 말을 섞지 않았죠. 필리프도 있었어요. 우리는 그와도 1년 반 동안 보지 못한 터였죠. 그동안 많이 변했더군요. 뤼크가 그를 한참 부둥켜안고서, 이젠 그가 자기보다 머리 하나는 더 크다고 말했어요. 필리프는 장례식 내내 날 못 본 척했어요. 차에 타려는데, 뤼크가 가족들에게 인사하러 간 사이였거든요, 갑자기 필리프가 나타나 나를 차문에 밀어붙였어요. 188센티미터 높이에서 나를 내려다보며 숙모도 왔었느냐고, 못 봤다고 했어요. 그리고 저항할 새도 없이 입을 맞추며 속삭였어요. '내년 여름에 만나.'

이듬해 여름이 왔죠. 그의 스무 살 여름. 그가 빌라 자기 방에 발을 들이기도 전에 나는 그의 멱살을 잡았어요. 그가 재미있다는 듯 두 눈을 껌뻑거렸죠. 누가 봐도 우스운 광경이었을 거예요. 160센티미터인 내가 발돋움을 하고 장대 같은 그를 복도 벽에 밀어붙이고 있었으니. 나는 덜덜 떨리는 손으로 온 힘을 다해 그를 찍어 누르며 말했어요. 여름휴가 조용히 보내다 가고 싶으면 헛짓거리할 생각 말라고. 내 옆에 오지도 말고, 날 쳐다보지도 말고, 어떤 신호도 하지 말라고. 그럼 아무 탈 없을 거라고. 그가 빈정대듯 알았다고 했어요. 약속한다고 했어요, 조심하겠다고.

그때부터 그는 마치 내가 존재하지 않는 듯 굴었어요. 예의를 지키며 때마다 안녕히 주무셨어요, 안녕히 주무세요, 고맙습니다, 다녀올게요, 했지만 이 인사말들이 우리 대화의 전부였어요. 아침이면 우리는 함께 바닷가로 갔죠. 그는 차의 뒷좌석에, 우리 부부는 앞에 앉아서. 그는 늘 밤늦게 외출했고 그의 물건들은 집 안 곳곳에 나뒹굴었어요. 여자들이 밤에 그의 방이나, 오후에 해변의 수건 위로 찾아오기도 했죠. 가끔씩은 여자들을 바위 뒤로 데려갔어요. 정말 끝이 없었어요. 그가 발을 들이는 곳마다 시시덕거리는 소리가 들렸죠. 뤼크는 웃어댔고요. 필리프는 정말 잘생긴 남자였어요. 천사 같은 얼굴, 구불구불한 금발, 구릿빛 피부. 몸은 잔근육들로 탄탄했고요. 해변의 또래 여자들은 물론이고 여자라면 다 그를 흘금거렸어요. 남자들도 부러운 눈초리를 보냈어요. 그 모든 시선이 필리프를 자신만만하게 만들었죠. 이따금 뤼크가 내 귀에 대고, 자기 동생이 바람을 피운 게 분명하다고, 그렇지 않고서야 그 못생긴 인간들 사이에서 저런 아이가 나올 턱이 없다고 속삭였어요. 그 말이 날 얼마나 웃게 했던지. 뤼크는 언제나 나를 웃게 했죠. 난 그와 함께 정말 아름다운 생을 보냈어요. 여한 없는 사랑을 듬뿍 받았죠. 우린 서로에게 둘도 없는 친구였어요. 그와 헤어졌다면 난 상처를 극복하지 못했을 거예요. 그는 내게 친구이자 아버지이자 오빠였어요. 침대에서야 특별할 게 없었지만 그건 이따금 다른 데서 보충했으니까요.

지금 당신이 무슨 생각을 하는지 알아요. '필리프는 결국 언제 저 여자를 안게 되었을까?' 생각하고 있겠죠."

긴긴 침묵이 이어졌다. 여자가 손등으로 바지의 보이지 않는 얼룩을 털어냈다. 시간이 멈췄다. 우리는 마주 앉은 채, 단둘이다. 필리프가 향수를 바꾸기라도 한 듯하다. 프랑수아즈가 내 부엌으로 낯선 이를 들이기라도 한 듯하다.

"필리프의 스무 살 생일 밤, 뤼크와 내가 빌라에서 생일파티를 열어 줬어요. 그의 젊은 친구들이 모였죠. 음악과 술, 그리고 작은 수영장 주변에 마련된 뷔페 테이블이 있었어요. 날이 좋았고 모두가 춤을 추었죠. 내가 무슨 정신이었는지 필리프 친구 중 한 명을 유혹했어요. 롤랑이라고, 필리프와 낮에 어울려 다니던 얼간이 친구였어요. 사람들을 피해 입을 맞추다가, 촛불을 불고 선물을 열어보는 시간에 사람들이 모인 곳으로 갔어요. 사라졌다 나타난 우리를 보자 필리프는 나를 노려봤어요. 그가 분노에 찬 눈으로 스무 개의 촛불을 불어 껐어요. 그 순간, 뤼크가 빨간 리본을 두른 선물을 밀며 조카를 향해 갔죠. 회색 혼다 CB100. 천 프랑짜리 수표 봉투를 매단 풀페이스 헬멧도 함께. 포옹, 높이 들어올리는 샴페인 잔들, 놀람과 기쁨의 환호성. 필리프는 느긋한 척, 모두에게 웃는 척, 평소처럼 허세 부리는 척을 했어요. 하지만 턱은 굳어 있었죠. 잔뜩 화가 나 있었어요. 음악이 다시 시작되자 모두 춤을 추기 시작했어요. 롤랑이 다가와 다시 내게 몸을 붙이자 필리프가 그의 어깨를 잡더니 무슨 말인가를 귓가에 흘려 넣었죠. 그가 필리프에게 진심이냐고 물었고 이어 주먹질이 오갔어요. 자려고 누웠던 뤼크가 소란한 소리에 일어나 롤랑의 엉덩이를 걷어차 내쫓았어요. 조카 일이라면 그도 자기 여동생과 똑같아졌어요. 조카에겐 무조건 아무 잘못이 없었어요.

파티가 다시 시작됐어요, 마치 아무 일도 없었던 것처럼. 그날 밤 난 잠을 이루지 못했어요. 필리프가 여자친구 하나를 우리 침실 창문가에 밀어붙였어요. 나는 몸을 흔드는 두 그림자를 알아볼 수 있었어요. 여자의 신음과, 분명 나를 겨냥해 여자에게 말하고 있는 필리프의 음탕한 얘기들이 들려왔어요. 내게 들릴 만큼은 큰 소리였지만 뤼크를 깨울 정도는 아니었어요. 그는 삼촌이 수면제를 먹고 잔다는 것을 알았어요. 내가 거기 그들 가까이에 있다는 걸, 두 눈을 부릅뜬 채 베개에 머리를 대고서 **모든 걸** 듣고 있다는 걸 알았어요. 내게 복수한 거예요. 이어진 날들엔 얼굴 보기가 힘들었어요. 아침부터 오토바이를 타고 나가 밤늦게 돌아왔거든요. 낮에도 더는 해변의 우리에게 오지 않았어요. 수건은 주인이 없는 채로 내내 보송했어요. 나는 간혹 선잠이 들었다가, 그가 내 옆에 서 있거나 내 등 위로 몸을 포개는 꿈을 꿨어요. 그럴 때면 숨이 막힌 채 깨어났어요.

열흘쯤 지났을까, 그가 다시 해변에 나타났어요. 나는 해변에서 멀어져 바다 한가운데로 수영하러 나가 있었죠. 그가 뤼크에게 다가가는 것이 보였어요. 점처럼. 금발과 몸의 형체가. 그가 뤼크에게 다정하게 볼 키스를 하고는 곁에 앉았어요. 뤼크가 손가락을 들어 내 쪽을 가리켰어요. 필리프가 나를 발견하고 옷을 벗었어요. 물로 들어왔어요. 자유형으로 헤엄쳐 나를 향해 오고 있었어요. 나는 도망칠 수 없었어요. 막다른 골목에 몰린 쥐처럼. 그가 가까워오자 나는 버둥대기 시작했어요. 더는 어디로도 나아가지 못한 채 제자리를 맴돌았어요. 왜 그랬을까요? 그가 나를 물속에 빠뜨리기 위해, 나를 해치기 위해 다가오는 것 같았어요. 끔찍하게 무서워 울음이 터졌어요. 나는 살려달라고 소리지르기 시작했어요. 하지만 아무도 내 소리를 들을 수 없었어요. 나는 어느 순간 부표를 넘어서 있었어요. 마침내 필리프가 내 앞에 이르렀고 즉시 내 상태가 이상한 걸 알아차렸어요. 난 그를 보지도 않은 채 계속해서 살려달라고 소리 질렀어요. 그가 날 도우려 했지만 손대지 말라고 울부짖으며 그를 물리쳤어요. 그가 강제로 나를 등에 업고서 부표가 떠 있는 곳을 향해 헤엄치기 시작했어요. 나는 내내 그를 때렸고 그도 나를 때려 진정시켰어요. 부표에 이르자 나는 줄을 움켜잡았어요. 그도 기진했어요. 우리는 헐떡거리며 숨을 골랐어요. 그가 이제 진정 좀 하라고, 숨을 한번 크게 내쉬어보라고, 해변으로 가자고 했어요. 나는 내 몸에 손대지 말라고 울부짖었어요. 그는 알겠다고, 그런데 자긴 안 되고 자기 친구들은 모조리 되는 거냐고 했어요. '넌 내 조카야!' '아니, 난 뤼크 삼촌 조카야.' '넌 응석받이 어린애일 뿐이야!' '당신을 사랑해!' '당장 그만둬!' '아니, 난 절대 그만두지 않을 거야!' 오한이 나기 시작했어요. 몸이 덜덜 떨렸어요. 해변을 보니 그곳이 너무 멀게 느껴졌어요. 뤼크를 봤어요. 그의 듬직하고 든든하고 안심되는 팔에 기대고 싶었어요. 필리프에게 해변으로 데려다달라고 했어요. 그가 나를 다시 등에 업었고 나는 그의 목에 팔을 둘렀어요. 그가 평영으로 헤엄치기 시작했고 나는 그대로 실려 갔어요. 몸 아래 그의 근육이 느껴졌어요. 하지만 두려움과 반감 외에 다른 아무 생각도 들지는 않았어요.

그 뒤로 두 번의 여름 동안 필리프를 보지 못했어요. 뤼크와 나는 모로코로 휴가를 떠났어요. 필리프는 간혹 전화로 안부를 전하다가 5월에 우리를 보러 왔어요. 해변 사건 이후로 거의 3년 만이었죠. 그가 스물세 살 되던 해에. 뤼크가 선물한 혼다 뒷좌석에 애인을 태우고. 그가 헬멧을 벗었어요. 그의 얼굴, 그의 미소, 그의 눈빛. '내가 저애를 사랑하는구나.' 그때 내가 이런 생각을 한 걸 죽는 날까지 기억할 거예요. 그날은 날이 좋았어요. 넷이서 정원에서 저녁식사를 했죠. 이런저런 얘기를 나누며 한참을 머물렀어요. 같이 온 애인은, 이름은 잊었는데 너무 어렸어요. 수줍음이 무척 많았고요. 뤼크는 조카를 다시 보게 되어 너무 좋아했어요. 필리프는 오래전에 학교를 그만두고 이런저런 일들을 전전하고 있었어요. 뤼크가 그에게 자기 정비소에서 일하자고 했을 때 나는 피가 거꾸로 솟는 기분이었어요. 뤼크는 일을 가르쳐보고 잘 따라오면 정식으로 고용하겠다고 했어요. 난 신을 믿은 적이 없고, 교리 교육과도 맞지 않고, 성당에도 발을 들인 적이 거의 없지만, 그날 밤만은 기도를 했어요. 필리프가 절대 우리와 함께 일하는 일이 없게 해달라고. 필리프의 시선이 곧바로 나를 향하는 것이 느껴졌어요. 그가 아버지와 얘기를 해보겠다고 대답했어요. 괜한 문제를 만들 필요는 없다고. 우리는 잠자리에 들었지만 그날 밤 나는 잠들지 못했어요. 이튿날은 공휴일이었어요. 필리프와 애인은 늦게 일어났고 다들 점심때까지 빈둥거렸죠. 오후엔 뤼크가 낮잠을 자서, 나는 필리프의 애인과 텔레비전 앞에서 시간을 보냈어요. 필리프는 오토바이를 타고 한 바퀴 돌러 나가고 없었거든요.

그들이 우리 집에 온 후로 난 정말이지 필리프와 단둘이 있는 일이 없도록, 내가 할 수 있는 모든 걸 다 했어요. 그러다 결국 아페리티프 시간에 올 것이 오고야 말았어요. 샴페인을 가지러 지하 창고로 내려갔을 때였어요. 등 뒤에서 그의 향수 냄새가 났어요. 그는 시간 낭비를 하지 않고 말했어요. 자기가 뤼크의 정비소에 일하러 오는 일은 없을 거라고, 하지만 나더러는 그날 밤 자정에 정원으로 나오라고요. 담장에 앉아 기다리고 있으라고. 내가 입을 떼기도 전에 그가 내 말을 막았어요. '당신 몸에 손 안 대.' 그는 곧바로 위층으로 올라갔어요. 나는 샴페인 병을 들고서 뤼크와 필리프의 어린 애인이 기다리고 있는 식탁으로 돌아갔어요. 오 분 뒤에 필리프가 밖에서 오는 것처럼 들어왔고요. 대체 그가 원하는 게 뭔지 알 수가 없었어요. 정원 안쪽엔 목재 창고가 있고 그 뒤로 오래된 담장이 있었는데, 필리프가 어릴 때 그 위에서 스케이트보드를 타고 놀았거든요. 그래서 뤼크가 그 담장을 '필리프 담장'이라고 불렀죠. 필리프 담장에 화분들을 놓아야겠어, 필리프 담장에 칠을 해야겠는데, 요전 날 필리프 담장에 예쁜 앙고라 고양이가 앉아 있는 걸 봤어, 하는 식이었죠.

그날 저녁 시간이 어떻게 흘러갔는지 모르겠어요. 난 술을 엄청 마셨어요. 필리프가 나를 보다가 이윽고 삼촌에게, 정비소에서 일하는 건 힘들겠다고, 어머니 아버지에게 얘기했더니 난리라고 했어요. 뤼크가 괜찮다고 했어요. 밤 11시가 되자 모두 자리에서 일어났어요.

나는 침대에서 책을 펼쳤어요. 뤼크는 내게 몸을 붙이고 잠이 들었고요. 시간이 흐르자 심장이 쿵쿵대기 시작했어요. 집 안에선 아무 소리도 들리지 않았어요. 11시 55분, 외투를 걸치고 정원으로 나가 담장에 앉았어요. 칠흑 같은 어둠에 묻혀 있었죠. 정원이 집 뒤에 있어서 가로등 불빛이 전혀 없었거든요. 아주 작은 소리에도 소스라쳤던 기억이 나요. 뤼크가 깨어나 집 안을 뒤지며 나를 찾을까봐 겁이 나기도 했고요. 얼마 동안이나 그렇게 꼼짝없이 있었는지 모르겠어요. 잔뜩 겁에 질린 채 마비 상태였어요. 그런데 아무 일도 일어나지 않았어요. 사위가 고요하기만 했죠. 하지만 움직일 엄두가 나지 않았어요. 움직였다간 필리프가 생각을 바꿔 정비소에 일하러 올 것만 같았거든요. 그랬다면 난 떠났을 거예요. 뤼크한테는 아무 말도 하지 않은 채 이혼했을 거예요. 사랑하는 조카가 자기 아내를 원한다는 걸 알았다면 그는 죽고 말았을 거예요. 사랑하는 아내가 자기 조카를 사랑한다는 걸 알았다면 그는 죽고 말았을 거예요.

마침내 필리프와 어린 애인이 도착했어요. 그가 애인에게 아무 말도 하지 말고 시키는 대로 하라고 했어요. 필리프가 애인의 손을 잡아 이끌었어요. 애인은 천으로 두 눈을 가린 채 걷고 있었어요. 그는 다른 손에 든 손전등으로 내 쪽을 비췄어요. 눈이 부셨어요. 내 쪽에선 그들의 형체만 어렴풋이 보였어요. 그가 여자를 돌려 나무에 기대게 했어요. 그리고 나를 마주 보았죠. 그가 손전등을 발아래에 내려놓았어요. 빛은 여전히 나를 향해 있었어요. 나는 자동차 헤드라이트의 포로가 된 기분이었어요. 그가 말했어요. '네 얼굴이 보고 싶어.' 애인은 자기에게 하는 말이라고 생각했을 거예요. 여자는 내가 보는 앞에서 그가 시키는 대로 했어요. 내가 가까이 있는 줄도 모른 채. '모든 게 금지됐으니까 이렇게 하는 거야.' 그가 여자에게 몸을 붙였어요. 눈이 부셔 그를 볼 순 없었지만 나는 그의 시선이 나를 향해 있는 걸 느낄 수 있었어요. 그가 말했어요. '내게로 와줘.' 내가 일어나 그들에게 다가갈 때까지 계속해서. 여자는 여전히 뒤돌아 있었고, 필리프는 여자 앞에서, 내 앞에서, 여자와 밀착돼 있었어요. 나는 그들의 체취가 느껴질 만큼 그들 가까이 있었어요. 내 눈을 바라보던 그의 눈을 잊지 못할 거예요. 여자를 붙들던 동작도, 그의 움직임도, 내 눈에 박혔던 시선도, 그의 절정도, 나에 대한 승리도.

나는 몸을 떨며 침실로 돌아와 뤼크를 안고 잠이 들었어요. 그날 밤 필리프의 꿈을 꾸었어요. 이후의 밤들에도. 이튿날 필리프와 애인은 집으로 돌아갔어요. 나는 그들이 떠나는 걸 보지 못했어요. 두통 핑계를 대고 침대 밖으로 나오지 않았거든요. 오토바이 시동 소리가 들리고 모터 소리가 완전히 사라졌을 때 나는 침대에서 일어났어요. 두 번 다시 그를 만나지 않겠다고 다짐했어요. 그를 생각하긴 했어요. 자주 했어요. 이듬해 여름, 나는 뤼크와 함께 세이셸 섬으로 단둘이 여행할 계획을 세웠어요. 뤼크에겐 둘이서 다시 신혼여행처럼 떠나보자고 했어요.

필리프와는 그의 스물다섯 살 여름에 다시 만났어요. 그가 예고 없이 빌라에 들이닥쳤죠. 뤼크는 알고 있었어요. 나를 놀라게 해줄 셈이었던 거예요. 나는 반가운 척했지만 욕지기를 느꼈어요. 거부감이 드는가 하면 끌리기도 하고 수많은 감정이 밀려왔어요. 그날 밤 그가 내 방 창문 아래서 몸을 붙인 여자에게 속삭였어요. '내게로 와줘.' 나는 온종일 그를 피해 다녔어요. 아침식사 때 마주치기라도 하면 그는 아무 일 없는 척 인사를 건넸죠. 하지만 더는 웃지 않았어요. 불행해 보였어요. 무언가가 변해 있었어요. 나 역시 더는 웃지 않았죠. 나 역시 불행했어요. 그가 내게 불온한 사랑을 전염시켰어요. 나는 그를 사랑하다 병이 들었어요.

마지막 날, 그를 기차역에 데려다준 건 나였어요. 그에게 두 번 다시 보고 싶지 않다고 했어요. 그는 자기와 함께 떠나자고 했어요, 나와 함께라면 모든 것이 가능할 것 같다고, 뭐든 용기가 날 것 같다고, 만약 내가 거절한다면 자긴 아무짝에도 쓸모없는 한심한 놈이 될 거라고.

가슴이 찢어졌어요. 나는 그에게 조용히 말했어요. 내가 뤼크를 떠나는 일은 절대로 없을 거라고. 절대로. 그가 마지막으로 키스를 하겠다고 했어요. 나는 안 된다고 했어요…… 그랬다면 나는 그와 함께 떠나게 됐을 거예요.

1983년 8월 30일, 그가 탄 기차가 사라졌을 때 나는 이제 두 번 다시 그를 볼 수 없으리란 걸 알았어요. 알 수 있었어요. 적어도 이번 생에서는. 하나의 생에 여러 번의 생이 있을 줄은 그땐 알지 못했어요.

우리는 필리프를 다시 볼 수 없었어요. 처음엔 그가 간간이 전화를 주었죠. 그러다 점차 해가 지나면서 소식이 끊겼어요. 뤼크는 그가 결국 부모에게 뜻을 굽혔다고 생각했어요. 부모 편이 되기로 했다고. 우린 우리의 일상을, 우리의 삶을 이어갔죠. 잔잔하고 평온한 삶을. 우리는 필리프가 누군가를, 그러니까 당신을 만나 아이를 얻었고 이사를 했다는 걸, 그로부터 1년 뒤에 알게 됐어요. 그는 우리에게 전화를 걸어 소식을 전하지 않았어요. 나는 나 때문이란 걸 알았지만, 뤼크는 그의 소식을 더는 듣지 못해 내내 힘들어했어요.

뤼크는 아마 당신을 만나고 싶었을 거예요. 그리고 당신들의…… 어쩌면 모든 게 달라질 수도 있었을 텐데. 더 수월했을 텐데. 그리고 그 사건이 벌어졌죠. 우리가 그 소식을 들은 건 거의 우연이었어요. 여름 캠프…… 끔찍한…… 뤼크는 필리프와 연락하고 싶어했어요. 조카의 연락처를 물으려고 전화했지만 여동생이 끊어버렸어요. 뤼크도 다시 묻지 않았고요. 그저 슬픔이 커졌죠. 연락이 닿은들 무슨 말을 할 수 있겠느냐며 한탄했어요.

1996년 10월, 뤼크가 내 품에서 죽었어요. 심장마비였어요. 날씨도 좋았건만. 아침식사 때만 해도 함께 웃었는데 오전이 끝나갈 무렵 더는 숨을 쉬지 않았어요. 눈 좀 떠보라고, 다시 숨 좀 쉬어보라고 울부짖어본들 무슨 소용이었겠어요. 그는 내 말을 더 이상 듣지 못했어요. 죄책감이 들었죠. 오랫동안 그의 죽음이 필리프 때문이라고 생각했어요. 그 우습고 은밀한 사랑 때문이라고. 아니, 우습진 않았어요.

나는 뤼크를 최대한 조용히 묻었어요. 필리프의 부모한테도 알리지 않았고요. 무슨 소용이었겠어요. 자기 장례식에서 그들의 모습을 보는 일을 뤼크는 참을 수 없었을 거예요. 잠깐 살아나 그들에게 꺼지라고 했을지도 몰라요. 필리프에게도 알리지 않았어요. 무슨 소용이었겠어요. 정비소는 유지하기로 마음먹었지만 운영은 사람을 두고 맡겼어요. 그러곤 몇 달 동안 멀리 떠나 있었어요. 나는 생각을 해야 했어요. 내게도 사람들이 말하는 애도의 시간이 필요했어요.

멀리 떠나는 건 내게 도움이 되지 못했어요. 그 반대였죠. 이번엔 내가 죽음과 가까워졌어요. 우울증이 나를 사로잡았어요. 병원에서 약물 치료를 받았어요. 열까지도 세지 못했어요. 뤼크의 죽음이 나의 죽음으로 이어질 뻔했어요. 남편을 잃고 삶의 지표를 잃고 말았던 거예요. 그를 정말이지 어릴 때 만났잖아요. 겨우 정신이 들기 시작하자 사업을 직접 꾸려야겠다는 결심이 섰어요. 그 정비소는 우리 삶의, 무엇보다 내 삶의 전부였으니까요. 시골집을 팔고 정비소에서 오 분 거리인 시내의 집을 샀어요. 내가 새 주인에게 시골집 열쇠를 건넸을 때, 필리프 담장에 티티새 한 마리가 날아와 앉더니 목청껏 노래를 불렀어요.

1998년, 손님 차의 견적을 내던 중에, 정비소로 들어서는 그를 보았어요. 사무실에 앉아, 유리창 너머, 오토바이를 타고 도착하는 그를 보앉어요. 헬멧을 벗기도 전부터, 이미 그라는 걸 알 수 있었죠. 15년 만이었어요. 모습은 변했지만 분위기는 여전했어요. 죽을 것 같았어요. 뤼크처럼 내 심장도 멎는 줄 알았어요. 그를 다시 보는 날이 올 줄은 전혀 몰랐어요. 나는 그의 생각을 거의 하지 않았어요. 그는 나의 밤의 일부였거든요. 꿈은 자주 꾸었지만 낮에는 그의 생각을 거의 하지 않았어요. 그는 내 추억에 속했어요. 그가 헬멧을 벗었어요. 이제 그가 현재에 속하기 시작했어요. 초췌한 얼굴. 꺼칠한 안색. 충격이었죠. 기차역에 스물다섯 살짜리 청년을 두고 왔는데, 이제 발견한 건 어두운 중년 남자였어요. 하지만 보기가 좋았어요. 세월이 느껴졌지만 보기가 좋았어요. 나와 함께 떠나고 싶다던 그의 마지막 말이 떠올랐어요. 나와 함께라면 모든 것이 가능할 것 같다고, 뭐든 용기가 날 것 같다고, 만약 내가 거절한다면 자긴 아무짝에도 쓸모없는 한심한 놈이 될 거라고 했던 그 말이.

그에게 다가갔어요. 나는 어땠겠어요. 나 역시 변했죠. 마흔일곱 살이었으니까. 야위었고, 피부도 세월을 비켜가지 못했고요. 술에 담배에. 그에겐 그런 게 아무 상관이 없었어요. 나를 보자 내 품에 달려들었어요. '내 품에 쓰러졌다'는 말이 더 정확하겠네요. 그가 오열했어요. 오래도록 울었어요. 정비소 한가운데서. 나는 그를 집으로 데려갔어요. 우리 집으로. 그리고 그가 모든 걸 털어놓았어요."

***

프랑수아즈 펠르티에는 한 시간쯤 전에 이곳을 나갔다. 그 여자의 목소리가 내 방 안에 쟁쟁하다. 나는 그가 내게 상처를 입히러 왔다고 생각했는데, 그는 내게 진실이라는 선물을 건넸다.

62

난 더는 꿈꾸지 않아, 더는 담배 피우지 않아,

더는 아무런 역사도 없어, 너 없이 난 더러워,

너 없이 난 못생겼어, 난 고아와 같아.●

가브리엘 프뤼당은 담배를 비벼 끄고 안으로 들어갔다. 장미원 마감 오 분 전이었다. 이렌 파욜은 이미 가게의 불을 끄고 정원으로 이어진 문도 닫았다. 육중한 철제 셔터도 내렸다. 이렌은 창고에서 계산대 앞에 선 그를 보았다. 계산을 기다리는 방치된 손님처럼 그가 서 있었다.

그들은 동시에 서로를 발견했다. 이렌은 할로겐램프의 하얀 불빛을, 가브리엘은 출입문 위에 매달린 빨간 네온 불빛을 받고 있었다.

'여전히 예쁘군.' '대체 여기서 뭐 하는 거지?' '반가워해주면 좋겠는데.' '내게 무슨 할 말이라도 있는 걸까?' '하나도 안 변했어.' '하나도 안 변했네.' '얼마나 됐지?' '3년 만이네.' '마지막엔 좀 안 좋았지.' '좀 불안해 보여.' '그땐 말도 없이 가버리고.' '날 원망하지 않으면 좋겠는데. 하긴 그랬다면 이렇게 나타나지도 않았겠지.' '여전히 남편과 살고 있을까?' '재혼은 했을까?' '머리색을 바꾼 것 같은데. 밝은색으로.' '여전

● 세르주 라마의 노래 〈난 환자야〉 중에서.

히 남루한 남색 코트를 걸치고 있네.' '여전히 온통 베이지군.' '지난번 텔레비전에서 본 것보다 젊어 보이네.' '저 여인은 그동안 뭘 하며 지냈을까?' '저 남자는 그동안 누굴 만나고, 누굴 변호하고, 누굴 사귀고, 뭘 먹고, 어떤 경험을 했을까? 세월이 많이 지났어. 몇 년이잖아.' '내가 한잔하자고 하면 승낙할까?' '왜 이렇게 늦은 시간에 온 거지?' '날 기억할까?' '날 잊지 않았어.' '여기 아직 있어서 다행이야.' '운이 좋았네, 평소 같으면 목요일 저녁엔 폴이 데리러 오는데.' '아무 말도 하지 않고 나갈 수도 있어.' '내게 키스하려나?' '내게 시간을 내줄까?' '오늘 밤에 학부모 면담이 있잖아.' '그냥 조용히 뒤를 따라가는 게 나았을까?' '혹시 내 뒤를 밟았나?' '그러다 우연히 만난 것처럼 하는 게?' '폴과 쥘리앵이 학교 앞에서 7시 30분에 날 기다릴 텐데. 프랑스어 선생이 면담 신청을 했잖아.' '첫걸음, 첫걸음은 저 여인이 떼어주었으면. 어, 이건 노래 가사잖아. 그렇게 각자 살다가 랄랄라.' '호텔에 가게 될까? 지난번처럼 내게 술을 마시게 할까?' '분명 내게 할 말이 있을 거야.' '영어 선생도 면담하겠다고 했는데.' '선물을 줘야지, 선물도 안 주고 떠날 순 없지. 대체 내가 여기서 뭘 하는 거지? 피부, 호텔. 숨결.' '이제 담배를 안 피우네, 아냐, 끊었을 리 없지. 여기선 못 피우는 거겠지. 저 손⋯⋯'

이렌 파욜의 일기

1987년 6월 2일

창고에서 나왔다. 가브리엘이 멋쩍게 웃으며 내 뒤를 따랐다. 명성 높은 변호사가, 카리스마도 있고 언변도 뛰어난 그가 어린애처럼 무슨 말을 해야 할지 모르고 있었다. 범죄자들이며 무고한 이들을 변호하는 그가 우리 사랑을 변호할 말을 찾지 못하고 있었다.

우리는 길에서 다시 마주했다. 가브리엘은 여전히 내게 선물을 건네지 않고 있었고, 우리는 아직 한마디 말도 나누지 않았다. 나는 가게 문을 열쇠로 잠갔고, 우리는 차까지 걸어갔다. 3년 전처럼 그는 내 옆에 앉아 머리 받침대에 머리를 기댔고, 나는 아무렇게나 차를 달렸다. 더는 멈추고 싶지 않았다. 차를 세우고 싶지 않았다. 그가 내 차에서 내리지 않기를 바랐다. 달리고 보니 툴롱 방향 고속도로에 들어서 있었다. 나는 앙티브 곶까지 해안을 따라 내달렸다. 밤 10시, 연료가 떨어질 때쯤 바닷가에 차를 세웠다. 옆쪽으로 호텔 '금빛의 만灣'이 있었다. 우리는 방값과 식당 메뉴가 안내된 게시판 앞으로 걸어갔다. 금발의 여자가 상냥한 미소로 우리를 맞았다. 가브리엘이 저녁을 먹고 싶은데 너무 늦었느냐고 물었다.

그가 장미원에 들어온 이후 처음 듣는 말소리였다. 차에서도 한마디 말이 없었다. 라디오에서 좋은 음악을 찾았을 뿐.

프런트 여자가 이 계절엔 주중에 식당이 문을 닫는다며, 방으로 샐러드와 클럽 샌드위치를 올려 보내겠다고 덧붙였다.

방을 달라고 한 것도 아니었는데.

여자는 대답을 기다리지도 않고 우리에게 7호실 열쇠를 건네며, 곁들일 와인으로는 화이트, 레드, 로제 중 뭐가 좋은지 물었다. 나는 가브리엘을 보았다. 술을 고르는 건 그였다.

마지막으로 프런트 여자가 며칠 동안 묵을 예정인지 물었고 그건 내가 대답했다. 아직 모르겠다고. 여자가 방까지 우리를 따라와 전

등과 텔레비전 작동 방법을 안내했다.

계단에서 가브리엘이 내 귓가에 속삭였다. "대뜸 방을 주는 걸 보니 우리가 연인같이 보이나봐요."

7호실은 희미한 노란색이었다. 남프랑스의 색. 프런트 여자가 테라스 창의 덧문을 열어주고 나갔다. 바다는 검었고 바람은 포근했다. 가브리엘이 남색 코트를 의자 등받이에 걸치더니 거기서 무언가를 꺼내 내게 건넸다. 선물 포장한 작은 물건이었다.

"이걸 주러 왔어요. 장미원에 들어설 때는 우리가 여기, 이 호텔에 있게 될 줄은 몰랐어요."

"후회해요?"

"무슨 말도 안 되는 소릴."

포장을 벗기니 스노볼이 나왔다. 나는 그것을 뒤집기를 여러 차례 반복했다.

프런트 여자가 노크 후 음식 카트를 밀고 들어와 방 한가운데 놓아둔 뒤, 들어올 때와 마찬가지로 민첩하게 사라졌다.

가브리엘이 내 얼굴을 두 손으로 감싸며 키스했다.

'무슨 말도 안 되는 소릴.' 그것이 그날 밤 그의 마지막 말이었다. 우리는 음식과 와인에 손을 대지 않았다.

이튿날 아침, 나는 폴에게 전화를 걸어 당장은 집에 갈 수 없다고 말한 뒤 전화를 끊었다. 직원에게도 전화를 넣어 잠시 장미원을 맡아달라고 부탁했다. 직원이 다소 당황하며 출납도 자기가 하는지 물었다. 나는 그렇다고 대답한 뒤 인사도 없이 전화를 끊었다.

다신 돌아가지 않을 작정이었다. 영원히 사라져버릴 생각이었다. 아무것도 더는 마주하고 싶지 않았다. 특히 폴의 시선은. 비겁하게 도망치기. 쥘리앵은 되찾을 것이다, 나중에, 아이가 컸을 때, 이해하게 되었을 때.

가브리엘도 나도 갈아입을 옷이 없었다. 이튿날, 우리는 가게를 찾아 옷가지를 구입했다. 그는 베이지색을 고르는 날 말리면서, 금장식이 달린 원색의 원피스들을 사주었다. 샌들도. 샌들이라면 늘 질색했다. 발가락이 보이는 게 싫었다.

그 며칠 동안 나는 변장을 하고 다니는 기분이었다. 다른 사람이 된 기분이었다. 다른 옷, 다른 여자의 옷을 입은 기분이었다.

그때의 나는 정말 변장을 했던 것일까? 아니면 나 역시 처음 발견한 내 모습이었던 것일까? 그것이 오래도록 의문이었다.

일주일 뒤, 가브리엘은 살인죄로 피소된 남자를 변호하기 위해 리옹 법정에 가야 했다. 그는 남자의 무죄를 확신했고 내게 함께 가달라고 했다. 나는 생각했다. '장미나 가족은 모른 체할 수 있어도 살인죄를 뒤집어쓴 사람은 안 돼.'

우리는 장미원에서 몇 블록 떨어져 세워둔 가브리엘의 차를 되찾기 위해 마르세유로 돌아왔다. 내 차는 세워두고서 평소처럼 왼쪽 앞바퀴 위에 열쇠를 숨긴 뒤, 함께 리옹으로 떠날 계획이었다.

그런데 가브리엘의 빨간색 카브리올레를 본 순간, 그 남자에 대해 아는 게 없다는 생각이 들었다. 그에 대해 아무것도 모른다는 생각이. 나는 그와 함께 내 생애 가장 아름다운 시간을 보냈다. 이제 어떻게 될 것인가.

왠지 휴가철의 사랑이 떠올랐다. 해변에서 처음 만난 잘생긴 남자와 불같은 사랑에 빠지지만, 9월에 파리의 잿빛 거리에서 일상복 차림으로 만나니 여름날의 매력이 온통 휘발되고 없더라는 유의.

폴을 떠올렸다. 폴에 대해선 모든 것을 알았다. 그의 다정함, 그의 준수함, 그의 섬세함, 그의 사랑, 그의 수줍음, 우리의 아들.

그때 저 멀리 자기 차의 운전석에 앉아 있는 폴이 보였다. 장미원에 갔던 것이리라. 사방으로 나를 찾는 듯했다. 매우 창백했고 넋이 나가 있었다. 그는 나를 보지 못했다. 차라리 그와 시선이 마주치고 싶었지만 그는 나를 보지 못함으로써 내게 선택을 넘겼다. 그에게 돌아가든지, 가브리엘의 차에 오르든지. 쇼윈도에 비친 내 모습을 보았다. 금장식의 초록색 원피스를 입고 있는 나는 다른 여자였다.

나는 카브리올레의 운전석에 앉아 있는 가브리엘에게 기다리라고 말했다. 그리고 장미원까지 걸어가 그 앞을 지나쳤다. 아무도 없었다. 직원은 가게 뒤쪽 정원에 있는 모양이었다.

나는 쫓기듯 달리기 시작했다. 난생처음 전력을 다해. 나는 맨 처음 보이는 호텔로 들어가 방문을 잠갔다. 그리고 혼자 울었다.

이튿날, 장미원 일을 다시 시작했다. 베이지색 옷도 다시 입었다. 스노볼은 계산대에 놓아두고 집으로 돌아왔다.

직원이 전날 가게에 꽤 유명한 변호사가 찾아와 미친 사람처럼 곳곳을 뒤지며 나를 찾더라고 전해주었다. 실물이 텔레비전만 못하고 더 작더라고 했다.

일주일 뒤, 뉴스와 신문이 가브리엘 프뤼당 변호사가 리옹에서 무죄 판결을 받아냈다는 소식을 알렸다.

63

아버지의 부재는
그가 존재했을 때의 추억을 더욱더 생생히 한다.

법정에서 준비에브 마냥 다음으로 필리프 투생의 머릿속에 각인되어 떠나지 않는 것이 있었다. 알랭 퐁타넬의 낯짝. 그의 옷차림, 행동, 태도. 필리프 투생은 진술하러 나온 모든 사람 중에서 오직 그만을 기억했다.

알랭 퐁타넬은 사인소추자 측 변호인이 마지막으로 법정에 세운 자였다. 교사진과 소방관들, 전문가들, 요리사에 이어. 퐁타넬이 판사의 질문에 확고한 목소리로 대답했을 때, 필리프 투생은 준비에브 마냥이 시선을 내리는 것을 보았다. 재판 첫날 마냥을 복도에서 알아보았을 때, 마냥이 그날 밤 노트르담데프레 성에 있었다는 사실을 알았을 때, 필리프 투생은 그 즉시 떠올렸다. '저 여자구나, 저 여자가 아이들 방에 불을 질렀어, 저 여자가 복수한 거야.'

그렇지만 필리프 투생이 강하게 거북한 감정을 느낀 것은 퐁타넬이 입을 열었을 때였다. 그는 이런 기분, 거짓말 앞에서 느껴지는 이 현기증을 혼자만 느낀 것이 아니리라 생각했다. 그래서 다른 부모들을 힐금거리며, 퐁타넬이 그들에게도 똑같은 효과를 일으켰는지 살폈다. 전혀 그렇지 않았다. 다른 부모들은 죽은 듯이 넋이 빠져 있었다. 비올레트처럼 죽어 있었다. 멍한 시선으로 피고석에 앉은 교장도 마찬가지였다. 교장 역시 퐁타넬의 말을 듣고 있었지만 듣고 있지 않았다.

다시 한번 필리프 투생은 생각했다. '살아 있는 건 나 하나야.' 그는 죄책감을 느꼈다. 그는 다른 부모들과 달랐다. 레오닌의 죽음은 그를 파괴하지 않았다. 마치 그들 부부 가운데선 비올레트가 모든 걸 받아 안은 듯이. 비올레트는 그와 슬픔을 나누지 않았다. 하지만 그는 마음 깊은 곳에서 알고 있었다. 그를 일으켜 세우고 그 모든 혼란 속에서 그를 버티게 하는 건 분노라는 것을. 억눌리고, 무겁고, 사납고, 어두운 분노. 결코 누구에게도 말한 적 없는 분노. 부모에 대한 증오, 어머니에 대한 증오, 불이 났을 때 대응하지 않은 그 모든 인간들에 대한 증오……

그는 좋은 아빠가 아니었다. 집에 없는 아빠, 다정하지 않은 아빠, 허울뿐인 아빠. 아이에게 사랑을 주기엔 너무 이기적이었고 너무 자기 본위였다. 그는 오직 오토바이와 여자들에게만 관심을 주기로 결심한 터였다.

선고가 떨어졌다. 교장에게 2년 징역형에 1년 실형. 그리고 보상, 막대한 보상. 그가 혼자 차지할 돈. 고약한 모친이 그에게 주입한 습성. "너 혼자 다 갖고 있어. 그애는 돈 때문에 네 옆에 붙어 있는 거니까."

그가 법정에서 나오자, 방금 겪은 재판보다 더 완고한 부모가 밖에서 기다리고 있었다. 달아나고 싶었다. 그들의 시선과 마주하지 않기 위해, 숨겨진 다른 문으로 도망치고 싶었다. 레오닌이 죽은 뒤로 그들의 아무것도 참을 수가 없었다. 걸핏하면 비올레트를 책망하던 모친도 이번만큼은 비올레트를 원망하지 못했다. 그러려 해도, 레오닌을 그 불행의 장소로 보내도록 고집한 건 모친이었다. 그는 어깨를 늘어뜨리고 부모와 함께 점심을 먹으러 갔다. 아무것도 삼킬 수 없었고 아무 말도 할 수 없었다. 그는 영수증 뒷면에, 부친이 계산을 하며 사용한 볼펜으로 휘갈겼다. '에디트 크로크비에유, 교장. 스완 르텔리에, 요리사. 준비에브 마냥, 생활지도사. 엘로이즈 프티 & 루시 랭동, 보조원. 알랭 퐁타넬, 관리인.'

그는 퐁타넬의 진술만을 가슴에 간직한 채 집으로 돌아왔다. "저는 2층에서 자고 있었습니다. 스완 르텔리에가 고함을 질러서 깨어났습니다. 여자들이 이미 다른 아이들을 대피시키고 있었어요. 아래층 방은 불길에 휩싸여서 들어갈 수 없었습니다. 그랬더라면 상황만 더 악화됐을 겁니다."

비올레트는 재판 결과를 듣고도 아무 반응이 없었다. 알았다고 하고선 건널목의 차단기를 내리러 갔다. 그 순간 그는 프랑수아즈를, 비오에서의 여름들을 떠올렸다. 자주 그 생각을 했다. 현재가 그를 괴롭힐 때면 그는 추억의 여름휴가들로 되돌아갔다. 그가 게임기를 끌 무렵 비올레트는 이미 잠들어 있었다. 그는 비올레트 옆에 가서 눕지 않았다. 오토바이에 올라탄 여자들에게 갔다. 하지만 퐁타넬의 말이 머릿속에서 떠나지 않았다. "저는 2층에서 자고 있었습니다. 스완 르텔리에가 고함을 질러서 깨어났습니다. 여자들이 이미 다른 아이들을 대피시키고 있었어요. 아래층 방은 불길에 휩싸여서 들어갈 수 없었습니다. 그랬더라면 상황만 더 악화됐을 겁니다."

누구의 상황이 어떻게 더 악화될 수 있단 말인가.

레오닌의 죽음은 그의 자기 본위를 무너뜨렸다. 모친이 사수하라고 강제한 바로 그 자기 본위. "다른 사람들은 생각하지 마, 너만 생각해."

이따금 그는 비올레트에게 불쑥 말하기도 했다. "우리 다시 아이 낳자." 비올레트는 그러자고 대답했다. 그를 물리치기 위해서였을 것이다. 지금껏 자신을 혼자 둔 그를 쫓아버리기 위해. 주변의 그 모든 여자들이 아니라 프랑수아즈, 유일하게 사랑하지 못한 그 여자 때문에 자신을 배신해온 남자를 쫓아버리기 위해. 그는 비올레트를 행복하게 해주기 위해 결혼한 것이 아니었다. 그는 모친의 시달림에서 벗어나기 위해 결혼했다.

아이를 잃었을 때 그는 비올레트가 너무 가여웠다. 아이를 잃은 것보다 아내의 슬픔 때문에 더 가슴이 아팠다. 비올레트에게 아무것도 해줄 수 있는 게 없다는 게, 아무 위로도 되지 않는다는 게 고통스러웠다. 그는 아내의 침묵 앞에서, 샴푸 브랜드나 텔레비전 프로그램 이외의 것을 말하지 못했다. 아내의 기분을 묻지 못했다. 그 때문에도 죄책감이 들었다. 그는 괴로워하는 법조차 알지 못했다. 요컨대 그는 아무것도 알지 못했다. 어떻게 사랑해야 하는지, 어떻게 일해야 하는지, 어떻게 나눠야 하는지. 아무짝에도 쓸모없는 인간이었다.

바 뒤의 비올레트를 처음 본 순간 마음을 빼앗겼었다. 설탕 가루가 반짝이는 듯한 비올레트에게 이끌렸다. 비올레트는 축제 날 트럭에서 파는 오색 막대사탕 같았다. 그것은 프랑수아즈에게 느꼈고 앞으로도 영원히 간직할 감정과는 달랐다. 하지만 그는 이 여자를 원했었다. 목소리, 피부, 미소, 깃털 같은 몸을. 소년 같은 모습, 연약한 모양, 자신을 아낌없이 내어주는 태도를. 그래서 아이를 서둘러 갖게 했다. 곁에 두고 싶었다. 그를 위해, 그만을 위해. 누구와도 나누고 싶지 않은 파이처럼. 배가 터질 것 같아도 자기 혼자 삼키는 파이. 그리고 모친이 스웨터에 버터기름을 잔뜩 묻힌 그를, 아이이자 왕인 그를 현장에서 검거했다. 아이를 가진 여자까지.

1996년 8월, 에디트 크로크비에유에게 징역형이 선고된 재판이 있고 아홉 달 뒤, 비올레트는 마르세유에 있는 셀리아의 별장에 열흘간 머물기 위해 떠났다. 필리프 투생은 셀리아가 마음에 들지 않았고 이 감정이 상호적인 걸 알았다. 비올레트에게는 그럼 자기는 예전 친구들인 샤를르빌의 친구들과 함께 오토바이를 타러 가겠다고 말했다. 하지만 그는 더는 친구가 없었다. 예전에도 지금도.

그는 샬롱쉬르손으로 갔다, 혼자. 알랭 퐁타넬이 그곳의 한 병원에서 일하고 있었다. 1979년에 설립된 생트테레즈 병원. 노트르담데프레성에서 일자리를 잃고 퐁타넬은 다른 두 동료와 함께 이곳의 전기, 배관, 페인트칠 보수를 담당하고 있었다. 필리프 투생은 그에게 어떻게 접근해야 좋을지 알 수 없었다. 부드럽게 말해야 할까, 아니면 사실을 실토할 때까지 패줘야 할까? 퐁타넬은 필리프 투생보다 스무 살은 더 많았다. 퐁타넬을 제압하기란, 그의 팔을 뒤로 꺾기란 어려운 일이 아니었다. 필리프 투생에겐 달리 아무 계획이 없었다. 그를 일대일로 만나, 재판 과정에서 아무도 묻지 않은 것들을 물어야겠다는 것 외에는.

필리프 투생은 병원으로 들어가 안내 데스크에서 알랭 퐁타넬을 찾았다. 안내원이 물었다. "몇 호에 계신 분인가요?" 필리프 투생은 우물거렸다. "그게, 환자가 아니라 여기서 일하는 사람이에요."

"간호사인가요, 아니면 인턴이요?"

"아니, 관리실 직원이에요."

"알아볼게요."

안내원이 수화기를 들었을 때, 안내 데스크에서 50미터 떨어진 1층 구내식당으로 사라지는 퐁타넬을 보았다. 회색 작업복 차림이었다. 투생은 법정에서와 똑같은 거북함을 느꼈다. 참을 수가 없었다. 투생은 주저 없이 내걸어 그의 등 뒤까지 접근했다. 퐁타넬은 한 손에 식판을 들고 줄 서 있었다. 필리프 투생은 그의 뒤에 있다가, 식판을 들고 오늘의 요리를 주문했다. 퐁타넬이 혼자 창가로 향했다. 필리프 투생은 그를 따라가 허락도 구하지 않고 맞은편에 앉았다.

"우리가 아는 사이인가요?"

"말을 나눠본 적은 없지만, 압니다."

"내가 뭐 해드릴 일이라도?"

"네, 있습니다."

상대는 아무 일도 없다는 듯 고기를 썰었다.

"댁 생각이 머릿속에서 떠나질 않아서요."

"보통은 여자들한테 듣는 말인데."

필리프 투생은 어금니를 악물었다. 진정하기 위해, 흥분하지 않기 위해.

"내가 여기 온 이유는, 댁이 재판에서 모든 걸 말하지 않았다고 생각하기 때문입니다…… 댁의 진술이 우리에 갇힌 짐승처럼 내 머릿속을 맴돌더란 말입니다."

퐁타넬은 전혀 놀란 기색이 없었다. 당시를 떠올리며 재구성해보는 듯 잠시 필리프 투생을 쳐다보았다. 그러곤 빵을 한 조각 크게 뜯어 접시의 소스를 찍었다.

"그래서 내가 당신의 그 잘난 상판을 보면, 몇 마디 덧붙여줄 거라 생각하나?"

"네."

"내가 왜 그래야 하는데?"

"안 그랬다간 내가 덜 친절해질 거니까."

"칠 테면 쳐요. 난 피할 이유가 전혀 없으니까. 오히려 반갑지. 어차피 일도 싫고, 마누라도 싫고, 자식들도 싫었는데."

필리프 투생이 손이 하얘지도록 두 주먹을 꽉 쥐었다.

"당신 인생 따위 내 알 바 아니고, 그날 밤 뭘 봤는지나 말하라고. 내가 알고 싶은 건 그거니까…… 거짓말할 생각은 집어치우고."

"마냥이라고 아나? 내 마누란데."

"……"

"재판 때 보니 당신을 볼 때마다 눈이 뒤집히던데."

퐁타넬이 그 이름을 내뱉은 순간, 필리프 투생은 유치원 복도에서 두리번거리는 시선으로 그를 좇던 준비에브 마냥을 떠올렸다. 매번 같은 장소, 발아래는 진흙탕, 오토바이 헤드라이트 불빛. 역겨웠다. 퐁타넬도, 병원 소독약 냄새와 뒤섞인 음식 냄새도…… 마냥이 복수하기 위해 불을 지른 것일까? 그 생각이 그를 괴롭혔다.

"그날 대체 무슨 일이 있었던 거냐고, 젠장……"

"사고였다니까. 그 이상도 이하도 아닌, 염병할 사고였다고. 더는 캐지 마쇼, 분명히 말하지만 아무것도 찾아내지 못할 테니."

　필리프 투생이 갑자기 식탁 위로 달려들어 퐁타넬의 먹살을 잡고 후려치기 시작했다. 이성을 잃은 듯 얼굴이며 복부며 닥치는 대로 쳤다. 거리에 버려진 매트리스를 때리듯. 주변에서 비명이 터졌지만 그는 주먹질을 멈추지 않았다. 퐁타넬은 방어하지 않았다. 그저 맞을 뿐이었다. 누군가 필리프의 팔을 잡아 저지하려고, 그를 바닥에 쓰러뜨리려고 했지만, 그는 초인적인 힘으로 압박을 풀고 뛰어 달아났다. 두 주먹이 얼얼했고 피가 묻어 있었다. 그 정도로 세게 때린 것이었다.

　예상대로 퐁타넬은 아무런 대응을 하지 않았다. 구타와 상해에 대해 고소하지 않았다. 그는 가해자의 신원을 모른다고 진술했다.

64

잘 자, 아빠, 잘 자, 하늘 저 높은 곳에서도
우리들의 웃음소리는 여전히 들을 수 있을 거예요.

2017년 6월 2일, 브롱 묘지. 맑은 하늘. 25도의 날씨. 오후 3시. 필리프 투생(1958-2017)의 장례. 참나무 관. 회색 대리석. 십자가는 없음. 세 개의 화환. 〈결코 사라지지 않을 아름다운 추억을 위해〉. 하얀 백합. 〈깊은 조의의 마음을 담아〉.

근조 리본들. 〈나의 동반자에게〉〈우리의 동료에게〉〈우리의 친구에게〉. 금색 오토바이 옆 추모패. 〈그대는 떠났어도 영원히 기억되리라〉.

스무 명 남짓한 사람들이 묘 주변에 모여듦. 필리프 투생의 다른 생의 사람들.

나는 법적 배우자로서, 프랑수아즈 펠르티에게 필리프 투생을 뤼크 펠르티에의 묘소에 안치하는 걸 허락함. 그가 저세상에서 삼촌과, 내가 존재조차 몰랐던 삼촌과 재회할 수 있도록. 나는 그의 삶의 한 시절을 전혀 몰랐다.

모두가 떠나기를 기다려 그의 무덤에 다가가, 레오닌을 대신해 추모패를 놓아줌. 〈나의 아빠에게〉.

65

네게 사랑한다고 말하기 위해선 짧은 한마디면 돼.

네게 우리가 이곳의 혹독한 시련을 극복하게 해달라고

말하기 위해선 짧은 한마디면 돼.

1996년 8월, 준비에브 마냥

오랫동안 그를 기다렸다. 그가 오고 말 것을 알고 있었다. 퐁타넬의 몰골을 보기 훨씬 전부터 이미. 퐁타넬이 만신창이가 되어 왔다. 목발을 짚었고, 얼굴은 벌겋고 퍼렜고, 이가 두 개나 나가 있었다.

"또 무슨 짓을 벌인 거야?" 술을 퍼마셨다고 생각했다. 다른 주정뱅이들과 주먹다짐을 벌였다고. 그의 핏속엔 늘 폭력이, 분노가 흘렀으니까. 그 또한 술이 꼭지까지 오른 밤이면 날 구타했다.

그런데 이런 대답이 돌아왔다. "나 모르게 재미 본 놈한테 가서 물어 봐."

이 말이 엄마나 퐁타넬의 구타보다도 더 날 아프게 했다. 이 말에 비하면 그들의 손찌검은 고양이 오줌이었다. 고기에 꽂히는 칼질이었다.

얼굴이 망가지고 다리를 절뚝이는 건 퐁타넬인데 정작 타격을 입은 건 나였다. 손끝 하나 까딱할 수 없었다. 나는 얼어붙었다. 마비됐다.

지난주에 이웃집에서 잡은 돼지 생각이 났다. 얼마나 겁에 질렸던지, 얼마나 떨던지, 얼마나 울부짖던지. 두려움과 고통으로. 극한의 공포. 아랑곳없이 일을 치르며 웃던 남자들. 이후에 우리 여자들이 순대를 만드는 데 동원됐다. 죽음의 냄새. 그날 나는 왈칵 목을 매고 싶었다. 부자들의 말로 하자면 '그만 끝내고' 싶었다. 그날 처음 그런 감정이 솟구친 것은 아니었다. 하지만 이번엔 오래갔다. 평소보다 오래 지속됐다. 심지어 인테리어 자재상에 밧줄을 사러 가려고 돈까지 집었다. 아이들을 생각하며 애써 억눌렀다. 네 살, 아홉 살. 퐁타넬과 남으면 그 아이들이 어찌될까 싶어서.

법정 복도에서 그의 시선이 나를 향해 왔을 때, 나는 언젠가 그가 나를 찾아오리란 것을 알았다. 묻기 위해서 그가 오리란 것을.

노크 소리가 들렸다. 배달기사일 거라 생각했다. 옷 배달을 기다리고 있었다. 그런데 배달기사가 아니라 그였다. 문 뒤에 그가 있었다. 피로한 눈. 나는 그의 슬픔을 보았다. 그의 잘생긴 얼굴을 보았다. 그리고 경멸을. 그가 나를 쓰레기더미 보듯 바라보았다.

문을 닫으려 했지만 그가 거칠게 한 발을 들이밀었다. 미친 사람 같았다. 경찰을 부르려 했지만 그들이 온들 뭐라고 한단 말인가? 나는 그날 밤 이후로 그가 두려웠다. 그는 내게 손을 대지 않았다. 그러기엔 나를 혐오했다. 나는 그의 증오와 공포를 동시에 느낄 수 있었다. 나는 간신히 입을 열었다. "정말 사고였어요. 내가 일부러 그런 건 하나도 없어요. 애들한테 어떻게 해코지를 해요."

그가 나를 뚫어져라 바라보았다. 그러곤 전혀 예상치 못한 행동을 했다. 부엌 식탁에 앉더니 얼굴을 양팔에 묻고는 훌쩍이기 시작했다.

인파 속에 엄마를 잃어버린 아이처럼 그가 울음을 터뜨렸다.

"정말 무슨 일이 있었던 건지 알고 싶어요?"

그가 아니라고 대답했다.

"맹세코 사고였어요."

그가 바로 내 가까이 있었다. 그를 만지고 싶었다. 누구도 그 순간의 나처럼 자신을 증오한 사람은 없을 것이다.

절망에 빠진 그가, 길을 잃고, 내가 오래전부터 손을 놓아버린 부엌에 앉아 있었다. 일자리를 잃은 후로 나는 부엌에서 더는 아무것도 하지 않았다. 내가 책임을 져야 하고 내가 죄인이다.

그가 일어나더니 내게 눈길 한 번 주지 않고 집을 나갔다. 그가 떠나고, 나는 그가 앉았던 자리에 가 앉았다. 그의 냄새가 남아 있었다.

학교가 끝난 뒤 아이들을 여동생 집에 데려다놓을 터였다. 동생은 나보다 다정하다. 아이들에겐 얌전히 굴라고 말하리라. 들썩대지 말라고. 마지막으로 다시 돈을 집어야겠다. 돌아오는 길에 밧줄을 사리라.

66

어머니의 죽음은

어머니 없이 우는 첫 번째 슬픔이다.

"맛보시겠어요?"

"좋죠."

나는 방울토마토 몇 개를 따서 루오 변호사에게 건넸다.

"맛있네요. 여기 계속 계실 겁니까?"

"그럼 제가 어딜 가겠어요?"

"상속받으신 재산이면 일을 그만둘 수도 있을 텐데요."

"아, 아니, 아니요. 전 이 집과 묘지가 좋은걸요. 제 일이 좋고 친구들이 좋고요. 그리고 제가 떠나면 저 동물들은 누가 돌보겠어요?"

"그래도 어딘가에 뭐가 됐든 작은 거 하나라도 사두세요."

"아, 싫어요. 그럼 거기 늘 가야 하잖아요. 별장이 있으면 다른 데 여행 못 가요. 마지막 순간엔 꼭 거길 가게 된다고요. 그리고 제게 별장이 있는 게 상상이 되세요, 정말로?"

"그럼 그 돈으로 뭘 하시게요? 실례 같습니다만."

"100을 3으로 나누면 얼마죠?"

"33.33333…"

"그럼 33.33333…을 각각 '사랑의 식당'과 국제사면위원회와 동물보호재단에 보내면 되겠네요. 그럼 이 작은 묘지 안에 사는 저도, 세상을 구하는 데 조금 기여할 수 있지 않겠어요? 이쪽으로 오세요, 변호사님, 우리 한잔해요."

그가 지팡이를 들고 웃으며 나를 따른다. 우리는 덩굴이 타고 오른 아치형 쉼터에 앉아 시원하고 맛있는 소테른 와인을 맛보았다. 루오 변호사가 양복 재킷을 벗고는 다리를 길게 뻗으며 소금을 친 땅콩 그릇에 손을 뻗는다.

"보세요, 오늘 날씨가 얼마나 화창한지. 전 세상의 아름다움에 매일매일 취한답니다. 물론 죽음이 있고, 슬픔, 궂은 날씨, 만성절도 있죠. 하지만 삶이 늘 우위예요. 햇빛이 찬란한 아침은 언제나 있어요. 그을린 땅에서도 풀이 자라나는 아침은."

"저희 사무실에서 아웅다웅하는 형제들을 여기로 보내야겠어요. 부인한테 지혜로운 세상살이 교육 좀 받게요."

"전 유산이란 게 없어야 한다고 생각해요. 가진 게 있으면 살아생전에 사랑하는 사람들과 나눠야죠. 시간이 됐든 돈이 됐든. 유산은 가족들이 서로 물어뜯도록 악마들이 만든 거예요. 전 살아생전 증여만 믿어요. 사후 약속 따위 말고요."

"남편이 부자라는 걸 아셨어요?"

"제 남편은 부자가 아니었어요. 인생이 너무 외롭고 너무 불행했거든요. 다행히도 말년엔 좋은 사람과 함께 살았지만요."

"실례지만 나이가 어떻게 되세요?"

"글쎄요. 1993년 7월 이후로는 세질 않아서."

"새 삶을 시작할 수도 있을 텐데요."

"제 삶은 이대로도 좋은걸요."

67

삶이 흐르는 모래 위에서,
내 심장이 선택한 온화한 꽃 한 송이가 자라난다.

1996년 8월, 묘지에 정착하기 1년 전, 나는 예정보다 일찍 소르미우의 별장을 나섰다. 기차로 마콩까지 간 다음, 거기서 브랑시옹엉샬롱을 경유하는 투르뉘스행 버스를 탔다. 내가 탄 버스가 라클레트를 지날 때, 차창 너머 저 멀리 노트르담데프레 성을 처음 보았다. 브랑시옹엉샬롱 시청 앞을 지나고 몇 분 뒤, 나는 버스에서 내렸다. 온몸이 떨렸다. 내 다리가 묘지까지 힘겹게 나를 지탱했다. 걸음을 옮길 때마다 발 밑에 성과 창문들과 하얀 벽들이 어른거렸다. 성 뒤편으로 사파이어의 바다 같은 호수도 언뜻 보였었다. 무더운 날이었다.

묘지에 면한 문이 살짝 열려 있었다. 나는 사샤의 집으로 들어가지 않고, 성의 벽들을 떠올리며 곧장 레오닌의 무덤으로 향했다. 내 딸과 친구들의 이름이 새겨진 묘석 앞에서, 처음으로 장례식에 참석하지 않은 것을 자책했다. 레오를 혼자 떠나게 둔 것을, 그애의 묘에 하얀 돌멩이 하나 얹어주지 못한 것을. 그럼에도, 그날 나는 다시 한번 확신했다. 레오닌은 그 묘석 아래에 있지 않다는 것을, 분명 내가 막 떠나온 지중해에, 사샤 정원의 꽃들 속에 존재한다는 것을. 나는 아픈 영혼을 안은 채 사샤의 집으로 향했다.

그는 내가 온 것을 알지 못했다. 그에게 미리 알리지 않았다. 그를 보지 못한 지 두 달도 더 지나 있었다. 필리프 투생이 내 발목을 잡은 이후로. 집은 말끔히 정돈돼 있었고, 텃밭으로 난 문이 활짝 열려 있었다. 나는 그를 부르지 않았다. 곧장 밖으로 나갔더니 벤치에 누운 그가 보였다. 얼굴에 밀짚모자를 얹고 낮잠을 자고 있었다. 살금살금 다가가는데, 그가 벌떡 일어나 나를 얼싸안았다.

"밀짚모자 사이로 보이는 하늘보다 더 아름다운 건 없어. 난 이렇게 눈부시지 않고 구멍 사이로 태양을 보는 게 좋아. 그나저나 정말 반갑구나. 저녁에 돌아가는 거야?"

"조금 더 있을 거예요."

"좋아! 식사는?"

"배고프지 않아요."

"파스타 해줄게."

"배고프지 않다니까요."

"버터도 많이, 그뤼예르 치즈를 듬뿍 갈아 얹어줄게. 이리 와, 일이 많아! 다들 쑥쑥 뻗어난 거 봤어? 올해 텃밭이 대풍년이야!"

순간 분주하게 오가며 미소 짓는 그를 보면서 배 속에서 무언가 뜨거운 것이, 조금은 행복 같은 것이 느껴졌다. 꾸며낸 어떤 것이나 인생에서 잠깐 지속되는 흥분 같은 것이 아니라, 충만감, 곧바로 사라지지 않을 입가의 미소, 다시 말해 의욕이. 나는 더는 조종당하지 않고 스스로 작동했다.

그 여름을, 그 순간을, 정원을, 사샤를 영원히 간직하고 싶었다.

나는 사샤와 함께 4일을 보냈다. 잘 익은 토마토를 수확해 유리병에 저장하는 것부터 시작했다. 우선 사샤가 장작불을 피워 커다란 통에 물을 가득 끓였고, 거기에 담가 병을 소독했다. 이어서 토마토를 잘게 썰고 씨를 골라낸 다음, 갓 딴 바질 잎들과 함께 병에 담았다. 밀봉할 때는 새 고무를 쓰는 게 중요하다고 사샤가 일러주었다. 그다음 십오 분간 병을 끓였다.

"이제 적어도 4년은 저장할 수 있어. 이 묘지에 잠든 사람들도 모두 뭔가를 저장해두었을걸? 하지만 죽고 나선 무슨 소용이겠어? 우린 아무것도 기다리지 말자, 당장 오늘 저녁에 병 하나를 열자."

껍질콩으로도 같은 작업을 했다. 줄기를 떼어내고 소금물 한 잔과 함께 유리병에 담고 밀봉한 뒤 끓였다.

"올해는 껍질콩이 하룻밤 만에 나왔어. 이틀 전에. 네가 올 걸 알았나 봐…… 네 텃밭의 신통력을 과소평가해선 안 돼."

이틀째엔 장례식이 있었다. 사샤가 같이 가자고 고집을 부렸다. 아무것도 할 필요 없고 옆에 있기만 하면 된다면서. 내 인생 최초의 장례식이었다. 유족의 얼굴들, 슬픔, 창백한 안색, 갖춰 입은 어두운색 옷들을 보았다. 고인의 아들이 울먹이며 낭독한 추도사를 아직 기억한다.

"아빠, 앙드레 말로의 말처럼, 세상에서 가장 아름다운 무덤은 인간의 기억이에요. 아빠는 삶을 사랑하셨죠. 여자들을, 그랑 크뤼 와인을, 모차르트를. 저는 좋은 와인의 마개를 열거나 아름다운 여자를 볼 때마다, 아니면 아름다운 여자와 좋은 와인을 마실 때마다 아빠가 멀리 있지 않다고 여길 거예요. 포도나무의 색이 변할 때마다, 초록색에서 붉은색이 될 때마다, 하늘이 몇 시간 부드러운 빛을 내뿜으며 환해질 때마다, 아빠가 멀리 있지 않다고 여길 거예요. 클라리넷을 위한 콘체르토를 들을 때마다 아빠가 곁에 있다고 여길 거예요. 편히 쉬세요, 아빠, 저희가 다 알아서 할게요."

모두가 떠나고 사샤의 집으로 돌아왔을 때, 나는 그에게 혹시 들은 것도 저장하는지 물었다. 그러니까, 추도사를 어딘가에 따로 기록해두는지.

"그건 왜?"

"레오닌의 장례식에선 어떤 말이 나왔을지 궁금해서요."

"그런 건 저장 안 해. 채소는 올해 자랐다고 이듬해에도 자라지 않아. 매년 모든 걸 다시 시작해야 해. 방울토마토는 예외지만. 방울토마토는 혼자서도 잘 자라. 아무렇게나, 어디서나."

"왜 그런 얘길 하시는 거예요?"

"삶이란 이어달리기와 같아, 비올레트. 내가 누군가에게 바통을 넘기면, 그 누군가는 또 다른 누군가에게 바통을 건네지. 내가 너에게 바통을 넘겨줄게. 언젠가 너도 다른 누군가에게 바통을 건네도록 해."

"전 세상에서 혼자인걸요."

"무슨 말이야, 여기 내가 있잖아. 나 다음엔 또 다른 누군가가 있을 거고. 레오닌의 장례 날 어떤 말이 나왔는지 알고 싶으면 네가 직접 써봐. 이따 잠들기 전에 써봐."

셋째 날엔 레오닌에게 추도사를 읽어주었다.

그러고 묘지의 오솔길에 있는 사샤에게 가 함께 걸었다. 그가 고인들에 대해 이야기했다. 오래전 고인이 된 사람들, 갓 들어온 신입들.

"혹시 아이가 있나요, 사샤?"

"나도 젊었을 땐 남들처럼 살고 싶었어. 그래서 결혼이란 걸 했어. 얼마나 멍청한 짓이었는지. 어리석은 생각이었어. 남들 사는 대로 따라 산다는 건. 상식, 가면, 통념이 사람을 죽이는 법이지. 베레나였어, 아내 이름. 무척 예뻤고 목소리도 부드러웠지. 너처럼. 그러고 보니 닮은 것도 같네. 젊고 멍청하고 오만했던 나는 그 사람이 예쁘니까 자연히 내 몸도 반응할 거라고 생각했어. 결혼식 날, 드리워 있던 하얀 면사포를 들어올려 수줍게 붉힌 아내의 얼굴을 본 순간 깨달았지. 내가 나에게, 그리고 모두에게 거짓을 말해왔다는 걸. 하객들의 박수 속에 아내의 입술에 차가운 내 입술을 얹었어. 남자들의 셔츠 속 근육에만 관심이 있던 내가. 피로연이 시작되기도 전에 만취했고 첫날밤은 악몽이었어. 어떻게든 느껴보려고, 아내의 남동생을, 그의 크고 검은 눈동자와 갈색머리를 떠올렸지. 소용없었어. 결국 실패했어. 아내는 부담감과 과음 탓으로 여겼지. 몇 주가 흘렀고 밤이 이어지자 마침내 가능해졌어. 아내는 첫날밤을 치렀어. 한심한 상상력에 의지해 아내를 안는 데 성공한 뒤, 사랑과 애정이 가득한 그 눈을 마주했을 때의 불행함을 어찌 말로 다 할까. 밤들이 이어졌고 마을의 모든 남자가 우리의 침대를 스쳐갔어. 나는 아내를 통해 그들 모두를 안았지.

그러다가 이사를 했어. 두 번째 바보짓이었지. 사는 곳을 바꾼다고 마음이 바뀌는 게 아니잖아. 마음은 이삿짐에 붙어 다니는 건데. 철새나 잡초와는 달라서 환경 적응 능력이 있는 게 아닌데. 창문과 현관 매트를 바꿨어도 나의 시선은 계속해서 남자들을 향했어. 너무나 자주 아내를 배신했지. 부끄럽게도…… 난 가짜의 삶을 살았어. 그렇다고 아내를 사랑한 척했던 건 아니야, 진심으로 사랑했어. 나는 시선으로 아내를 삼켰어, 단지 시선뿐이었지만. 나는 아내의 몸짓, 피부, 움직임을 좋아했어, 그 얼굴로 흘러내린 예쁜 갈색 앞머리는 금단의 것처럼 느껴졌지만. 그러다 혈액암에 걸리고 말았어. 내 백혈구들이 적혈구들을 잡아먹기 시작한 거야. 그 백혈구들이 하얀 웨딩드레스를 입은 여자들의 모습으로 내 혈관에서 증식하는 장면이 눈앞에 펼쳐졌어. 치욕이 찾아들었어. 이상하게 들리겠지만, 난 입원해 있으면서 오히려 마음이 편안했어. 아내를 안아야 하는 의무감을 내려놓을 수 있었으니까. 눈을 감고 다른 남자를 상상하면서 아내를 만지는 생활을 이어가고 있었으니까.

베레나가 아이를 가졌어. 한 줄기 빛. 어두운 3년의 결혼생활 끝에 찾아온 단 하나의 긍정적인 신호. 아내의 불러오는 배를 보며 나는 다시 정원을 가꾸기 시작했어. 다시 거의 행복한 남자로 돌아왔어. 나는 이 아이를 꿈꿨어. 그리고 아이가 태어났지. 우리가 에밀이라는 이름을 붙여준 아들. 아내는 날 덜 보고 덜 원했어. 온 신경이 아이를 향했고 나는 점점 더 편안해졌지. 내게는 연인들이 있었고, 다정한 아내가 있었고, 내 아들의 엄마가 있었어. 나는 행복을 유영하는 기분이었어. 불완전한 행복이긴 했지만 어쨌든 행복이었어. 난 정말 좋은 아빠였어. 아내 몸에 손대고 싶지 않을 때 아이는 무척 유용한 존재였어. 아내는 쉬 지쳤고, 아팠고, 자주 두통을 앓았지. 밤이면 아이가 더워서, 추워서, 이가 나서, 악몽을 꿔서, 귀앓이를 하느라 우는 소리를 들었어. 그러다 술에 취해 새해 전날을 보내고 딱 한 번 관계를 가졌는데 아내가 또다시 임신을 했어. 에밀이 태어나고 3년 뒤에 니농이 태어났어.

사랑스러운 딸이었어.

나로 인해 베레나는 두 아이를 낳았어. 두 아이나. 새 생명을 두 번이
나. 신이 모든 걸, 나 같은 인간마저 조롱한다는 증거가 아닐까."

"아이들은 지금 몇 살이에요?"

"내 아내랑 같을 거야."

"무슨 소리예요?"

"더는 나이가 없어. 1976년에 교통사고로 죽었거든. 휴가지로 떠나
는 고속도로에서. 나는 사흘 뒤에 기차 편으로 바닷가 숙소에 합류할
예정이었지. 왜 그랬는지 알아?"

"뭘 왜 그래요?"

"왜 따로 가려고 했는지."

"……"

"아내에게는 일이 남았다고 했어. 당시 나는 엔지니어였거든. 사실
은 직장 동료와 재미를 보고 갈 셈이었지. 소식을 들었을 때 나는 제정
신이 아니었어. 오랫동안 정신병원에 갇혀 있어야 했어. 거기서, 하얀
벽들에 둘러싸여서, 손으로 다른 이들을 치료하는 법을 배웠어. 비올
레트, 너와 난 우리 몫의 불행을 겪었지만, 여기 이렇게 살아남았어. 우
리 둘만으로도 빅토르 위고의 모든 소설을 합해놓은 것 같을 거야. 큰
불행과 작은 행복과 희망을 모아놓은 선집 같을 거야."

"가족들은 어디에 묻혔어요?"

"발랑스 인근 베레나의 가족묘에."

"이곳에는 어떻게?"

"정신병원에서 나오니 생활보호대상자로 분류돼 있었어. 오래전부

터 알고 지낸 이곳 시장이 나를 도로미화원으로 고용했어. 시청 쓰레기통 옆에서 비질을 하며 중얼거리던 파란 작업복의 남자가 바로 나였어. 어느 정도 건강이 회복되자 공석이었던 이곳 묘지지기 직을 자청했어. 내 자리는 죽은 이들의 곁이었지. 다른 죽은 이들."

사샤가 내게 팔짱을 꼈다. 오솔길에서 마주친 한 남녀가 묘지의 위치를 물었다. 사샤가 그들에게 묘지가 있는 곳과 거기로 향하는 길을 일러주는 동안, 나는 그를 살폈다. 세상을 떠난 가족 이야기를 하며 그는 점점 등이 굽었다. 우리는 아직 버티고 서 있는 두 명의 생존자였다. 불행의 대양이 완전히 삼키지 못한 두 명의 표류자.

남자와 여자가 감사를 표하고 떠난 뒤, 나는 팔짱을 낀 그의 손을 잡았고 우리는 계속 걸었다.

"시장이 처음엔 주저했어. 하지만 내 가족은 죽은 지 오래였고, 세상에는 시효라는 게 있으니까. 죽음과 시간 사이에는 늘 시효가 있다는 걸, 너에게 굳이 얘기하지 않아도 되겠지…… 봐, 날씨가 끝내주네. 오늘은 장미나무 꺾꽂이 기술을 가르쳐줄게. 혹시 '8월의 가지'라고 들어봤어?"

"아니요."

"8월부터 나무에 새 가지들을 키워내는 가지들을 일컫는 말이야. 내 손에 보이는 것과 같은 갈색 반점들이 가지 위에 생겨나거든. 노화의 신호인데 그런 가지를 '8월의 가지'라고 불러. 새순을 키워내는 게 이 늙은 가지들이야. 자연의 신비란 놀랍지 않아? 오늘 저녁엔 뭘 먹고 싶어? 레몬소스를 뿌린 아보카도는 어때? 건강에 그만이지. 비타민과 지방산도 풍부하고."

넷째 날엔 사샤가 그의 낡은 푸조로 나를 마콩 역까지 바래다주었다. 그가 가방 속에 토마토와 아보카도 병을 미끄러뜨렸다. 어찌나 무겁던지 집까지 이고 가느라 애를 먹었다.

묘지에서 기차역 주차장까지 가는 동안 사샤는 은퇴의 뜻을 내비쳤다. 고단하다고. 이제 그만 다른 누군가에게 넘겨줄 때가 되었다고, 그 누군가는 나밖에 없다고.

68

그들의 사랑은

그들을 둘러싼 하늘보다 더 푸를지니.

넌 결혼을 앞두고 여자친구들과 파티를 하지 않을 거야.

넌 25살 기념 파티를 하지 않을 거야.

넌 블루스를 추지 않을 거야.

넌 핸드백이 없을 거야, 고통스러운 생리도 하지 않을 거야.

넌 치아 교정기를 끼지 않을 거야.

난 네가 키가 크고, 체중이 늘고, 고생을 하고, 이혼하고, 다이어트하고, 출산하고, 수유하고, 사랑하는 모습을 보지 못할 거야.

넌 여드름이 나지 않을 거야, 피임기구도 사용하지 않을 거야.

난 네 거짓말을 듣지 못할 거야. 널 감싸줄 일이, 널 변호해줄 일이 없을 거야.

넌 내 지갑에서 돈을 가져가지 않을 거야. 난 네 미래를 위해 통장을 만들지 않을 거야.

넌 피임약을 먹지 않을 거야.

난 네 주름과 검버섯을 보지 못할 거야. 셀룰라이트를, 튼 살을 보지 못할 거야.

난 네 옷에서 담배 냄새를 맡지 못할 거야. 네가 담배를 피우는 것도, 끊는 것도 보지 못할 거야.

난 네가 만취한 모습을 보지 못할 거야.

넌 롤랑가로스 테니스 중계를 보면서 바칼로레아 시험을 준비하지 않을 거야. '불쌍한' 보바리 부인이나 마르그리트 뒤라스나 선생님들을 원망할 일도 없을 거야.

넌 스쿠터를 가지지 못할 거야, 사랑의 아픔도 겪지 못할 거야.

넌 키스를 하지 못할 거야, 오르가슴도 느끼지 못할 거야.

우리는 네 바칼로레아 시험 통과도 축하하지 못할 거야.

우리가 술잔을 부딪치는 날은 없을 거야.

넌 체취 제거제를 뿌리지 않을 거야, 맹장염도 걸리지 않을 거야.

난 네가 아무나하고 차에 탈까봐 두려워할 일이 없을 거야. 아니, 그건 네가 이미 했구나.

넌 이가 아프지 않을 거야.

우린 한밤중에 응급실에 갈 일이 없을 거야.

넌 국립고용안전국을 들락거리지 않을 거야.

넌 신용카드가, 학생증이, 청년카드가, 의료보험이, 정기권이 없을 거야.

난 너의 취향이나 기호를 알지 못할 거야. 네가 어떤 옷, 어떤 책, 어떤 음악, 어떤 향을 좋아하는지 알지 못할 거야.

난 네가 골을 부리는 것을, 문을 쾅 닫는 것을, 가출하는 것을, 누군가를 기다리는 것을, 비행기를 타는 것을 볼 수 없을 거야.

넌 어디로도 떠나지 않을 거야. 네 주소는 바뀌지 않을 거야.

난 네가 손톱을 물어뜯는지, 매니큐어를 바르는지, 눈에 아이섀도와 마스카라를 칠하는지 알지 못할 거야.

네가 외국어에 소질이 있는지 없는지도 모를 거야.

넌 머리카락을 염색하지 않을 거야.

네 가슴속엔 영원히 알렉상드르가 있을 거야. 초등학교 1학년 때의 사랑.

넌 누구하고도 결혼하지 않을 거야.

넌 영원히 레오닌 투생일 거야. 다른 남자의 성이 붙지 않은 마드무아젤.

네가 좋아하는 음식은 프렌치토스트뿐일 거야. 오믈렛, 감자튀김, 마카로니 파스타, 크레이프, 생선가스, 머랭 푸딩, 샹티 크림, 그것뿐일 거야.

넌 다르게 자라날 거야, 내가 언제까지나 간직할 너에 대한 사랑 속에서. 넌 다른 곳에서 계속해서 자라날 거야, 세상의 속삭임 속에서, 지중해에서, 사샤의 정원에서, 새의 날갯짓 속에서, 떠오르는 아침 햇빛 속에서, 저녁노을 속에서, 내가 우연히 마주칠 소녀를 통해서, 나무 이파리들 속에서, 여인의 기도 속에서, 남자의 눈물 속에서, 촛불 속에서. 그랬다가 나중에, 어느 날 다시, 한 송이 꽃으로 피어날 거야. 혹은 다른 엄마에게서 남자아이로 태어날 거야. 넌 내 시선이 닿는 곳 어디에나 존재할 거야. 내 심장이 머무르는 곳 어디에서든, 너의 심장도 계속해서 뛰게 될 거야.

69

그 무엇도 시들거나 말라죽게 하지 못하리니,

추억이라는 이름의 이 감미로운 꽃은.

"안녕하세요, 아줌마."

"안녕, 어린이."

사랑스러운 어린 소년이 사과주스 캔에 남은 마지막 한 방울까지 마시기 위해 소리가 나도록 빨대를 쪽쪽거린다. 아이는 내 집 테이블에 홀로 앉아 있다.

"부모님은 어디 계시니?"

아이가 묘지 쪽으로 고갯짓을 한다.

"아빠가 여기서 기다리라고 했어요. 밖에 비가 오니까."

"이름이 뭐니?"

"나탕."

"초코 케이크 먹을래?"

아이의 눈이 휘둥그레진다.

"네, 감사합니다. 여긴 아줌마 집이에요?"

"응."

"여기서 일해요?"

"응."

아이가 눈을 깜빡거린다. 속눈썹이 길고 까맣다.

"여기서 잠도 자요?"

"응."

아이가 마치 좋아하는 만화 영화를 보듯 나를 본다.

"밤에 안 무서워요?"

"아니, 왜 무서워야 하는데?"

"좀비 때문에요."

"좀비가 뭐니?"

아이가 커다란 초코 케이크 한 조각을 삼킨다.

"엄청 무서운 살아 있는 시체들이에요. 영화에서 봤는데 엄청 무서
워요."

"그런 영화를 보기엔 넌 좀 어리지 않니?"

"앙투안네 집에서 컴퓨터로 봤어요. 다 보진 않았어요, 너무 무서워
서. 하지만 그래도 이제 난 일곱 살인걸요."

"아, 그렇구나, 벌써 일곱 살이구나."

"아줌마는 좀비 본 적 있어요?"

"아니, 한 번도 없어."

아이가 굉장히 실망한 눈치다. 사랑스럽게 입을 삐쭉거린다. 투티 프
루티가 고양이 출입구로 들어온다. 털이 젖었다. 녀석이 바구니 안의
엘리안에게 다가가 온기를 구한다. 개가 눈을 떴다가 다시 잠든다. 나
탕이 의자에서 일어나 고양이와 개를 향해 간다. 양손으로 바지를 추

어울리곤 맨투맨 티셔츠의 소매를 잡아 내린다. 걸을 때마다 운동화 밑창에서 불빛이 반짝거린다. 마이클 잭슨의 〈빌리 진〉 뮤직비디오가 떠오른다.

"이 고양이, 아줌마 거예요?"

"응."

"이름이 뭐예요?"

"투티 프루티."

아이가 까르르 웃어댄다. 이가 온통 초콜릿이다.

"이름 웃기다."

쥘리앵 쇨이 묘지에 면한 문을 두드리더니 들어온다. 그도 고양이처럼 젖었다.

"잘 지냈어요?"

그가 아이를 힐끔 보더니 내게 다정한 미소를 짓는다. 내게 다가와 나를 만지고 싶어하는 것이 느껴진다. 하지만 그는 그러지 않는다. 시선으로 만족한다. 그가 내 옷을 벗기는 것이 느껴진다. 여름옷을 보기 위해 겨울옷을 벗기는 것이.

"얌전히 있었어, 우리 아들?"

순간 내 몸이 굳는다.

"아빠, 저 고양이 이름이 뭔지 알아요?"

나탕은 쥘리앵 쇨의 아들이다. 내 심장이 전력 질주하는 야생마처럼, 막 계단을 수차례 오르락내리락한 것처럼, 뛴다.

쥘리앵이 아들에게 바로 대답한다.

"투티 프루티."

"어떻게 알았어요?"

"전부터 알고 있었어. 아빠는 여기 처음 온 게 아니니까. 비올레트 아줌마께 인사 드렸어?"

나탕이 나를 응시한다.

"아줌마 이름이 비올레트예요?"

"응."

"여긴 이름이 다 웃기네!"

아이가 다시 테이블에 앉아 케이크를 마저 먹는다. 아이 아빠가 아들을 지켜보며 미소 짓는다.

"그만 가자, 아들."

이번엔 내가 굉장히 실망한다. 내가 좀비를 본 적이 없다는 걸 나탕이 알았을 때처럼.

"좀 더 있다 가지 않고요."

"오베르뉴에 가야 해요. 오후에 사촌 누나 결혼식이 있거든요."

그가 나를 가만히 보다가 이윽고 아들을 향한다.

"아들, 차에 가서 기다려. 차문 열려 있어."

"비가 이렇게 소 오줌처럼 쏟아지는데요?"

아이의 대답에 놀란 우리가 동시에 웃음을 터뜨렸다.

"이따 갈 때, 차에 먼저 도착한 사람이 좋아하는 음악을 틀 거야."

아이가 재빨리 내게 볼 키스를 하러 다가온다.

"좀비가 나타나면 아빠한테 신고해요, 아빠는 경찰이니까."

아이가 묘지에 면한 문으로 달려 나가 주차장으로 향한다.

"말도 못 하게 귀엽네요."

"엄마를 닮아서…… 제가 드린 일기장은 읽어보셨어요?"

"아직 다 못 끝냈어요. 가면서 드시도록 커피 좀 드릴까요?"

그가 고갯짓으로 아니라는 신호를 한다.

"커피보다는 당신을 데려가고 싶은데요."

그가 이번엔 내게 다가와 품에 안는다. 목에서 그의 숨결이 느껴진다. 나는 눈을 감는다. 다시 뜨고 보니 그는 이미 문 앞에 가 있다. 그가 내 옷을 적셨다.

"비올레트, 난 정말 어느 날 누가 내 무덤에 당신 유해를 갖다놓는 걸 원치 않아요. 아니, 사실 그런 건 아무래도 상관없어요. 지금 당장 당신과 함께 살고 싶을 뿐이에요. 아직 함께 하늘을 볼 수 있을 때…… 설령 오늘처럼 비가 쏟아지더라도."

"함께 산다고요?"

"이 이야기가…… 그러니까 내 어머니와 그분의 만남이 그렇게 우리한테 소용이 되기를 바라는 거죠."

"난 그럴 조건이 안 돼요."

"조건?"

"네, 조건."

"입대를 하라는 것도 아닌데요."

"난 조건이 안 돼요, 부서졌거든요. 나한테 사랑은 불가능해요. 난 누군가와 함께 살 수 없는 사람이에요. 이 묘지를 떠도는 유령들보다도 더 죽어 있어요. 그걸 모르셨어요? 불가능해요."

"불가능한 걸 하라고 할 수야 없죠."

"네."

그가 슬프게 웃는다.

"안타깝군요."

그가 문을 닫고 나가더니, 잠시 뒤 노크도 없이 다시 들어온다.

"당신을 데려가야겠어요."

"……"

"결혼식에요. 두 시간 정도 달리면 됩니다."

"하지만 난……"

"십 분 드리겠습니다."

"하지만 난……"

"노노한테 전화해뒀어요. 오 분 뒤에 교대해줄 거예요."

70

언젠가 우리도 신의 집으로 가게 될 거야,
그곳에서 네 곁에 앉게 될 거야.

1996년 8월

필리프 투생은 준비에브 마냥의 집에서 나오며 돌덩이처럼 불행했
다. 그의 삼촌 뤼크가 흔히 쓰던 별난 표현 그대로. 그는 묘지까지 차를
달렸다. 그날은 장례식이 있었다. 레오닌의 무덤에서 멀리 떨어진 곳
에, 사람들이 땡볕 아래 삼삼오오 모여 있었다. 그는 꽃을 가져오지 않
았다. 그는 꽃을 가져온 적이 없었다. 꽃은 주로 그의 모친이 챙겼다.

혼자 딸의 무덤을 찾은 건 이번이 처음이었다. 일 년에 두 번씩, 늘
부모와 함께였다.

그들은 묘지에서 돌아와 그를 내려줄 때면 건널목 앞에 차를 세웠
다. 그의 집에는 더는 발을 들이지 않았다. 비올레트와 마주치는 것을,
비올레트의 절망과 대면하는 것을 겁냈다. 그는 착한 아들로 자동차
뒷좌석에 앉아 있었다. 어렸을 때 휴가 여행을 떠났던 때처럼. 뒷좌석
은 한없이 넓어 보였지만 여정의 끝엔 바다가 있었던 때.

필리프는 자신에게 형제가 없는 이유가 부모가 딱 한 번, 어쩌다 잠자리를 했기 때문이라고 생각했다. 자신을 늘 어쩌다 생긴 사고라고 생각했다.

그의 부친은 손녀를 잃은 슬픔과 수십 년 결혼생활로 등이 굽은 채, 험하게 차를 몰았다. 알 수 없는 이유로 브레이크를 밟았다가 더더욱 알 수 없는 이유로 액셀을 밟는가 하면, 좌측 또는 우측으로 심하게 치우쳐 달렸다. 그러지 않아야 할 곳에서 추월했고 직선도로에선 추월하지 않았다. 길을 잃기가 일쑤였고, 도로표지판을 모르는 듯이 차를 몰았다.

그날, 건널목과 묘지 사이의 여정은 끝이 나지 않을 것만 같았다. 부모와 함께 그곳으로 향한 첫날, 성에서 수 킬로미터 떨어진 곳에서부터 탄내가 풍겼다. 대형 화재가 있었던 것처럼 주변 공기가 매캐했다.

그들은 일단 철문 앞에 차를 세웠다. 하지만 곧바로 들어갈 엄두를 내지 못한 채, 세 사람 모두 차 안에서 한동안 넋이 나간 채 굳어 있었다. 이윽고 200미터를 걸어, 좌측이 검게 그을리고 무너져 내린 위압적인 건물에 다다랐다. 소방관들, 경찰들, 망연자실한 부모들, 정계인사들이 와 있었다. 참담함 가운데의 혼란. 주위를 지배하는 침묵과 얼어붙은 듯 굼뜬 동작들. 모든 것이 슬로모션으로 지나갔다. 상황이 실감나지 않았고, 멀리서 보고 있는 것 같았고, 솜에 둘둘 말린 기분이었다. 폭발하지 않기 위해 육체와 영혼이 분리된 기분. 그 둘을 공존시키기가 버거웠다. 그 고통의 무게가.

필리프는 1호실에 다가갈 수 없었다. 주변이 철저히 봉쇄돼 있었다. 미국 드라마에서나 볼 법한 문구들이 부르고뉴에서, 현실에서 쓰이다니. 끔찍한 현장과 경계를 그어놓은 빨간색 테이프들. 전문가들이 바닥과 벽을 조사하며 사진을 찍었다. 벽난로를 조사하고, 분명한 사건 지점들과 증거들과 단서들과 흔적들을 살피며 보고서를 작성했다. 검사에게 제출할 자료는 정확해야 했다. 네 명의 아이가 목숨을 잃은 사고였다. 어떤 농간도 태만도 용납되지 않았다. 처벌과 선고가 내려져야 할 터였다.

"죄송합니다, 저희가 죄송합니다, 삼가 조의를 표합니다, 아이들이 고통을 겪진 않았습니다." 그는 이 소리를 귀가 닳도록 들었다. 캠프 관계자들은 만나지 못했다. 어쩌면 만났는데 기억나지 않는 것인지도. 다른 아이들, 운이 좋은 아이들, 생존한 아이들은 이미 떠나고 없었다. 그 아이들은 신속히 대피시켰다.

그는 레오닌의 시신을 확인할 수 없었다. 레오닌의 아무것도 남아 있지 않았다. 레오닌의 관도, 추도사도 선택할 수 없었다. 그의 부모가 다 맡았기에 그는 아무것도 선택할 수 없었다. 그는 생각했다. '난 내 딸한테 신발 하나, 원피스 하나, 모자 하나, 양말 하나 사준 적이 없어. 다 비올레트가 샀어, 비올레트가 그걸 좋아했어.' 하지만 관은 비올레트가 선택하지 않을 터였다. 비올레트는 이제 없을 터였다. 이제 더는 그곳에 없을 터였다. 이제 그는 더는 돌볼 사람이 없을 터였다.

밤에 호텔에서 비올레트에게 전화를 걸었다. 마르세유 여자가 받았다. 그는 셀리아를 그렇게 불렀다. 그는 정신을 붙들고, 셀리아에게 비올레트와 함께 와달라고 부탁했다. 비올레트는 잠이 들었다고 했다. 의사가 들러 여러 차례 진정제를 놓아주었다고.

장례식은 1993년 7월 18일에 치러졌다.

다른 이들은 손을 맞잡거나 팔짱을 끼고서 서로를 의지했다. 그는 아무와도 그러지 않았다. 아무와도 말을 나누지 않았다. 모친이 다가왔으나, 열네 살 때 그를 안으려 다가왔을 때처럼 뒤로 물러났다.

다른 이들은 오열하거나 절규했다. 다른 이들, 그들은 휘우뚱거리며 넘어갔다. 강풍의 갈대처럼 몸이 휘는 여자들을 붙들어야 했다. 장례식 내내, 좌중의 모두가 취한 사람 같았다. 제대로 서 있는 사람이 없었다. 오직 그만이 눈물 없이 꼿꼿했다.

그러다 문득, 무덤 주변으로 모여든 인파 속에서 그 여자를 보았다. 온통 까맣게 차려입은 여자. 창백한 안색과 멍한 시선. 대체 준비에브 마냥이 여기서 뭘 하는 걸까? 하지만 그 이상은 생각하지 않았다. 가슴속이 텅 비어 있었다. 그의 가슴속에는 프랑수아즈가 있었다. 비올레트와 레오닌이 있었다. 이젠 끝이었다.

부르고뉴에 머무는 4일 동안 천 번도 넘게 머릿속을 관통한 단 한 문장. '난 내 딸 하나도 지켜내지 못했어.'

이제 다른 이들은 휴가 여행을 떠날 터였다. 이제 다른 이들은 이곳, 불행의 묘지에 머무를 터였다. 그리고 그는 부모의 차 안으로, 한없이 넓은 차의 뒷좌석으로 들어갈 터였다. 그 여정의 끝엔 바다가 아니라 비올레트가, 헤아릴 길 없는 비올레트의 슬픔이 있을 터였다.

빈방. 영원히 비어 있을 분홍의 방. 매일 밤 비올레트가 책 읽어주는 소리와 웃음이 새어 나오던 그곳.

비극이 있고 3년 뒤, 그는 딸의 무덤가에 홀로 서서 아무 말도 하지 못했다. 딸을 위한 한마디의 추모도 기도도 하지 못했다. 기도라면 그도 모르지 않았건만. 그는 교리 교육도 받았고 첫영성체도 받았다. 그

가 삼촌의 팔짱을 낀 프랑수아즈를 처음 보았던 날. 그가 한 친구의 형
과 함께 성찬 와인을 홀짝거리며 나직하게 읊조렸던 날.

사랑이 텅텅 비어버리신 주님
아버지의 이름이 십자가에 못 박히고 아버지의 통치가 피를 흘리며
아버지의 뜻이 가증과 가식 위에 세워졌으니
오늘날 우리에게 우리를 구원할 와인을 주시고
우리를 열 받게 하는 자들을 용서하신 것과 같이
우리의 소비도 용서하시고
우리를 삽입의 유혹에 굴복하지 말게 하시며
우리를 우리의 용감무쌍에서 구원하소서. 우리를 인도하소서.

그들은 티셔츠와 진 바지 위에 하얀 가운을 걸친 자기들의 모습에
눈물이 나도록 키들거리며 서로를 놀려댔다.
"형 꼭 사제 같아!"
"넌 꼭 여자 같고!"
그러다 프랑수아즈를 보았다. 그리고 프랑수아즈만 보았다.
삼촌의 딸이라고 해도 될 듯했다. 누나라고 해도 될 듯했다. 이상적
인 어머니라고 해도 될 듯했다. 완벽하다고 해도 될 듯했다. 진정한 사
랑이라고 해도 될 듯했다. 그의 진정한 사랑이라고 해도 될 듯했다.
그는 프랑수아즈를 다시 보고 싶었다. 매년 만날 때마다 프랑수아즈
를 다시 보고 싶은 마음이 커져갔다.
비극이 있고 3년 뒤, 딸의 무덤 앞에서 그는 브랑시옹엉샬롱엔 다시

오지 않으리라 다짐했다. 아무 말도 할 수 없었기 때문이다. 레오닌에게 아무 말도 할 수 없었기 때문이다. 그는 다시 오토바이를 타고 프랑수아즈에게 가고 싶었다. 하지만 세월이 흘렀고 잊어야 했다.

비올레트에게 돌아가 그 앞에 무릎을 꿇고 용서를 구하자. 처음처럼 다시 구애를 하자. 건널목과 기차 시절 이전처럼. 비올레트를 보살피고 웃게 하자. 다시 아이를 낳자고 하자. 비올레트는 아직 젊었다. 그날 밤 성에서 무슨 일이 있었는지 알아내겠다고 약속하자. 퐁타넬을 흠씬 패주었다고, 과거에 마농과 관계를 가졌었다고 고백하자. 형편없는 인간이지만 진실은 알아내고야 말겠다고 하자. 그래, 다시 아내와 아이를 낳고 이번엔 그 아이를 보살피자. 어쩌면 아들, 내가 꿈꾸던 사내아이일 수도 있겠지. 이번만큼은 소중히 지켜내자. 어쩌면 이사를 할 수도 있을 것이다. 비올레트와 함께 인생을 바꿀 수도. 인생을 바꾸는 일은 가능했다. 텔레비전에서 본 적이 있었다.

우선은 마농에게 다시 가자. "애들한테 어떻게 해코지를 해요." 왜 그런 말을 했는지 알아내자. 다시 가서 못다 한 말을 토해내게 하자. 좀 전에 그 여자가 토해내려던 걸 내가 거부하고 말았다. 아직 준비가 되어 있지 않았다.

그는 마지막으로 레오닌의 무덤을 보았다. 확실히 입 밖으로 아무 말도 나오지 않았다. 하기는 아이가 살아 있었을 때도 그는 이렇다 할 말을 해준 적이 없었다. 아이의 질문에 대답해준 적이 없었다. "아빠, 왜 달에 불이 켜졌어?"

레오닌의 무덤을 떠나는데, 서둘러 출구로 향하는데, 그들이 보였다. 묘지의 오솔길을 나란히 걷는 비올레트와 늙은 남자가. 비올레트가 남자의 팔짱을 끼고 있었다. 필리프는 기만을 보았다. 어머니가 되뇌던 소리가 귓가에 들려왔다. '다른 사람들은 믿지 마, 너만 생각해, 오직 너만.'

그는 비올레트가 마르세유에, 셀리아의 별장에 있으리라 생각했다. 여행을 떠난 줄로만 알았다. 그런데 여기에, 다른 남자와 함께 있었다. 웃고 있었다. 레오닌이 죽은 뒤로 그렇게 웃는 걸 한 번도 보지 못했다.

지난 6개월 동안 비올레트는 격주 일요일마다 이 묘지에 왔다. 바로 그거였다. 레오닌의 무덤에 간다고 믿게 하기 위해 슈퍼 여자에게 빨간 차를 빌렸구나. 이제껏 잘도 숨겼다. 애인이 있었던 건가? 저 남자? 둘이 어떻게 만난 걸까? 어디서? 애인이라니, 비올레트가, 그럴 리가.

필리프는 커다란 돌 십자가 뒤에 몸을 숨기고 한동안 그들을 관찰했다. 그들은 팔짱을 끼고 묘지 입구에 있는 집까지 걸어갔다. 남자가 저녁 7시 무렵에 나와 묘지의 철문을 닫았다. 저거였군, 이 빌어먹을 곳의 관리인이었어. 아내가 딸이 묻힌 묘지의 묘지기와 잤다. 필리프는 자신의 웃음소리를, 쓸쓸한 웃음소리를 들었다. 죽이고 싶은, 때리고 싶은, 전부 때려죽이고 싶은 충동이 일었다.

비올레트는 집 안에 있었다. 필리프는 창문을 통해, 집에서처럼 허리에 앞치마를 두르고 두 사람을 위한 식탁을 차리는 비올레트를 보았다. 너무나 괴로워 손가락을 피가 나도록 깨물었다. 비올레트는 이중생활을 했고 그는 아무것도 알지 못했다.

날이 저물었다. 남자와 비올레트가 불을 껐다. 덧문도 닫았다. 비올레트는 여전히 안에 있었다. 그 안에서 잠을 잤다. 더 이상 의심의 여지가 없었다.

두 달 전, 비올레트에게 부르고뉴에 출입하는 걸 금한 바가 있었다. 마냥 이야기를 끄집어내면서 그 여자를 만나 이야기를 나누었다고 했을 때, 그는 와락 겁이 났다. 과거가 들통날까봐. 성에서 아이들을 지도하던 여자가 그의 애인이었다는 걸 비올레트가 알게 될까봐.

하지만 이제 이야기가 완전히 달라졌다. 비올레트에게 애인이 있었다. 그래서 부르고뉴로 떠나기 전날이면 한결 밝아 보였던 거였다. 격주 일요일마다. 비올레트가 감히 그에게 말했었다. "격주 일요일마다 묘지에 갈 거야." 그런데도 그는 아무것도 알지 못했다. 이제 비로소 아내가 한 주 한 주 나아지는 것 같았던 이유가 납득이 갔다.

그는 담을 타 넘어 묘지 바깥으로 나왔다. 길가에 면한 문을 발로 뻥 차고서 오토바이에 올라 미친 듯이 달렸다.

그가 마냥이 사는 집의 길가에 들어섰을 때는 밤 10시 무렵이었다. 골목 안쪽에서 경찰들이 서성거렸고 경찰차들이 길 앞에 보였다. 가로등 밑에선 이웃들이 실내가운 차림으로 수군거렸다. 필리프는 퐁타넬이 사고를 친 모양이라고 생각했다.

그는 오토바이를 돌려 동쪽으로 쉬지 않고 내달렸다.

71

열린 창문으로 우리는 삶과 사랑과 기쁨을 보았다.
함께 바람의 소리를 들었다.

이렌 파욜의 일기

1992년 10월 22일

어제저녁, 텔레비전 뉴스에서 가브리엘의 목소리가 들렸다. '날 떠난 여자를 변호하는 것'이란 말이 들렸다. 물론 그가 그렇게 말하지는 않았다. 내 생각이 그렇게 변형시킨 것이었다.

폴이 부엌에서 내가 저녁 준비하는 것을 돕고 있었고, 텔레비전은 옆쪽 거실에 켜져 있었다. 그의 어조를, 내 가장 아름다운 추억의 소리를 다시 듣는 순간, 나는 너무 놀랐다. 놀란 나머지 들고 있던 냄비를 떨어뜨렸다. 뜨거운 물이 든 냄비가 타일 바닥에 부딪쳐 깨지며 내 발목에 물이 튀었다. 일대 소동이 벌어지고 폴은 당황하여 쩔쩔맸다. 그는 내가 화상 때문에 몸을 떤다고 생각했다.

그가 나를 거실로 이끌어 텔레비전 앞, 가브리엘 앞 소파에 앉았다. 가브리엘이 거기, 평소엔 내가 거들떠보지도 않는 직사각형 프레임 안에 있었다. 폴이 화상을 입은 내 발을 물에 적신 거즈로 감싸느라 부산스레 움직이는 동안, 나는 법정의 가브리엘을 보았다. 그가 일주일 동안 마르세유에서 변호한 재판에 대해 기자가 보도했다. 탈옥 공모로 피소된 다섯 명 중 세 명의 무죄 판결을 받아냈다는 것이었다. 재판은 전날 끝났다.

가브리엘이 마르세유에, 내 삶 가까이 있었는데 나는 몰랐다. 알았던들 뭘 어쩔 수 있었을까. 만나러 가기라도 했을까? 가서 무슨 말을 하려고? "5년 전, 가족을 버릴 수 없어서 길에서 도망쳤어요. 당신이 무서웠어요, 내가 무서웠어요. 하지만 당신 생각을 하지 않은 날은 단 하루도 없었다는 걸 알아주세요." 그렇게?

쥘리앵이 방에서 나와 날 병원에 데려가야 한다고 말했다. 나는 안 그래도 된다고 했다. 남편과 아들이 함께 부산을 떨며 약장에서 연고를 찾는 동안, 나는 가브리엘이 기자 앞에서 고운 두 손을 흔드는 것을 보았다. 기다란 검은색 가운을 입고 다른 이들을 변호하는 데 열정을 쏟는 것을 보았다. 나는 그가 화면에서 걸어 나오기를 바랐다.

그렇다면 나는? 그는 나도 변호해줄까? 내가 그를 길에 내팽개친 그날에 대해 정상참작을 해줄까?

운전석에서 나를 얼마나 기다렸을까? 언제 다시 시동을 걸었을까? 내가 돌아오지 않으리라는 걸 언제 깨달았을까?

눈물이 볼을 타고 흐르기 시작했다. 참으려 해도 눈물이 떨어졌다. 폴이 텔레비전을 껐다.

나는 검은 화면 앞에서 무너져 내렸다.

아들과 남편은 통증 때문이라고 생각했다. 그들은 가족 주치의에게 연락을 했고, 의사는 내 상처를 살피더니 1도 화상이라고 했다.

그날 밤 나는 잠을 이루지 못했다.

가브리엘을 다시 보며, 그의 목소리를 다시 들으며, 나는 내가 그를 몹시 그리워했다는 것을 깨달았다.

***

이튿날 오전, 이렌은 가브리엘의 변호사 사무실 전화번호를 알아냈다. 그의 사무실은 여전히 마콩에 있었다. 이렌은 사무실로 전화해 상담 예약을 청했다. 프뤼당 변호사는 일정이 차 있어 몇 달을 기다려야 하니, 다른 두 변호사 중 한 명을 선택하시면 예약 일자를 앞당길 수 있다는 답이 돌아왔다. 이렌은 급하지 않으니 프뤼당 변호사를 기다리겠다고 대답하고서, 자신의 이름과 장미원 전화번호를 남겼다. 의뢰 사건 종류를 묻는 질문에는 얼마간 머뭇거리다 "프뤼당 변호사가 내용을 이미 전달받은 사건"이라고 대답했다. 예약 날짜가 잡혔다. 세 달을 기다려야 했다.

이틀 뒤, 가브리엘이 장미원으로 전화를 걸어왔다. 그날 아침 전화벨이 울렸을 때 이렌은 셔터를 올리는 중이었다. 꽃 주문일 거라고 생각해 뛰어가 헐떡거리며 전화를 받았다. 손에는 직원이 뚜껑을 잘근거린 볼펜과 주문장이 들려 있었다. 그가 말했다. "나야." 이렌은 인사했다. "잘 지냈어요?"

"사무실로 전화했었어?"

"네."

"이번 주 내내 스당에서 재판이 있어. 여기로 오겠어?"

"네."

"이따 봐."

그가 전화를 끊었다.

이렌은 주문장의 발송인 메모 칸에 휘갈겼다. 스당.

1200킬로미터나 달려야 하는 거리였다. 끝에서 끝으로 거슬러 올라가야 했다. 기나긴 일직선으로.

이렌은 오전 10시경에 마르세유를 떠나 여러 번 기차를 갈아탔다. 리옹페라슈 역 화장실에서 거울을 보며 파우더를 두드리고 립글로스도 연하게 발랐다. 4월이었고, 이렌은 베이지색 트렌치코트 차림이었다. 베이지색을 보니 웃음이 났다. 그는 금발 머리를 하나로 모아 검정 고무줄로 묶었다. 샌드위치와 칫솔과 레몬향 치약을 구입했다.

스당엔 밤 9시 무렵에 닿았다. 이렌은 택시에 올라 운전사에게 법원 앞으로 가달라고 했다. 가브리엘이 법원 근처 카페나 식당에 있으리라는 걸 알았다. 이렌은 가브리엘이 일찌감치 호텔로 돌아가는 남자가 아니라는 걸 알았다. 가브리엘은 카페 구석 테이블에 앉아 소송 자료들을 검토하곤 했다. 맥주잔과 감자튀김 사이에서. 와인 잔과 그날의 요리 사이에서. 가브리엘은 자신의 주위에 삶이 요동치기를 원했다. 그는 호텔방의 정적을, 침대 시트와 커튼을, 사람이 있다는 걸 알리려고 켜두는 텔레비전 소리를 질색했다.

이렌은 식당 창문 너머 세 남자와 함께 있는 가브리엘을 발견했다. 그는 이야기하는 사이사이 담배를 피웠다. 남자들은 식탁보를 더럽혔고, 셔츠의 맨 위 단추를 풀어놓고 있었다. 의자 등받이에 넥타이들이 걸쳐져 있었다.

가브리엘은 이렌을 보자 한 손을 들며 외쳤다.

"이렌! 이리 와서 함께 앉아!"

마치 자기 집으로 돌아가던 이렌이 우연히 그 앞을 지나기라도 한 것처럼.

이렌은 다른 세 남자에게 인사했다.

"여긴 내 동료들이야. 로랑, 장이브, 다비드. 여러분, 내 인생의 여인 이렌을 소개합니다."

남자들이 웃었다. 마치 가브리엘이 농담을 했다는 듯이. 가브리엘은 이런 종류의 이야기를 농담조로밖에는 할 수 없다는 듯이. 그의 인생 엔 인생의 여인이 많다는 듯이.

"앉아. 배고프지? 그럴 거야, 뭘 좀 먹어야지. 오드레, 여기 메뉴판 좀 갖다줘요! 음료는 뭐로 하겠어? 차? 저런, 안 될 말이지, 스탕에서 차라니. 오드레, 여기 같은 걸로 한 병 더 줘요! 2007년 볼네, 마셔봐. 끝내주는 레드와인이야. 여기 내 옆에 와서 앉아."

가브리엘의 동료 하나가 일어나 이렌에게 자리를 내주었다. 가브리엘이 이렌의 한 손을 잡아 두 눈을 감으며 키스했다. 그의 손에 반지가 보였다. 한 손가락을 감싼 백금 반지.

"당신이 와줘서 기뻐."

이렌은 생선 요리를 주문한 뒤 남자들의 대화를 한발 물러나 들었다. 록스타와의 하룻밤을 위해 국토를 종단한 열성 팬이 된 기분이었다. 록스타는 팬과 단둘이 될 시간을 서두르지 않았다. 팬은 이미 그의 것이었고, 콘서트 후 사랑의 밤은 따놓은 당상이었다.

이렌은 사라지고 싶었다. 후회가 밀려왔다. 어떻게 하면 자연스럽게 일어나 비상구를 찾을까, 어떻게 하면 뒷문으로 나가 역까지 달려 집으로 돌아가서는 알로에 베라 냄새를 풍기는 깨끗한 이불 속으로 들어갈 수 있을까, 그 생각뿐이었다. 이렌은 종업원에게 슬쩍 녹차를 주문했다. 가브리엘은 남자들과 대화하는 틈틈이 이렌에게 관심을 보이며 불편한 건 없는지, 춥거나 목마르거나 출출하지는 않은지 물었다.

마침내 가브리엘과 남자들이 일제히 일어났다. 가브리엘이 계산대로 가서 음식값을 치렀다. 이렌의 시선이 말없이 그를 따랐다.

비가 내리고 있었다. 어쩌면 전부터 내리고 있었는지도 모르지만 이렌은 밖에 관심을 두지 못했다. 점점 더 불편한 감정을 느끼며, 자신이 아무 준비 없이 먼 길을 떠나온 것을 깨달았을 뿐이었다. 핸드백과 지폐 몇 장과 수표책이 전부였다. 미친 짓이었다. 전혀 자기답지 않은 행동이었다. 매사에 신중했는데 정신이 나가버리다니. 한심한 열혈 팬이 되어버리다니.

가브리엘이 식당에서 우산을 빌리며 이튿날 돌려주겠다고 했다. 그는 이렌의 팔짱을 끼고 세 남자를 따라갔다. 모두 같은 방향으로 가고 있었다. 이렌의 팔을 잡은 가브리엘의 손에 힘이 들어가 있었다.

그들은 호텔 '아르덴'의 프런트에서 일제히 열쇠를 받고 엘리베이터에 올랐다. 그중 두 명이 3층에서 내렸다. "다들 잘 자고 내일 봅시다." 세 번째 남자는 5층에서 내렸다. "잘 자요, 다비드, 내일 봅시다."

"내일 7시 30분에 조식 식당에서?"

"오케이."

엘리베이터가 5층에서 6층으로 가는 동안, 단둘이 된 두 사람은 서로를 마주 보았다. 가브리엘의 시선이 이렌을 잡고 놓아주지 않았다.

엘리베이터 문이 어두운 복도를 향해 열렸다. 그들은 61호실까지 걸어갔다. 그가 문을 밀자 퀴퀴한 담배 냄새가 훅 끼쳐왔다. 오렌지색 벽은 모로코 양식을 흉내 낸 회반죽 재질이었다.

그가 "잠깐 실례" 하더니 이렌을 앞질러 방 안의 전등을 모두 켜고는 욕실로 사라졌다.

이렌은 자신의 트렌치코트도 몸뚱어리도 어찌해야 할지 모른 채, 방문 앞에 대리석 석상처럼, 쇼윈도의 마네킹처럼 굳어 있었다. 반쯤 열린 가브리엘의 여행 가방 틈새로 완벽한 상태의 와이셔츠들이 보였다. 스웨터와 양말들도. 이렌은 누가 저 셔츠들을 칼라까지 반듯하게 다리고 옷들을 정리했을까 생각했다.

가브리엘이 미소를 지으며 욕실에서 나왔다.

"들어와, 옷 벗어."

이렌의 표정이 묘해진 모양이었다. 가브리엘이 웃음을 터뜨렸다.

"코트 벗으라고."

"……"

"말이 별로 없네."

"날 왜 오라고 한 거죠?"

"그러고 싶었으니까. 당신이 보고 싶었어. 늘 당신이 보고 싶어."

"그 반지는 뭐죠?"

그가 침대에 앉았다. 이렌은 코트를 벗었다.

"청혼을 받았고, 싫다고 대답할 수 없었어. 결혼하자는 여자한테 싫다고 말하기는 어려운 일이야. 무례한 일이기도 하고. 당신은? 여전히

412

기혼잔가?"

"그래요."

"그럼 이제 동점이네. 일대일."

"……"

"당신 꿈을 자주 꿨어."

"나도요."

"그리웠어. 가까이 와봐."

이렌은 그의 곁에 앉았으나 바짝 다가가진 않았다. 둘 사이에 공간을, 횡단 선을 남겼다.

"결혼하고서 벌써 바람피우게요?"

"당신하곤 바람이 아니야. 속이는 게 아니라 배신하는 거니까."

"왜 재혼했죠?"

"얘기했잖아. 아내가 청혼했다고."

"아내를 사랑해요?"

"왜 그런 걸 묻지? 당신은 날 위해서 남편을 떠날 건가? 난 대답할 말이 없어. 당신은 매인 여자야, 이렌, 자유롭지 않다고. 옷 벗어. 전부. 당신을 보고 싶어."

"불 꺼요."

"아니, 난 당신을 보고 싶어. 우리끼리 그럴 거 없어."

"당신 친구들, 날 그렇고 그런 여자라고 생각하지 않았을까요?"

"그들은 내 친구가 아니야. 동료일 뿐이지. 옷 벗어."

"당신도 나랑 동시에 벗어요, 그럼."

"그러지."

72

오 예수, 언제나 나의 기쁨이신 분이여.
새들의 창조자가 나를 영웅으로 만드네.

비가 줄곧 내린다. 앞 유리창의 와이퍼가 좌우로 움직이며 우리의
얼굴을 닦는다.

나탕은 뒷좌석에서 잠이 들었다. 나는 수시로 뒤돌아 아이의 얼굴을
본다. 잠든 아이의 얼굴을 보는 게 정말 오랜만이다. 라디오에서 노래
가 흘러나온다. 커브를 돌 땐 끊긴다. 후렴구 사이사이 우리는 이렌과
가브리엘에 대해 이야기한다.

"스당에서 만난 뒤로 두 사람은 자주 만났어요."

"어머니에 관한 그 모든 이야기를 알게 된 기분이 어떠세요?"

"솔직히요? 모르는 여자 이야기 같아요. 그래서 말인데 어머니 일기
장은 당신이 가져요. 돌려받고 싶지 않습니다. 당신 기록부들과 함께
두세요."

"하지만 난……"

"부탁합니다. 당신이 갖고 있도록 해요."

"당신은 다 읽었나요?"

"네, 여러 번이요. 특히 당신과 관련된 대목은. 어머니와 아는 사이였다고 왜 말하지 않은 겁니까?"

"안다고 할 만한 사이는 아니었어요."

"사실을 비틀고 말장난을 하는 재주가 상당해요…… 늘 당신 입을 열게 하고 싶었어요. 당신은 지금껏 내가 상대한 피의자들보다 훨씬 강적이에요…… 당신을 체포하는 일이 부디 없기를 바랍니다. 당신을 심문하다가는 미쳐버릴 테니까."

나는 웃음을 터뜨렸다.

"당신을 보면 생각나는 남자가 있어요."

"남자요?"

"이름이 사샤예요. 그가 내 목숨을 구해줬어요…… 당신처럼 날 웃게 해서."

"칭찬으로 듣겠습니다."

"칭찬 맞아요. 우리 어디로 가고 있는 거죠?"

"파르동●으로."

"……"

"부르불에 있는 도로명이에요. 아버지가 태어나신 곳이기도 하고요. 친척 중 일부는 아직도 거기 살아요…… 가끔 결혼도 하고요."

"다들 내가 누군지 의아해할 거예요."

"아내라고 소개하죠 뭐."

"미쳤군요."

● 프랑스어로 '용서'의 뜻.

"아직 충분히는 아닙니다."

"젊은 신랑신부한테는 뭘 선물하죠?"

"사실 그리 젊은 사람들은 아니에요. 둘 다 살 만큼 살다가 만났거든요. 사촌 누나는 예순한 살이고, 남편 될 사람은 오십 줄이죠. 20킬로미터쯤 더 가면 휴게소가 나와요. 거기서 재미난 선물들을 삽시다. 나탕도 옷을 갈아입어야 하고요."

"전 이미 갈아입었어요."

"당신은 언제나 준비 완료죠. 전천후로 입고 있잖아요. 언제든 예식에 참여할 수 있게. 결혼식이든 장례식이든."

나는 두 번째로 웃음을 터뜨렸다.

"당신은요? 당신은 안 갈아입어요?"

"네, 절대로. 겨울엔 진에 스웨터, 여름엔 진에 티셔츠, 끝."

그가 나를 바라보며 빙긋 웃는다.

"정말로 휴게소에서 결혼 선물을 살 작정이에요?"

"정말로."

쥘리앵이 차에 기름을 넣는 동안, 나는 나탕을 휴게소 상점으로 데려갔다. 손을 꼭 잡고서. 오래전 습관. 절대 잊히지 않는 동작. 자동으로 몸에 배어 신체의 일부가 된 동작. 머리색처럼, 익숙한 냄새처럼, 유전처럼. 아이의 손을 잡아본 것이 까마득한 옛날이다. 작고 말랑한 손이 내 손을 꼭 쥐자 가슴이 뭉클해진다. 아이가 내가 모르는 노래를 흥얼거린다.

상점 안으로 들어가자 기분이 밝아진다. 나탕이 계산대 앞에 진열된 초콜릿 바와 사탕들을 보며 두 눈을 반짝거린다.

나는 남자화장실 문 앞에서 우뚝 걸음을 멈춘다.

"난 못 들어가, 여기서 기다릴게."

"네."

나탕이 옷 가방을 쥐고 들어가 화장실 문을 닫더니 오 분 뒤, 하얀 셔츠에 회색 리넨 스리피스 정장을 입고 자랑스러운 표정이 되어 밖으로 나온다.

"정말 멋지다, 나탕."

"아줌마, 젤 있어요?"

"젤?"

"머리에 바르는 거."

"여기서 파는지 알아보자."

우리가 숱한 진열대를 훑으며 헤어 젤을 찾는 동안, 쥘리앵도 쇼핑을 한다. 소설 두 권, 요리책 한 권, 비스킷, 기압계, 갖가지 색깔의 식탁 매트, 지도, DVD 세 장, 영화음악 베스트 음반 한 장, 지구본, 아니스 사탕, 남성용 우비 점퍼, 여성용 밀짚모자, 인형. 그걸 일일이 포장해달라고 하자 계산원은 포장지가 없다고 대답한다. 그리고 미소와 함께, 여긴 라파예트 백화점이 아니라 A89 고속도로 휴게소라는 말을 덧붙인다. 쥘리앵은 별수 없이 세계자연기금 로고가 박힌 커다란 에코백을 구입해, 그 안에 물건들을 모조리 쓸어 담는다. 나탕이 그에게 오색 스티커를 사달라고 한다. 가방에 붙여, 판다도 색칠하고 판다 주변에 대나무와 파란 하늘도 꾸며주겠다면서. 쥘리앵이 반색한다. "기발한 생각이다, 아들."

나는 다른 여자가 된 기분이다. 인생이 바뀐 기분, 다른 사람의 삶을 사는 기분. 이렌이 앙티브 곶에서 베이지색 옷 대신 원색 옷으로 갈아 입고 샌들을 신었을 때처럼.

나탕과 나는 마침내, 마지막으로 하나 남은 '강력' 헤어 젤 통을 찾아 내고야 말았다. 면도기 두 개와 칫솔 세 개, 물티슈 한 개 사이에서 나 뒹굴고 있었다. 우리는 승리의 환호성을 질렀다. 이날 세 번째로 내게 서 웃음이 터져 나왔다.

신이 난 나탕이 머리를 만지기 위해 화장실로 향했다. 한 통을 다 썼 는지, 머리칼을 삐죽삐죽 세우고 다시 나왔다. 쥘리앵은 회의적인 시 선으로 아들을 힐금거렸지만 아무 말도 하지 않았다.

"나 멋져요?"

쥘리앵과 나는 동시에 그럼, 하고 대답했다.

73

어떤 급행열차도 날 천상의 행복에 데려다놓지 못해,

어떤 전차도 그곳에 이르지 못해,

어떤 콩코드 여객기도 너만큼 날개를 펴지 못해,

어떤 선박도 그곳에 닿지 못해, 너 외엔.•

1996년 9월

필리프의 나날은 내내 이렇게 이어졌다. 오전 9시경 기상, 비올레트가 아침식사를 대령. 블랙커피, 구운 빵, 무염버터, 알갱이 없이 고르게 조려진 체리잼. 샤워와 면도. 오후 1시까지 오토바이로 한 바퀴. 시골길을 달려, 경찰이나 단속 장치가 없는 곳을 찾아가 매일 죽기 직전까지 액셀을 당긴다. 비올레트와 점심.

오후 4시나 5시까지 메가 드라이브로 모탈 컴뱃 게임. 저녁 7시까지 오토바이로 한 바퀴. 비올레트와 저녁. 그다음엔 여자들을 만나러. 걷겠다며 집을 나간다. 오토바이를 타고 나갈 땐 새벽 1시나 2시쯤 귀가. 비가 올 때나 무기력해져 나갈 의욕이 생기지 않을 땐 텔레비전. 그럴 때 비올레트는 옆에서 책을 읽거나 그가 고른 영화를 본다.

• 알랭 바슝의 노래 〈어떤 급행열차도〉 중에서.

2주 전 묘지지기와 함께 있는 모습을 본 이후, 필리프는 더 이상 예전처럼 아내를 볼 수 없었다. 곁눈질로 아내를 관찰하며 혹시 그놈 생각을 하는 건 아닌지, 자기가 없을 때 그놈에게 전화를 하거나 편지를 쓰는 건 아닌지 의심스러워했다.

일주일 전부터는 집에만 돌아오면 전화기의 재다이얼 버튼을 눌렀다. 번번이 그가 전날이나 전전날 통화한 모친의 목소리가 들려왔고 그는 아무 말 없이 전화를 끊었다.

이틀에 한 번, 그는 모친에게 전화를 해야 했다. 하나의 의식이었다. 매번 같은 말이 이어졌다. "별일 없지, 아들? 밥은 잘 먹고? 잠도 잘 자고? 건강은? 길에선 차 조심하고. 눈 버리니까 게임 너무 많이 하지 말고. 걔는? 일은 괜찮니? 집은 깨끗해? 걔가 이불은 매주 세탁해주고? 네 통장은 엄마가 잘 살피고 있으니 걱정 마, 한 푼도 안 샜으니까. 아버지가 지난주에 네 생명 보험료를 넣었어. 엄만 괴로운 일이 또 생겼단다. 언젠 재수가 좋았나, 늘 이 모양이지. 인간들은 왜 그리 다들 뒤통수를 치는지. 너도 조심해. 아버지는 어쩌 갈수록 기가 죽는다, 너나 아버지나 내가 있으니 망정이지. 또 전화하자." 전화를 끊을 때마다 우울했다. 모친은 날이 갈수록 면도날처럼 그의 신경을 긁어댔다. 가끔은 삼촌 소식을 들은 게 있는지 묻기도 했다. 그는 삼촌이 그리웠다. 프랑수아즈의 부재는 그를 무기력하게 했다. 하지만 그럴 때면 모친은 역정을 냈다. 그에게 죄책감을 주고 싶을 땐 풀 죽은 목소리로 "그 인간들 얘기는 꺼내지도 마, 제발" 했다. 언제나 프랑수아즈와 뤼크를 한통속으로 싸잡았다.

이 거슬리는 통화를 제외하면, 필리프의 삶은 겉으로는 완벽하도록 매끈하게 굴러가는 것처럼 보였다. 하지만 그는 1983년, 프랑수아즈가 마지막으로 앙티브 역까지 데려다주었던 때에 머물러 있었다. 변덕스러운 아이, 불행한 아이의 모습에.

그러던 어느 날, 오 분 간격으로 닿은 두 가지 소식이 평소처럼 이어지던 그의 일상을 정지시켰다. 첫 소식은 우편으로 도착했다.

그가 평소 좋아하던 대로 바삭하고 따듯한 버터 바른 빵을 베어 물었을 때였다. 비올레트가 건널목이 1997년 5월에 자동화된다고 말했다. 8개월이 지나면 새 일자리를 찾아야 한다고. 두 사람 앞으로 발송된 우편물을 잼 병과 녹아 흐늘거리는 버터 사이에 놓아두고, 비올레트는 9시 7분 열차에 맞춰 차단기를 내리러 갔다.

'비올레트를 잃겠구나.' 통지서를 읽으며 무엇보다 그 생각이 머릿속을 스쳤다. 이제 비올레트를 붙들 것이 아무것도 없었다. 그동안은 그 자신도 알 수 없는 이유로, 일자리와 집이 두 사람을 아직 이어주고 있었다. 그들을 연결하고 있는 끈은 눈에 보이지도 않을 만큼 가늘었다. 문 닫힌 레오닌의 방을 제외하면 그들에겐 더 이상 공통의 것이 남아 있지 않았다. 건널목지기 일자리를 잃게 되면 비올레트는 분명 그를 버리고 늙은 묘지기에게 가버릴 터였다.

부엌 창문 너머 웬 여자가 비올레트에게 수군거리는 모습이 보였다. 그는 여자를 알아보지 못했다. 언뜻 애인 하나가 관계를 발설하러 온 건가 싶었지만, 잠시 스친 염려일 뿐 그럴 리 없었다. 그간의 여자들은 질투하는 유형이 아니었다. 어떤 위험도 없었다. 그는 자신을 더럽히고 비올레트를 더럽혔으나 위험은 무릅쓰지 않았다.

그럼에도 여자의 얘기를 듣는 비올레트의 얼굴이 점차 창백해졌다.

그는 서둘러 밖으로 나가, 레오닌의 전 담임 선생님 앞에 섰다. 이름이 뭐였더라?

"안녕하세요, 투생 씨."

"안녕하세요."

여자 또한 창백했다. 뭔가 큰 충격을 받은 듯했다. 여자가 등을 돌리더니 서둘러 자리를 떴다.

9시 7분이 지났다. 필리프는 휙휙 지나가는 열차 칸 창문의 얼굴들을 보면서, 그들에게 인사를 보내던 레오닌을 떠올렸다. 의도치 않은 침묵이 흐르는 가운데 비올레트가 차단기를 올리고는 필리프에게 말했다.

"준비에브 마냥이 자살했어."

필리프는 2주 전, 마지막으로 그 집 앞에 갔던 때를 떠올렸다. 경찰차들, 실내가운 차림으로 가로등 밑에서 수군대던 여자들. 그가 다녀간 이후 자살한 게 분명했다. 마냥 앞에서 울었었다. "애들한테 어떻게 해코지를 해요." 죄책감의 무게가 마냥을 죽음으로 내몬 것일까?

비올레트가 덧붙였다.

"제발, 그 여자가 레오닌과 같은 묘지에 묻히지 않게 해줘."

필리프는 약속했다. 자기 손으로 파내는 한이 있더라도, 절대 그렇게 두진 않겠다고.

비올레트가 거듭 말했다.

"그 여자가 내 묘지의 땅을 더럽히는 걸 원치 않아."

그날 아침, 필리프는 샤워를 하지 않았다. 허둥지둥 이를 닦고 오토바이에 올라타 집을 떠났다. 두 시간 안에는 차단기를 내릴 일이 없는 건널목 앞에, 넋이 나간 채 서 있는 비올레트를 남겨두고.

74

넌 태양의 깃털을 단 나의 펜이

기상을 알리는 대천사의 종이 위에서

눈발을 흩날리는 걸 보게 될 거야.*****

흐르는 세월은 왜

우리를 응시하다가 우리를 허물어뜨리는지

너는 왜 나와 함께 머물지 않는지

너는 왜 떠나가는지

왜 삶은, 물 위를 떠가는 배들은

날개가 달린 것인지……******

피로연장이 휑하다. 종업원 둘만이 뒷정리를 하고 있다. 한 여자는 종이 식탁보를 걷어내고, 다른 여자는 하얀 종잇조각들을 빗자루로 쓸어 담는다.

쥘리앵과 나는 즉석에서 마련한 플로어에서 춤을 춘다. 미러볼의 마

---

* 클로드 누가로의 노래 〈넌 보게 될 거야〉 중에서.
** 라파엘의 노래 〈작은 배들〉 중에서.

지막 불빛들이 우리의 구겨진 옷자락에 미세한 별들을 그려낸다.

모두가 떠났다. 신랑신부까지도. 나탕은 사촌 집에서 잠이 들었다. 라파엘의 노랫소리만이 스피커에서 울려 퍼진다. 마지막 음악. 이후엔 디제이, 배가 다소 나온 쥘리앵의 고모부도 짐을 챙길 것이다.

나는 막바지에 이른 이 하루가 영원히 끝나지 않기를 바란다. 길게 늘어나기를. 소르미우에 있었던 때처럼. 이미 밤이 깊었는데도 숙소로 돌아가고 싶지 않았던 그때, 우리의 발가락이 바닷가의 찰랑거림을 떠날 줄 모르던 그때처럼.

이렇게 웃어본 게 언제였나. 언제라니, 내겐 그래본 적이 없었다. 오늘처럼 웃어본 적이. 레오닌과 함께 웃음을 나누었지만, 자식과 웃는 것은 남들과 웃는 것과는 다르다. 그건 다른 부분, 다른 곳에서 비롯되는 웃음이다. 웃음, 눈물, 공포, 기쁨은 우리 몸속 각기 다른 곳에 깃들여 있다.

또 다른 날이 지나가고 있어,
생은 짧아, 지루하고 지겹게 살아선 안 돼……

음악이 끝났다. 디제이가 마이크에 대고 밤 인사를 보낸다. 쥘리앵이 외친다. "고모부도 굿 나이트!"

나는 내 결혼식 외엔 결혼식에 참석해본 적이 없었다. 결혼식이 이토록 즐겁고 유쾌한 것이라면 좀 다녀볼까 싶기도 하다.

내가 외투를 걸치는 동안 쥘리앵이 주방으로 사라지더니 샴페인 병과 플라스틱 잔 두 개를 들고 다시 나타났다.

"우리 충분히 마시지 않았나요?"

"아니요."

바깥 공기가 포근하다. 우리는 나란히 걸었다. 쥘리앵이 팔짱을 낀다.

"우리 어디 가는 거죠?"

"새벽 3시에 어딜 가겠어요? 집으로 모시고 싶지만, 500킬로나 떨어져 있으니 별수 없이 호텔로 가야죠."

"난 당신과 밤을 보낼 생각이 없는데요."

"아, 그건 너무, 너무 어리석은 생각이에요. 난 그럴 생각이거든요. 이번엔 빠져나가지 못할 겁니다."

"날 가둘 셈인가요?"

"네, 당신 생이 다할 때까지. 내가 경찰이라는 걸 잊지 마요, 여러모로 그럴 힘이 있다는 걸."

"쥘리앵, 내가 사랑에 불능이라는 걸 알잖아요."

"또 그 소리. 비올레트, 이제 그만."

순간, 다시 발동이 걸렸다. 정신 줄을 놓아버린 광기의 거품이, 목구멍까지 차오른 즐거움의 거품이 입술을 간질이고 배 속에서 희열하며 부글거리더니 웃음으로 터져 나왔다. 내게 이런 소리가 있을 줄이야, 내 안에 이런 음계가 있을 줄이야. 한 키 더 높은 악기가 된 기분이었다. 천만다행인 제작상의 실수.

이런 것일까, 청춘이란? 곧 오십을 바라보는 나이에 청춘을 느끼다니, 가능한 일일까? 청춘이란 걸 느껴보지 못했던 내 안에도, 나도 모르게 그것은 소중히 간직돼 있었던 것일까? 그러다 오늘, 어느 토요일에 모습을 드러낸 것일까? 오베르뉴의 이 결혼식에서? 내 가족도 아닌 사람들 사이에서? 내 남편도 아닌 남자 곁에서?

우리는 호텔에 당도했다. 호텔 문이 이중으로 잠겨 있었다. 쥘리앵은 당황했다.

"비올레트, 당신 앞엔 지금 바보 중에서도 상바보가 서 있어요. 어제 호텔에서 전화가 왔었거든요. 오후에 도착하면 미리 들러 열쇠와 정문 비밀번호를 받아가라고…… 그런데 까맣게 잊어버렸네요."

또 발동. 더는 멈춰지지 않는다. 어찌나 웃었던지, 웃음소리가 메아리라도 된 듯 연달아 울린다. 내장된 마이크 음량이 최대가 된 듯하다. 너무 웃어서 배가 아플 지경이다. 숨쉬기가 힘들다. 그만 웃어보려 하지만 자꾸만 웃음이 터져 나온다.

쥘리앵이 재미있다는 듯 나를 빤히 본다. 그에게 말하려 한다. "내 생이 다할 때까지 날 가둬놓긴 힘들 거예요." 하지만 말이 나오지 않는다. 웃음이 가로막아버린다. 나는 점점 더 크게 웃는다. 쥘리앵이 내 볼을 타고 흐르는 눈물을 양 엄지로 닦아준다.

우리는 그의 차를 향해 간다. 허리를 꺾으며 웃어대는 나, 한 손엔 샴페인 병을 들고 바지 호주머니엔 샴페인 잔들을 넣고선 쓰러질 듯 걷는 나를 부축한 그. 우리는 웃긴 모양새의 커플이다.

그의 차 뒷좌석에 나란히 앉는다. 쥘리앵이 키스로 내 웃음을 잠재운다. 조용한 기쁨이 내 안 깊숙이 뿌리를 내린다.

사샤가 멀지 않은 곳에 있다. 그런 기분이 든다. 그가 쥘리앵에게 내 신체기관 하나하나에서 새 가지가 돋게 하는 기술을 가르쳐준 기분이.

75

나는 산책자다,
'강 건너 증후군'이다.

오늘은 피에르 조르주(1934-2017)의 장례를 치렀다. 손녀딸이 관
에 그림을 그렸다. 당황스러울 만큼 순진한 그림들. 야생 숲을 드리운
푸른 하늘과 들판을 사흘에 걸쳐 그렸다. 분명 저세상에서 산책하고
있을 할아버지를 떠올렸으리라.

원래 피에르의 이름은 동명의 가수처럼 엘리 바루였다. 2차세계대
전 이전에, 지금은 이 묘지에 묻혀 있는 그의 부모가 유대인 신분을 숨
기기 위해 아들의 이름을 바꾼 모양이었다. 파리에서 온 여성 랍비가
마지막 추도 예배를 집전했다. 그는 프랑스의 세 번째 여성 랍비다. 그
가 기도문을 읊었다. 아름다웠다. 그가 카디시를 낭송하자, 피에르의 관
이 그의 부모가 수십 년 전부터 잠들어 있는 가족묘로 내려갔다. 이어
서 조객들이 관 위에 차례로 한 줌씩 모래를 뿌렸다. 들판과 푸른 하늘
에 흰 모래를 더함으로써, 가족과 친구들은 그에게 바다를 선사했다.

자신이 믿는 신의 소관이 아닌바, 세드릭 신부는 장례식 동안 내 부
엌에 머물렀다.

가족을 보면 그 사람이 보인다는 말이 있다. 무덤을 에워싼 자식과 손주들이 한마음 되어 이별을 고하는 모습을 보며 나는 피에르가 좋은 사람이었으리라 짐작한다.

이어 시청 연회실에 조촐한 자리가 마련되었다. 가족과 친구들이 모여 고인을 위해 노래했다. 문들이 활짝 열려 있어 내 집까지 음악과 노랫소리가 들려왔다.

이름이 '델핀'인 랍비가 커피를 마시기 위해 내 집에 왔다. 세드릭 신부도 아직 가지 않고 있었다. 성당 남자와 시너고그 여자가 내 부엌에 함께 앉은 모습은 아름다웠다. 그들은 서로의 신앙과 웃음과 젊음을 주고받았다. 사샤가 보았으면 기뻐했으리란 생각이 들었다.

날이 좋았기에 나는 정원을 돌보러 나갔다. 델핀과 세드릭은 정원 쉼터에 자리를 잡고, 그 후로도 두 시간 넘게 이야기꽃과 웃음꽃을 피웠다.

델핀은 내 정원의 식물들과 과일 나무들의 아름다움에 매혹된 듯했다. 세드릭이 행복한 주인인 양 델핀에게 정원을 구경시켜주었다. 바로 옆집에 사는 그의 신이 이 모든 작은 기적들을 일구기라도 한 듯이.

나는 가지를 심으며, 피에르 조르주의 가족과 친구들이 시청 광장에서 부르는 노래를 들었다. 다들 연회실을 나와, 광장의 나무 그늘 밑에 모여 앉은 모양이었다.

델핀과 세드릭도 대화를 멈추고 노래에 귀를 기울였다.

아니, 난 나의 '널 사랑해'에 대한 응답을 갈구하며
스스로를 다독이고 싶은 마음이 더는 없어

아니, 난 내가 이제 외워버리고 만 게임을 흉내 내며

아픔으로 찢길 가슴이 더는 없어……

오늘 내게 더없이 아름다운 장면을 선사하는 너이지만

그토록 어여쁜 모습으로 너는 일을 그르칠지도 몰라……

난 너의 그 모든 아름다운 신비로움에서 더는 아무것도 보지 않지만

내가 무서워하거나 갈구하게 되지 않을까 두려워

갇힌 내 영혼은 그 모든 꿈을 꿀지라도

난 결코 사랑할 용기를 내지 못할 테니까…… ●

나는 땅으로 몸을 숙인 채, 저들이 부르는 노래가 피에르를 위한 것인지 나를 위한 것인지 모르겠다고 생각한다.

저녁 6시 30분 무렵, 모두가 각자의 차에 올라 파리로 떠났다. 다시 한번 내가 질색하는 소리, 문들이 쾅 닫히는 소리를 들어야 했다.

나의 세 남자가 나와 함께 정원에서 저녁을 먹었다. 나는 즉석에서 섞어 만든 샐러드와 구운 감자와 달걀프라이를 냈고, 모두 맛있게 해치웠다. 고양이들이 다가왔다. 맥락도 재미도 없지만 행복한 우리의 대화를 들으려는 듯. "우리 너무 좋지 않아? 여기 이렇게, 우리의 비올레트 집에서?" 노노가 저녁식사 내내 되풀이하는 말에, 우리는 합창으로 대답했다. "너무 좋아." 거기에 엘비스가 덧붙였다. "돈 리브 미 나우."

그들은 밤 9시 30분 무렵 돌아갔다. 일 년 중 낮이 가장 긴 6월. 나는

● 엘리 바루의 노래 〈사랑할 용기〉 중에서.

429

정원 벤치에 남아 침묵의 소리를 듣는다. 이제 레오닌이 더는 내지 않을 그 모든 소리를. 오직 나만이 아는 내 마음속 작은 사랑의 멜로디를 제외하고는.

자동차 뒷좌석의 나탕을 다시 떠올린다. 셋이서 차를 타고 돌아오던 일요일 아침을. 숙취가 남은 쥘리앵과 나의 얼굴을. 잔가지, 날나무, 새순, 이제 갓 땅을 뚫고 올라온 여린 이파리, 잔털들이 하늘하늘 얽혀 맘먹으면 쑥 뽑힐 둘 혹은 세 개의 밑동. 뿌리째 뽑힐 수 있는 초보적 사랑의 시작. 딱 세 번 둘러보고 떠날 수도 있는.

젤이 굳어 나탕의 머리칼에 하얀 가루가 앉았다. 약간은 눈이 내린 것처럼. 쥘리앵이 나탕에게 마르세유에 도착하면 엄마 집에 가기 전에 머리를 여러 번 감아야겠다고 말했다. 나탕이 부루퉁한 얼굴로 내게 도와달라는 시선을 보냈다.

묘지에 도착하자, 쥘리앵이 나를 길가에 면한 문 앞에 내려주었다. 바로 떠날 참이었는데 나탕이 동물들을 보고 싶어했다. 플로랑스와 마이 웨이가 다가와 나탕의 작은 다리에 몸을 비볐다. 나탕이 녀석들을 오래도록 쓰다듬어주고 내게 물었다.

"진짜로 다 하면 고양이는 몇 마리예요?"

"지금은 열한 마리."

나는 녀석들의 이름을 읊어주었다. 자크 프레베르의 시라도 되는 듯.

나탕이 웃음을 터뜨렸다. 우리는 고양이 식기에 사료를 채웠다. 오래된 것은 새들에게 던져주었다. 새 물도 가득 채워주었다. 그동안 쥘리앵은 어머니를 뵙기 위해 가브리엘의 무덤에 다녀왔다.

그가 돌아오자 나탕이 조금만 더 있다 가자고 졸랐다. 나 역시 조금

보다 더 많이 있다 가라고 조르고 싶었지만 아무 말도 하지 않았다.

그들은 내 정원에서 간식을 먹은 후 일어났다. 나는 차까지 그들을 배웅했다. 쥘리앵이 차에 오르기 전 내게 키스를 하려 했다. 나는 움찔 뒤로 물러났다. 나탕이 보는 앞에선 그러고 싶지 않았다.

나탕은 앞좌석에 앉고 싶어했지만 쥘리앵이 말렸다. "안 돼, 열 살이 될 때까지는." 나탕이 투덜거리곤 내게 와 볼에 키스를 했다. "안녕, 비올레트 아줌마."

나는 왈칵 울고 싶은 심정이었다. 쾅, 쥘리앵의 차문들이 유독 요란한 소리를 내며 닫혔다. 나는 그들이 떠나는 것이 아무렇지 않은 척했다. 홀가분한 척, 할 일이 무척 많은 척했다.

벤치에 앉아 그 모든 일들을 떠올린 뒤, 나는 집으로 들어가 문을 닫았다. 길에 면한 문과 묘지에 면한 문 모두를. 엘리안이 침실까지 따라 들어와 침대 아래 길게 드러누웠다. 창문을 열자 포근한 밤공기가 방 안으로 스며든다. 나는 장미향 크림을 바르고, 침대맡 협탁의 서랍을 열어 이렌의 일기장을 꺼낸다.

일기를 읽기에 앞서 문득, 이렌은 손자와 몇 년을 보냈을까 궁금해진다. 그는 어떤 할머니였을까. 나탕의 탄생을 어떻게 맞이했을까. 헤아려보니, 나탕은 가브리엘이 죽고 1년 뒤에 태어났다.

이렌과 가브리엘의 사랑은 단어 맞히기 게임 같다. 나는 아직 그들을 정의할 단어를 알아내지 못했다.

내 집으로 스며들며, 쥘리앵은 모친과 가브리엘을 데리고 왔다.

우리의 만남은 과연 어떻게 끝이 날까?

76

가족은 파괴되지 않습니다. 변형될 뿐입니다.
일부가 보이지 않게 될 뿐입니다.*

1996년 9월

그날 아침, 비올레트에게 준비에브 마냥이 브랑시옹의 묘지에 묻히
지 않게 하겠다고 약속한 필리프는 처음엔 마콩으로 향했다가, 마지
막 순간 마음을 바꿔 리옹까지, 브롱까지 내달렸다. 펠르티에 정비소
에 도착했을 때는 오후가 한참 지나 있었다. 그는 눈에 띄지 않을 만큼
멀찌감치 오토바이를 세웠다. 정비소는 기억 속 그대로였다. 하얀색과
노란색의 벽들. 이곳에 발걸음하지 않은 지 13년째였다. 멀리 떨어져
있었지만 여러 엔진에서 섞여 나는 기름 냄새를 맡을 수 있었다. 그는
이 냄새를 정말 좋아했다.

다만 백미러에 비쳐 보이는 차종들이 달라져 있었다. 그는 몇 시간
내내 헬멧을 벗지 않은 채, 그들이 나타나기를 오래도록 기다렸다.

저녁 7시 무렵, 벤츠에 나란히 앉은 프랑수아즈와 뤼크가 보였다. 프

● 19세기 프랑스 신학자 앙토냉질베르 세르티앙주의 기도문 중에서.

랑수아즈는 운전석에, 뤼크는 조수석에. 흥분한 권투선수처럼 심장이 날뛰기 시작했다. 펀치가 목구멍에 치받혔다. 벤츠의 미등이 사라지고 나서도 한참 동안 필리프는 그들과 함께했던 인생의 가장 아름다웠던 시절을 떠올렸다. 진정으로 사랑받는다고, 진정으로 보호받는다고 느꼈던 시간들. 누구도 그에게 아무것도 기대하지 않았던 시간들. 부모로부터 멀리 떨어져 있던 시간들. 그는 벤츠를 뒤따르지 않았다. 그저 그들이 보고 싶었을 뿐이었다. 그 자리에 살아 있는지 확인하고 싶었을 뿐이었다. 그저, 살아 있는지.

이어, 라비슈오샤유 길로 향했다. 준비에브 마냥과 알랭 퐁타넬이 사는 그 저주받은 곳. 그는 밤을 달렸다. 그는 밤에, 먼지와 나방이 떠다니는 헤드라이트 불빛 속에, 오토바이로 달리는 것이 좋았다.

필리프는 그들의 집 앞에 오토바이를 세웠다. 1층 방 하나에 불이 켜져 있었다. 그는 저간의 상황에도 불구하고 거리낌 없이 문을 두드렸다. 알랭 퐁타넬 혼자 있었고, 상당히 취한 상태였다. 필리프가 2주 전 안긴 멍 자국들은 거의 가라앉아 있었다.

"준비에브가 영원히 꺼져버렸는데 이를 어쩌나. 오늘 밤은 재미를 못 볼 것 같은데."

문가에 선 필리프를 발견하고 퐁타넬이 내뱉은 말이었다. 필리프의 무릎을 풀리게 하고 욕지기를 치솟게 한 말. 필리프는 구토를 할 뻔했다. 어떻게 이 지경까지 바닥일 수 있단 말인가?

하지만 그 역시, 앞에 선 인간 말종과 다르지 않았다. 누구를 탓할 것인가. 그가 마냥과 불륜을 저질렀다. 어느 밤, 양심의 가책도 없이 친구에게 마냥을 '빌려준' 것이 그였다.

과거를 떠올리자 현기증이 일었다. 그가 문틀에 몸을 기댔다. 그날 밤, 그는 자신을 노려보는 술 취한 남자 앞에서, 자기를 짓밟은 두 비열한, 요컨대 그와 퐁타넬의 학대에 마냥이 얼마나 고통스러웠을지 깨달았다. 준비에브 마냥의 고통이 얼음장 같은 칼바람이 되어 그를 관통했다. 마냥의 영혼이 기다란 검으로 그를 찌르는 듯했다. 어둠이 그를 덮쳐와 무너뜨렸다.

무너져 내리는 필리프를 보며 퐁타넬이 악한 미소를 흘렸다. 그가 문을 열어둔 채 등을 돌려 집 안으로 향했다. 필리프는 그를 따라 어두운 복도로 들어갔다. 실내에서 곰팡내가, 기름과 먼지에 전 퀴퀴하고 역한 냄새가 풍겨왔다. 마치 누구도 그곳에 새 공기를 들인 적이 없는 것처럼. 아무도 걸레질을, 비질을 한 적이 없는 곳의 냄새. 필리프는 겨울에도 환기를 하는 비올레트를 떠올렸다. 비올레트. 퐁타넬을 따르며 필리프는 비올레트를 안고 싶은 충동을 느꼈다. 지금까지와는 다르게 힘껏. 묘지의 늙은 남자가 이미 그랬겠지만.

두 남자는 식탁에 마주 앉았다. 식탁엔 아무 먹을 것도 없이, 수십 개의 빈 맥주 캔만이 방수 식탁보 위를 나뒹굴고 있었다. 빈 보드카 병 두세 개와 다른 독주 병 몇 개와 함께. 마치 이 저주받은 공간에 함께하기 위해 악마라도 초대된 듯, 그들은 말없이 술을 들이켜기 시작했다.

마침내 퐁타넬이 입을 뗀 것은 필리프가 두 소년의 사진에서 눈을 떼지 못하고 있을 때였다. 시대를 가늠할 수 없는 더러운 장식장 한 귀퉁이에 놓인 액자 속의 두 미소. 학교에서 찍은 사진 같았다, 단체 촬영 뒤에 부모에게 또 다른 추억을 남겨주기 위해 형제를 따로 찍은.

"애들은 준비에브 여동생 집에 있어. 나하고 있는 것보다야 거기가 훨씬 낮지. 난 좋은 아빠였던 적이 없어…… 댁은?"

"……"

"애들 죽은 건, 댁네 애도 마찬가지고, 준비에브는 관계없어…… 다시 말하는데 아무 짓도 하지 않았다고. 나야, 자고 있는데 준비에브가 깨우러 와서, 사고 뒷부분밖에 몰라. 잠결이라 악몽을 꾸는 줄 알았어. 준비에브가 미친년처럼 날 흔들어 깨웠어. 울면서 동시에 소리를 지르는 통에 뭐라는 건지 알아들을 수가 있어야지…… 댁 얘기였어, 댁네 딸이 거기 있다고, 말그랑주 학교에서 대체직으로 있을 때 얘기며, 운명이 가혹하다고…… 자기 어머니 얘기도 꺼냈는데, 난 취한 줄 알았어. 그런데 내 팔을 잡아당기면서 악을 쓰더라고. '와! 빨리 오라고! 끔찍해…… 끔찍하다고!' 전에는 그런 식으로 말한 적이 없었어. 내가 1층 방에 도착했을 땐 할 수 있는 게 아무것도 없었어……"

퐁타넬이 맥주 캔을 단숨에 비우고 곧이어 보드카 잔을 비웠다. 그러곤 세차게 쿵쿵대더니, 식탁보의 갈라진 틈을 손톱으로 긁으며 거기에 시선을 고정한 채 내뱉었다.

"크로크비에유, 그 교장 여자가 나한테 쥐꼬리만 한 돈을 주며 성 관리를 맡겼어. 전기, 배관, 페인트칠, 정원까지…… 정원은 신경 안 썼어. 잡초가 자라든 말든, 돌멩이가 굴러다니든 말든. 준비에브는 여름 동안 장을 보고 요리를 했어. 애들이 도착하자 교장이 우리 둘을 아예 현장에서 자게 하려고 시간을 연장했어…… 밤에 애들도 감시하고 성도 지키게 하려고. 그날 밤은 준비에브가 당번이 아니었어. 그런데 애들이 잠자리에 들자 루시 랭동이 준비에브한테 두 시간만 1층 방을 봐달라고 부탁한 거야. 위층에 있는 르텔리에 방에 가서 한 대 피우고 싶어서. 준비에브는 거절하지 못했어…… 랭동이 늘 자기를 도와주니까. 어쨌든 알겠다고 말을 했는데 성에 있진 않았어. 애들을 그냥 두고 여동생 집으로 갔어. 우리 애들을 보러. 막내가 아파서 애를 끓이던 참이었거든. 준비에브는 여름이면 미쳐버려, 다른 집 애들은 다들 바닷가로 가는데 우리 애들은 여기 그냥 있어야 되니까…… 나더러 아무 짝에도 쓸모없는 인간, 식구들 바닷가에도 못 데려가는 형편없는 인간이라고 타박했지……"

퐁타넬이 소변을 누러 가며 휘파람으로 흥얼거렸다. "개 같은 인생이여." 그가 식탁으로 다시 와서 이번엔 저편 다른 자리에 앉았다. 그가 없는 동안 다른 누군가가 그의 자리를 차지하기라도 한 듯이.

"한 시간을 비웠는데, 사달이 나려던 게지. 돌아와 1호실을 열었는데 머리가 빙빙 돌더라는 거야. 그대로 바닥에 픽 쓰러졌다고…… 사실 오후부터 눈이 반쯤 풀려 있었거든. 자기가 단단히 병이 난 줄 알았대. 애들한테 감기라도 옮은 줄…… 그런데 일어나지지가 않더라는 거야…… 간신히 몸을 일으켜 창문을 열고 숨을 크게 들이마셨고…… 그렇게 해서 살아난 거야. 뭔가 싸한 기분이 든 건 오 분쯤 지나서…… 애들이 너무나 조용히 자고 있었거든. 그래서 상황 파악을 잽싸게 못 한 거야. 일산화탄소는 냄새가 없어…… 성에는 방마다 온수기가 있었는데 그게 옛날 옛적 거거든…… 전혀 작동하지 않고 우리도 절대 건드리지 말라고 누차 주의를 들은 고철덩어리…… 그런데 그걸 누가 건드린 거야. 준비에브는 그제야 그걸 깨달았어. 가짜 벽장 속에 그 망할 고물이 처박혀 있었는데 벽장문이 열려 있었거든…… 문짝이 허공에서 덜렁거렸어."

알랭 퐁타넬은 식탁에 굴러다니는 라이터로 다른 맥주 캔을 따면서 말을 이었다.

"성 안의 기기들이 고물이라는 건 다들 알고 있었지······ 그야말로 시한폭탄이라는 걸. 내가 갔을 땐 할 수 있는 게 아무것도 없었어. 너무 늦었지. 벌써 질식사했더라고······ 일산화탄소 중독. 넷 다."

퐁타넬이 입을 다물었다. 처음으로 목소리에 감정이 배어 있었다. 그는 담배에 불을 붙이며 두 눈을 감았다.

"당장 온수기부터 껐어. 그걸 작동시키는 데 사용한 성냥도 발견했지. 준비에브는, 그 여잔 거짓말은 못 해. 댁이랑 놀아날 때도 난 다 알고 있었어. 사랑에 빠진 눈이었으니까. 그야말로 넋이 나가 있었지. 냄새를 흘렸어. 얼굴에 뭘 찍어 바르질 않나, 발은 뾰족구두에 다 까지고····· 그날 밤, 그 여자 눈에 자기 짓이 아니라고 쓰여 있었어. 자긴 아무 짓도 하지 않았다고. 잔뜩 겁에 질려서. 금방이라도 숨이 넘어갈 것처럼······ 결정적으로 그런 고물을 작동시키려면 사용법을 알아야 하는데 그 여자가 그걸 알 리가 있나····· 그리고 성엔 오래된 온수기는 절대 건드리지 말라는 규칙이 있었어. 전 직원이 다 아는 철칙. 다들 귀가 닳도록 들었어. 내규에 쓰인 내용은 아니었어. 그랬으면 재판이고 뭐고 교장이 바로 감방에 갔을 거야. 하지만 우린 알고 있었지····· 교장이 그것들을 철거했어야 했다는 걸····· 크로크비에유, 그 여우는 부모들 돈을 긁어낼 땐 잘도 나타났다가, 집기를 새로 구입해야 할 땐 코빼기도 보이지 않았어. 성 안의 새 온수기는 공동 샤워장에 있는 것뿐이었어."

누군가 문을 두드렸다. 퐁타넬은 문도 열지 않고 "망할 놈들" 하고 뱉고는 유리잔에 다시 술을 따랐다. 퐁타넬이 이야기하는 동안 필리프는 미동도 하지 않았다. 그는 고통을 태워 없애기 위해, 슬픔을 익사시키기 위해 규칙적으로 보드카를 벌컥벌컥 들이켰다.

"준비에브는 안절부절못했어. 자긴 감방엔 가고 싶지 않다고. 애들 때문에 성을 비운 걸 누가 아는 날엔 자기가 다 뒤집어쓰게 될 거라고. 도와달라고 애원했어. 처음엔 안 된다고 했지. 내가 뭘 어떻게 돕느냐고, 난 이미 할 일을 했고, 우린 사실을, 사고였다고 말하면 된다고…… 경찰이 온수기를 작동시킨 미친놈을 찾아낼 거라고. 이 여자가 정신이 홱 돌더니 얼굴이 일그러지데…… 욕을 퍼부으며 날 협박했어. 내가 어린 보조원들을 힐금거렸다는 걸 경찰들에게 일러바치겠다고…… 내가 빨래 통에서 그 아이들 팬티를 슬쩍하는 걸 봤다고…… 자기에게 증거가 있다면서. 귀뺨을 날려서 입을 닥치게 했지…… 곰곰 생각해봤어. 군대 시절, 밤에 병사 하나가 가스 불에 냄비를 올려놓은 채 두어서 막사 한편이 불탄 적이 있었거든…… 거기서 힌트를 얻었지. 불이 나면 아무것도 남지 않고 싹 다 사라져버리니까. 모든 게 불타 없어지면 아무도 감방에 가지 않을 거잖아…… 더군다나 어린애들이 우유 냄비를 가스레인지에 올려놓고서 불 끄는 걸 잊어버렸다고 하면."

그 순간 필리프는 닥치라고 말하고 싶었다. 하지만 입이 떨어지지 않았다. 한마디도 입 밖으로 나오지 않았다. 자리에서 일어나 뛰쳐나가고 싶었다, 귀를 막으며 도망치고 싶었다. 하지만 그는 얼어붙었다. 속수무책으로 굳어버렸다. 두 개의 얼음 손이 그가 의자에서 일어나지 못하게 양어깨를 찍어 누르는 것 같았다.

"내가 부엌에 불을 질렀어…… 준비에브가 애들 방에 사발들을 갖다

됐고…… 애들 방문을 반쯤 열어두고 복도 끝에서 기다렸지. 준비에브 는 우리 방으로 올라갔고…… 그 후로 준비에브는 질질 짜지 않은 날 이 없었어…… 두려움에 벌벌 떨었지…… 댁이나 댁 부인이 어느 날 자기를 죽이러 오고 말 거라면서……"

필리프의 몸에 전율이 흘렀다. 보이지 않는 전극을 통해 그의 몸에 전류가 흘러든 듯했다.

"불길이 방 안으로 번지는 걸 확인한 뒤, 나는 위층으로 뛰어 올라가 르텔리에의 방문을 걸어찼어. 그런 다음 준비에브와 함께 우리 방에 숨어 있었어. 잠에서 깬 랭동이 아래층으로 내려가 불길을 보고는 비명을 질러댔어. 나는 자다 깬 척했어, 무슨 일이 일어난 건지 아무것도 모르는 척…… 르텔리에가 아이들 방으로 들어가려 했지만 너무 늦었지…… 불길이 너무 거셌어. 남은 사람들을 전부 대피시키고…… 소방차가 도착했을 땐 모든 게 불탄 뒤였어…… 지옥이 따로 없었지, 아니, 지옥보다 더했을 거야…… 랭동은 준비에브에게 그날 밤 어디 갔었느냐고 묻지 못했어. 아이들이 왜, 어떻게, 밤에 일어나 아무도 모르게 부엌에 갈 수 있었는지. 결국 그 모든 게 자기 잘못이었으니까. 대체 누가 온수기를 작동시켰는지는 알 길이 없어…… 대체 왜…… 언제 그랬는지…… 내가 다른 방도 들여다봤으리라는 건 짐작하겠지. 다른 방은 건드리지 않았더라고…… 난 이 사실을 누구한테도 말하지 않았고."

필리프는 정신을 잃었다. 다시 눈을 떴을 땐 머리가 무거웠다. 입술 은 끈적거렸고 배 속은 타들어가는 듯했다.

알랭 퐁타넬은 여전히 같은 자리에 앉아 있었다. 멍한 시선과 핏발 선 눈으로, 한 손엔 술잔을 든 채. 내내 손가락에만 들려 있는 담배에서 식탁보 위로 재가 떨어졌다.

"그런 눈으로 보지 마. 장담하는데 준비에브가 한 짓이 아니야. 그런 눈으로 보지 말라니까. 나도 내가 말종이라는 걸 안다고…… 날 보면 다들 피해, 길도 돌아가고. 그래도 애들만큼은 털끝 하나 안 건드렸어."

***

준비에브 마냥은 1996년 9월 3일에 매장되었다. 운명의 장난인지 불행한 우연인지, 레오닌의 열 번째 생일날이었다.

준비에브가 집에서 300미터 남짓 떨어진 작은 묘지에 있는 가족묘에 묻혔을 때, 필리프는 동부의 기찻길 옆에 붙은 자기 집에 돌아가 있었다.

1996년과 1997년 사이의 겨울 동안, 그의 오토바이는 창고에서 잠을 잤다.

1월에 그의 부모가 한 차례 그를 데리러 왔다. 묘지로 가 레오닌의 무덤 앞에서 묵념하기 위해서였다. 그는 고집불통 어린애처럼 부모 차에 오르기를 거부했다. 모친이 나무라는데도 뤼크와 프랑수아즈와 함께 휴가 여행을 떠났던 때처럼.

그는 닌텐도 게임을 하며 6개월을 흘려보냈다. 공주를 구출해야 하는 게임기 앞에서 머리가 텅 빈 바보가 된 채로. 그는 진짜 가족 대신, 게임 속 공주를 수백 번도 더 구했다.

어느 아침, 잼을 바른 따뜻한 빵과 점심식사 사이에, 비올레트가 브랑시옹엉샬롱에서 묘지지기를 구한다는 말을 했다. 자신은 세상 무엇보다 이 자리를 원한다면서. 비올레트는 그에게 행복의 지도를 펼쳐 보였다. 묘지지기 자리가 마치 햇빛 찬란한 양지나 5성급 호텔 여행이라도 되는 것처럼.

그는 비올레트를 미친 여자 보듯 바라보았다. 비올레트의 제안 때문이 아니었다. 비올레트가 자기와 계속 살고 싶어한다는 것을 깨달았기 때문이다. 처음엔 반사적으로 싫다고 대답했다. 아내가 묘지의 늙은 남자 곁으로 가려 한다고 생각했기 때문이다. 하지만 앞뒤가 맞지 않았다. 정말 그의 곁으로 가고 싶다면 필리프를 떠나 묘지지기의 집으로 들어갔을 것이다. 그는 비올레트가 자신과 계속해서 살고 싶어한다는 걸, 아내의 계획과 미래에 자신이 포함되어 있다는 걸 깨달았다.

묘지지기가 된다는 건 생각만으로도 끔찍했다. 하지만 말그랑주에서 지낼 때보다 일이 더 많아질 리는 없었다. 비올레트가 모든 걸 맡아 할 테니. 게다가 그가 달리 무슨 일을 할 수 있겠는가? 안 그래도 전날 직업소개소에 다녀온 터였다. 이력서를 업데이트하라는데 무슨 업데이트가 있겠는가. 오토바이를 꾸미거나 쉬운 여자들을 꾀는 것 외에 그가 할 수 있는 일은 아무것도 없었다. 정비소나 대리점 취업을 위한 기술 교육 이수를 제안받기는 했다. 그에게 적합했고 이후 영업직으로 경력 전환도 가능했다. 자동차 매매를 대리하고 관리계약서를 작성하는 자신을 그려보자니 끔찍했다. 평생 한 번도 맞춰본 적 없는 자명종이며, 엄수해야 할 시간들이며, 넥타이에 양복, 주 39시간의 노동이라니, 차라리 죽는 게 나았다. 생각조차 할 수 없는 악몽이었다. 열아홉 살 때 뤼크와 프랑수아즈의 정비소에 다니고 싶었던 것 외에는 평생 일을 하고 싶었던 적이 없었다.

묘지 일을 받아들이면, 매달 그는 건드리지도 않을 월급이 꼬박꼬박 들어올 터였다. 비올레트가 자기 월급으로 장도 보고, 요리도 하고, 살림을 꾸리리라. 그는 아내와의 따듯한 잠자리며 잼을 바른 구운 빵이며 깨끗한 이불이며 식기를 유지할 수 있으리라. 그저 드나드는 장소를, 선호하는 요구르트를 바꾸면 그만이리라. 그리하면 영원한 청소년의 삶이 계속되리라. 비올레트가 약속했듯, 창문의 커튼도 비올레트가 달 것이고 그는 장례식에 참석하지 않아도 되리라. 방에 틀어박혀 닌텐도를 설치하고 공주들을 구하면서, 산역꾼들이라든지 무덤을 찾는 방문객들의 방해를 받지 않아도 되리라.

무엇보다 1993년 7월 13일과 14일 사이에 노트르담데프레 성의 온수기를 작동시킨 그 새끼가 누구인지 알아낼 기회였다. 현장에서 묻고, 이빨을 부러뜨려서라도 입을 열어 진실을 토해내게 하리라. 그 모든 건 비밀리에 진행할 터였다. 그가 받은 보험금, 레오닌의 사고사 위자료와 보상금에 대해 누구도 반환 소리를 꺼내지 못하도록, 누구도 빼앗아가지 못하도록.

모친에게서 배운, 돈을 꽁꽁 쟁여두는 이 기벽이 혐오스러웠으나 어쩔 수 없었다. 유전병이었다. 바이러스, 치명적 박테리아. 이 인색함은 선천성 기형과도 같았다. 저항할 수 없는 저주받은 유전. 대체 어딜 가려고? 대체 무얼 하려고? 그 자신도 알지 못했다.

1997년 8월, 그들은 이사를 했다. 20세제곱미터가 될까 말까 한 이삿짐 트럭으로. 그들은 가진 것이 많지 않았다.

늙은 묘지기는 이미 떠나고 없었다. 테이블에 메모를 남겼다. 필리프는 비올레트가 집 안 구석구석을 훤하게 꿰고 있다는 사실을 모르는 척했다. 비올레트는 도착하자마자 정원으로 사라졌다. 비올레트가 그를 불렀다. "이리 와봐! 어서!" 그는 오랫동안 아내의 목소리에서 그런 웃음소리를 듣지 못했다. 그가 정원에 나가자 비올레트가 텃밭 구석에 웅크리고 앉아, 소녀의 볼처럼 새빨갛고 굵은 토마토를 따고 있었다. 토마토 한 개를 베어 무는 모습을 보며, 그는 레오닌이 태어난 날 반짝이던 비올레트의 눈을 떠올렸다. 비올레트가 말했다. "얼른 와서 맛 좀 봐." 처음엔 주춤했지만, 묘지의 폐수가 흘러들기엔 정원 지대가 높은 것이 보였다. 그는 간신히 미소를 지어 보이며 비올레트가 내미는 토마토를 한 입 베어 물었다. 과즙이 그의 손등으로 흘러내렸다. 비올레트가 그의 손을 잡아 손가락을 핥았다. 순간, 자신이 비올레트를 사랑하지 않은 적이 없다는 것을 깨달았다. 그러나 이미 너무 늦었다. 시간은 되돌릴 수 없었다.

그는 트럭에서 오토바이를 내린 뒤, 비올레트에게 말했다. "한 바퀴 돌고 올게."

77

널 알지 못한 것보다는
차라리 널 그리워하는 게 나아.

나의 소중한 비올레트,

네 남편이 널 이곳에 못 오게 한 지 벌써 두 달이 되었구나. 보고 싶다. 넌 언제쯤 이곳에 올 수 있을까?

오늘 아침엔 바바라의 노래를 들었어. 목소리가 이 가을, 젖은 땅의 냄새와 완벽하게 어우러졌지. 뿌리들이 움을 틔우는 땅이 아니라, 다시 잘 태어나기 위해 조용히 잠들어 있는 땅, 겨우내 힘을 끌어 모을 준비를 하고 있는 땅의 냄새 말이야. 가을은 다시 시작될 삶을 위한 한 편의 자장가야. 빨갛고 노랗게 물드는 저 이파리들은 패션쇼의 행렬에 비견할 만하지. 바바라의 목소리가 짚어내는 한 음 한 음이 그러하듯. 정말 신기한 여자야. 가만히 듣고 있으면, 분위기는 숙연해도 그에게 정말 심각한 건 아무것도 없는 듯이 들리거든. 남자였다면 난 아마 사랑에 빠져 허우적대고 말았을 거야. 그래, 내겐 선원의 아내 같은 진득한 미덕이 없단다.

계절의 끝이 포근해서 아직 냉해를 입지 않은 덕에 토마토, 파프리카, 호박을 끝물까지 알뜰하게 수확할 수 있었어. 곧 만성절이니 보이지 않는 마지노선이었지. 만성절이 지나면 여름 채소는 끝이 잖니. 아직 샐러드 접시가 다채롭지만, 한 달만 있으면 달콤한 빵만 남게 될 거야. 양배추가 모습을 드러냈어. 첫 서리 전에 몇 군데 갈 아엎고 퇴비를 덮어주었어. 지난 8월에 감자와 양파를 한꺼번에 거 둔 곳 말이야. 농부 친구 하나가 거름을 500킬로그램이나 날라다 줘서, 창고 옆에 두고 방수포로 고이 덮어줬단다. 비라도 내리면 알 짜배기는 쓸려가고 지푸라기만 남으니 잘 간수해야지. 냄새가 조 금 나지만 심한 정도는 아니야. 화학비료 쓰레기보다야 백 배 천 배 낫고말고. 고이 잠든 이웃들도 불쾌해하지 않을 거야. 그러고 보니 사흘 전에 에두아르 샤젤(1910-1996)을 묻었구나. 잠든 채로 죽었 다지. 가끔 생각해, 밤에 죽으려면 밤에 뭘 봐야 할까.

준비에브 마냥의 소식은 들었다. 슬픈 끝맺음이야. 잊는 게 좋아, 비올레트. 더는 누가, 왜, 어떻게 따위를 알려 하지 말고 살아가야 하지 않을까. 과거는 땅에 주는 퇴비처럼 비옥하지 않아. 생석회에 가깝지. 싹을 죽이는 독. 비올레트, 과거는 현재의 독이야. 과거를 곱씹는 건 조금씩 죽어가는 것과 같아.

지난달엔 오래된 장미나무들의 가지를 쳐줬어. 버섯들이 자라기 에 최적의 날씨였단다. 보통 여름 말미에 두세 차례 태풍과 함께 폭 우가 몰아치고, 그 일주일 뒤에 꾀꼬리버섯이 나오거든. 어젠 숲으 로 들어갔어. 원래 꾀꼬리버섯을 한 바구니 쓸어 담는 비밀의 장소 인데, 이번엔 파리지앵처럼 빈손이다시피 돌아왔어. 바구니에 굴 러다니는 꾀꼬리버섯 세 개가 날 비웃고 있었지. 굼벵이 새끼들처럼. 오믈렛으로 만들어 먹어주었어. 제대로 응징! 지난주엔 시장을 만나 네 얘기를 했다. 널 강력 추천했어. 그이가 널 만나고 싶어해. 내 후임으로 바통을 이어받는 것에 긍정적이란다. 너 혼자 할 게 아니라 남편이 같이 올 거라는 말도 해뒀어. 처음엔 얼굴이 썩 좋지 않았지. 그도 그럴 것이 월급을 두 배로 줘야 하니까. 하지만 산역꾼이 네 명에서 세 명으로 줄었으니 너희 부부가 와도 예산에서 벗어나진 않아. 이제 내가 너고, 난 여기 오래 있지 않을 거야. 그러니 다른 누가 덥석 차지하기 전에 서두르는 게 좋겠구나. 공무원 자리를 구하는 조카나 사촌이나 이웃은 항상 있으니까. 사람들이 묘지기가 되려고 여길 얼쩡대기 전에 내가 널 지목할 거지만, 어쨌든 조심하잔 얘기다! 나도 너 아닌 다른 누군가에게 고양이들과 정원을 맡기는 건 상상도 할 수 없거든!

그러니 시장과 약속을 잡을 수 있도록 어서 오렴. 선출직 공무원들은 경계하는 게 좋지만 이이는 썩 괜찮아. 구두 약속만 받아내면 고용계약서도 필요 없을 거야. 서둘러 거짓말을 둘러대고 하루라도 빨리 오거라. 거짓말의 미덕에 대해 얘기했던가? 혹시 내가 잊었더라도 너는 이 미덕을 꼭 기억하렴.

나의 소중한 비올레트, 깊은 마음을 담아.

1996년 10월 22일

사샤

"필리프, 나 마르세유에 다녀와야겠어!"

446

"8월도 아닌데."

"별장이 아니라 셀리아 집에 가는 거야. 내가 며칠 필요하대. 별일 없으면 3, 4일 정도…… 오가는 날은 빼고."

"왜?"

"셀리아가 입원해야 하는데 에미를 돌볼 사람이 없어."

"언제?"

"바로, 급해."

"바로?!"

"응, 급하다니까!"

"어디가 아픈데?"

"맹장염이야."

"그 나이에?"

"맹장염에 나이가 어딨어…… 스테파니가 낭시까지 데려다주기로 했어. 거기서 기차를 타려고. 내가 도착할 동안 에미는 이웃집에서 맡고 있대…… 셀리아가 간곡히 부탁했어. 친구가 나밖에 없잖아. 내가 가줘야 돼, 빨리. 전화기 옆 메모지에 기차 시간표 적어뒀어. 장도 다 봐놨으니까 스튜든 그라탱이든 전자레인지에 데우기만 하면 돼. 당신 좋아하는 냉동피자도 두 판 사뒀고, 냉장고에 요구르트와 샐러드도 바로 먹을 수 있게 채워놨어. 정오엔 스테파니가 갓 구운 바게트를 가져다줄 거야. 찬장 식기 밑에 평소처럼 비스킷 상자도 넣어뒀어. 그럼 나 며칠만 다녀온다. 도착하면 전화할게."

***

낭시로 향하는 약 이십오 분 동안, 나는 얘기가 길어지지 않도록 스테파니에게도 거짓말을 했다. 필리프 투생에게 둘러댄 것과 똑같이. 셀리아가 맹장염이라서, 손녀딸 에미를 돌보기 위해 내가 서둘러 가야 한다고. 스테파니는 거짓말을 할 줄 몰랐다. 진실을 얘기했다간 본의 아니게 비밀을 토해낼 수 있었다. 필리프 투생과 시선이 마주치기라도 하면 얼굴이 붉어지며 말을 더듬을 게 뻔했다.

스테파니는 나를 바래다주느라 계산대에 한 시간 동안 대체자를 세웠다. 차 안에선 별 이야기를 나누지 않았다. 스테파니가 새로 나온 유기농 비스코트 브랜드 애기를 했던 것 같다. 몇 달 전부터 유기농 제품들이 슈퍼 진열대에 모습을 드러냈는데, 스테파니는 그것들이 성배라도 되는 듯 이야기했다. 나는 그의 말을 흘려들으며 머릿속으로 사샤의 편지를 되새겼다. 나는 이미 그의 정원에, 집에, 부엌에 가 있었다. 마음이 급했다. 나는 피아트 판다의 백미러에 매달린 하얀색 호랑이를 보면서, 필리프 투생을 설득할 방법을, 그가 묘지지기 자리와 이사를 받아들이게 할 말들을 궁리했다.

리옹행 열차에 이어 마콩행 열차로 갈아탄 뒤, 성 앞을 지나는 버스를 탔다. 버스가 성을 지날 무렵, 나는 눈을 감았다.

미래의 집에 도착해 문을 연 것은 오후가 끝나갈 무렵이었다. 해는 기울었고 매섭게 추웠다. 입술이 얼어붙을 지경이었다. 안은 포근했다. 사샤가 초를 켜놓았다. 언제나 날 맞아주는 기분 좋은 냄새, '오시안의 꿈'을 품은 손수건. 나를 본 그가 빙긋 웃으며 말했다.

"거짓말의 미덕에 경배를!"

그는 채소를 다듬는 중이었다. 미세하게 떨리는 손이 채칼을 보물처럼 쥐고 있었다.

더할 나위 없이 맛있는 미네스트로네 수프를 먹으며, 우리는 정원과 버섯과 노래와 책들에 대해 이야기했다. 우리 부부가 묘지로 옮겨 오면 사샤는 어디로 갈 거냐고 묻자, 그는 이미 생각해둔 바가 있다고 대답했다. 정처 없이 다니다 마음 기우는 곳에 머물 거라고, 은퇴자금이야 몸만큼 홀쭉하지만 많이 먹지 않으니 충분할 거라고. 도보로, 이등칸 열차로, 히치하이크로 다닐 거라고. 여행은 그가 유일하게 원하는 삶의 방식이었다. 모르는 이들에게 자신을 내어주는 삶. 간간이 친구들도 찾아볼 생각이었다. 많진 않지만 그에겐 진정한 친구들이 있었다. 그들을 만나러 가는 것도 계획에 속했다. 그들의 정원을 돌보는 것도. 그들에게 정원이 없다면 만들어주는 것도.

인도가 사샤의 최후 목적지였다. 가장 친한 친구 사니가 인도인이었다. 그는 사니를 어릴 때 만났다. 사니는 대사의 아들로, 1970년대 이후 케랄라주에 살고 있었다. 사샤는 그를 여러 번 찾아갔고 그중 한 번은 베레나와 함께였다. 가톨릭 신자는 아니었지만 사니는 아이들, 에밀과 니농의 대부였다. 사샤는 그곳에서 삶을 마치고 싶어했다. '삶을 마친다'고는 하지 않았다. '죽을 때까지 산다'고 했다.

사샤가 디저트로 라이스 푸딩을 내왔다. 갓은 요구르트 유리병에 전날 만들어둔 것이었다. 나는 캐러멜을 찾아 숟가락으로 바닥을 휘저었다. 그런 나를 보며 사샤가 말을 이었다. 조금 달라진 목소리로.

"가족이 떠나자 나를 짓누르던 부담감도 날 떠났어. 내가 죽으면 가족이 홀로 남으리라는 걱정. 안아주고 보호해주고 지탱해줄 사람 없이, 그들이 춥고 아프고 배고프리라는 공포. 내가 죽으면 아무도 날 위해 울지 않을 거야. 내가 죽은 뒤엔 슬픔이 없을 거야. 나는 그들 삶의 무게를 내려놓고 가벼이 떠날 거야. 오직 이기주의자들만이 자신을 위해 죽음을 두려워해. 다른 사람들은 남겨질 이들 때문에 두려워하는 거야."

"내가 있는걸요, 내가 울 거예요, 사샤."

"넌 내가 아내나 두 아이를 잃고 울었듯이 울진 않을 거야. 친구를 잃은 것처럼 울겠지. 누가 죽어도, 넌 레오닌을 위해 울었듯이 울 수 없어. 알잖아."

사샤가 찻물을 끓였다. 내가 와주어 행복하다고 했다. 은퇴 후 찾아갈 진정한 친구 중엔 나도 있다고. 그가 확실히 했다. "남편이 없을 때."

그가 음악을 틀었다. 쇼팽의 소나타. 그러곤 묘지의 일상과 업무에 대해, 묘지의 산 자들과 죽은 자들에 대해 이야기했다. 주기적으로 묘지를 찾는 이들. 혼자된 여자들. 가장 힘든 건 아이들을 묻는 일. 하지만 묘지에선 누구도 무엇에도 강제되지 않았다. 묘지의 일꾼들과 장의 업자들 간에는 끈끈한 결속력이 존재했다. 서로 대체가 가능했다. 산 역꾼이 운구 담당자를, 운구 담당자가 묘석 담당자를, 묘석 담당자가 장의사를, 장의사가 묘지지기를. 마주할 도리 없이 힘든 장례 시엔 서로가 서로를 대체했다. 유일한 대체 불가 인력은 신부였다.

나는 이제 세상의 온갖 것을 보고 들을 터였다. 폭력과 증오, 안도와 비참, 원한과 회한, 슬픔과 기쁨, 후회. 이 몇 헥타르의 땅에 모든 인간 사회가, 모든 태생과 모든 종교가 있었다.

평상시 주의할 점은 두 가지였다. 방문객들을 묘지에 가두지 않기.

장례를 치른 지 얼마 안 되는 사람들은 시간 개념을 잃기가 쉽다. 도난 주의. 이웃한 무덤의 생화를 가져다 쓰거나, 추모패(〈나의 할머니께〉 〈나의 삼촌께〉 〈나의 친구에게〉는 어느 가족에게나 해당된다)를 슬쩍 하는 일까지 심심치 않게 발생한다.

또한 젊은 사람들보다는 나이 든 사람들을 마주칠 확률이 높았다. 젊은이들은 학업이나 직장 문제로 멀리 떠나 있고, 더는 자주 묘지를 찾지 않는다. 혹시 그들이 묘지를 찾는다면 그것은 불길한 징조, 요컨 대 친구가 사망하는 경우였다.

이튿날은 11월 1일 만성절, 묘지 업무가 가장 바쁜 날이었다. 묘지 방문이 익숙지 않은 손님들을 어떻게 안내해야 되는지 익힐 기회였다. 묘지에 면한 문 밖에 마련한 임시 책상에, 갖가지 안내서와 지난 6개월 간의 사망자 명부 놓는 법을 사샤가 일러주었다. 다른 이들, 6개월 전 에 사망한 이들은 시청 서류함에 정리된다고 덧붙였다.

그러니까 레오닌은 이미 정리된 거였다. 너무 어린데, 이미 정리가 됐다.

사망자 명부엔 묘지 위치와 함께 이름과 사망일이 기재돼 있었다.

드물게 이장을 하는 날엔, 이웃한 묘를 훼손하지 않도록 조심해야 했다. 세 산역꾼 중 한 명이 유독 서툴렀다.

규정을 어기고 차를 몰고 들어오는 방문객들도 있을 테지만 바로 알 아챌 수 있었다. 무엇보다 엔진 소리가 들릴 텐데, 대부분 시트로엥의 클러치로 요란한 소리를 내는 노인들이었다.

나머지는 생활하면서 차차 알아갈 수 있을 터였다. 하루도 비슷한 날이 없을 터였다. 『신의 작품, 악마의 몫』을 백 번쯤 읽고 나면, 어느 날엔가, 묘지 생활을 소재로 삼아 소설을 쓸 수도 있을 터였다. 산 자와 죽은 자들의 비망록을 작성할 수도 있을 터였다.

사샤는 새 노트에 첫 번째 목록을 작성했다. 묘지에 사는 고양이들의 이름과 각각의 특성, 식성, 습성이었다. 그는 참빗살나무 구역 왼편 구석에 이불과 스웨터 같은 것들을 엮어 고양이 거처를 마련했다. 사람들 출입이 없고 묘지 내 길이 이어지지 않는 10제곱미터 남짓한 공간으로, 산역꾼들의 도움으로 완성한 휴식처였다. 겨울에도 뽀송하고 따듯한 곳이었다. 이어서 그는 '투르뉘스 동물병원' 연락처를 적었다. 아버지와 아들이 운영하는 곳인데, 부자가 직접 찾아와 반값 이하로 고양이들을 치료해주고 백신을 놓아주고 중성화를 시켜주었다. 간혹 주인 무덤에서 잠든 개를 발견할 때도 있을 텐데, 그 녀석들도 내가 돌봐줘야 했다.

다른 페이지엔 산역꾼들의 이름과 별명, 습관, 특기를 기록했다. 이어서 루치니 형제들. 영업장 주소와 각각의 역할. 마지막으로 시청의 사망신고 업무 담당자 이름을 적으며 다음과 같은 말로 명단 작성을 마무리했다. "사람들을 여기 묻은 지 250년이 되어가는데 아직도 끝나려면 멀었다니까."

노트의 나머지 페이지들을 채우는 데는 꼬박 이틀이 걸렸다. 정원, 채소, 꽃, 과실수, 작물 재배 및 시기에 관련된 내용이었다.

이튿날인 만성절, 정원의 흙에 얇은 서리가 한 겹 내려앉았다. 묘지의 철문을 열기 전, 나는 사샤를 도와 어둠 속에서 마지막 여름 채소들을 거두었다. 따듯한 외투로 몸을 감싼 채 각각 한 손에 손전등을 들고 얼어붙은 오솔길을 걷고 있을 때, 사샤가 준비에브 마냥 이야기를 꺼냈다. 자살 소식을 들었을 때 기분이 어땠느냐고.

"난 아이들이 부엌에 불을 냈다고는 절대 생각하지 않아요. 누군가 담뱃불을 미처 못 껐거나 그 비슷한 실수가 있었을 거예요. 준비에브는 진실을 알았고 그걸 견디지 못한 거라고 생각해요."

"진실을 알고 싶어?"

"레오닌이 죽고, 진실을 알아내겠다는 생각으로 버텼어요. 지금은 레오닌이나 내게 중요한 건 식물을 키우는 일이 되었죠."

첫 방문객들이 묘지 앞에 차를 세우는 소리가 들렸다. 사샤가 묘지의 문을 향해 갔다. 뒤따르는 나에게 사샤가 말했다. "곧 알게 될 테지만, 넌 묘지 문 여닫는 시간에 맞춰지게 될 거야. 아니, 다른 이들의 슬픔에 맞춰지는 거지. 이르게 도착하는 방문객들을 보면 마음이 약해질 거야. 기다리게 내버려두지 못할 거야, 저녁에도 마찬가지고. 때로는 차마 나가라는 소리가 안 나올걸?"

이날 나는 양팔 가득 국화를 안은 방문객들을 관찰하고, 묘지의 오솔길을 서성이며 하루를 보냈다. 고양이들에게 다가가 몸을 비벼오는 녀석들을 쓰다듬기도 했다. 함께 있으니 기분이 좋아졌다. 전날 사샤가 말하길, 적잖은 방문객이 묘지의 동물들에게 감정이입을 한다고 했다. 죽은 이들이 그 동물들을 통해 뜻을 전해오는 거라고 생각한다고.

오후 5시 무렵, 레오닌에게 갔다. 정확히는 레오닌이 아니라 무덤에 적힌 그애 이름에게. 아이의 무덤에 노란 국화를 놓는 투생의 부모가 보였다. 피가 얼어붙는 듯했다. 그들이 일 년에 두 번, 투생을 태워 가기 위해 집 앞에 차를 세울 때, 나는 창밖으로도 그들을 보지 않았다. 엔진 소리와 함께 "다녀올게!" 하는 필리프 투생의 소리를 들었을 뿐.

둘 다 부쩍 늙어 있었다. 부친은 등이 휘었고, 모친은 여전히 꼿꼿했으나 쪼그라들었다. 그들도 세월을 비켜가지 못했다.

그들에게 모습을 보여선 안 됐다. 내가 마르세유에 있다고 생각하는 투생의 귀에 당장 소식이 들어갈 터였다. 나는 도둑처럼 숨어 그들을 훔쳐보았다. 무슨 나쁜 짓이라도 한 사람처럼.

사샤가 등 뒤에서 나타나는 바람에 깜짝 놀랐다. 그가 내 팔을 잡더니 아무것도 묻지 않고 말했다. "이리 와, 그만 집에 가자."

저녁에 사샤에게 무덤에서 본 투생의 부모에 대해 이야기했다. 특히 모친의 만행에 대해 털어놓았다. 날 보지도 않고 보면서 내게 던졌던 경멸에 대해. 그들이 바로 살인자였다. 그들이 내 딸을 불행의 성으로 보냈다. 그들이 내 딸의 죽음을 계획했다. 나는 사샤에게 내가 이 집에 들어와 살고 이 묘지에서 일하는 게 어쩌면 좋은 생각이 아닐 수도 있다고 말했다. 일 년에 두 번씩 그들과 마주치는 건, 죄책감을 덜기 위해 무덤에 꽃을 놓는 그들의 모습을 보는 건 내 능력 밖의 일이라고. 그날 그들은 내게 슬픔을 몰고 왔다. 레오닌을 보내고 단 한 순간도 레오닌 생각을 하지 않은 날이 없지만, 그래도 변화는 있었다. 그애의 부재를 달리 생각할 수 있게 되어가고 있었다. 다른 세상에 있던 그애에게 점차 다가가고 있었다. 그런데 투생의 부모를 본 순간, 아이가 멀어져 갔다.

사샤는 나와 남편이 이곳에 산다는 걸 알게 되면 그들이 먼저 날 피할 거라고, 더는 이곳에 오지 않을 거라고 했다. 이곳에 있는 편이 그들을 두 번 다시 보지 않을 가장 좋은 방법이라고. 그들과 영원히 이별할 방법이라고.

다음 날 오전, 시장을 만났다. 그는 내가 집무실에 발을 들여놓자마자 나와 필리프 투생이 1997년 8월부로 묘지지기로 채용되었다고 알렸다. 각각 최저임금을 받게 될 것이고, 거처는 물론 수도세니 전기세니 관리비 일체가 시 부담이었다.

"달리 궁금한 점이 있나요?"

"없습니다."

사샤가 나를 보며 미소 지었다.

우리가 떠나기 전, 시장이 바닐라향 차에 눅눅한 쿠키를 내주었다. 그가 어린애처럼 차에 쿠키를 적셨다. 사샤는 티백 차라면 질색했지만 ("화학첨가물 티백에 볼썽사납게 실을 매달아놓다니 문명사회의 수치야. 그런 게 무슨 '발전'이라고") 거절하지 못했다. 시장이 쿠키를 우물거리는 사이사이 달력을 확인하면서 내게 말했다.

"사샤에게 들었겠지만 고초가 좀 있을 거예요. 20년 전쯤 그 묘지에 쥐가 기승을 떨쳤거든요. 업체를 불러 비소 가루를 무덤 사이사이에 뿌리게 했죠. 그런데도 기승이 멈추질 않는 겁니다. 아무도 묘지에 발을 들이려 하지 않았죠. 카뮈의『페스트』가 따로 없었다니까요. 업체에서 비소 양을 늘려봤지만 소용없었어요. 세 번째엔 다시 똑같은 조치를 하고서, 이번엔 자리를 뜨지 않고 숨어서 지켜본 거예요. 대체 쥐들이 어찌하나 보려고요. 그랬더니 세상에, 웬 할머니가 삽이랑 작은 빗자루를 들고 나타나 비소를 쓸어 담더라는 겁니다. 그 할머니가 몇 달 내내 비소를 되판 거였어요! 이튿날 신문에 대문짝만하게 기사가 났지 뭡니까. '브랑시옹엉샬롱 묘지의 비소 암거래!'"

78

네가 모르는 수많은 아름다운 것이 있어,

산을 무너뜨리는 믿음, 네 영혼을 흐르는 맑은 샘물,

잠들 때 그걸 생각하렴, 사랑은 죽음보다 강하단다.●

"무덤은 죄다 쓰레기통이랍니다. 여기 묻힌 것들은 찌꺼기일 뿐이고, 영혼은 다른 데 있거든요."

다리외 백작부인이 중얼거리더니 단숨에 브랜디를 들이켠다. 그의 오랜 애인의 아내였던 오데트 마루아(1941-2017)가 막 땅속에 든 참이다. 그가 내 집 테이블에 앉아 감정을 추스른다.

백작부인은 멀리서 입관을 지켜봤다. 오데트의 자식들도 그가 자기들 아버지의 애인이자 자기들 어머니의 경쟁자였다는 걸 알기에 차가운 시선을 던졌다.

이제 그가 애인의 무덤에 가져다놓는 해바라기가 온전할 수 있게 되었다. 꽃잎들이 뜯긴 채 쓰레기통에 처박히지 않게 되었다.

"오랜 친구를 잃은 기분이에요...... 우린 서로 싫어했는데 말이죠.

● 프랑수아즈 아르디의 노래 〈수많은 아름다운 것들〉 중에서. 그가 림프종이 생겨 위중했을 때, 충격을 입은 아들을 생각하며 쓴 가사.

하긴 오래된 친구들은 원래 조금씩 서로를 싫어하지 않나요? 질투가 나요. 나보다 먼저 그이에게 가는 거잖아요. 평생을 나보다 먼저라니까요, 괘씸한 년."

"무덤에 계속 꽃을 놓으실 건가요?"

"아니요, 그 여자가 함께 있으니 더는 그러지 말아야죠. 너무 품위 없는 짓이에요."

"그분과는 어떻게 만나신 거예요?"

"남편 고용인이었어요. 우리 집 마구간을 돌봤죠. 그 사람 엉덩이를 본 적이 있나요? 정말 멋진 남자였어요. 근육이며 몸집이며 입술이며 눈이! 아직도 전율이 이네요. 우리는 25년 동안 애인이었어요."

"왜 서로의 배우자를 떠나지 않았나요?"

"그 여자가 죽겠다고 그이를 협박했거든요. 자길 떠나면 죽어버리겠다고. 게다가 우리끼리 얘기지만 비올레트, 실은 나도 그 편이 나았고요. 애인하고 하루 온종일 붙어 있어서 뭐 하게요? 그것도 일이라고요! 난 이 열 손가락으로 책 읽고 피아노 치는 것밖에 모르는 사람이에요, 아마 나한테 금세 싫증냈을 거예요. 서로 원할 때 만나는 것으로 족했어요. 난 정성껏 화장하고 좋은 향을 풍기고 예쁘게 꾸몄어요. 내 손에선 음식 냄새나 젖비린내가 나는 법이 없었죠. 남자들은 그런 걸 좋아하잖아요. 고백하건대 그게 편했어요. 남편 팔짱을 끼고 세계를 여행하며 고급 호텔, 수영장, 지중해를 누렸죠. 충분히 쉬고 구릿빛 피부에 여유를 되찾고 돌아와 애인을 다시 만나면 더욱 열정적으로 사랑을 나눌 수 있었어요. 채털리 부인이 된 기분이었어요. 물론 그에겐 나보다 스무 살 연상인 백작이 내 몸에 더는 손대지 않고 우리가 각방을 쓴다고 믿게 했죠. 그도 내게 오데트가 잠자리 따위에 관심 끊은 지 오래라고 믿게 했고요. 서로에게 거짓말을 했지만 사랑해서 그런 거예요, 상처 주지 않으려고. 자크 브렐의 〈오래된 연인들의 노래〉를 들을 때마다 눈물이 쏟아져요…… 눈물 얘기를 하니 마지막으로 브랜디를 한 잔 더 하고 싶군요. 오늘은 이게 절실한 날이에요…… 오데트는 나와 마주칠 때마다 도끼눈을 했어요. 난 그게 얼마나 짜릿했던지…… 그럴 때마다 일부러 미소를 지어 보이곤 했죠. 남편과 애인은 한 달 간격으로 죽었어요. 둘 다 심장마비. 끔찍했어요. 하루아침에 둘 다 잃다니. 육지와 바다를. 불과 얼음을. 신과 오데트가 날 무너뜨리기 위해 힘이라도 합친 건지. 하지만 어쩌겠어요. 그만큼 아름다운 시절들을 보냈으니 불평은 말아야죠…… 이제 마지막으로 바라는 건, 내 재를 바다에 뿌리는 거예요."

"남편 옆에 묻히고 싶지 않으세요?"

"나더러 영원히 남편과 붙어 있으라고요? 안 돼요! 지겨워 죽게 될까 봐 벌벌 떨라고요?"

"아까는 여기 묻힌 것들은 찌꺼기일 뿐이고 영혼은 다른 데 있는 거라고 하셨잖아요."

"내 찌꺼기조차 그 사람 옆에선 지루해할 수 있어요. 얼마나 날 우울하게 했는데요."

노노와 가스통이 커피를 마시러 들어왔다. 웃음을 터트리는 날 보며 놀라는 눈치다. 노노가 얼굴을 붉힌다. 그는 백작부인에게 연심을 품었다. 그래서 볼 때마다 아이처럼 얼굴을 붉힌다.

몇 분 뒤 세드릭 신부가 들어와 백작부인의 손에 입을 맞춘다.

"신부님, 장례식은 어땠나요?"

"장례식이 다 그렇죠."

"자식들이 음악을 틀어주던가요?"

"아니요."

"저런 멍청이들. 오데트가 훌리오 이글레시아스를 얼마나 좋아했는데."

"어떻게 아세요?"

"여자는 자기 경쟁자에 대해 모르는 게 없답니다. 습관, 향수, 취향. 애인을 들이려면, 집이 아니라 휴가지에 온 것처럼 느끼게 해줘야 하거든요."

"신심 어린 말씀처럼 들리진 않네요."

"신부님, 사람들이 죄를 지어야 하지 않겠어요? 안 그러면 고백실이 텅 비게 될 거예요. 죄악이야말로 신부님의 영업 자산이라고요. 사람들이 다들 나무랄 데 없이 멀쩡하면, 신부님 성당 의자엔 아무도 남지 않게 될 거예요."

백작부인이 시선으로 노노를 찾는다.

"노르베르, 혹시 바래다줄 수 있을까요? 부탁 좀 드려도 돼요?"

노노가 당황하더니 얼굴이 더한층 벌게진다.

"물론이죠, 부인."

노노와 백작부인이 문을 나서는데 가스통이 커피 잔을 깨뜨린다. 삽과 빗자루로 깨진 잔을 쓸어 담는 내게 그가 귓속말을 흘린다. "노노가 확 덮치는 거 아닌지 몰라."

79

하늘과 땅이 이어지는 그 시간 속에
가장 아름다운 신비가 숨어 있어.*

이렌 파욜의 일기

1993년 5월 29일

폴이 아프다. 가족 주치의에 따르면 간, 위 혹은 췌장 부위에 복
합 증세가 보인다. 폴은 괴로워하면서도 치료를 받지 않는다. 이해
가 안 가는 게, 그는 검사를 받거나 전문의 의견을 묻는 대신 일주
일 동안 점술가 세 명을 찾아갔다. 모두 그에게 길고 복된 삶을 예
언했다. 전에는 점술이나 그 비슷한 것에 아무 관심이 없는 사람이
었다. 신자도 아니면서 배가 침몰하는 순간이 오면 신을 찾는 사람
들과 같은 심리일까. 그가 나 때문에 병든 기분이 든다. 가브리엘과
만나기 위해 지어낸 내 거짓말들이 그에게 독으로 작용한 기분이.

리옹, 아비뇽, 샤토루, 아미엥, 에피날. 지난 1년 동안 가브리엘

● 프랑수아즈 아르디의 노래 〈수많은 아름다운 것들〉 중에서.

과 나는 프랑스 전역의 침대를 거쳤다.

내가 두 차례 파올리칼메트 암센터에 CT 예약을 잡아뒀지만, 폴은 가지 않았다. 매일 밤, 치료를 서둘러야 한다고 말하면 그는 미소 지으며 대답한다. "걱정 마, 다 잘될 거야."

그는 날마다 고통 속에 수척해지고 있다. 밤에는 자면서 아픈 신음을 흘린다.

절망스럽다. 대체 무슨 생각인 걸까? 정신이 나간 걸까, 저대로 죽고 싶은 걸까?

강제로 차에 태워 병원에 데려갈 수는 없다. 할 수 있는 건 다 해봤다. 웃어도 보고, 울어도 보고, 화도 내보고. 아무 소용이 없다. 그는 스스로를 죽게 내버려두고 있다. 무기력하게.

이유를 말해보라고, 설명해보라고 애원했다. 왜 포기해버리는 건지. 그는 말없이 침대로 향할 뿐이었다.

어찌해야 할까.

1993년 6월 7일

오늘 아침에 가브리엘이 장미원으로 전화를 걸었다. 들떠 있었다. 일주일 동안 엑스에서 재판이 있는데 날 보고 싶다는 것이었다. 매일 밤을 나와 보내고 싶다고, 온통 내 생각만 한다고.

나는 그럴 수 없다고 대답했다. 폴을 혼자 내버려둘 수 없다고.

가브리엘이 인사도 없이 전화를 끊어버렸다.

나는 계산대의 스노볼을 집어 들고, 있는 힘껏 벽에 던지며 소리를 질렀다.

진짜 눈도 아니면서. 폴리스티렌일 뿐이면서. 진짜 사랑도 아니면서. 호텔의 밤일 뿐이면서.

우리는 미쳤다.

1993년 9월 3일

폴의 차에 약을 탔다. 신경안정제를 다량 녹여 기절시켰다. 구급차를 부를 수 있도록.

구급대원들이 거실 한가운데 늘어진 폴을 신속하게 병원으로 옮겼다. 검사가 진행됐다.

암이라고 했다.

그는 병으로, 그동안 내가 삼키게 한 약들로 쇠약해져 있었다. 병원에서 무기한으로 그를 입원시켰다.

약물 검사 결과 폴이 진정제를 과다 복용한 것이 드러났다. 그는 의사들에게 자기가 진정제를 삼켰다고, 그것으로 고통을 끝내고 싶었다고 말했다. 내가 의심받지 않도록.

나는 폴에게 내 행동의 이유를 설명했다. 어쩔 수 없었다고, 그를 입원시키려면 그것 외엔 다른 방법이 없었다고. 그는 내가 그 정도로 자기를 사랑하는 것에 감동했다고 말했다. 내가 자기를 더는 사랑하지 않는다고 생각했다고.

때로 가브리엘과 함께 사라져버리고 싶은 날도 있었다. 하지만 언제나 그런 것은 아니었다.

1993년 12월 6일

가브리엘에게 전화해 폴의 수술과 항암치료에 대해 이야기했다. 당분간 만날 수 없다는 얘기를 해주기 위해서였다.

그는 알았다고 대답하곤 전화를 끊었다.

1994년 4월 20일

오늘 아침, 임신한 예쁜 여자가 장미원에 들어왔다. 아기가 태어나는 날에 심을 장미와 모란을 사고 싶다고 했다. 우리는 이런저런 이야기를 나누었다. 주로 그의 정원과 집에 대해, 정원이 장미와 모란을 키우기에 맞춤한 남서향인 것에 대해. 여자는 아기가 딸이라며 최고라고 했고, 나는 내게도 아들이 하나 있는데 아들도 못지않게 최고라고 했다. 내 말에 여자가 웃었다.

내가 남을 웃기는 경우는 극히 드물다. 가브리엘을 제외하고는. 어린 시절 내 아들을 제외하고는.

여자가 수표로 계산하겠다고 했다. 수표와 함께 신분증을 내밀며 양해를 구했다.

"죄송해요, 남편 신분증이에요. 성과 주소가 같으니까 괜찮겠죠."

수표를 보니 여자의 이름은 카린 프뤼당이었다. 마콩, 콩타민 거리 19번지. 이어서 남편의 신분증을 확인했다. 가브리엘 프뤼당. 그의 사진, 그의 생년월일, 그의 출생지. 그의 주소. 마콩, 콩타민 거리 19번지. 그의 전자 지문. 곧바로 정황을 이해했다. 이 둘을 연결했다. 얼굴이 달아오르는 듯했다. 뺨에 불이 붙은 기분이었다. 가브리엘의 아내가 시선을 피하지 않고 내 눈을 똑바로 쳐다보다가,

내 손에서 신분증을 앗아갔다. 그러곤 그것을 재킷 안쪽 주머니에, 자신의 심장 근처에, 태어날 아기의 위쪽에 흘려 넣었다.

여자가 상자에 담긴 꽃을 들고 장미원을 나갔다.

1995년 10월 22일

폴의 병세가 호전되고 있다. 쥘리앵과 함께 병원으로 가 이를 축하했다. 아들은 학교 근처 아파트에 살고 있다. 집에는 나 혼자다. 아들이 태어나기 전처럼 혼자인 기분이 든다. 아이들은 우리의 삶을 채웠다가 빈자리를, 너무 큰 빈자리를 남기고 떠난다.

1996년 4월 27일

가브리엘의 소식을 듣지 못한 채 3년이 흘렀다. 생일이 돌아올 때마다, 그가 나타나지 않을까 생각한다. 생각하는 걸까, 믿는 걸까, 아니면 바라는 걸까?

그가 그립다.

자기 집 정원에서 아내와 딸과 장미와 모란에 둘러싸여 있을 그를 상상한다. 지독하게 지루해할 그를 상상한다. 그가 좋아하는 건 담배 연기로 가득한 브라스리와 법정과 무죄 판결뿐이기 때문이다. 그리고 나.

8o

평소처럼 말해요
어조를 바꾸지 마요
엄숙하거나 슬픈 표정 짓지 마요
우리를 함께 웃게 했던 것에 계속 웃어요.●

1997년 9월

브랑시옹엉샬롱에 산 지 한 달이 지났다. 매일 아침 눈을 뜰 때마다
적막이 그를 덮쳤다. 예전엔 차 소리가 끊이질 않았었다. 비올레트가
차단기를 내리면 집 앞을 지나던 자동차와 트럭이 멈춰 서는 소리, 뒤
이어 기적이 울리며 기차가 지나는 소리가 들리곤 했다. 여기 이 적요
한 시골에선 망자들의 침묵이 그를 두렵게 했다. 방문객들조차 소리
없이 다녔다. 성당의 종만이 매 시간 음산하게 울려 퍼지며, 시간이 흐
르고 있음을, 아무 일도 일어나지 않았음을 상기시켰다.

불과 한 달이 지났을 뿐인데 필리프 투생은 벌써 이곳이 끔찍했다.
무덤, 집, 정원, 이 지역. 산역꾼들까지. 그들의 트럭이 철문을 통과하
면 필리프는 자리를 피했다. 멀리서 인사했다. 세 둔자들과 어울리고

● 폴 클로델의 시 「사랑은 절대 사라지지 않아요」 중에서.

싶지 않았다. 한 명은 자기를 엘비스 프레슬리라고 불렀고, 또 한 명은 줄곧 벙싯거리며 걸핏하면 다친 고양이며 온갖 짐승들을 모아다 보살 피기 바빴고, 세 번째는 어디 발만 디뎠다 하면 면상이 깨지는 정신 빠진 얼간이였다.

필리프는 동물에게 관심을 두는 사내들을 늘 경계했다. 털 뭉치 앞에서 다정해지는 건 여자들 행실이었다. 비올레트가 개나 고양이를 기르고 싶어한다는 걸 알고 있었다. 하지만 그는 거부했다. 알레르기가 있다고 둘러댔지만, 실은 동물이 두렵고 싫었다. 마음이 전혀 안 갔다. 문제는 묘지에 고양이가 한가득하다는 것이었다. 비올레트와 세 둔자 중 둘이 고양이들에게 먹이를 주고 있었다.

오후 3시에, 이곳으로 이사 온 이래 처음으로 장례식이 예정돼 있었다. 그는 아침 일찍 한 바퀴 돌러 나갔다. 평소엔 정오 무렵이면 집으로 돌아갔지만, 이날은 유가족이나 운구차와 마주칠까봐 두려워, 시골길을 되는대로 내달려 마콩까지 이르렀다. 점심시간이었다.

빨간 신호등에 멈춰 서 있는데, 초등학교에서 나오는 아이들이 보였다. 여자아이들 가운데 레오닌을 본 듯했다. 똑같은 머리색, 똑같은 머리 모양, 똑같은 체형, 똑같은 걸음걸이, 무엇보다 원피스가 똑같았다. 하얀색 물방울무늬에 분홍색과 빨간색이 섞인 원피스. 불현듯 이런 생각이 스쳤다. '모든 것이 불길에 휩싸였던 그때, 레오닌은 1호실에 없었던 게 아닐까? 레오닌이 어딘가에 살아 있는 건 아닐까? 누군가 그 아이를 유괴한 게 아닐까?' 마냥과 퐁타넬 같은 족속이라면 무슨 짓이든 가능했다.

그는 오토바이의 시동을 끄고 아이 쪽으로 향했다. 그대로 다가가다가 문득 깨달았다. 딸을 마지막으로 본 것은 일곱 살 때였다. 딸은 이제 더는 소리를 지르며 방방 뛰는 어린아이가 아니라 중학생일 터였다. 저 물방울무늬 원피스는 들어가지도 않으리라.

그는 오토바이로 돌아오며 증오를 되찾았다. 딸의 죽음에 대한 증오. 그는 여기, 이 저주받은 곳에 살고 있었다. 그들 때문에.

그는 도로변의 간이식당에 오토바이를 멈추고, 스테이크와 감자튀김을 삼키며 다시 한번 종이 식탁보 뒷면에 적어 내렸다.

에디트 크로크비에유

스완 르텔리에

루시 랭동

~~준비에브 마냥~~

엘로이즈 프티

알랭 퐁타넬

이 이름들로 무얼 할 것인가? 현장에 있던 용의자들의 이름. 의무를 저버린 용의자들. 대체 누가 그 빌어먹을 온수기를 튼 것일까? 왜? 퐁타넬이 아무 말이나 둘러댄 것일까? 무슨 이득을 보겠다고? 준비에브 마냥이 죽은 마당에 덮어씌우면 간단할 문제였다. 사고라고 할 수도 있었고 아무 말 안 할 수도 있었다. 깊이 생각하는 기색 없이 멈추지 않고 말을 쏟아내기 시작했을 때, 그는 처음으로 진실한 표정이었다. 하지만 취한 상태이지 않았는가. 그의 정신 또한 맑은 상태가 아니었다. 망할 놈의 집구석에서 둘 다 취해 있었다.

필리프는 그가 빈번히 휘갈겼던 명단을 재차 읽었다. 끝까지 가봐야 하리라. 다른 피의자들도 모두 대면해야 하리라. 지금 와서 멈출 수는 없었다.

***

1997년 11월 18일

루시 랭동은 한 환자를 대기실로 들여보내며 즉시 그를 알아보았다. 랭동은 법정에서 본, '사인소추자 측' 학부모들의 얼굴을 모두 똑똑히 기억하고 있었다. 레오닌 투생의 아버지인 그가 유독 눈에 들어왔었다. 인물이 특히 좋았고, 혼자였기 때문이다. 아나이스, 나데주, 오세안의 부모가 다들 부부끼리 앉아 있었는데 그는 아내 없이 혼자였다.

랭동은 학부모들이 지켜보는 가운데 진술했다. 그날 밤 나머지 아이들을 대피시키고 직원들에게 비상사태를 알리는 것 외에 자신이 할 수 있는 일은 아무것도 없었다고. 아이들이 한밤중에 깨어나 부엌으로 가는 소리는 듣지 못했다고.

아이들이 죽고 랭동은 오한에 시달렸다. 내내 전류가 흐르는 곳에서 사는 기분이었다. 아무리 이불을 뒤집어써도 몸이 떨렸다. 비극적인 사건은, 화마가 아이들을 삼켰듯 그를 집어삼키는 얼어붙은 사막 한가운데로 그를 데려다놓았다. 그의 살갗 아래 얇은 서리막이 깔려 있었다. 레오닌의 아버지를 보며, 랭동은 몸을 덥히려는 듯 팔짱을 끼고 양팔을 문질렀다.

여기서 뭘 하는 걸까? 피해자 가족 중 누구도 이 지역에 살지 않았다. 나를 아는 것일까? 우연일까, 아니면 나를 만나러 온 걸까? 예약을 했을까, 아니면 곧바로 말을 걸어올까?

창문 맞은편에 앉아, 그는 차례를 기다리는 듯 보였다. 오토바이 헬멧을 무릎 위에 올려놓고 있었다. 투생. 랭동은 자신이 사무원으로 일하는 병원에 그날 아침 출근한 세 의사의 진료 일정표에서 그 이름을 찾아보았다. 어디에서도 보이지 않았다. 두 시간 넘게 의사들이 대기실 문을 들락거리며 환자들을 호명했지만 투생을 부르는 의사는 없었다. 정오가 됐다. 그는 여전히 거기, 창문 맞은편에 앉아 있었다. 차례를 기다리는 다른 두 명의 환자와 함께. 삼십 분이 지나 대기실이 텅 비었다. 랭동은 안으로 들어가 문을 닫았다. 그가 랭동 쪽으로 고개를 돌려 시선을 고정했다. 금발에 가녀린 몸매, 미인이라고 할 수 있는 여자. 다른 상황에서 만났더라면 수작을 걸었을 수도 있는.

"안녕하세요, 혹시 예약하셨나요?"

"당신과 얘기를 좀 하고 싶은데요."

"저랑요?"

"네."

랭동은 그의 목소리를 처음 들었다. 기대와는 달랐다. 질질 끄는 듯한 촌스러운 말투. 노랫소리가 수려한 깃털과 어울리지 않았다. 이런 생각도 잠시, 랭동은 허둥대기 시작했다. 손이 떨렸다. 랭동은 다시 팔짱을 끼며 초조한 듯 양손으로 팔을 문질렀다.

"저랑 왜요?"

"퐁타넬 말로는 그날 밤 당신이 준비에브 마냥한테 아이들을 봐달라고 했다던데…… 사실인가?"

어떤 감정도 담기지 않은 어조였다. 분노도 증오도 열정도 없는. 그는 자기소개도 없이 물었다. 알고 있는 게 분명했다. 랭동이 자기를 알아보았다는 것을, 자기가 누구인지 안다는 것을. '그날 밤'이 뜻하는 바를 알아들으리라는 것을. 거짓말해봐야 소용없을 터였다. 랭동은 선택의 여지가 없다는 것을 느꼈다. 퐁타넬, 이름만 들어도 소름이 끼쳤다. 음흉한 눈빛의 늙은이. 그런 사람이 어떻게 애들 있는 곳에 고용된 건지 이해가 안 됐다.

"네, 제가 준비에브 선생님께 저 대신 잠깐 아이들을 봐달라고 부탁했어요. 전 위층에서 스완 르텔리에 씨와 함께 있었거든요. 깜빡 잠이 들었어요. 누군가 문을 두드려서 아래층으로 내려갔는데…… 불길이 이미…… 제가 할 수 있는 일이 아무것도 없었어요. 죄송합니다, 정말 아무것도……"

필리프 투생이 벌떡 일어나 인사도 없이 대기실을 나갔다. 여기까지, 퐁타넬은 거짓말을 하지 않았다.

***

1997년 12월 12일

"혹시 누군가에게 미움을 산 일이 있어요?"
"제가 미움을요?"
"화재 발생 전에 혹시 당신에게 원한을 품을 만한 사람이 있었느냔 말입니다."

"제게 원한을요?"

"기물을 파손할 만큼 원한을 품을 사람이 있었어요?"

"도대체 무슨 말씀이신지."

"성에 설치된 온수기에 문제가 있었죠?"

"문제요?"

필리프 투생은 교장의 멱살을 잡았다. 에피날에 있는 코라 마트 지하주차장에서 교장을 기다렸다. 에디트 크로크비에유는 출소한 뒤 남편과 함께 이곳에 정착해 살고 있었다.

필리프 투생은 교장이 카트를 끌고 와, 차 트렁크를 열고 장 본 것들을 넣기를 기다렸다. 혼자여야 했다.

위협적으로 다가오는 그를 본 순간, 크로크비에유는 즉시 상황 파악이 됐다. 그가 자신을 죽이러 왔다고 생각했다. 묻기 위해서가 아니라. '올 것이 왔구나. 이제 끝이구나, 이게 내 마지막이구나.' 크로크비에유는 언젠가 학부모 중 하나가 자기를 죽이러 올 거라고 생각하며 살고 있었다.

교장이 사는 곳을 알아낸 후, 필리프 투생은 꼬박 이틀간 동태를 관찰했다. 여자는 남편 없이는 움직이지 않았다. 어디든 남편이 그림자처럼 따라다녔다. 이날 아침, 교장은 처음으로 혼자 차를 운전해 집을 나섰다. 이번엔 필리프 투생이 교장을 따라다녔다.

"내가 이제껏 여자는 때려본 적이 없거든요? 그런데 내 질문에 자꾸 그런 식으로 답하면 그 면상을 날려버리는 수가 있어요…… 그냥 하는 말 같아요? 난 잃을 게 없어요. 이미 다 잃었으니까."

그가 멱살을 잡은 손을 풀었다. 크로크비에유는 그의 푸른 눈빛이 어두워지는 것을 보았다. 동공이 분노로 흐려진 듯했다.

"우선 확실히 해두기 위해 묻겠습니다. 아이들이 각 방의 온수기가 고물이라 찬물로 손을 씻었다는 게 사실이에요?"

교장은 잠시 생각하더니 들릴락 말락 한 소리로 그렇다고 대답했다.

"전 직원이 온수기를 건드리면 안 된다는 걸 알았다죠?"

"네…… 사용하지 않은 지 몇 년 됐거든요."

"학생 하나가 작동시키려고 건드렸을 수도 있습니까?"

교장이 당황하며 좌우로 고개를 마구 흔들고는 대답했다.

"아뇨."

"어떻게 단언하죠?"

"높이가 2미터나 되고 안전 문이 있었는걸요. 그럴 위험은 전혀 없었어요."

"누군가 그럴 수 있었다면요?"

"뭘 그래요?"

"온수기를 작동시켰다면?"

"누가 그런 짓을요. 그럴 리가 없어요. 절대."

"마냥은요?"

"그 선생님이 왜 그런 짓을 하겠어요? 불쌍한 준비에브. 그런데 왜 자꾸 온수기 얘기는 물으시는 거죠?"

"퐁타넬은요, 퐁타넬과는 문제없었습니까?"

"네. 전 어떤 직원과도 문제가 없었어요. 절대."

"이웃은요? 혹시 애인은요?"

필리프 투생의 질문 폭격이 이어지는 동안, 교장의 얼굴이 점차 일그러졌다. 그가 대체 무얼 알고 싶은 건지 영문을 알 수 없었다.

"1993년 7월 13일 이전까지, 제 삶은 악보처럼 반듯했습니다."

필리프 투생은 이 표현을 질색했다. 모친이 즐겨 쓰는 표현이었다. 불쑥 여자를 죽이고 싶은 충동에 휩싸였다. 하지만 무슨 소용이겠는가? 이 여자는 이미 죽었다. 외투에 파묻힌 모습을 보면 알 수 있었다. 서글픈 안색, 서글픈 눈. 얼굴의 형태마저 축 늘어졌다. 그는 등을 돌려 말없이 떠났다. 크로크비에유가 뒤에서 외쳤다.

"투생 씨?"

그는 마지못해 뒤로 돌았다. 여자 얼굴을 더는 보고 싶지 않았다.

"대체 뭘 알고 싶으신 거죠?"

그는 대답 없이 오토바이에 올라, 내키지 않았지만 브랑시옹엉샬롱 방향으로 달렸다. 몸이 으슬으슬하고 고단했다. 비올레트에게 소식도 전하지 않은 채 사흘 동안 집을 비운 터였다. 깨끗한 잠자리로 돌아가고 싶었다. 게임기를 잡고서 더는 아무 생각도 하지 않고 싶었다. 오랜 습관을 되찾고서 더는 아무 생각도……

81

당신이 내 안에 있는 건지, 내가 당신 안에 있는 건지,
아니면 당신이 나의 일부인지 모르겠어요.
그저 우리 둘 다, 우리가 만들어내고 '우리'라고 이름 붙인
다른 존재 안에 있는 거라고 생각합니다.●

가브리엘 프뤼당은 아내의 취향을 좋아하지 않았다. 아내가 길모퉁이의 비디오테이프 성전인 '비데오 푸튀르'에서 빌려오는 영화들을 보며 어김없이 졸았다. 아내는 늘 로맨틱코미디를 빌려왔다. 가브리엘은 대사를 외우다시피 하는 클로드 를루슈 감독의 〈끝없는 모험〉이라든가, 장폴 벨몽도와 장 가뱅이 나오는 〈겨울의 원숭이〉 같은 영화가 좋았다.

로버트 드니로를 제외하고는 미국 배우들에게도 대체로 시큰둥했다. 하지만 카린에게는 별말을 하지 않았다. 몸을 붙이고 소파에 앉아, 아내의 온기와 향수 냄새를 느끼며 두 눈을 감고 휴식하는 일요일 저녁의 의식이 나쁘지 않았다. 영어 대사가 점차 희미하게 들리면 그는 잠으로 빠져들었고, 잠 속에서 머리가 완벽하게 세팅된 잘생긴 배우들이 서로 만나고 상처 입히고 헤어졌다가, 길모퉁이에서 재회해 마지막

● 로버트 제임스 월러의 『메디슨 카운티의 다리』 중에서.

엔 서로 안고 키스하는 모습을 상상했다. 엔딩 크레딧이 올라가면, 멜로드라마에 눈자위가 벌게진 카린이 그를 흔들어 깨우며 절반은 놀리고 절반은 나무라는 투로 말하곤 했다. "여보, 또 잠들었네." 곧이어 둘은 자리에서 일어났고, 너무 빨리 커버리는 아이 방에 들러 경이로운 눈빛으로 바라보다가 침실로 가 관계를 가졌으며, 이튿날인 월요일 아침이 되면 그는 결백을 주장하는 피고인들이 기다리는 법정으로 떠나곤 했다.

1997년의 그 저녁, 가브리엘은 잠에 빠져들지 않았다. 카린이 비디오 플레이어에 테이프를 넣자마자, 첫 장면이 흐르자마자 이야기에 몰입했다. 빨려들었다. 대단한 남녀 배우의 연기를 본 것이 아니라, 첫눈에 반한 그들의 사랑을 눈앞에서 함께 겪었다. 마치 그 자신이 비밀 증인이라도 된 듯이. 자신이 질의했던 원고 측 혹은 피고 측의 사람들, 법정에 출두했던 그 모든 이방인들 앞에 선 듯이. 그가 깊은 잠에 빠져들까봐 몇 번이고 자신을 향하는 카린의 말없는 시선이 느껴졌다.

마침내 영화의 막바지에 이르러, 여주인공이 남편이 운전하는 차의 옆자리에 앉은 채 차문을 열지 않을 때, 기다리던 연인이 영원히 떠나기 위해 방향 지시등을 켰을 때, 가브리엘은 자신이 지난 4년간 이렌을 잊기 위해 쌓았던 감정의 둑이 폭풍우에 의해, 태풍에 의해, 자연 재해에 의해 무너져 내리는 것을 느꼈다. 앙티브 곶에서 돌아와 차에서 이렌을 기다리던 기억이 되살아났다. "잠깐이면 돼요. 차 열쇠만 놓고 금방 올게요." 그는 자동차 핸들을 움켜쥔 채 몇 시간이고 기다렸다. 처음 몇 분은 앞 유리창을 보며 이렌과 함께하게 될 삶을 상상했다. 마침내 둘이 될 미래를 꿈꾸었다. 그런데 기다림이 길어졌다.

결국 그는 핸들에서 손을 떼고 차에서 내려 장미원으로 들어갔다. 지난 며칠 동안 이렌을 보지 못했다는 직원의 대답이 돌아왔다. 그는 정처 없이 거리를 헤매며 절망적으로 이렌을 찾아다녔다. 이렌이 돌아오지 않을 것이고, 현재의 삶에 머물기를 선택했으며, 그를 위해 삶을 바꾸지 않으리라는 사실을 애써 거부했다. 남편과 아들에 대한 사랑 때문일 것이었다. 어쩔 수 없이, 정당방위로. 재판에서 흔히 듣는 표현.

그는 다시 차에 올랐다. 앞 유리창에, 헤드라이트 불빛 속에, 오직 캄캄한 밤만이 보였다.

그러던 어느 아침, 이렌 파욜이 사무실로 전화해 상담 예약을 청했다는 소리를 들었다. 처음엔 바보처럼 동명이인일 거라 생각했다. 외우고 있었지만 누를 엄두를 내지 못했던 그 전화번호를 보았을 때에야 이렌임을 깨달았다.

1년 동안 스당 외에도 다른 도시, 다른 호텔에서 이렌을 만났다. 그리고 폴이 암에 걸렸고, 클로에가 태어났다. 한 쪽엔 병이, 다른 쪽엔 희망이.

이렌은 4년 넘게 연락이 없었다. 이렌은 어찌되었을까? 어떻게 지내고 있을까? 여전히 마르세유에 살고 있을까? 장미원은 계속하고 있을까? 폴은 회복되었을까? 그는 이렌의 미소, 분위기, 냄새, 피부, 주근깨, 몸을 떠올렸다. 그가 헝클어뜨리기를 좋아했던 머리칼을 떠올렸다.

영화의 마지막 장면, 여주인공의 자식들이 다리 위에서 유해를 뿌릴 때, 가브리엘은 기어이 울고 말았다. 가브리엘의 세계에서 남자는 울지 않았다. 판결의 순간이 아무리 어이없고, 뜻밖이고, 믿기지 않고, 기쁘고, 절망적일지라도. 여덟 살 때 운 것이 마지막이었다. 자전거에서 떨어져 마춰도 없이 머리를 꿰맸을 때.

카린은 울지 않았다. 평소라면 손수건이 젖도록 울었을 테지만, 가브리엘이 영화에 집중하는 모습을 보며 오직 불안할 뿐이었다.

카린은 장미원의 이렌을 떠올렸다. 가느다란 손가락, 머리칼 색깔, 투명한 피부, 향수 냄새. 그는 이렌에게 가브리엘의 신분증을 내밀었던 그 아침을 떠올렸다. 자신의 존재를 알리기 위해, 임신 사실을 알리기 위해.

이렌의 존재를 알게 된 건, 가브리엘의 사무실에서 메시지를 남겼을 때였다. 리옹의 한 호텔에서 연락이 왔는데, 가브리엘이 지난 체류 때 놓고 간 물품들을 돌려보내고 싶다는 내용이었다. 카린은 호텔에 전화를 걸어 집 주소를 전했고, 이틀 뒤 소포를 받았다. 하얀색 실크 블라우스 두 벌, 스카프 한 개, 기다란 금발 몇 가닥이 낀 솔빗이었다. 처음엔 착오인가보다 생각했지만, 문득 어느 날인가의 가브리엘이 떠올랐다. 리옹에서 돌아왔을 때였는데, 재판에서 이겼는데도 표정이 어두웠다. 카린이 무슨 일이 있느냐고 묻자, 그는 손을 내저으며 힘없는 미소와 함께 그냥 지쳤다고 대답했다.

밤에 가브리엘은 자면서 몇 번이고 누군가의 이름을 불렀다. 렌. 이튿날 아침, 카린이 렌이 누구냐고 묻자 가브리엘은 얼굴을 붉히며 커피 잔만 보았다.

"렌?"

"밤새도록 그 이름을 부르더라고."

가브리엘이 웃었다. 카린이 무척 좋아하는 그 천둥 같은 웃음소리를 내며. 그러곤 말했다. "피고 부인이야. 남편이 무죄 판결을 받자 기절했거든." 실축. 카린도 그 사건을 알았다. 피고의 이름은 세드릭 피올레, 아내의 이름은 잔이었다. 하지만 아랑곳하지 않았다. 이름이야 바꿀 수도 있고 두 개를 사용하지 말란 법도 없으니.

가브리엘은 며칠 밤 내리 렌의 이름을 불렀다. 카린은 과로와 스트레스 탓으로 돌리기로 했다. 맡은 사건이 지나치게 많았다.

카린이 가브리엘을 만났을 때 그는 사별한 상태였다. 만나는 사람이 있느냐고 묻자 그는 대답했다. "가끔."

'레르 블루' 향을 풍기는 실크 블라우스 두 벌을 손에 쥔 카린은 당시를 떠올렸다. 그는 향수 냄새가 나는 옷과 스카프를 머리카락이 낀 솔빗과 함께 쓰레기통에 던져버렸다. 하룻밤 여자의 물건이 아니었다. 문제가 그보다 심각했다. 그는 몇 달 동안 평소 같지 않았다. 집에 들어와도 생각은 딴 데 있었다. 무언가 그를 괴롭히고 있었다. 식사 때 마시는 와인 양도 늘었다. 카린이 걱정하는 소리에 그는 말했다. "내게 뭔가가 부족하다면, 그건 와인이 아니라 취기야."● 가브리엘의 거짓말엔 다른 여자가 있었다.

전화요금 명세서에서 규칙적으로 보이는 전화번호를 발견하기란 어렵지 않았다. 출장이 없는 주, 가브리엘이 사무실에서 일하거나 집에서 일할 때 출몰하는 똑같은 번호. 항상 오전 9시 무렵. 이 분이 넘을 때가 드문 짧은 통화. 안부 인사만 하고 끊은 것처럼. 카린은 그 번호를 눌렀다. 젊은 여자가 받았다.

"장미원입니다."

● 미셸 오디아르가 시나리오를 쓴 〈겨울의 원숭이〉의 대사.

카린은 전화를 끊어버렸다. 일주일 후 다시 전화를 걸었다. 이번에도 똑같은 목소리가 들려왔다.

"장미원입니다."

"안녕하세요. 저희 집 장미가 상태가 안 좋아서요, 꽃잎 끝에 알 수 없는 노란 얼룩이 생기네요."

"품종이 어떻게 되나요?"

"모르겠어요."

"장미원으로 한두 송이 가져와보시겠어요?"

카린은 세 번째로 전화했다. 여전히 똑같은 목소리.

"장미원입니다."

"렌이신가요?"

"잠깐만요, 바꿔드릴게요. 누구라고 전해드릴까요?"

"개인적인 일이에요."

"이렌 사장님, 전화 왔어요!"

잘못 알았다. 가브리엘이 잠결에 부르던 이름은 렌이 아니라 이렌이었다. 누군가 수화기를 들었다. 먼젓번보다 저음이고 관능적인 목소리였다.

"여보세요?"

"이렌이신가요?"

"네."

카린은 전화를 끊어버렸다. 그날 하염없이 울었다. 가브리엘이 얘기한 "가끔"의 주인공이 그 여자였다.

카린은 마지막이자 네 번째로 전화를 걸었다.

"장미원입니다."

"안녕하세요, 실례지만 주소 좀 알려주시겠어요?"

"마르세유 7구, 로즈 카르티에, 모베파 거리 69번지예요."

카린은 비디오테이프를 꺼내 케이스에 넣었다. 가브리엘은 눈물 흘린 것을 부끄러워하며 소파에 그대로 앉아 있었다. 이번엔 그가 자신이 평생 변호해온 죄인의 얼굴을 하고 있었다.

카린은 다음 날 출근길에 반납하는 걸 잊지 않기 위해 비디오테이프를 핸드백에 넣은 뒤 가브리엘에게 말했다.

"클로에를 가졌을 때 이렌을 만난 적이 있어."

법정에서 복잡하고 음산하기 그지없는 사건들, 각종 인간들을 만나는 데 이골이 난 가브리엘이었지만, 이번만큼은 아내에게 할 말을 찾지 못했다. 말문이 막혀버렸다.

"마르세유에 갔었어. 장미원에서 하얀색 모란이랑 장미를 샀어. 계산을 하면서 내가 누군지 알려줬어. 장미는 우리 정원에 안 심고 바다에 던져버렸어…… 누군가 죽었을 때처럼."

그날 저녁, 그들은 침실로 가기 전 아이 방에 들르지 않았다. 관계를 갖지 않았다. 침대에서 서로 등을 돌린 채 누웠다. 카린은 잠이 오지 않았다. 옆에서 가브리엘이 눈을 부릅뜨고 누워 잠을 이루지 못한 채, 방금 본 영화 장면들을, 이렌과 함께한 순간들을 되새기리라 상상했다. 둘은 이후 다시는 이렌을 화제에 올리지 않았다. 그 일요일 저녁이 지나고 몇 달 뒤, 둘은 헤어졌다. 카린은 〈메디슨 카운티의 다리〉를 빌린 것을 오랫동안 후회했다. 가브리엘과 달리, 텔레비전에서 숱하게 재방송을 해줄 때도 절대로 그 영화를 보지 않았다.

***

이렌 파율의 일기

1997년 4월 20일

일기장에 손을 대지 않은 지 1년이 지났다. 하지만 늘 가까이에
두고 있었다. 서랍장 안 속옷 아래 깊숙한 곳에 숨겨두었다. 사춘기
소녀처럼. 더러 일기장을 펼쳐 몇 시간이고 다시 여행을 떠난다. 추
억이란 나만의 바닷가로 떠나는 기나긴 휴가 여행과 같으니까. 일
정한 나이가 지나면 일기를 쓰지 않는다. 나는 오래전 그 나이를 넘
겼다. 그러니 가브리엘이 나를 언제고 열다섯 살로 되돌려놓는다
고 생각할 수밖에.

그는 정수리가 제법 훤해지고 몸도 약간 불었다. 시선은 변함없
이 진지하고, 아름답고, 새카맣고, 깊다. 그리고 동굴 같은 특유의
목소리. 교향곡. 내가 제일 좋아하는.

장미원 근처 카페에서 가브리엘과 다시 만났다. 그가 '슬픈 음료'
라는 토를 달지 않은 채 내가 녹차를 시키도록 내버려두었다. 녹차
에 칼바도스도 타지 않았다. 그는 한층 차분해진 듯하다. 고뇌나 분
노도 전보다 덜해 보였다. 그는 매력적이긴 했지만 화가 가득한 사
람이었다. 평생 남들을 대신해 그들을 변호하고 억울한 사정을 표
명해온 탓이리라. 우리가 앙티브 곶에 머물던 어느 밤, 그는 몇몇

부당한 판결들 때문에 언젠가 자신이 화병에 걸려 죽고 말 거라고 했었다. 어떤 판결들은 그를 뼛속까지 갉아먹는다고. 그는 우선 폴과 쥘리앵의 안부를 물었다. 특히 폴의 암과 치료에 대해, 발병 사실을 알고 회복되기까지의 날들에 대해 물은 뒤, 커피를 연거푸 주문하며 지난 몇 년 동안 자신이 살아온 이야기를 들려줬다. 손녀딸, 결혼한 큰딸, 마지막 부인, 이혼, 그가 맡은 재판들.

가브리엘은 나를 이해한다고 말했다. 담배를 끊었다며, 얼마 전크게 감동받은 영화에 대해 이야기했다. 그는 다음 날 릴에서 재판이 있어서 비행기를 타야 했다. 거기서 오후에 동료들과 합류할 예정이었다. 처음으로 그는 내게 같이 가자고, 동행이 되어달라고 요구하지 않았다. 우리는 한 시간 남짓 함께 있었다. 마지막 십여 분동안 그는 내 두 손을 꼭 붙들고 있었고, 떠나기 전 눈을 감으며 내손에 키스했다.

"당신과 함께 묻히고 싶어. 이번 생에선 실패했지만 적어도 죽어서는 당신과 함께 있고 싶어. 내 곁에서 평생을 보내는 데 동의하겠어?"

난 바로 그러겠다고 대답했다.

"이번엔 도망가지 않을 거야?"

"네. 하지만 당신 곁으로 갈 건 내 재뿐일 텐데요."

"재뿐일지라도 당신을 영원히 내 곁에 두고 싶어. 우리 두 이름이 나란히 놓이게 하고 싶어. 가브리엘 프뤼당과 이렌 파욜. 자크 프레베르와 알렉상드르 트로네르만큼이나 아름답지 않아? 자기가 시나리오를 쓴 영화의 미술 감독이랑 함께 묻히다니 멋진 것 같아.

따지고 보면 당신도 내 미술 감독이야. 나에게 인생에서 가장 아름다운 장면들을 선사해줬으니까."

"당신 곧 죽어? 어디 아픈 거야?"

"처음으로 반말을 하네. 아니, 안 죽어, 하긴 또 모르지만 당장은 예정에 없어. 좀 전에 얘기한 영화 때문에 생각이 나서. 충격적으로 감동받았거든. 그만 가봐야 돼. 고마워, 또 봐, 이렌. 사랑해."

"나도요, 나도 사랑해요, 가브리엘."

"적어도 그 부분은 우리가 일치하는군."

82

내 사랑이 여기 잠들다.

1998년 1월 오전의 일이었다. 그들의 이름을 어림짐작할 수 있었다. 불행의 이름들. 마냥, 퐁타넬, 르텔리에, 랭동, 크로크비에유, 프티. 거의 읽을 수 없는 그들의 이름이 필리프 투생의 진 바지 뒤 호주머니에 들어 있었다. 명단이 적힌 종이가 세탁기에 돌려져 잉크가 번져 있었다. 너덜거리는 종이에 누군가 한바탕 눈물이라도 쏟은 듯. 욕실 라디에이터 위에 필리프 투생의 바지를 말리기 위해 두었다가 걷는데, 주머니에서 뭔가가 삐져나온 게 보였다. 이번에도, 필리프 투생이 이름을 휘갈긴, 가로세로로 한 번씩 접은 식탁보 조각이었다.

"왜?"

나는 욕조에 걸터앉아 이 말을 몇 번이고 반복했다. "왜?"

브랑시옹엉샬롱에 산 지 5개월이 되어가고 있었다. 필리프 투생은 매일 두 가지 방법으로 탈출했다. 비 오는 날엔 비디오 게임을 했고, 비가 오지 않는 날엔 오토바이를 탔다. 그는 말그랑주에서의 습관을 되찾았다. 여기선 부재의 시간이 좀 더 길었지만.

그는 묘지의 방문객들과 장례식과 철문 여닫는 시간을 피했다. 기차보다 망자들이, 철도 이용객들보다 유가족들이 더 두려운 듯했다. 그는 시골길을 함께 달릴 오토바이 마니아들을 찾아냈다. 장거리 일주는 혼외 관계로 마무리되는 듯했다. 1997년 말경 그는 4일 연속 집을 비웠다. 탈주 끝에 그가 지쳐 돌아왔을 때, 나는 이상하게도 평소와 다르다는 것을 직감했다. 이번엔 여자가 아니었다.

집으로 들어오며 그가 말했다. "미안해, 전화를 못 했어. 예정보다 좀 멀리 갔는데 도중에 공중전화가 보여야 말이지. 완전 깡촌이었거든." 필리프 투생이 변명을 한 것은 그때가 처음이었다. 소식을 전하지 못한 것에 대해 그가 처음으로 사과했다.

그날은 앙리 앙주의 이장 날이었다. 그는 1918년 스물두 살의 나이에 엔 지방의 상시에서 전사했다. 하얀 묘석에 글자가 어렴풋이 남아 있었다. 〈영원히 그리운〉. 영원한 앙리 앙주가 1998년 1월에 끝을 맞았다. 그의 유골이 납골당으로 옮겨졌다. 나의 첫 이장. 그의 안식을 사수하기 위해 산역꾼들을 말릴 재간이 없었다. 그의 무덤이 수십 년 동안 내려앉은 이끼로 훼손되고 부식된 탓이다.

산역꾼들이 세월과 습기와 벌레들에게 시달린 관을 여는데, 필리프 투생의 오토바이 소리가 들렸다. 나는 작업을 마무리하는 산역꾼들을 뒤로하고 집으로 향했다. 습관이었다. 필리프 투생이 돌아오면 그를 맞는 것이…… 주인을 맞는 집사처럼.

그가 천천히 헬멧을 벗었다. 안색이 초췌하고 두 눈이 퀭했다. 그는 오랫동안 샤워한 뒤 말없이 점심을 먹었다. 뒤이어 낮잠을 자러 올라가서는 이튿날 아침까지 내리 잤다. 나는 밤 11시 무렵 침대로 갔다.

그가 내 등에 몸을 붙였다.

이튿날 아침, 아침식사를 마치고 그는 다시 오토바이를 타고 나갔다. 하지만 이번엔 몇 시간 만에 돌아왔다. 나중에, 집을 비운 4일 동안 에디트 크로크비에유를 만나기 위해 에피날에 갔었다고 고백했다.

이곳에 산 지 5개월이 되어가고 있었고, 그동안 나는 퐁타넬에게 묻기 위해 준비에브 마냥의 집에도, 스완 르텔리에가 일하는 식당에도 가지 않았다. 두 보조원을 만나러 가기 위해 그들이 사는 곳도 알려 들지 않았다. 교장도 출소하긴 했을 터였다. 실형을 1년밖에 살지 않았으니까. 성 앞을 다시 지난 적도 없었다. 그날 밤, 왜 모든 것이 불탔는지 밝혀내라는 레오닌의 목소리도 더 이상 들리지 않았다. 사샤가 틀리지 않았다. 이곳이 나를 치유했던 것이다.

나는 이 묘지에서, 집에서, 정원에서 곧바로 나의 지표를 되찾았다. 남편이 없을 때 내 부엌을 찾는 산역꾼들과 루치니 형제와 고양이들과 어울리는 것이 좋았다. 그들 중 누구는 커피를 마시러 오고, 누구는 우유를 마시러 왔다. 길에 면한 문 앞에 필리프 투생의 오토바이가 서 있으면 그들은 절대 집에 들어오지 않았다. 필리프와 그들 사이엔 간단한 인사 외엔 달리 말이 오가지 않았다. 묘지 남자들과 필리프 투생은 서로에게 아무 관심도 기울이지 않았다. 고양이들은, 페스트라도 되는 양 그를 피했다.

한 달에 한 번씩 우리 집을 방문하는 시장만이 유일하게 필리프 투생이 있건 없건 개의치 않았다. 하지만 그도 말은 늘 나를 보면서 했다. 그는 '우리'의 업무 결과에 만족하는 듯했다. 1997년 11월 1일, 그가 가족묘에 성묘한 뒤 내가 심어놓은 소나무들을 보더니, 묘지에 놓을 꽃들을 가꿔 화분을 팔라고 권했다. 부가 수입이 될 거라고. 나는 그러 겠다고 했다.

내가 묘지지기로서 처음 참석한 장례식은 1997년 9월에 있었다. 나는 그날부터 기록을 남기기 시작했다. 참석한 사람들에 대해 적고, 꽃, 관의 색, 추모패에 적힌 말들, 그날의 날씨, 낭송된 시나 노래, 무덤가로 고양이나 새가 다가오지 않았는지 등을 기록했다. 아무것도 사라지지 않도록 마지막 순간의 흔적을 남겨야 한다는 생각이 처음부터 들었다. 슬픔이나 고통 때문에, 너무 멀리 있어서, 혹은 거부당하거나 배척당해서 참석하지 못한 그 모든 이들을 위해, 누군가는 그날에 대해 말하고 증언하고 이야기하고 전해주어야 했다. 나 역시 내 딸의 장례식에서 누군가 해주었기를 바라듯이. 나의 딸. 나의 사랑. 내가 널 버린 것일까?

종잇조각을 손에 쥐고 욕조에 걸터앉아 그들의 이름이 눈앞에서 번져가는 것을 바라보면서, 나는 필리프 투생처럼 몇 시간이고 떠나고 싶다는 강한 충동을 느꼈다. 이곳에서 나가기. 다른 곳을 걷기. 다른 길, 다른 얼굴, 쇼윈도의 옷이며 책들을 구경하기. 삶으로, 물이 흐르는 곳으로 돌아가기. 상가에서 장을 볼 때를 제외하고는 지난 5개월 동안 묘지를 벗어나본 적이 없었다.

나는 밖으로 나가 노노를 찾았다. 마콩에 데려다주고, 저녁이 되기 전에 다시 데리러 와달라고 부탁했다. 그가 내게 운전면허가 있느냐고 물었다.

"있어요."

그가 공무용 차 열쇠를 건넸다.

"내가 운전해도 돼요?"

"그럼, 당신도 시청 직원인데. 오늘 아침에 기름도 가득 채웠어. 좋은 하루 보내."

나는 마콩으로 향했다. 스테파니의 피아트 판다 이후로 나는 운전대를, 이 자유를 쥐어보지 못했다. 나는 흥얼거리며 달렸다. "다정한 프랑스, 소중한 내 유년의 나라여, 그토록 무사태평하고 평온했던 너를, 나는 가슴속에 간직했다네."* 왜 이 노래를 불렀을까? 상상 속 삼촌의 노래들은 존재하지 않는 추억처럼 늘 내 머릿속을 맴돌았다.

나는 시내에 차를 세웠다. 가게들이 문을 열었으니 오전 10시쯤 됐을 것이었다. 우선 비스트로에 들어가 커피를 마시며, 살아 있는 사람들이 들어오고 나가는 것을, 인도를 걷는 것을, 그들의 차가 빨간 신호등에서 멈추는 것을 구경했다. 살아 있는 사람들, 유가족이 아닌.

나는 손 강에 가로놓인 생로랑 다리를 건너 발길 닿는 대로 걸었다. 겨울 옷장과 여름 옷장은 이날 생겨났다. 세일 중인 회색 원피스와 분홍색 스웨터를 구입했다.

점심시간이 되자 샌드위치를 사려고 식당가로 향했다. 쌀쌀했지만 하늘이 푸르렀다. 강가의 벤치에 앉아 점심을 먹으며, 남은 빵 조각을 오리들에게 던져주고 싶었다. 스완 르텔리에를 기다리던 밤에 목숨을 구해준 샴 고양이 생각을 하다가 그만 길을 잃었다. 전혀 모르는 동네에 다다라 있었다. 교차로에 이르러 길을 찾은 줄 알았지만 방향을 잡기는커녕 시내에서 더 멀어졌다. 길가에 주택이며 빌라가 촘촘했다.

● 샤를 트레네의 노래 〈다정한 프랑스〉 중에서.

나는 담장이며 빈 그네들, 1월이라 커버를 씌워놓은 정원 테이블이며 의자들을 바라보았다.

바로 그때였다. 바퀴 하나에 도난 방지 장치를 달고 킥 스탠드에 기대어 있는 그것을 본 것은. 필리프 투생의 오토바이가 내가 있는 곳에서 100미터 떨어진 곳에 세워져 있었다. 부모 허락 없이 외출한 아이처럼 가슴이 뛰기 시작했다. 뒤돌아 도망치고 싶었다. 그런데 무언가가 나를 붙들었다. 필리프 투생이 여기서 뭘 하는 건지 알고 싶었다. 그가 오전 11시 무렵 나갔다가 오후 4시 무렵에 돌아올 때 나는 그가 아주 멀리 갔다 오는 거라고 짐작했었다. 가끔은 집으로 돌아와 그날 자기가 본 것을 이야기하기도 했다. 하루에 400킬로미터 이상을 달리는 날도 드물지 않았다. 문득 집 앞에 오토바이가 세워진 모습만 보았다는 생각이 들었다. 필리프 투생은 내게 오토바이를 태워주겠다는 말을 한 적이 없었다. 우리 집엔 헬멧이 두 개였던 적이 없었다. 그의 것뿐이었고, 새것으로 바꾸더라도 다른 건 내다팔았다.

개 한 마리가 어느 집 정원 울타리 너머에서 짖어대 정신이 번쩍 들었다. 순간, 길 건너편, 누런 잔디가 깔린 건물의 창 너머로 그가 보였다. 그가 1층 공간을 가로질렀고, 나는 그의 실루엣을 단박에 알아보았다. 꼴사나운 거동, 급히 걸치는 점퍼, 교활한 얼굴, 비쩍 마른 몸. 스완 르텔리에였다. 양손에서 쥐가 났다. 너무 오래 같은 동작을 하고 있었던 것처럼. 빛바랜 파스텔 톤의 3층짜리 시멘트 건물 빌라에 그가 있었다. 마모된 난간이 둘러쳐진 구식 발코니에선 세월의 흔적이 묻어났고, 거기 매달린 빈 화분들은 숱한 봄을 맞았어도 꽃이 핀 적은 거의 없었을 법한 모양새였다.

스완 르텔리에가 로비에 모습을 드러내더니 알루미늄 문을 밀어 맞은편 인도로 건너갔다. 나는 그가 길모퉁이 카페로 들어갈 때까지 뒤를 밟았다. 그가 카페 안 깊숙이 들어갔다. 필리프 투생이 기다리고 있는 곳으로. 그는 필리프 투생의 맞은편에 앉았고, 그들은 오랜 지인처럼 차분히 이야기를 나누었다.

필리프 투생이 알 수 없는 무언가를 되짚어가고 있었다. 누군가를, 무언가를 찾고 있었다. 식탁보나 영수증 뒤에 휘갈긴 그 한결같은 명단 속에서.

카페 유리창 너머 내게는 그의 머리칼만이 보였다. 처음 만난 날 밤, 클럽에서 등을 돌리고 있었을 때처럼. 조명을 받아 초록색에서 빨간색으로, 빨간색에서 파란색으로 물드는 그의 곱슬곱슬한 금발을 내가 바 너머에서 멀거니 바라봤을 때처럼. 그의 머리는 다소 성성해졌고 청춘의 무지개도 불이 꺼졌다. 우리 사이에 놓여 그를 눈부시게 비추던 프리즘의 빛도. 몇 년 전부터 그에게 시선을 얹을 때마다 늘 날이 똑같이 흐리다는 생각이 들었다. 내가 그 완벽한 옆얼굴을 흘금거리는 동안 그의 귀에 달콤한 말을 속삭이던 예쁜 여자들은 이제 모두 사라지고 없다.

두 남자는 어두운 카페 구석에 단둘이 있었다. 십오 분 남짓 이야기하는가 싶더니, 필리프 투생이 벌떡 일어나 밖으로 나왔다. 나는 카페 옆 골목으로 가까스로 몸을 숨겼다. 필리프 투생이 오토바이의 시동을 걸고 떠났다.

스완 르텔리에는 여전히 카페에 있었다. 내가 다가갔을 때는 남은 커피를 마저 마시는 중이었다. 그는 나를 알아보지 못했다.

"그가 뭐라던가요?"

"네?"

"필리프 투생한테 무슨 해줄 말이 있었느냐고요!"

나를 알아보자 스완 르텔리에의 얼굴이 굳어졌다. 그가 차갑게 대꾸했다.

"그쪽 남편이 아이들이 일산화탄소 중독으로 죽은 거라더군요. 누군가 온수기라나 뭐라나 작동시킨 거라고. 그쪽 남편이 있지도 않은 범인을 찾고 있다고요. 내 한마디 해드리자면, 이제 두 사람 모두 털어버리는 게 좋지 않아요?"

"그딴 헛소리 집어치워요."

르텔리에의 눈이 휘둥그레졌다. 더 이상 아무 말도 내뱉지 못했다. 나는 거리로 나와 술 취한 사람처럼 인도에 쓴 물을 토해냈다.

83

사람들에겐 저마다 다른 별이 있어.

여행하는 사람들에게 별은 안내자야,

또 다른 사람들에겐 그저 작은 빛일 뿐이지.[*]

"가끔 레오닌이 말 안 듣고 변덕 부린다고 혼냈던 게 후회가 돼요. 조금 더 자고 싶어하는데 학교에 가야 한다고 침대에서 끌어낸 것도 후회스럽고요. 이렇게 잠시 스쳐갈 줄 알았다면…… 그래도 길게 후회하진 않아요. 그보단 아름다운 추억들을 떠올리며 그애가 내게 안겨준 행복과 더불어 살아가죠."

"왜 아이를 다시 낳지 않았어요?"

"내가 더는 엄마가 아니었으니까요. 그저 고아일 뿐. 태어날 아이들과 함께할 아빠도 없었고…… 그리고 '누구 대신'이나 '누구 다음'이 된다는 건 아이들한테도 힘든 일이고요."

"지금은요?"

"지금은 내가 늙었어요."

쥘리앵이 웃음을 터뜨린다.

● 생텍쥐페리의 『어린 왕자』 중에서.

"쉿!"

나는 그의 입술에 손가락을 갖다댔다. 그가 내 손가락을 잡아 키스했다. 두렵다. 집이 어질러진 것이 두렵고, 몇 시간 뒤에 문이 닫힐 것이 두렵다. 내 것이 아닌 이 이야기가 좌초될 것이 두렵다.

나탕과 그의 사촌 발랑탱이 우리 곁의 소파에 잠들어 있다. 두 아이의 작은 몸이 엉클어진 이불 속에서 뒤엉켜 있으리라. 두 개의 하얀 베개에 얹힌 검은 머리칼들이 비죽 튀어나온 들판 같다. 헤이즐넛향이 풍기는 작은 숲길 같다. 아이의 머리칼을 만지는 건, 봄이 시작될 무렵 숲속의 낙엽 길을 걷는 것과 같다.

쥘리앵과 나탕과 발랑탱이 어제저녁 오베르뉴에서 도착했다. 결혼식이 끝나고 파르동에 머무는 동안 아이가 아빠를 졸랐다. "마르세유로 가지 말고 비올레트 아줌마네로 가요. 마르세유로 가지 말고 비올레트 아줌마네로 가요……" 생떼가 이어졌다. 쥘리앵이 마지못해 뜻을 꺾고 방향을 틀 때까지. 그들은 저녁 8시 무렵, 내가 묘지 문을 닫은 뒤에 도착했다. 그들이 길에 면한 문을 두드렸으나, 나는 미처 듣지 못했다. 텃밭에서 마지막 샐러드 채소를 파종하는 중이었다. 두 소년이 내 뒤로 살금살금 걸어왔다. "우리는 좀비다!" 엘리안이 컹컹 짖었고, 고양이들도 나탕을 기억한다는 듯 다가왔다.

어제저녁, 나는 혼자 있고 싶었다. 고단하던 차였다. 일찍 침대에 들어 드라마를 보고 싶었다. 말을 안 하고 싶었다. 무엇보다, 말이 하고 싶지 않았다. 나는 최선을 다해 그들이 반갑지 않은 티를 감췄다. 그들의 갑작스러운 출현이 기뻤으면 좋았겠지만, 아니었다. 나탕은 너무 큰 소리로 말하고, 쥘리앵은 너무 젊다는 생각이 들었다.

쥘리앵이 부엌에서 우리를 기다리고 있었다. 그가 난처해하며 말했다. "갑자기 들이닥쳐서 미안합니다. 아들 녀석이 당신한테 푹 빠져서…… 함께 식사하러 나가시죠…… 방은 브레앙 부인 댁에 잡아놨습니다."

그가 입을 연 순간, 나는 고독이 내게서 떨어져나가는 것을 느꼈다. 죽은 피부처럼. 그의 목소리가 나를 환히 밝혔다. 그가 내 머리 위에 가로등이라도 켠 것처럼. 하루 종일 궂은 날씨가 예보됐는데, 어두운 하늘이 빼꼼히 열리며 어디선가 내려온 태양빛이 풍경의 이곳저곳을 비추는 것처럼. 그들을, 그들 셋을 보살펴주고 싶어졌다.

식당이라니 안 될 말이었다. 내 집에서 먹으면 되었다. 브레앙 부인네 집이라니 안 될 말이었다. 내 집에서 자면 되었다. 나는 그들을 위해 햄 치즈 샌드위치와 마카로니 파스타, 달걀프라이, 토마토 샐러드를 만들었다. 쥘리앵이 식탁 차리는 것을 도왔다. 디저트로는 냉동실에 두었던 딸기 소르베를 꺼냈다. 찬장 서랍엔 사탕과 초콜릿 과자가, 냉장고엔 아이스크림과 요구르트가 상비돼 있었다. 자연스럽게 나탕의 손을 잡았던 것처럼, 이 또한 내 오랜 습관이다.

나는 쥘리앵에게 화이트와인을 거듭 권했다. 마음을 바꾸지 못하도록, 브레앙 부인네 집으로 가지 못하도록, 내 집에, 나와 함께 머물도록.

음식 접시들을 치운 뒤, 나는 커다란 소파에 두 아이의 잠자리를 마련했다. 사샤를 만나러 오면 나도 이 소파에서 잠을 잤었다. 아이들이 환호성을 지르며 방방 뛰자, 낡은 용수철들도 기뻐서 삐걱거렸다.

자기 전, 아이들이 묘지에 나가 "유령들을 만나게" 해달라고 졸랐다. 묘석에 새겨진 이름들을 읽으며 아이들은 질문을 쏟아냈다. 왜 어떤 무덤들엔 꽃이 잔뜩 피었고, 다른 무덤들엔 하나도 없느냐고 물었다. 날짜들을 죽 읽더니, 죽은 사람들은 정말 나이가 많다고 했다.

유령을 보지 못해 낙담한 아이들이 "무서운 이야기"를 해달라고 했다. 나는 묘지 근처나 도로변이나 브랑시옹엉샬롱 길가에 출몰한다는 디안 드 비뉴롱과 렌 뒤샤 이야기를 들려주었다. 아이들의 얼굴이 새하얗게 질리기 시작했다. 나는 아이들을 안심시키기 위해, 그냥 전설이라고, 나 역시 한 번도 유령을 보지 못했다고 말해주었다.

쥘리앵이 정원 벤치에서 우리를 기다리고 있었다. 담배를 피우며 생각에 골몰한 채 엘리안을 쓰다듬고 있었다. 아이들이 자기들은 유령을 못 만났지만 묘지 안이나 묘지 근처에서 유령을 본 사람들이 있다고 이야기했다. 그가 빙긋 웃었다. 아이들이 내게 디안 유령이 그려진 옛날 엽서들을 보여달라고 졸랐다. 나는 다 잃어버렸다고 둘러댔다.

우리는 함께 집으로 들어왔다. 두 아이가 문이 단단히 잠겼는지 세 번이나 확인했다. 나는 침실로 이어지는 통로의 불을 켜두었다. 하지만 핀토 부인의 인형들을 본 아이들이 그건 끄고, 자기들 옆에 작은 등을 각각 놓아달라고 했다.

쥘리앵과 나는 인형을 쓰러뜨리지 않도록 조심하며 2층으로 올라갔다. 그가 내 뒤를 따랐다. 나는 문득 걸음을 멈췄다. 목덜미에 그의 숨결이 느껴졌다. 그가 내 허리를 안으며 속삭였다. "서둘러요."

우리가 문을 채 닫기도 전에 아이들이 문을 밀고 들어왔다. 침대에서 자겠다고. 우리는 아이들이 잠들 때까지 양옆에 누워 머리칼을 쓰다듬었다. 때로 우리의 손이 만나고 스치고 나탕의 머리칼 속에서 포개졌다.

잠시 후 우리는 아래층 소파로 내려가 사랑을 나눴다. 새벽 4시 무렵, 아이들이 이불을 들추며 파고들었다. 우리는 통조림 속의 정어리들처럼 서로 몸을 붙이고 있었다. 나는 잠들지 못한 채, 아이들의 숨소리를 들었다. 사샤가 온종일 틀어놓던 쇼팽의 소나타처럼 그 소리에 귀를 기울였다.

새벽 6시, 쥘리앵이 내 손을 잡고 2층으로 이끌었고 우리는 다시 사랑을 나누었다. 한 남자와 여러 번 자는 날이 내게 찾아올 줄이야.

이제 우리는 커피 사발에 코를 박고 소곤거리고 있다. 내 손에서 커피와 담배 냄새가 난다. 내 몸에서 사랑과 장미와 땀 냄새가 난다. 머리칼은 헝클어졌고 입술은 부르텄다. 두렵다. 잠시 뒤 쥘리앵이 떠날 것이. 그가 떠난 뒤, 충실한 불멸의 친구처럼 고독이 나를 찾아올 것.

"그러는 당신은요, 왜 나탕 다음에 아이를 갖지 않았죠?"

"똑같아요. 아이와 함께할 엄마를 만나지 못했죠."

"나탕 엄마는 어떤 사람이에요?"

"다른 남자와 사랑에 빠졌어요. 그래서 날 떠났죠."

"힘들었겠어요."

"네, 많이."

"여전히 사랑하세요?"

"그런 것 같진 않아요."

그가 일어나 내게 키스한다. 나는 숨을 멈춘다. 아름다운 시절, 서로 키스하는 것은 너무나 기분 좋은 일이다. 그런데 서툴러진 기분이 든다. 몸짓들을 잊어버렸다. 우리는 목숨을 구하는 방법은 배우지만, 자신 혹은 타인의 삶을 되살리는 방법은 배우지 못한다.

"아이들이 깨는 대로 출발하겠습니다."

"……"

"어제저녁 우리가 도착했을 때 당신 얼굴이 어땠는지 당신이 봤더라면…… 어찌나 마음이 안 좋던지…… 나탕만 없었어도 내가 얼른 꺼져버렸을 거예요."

"그건 내가 더 이상 이런 일에 익숙지 않아서……"

"다시 찾아오지 않을게요, 비올레트."

"……"

"한 달에 한 번씩 당신한테 덤벼들러 이 묘지를 찾아오고 싶지는 않아요."

"……"

"당신은 죽은 사람들과 소설, 촛불, 그리고 몇 모금의 포트와인과 함께 살고 있어요. 당신 말이 맞아요, 거기 남자가 끼어들 자리는 없어요. 아이까지 있는 남자라면 더더욱."

"……"

"게다가 당신 눈을 보면 당신이 우리 관계를 믿지 않는다는 것도 알 수 있고요."

"……"

"왜 가만히 있죠? 무슨 말이라도 해봐요, 제발."

"우리 관계가 지속될 수 없다는 걸 당신도 잘 알잖아요."

"물론 알죠. 아니, 몰라요, 난 하나도 모르겠어요. 아는 건 당신이죠. 가끔씩 소식 줘요. 자주는 말고요, 그럼 기다리게 될 테니까."

84

우리는 결국 오늘 공허의 끝에 이르렀다,
우리가 잃어버린 얼굴을
도처에서 찾고 있기 때문이다. *

이렌 파욜의 일기

1999년 2월 13일

폴이 죽은 걸 가브리엘이 어떻게 알았는지 모르겠다. 오늘 아침
생피에르 묘지에서 가브리엘을 봤다. 우리에게서 멀찌감치 물러나
다른 무덤 뒤에 숨어 있었다. 도둑처럼.

남편을 묻는 와중에 가브리엘만 보고 있었다. 나는 대체 어떻게
된 인간일까? 어떤 괴물일까?

조용히 기도하기 위해 눈을 내렸다가 다시 들었더니, 가브리엘이
사라지고 없었다. 내 눈이 절망적으로 그를 찾았다. 묘지 구석구석
을 뒤졌으나 허사였다.

울음이 터져 나왔다. '과부'처럼.

● 폴 엘뤼아르의 시 「공허의 끝에」 중에서.

여자가 남편을 여의면 '과부'라고 부른다. 애인을 잃은 여자는 뭐라고 불러야 할까? '노래?'

2000년 11월 8일
장미원을 팔았다.

2001년 3월 30일
오늘 아침 가브리엘이 전화를 했다. 대략 한 달에 한 번꼴로 전화하고 있다. 내가 전화를 받을 때마다 내 목소리를 듣고 놀라는 것 같다. 그는 질문을 퍼붓는다. "잘 지냈어? 뭐 해? 무슨 옷 입었어? 머리는 묶었어? 요새는 무슨 책 읽어? 최근에 극장에 간 적 있어?" 내가 정말 존재하는 게 맞는지 확인이라도 하려는 듯. 아니면 내가 아직 존재하고 있는지 확인하려는 것이거나.

2001년 4월 27일
가브리엘이 내 집에 점심식사를 하러 왔다. 그는 내가 새로 이사한 아파트를 마음에 들어했다. 집이 나와 닮았다고 했다.
"집이 환하고 좋은 냄새가 나네, 당신처럼."
그는 내가 파라디* 거리에 사는 게 재미있는 눈치였다.
"뭐가 그렇게 웃겨요?"
"당신이 내 천국이니까."

● 프랑스어로 '천국'의 의미.

"들쑥날쑥한 천국이죠."

"심전도 상에서 심장 박동을 그리는 곡선을 본 적 있어?"

"네."

"내 심장의 곡선은 당신이야."

"하여튼 언변은 좋으시지."

"그래야지. 그걸로 거금을 받고 사는데."

그는 내가 요리를 할 줄 모른다고 했다. 냄비에서 고기 익히는 것보다는 꽃을 피워내는 데 더 소질이 있다고.

그가 일이 그립지는 않으냐고 물었다.

"아뇨. 그다지. 꽃들이나 약간 그리울까."

그가 담배를 피워도 되느냐고 물었다.

"네, 담배 다시 피워요?"

"응. 당신처럼 끊을 수가 없네."

그는 여느 때처럼 진행 중인 재판이며 소식을 잘 듣지 못하는 큰 딸이며 막내딸 클로에에 대해 이야기했다. 클로에가 너무 보고 싶어서 아무래도 아이 엄마와 다시 합쳐야 할 것 같다고.

"맞아, 내 딸과 같이 살려면 카린이라는 허들을 뛰어넘어야 돼. 난 높이뛰기엔 재주가 없는데."

그는 쥘리앵의 소식도 빼놓지 않고 물었다.

떠나기 전, 그가 내 입술에 가볍게 키스했다. 애들처럼. '사랑'의 성은 남성일까, 여성일까?

2002년 10월 22일

가브리엘의 날이다.

이제 그는 마르세유에 올 때마다 내 집에 와서 점심을 먹는다. 대개 1층에 있는 가게에서 오늘의 요리 2인분을 사들고 온다. 내 요리는 별로이기 때문이다. "버터도 부족하고, 생크림도 부족하고, 소스도 부족해. 당신은 재료를 그냥 물에 넣고 끓이나봐. 난 채소는 와인에다 뭉근하게 졸이는 게 좋은데."

그가 우리의 식사가 든 알루미늄 용기를 들고 초인종을 눌렀다. 그가 늘 내 몫까지 먹어치운다. 나는 워낙에 양이 많지 않지만, 가브리엘이 내 부엌에 있을 땐 더 먹는 둥 마는 둥이다.

결국 그는 클로에를 가까이에서 보기 위해 카린과 재결합했다. 그의 말이 그렇다. 어쨌든 내 생각도 표현했다. "그거야, 당신 말이 그런 거겠죠." 그가 대답했다. "질투하지 마, 당신은 질투할 필요 없어. 누가 됐든."

"질투 안 해요."

"어쨌든 조금은 하잖아. 난 질투해. 누구 만나는 사람 있어?"

"내가 누굴 만나길 바라는데요?"

"글쎄, 나야 모르지, 애인, 남자, 남자들. 당신은 예뻐. 어딜 가든 다들 당신을 쳐다보는 게 내 눈엔 보인다고. 당신이 가는 곳마다 다들 당신을 욕심내는 게 훤히 보여."

"당신이요, 당신을 만나잖아요."

"우린 같이 자지 않잖아."

"내 것도 마저 먹겠어요?"

"응."

2003년 4월 5일

가브리엘의 날이다. 그가 어제저녁에 전화해, 재판이 끝나고 오후 늦게 들르겠다고 했다. '쉬즈'를 사놓아야 한다. 가브리엘이 식전주로 좋아한다.

쉬즈가 없는 날들이 있다. 그리고 가브리엘의 날들이.

2003년 11월 25일

어제저녁, 가브리엘이 늦게 들이닥쳤다. 그가 남은 수프와 요구르트와 사과를 해치웠다. 쉬즈도 마셨다. 날 즐겁게 해주기 위해서란 걸 알 수 있었다.

"혹시 내가 잠들면, 내일 아침 7시에 깨워줘."

그는 마치 내 집에서 자는 것이 익숙한 듯 말했다. 실은 처음이었는데. 이십 분 뒤, 그가 내 소파에서 잠이 들었다. 나는 이불을 덮어주었다. 잠이 오지 않았다. 그가 옆방에 있었기 때문이다. 이웃집 남자. 나는 밤새 생각했다. '가브리엘은 이웃집의 내 남자야.' 프랑수아 트뤼포 감독의 영화 〈이웃집 여자〉의 한 장면이 떠올랐다. 여주인공인 파니 아르당이 병원을 나서는데, 죽여버리기로 결심한 애인을 떠올리며 그가 남편한테 말한다. "고마워요, 내 흰 블라우스를 갖고 올 생각을 하다니. 난 이 블라우스가 정말 좋거든요(여주인공은 블라우스의 냄새를 맡는다), 흰색이잖아요."

오늘 아침, 가브리엘에게 가보니 엎드려 자고 있었다. 신발은 벗었다. 거실에서 퀴퀴한 담배 냄새가 났다. 자다 말고 일어나 담배를 피운 모양이었다. 창문이 반쯤 열려 있었다.

가브리엘이 밤에 내 침대로 오지 않은 것이 못내 서운했다. 그가 샤워를 하고 커피를 마셨다. 다시 마시기 전에 이렇게 말했다. "당신은 예뻐, 이렌." 평소처럼, 떠나기 전, 내 입술에 가볍게 키스했다. 도착하면 목 언저리에서 숨을 크게 한 번, 떠날 때는 입술에 가벼운 키스.

2004년 7월 22일

가브리엘과 자기로 결심했다. 우리 나이엔 시효 만료라는 게 있는 법이다. 그리고 쾌락을 즐기는 것도 영원하지 않다. 내가 문을 열어준 순간, 가브리엘은 알아차렸다. 내가 자기를 원하는 것을 보고, 읽고, 느꼈다. 그가 말했다.

"이런, 골칫거리의 시작이군."

"처음도 아니잖아요."

"응, 처음은 아니……"

나는 그가 문장을 끝맺도록 내버려두지 않았다.

85

나의 관 주변에 머물며 울지 마요,

나는 거기 없어요, 난 잠들지 않았어요.

나는 흔들리는 천 개의 바람이에요.*

노노에게 전해줄 명단을 다 적었다. 늘 그랬듯이, 올해도 그가 내 자리를 대신해줄 것이다. 내 바통을 이어받아, 유족들이 휴가 여행을 떠나고 없는 무덤의 꽃들에 물을 줄 것이다. 엘비스는 엘리안과 고양이들을 돌볼 것이다. 정원의 꽃들과 텃밭은 세드릭 신부가 맡았다. 그에게 사샤가 직접 쓴 주의사항들을 넘겼다. 사샤가 월별 주의사항을 작성해둔 터였다.

8월의 중요한 일 : 물 주기.

물은 반드시 저녁에 줘야 해. 그래야 밤새 싱싱해. 하지만 너무 일찍 주면 안 돼. 땅에 아직 열기가 있는 상태라 수분이 그대로 증발해버리거든. 그러니까 물을 너무 일찍 주는 건 밑 빠진 독에 물 붓기와 같아.

반드시 해질녘에 물뿌리개로 줄 것. 우물물이나 미리 받아놓은

---

* 로버트 루이스 스티븐슨의 시 「거기 있지 마요」 중에서.

빗물을 사용해. 물뿌리개가 호스보다 세기가 부드럽거든. 호스로 물을 주면 땅이 주저앉아서 숨을 쉴 수 없게 돼. 땅이 숨을 쉬게 해야 해. 이따금 밑동을 갈고리로 살살 긁어 공기가 통하게 해주는 것도 그런 이유야.

여문 채소들은 수확해.

토마토는 다른 채소보다 며칠 더 있어도 돼.

가지는 사흘에 한 번씩. 안 그러면 너무 굵고 단단해져.

껍질콩은 매일 따서 바로 먹어. 너무 많으면, 씻어서 물기를 뺀 다음 병조림을 만들거나 냉동시켜서 이웃과 나누어도 좋겠지.

나머지도 마찬가지. 채소는 나누려고 키운다는 걸 잊지 마. 안 그러면 다 무슨 소용이겠니.

세드릭 신부는 혼자 텃밭을 돌보지 않을 것이다. 사연인즉 이렇다. 칼레에 있는 아프리카 난민촌인 '칼레의 정글'이 정부에 의해 해산된 이후, 수단의 난민 가족들이 이 지역 인근 샤르도네 성에서 기거하고 있었다. 세드릭 신부는 일주일에 세 번씩 그곳을 방문해 자원봉사자들을 도왔다. 그중 열아홉 살짜리 어린 부부인 카멜과 아니타가 있었는데, 아니타가 임신한 상태였다. 세드릭 신부는 관할 경찰서의 허락을 얻어 그들을 사제관으로 데려왔다. 아이가 태어난 이후에도 가능한 한 오래도록 그들을 돌봐줄 생각이었다. 어린 부부가 학교에 복귀해 학업을 마칠 때까지, 무엇보다 영주권을 취득할 때까지. 실은 언제 어떻게 될지 장담할 수 없는 불안한 상황이었다. 세드릭 신부는 살얼음판 위를 걷는 것 같다고 말했다. 하지만 그 위태함을 기꺼이 받아들이겠다고. 이 생활이 지속되는 동안, 이 기쁨, 입양한 가족과 일상을 나누는 이 기쁨을 누리겠다고. 한 달이 될지 10년이 될지 모르지만, 이 삶을 온전히 살아낼 거라고.

"세상 모든 것이 일시적이거든요, 비올레트. 우리는 스쳐가는 존재들입니다. 오직 신의 사랑만이, 모든 불확실한 것들 속에서 확실한 것이지요."

사제관에 살게 되면서 카멜과 아니타는 매일 내 부엌에 들른다. 다른 사람들과 달리 오래오래 머무른다. 아니타는 엘리안에게, 카멜은 텃밭에 푹 빠졌다. 텃밭에서 나를 돕지 않을 때면, 카멜은 몇 시간이고 앉아 사샤의 노트와 빌럼 & 자르댕 사의 카탈로그를 넘긴다. 그는 재주가 뛰어나다. 내가 처음 그에게 "녹색 손을 가졌다"* 고 말했을 때 그는 말뜻을 몰라 당황하며 대답했다. "하지만 제 손은 검은색인걸요."

나는 아니타에게 보셰르 학습서인 『어린이의 하루』를 주었다. 아니타가 그것을 소리 내어 읽었다. 아니타가 읽다가 틀리거나 버벅거리면, 나는 책을 보지 않고도 바로잡아주었다. 나는 그 책을 외우다시피했다.

그 책을 처음 펼친 날, 아니타는 그것이 내 아이의 것이었는지 물었다. 나는 질문으로 답을 대신했다. "배 좀 만져봐도 될까?" 아니타가 그러라고 했다. 나는 아니타의 면직 원피스 위에 두 손을 펼쳐 얹었다. 아니타에게서 웃음이 새어 나왔다. 내가 배를 간질였던 것이다. 아기의 발길질이 느껴졌다. 아니타가 아기도 웃고 있다고 했다. 그날 내 부엌

● 프랑스어로 '식물 재배에 재능이 있다'를 의미하는 관용적 표현.

에서 우리 셋은 함께 웃었다.

누군가 사망해 묘지에서 장례를 치러야 한다면 자크 루치니가 나를 대신할 것이다. 내가 없는 동안 가스통에게도 할 일을 주어야 했기에, 나는 그에게 우편물을 수령해 전화기 옆 선반에 놓아달라고 부탁했다. 편지를 깨뜨릴 수야 없을 것이다.

나는 침대에 누워, 서랍장 위에 열린 채로 얹힌 여행 가방을 본다. 나머지는 내일 마저 꾸리리라. 마르세유에 갈 땐 언제나 너무 많이 들고 간다. 별장에 있을 땐 거의 아무것도 걸치지 않으면서. 내 여행 가방엔 너무 많은 '만일의 경우'가 들어 있다.

이 가방을 처음 본 건 1998년이었다. 필리프 투생이 영원히 떠나버린 걸 나는 아직 알지 못했다. 그 4일 전, 필리프 투생은 집을 나서기 전 내게 키스하며 말했다. "이따 봐." 엘로이즈 프티를 만나고 오겠다고 했다. 그가 아직 이야기를 나눠보지 못한 마지막 한 명. 그는 말했다. "이번에 다녀오면 이걸로 끝낼 거야. 그리고 우리 같이 삶을 바꾸자. 난 무덤들이며 이 모든 걸 견딜 수가 없어. 미디에 가서 살자."

그리고 혼자 삶을 바꿔버렸다.

엘로이즈 프티를 만나러 가던 날, 그는 방향을 틀어버렸다. 대신, 프랑수아즈 펠르티에를 다시 만나기 위해 브롱으로 향했다.

4일 내내 혼자였다. 나는 텃밭 구석에 쭈그리고 앉아, 대나무 지지대를 대준 금련화 이파리에 코를 박고 있었다. 필리프 투생이 나가고 없자 여느 때처럼 고양이들이 다가와 내 주위에서 술래잡기를 했다. 자기들끼리 경주를 벌이더니 결국 한 놈이 물이 가득 찬 대야를 뒤엎고 말았다. 고양이들이 혼비백산해 대야 안으로 뛰어들었다. 나는 그 모습에 배를 잡고 깔깔거렸다. 그때였다. 집의 문 쪽에서 친숙한 목소리가 들려온 것은. "혼자서 웃는 소리를 들으니 내 기분이 다 좋은데?"

환청인 줄 알았다. 바람 소리가 날 골린 거라고. 나는 눈을 들었다. 쉼터의 테이블 위에 놓인 여행 가방이 보였다. 해가 쨍쨍한 지중해 바다처럼 파란 가방이었다. 사샤가 문 앞에 서 있었다. 나는 그에게 다가가 얼굴을 어루만졌다. 믿기지 않았기 때문이다. 그가 나를 잊은 줄 알았다. 나는 사샤에게 말했다. "아저씨가 날 버린 줄 알았어요."

"그럴 리가. 그럴 일은 절대 없어, 비올레트, 알겠니? 난 널 절대로 버리지 않아."

그가 은퇴 이후 첫 몇 달에 대해 이야기를 풀어놓았다. 인도 남부에 사는 형제나 다름없는 사니 집에 갔었다고 했다. 이어서 샤르트르, 브장송, 시칠리아, 툴루즈. 성들, 성당들, 수도원들, 거리들, 다른 묘지들. 호수와 강과 바다에서 수영을 했다. 어그러진 등과 삐끗한 발목과 가벼운 화상을 치료했다. 마지막으로 셀리아에게 허브 화분 몇 개를 마련해주고 마르세유에서 돌아오는 길이었다. 아내와 아이들이 묻힌 곳을 찾아가기 전에 내게 들러 인사하고 싶었다고. 이후엔 다시 인도의 사니 곁으로 떠날 예정이었다.

짐은 브레앙 부인 집에 풀었다. 거기서 두세 밤 묵으면서 시장과 노노, 엘비스, 고양이들, 그 밖의 친구들을 만나볼 생각이었다.

그가 가져온 파란 가방은 나를 위한 것이었다. 가방 안에 선물이 가득했다. 차茶, 향, 스카프, 액세서리, 꿀, 올리브 오일, 마르세유 비누, 초, 성냥, 책, 바흐 음반, 해바라기 씨. 사샤는 들르는 곳마다 나를 위한 기념품을 샀다.

"너에게 주려고 내 여행의 흔적들을 들고 왔어."

"가방도요?"

"그럼, 너도 언젠가 떠나야지."

그가 정원을 둘러보더니 눈물이 글썽해졌다. "제자가 스승을 뛰어넘었네…… 그러고도 남을 줄 알았지."

우리는 함께 점심식사를 했다. 멀리서 모터 소리가 들릴 때마다 필리프 투생이 돌아오나보다 생각했지만 아니었다.

* * *

그로부터 19년 뒤, 내가 불쑥 나타나기를 기다리는 건 다른 남자다. 아침에 묘지의 철문을 열 때마다 습관적으로 주차장에서 그의 차를 찾는다. 가끔 묘지의 길에서 등 뒤로 발소리가 들리면 뒤를 돌아보며 생각한다. '그가 온 거야, 돌아온 거야.'

어제저녁엔 길에 면한 문에서 노크 소리가 들린 듯했다. 내려가봤지만 아무도 없었다.

사실, 지난번 내 집 문을 닫을 때 쥘리앵은 이렇게 말했다. "기회 닿으면 봐요." 정확히 작별 인사를 하는 것처럼. 나는 그를 붙잡기 위해 아무것도 하지 않았다. 그러기는커녕 미소를 지으며 안심한 표정으로 대답했다. "네, 조심히 가세요." 정확히 "그러는 게 좋겠어요"라고 말하는 것처럼. 나탕과 발랑탱이 뒷좌석에서 손을 흔들었을 때 나는 그 아이들을 다시 볼 수 없으리란 걸 알았다.

그날 아침 이후, 쥘리앵은 딱 한 번 기별을 보내왔다. 나탕과 두 달간

머물 예정이라며 바르셀로나에서 엽서를 보냈다. 나탕의 엄마도 가끔
씩 둘을 보러 올 거라고.

　이렌과 가브리엘의 만남은 쥘리앵과 나탕의 엄마에게 효용이 있을
것이다. 나는 그들 사이의 다리, 건널목에 지나지 않았다. 쥘리앵이 나
를 거쳐간 것은 아이 엄마를 잃을 수 없다는 사실을 깨닫기 위해서였
다. 나도 쥘리앵 덕분에 내가 아직 관계의 즐거움을 느낄 수 있다는 걸
알게 되었다. 아직 누군가 나를 원할 수 있다는 것을. 그것으로 족하다.

86

우리는 이곳에 찾으러 왔다,
무언가 혹은 누군가를 찾으러 왔다.
죽음보다 강한 이 사랑을 찾으러. •

1998년 1월

비올레트가 그가 마콩에서 스완 르텔리에와 단둘이 만나는 걸 목격한 날, 필리프 투생은 사실 목덜미에서 누군가의 시선을 느꼈다. 뭔가 익숙한 기운을. 하지만 주의를 기울이지 않았다. 크게 신경 쓰지 않았다. 뒤돌아볼 만큼은 아니었다. 이제 그는 스완 르텔리에의 얼굴을 마주하고 있었다. '쥐새끼 같은 얼굴.' 법정에서부터 그런 생각이 들었다. 푹 꺼진 눈하며 도끼로 찍어낸 듯 움푹 팬 양 볼에 얇은 입술까지.

르텔리에가 전화로 말했다. "정오에 집 앞 길모퉁이 카페로 와요. 거기가 조용하니까."

다른 직원들에게 그랬던 것처럼, 필리프 투생은 그에게도 냉랭한 어조로 똑같은 질문들을 던졌다. 위협적인 시선으로, 험악한 억양으로. "거

• 폴 엘뤼아르의 시 「공허의 끝에」 중에서.

짓말할 생각 마요, 난 잃을 게 없는 인간이니까." 그는 늘 마지막 질문을 강조했다. 그 오래된 고물 온수기를 작동시켰을 만한 사람이 누구인가.

르텔리에는 그날 밤 일에 대해 모르는 눈치였다. 필리프가 알랭 퐁타넬의 자백을 단숨에 열거하자 얼굴이 하얗게 질렸다. 준비에브 마냥이 아픈 아들들을 만나러 성 밖으로 나갔다가 돌아온 것, 네 아이가 일산화탄소 중독으로 질식사한 걸 발견하고 겁에 질린 것, 부엌 사고로 위장하기 위해 불 지를 생각을 해낸 것, 퐁타넬이 르텔리에와 전 직원을 깨우기 위해 위층으로 올라가 르텔리에의 방문을 발로 찬 것 등등.

하지만 르텔리에는 이 말을 믿지 않았다. 퐁타넬은 술꾼이었다. 설명할 수 없는 일에 설명을 요구하는 아이 아빠에게 아무 말이나 지껄일 수 있는 사람이었다.

문에서 요란한 소리가 났던 것은 기억했다. 루시 랭동과 한 대 피우고 잠든 터라 깨기 힘들었던 것도 기억했다. 냄새와 연기와 불길, 1호실로 진입이 불가능했던 것, 불길이 이미 높이 치솟아 있었던 것, 도저히 건널 수 없었던 그 장막, 이글거리던 지옥, 다들 악몽 같다고, 믿을수 없다는 말만 되풀이하던 그 순간을 기억했다. 잠옷 바람으로 맨발에 실내화, 아니면 신발 끈도 제대로 묶지 못하고 뛰쳐나온 소녀들과혼비백산하여 우왕좌왕하던 직원들의 모습이 눈에 선했다. 숨을 컥컥대던 교장과 충격으로 덜덜 떨며 기도를 읊던 다른 사람들. 다 함께 소방관들이 도착하기를 기다렸고, 무사하고 안전한 아이들의 수를 세고또 세었다. 어른들은 이제 다시는 안심하고 잠들 수 없을 것 같은데도아이들의 두 눈엔 졸음이 가득했다. 불길과 어른들의 창백한 안색에질겁한 아이들이 그제야 자기 부모를 찾기 시작했다. 부모들에게 차례로 전화해 알려야 했다. 그들에게 일단 거짓말해야 했다. 안에서 이미 네 명의 소녀가 목숨을 잃었다고는 실토할 수 없었다.

스완 르텔리에는 지금도 죄책감에 시달린다고 덧붙였다. 루시 랭동이 1층을 지켰더라면 그 모든 일은 일어나지 않았을지도 모른다고.

루시 랭동과 그는 준비에브 마냥에 대해선 상부에 일절 함구했다. 자기들에게도 책임이 있다고 느꼈기 때문이다. 루시 랭동은 준비에브 마냥에게 자기 일을 떠넘기지 말았어야 했다. 하지만 그러도록 고집한 게 스완 르텔리에였다. 그들 모두 의무를 저버렸다.

교장은 한 푼이라도 아끼려고 아무것도 새로 구비하지 않았다. 불룩하게 들린 리놀륨 바닥, 석면 슬레이트 지붕, 단열 효과라곤 없는 유리 섬유, 떨어져나간 페인트칠, 납으로 된 배수관, 삽시간에 번진 불길, 낙후한 부엌 집기에서 퍼져나간 유독성 연기. 아니, 누구도 무고하지 않았다. 마냥도, 랭동도, 퐁타넬도, 르텔리에 자신도. 그들 모두 코가 꿰인 사건이었고 감당하기 버거운 사고였다…… 다만 한 가지, 그는 확신했다. 1호실 온수기를 고의로 작동시켰을 사람은 아무도 없으리라는 것. 그걸 건드리면 안 된다는 건 모르는 직원이 없었다. 게다가 그 고물은 아이들이 접근할 수 없도록 석고보드 문 뒤에 가려져 있었다. 르텔리에는 캠프 첫 참가자들이 도착하기 전날, 교장이 한 말을 똑똑히 기억했다. 두 달 동안 캠프 참가자들이 줄줄이 이어질 예정이었다. "한여름이니 세수는 찬물로 하고, 샤워만 새로 지은 공동 샤워장에서 온수로 하게 될 겁니다." 이걸 기억하는 이유는 당시 그가 부엌에서 요리를 하고 음식을 날랐기 때문이었다. 그의 담당 영역은 튀김기와 구내식당이었다. 욕실들이야 그와 아무 상관 없었다.

그러다 르텔리에는 우뚝 말을 멈췄다. 번민하는 시선으로 필리프가 한 말을 조용히 되새기며, 커피를 몇 모금 넘겼다. 이 말도 안 되는 얘기를 믿어야 할까? 퐁타넬이 부엌에 불을 지른 거라고? 아이들이 유독가스를 마신 거라고? 그는 종업원에게 손짓해 에스프레소를 추가 주문했다. 단골인 게 역력했다. 사람들이 그에게 반말을 했다.

르텔리에는 준비에브 마냥의 자살 소식을 들었을 때 놀라지 않았다. 그날 밤 이후로 마냥은 이미 허깨비가 되어 있었다. 재판 당시 상태로도 충분히 알 수 있었다. 그가 마냥과 마지막으로 이야기를 나눈 건, '그 여자'가 그가 일하는 식당 앞에서 그를 기다리고 있던 날이었다. 그는 당황한 나머지 준비에브에게 전화를 걸어 그 여자가 자기를 찾아왔었다고 말했다. 필리프가 자기도 모르게 불쑥 물었다.

"그 여자라뇨?"

"그쪽 부인이요."

"다른 사람이랑 혼동하는 거 아니에요?"

"그럴 리 없어요. 나한테 분명 레오닌 투생의 엄마라고 했는걸요."

"어떻게 생겼는데요?"

"밤이어서 기억이 잘 안 나요. 식당 앞 벤치에서 날 기다리고 있었거든요. 몰랐어요?"

"언제였어요?"

"2년 전쯤인가."

그만하면 충분히 들었다. 충분히 말했든가. 그는 여기 물으러 온 것이지, 들으러 온 것이 아니었다. 그는 인사말을 중얼중얼 내뱉으며 자리에서 일어났다. 르텔리에는 영문을 모른 채, 그가 나가는 모습을 멀뚱히 바라보았다. 몸을 돌린 필리프의 눈에 비올레트가 보인 듯했다. 카페 창 너머 인도에 비올레트가 서 있는 듯했다. '내가 미쳤나보다.' 그는 곧장 브랑시옹으로 돌아갔다.

처음으로, 집이 비어 있었다. 처음으로, 그는 묘지의 길들을 둘러보았다. 비올레트를 찾으려던 것이었으나 찾지 못했다.

비올레트는 어떤 여자일까? 그가 온종일 밖에 나가 있을 때 집에서 무얼 할까? 누굴 만날까? 무얼 찾고 있는 것일까?

비올레트는 두 시간쯤 뒤에 돌아왔다. 문을 여는 아내의 얼굴이 몹시 창백했다. 부엌에 낯선 사람이 있어 놀랐다는 듯 잠시 그의 얼굴을 바라보더니, 이윽고 그에게 종잇조각을 건네며 물었다. "레오닌이 질식사했어?"

필리프는 너덜너덜한 종이에서 자신의 필체를 알아보았다. 종이 식탁보 뒤에 휘갈겨 쓴 이름들이 거의 지워져 있었다. 잉크가 번져 거의 알아볼 수 없었다.

비올레트의 물음에 전기충격이라도 당한 기분이었다. 그는 불륜 현장이라도 들킨 듯, 헛되이 거짓말을 궁리하며 우물거렸다.

"글쎄, 어쩌면. 내가 알아보고는 있는데…… 나도 확실히는 모르고, 알고 싶은 건지도 모르겠고, 정말 아무것도 모르겠어."

비올레트가 다가와 한없이 다정하게 그의 얼굴을 쓰다듬었다. 그러곤 잠자코 2층으로 올라갔다. 식탁도 차리지 않고 저녁식사도 준비하지 않았다. 그가 다가와 곁에 눕자, 비올레트가 그의 손을 잡고 다시 물었다. "레오닌이 질식사했어?" 침묵하면 똑같은 질문이 이어질 터였다.

필리프는 모든 걸 털어놓았다. 준비에브 마낭과의 관계를 제외하고. 그는 알랭 퐁타넬과 나눈 첫 번째 대화, 그러니까 그가 퐁타넬이 일하는 병원의 구내식당에서 퐁타넬의 면상을 갈겼을 때 나눈 대화와 병원 대기실에서 루시 랭동과 나눈 대화, 에피날의 지하주차장에서 에디트 크로크비에유와 나눈 대화, 오늘 마콩의 카페에서 스완 르텔리에와 나눈 대화에 대해 이야기했다.

비올레트는 그의 손을 잡고 조용히 얘기를 들었다. 그는 침실의 어둠 속에서 아내 얼굴을 보지 않은 채 몇 시간 동안 계속해서 그 이야기를 했다. 아내가 주의 깊게 귀를 기울이는 것이, 자신의 입술에 온 신경을 집중하고 있는 것이 느껴졌다. 아내는 미동도 하지 않았다. 그에게 아무것도 묻지 않았다. 필리프는 결국 입이 근질근질하던 그것을 아내에게 물었다.

"르텔리에를 만나러 갔었다는 게 사실이야?"

비올레트가 주저 없이 대답했다.

"응. 예전엔 내가 알아야 했거든."

"지금은?"

"지금은 내 정원이 있는걸."

"또 누굴 만났어?"

"준비에브 마낭만 한 번. 그건 당신도 알잖아."

"그리고 다른 사람은?"

"없어. 준비에브 마낭과 스완 르텔리에뿐이야."

"맹세해?"

"응."

87

어떤 회한도 없다. 어떤 후회도 없다.
충만하게 살다 가는 삶이다.

지금도 여전히 나는 텔레비전으로 영화 〈파니〉와 〈마리우스〉와 〈세자르〉를 본다. 마르셀 파뇰이 고향 마르세유의 삶을 추억한 일명 마르세유 3부작. 다 외우는 대사인데도 첫 대사를 듣는 순간 눈물이 고인다. 유년 시절과 기쁨과 경탄이 뒤섞인 눈물이다. 나는 레뮈(세자르), 피에르 프레네(마리우스), 오란 드마지(파니) 등 흑백 화면 속의 배우들 얼굴이 좋다. 그들 모두의 몸짓, 시선이 좋다. 아버지, 아들, 젊은 여인, 사랑. 내게도 세자르가 아들을 바라보듯이 나를 바라봐주는 아버지가 있었더라면 얼마나 좋았을까. 파니와 마리우스처럼 젊은 시절의 사랑이 있었더라면.

3부작의 1편인 〈마리우스〉를 처음 본 것은 열 살쯤이었을 것이다. 위탁가정에 아이라곤 나 혼자였다. 기억하기론 다른 아이들은 방학 여행을 떠났거나 부모를 만나러 집에 갔었던 것 같다. 여름이었고, 다음날은 학교 수업이 없었다. 위탁가정에 어른들의 친구들이 찾아왔고 정원에서 바비큐 파티가 열렸다. 그들이 내게 다른 곳에 가서 놀아도 좋다고 했다. 나는 혼자 거실로 돌아왔고 거기, 커다란 텔레비전이 켜져 있었다. 그렇게 그 흑백의 이야기를 처음 만났다. 영화는 시작한 지 삼십 분 정도 지나 있었다. 파니가 부엌의 바둑판무늬 식탁보 앞에서 울고 있었고, 맞은편에선 어머니가 빵을 자르고 있었다. 내 귀에 들린 첫대사. "자, 우리 못난이, 어여 수프나 먹으렴, 그 안에다 눈물일랑 쏟지 말고. 이미 많이 짜거든."

나는 그 즉시 배우들의 얼굴과 대사와 유머와 정겨움에 빨려들었다. 눈을 뗄 수 없었다. 그날 밤, 나는 늦게 잠이 들었다. 3부작을 다 보았기 때문이다.

지금도 여전히 그 인물들의 감정이 드러내는 보편적이고 복합적인 소박함이 좋다. 아름답고 정확한 말소리가 좋다. 그들 목소리에 배어 있는 음악이.

나는 만나기도 전부터, 마르세유와 마르세유 사람들이 좋았던 것 같다. 예감처럼, 전조처럼. 소르미우로 돌아갈 때마다, 푸른 바다에 면한 가파른 길로 내려갈 때마다 그 투박한 아름다움이 느껴진다. 마르셀 파뇰을 이해할 수 있다. 그의 3부작의 등장인물들이 여기서 태어난 것을. 태양빛에 하얘진 저 험준한 바위들, 찌는 듯한 더위, 아무도 건드리지 않은 순수한 하늘과 술래잡기를 하는 저 투명한 청록색 바다, 자연이 멋 부리지 않고 심어놓은 저 소나무 파라솔. 이 풍경은 꾸밈이 없다. 소박하고 장엄하다. 너무도 명백하다. 그것은 바다로 나가고 싶어하는 마리우스의 열망이다. 세자르가 말하듯, "바람이 다른 사람들의 아이들을 데려가도록 돛을 만드는" 파니스 씨이다.

셀리아와 함께 별장의 빨간색 덧문을 열어 부엌의 낡은 찬장이며 투박한 목제 식탁이며 노란색 의자들, 개수대의 식기 선반, 말린 라벤더 꽃다발, 갖가지 크기와 모양의 알록달록한 타일, 하늘색 대리석 벽을 보고 있으면, 마리우스와 파니의 키스를 말리는 세자르가 떠오른다. 파니는 남편이 있다. "얘들아, 그러면 안 된다. 파니스는 선량한 사람이다. 그 가족의 가구들 앞에서 그를 욕보이지 마라."

이 별장은 1919년에 셀리아의 외조부가 지었다. 그는 눈을 감기 전 셀리아에게 이 별장을 절대 처분하지 않겠다는 약속을 받아냈다. 이 지붕은 세상의 모든 궁전만큼의 가치가 있기 때문이다.

내가 이곳에 다니기 시작한 지 24년이 되었다. 셀리아는 매년 여름, 내가 도착하기 전에 냉장고를 가득 채워놓고 깨끗한 이불을 갖다놓는다. 커피와 여과지, 레몬, 토마토, 복숭아, 염소 치즈, 세제와 카시스 와인. 장은 직접 보겠다고, 적어도 비용은 부담하게 해달라고 말해보지만 소용없다. 셀리아는 내 말을 들으려고도 하지 않는다. 매번 이렇게 되뇔 뿐이다. "넌 날 알지도 못하면서 집으로 맞아준 사람이야." 한번은 서랍 속에 돈 봉투를 놓고 온 적도 있었다. 일주일 뒤, 우편으로 되돌아 왔지만.

덧문을 열어놓고 옷 정리를 끝내면 나는 밖으로 나가 이곳에서 태어난 어부들과 재회한다. 그들은 아래쪽 만에서 그해 그해 살아간다. 어부들이 이 지역 사람들 방언으로 바다에 물고기가 점점 줄어든다고 말한다. 그들은 내게 성게며 갑오징어며, 아내나 어머니가 만든 달달한 디저트를 내준다.

좀 전에 셀리아는 플랫폼 끝에 있었다. 기차가 한 시간이나 연착했다. 셀리아에게서 나를 기다리며 마신 커피 냄새가 났다. 1년 만의 재회. 우리는 서로를 꼭 끌어안았다.

셀리아가 말했다.

"그동안 어떻게 지냈어?"

"필리프 투생이 죽었어. 프랑수아즈 펠르티에가 날 만나러 왔었고."

"누구?"

88

내가 있는 곳에서 나는 미소 짓네,
나의 삶은 아름다웠고 무엇보다, 나는 사랑했으므로.

필리프 투생은 돌아오지 않았고, 사샤는 브레앙 부인 집에 묵었다.

알기 전에는, 선물로 가득한 파란색 여행 가방을 열었던 날, 나는 사샤에게 말했다. 나와 인생을 진정으로 공유하지 않았으면서도 공유했던 그 남자는 분명 겉으로 보이는 것보다 괜찮은 사람이라고.

알기 전에는, 사샤에게 말했다. 이기주의자일 뿐이라고 생각했고, 내가 더는 듣지도 보지도 않았고, 나를 방치하고 고독의 심연에 빠뜨렸던 그 남자가, 마콩의 카페에서 스완 르텔리에와 함께 있는 걸 보자 달리 보였다고.

알기 전에는, 사샤에게 말했다. 필리프 투생이 그날 저녁, 마콩에서 돌아와 내게 사건 경위의 진실을 찾고 있다는 얘기를 했다고. 그가 캠프 직원들을 찾아다니고 있었고 때로 위협도 서슴지 않았다고. 그는 재판 때 누구도 믿지 않았다고. 이제 한 명 남았다고. 엘로이즈 프티, 그 여자는 아직 찾아보지 못했다고.

남편이 내게 알랭 퐁타넬과 다른 직원들에 대해 이야기하는 동안,

나는 그와 침대에 나란히 누워 있었으면서도 혹시 쓰러질까 두려워 그의 손을 꼭 쥐었다. 살아 있는 내 딸을 마지막으로 본 그들의 얼굴과 그들의 말을 떠올렸다. 내 딸을, 내 딸의 웃음을 지켜내지 못한 사람들. 근무태만이었던 사람들.

어린 학생들은 교사보조원과 요리사가 위층에서 재미를 보는 동안 자기들끼리 방치됐다. 준비에브 마냥은 아무 보호책 없이 아이들을 내버려두고 자리를 비웠다. 교장은 자기에게 불리한 건 득달같이 감추면서 학부모들의 수표를 거둬들이는 데나 능한 인간이었다.

필리프 투생이 퐁타넬의 얘기, 그러니까 온수기와 질식사 얘기를 전할 때, 나는 정신을 잃지 않기 위해, 전날 이불을 빠는 데 사용한 신상 세제의 냄새, '무역풍' 향에 집중해야 했다. 침대에서 울부짖지 않기 위해, 세제 통에 그려진 분홍색과 하얀색 티아레꽃 그림을 계속해서 떠올리고 또 떠올려야 했다. 이 티아레꽃은 나를 레오닌의 원피스 무늬 속으로 데려다주었다. 레오닌의 원피스는 현실이 도저히 참을 수 없어질 때 내가 의지하는 상상 속 마법의 융단 같은 거였다. 내게 거의 처음 말이란 것을 하는 필리프 투생의 이야기를 들으며, 나는 밤새도록 깨끗한 이불의 냄새를 맡았다.

알기 전에는, 나는 다시 그의 얼굴을 어루만졌고 우리는 어렸을 때처럼 사랑을 나누었다. 그의 부모가 예고도 없이 우리 집에 들이닥쳤을 때처럼. 알기 전에는, 말그랑주쉬르낭시에서 그가 준비에브 마냥과 그런 사이였다는 사실을 알기 전에는, 나는 거의 처음으로 그를 믿었다.

***

필리프 투생은 돌아오지 않았고, 사샤는 브레앙 부인 집에 묵었다.

1998년, 그가 집을 떠나고 한 달 뒤, 경찰서를 찾아가 실종 신고를 했다. 시장의 충고에 따른 것이었다. 내 발로 찾아가지는 않았을 것이다. 경찰이 나를 보고 묘한 표정을 지었다. 실종 신고까지 왜 이렇게 오래 걸린 거냐고 물었다.

"원래 집을 잘 비웠으니까요."

경찰은 접수창구 옆쪽 방으로 나를 안내해 서류를 작성하게 하고, 내가 차마 거절하지 못한 커피를 내주었다.

신고를 마치자 경찰이 사진을 지참하고 재방문할 것을 요청했다. 이곳에 와서는 사진을 찍은 적이 없었다. 말그랑주쉬르낭시에 살 때 신문사에서 찍은 게 마지막이었다. 그가 내 허리에 팔을 두르며 사진 기자에게 웃어 보였다.

경찰이 그의 오토바이 종류와 마지막 옷차림을 물었다.

"진 바지에 검은색 오토바이 부츠를 신었고, 빨간색 풀오버에 검은색 점퍼를 입고 있었어요."

"특이사항은요? 문신이 있나요? 몽고점이나 눈에 띄는 주근깨라든가."

"없어요."

"들고 간 물건은요? 집을 오래 비울 것에 대비한 중요 서류라든가."

"비디오 게임기와 우리 딸 사진들은 집에 잘 있는데요."

"최근 몇 주간 보인 행동이나 습관 변화는요?"

"없어요."

경찰에게는 필리프 투생을 마지막으로 본 날, 그가 엘로이즈 프티의 일터가 있는 발랑스에 간다고 하고 나갔다는 말은 하지 않았다. 필리프 투생은 엘로이즈 프티의 소재지를 알아냈다. 발랑스의 한 극장에서 좌석 안내원으로 일하고 있었다. 집에서 전화를 걸었고, 여자는 그다음 주 목요일 오후 2시에 극장 앞에서 만나자고 했다.

그날 오후, 엘로이즈 프티에게서 전화가 걸려왔다. 필리프 투생이 전화했던 발신 번호를 알아냈을 것이다. 수화기를 들 때만 해도 시청의 사망신고 부서일 거라고 생각했다. 그들은 그 시간쯤 정기적으로 전화를 해, 치렀거나 치를 예정인 장례식과 관련해 이것저것 알리거나 묻거나 했다. 이름, 출생 연도, 지하 묘소, 묘의 구역. 신원을 밝히는 여자의 목소리가 떨렸다. 처음엔 무슨 소리인지 알아듣지 못했다. 그러다 전화를 건 게 누구인지, 전화가 왔다는 것이 무슨 의미인지 깨닫게 되자, 손에 땀이 맺히고 목이 타들어갔다.

"무슨 문제라도 있나요?"

"문제요? 투생 씨가 오지 않아서요. 2시에 만나기로 했거든요. 극장 앞에서 2시부터 기다리고 있어요."

누구라도 사고를 의심하고 마콩과 발랑스 사이에 있는 병원이란 병원마다 전화를 돌렸을 것이다. 누구라도 엘로이즈 프티에게 말했을 것이다. "1호실이 불길에 휩싸인 날 밤, 넌 대체 어디 있었니? 나 몰라라 태평하게 코를 골았어?" 하지만 나는 엘로이즈 프티에게 말했다. 하나도 이상할 게 없다고, 필리프 투생은 원래 그렇게 종잡을 수 없는 사람이고 앞으로도 그럴 거라고.

전화기 너머로 긴 침묵이 흘렀다. 그리고 엘로이즈 프티가 전화를 끊었다.

나는 경찰에게 말하지 않았다. 필리프 투생이 '증발'하고 일주일 뒤, 그가 엘로이즈 프티와 만나기로 한 날로부터 일주일 뒤, 한 젊은 여자가 아이들 무덤에, 내 아이의 무덤에 찾아와 묵념을 했다고는. 심란한 표정을 한 그 여자는 다른 방문객들처럼 꽃을 샀고, 따뜻한 걸 마시기 위해 내 집에 들렀다. 나는 문 뒤에 서 있는 여자를 바로 알아보았다. 루시 랭동이었다. 그는 내가 간직하고 있던 사진 속에선 더 어렸고, 원기가 있었고, 웃고 있었다. 내 부엌에선 창백하고 어두웠다.

나는 그에게 차를 내주고, 굵은 눈물방울 같은 브랜디를 타주었다. 쥐약을 타주고 싶었지만. 그가 차를 마시고 나자 나는 술을 한 잔 따라주었다. 이어서 두 잔, 세 잔. 내 바람대로 결국 그가 입을 열었다.

내 왼쪽 손바닥엔 지워지지 않는 손톱자국들이 남아 있다. 루시 랭동의 말을 들을 때, 내가 낸 상처. 그날 이후 내 손금 위엔 흉터가 가득하다. 손바닥에 피가 말라붙었던 것을 기억한다. 그가 내 손을 보지 못하도록, 절대 알지 못하도록, 주먹을 꽉 쥐고 있었던 것을.

그가 내게 말했다. 자기는 노트르담데프레 성의 직원이었다고.

"5년 전 모든 게 불에 탔던 그 여름캠프 아시죠? 그때 죽은 네 명의 아이가 여기 묻혀 있어요. 그때 그 사건 이후 저는 잠도 제대로 못 자요. 계속 눈앞에 불길이 보이고 오한에 시달려요."

그가 계속해서 주절거렸다. 나는 계속해서 술을 따라주었다. 살 속에 손톱이 박힌 왼손 주먹을 꽉 쥔 채로. 괴로운 나머지 아픈 줄도 모른채. 그리고 혼자 말을 이어가던 끝에 그가 말했다. 불쌍한 준비에브 마낭이 레오닌 투생이라는 아이의 아빠와 그렇고 그런 관계였다고.

"그렇고 그런 관계요?"

입술에서 쇠 맛이 느껴졌다. 피의 맛. 강철을 삼킨 것처럼. 나는 간신히 되뇌었다. "그렇고 그런 관계요?"

그것이 내가 루시 랭동 앞에서 마지막으로 입 밖에 낸 말이었다. 이후엔 입을 닫았다. 이후엔 그가 자리에서 일어났다. 나를 보았다. 그가 팔등으로 눈과 코와 입에서 줄줄 흐르는 눈물을 훔쳤다. 요란스럽게 코를 훌쩍거렸다. 그를 후려치고 싶은 충동이 치밀었다.

"네, 레오닌 투생 아빠랑. 그 일이 있기 1년인가 2년인가 전에요. 준비에브가 학교 유치원에서 일했을 때…… 낭시 근처였죠, 아마."

나는 경찰에게 말하지 않았다. 준비에브 마냥이 필리프 투생에게, 우리에게, 우리 딸에게 복수하기 위해 네 아이를 살해했다는 걸 알았을 때, 내가 사샤의 품에 안겨 증오와 고통으로 몸부림치며 울부짖었다는 것을. 필리프 투생이 우리의 아이가 죽은 채 발견된 성의 운영진을 찾아다녔다는 것을. 재판 뒤에, 더는 아무도 믿을 수 없어서. 당연했다. 어떻게 해서든 자신의 혐의를 벗고 싶었으리라. 그가 찾고 있었던 것은 범인이 아니었다. 자신에게 죄가 없다는 증거였다.

마지막으로 경찰이 필리프 투생에게 여자 문제가 있었을 가능성에 대해 물었다.

"많았어요."

"많았다니, 무슨 말씀이시죠?"

"남편은 늘 여자가 많았다고요."

경찰이 난처한 표정을 지었다. 그는 조금 머뭇거리다가 조서에 필리프 투생이 바람둥이였다고 적었다. 얼굴이 살짝 상기된 그가 내 잔에 커피를 다시 채우며, 소식이 있으면 전화 드리겠다고, 수배 전단을 돌리겠다고 말했다. 그 뒤로 그를 다시 보지 못했다. 그의 어머니, 조제트 르뒤크 베르토미에(1935-2007)의 장례 날이 오기 전까진. 그가 나를 보며 슬프게 웃었다.

***

필리프 투생과 준비에브 마낭의 관계를 알았을 때, 나는 레오닌을 두 번째로 잃었다. 그의 부모는 사고로 내게서 레오닌을 앗아갔지만, 그가 내게서 레오닌을 빼앗아간 것은 사고가 아니었다. 사고는 살인이었다.

나는 기억을 파헤쳤다. 내 딸을 유치원에 데려갔던 수백 번의 아침을, 마중 나갔던 오후를. 교실 안쪽에, 복도에, 옷걸이 앞에, 운동장에, 안마당에 있던 그 보육교사를 기억해보려 안간힘을 썼다. 그가 내게 건넸을지도 모를 말을, 그 한 단어를, 한 문장을 기억해보려. 행사 때 음악 소리와 장식 색종이 사이로 준비에브 마낭이 내 남편과 나눴을지도 모를 것들을. 시선, 미소, 몸짓. 무언의 공모, 연인들의 작당을.

나는 생각했다. 그들이 언제 만났을지, 몇 번이나, 마낭은 왜 아이들에게 복수를 한 것인지, 필리프 투생이 대체 어떻게 굴었기에 여자는 그런 짓을 저지르기에 이른 것인지. 벽에 머리를 찧으며 나는 생각했다. 하지만 아무것도 알 수 없었다. 나는 거기 없었던 것처럼.

어쩌다 언뜻 보았을 뿐, 그 여자를 주의 깊게 본 적이 없었다. 그 여자는 내게 서랍이 단단히 잠긴 학교 가구의 일부였다. '기를 써봐야 기억해낼 수 있는 건 아무것도 없어.' 이 사실을, 받아들이기 힘든 이 사실을 알게 된 후, 나를 대신해 사샤가 묘지 업무를 맡았다. 나는 다시 제정신이 아니었다. 나는 넋을 놓고, 앉거나 누워 있을 뿐이었다. 생각하고 생각할 뿐이었다.

만일 그때, 파란색 여행 가방과 선물을 들고 내 인생에 돌아온 사샤가 없었더라면, 이번에야말로 필리프 투생은 나를 끝장내버렸으리라. 사샤가 다시 나를 맡았다. 꽃을 심고 나무 가꾸는 법을 가르치기 위해서가 아니라, 새로이 나를 덮친 이 찬 겨울을 이겨내도록. 그는 내 발과 내 등을 부드럽게 마사지해주었다. 따뜻한 차와 레몬차와 수프를 끓여주었다. 파스타를 먹게 하고 와인을 마시게 했다. 책을 읽어주고, 내가 손을 놓아버린 정원을 돌보았다. 내 꽃들을 팔고, 물을 주고, 유가족을 안내했다. 브레앙 부인에게는 무기한 머물 예정이라고 말해두었다.

매일, 그는 나를 억지로 일으켜 일어나게 하고, 씻게 하고, 옷 입게 했다. 쟁반에 식사를 담아 가지고 올라와 억지로 넘기게 했다. "너 때문에 내가 은퇴를 하겠니?" 그는 아래층에 음악을 틀어놓고 복도 문을 열어 내가 침대에서 듣게 했다.

그렇게 점차 햇살이, 묘지의 고양이들처럼 내 방으로, 내 이불 아래로 찾아들었다. 나는 커튼을 젖히고 창문을 열었다. 부엌으로 내려가 물을 끓여 차를 내리고 집 안을 환기시켰다. 나는 마침내 정원으로 돌아왔다. 마침내 꽃들의 물을 갈아주었다. 다시 유족을 맞고, 따뜻한 것이든 독한 것이든 마실 것을 내주었다. 그러면서도 그칠 줄 모르고 이 말을 반복했다. "말이 돼요, 사샤? 필리프 투생이 준비에브 마냥과 그랬다는 게!" 온종일 같은 말의 연속이었다. "난 그 여자 고발도 못 해요,

죽어버렸거든요. 이게 말이 돼요? 그 여자가 죽어버렸다고요!"

"비올레트, 더 이상 이유를 찾으려 하지 마. 안 그러면 정신을 놓치게 될 거야."

사샤가 내게 말했다.

"그 둘이 그랬다고 해서 그 여자가 애들에게 그랬을까. 틀림없이 끔찍한 우연이고 사고야. 정말, 사고야."

내가 헛되이 같은 말을 되풀이했다면, 사샤는 나를 설득했다. 필리프 투생이 악의 씨를 뿌렸다면, 사샤는 선의만을 심었다.

"비올레트, 담쟁이는 나무들을 숨 못 쉬게 해. 잊지 말고 잘라줘야 해. 절대 잊어선 안 돼. 너도, 생각들이 너를 어둠 속으로 끌고 들어가면, 그 즉시 전지가위를 들고 괴로움을 잘라버려."

필리프 투생은 1998년 6월에 사라졌다.

사샤는 1999년 3월 19일에 브랑시옹엉샬롱을 떠났다. 내가 그 비극을 고의가 아니라 사고로 받아들이게 된 후에야.

"비올레트, 계속 그렇게 그 생각을, 가슴속에 단단히 붙들어 매. 그래야 앞으로 나아갈 수 있어."

그는 이른 봄에 떠났다. 아마도 내가 온 여름을 살아 그의 부재를 극복할 수 있도록. 꽃들은 자라날 터였다.

사샤는 자주 자신의 마지막 여행에 대해 이야기했다. 하지만 그 얘기를 꺼낼 때마다, 내가 아직 그를 떠나보낼 준비가 되지 않았음을 느끼고 있었다. 그는 뭄바이행 비행기를 다시 타고 인도 남부, 케랄라의 암리타푸리로 가고 싶어했다. 거기서 브레앙 부인 집에서처럼 무기한으로 짐을 풀고 싶어했다. 사샤는 입버릇처럼 말했다.

"케랄라의 사니 곁에서 죽을 때까지 사는 게 내 오랜 꿈이야. 하긴 내 나이엔 어떤 꿈도 오래되지 않은 게 없지. 모든 꿈이 다 나이를 먹었어."

사샤는 아내와 아이들 곁에 묻히고 싶어하지 않았다. 자신의 육신이 거기, 갠지스 강 화장터에서 재가 되기를 바랐다.

"난 일흔 살이야. 아직 몇 년은 더 살겠지. 그 땅에서 내가 뭘 할 수 있는지 두고 보자고. 얼마 안 되는 원예 지식을 어떻게 전수할 수 있을지. 고통을 덜어주는 일도 계속할 거고. 그런 생각을 하면 마음이 설레."

"인도 사람들에게 아저씨의 녹색 손을 나눠주시려고요?"

"응, 원하는 사람들에게."

어느 저녁엔 식사를 하며 존 어빙과『신의 작품, 악마의 몫』에 대해 이야기했다. 나는 사샤에게 그가 나만의 라치 박사였다고 말했다. 내겐 아버지 대신이었다고. 그러자 사샤가 말했다. 이다음 어느 날, 내가 준비됐다고 느껴지면 자기는 내 손을 놓을 거라고. '아버지 대신'도 자식을 떠나보내야 하는 거라고. 어느 아침, 자기가 내 집으로 갓 구운 빵과 신문을 들고 오지 않는 날이 있을 거라고.

"그래도 작별 인사도 없이 떠나시는 건 아니죠?"

"작별 인사를 하면 못 떠나, 비올레트. 기차역에서 나와 부둥켜안고 작별할 수 있겠어? 감당할 수 없는 일을 왜 애써 만들어? 그만하면 우리 모두, 슬플 만큼 슬프지 않았을까? 내 자리는 여기가 아니야. 넌 젊고 앞날이 창창해. 난 네가 새 삶을 살길 바란다. 내일부턴 매일 작별 인사를 할 거야."

그는 자신이 한 말을 지켰다. 이튿날부터 매일 저녁, 숙소로 떠나기 전 나를 포옹하며 말했다. "잘 지내, 비올레트, 건강 돌보고. 사랑한다."

마치 마지막인 것처럼. 그리고 다음 날 다시 나타났다. 부엌 테이블에 놓인 찻잎 통들과 원예 잡지 사이에 바게트와 신문을 내려놓고, 루치니 형제와 노노와 다른 이들과 몇 마디 나눈 뒤, 엘비스와 함께 고양이들을 살피러 묘지로 나갔다. 이어서 길이나 무덤을 찾는 방문객들을 안내했고, 가스통이 잡초 뽑는 걸 돕기도 하다가, 저녁이 되면 함께 식사를 하고 다시 나를 포옹하며 말했다. "잘 지내, 비올레트, 건강 돌보고. 사랑한다." 마치 마지막인 것처럼.

작별 인사는 겨울 내내 계속됐다. 그리고 마침내 1999년 3월 19일 오전, 그가 내게 오지 않았다. 나는 브레앙 부인 집으로 찾아가 문을 두드렸다. 사샤는 떠나고 없었다. 이미 며칠 전부터 짐을 꾸려놓은 터였다. 전날 저녁 숙소로 돌아가면서 그는 오랜 꿈을 이루기로 마음먹었다. 가장 오래된 꿈을.

89

우리는 함께 행복했다.

이제 평화로이 함께 잠든다.

이렌 파욜의 일기

2009년 2월 13일

옛 직원이 전화를 걸었다. "사장님, 뉴스 보셨어요? 그 변호사 친구분이 오늘 아침 법정에서 심장마비를 일으켰대요…… 즉사하셨대요."

즉사. 가브리엘이 즉사했다.

그에게 항상 내가 먼저 죽을 거라고 말하곤 했는데. 내가 몰랐던 건, 내가 그와 동시에 죽는다는 사실이었다. 가브리엘이 죽으면, 나도 죽은 것이다.

2009년 2월 14일

오늘은 밸런타인데이다. 가브리엘은 밸런타인데이를 싫어했다.

가브리엘, 가브리엘, 가브리엘, 이 일기장에 그 이름을 쓰자니 그가 곁에 있는 기분이 든다. 아직 땅에 묻히지 않았기 때문인지도 모른다. 망자들은 땅에 묻히기 전까진, 우리 가까이에 있다. 우리와 하늘 사이에 놓인 망자와의 거리가 아직 존재하지 않는다.

마지막으로 만났을 때 우리는 다투었다. 내가 그에게 내 집에서 나가라고 했다. 가브리엘은 화가 나서 뒤도 돌아보지 않은 채 계단을 내려갔다. 나는 그의 발소리를 기다렸다. 그가 다시 올라오기를. 그는 다시 돌아오지 않았다. 보통은 그가 내게 매일 저녁 전화하는데, 다툰 이후로는 집 전화기가 조용했다. 이제 그 생활이 바뀌지 않을 것이다.

2009년 2월 15일

가브리엘에게서 내게 남은 건, 그 사람 덕분에 내가 매일 누렸던 자유다. 그리고 서랍 깊숙한 곳에 넣어둔 앙티브 곶에서 산 옷가지, 진열장에 놓여 있는 마개 딴 쉬즈 병, 왕복 기차표 몇 개, 소설 세 권. 『신의 작품, 악마의 몫』, 잭 런던의 『마틴 에덴』, 안 델베의 『어떤 여자―카미유 클로델』. 마지막 책은 희귀본으로 받았다. 그는 카미유 클로델을 무척 좋아했다.

몇 년 전, 그를 따라 파리에 사흘간 간 적이 있었다. 내가 도착하자 그가 곧장 로댕 미술관으로 나를 데려갔다. 나와 함께 카미유 클로델의 작품을 보고 싶다며. 그가 미술관 정원에 서 있는 〈칼레의 부르주아들〉 앞에서 내게 키스했다.

"저 손과 발을 조각한 게 카미유 클로델이야. 봐, 얼마나 아름다운지."

"당신 손도 아름다워요. 엑상프로방스의 법정에서 처음 당신을 본 날도 나는 당신 손만 쳐다본걸요."

가브리엘은 그런 남자였다. 늘 의외의 면모가 있었다. 가브리엘은 바위였다. 단단하고 강했다. 마초였다. 클로델보다는 로댕을 경애할 거라고 생각했다. 〈발자크〉나 〈생각하는 사람〉 앞에서 무릎을 꿇을 거라고. 하지만 그는 클로델의 〈왈츠〉 앞에서 숙연해지는 남자였다.

그는 미술관에서 내 손을 놓지 않았다. 아이처럼. 로댕의 장엄한 조각들엔 아무 관심도 없었다.

그는 카미유 클로델의 〈수다 떠는 여자들〉, 받침돌 위에 놓인 그 작은 조각상 앞에서 내 손가락을 세게 움켜쥐었다. 조각상 쪽으로 몸을 바짝 기울인 채, 시간이 정지한 듯 한참 바라보았다. 코로 들이마시기라도 하는 듯. 한 세기 전에 태어났을 네 명의 초록색 오닉스 여자들 앞에서 그의 두 눈이 빛났다. 그가 중얼거리는 소리가 들렸다. "다들 머리가 헝클어졌어."

미술관에서 나와 담뱃불을 붙이며 그가 내게 고백했다. 이 미술관에 오려고, 내가 동행해줄 날을 기다렸다고. 〈수다 떠는 여자들〉을 훔치지 않으려면 들어가기 전부터 내 손을 꼭 잡고 있어야 했다고. 학생 때 사진을 보고 이미 사랑에 빠졌다고. 볼 때마다 좋아서 너무 갖고 싶었다고. 실물을 영접하는 순간에는 대비책이 필요하리라는 것을 알고 있었다고.

"범법자들을 변호한다고 내가 범법자가 되지 말란 법은 없잖아. 이 여자들은 아주 작고 섬세하니까 코트 안에 쏙 집어넣고 도망치면 되리란 걸 너무 잘 알았거든. 그게 집에 있다고 생각해봐. 매일 잠들기 전에 보고, 아침에 커피를 마시면서도 본다고 생각해봐."

"당신은 호텔에서 살다시피 하잖아요. 아무튼 매일 보긴 어려울 것 같은데요."

그가 웃음을 터뜨렸다.

"당신 손이 내가 범죄를 저지르는 걸 막아줬어. 내가 변호하는 얼간이들한테도 당신 손을 빌려주고 싶은 심정이야. 그럼 그자들이 헛짓거리를 못 하게 막아줬을 텐데."

저녁엔 에펠탑 꼭대기에 있는 '쥘 베른'에서 단둘이 식사했다. 가브리엘이 말했다. "사흘 동안, 우리도 남들 다 하는 걸 해보자고. 남들 다 하는 것보다 더 좋은 건 세상에 없지." 그리고 말을 맺으며, 내 손목에 다이아몬드 팔찌를 둘러주었다. 내 투명한 피부 위에서 반짝이던 천 개의 태양. 정말이지 가짜처럼 몹시도 반짝거렸다.

다음 날엔 사크레쾨르 성당에 갔다. 내가 황금빛 성모상 아래 촛불을 밝혔을 때, 그가 내 목에 다이아몬드 목걸이를 걸어주었다. 그리고 어깨를 감싸 자기 쪽으로 끌어당기며 귓가에 속삭였다. "당신, 꼭 크리스마스트리 같아."

마지막 날엔 리옹 역에서, 내가 열차에 오르기 직전, 그가 내 손을 잡아 가운뎃손가락에 반지를 끼워주었다.

"오해하지 마. 당신이 보석 안 좋아하는 거 알아. 나도 전부 다 하고 다니라고 주는 거 아니야. 그거 팔아서 당신이 여행도 다니고, 조그만 집도 사고, 원하는 걸 다 하면 좋겠어. 고맙다는 말은 절대 하지 말고. 그럼 죽어버릴 거야. 고맙다는 소리 들으려고 선물하는 거 아니야. 그냥 나한테 무슨 일이 생길 경우에 대비해 당신을 보호하는 거야. 다음 주에 만나러 갈게. 마르세유에 도착하면 전화해. 벌써 당신이 그리워지네. 이별은 언제나 힘들어. 하지만 당신이 그리운 것도 나쁘진 않지. 사랑해."

나는 목걸이를 팔아 집을 샀다. 팔찌와 반지는 은행 금고에 있다. 내 아들이 상속하리라. 내 아들이 내 인생의 사랑을 상속하리라. 공정한 일이다. 가브리엘은 공정을 원했다.

가브리엘은 성격이 강한 사람이었다. 웬만하면 맞서지 않는 것이 이로웠다. 나 역시 예외가 아니었다. 그런데 우리가 마지막으로 만났을 때, 내가 그에게 맞섰다. 그가 한 동료를 공개적으로 공격했고 이 사실을 온 신문이 떠들어댔다. 여자 변호사였는데, 수년간 남편에게 학대를 당하다가 결국 그를 죽이고 만 한 여자의 변호를 맡고 있었다. 나는 그 변호사를 공격한 것에 대해 큰맘 먹고 가브리엘을 나무랐다.

우리는 사랑을 나눈 뒤 부엌에 있었고, 그가 가뿐한 듯, 행복한 듯 웃고 있을 때였다. 가브리엘은 내 집에 들어서는 순간, 무거운 짐이라도 내려놓은 듯 편안해했다. 나는 뜨거운 차를 삼키며 비난 가득한 질문을 퍼부었다. "어떻게 학대당한 여자를 변호하는 이를 공격할 수가 있죠? 왜 그렇게 흑백논리예요? 어떻게 그럴 수가 있어요? 당신이 뭔데요? 당신의 그 이상들은 다 어디로 간 거죠?"

상처받은 가브리엘이 격분하기 시작했다. 그가 내게 외쳐댔다. 당신은 그 사건에 대해 아무것도 모른다고, 보기보다 복잡한 사건이라고. 무슨 상관이냐고, 조용히 차나 마시라고, 당신이 아는 건 불행한 장미를 길러내 자르는 것뿐이라고, 결국 당신이 다 망쳤다고.

"당신은 아무것도 몰라, 이렌! 평생토록 망할 결정 하나도 제대로 내린 적이 없다고!"

나는 더 이상 그의 말을 듣지 않기 위해 양손으로 귀를 막았다. 그에게 당장 내 집에서 나가라고 했다. 어두운 표정으로 옷을 입는 그를 보며 이미 후회하고 있었지만 너무 늦었다. 먼저 사과하기엔 둘 다 자존심이 너무 강했다. 싸운 채로 이별해선 안 됐다. 우리는 그보단 나은 사람들이었다.

그때로 다시 돌아갈 수 있다면……

창문을 열고 거리를 지나는 모든 사람에게 외치고 싶다. "화해하세요! 먼저 사과하세요! 사랑하는 모든 사람과 화목하세요! 너무 늦기 전에."

2009년 2월 16일

한 법무사에게 전화가 왔다. 가브리엘이 그의 고향인 브랑시옹엉샬롱의 묘지에 내가 함께 묻힐 수 있도록 필요한 절차를 밟아놓았다는 것이었다. 법무사가 자기 사무실을 방문해 가브리엘이 내게 남긴 편지를 확인하라고 했다.

'내 사랑, 다정하고 다감한 내 최고의 사랑, 새벽이 밝아올 때부터 하루가 끝날 때까지, 난 여전히 당신을 사랑해, 알잖아, 사랑해.'

명색이 변호사인 내가, 살인자들과 무고한 이들과 피해자들을 위해 반박하고, 변론하고, 즉흥 연설도 하는 내가 당신에게 내 마음을 애기하기 위해 자크 브렐의 노래나 훔치다니.

당신이 이 편지를 읽고 있다면 내가 죽은 거겠지. 내가 당신을 앞질렀군, 앞서는 게 나을 거야. 당신에겐 당신이 이미 알고 있는 것들 외에 달리 쓸 말이 없어. 당신 이름이 늘 거슬렸다는 거 말고는.

이런, 흉한 이름이야, 이런. 당신한텐 모든 게 어울려. 아무거나 입을 수 있지. 그런데 이런 이름은 정말이지 음료수병 초록색이나 겨자 노란색처럼 아무한테도 어울리지 않는다고.

차에서 당신을 기다린 날, 당신이 오지 않으리라는 걸 알고 있었어. 내가 헛되이 기다리고 있다는 걸. 그리고 바로 그 헛됨 때문에 바로 시동을 걸지 못했지.

'그 사람은 오지 않을 거야, 나한텐 이제 모든 것이 헛되구나.'

당신이 말할 수 없이 그리웠고, 그건 시작에 불과했지.

우리의 호텔, 오후의 사랑, 침대의 당신…… 당신은 내 모든 사랑으로 남을 거야. 첫사랑, 두 번째 사랑, 열 번째 사랑, 그리고 마지막 사랑. 당신은 내 가장 아름다운 기억으로 남을 거야. 내 큰 희망으로.

당신이 거니는 순간 대도시가 되었던 그 시골 마을들, 절대 잊지 못할 거야. 내 호주머니 속 당신 손, 당신 냄새, 당신 피부, 당신 스카프, 나의 고향.

나의 사랑.

봤지, 나 거짓말하지 않은 거. 내가 영원을 위해 내 곁에 당신 자리를 남겼어. 저 위에서도 당신이 여전히 나한테 존댓말을 할지 궁금해지는군.

서두르지 마. 난 기다릴 수 있으니까. 밑에서 올려다보는 하늘을 조금 더 즐기라고. 무엇보다 마지막 눈송이들을.

곧 만나.

가브리엘

2009년 3월 19일

처음으로 가브리엘의 무덤에 갔다. 나는 울고 난 뒤, 땅에서 그를 파헤쳐 잡고 흔들며 사실이 아니라고 말하라고, 죽은 게 아니라고 말하라고 외치고 싶은 충동을 억누른 뒤, 그를 덮고 있는 검은 대리석 위에 새 스노볼을 올려놓았다. 이따금 와서 스노볼을 뒤집어놓겠다고 그에게 약속했다. 나는 언젠가 내가 있게 될 이 무덤을 바라보았다.

나는 그의 편지에 육성으로 답했다.

"내 사랑, 당신 또한 내 가장 아름다운 기억으로 남을 거예요…… 난 당신보다 더 여자가 없었어요, 그러니까 남자 말이에요, 남자가 없었다고요. 당신은 손짓 하나로도 사람을 유혹할 수 있었지만. 아니, 어쩌면 그렇지도 않을 거예요. 아무것도 필요 없었죠, 당신 자체인 걸로 충분했어요. 당신은 내 첫사랑이고, 두 번째 사랑, 열 번째 사랑, 마지막 사랑이에요. 당신은 내 인생을 온통 차지했어요. 영원을 위해 당신 곁으로 갈게요, 나도 약속을 지킬게요. 내 자리를 따듯하게 마련해놓으세요. 내게 영원의 주소를 보내줘요, 그런 여행은 준비가 필요하니까. 기차로 갈지, 비행기나 배를 이용할지 궁리해볼게요. 사랑해요."

나는 그의 곁에 오래도록 머물러 있었다. 무덤의 꽃들을 정리하고, 비닐 속에서 시든 꽃들을 버리고, 추모패들을 읽었다. 추모패, 아마 이렇게 부르는 게 맞으리라.

가브리엘이 묻힌 이곳의 관리인은 여성이다. 잘됐다. 여자를 좋아했던 그가 아닌가. 묘지지기 여자가 내 곁으로 다가와 인사를 건넸다. 그와 몇 마디 주고받았다. 이런 직업이 있는 줄 몰랐다. 묘지를 관리하고 지키며 월급을 받는 사람들이 있는 줄은. 그는 심지어 철문 근처, 묘지 입구에서 꽃도 판다.

이 일기를 계속 쓰는 것이 가브리엘을 계속 살아 있게 하는 것이다. 하지만 내게는 생이 얼마나 길 것인가.

90

11월은 영원하고, 삶은 거의 아름답고,
추억은 끝없이 되새김질하는 막다른 골목.[•]

1998년 6월

마콩에서 발랑스까지는 200킬로미터가 되지 않았으나 필리프에겐
길이 끝나지 않을 것처럼 느껴졌다. 아무 길이나 무작정 달릴 땐 어떤
길도 길어 보이지 않았건만. A 지점에서 B 지점으로 이동해야 할 때면
늘 의욕이 꺾였다. 그는 속박을 견디지 못했다.

그가 진실을 찾고 있다는 걸 비올레트가 알게 되자, 그는 의욕을 잃
었다. 이 오리무중의 추적 속에서 오직 비밀만이 그를 지탱했던 것처
럼. 다 이야기해버리고 나자 사기가 꺾였다. 완전히. 말은 그를 자유롭
게 한 것이 아니라 비워버렸다.

비올레트 또한 과거에 등을 돌린 것처럼 보였다.

엘로이즈 프티와 대화를 나누기는 할 것이다. 그런 다음엔 인생의

[•] 뱅자맹 비올레의 노래 〈일 년 내내 11월〉 중에서.

다음 장으로 넘어가리라. 이 만남은 과거와의 마지막 밀회 같은 것이었다.

엘로이즈 프티가 약속대로 자신이 일하는 극장 앞에서 그를 기다리고 있었다. 여자는 영화 시간표 앞에 서 있었다. 머리 위로 거대한 〈잉글리시 페이션트〉 포스터가 보였다. 매표소 앞이 혼잡했지만 필리프는 여자를 한눈에 알아보았다. 관람객들이 끊이지 않고 극장을 들고 났다. 2년 전 재판 때 봤을 뿐인데도, 둘은 서로를 곧바로 알아보았다.

엘로이즈는 주변의 시선이 우려되는지, 두 블록 떨어진 '를레 H'로 필리프를 이끌었다. 발랑스 역에서 그리 멀지 않은 카페였다. 그들은 침묵 속에 나란히 길을 걸었다. 필리프는 여전히 큰 공허를, 의욕 저하를 느꼈다. 대체 내가 여기서, 이곳 거리에서 뭘 하는 거지 하는 의문이 들었다. 더는 엘로이즈에게 묻고 싶은 것도 없었다. 이 여자가 온수기에 대해 무슨 떠들 말이 있겠는가? 뭘 알겠는가?

그는 햄 치즈 샌드위치 두 개와 생수 작은 것과 콜라를 주문했다. 엘로이즈는 분위기가 굉장히 온화했다. 다른 직원들과 달리 신뢰가 갔다. 거짓말을 하지 않을 것 같았다. 입을 열기도 전부터 진실해 보였다.

엘로이즈가 1993년 7월 13일, 아이들이 도착했던 때를 떠올렸다. 방은 친한 정도에 따라 배정됐다. 이미 아는 아이들은 떨어지기 싫어했다. 루시 랭동과 그는 모두를 즐겁게 해주기 위해 최선을 다했고 그들의 노력은 성공한 듯 보였다. 아이들은 그들의 지도하에 침대 옆 사물함에 각자의 물건들과 옷을 정리했다.

그런 다음엔 간식을 먹고 성의 정원으로 산책을 나갔다가 평원에서 조랑말을 구경했다. 저녁이 되자 말들을 마구간으로 몰았다. 아이들은 말들에게 물을 뿌리는가 하면 자기들끼리 물장난을 했고, 털을 빗기고, 각각의 칸으로 들여보내고, 어른들의 도움을 받아 먹이를 주며 즐거워했다. 저녁식사를 위해 구내식당으로 이동할 땐 다들 참새 떼처럼 명랑했다. 신난 스물네 명의 소녀들이 큰 소리로 재잘대서 구내식당이 시끌벅적했다. 밤 9시 30분 무렵, 아이들은 공동 샤워장을 거쳐 각자의 방으로 돌아갔다.

"왜 자기들 방 욕실에서 씻지 않은 거죠?"

엘로이즈가 놀란 기색을 했다.

"글쎄요…… 새로 지은 데라. 저도 거기서 씻었던 것 같아요."

엘로이즈가 입술을 깨물며 곰곰 생각에 잠겼다.

"그러고 보니 제 방에 온수가 나오지 않았던 게 기억나네요."

"왜죠?"

엘로이즈가 풍선이라도 불 듯 뺨을 부풀리더니, 난처해하며 답했다.

"글쎄요…… 수도관이 낡았어요. 성이 좀 낙후됐거든요. 여기저기 곰팡이 냄새도 났고요. 퐁타넬 씨에게 전구 하나 갈아달라고 해도 한참 걸렸어요."

아이들은 프랑스 북부와 동부에서 왔다. 긴 여정과 무더위, 촘촘한 오후 일정에 다들 지쳐서, 취침 시간이 되자 순순히 잠자리에 들었다. 밤 9시 45분 무렵, 루시 랭동과 엘로이즈 프티는 아이들을 살피기 위해 방을 돌았다. 1층에 세 개, 2층에 세 개, 총 여섯 개의 방을 차례로. 각 방에 네 명. 전원이 잠자리에 들었다. 몇몇은 책을 읽었고, 몇몇은 침대를 옮겨 다녔다. 사진이나 그림을 보며 수다를 떨었다. "잠옷 예쁘다" "원피스 나 좀 빌려줄래?" "나도 똑같은 신발 사고 싶다." 고양이,

집, 부모, 형제자매, 학교, 선생님, 친구들이 화제에 올랐다. 무엇보다 조랑말이. 아이들은 온통 다음 날 조랑말을 탈 생각뿐이었다.

엘로이즈는 필리프에게 1호실 얘기를 꺼내기에 앞서 주저했다. 레오닌과 아나이스와 오세안과 나데주의 이름을 말하지 않고 '1호실 아이들'이라고 불렀다. 얼마간 시선을 내리고 있었다.

1호실은 그들이 마지막으로 들른 방이었다. 아이들은 반쯤 잠든 상태였다. 그들은 아이들에게 아무 이상 없는지 묻고, 밤중에 깰 경우에 대비해 작은 손전등을 하나씩 나눠주었다. 악몽을 꾸거나 배가 아프거나 하면 바로 옆방에 루시 랭동이 있다고 말했다.

그런 다음 엘로이즈 프티는 위층의 자기 방으로, 루시 랭동은 스완 르텔리에의 방으로 갔다. 그동안 준비에브 마냥은 1층 어디쯤 있었을 것이, 둘이 위층으로 올라가기 전에 준비에브 마냥이 부엌에 앉아 있는 것을 보았다. 커다란 식탁에 줄줄이 놓인 구리 냄비들을 닦고 있었다. 준비에브 마냥은 두 사람에게 밤 인사를 했다. 침울한 것 같기도 하고 지친 것 같기도 해서, 엘로이즈는 뭐라 해야 할지 몰랐다.

"전 제 방으로 올라갔고 깜빡 졸았어요. 창문 덜컹거리는 소리에 잠이 깼어요. 문을 닫으러 갔죠."

엘로이즈의 파란 눈에 기이한 빛이 스쳤다. 마치 그 순간을 다시 보는 것처럼. 창문 너머 뭔가 지나가는 모습을 보는 것처럼. 마치 마주 앉은 상대의 어깨 너머로 익숙한 실루엣을 발견한 것처럼, 혹은 의문스러운 뜻밖의 움직임이거나.

"뭔가를 봤나요?"

"언제요?"

"창문을 닫으러 갔을 때요."

"네."

"뭘 봤죠?"

"그 사람들을 봤어요."

"누구요?"

"필리프 씨도 아는 분들이에요."

"준비에브 마낭과 알랭 퐁타넬 말인가요?"

엘로이즈 프티가 어깨를 풀썩 추어올렸다. 무슨 뜻인지 알 수 없는 몸짓이었다.

"준비에브 선생님과 그런 관계였다는 게 사실인가요?"

필리프의 얼굴이 굳어졌다.

"누가 그런 소릴 하던가요?"

"루시요. 준비에브 선생님이 필리프 씨를 좋아했다고."

필리프는 잠시 눈을 감았다가 마지못해 대답했다.

"난 내 딸 얘기를 나누러 왔어요."

"뭘 알고 싶으세요?"

"누가 1호실 온수기를 작동시킨 건지. 아이들은 일산화탄소 중독으로 죽었어요. 그놈의 온수기를 건드려선 안 된다는 걸, 성 안에 있는 모든 사람이 알고 있었는데!"

필리프의 언성이 높아졌다. 신문을 읽거나 계산대 앞에 줄 서 있던 손님들이 일제히 고개를 돌려 두 사람을 바라봤다.

엘로이즈가 상기된 얼굴로 필리프에게 말했다. 정신 나간 사람을 대하듯, 자극하지 않기 위해, 상냥하게.

"저는 무슨 말씀이신지 모르겠어요."

"누군가 욕실의 온수기를 작동시켰어요."

"어느 욕실이요?"

"불탄 방의 욕실."

엘로이즈는 필리프의 말을 전혀 못 알아듣는 눈치였다. 순간, 의심이 솟았다. 이 온수기 얘기는 앞뒤가 맞지 않았다. 터무니없었다. 현실을 직시해야 했다. 준비에브 마냥과 알랭 퐁타넬이 그에게 복수하기 위해 1호실에 불을 지른 게 분명했다.

"그게 화재 원인이라는 말씀이세요? 온수기가?"

엘로이즈의 질문이 그를 어두운 생각에서 끌어냈다.

"아니, 불을 지른 것은 퐁타넬이고…… 사고로 위장하려고요. 마냥을 보호하려고."

"왜요?"

"그날 밤 그 여자가 아이들을 방치한 채 성을 비웠으니까요. 돌아왔을 땐…… 이미 늦었죠…… 아이들이 질식해 죽어 있었으니까."

엘로이즈가 두 손을 입술에 가져갔다. 커다래진 파란 눈이 빛을 발하기 시작했다. 지중해에서 프랑수아즈를 향해 헤엄쳐 갔던 날이 떠올랐다. 프랑수아즈가 물속에서 버둥거리고 있었다. 엘로이즈는 그날 익사 직전의 프랑수아즈처럼 공포에 질렸다.

서로 아무 말도 하지 않은 채 십여 분이 흘렀다. 음식도 건드리지 않은 채 그대로였다. 한참 만에 필리프가 에스프레소 한 잔을 주문했다.

"뭐 더 들겠어요?"

"그들이었을지도 모르겠네요."

"퐁타넬과 마냥, 네."

"아니, 그 사람들이요."

"누구 말이죠?"

"필리프 씨도 아시는 분들. 창문을 닫으면서 그분들이 마당에서 나가는 걸 봤어요."

"누구 말이죠?"

"화재 다음 날, 같이 오셨던 분들이요. 부모님 아니세요? 필리프 씨 부모님이라고 생각했어요."

"무슨 말인지 못 알아듣겠네요."

"어쨌든 그분들이 그날 밤, 성에 왔었다는 건 아시죠?"

"누구 말이죠?"

필리프는 발을 헛디딘 기분이었다. 고층빌딩 꼭대기에서 떨어지는 것 같았다.

"7월 14일에 다 같이 오셨잖아요. 그래서 전, 사고 전날 그분들이 성에 다녀가신 걸 필리프 씨도 아시는 줄 알았어요. 가족들이 아이들 보러 오는 일은 늘 있어요. 그런데 밤엔 안 그러거든요. 그래서 제가 놀랐던 거예요."

"헛소리 마요. 우리 부모님은 샤를르빌메지에르에 살아요. 화재가 난 날 밤, 부르고뉴에 있었을 수는 없다고요."

"그날 왔다니까요, 제가 봤어요. 맹세해요. 창문을 닫으면서 그분들이 성을 나가는 걸 봤어요."

"착각한 거예요."

"아뇨. 어머님을 기억해요, 틀어올린 머리, 그 자세…… 착각할 수 없어요. 마콩 재판 때, 그분들을 마지막으로 뵀어요. 두 분이서 법정 앞에서 필리프 씨를 기다리고 계셨어요."

그러자 떠올랐다. 섬광, 충격, 내내 그의 무의식 속에 숨어 있던 미세한 요소 하나가 뚜렷이 모습을 드러낸 듯이. 1993년 7월 14일, 손에 닿을 듯했으나 스치고 만, 정황에 맞지 않았던, 정황에 어긋나 있던 무언가가.

그는 부모에게 전화해 말했었다. "레오닌이 죽었어요." 몇 시간 뒤 그들이 그를 데리러 왔고 그가 처음으로 앞좌석에, 그러니까 부친 옆, 조수석에 앉았다. 모친은 뒷좌석에 누워 있었다. 슬픔으로 진이 빠지고 넋이 나간 채, 필리프는 내내 입을 열지 않았다. 간간이 뒤쪽에서 모친의 신음이 들려왔다. 옆자리의 부친은 조용했지만 속으로는 〈아베마리아〉를 읊고 있었으리라.

부친을 생각하면, 아내 말에 설설 기는 예수쟁이가 떠올랐다. 필리프는 언제나 외삼촌인 뤼크의 아들이기를 꿈꾸었다. 어머니이신 대자연이 실수를 저질렀다. 오빠가 아닌 여동생에게서 태어나게 하셨다.

엘로이즈가 자신의 부모를 언급한 순간, 필리프는 떠올렸다. 부친이 성으로 가는 길을 찾아보지 않았다는 것을, 주소를 묻지 않았다는 것을, 여정을 아는 듯이 차를 몰았다는 것을. 고속도로를 빠져나가자 라클레트로 향하는 이정표가 보였다. 하지만 성으로 가는 방향은 표시돼 있지 않았다. 어렸을 때 생각을 해보면, 방향감각이 전혀 없는 부친과 짜증을 내는 모친이 늘 툭탁거렸다. 부친은 그날 길을 잃지 않았다. 어쩌면 초행길이 아니었기 때문일 수도 있었다.

필리프가 음울했던 여정을 곱씹는 동안, 엘로이즈는 그의 얼굴을 유심히 바라보았다. 두려움이 떠올라 있었지만 잘생긴 얼굴이었다. 엘로이즈는 레오닌의 이목구비를 떠올려보려 했다. 하지만 생각나지 않았다. 네 아이는 그의 기억 속에서 사라졌다. 언제나 그랬다. 아이들의 모습을 떠올리려 했지만 번번이 허사였다. 그에게 남은 건, 네 아이의 목소리뿐이었다. 조랑말에 대해 묻던 목소리. 레오닌이 애착인형을 잃어버리는 바람에 같이 찾으러 다닌 일에 대해선 말하지 않았다. 토끼 인형이라고 했다, 자기랑 나이가 같다고. 인형을 찾지 못해서, 창고에 버려져 있던 작은 곰을 대신 들려주며 약속했었다. 내일 아침에 성 안을 샅샅이 뒤져서 토끼를 찾아줄게.

필리프가 그를 현실로 데려왔다.

"그들을 본 것을 아무에게도 말하지 않겠다고, 레오닌 앞에 맹세해주겠어요?"

엘로이즈는 깜짝 놀랐다. 필리프가 자기 머릿속을 들여다본 듯했다. 아무 말도 못 하고 있는데 필리프가 채근했다.

"맹세하세요. 우리 둘은 만난 적도 얘기를 나눈 적도 없는 겁니다."

엘로이즈는 증인석에라도 앉은 듯, 오른손을 올리며 말했다.

"맹세해요."

"레오닌 앞에?"

"레오닌 앞에."

필리프가 종이에 전화번호 하나를 적어 엘로이즈에게 건넸다.

"두 시간 뒤에 이 번호로 전화하세요. 아내가 받을 거예요. 누구인지 밝히고 내가 약속 장소에 나오지 않았다고 하세요. 오후 내내 날 기다렸다고."

"하지만……"

"부탁합니다."

연민이 느껴졌다. 엘로이즈가 고개를 끄덕였다.

"혹시 이것저것 물으면요?"

"안 그럴 거예요. 이미 나에 대한 실망이 큰 사람이니까."

필리프는 자리에서 일어나 음식값을 치렀다. 헬멧을 집어 들며 엘로이즈에게 짧은 인사를 건넸다. 그리고 극장 앞에 세워둔 오토바이에 올라탔다.

극장을 들고 나는 사람들을 보며 그는 모친의 말을 떠올렸다. '아무도 믿지 마, 알아들어? 아무도.'

부모의 집까지는 거의 700킬로미터. 샤를르빌메지에르에 도착할 무렵이면 날이 저물어 있으리라.

***

필리프는 한동안 거실 창문 너머로 부모를 바라보았다. 그들은 언제 만들어졌는지도 모를 소파에 나란히 앉아 있었다. 소파의 빛바랜 꽃무늬가 방치된 무덤들의 꽃 같았다. 비올레트는 그런 꽃들을 참지 못하고 거두어들였다.

부친은 잠이 들었고, 모친은 드라마 재방송에 빠져 있었다. 비올레트가 보는 것을 본 적이 있었다. 호주인가 다른 먼 나라에서 펼쳐지는 사제와 젊은 여자 간의 사랑 이야기. 어떤 장면에선 비올레트가 조용히 눈물을 흘렸다. 옆에서 소매로 눈물을 훔치는 걸 느꼈다. 모친은 입술을 삐죽거리며 배우들에게서 시선을 떼지 않았다. 그들이 무언가 잘못된 선택을 한 듯이, 자신이 잘난 체하며 참견하고 싶다는 듯이. 왜 어울리지 않게 이런 감상적인 드라마를 고른 것일까? 상황이 심각하지만 않았어도 웃음을 터뜨렸을 것이다.

이제 연속극 배경처럼 느껴질 뿐인 이 집에서, 그는 자랐다. 세월과 함께 나무가 무성해지고 울타리가 촘촘해졌다. 부모는 미국 연속극에 나오는 것처럼 철책을 하얀색 판자들로 교체했다. 정면에 초벽 칠을 다시 하고, 현관 양편에 사자 석상 두 개를 세웠다. 화강암 야수들은 이 70년대식 주택을 몹시 지루해하는 것 같았다. 하지만 공무원 간부까지 지낸 사람들이 여기 산다는 걸 이웃에게 드러내야 했다. 둘 다 우체국에서 일하다가 은퇴했다. 부친은 우선 집배원부터, 모친은 행정직부터 시작해 차츰차츰 승진을 거듭했다. 중간급 간부까지 올라갔다. 돈이 생기면 알뜰히 모았다.

필리프에겐 언제나 열쇠들이 있었다. 어릴 때부터 쭉, 조그만 럭비공 열쇠고리에 매달아 갖고 다녔다. 럭비공은 닳아 형체와 색을 알아볼 수 없었다. 집 자물쇠는 한 번도 바뀐 적이 없었다. 뭐 하러 그러겠는가. 누가 저 집에 들어가 기도에 정신이 팔린 남자와 적개심에 찬 여자를 맞닥뜨리려 할 거라고. 식초병에 절여진 오이지 같은 노인네들을.

필리프는 벌써 오래전부터 이 집에 발을 들이지 않았다. 비올레트를 만난 이후로는. 비올레트, 그의 부모는 비올레트를 이 집에 단 한 번도 초대하지 않았다. 늘 업신여겼다.

상탈 투생은 거실에 아들이 불쑥 나타나자 비명을 내질렀다. 그 소리에 남편도 소스라치며 깨어났다.

막 입을 열려는 필리프의 눈에 벽에 걸린 레오닌의 사진들이 들어왔다. 그중 두 장은 유치원에서 찍은 것이었다. 문득 준비에브 마냥이 떠올랐다. 암모니아 냄새가 나던 복도에서 지어 보이던 그의 미소가. 순간 현기증이 일었다. 필리프는 장식장을 붙잡았다.

비올레트는 딸의 사진들을 모두 벽에서 떼어냈다. 침대맡 서랍에, 자기 지갑에, 지독하게 읽어대는 두꺼운 책의 사이사이에 간직했다.

모친이 다가오며 속삭이듯 말했다. "잘 지냈어, 우리 아들?" 필리프는 손짓해, 모친을 저지했다. 더는 다가오지 못하게, 거리를 유지하게. 부모가 서로를 쳐다봤다. 우리 아들이 어디 아픈가? 정신이 나갔나? 아들의 안색이 끔찍하게 창백했다. 그날, 1993년 7월 14일 아침의 얼굴이었다. 스무 살은 더 늙어 보였다.

"그날 밤, 성에 가서 대체 무슨 짓들을 한 거예요?"

부친이 대답 전에 모친을 흘금거리며 허락이 떨어지기를 기다렸다. 하지만 늘 그렇듯, 대답을 하는 사람은 모친이었다. 그것도 피해자의 목소리로, 결코 되어본 적 없는 상냥한 소녀의 목소리로.

"코생 씨 부부가 카트린이랑…… 아니, 레오닌이랑 아나이스를 성에 내려주기 전에 같이 보자고 했어, 라클레트에서. 그래서 거기 카페로 간 거야. 아무 짓도 안 했어."

"대체 거긴 왜 갔는데요?"

"미디에서 결혼식이 있었거든. 너도 알잖니, 네 사촌 로랑스…… 거길 갔다가 집에 돌아오는 중에 잠깐 괜찮겠다 싶어서 거길 들른 거야."

"괜찮겠다 싶긴 뭐가요. 헛소리 말고 사실대로 얘기하세요."

모친이 입술을 깨물며 깊은 한숨을 내쉬었다.

"눈물 짤 생각 말고, 제대로 얘기해요."

이런 식으로 말하는 아들이 아니었다. 항상 "네, 엄마" "아니요, 엄마" "알겠어요, 엄마" 하는 아들이었다. 그런데 가정교육을 잘 받은 착한 아이가 변했다. 딸이 죽고부터 조짐이 보였는데, 무덤 근처로 이사 가고 나선 싹 변했다. 이런 경고도 했다. "이제 두 분은 묘지에 발도 들이지 마요. 비올레트와 마주치는 거 싫으니까."

그 전까진, 반항이라곤 외삼촌 집에 가겠다고 할 때뿐이었다. 같이 사는 어린 여자 치마가 너무 짧았다. 아들은 늘 덜된 여자들에게 이끌렸다. 질 안 좋고 수준 낮은 그런 여자들.

샹탈 투생의 목소리가 엄하고 차가워졌다. 검사처럼.

"내가 그 부부를 좀 보자고 했어. 그 여자가 우리 손녀 가방에 뭘 챙겨 넣었나 보려고. 부족한 게 없나 하고. 우리 손녀가 친구들 앞에서 망신을 당해서야 쓰겠니? 어미란 게 생각이 없어서 애를 좀 방치했어야지…… 기다란 손톱하며 더러운 귓구멍하며, 세탁하다 줄어들고 얼룩진 옷가지하며…… 내가 얼마나 속이 상하던지."

"무슨 생트집이에요! 비올레트가 우리 딸을 얼마나 잘 돌봤는데! 그리고 우리 딸 이름은 레오닌이라고요! 알아들어요, 레오닌이라고!"

샹탈 투생이 당황한 듯 아무렇게나 잠옷을 여몄다.

"네 아버지랑 장루이가 아이들 노는 걸 지켜보는 동안, 아르멜이 차 트렁크를 열어줘서 여행 가방을 좀 살펴봤다. 없는 게 너무 많았어. 싸구려랑 낡은 건 다 버리고 새 옷을 챙겨 넣었지."

필리프는 모친이 거짓으로 핑계를 지어내 아르멜 코생을 호출한 뒤 딸의 자그마한 옷들을 짓이기는 모습을 상상했다. 모친이 이제껏 자행해온 참견질이 역겨웠다. 그가 남들을 업신여기게 만든 이 여자의 목을 조르고 싶었다. 여자가 자신에게 얹히는 아들의 증오 어린 시선과 마주치지 않기 위해 눈을 내리깔았다.

"오후 4시경에 코생 씨 부부가 아이들을 데리고 성으로 출발했어. 날이 너무 더워서, 우린 해가 떨어지면 길을 나서기로 하고 카페로 돌아와 간단하게 요기를 했다. 그런데 화장실에 갔더니, 레오닌이 애착인형을 세면대 옆에 두고 간 거야. 애가 그거 없이는 잠을 못 자는데."

샹탈 투생이 미간을 찌푸렸다.

"어쩌나 더러운지…… 내가 그걸 비누로 빨았어. 날이 더우니 곧 마르겠지 하고."

자기 말이 너무 버겁다는 듯, 샹탈 투생이 소파로 가 주저앉았다. 그의 남편이 졸졸 따라가 시선이든 다정한 말이든 기다렸으나, 보상은 주어지지 않았다.

"성에는 아주 쉽게 들어갈 수 있었어. 지키는 이도 보안 장치도 없고 다 개방돼 있었지. 첫 번째 방문을 열었는데 레오닌이 거기 있었어. 누워 있다가 우릴 보고 놀랐지. 내 가방에서 비죽 튀어나온 자기 인형을 보고는 방긋 웃더구나. 그러곤 다른 아이들이 보지 못하게 몰래 가져갔지. 친구들한테 놀림받을까봐 말도 못 하고 하루 종일 찾아다닌 눈치였어."

모친이 훌쩍이기 시작했다. 부친이 그 어깨에 팔을 둘렀다. 모친이 천천히 몸을 뒤채자 부친이 익숙한 듯 팔을 거두었다.

"아이들에게 이야기를 듣고 싶으냐고 물었더니 다들 그러고 싶다고 했어. 그래서 그림형제의 『엄지 소년』을 읽어줬지. 다들 곧바로 잠들었어. 레오닌에게 뽀뽀해주고 방을 나왔다."

"온수기는요?" 필리프가 울부짖었다.

눈물이 글썽한 부모가 격분한 아들 앞에서 가련하게 움츠러들었다.

"온수기라니, 무슨 온수기 말이니?" 모친이 울먹이며 간신히 웅얼거렸다.

"욕실에 있던 거요! 그 방에 욕실이 있었잖아요! 거기 그 망할 온수기가 있었잖아요! 두 사람이 그걸 만졌어요?"

부친이 처음으로 입을 열더니 한숨과 함께 내뱉었다.

"아, 그건……"

그 순간, 부친이 평소처럼 입을 다물 수만 있다면 그는 무슨 짓이든 했으리라. 아니면 대답 대신 차라리 기도를 읊기를, 무슨 기도라도 상관없으니 제발 기도를 읊어주기를 바랐다. 하지만 부친은 한 시간, 단 한 시간일지언정, 아내가 동화책을 마저 읽는 동안 아내의 인생에서 비로소 쓸모 있는 남자가 된 기분을 느끼고 있었다. 두 손 놓고 기다리지 않았다.

"네 엄마가 레오닌에게 잠자리에 들기 전에 양치질을 했느냐고 물었어. 레오닌은 했다고 대답했는데 다른 아이가 수도에서 온수가 안 나온다지 뭐냐. 양치질할 때 이가 시렸다고. 네 엄마가 한번 들여다보라고 해서 가봤더니 역시 온수기가 꺼져 있었어. 그래서 내가……"

필리프가 부모 앞에 털썩 주저앉았다. 그가 두 손으로 부친의 잠옷 깃을 잡고 애원했다.

"그만, 그만, 그만, 그만, 그만, 그만, 그만, 그만, 그만, 그만, 그만, 그만, 그만, 그만, 그만, 그만, 그만, 그만……"

필리프의 부모가 그대로 얼어붙었다. 그는 알아들을 수 없는 소리를 웅얼거리고 집을 나왔다. 들어갈 때처럼, 말없이.

오토바이에 올라탔을 때, 그는 자신이 그곳으로 돌아가지 않으리라는 것을 알았다. 자신에게 이제 더는 돌아갈 집이 없다는 것을. 오늘 밤도, 내일도. 비올레트에게 전화를 걸어 자신이 약속 장소에 나타나지 않았다고 말해줄 것을 엘로이즈에게 부탁했을 때부터 이미. 비올레트는 벌써 오래전부터 더는 그를 기다리지 않았다.

아침에 비올레트에게 원점에서 다시 시작하고 싶다고, 미디에 가서 살자고 말할 때, 그는 아내의 눈빛을 읽었다. 비올레트는 그를 믿는 척하고 있었다. 이제 더는 아내의 시선을 마주할 수 없었다. 이제 다시는 마주하고 싶지 않았다.

상탈 투생이 잠옷 바람으로 달려나와 그를 잡았다. 이 상태로 오토바이를 타는 건 위험하다고, 너무 지쳐 녹초가 되었으니 쉬어야 한다고, 잠자리를 준비해주겠다고, 방을 그대로 두었다고, 포스터까지 그대로라고, 좋아하는 비프 스트로가노프와 캐러멜 푸딩을 만들어주겠다고, 내일 아침이면 머리가 좀 맑아질 거라고……

"날 낳을 때 죽어버리지 그랬어요, 엄마. 그 편이 내겐 행운이었을 텐데."

그는 오토바이 시동을 걸고, 무심코 브롱을 향해 달렸다. 백미러로 길가에 무너져 내리는 모친이 보였다. 그는 자신의 말이 모친의 죽음에 결정적 작용을 하리라는 걸 알았다. 오늘이든, 혹은 내일이든. 부친도 그 뒤를 따르리라. 그는 언제나 아내의 뒤를 따랐다.

그에게는 뤼크와 프랑수아즈를 찾아가 모든 것을 털어놓고 싶은 마음밖에 없었다. 그들이 방법을 알 터였다. 그를 위로해줄 말을 찾을 터였다. 그가 더는 누구에게도 해명하지 않아도 되도록 자신들 곁에 머물게 할 터였다. 되고 싶었던 아이, 뤼크의 자식이 될 수 있을 터였다. 이 삶과는 이제 끝이었다.

91

거의 안 입은 것 같은 옷을 걸친 운디네*가
내 봉분을 베개 삼아 조용히 잠들러 온다면, 그땐 예수에게
미리 용서를 구하리, 사후의 작은 행복을 위해
내 십자가의 그늘이 그 위에 살짝 누울 수도 있기에.**

이렌 파욜의 일기

2013년

묘지지기의 집에 들어갔다. 여자가, 안면은 있는데 누구지 하는
표정으로 나를 바라보았다. 테이블에 혼자 앉아 원예 관련 카탈로
그를 넘기고 있었다.

"봄에 볼 구근식물을 고르는 중이었어요. 수선화가 좋으세요, 크
로커스가 좋으세요? 전 이 노란 튤립이 참 좋네요."

그의 손가락이 꽃이 한가득한 사진을 가리켰다. 다양한 품종의
향연.

"수선화요, 수선화가 좋은 것 같아요. 저도 꽃을 좋아한답니다.

● 물의 정령.
●● 조르주 브라상스의 노래 〈세트 해변에 묻히기 위한 청원서〉 중에서.

전엔 장미원을 했었어요."

"어디서요?"

"마르세유에서요."

"아…… 전 매년 마르세유에 가요, 소르미우의 칼랑크에."

"저도 제 아들 쥘리앵이 어렸을 때 거길 가봤죠. 벌써 오래전 일
이네요."

묘지지기 여자가 마치 우리가 비밀을 공유했다는 듯 내게 웃어
보였다.

"마실 것 좀 드릴까요?"

"녹차 마실게요."

그가 차를 준비하려고 일어났다. 쥘리앵과 비슷한 나이일 듯했
다. 내 딸뻘쯤 돼 보였다. 나는 딸을 크게 원하진 않았던 것 같다.
딸에게는 무슨 이야기를 해줄 수 있었을까. 어떤 조언으로 어떤 방
향을 일러줄 수 있었을까. 남자아이는 좀 야생화 같다, 들판의 산사
나무. 먹을 것과 마실 것과 입을 것만 주면 혼자 큰다. 잘생겼고 강
하다고 해주면. 아빠가 있으면. 딸은 좀 더 복잡하다.

묘지지기 여자는 예쁘다. 검은색 타이트스커트에 얇은 회색 스웨
터를 입었는데 우아했다. 은은했다. 보고 있으니 딸이 없는 게 거의
후회될 정도로. 여자가 찻주전자에 찻잎을 넣고 우려냈다. 그러고
는 테이블에 꿀을 갖다놓았다. 그의 집은 쾌적했고, 좋은 냄새가 났
다. 그가 내게 장미를, 장미향을 좋아한다고 말했다.

"혼자 사세요?"

"네."

"전 이 묘지에 가브리엘 프뤼당을 보러 오고 있어요."

"삼나무 구역 19번 길에 묻히신 분. 맞나요?"

"네, 모든 무덤의 위치를 외우고 계세요?"

"대부분은요. 더구나 그분은 유명한 변호사셨잖아요. 장례식 때 사람이 정말 많았어요. 몇 년도였죠?"

"2009년이요."

묘지지기 여자가 일어나더니 그해 기록부를 가져와 가브리엘의 이름을 찾았다. 그러니까 사실이었다, 여자가 모든 걸 노트에 기록한다는 것이. 그가 내게 읽어주었다.

"2009년 2월 18일, 가브리엘 프뤼당의 장례. 장대비가 쏟아짐.

참석 인원은 128명. 두 딸 마르트 뒤브뢰유, 클로에 프뤼당과 함께 전 부인도 참석.

고인의 뜻에 따라 꽃이나 화환 생략.

유족이 다음의 문구를 새겨 넣음.

〈용기 있는 변호사였던 가브리엘 프뤼당을 기리며. "변호사에게 용기란 필수적 자질이다. 용기 없이 나머지는 중요하지 않다. 재능, 교양, 문화 수준, 사법 지식은 변호사에게 필요하다. 하지만 용기 없이는, 결정적 순간에 잇따르는 건 번지르르한 죽은 말과 문장들뿐일 것이다."(로베르 바댕테르)〉

신부도 십자가도 없이, 장례식은 단 삼십 분 만에 끝남. 두 장의사가 묘혈에 관을 내려놓자 모두가 떠남. 장대비가 그치지 않음."

묘지지기 여자가 내 잔에 차를 새로 부었다. 나는 가브리엘 프뤼당의 장례식 기록을 다시 읽어달라고 청했다. 그가 기꺼이 응했다.

가브리엘의 묘를 에워싸고 있는 사람들을 상상해보았다. 우산과 두꺼운 검은색 외투를. 머플러와 눈물을.

묘지지기 여자에게 가브리엘은 용기 있는 변호사라는 소리를 들으면 화를 냈다고 말해주었다. 판사에게 바보 멍청이라고 돌려 말하는 데는 아무런 용기가 필요 없다고 했다고. 용기란 일을 마치고 매일 포르트드라샤펠 역에 나가 불운한 이들에게 식사를 제공하거나, 1942년 나치 점령하에서 자기 집에 유대인을 숨기는 일이라고 했다고. 가브리엘은 늘 내게 자기는 용기가 없고, 어떤 위험도 무릅쓰지 않는다고 말했다.

묘지지기 여자가 가브리엘과 나, 우리가 이야기를 많이 나누었는지 물었다. 나는 그렇다고 대답하면서, 가브리엘이 싫어했던 이 용기 이야기는 우리만 알았으면 좋겠다고 덧붙였다. 가브리엘을 추억하며 추모패에 그 말들을 새기길 잘했다고 생각할 사람들이 자신들이 틀렸다는 걸 알게 되길 원치 않았다.

묘지지기 여자가 내게 미소를 지었다.

"그럴게요. 이곳에서 나눈 모든 말들을 비밀로 할게요."

여자를 믿어도 될 것 같았고, 그이가 차에 진실의 묘약이라도 탔는지 나는 이야기를 술술 늘어놓았다.

"가브리엘의 묘엔 일 년에 두세 번씩 와서 그이 이름 곁에 놓아둔 스노볼을 흔들고 가요. 신문기사나 그이가 흥미로워할 재판 관련 칼럼을 오려 와 읽어주기도 하고요. 세상 소식을, 어쨌든 그이가 관계했던 세상 소식을 전하죠. 범죄에 관련된, 치정에 관련된, 끝없는 사건들. 남편인 폴의 무덤은 마르세유의 생피에르 묘지에 있는

데 거긴 더 자주 가요. 갈 때마다 용서를 빌죠. 저는 가브리엘 곁에 묻힐 거니까요. 제 유골은 가브리엘 곁에 놓일 거예요. 가브리엘이 법무사를 통해 필요한 준비를 다 해놨어요. 저도 그렇고요. 누구도 우리 뜻을 어길 수 없을 거예요. 우린 결혼하지 않았어요. 제가 왜 여기 들어왔는지 아세요? 제 아들 쥘리앵이 이 사실을 알게 되었을 때 가장 먼저 찾아올 사람이 당신이라는 걸 말해주고 싶어서예요."

"왜 저죠?"

"어머니의 마지막 유지가 자기 아버지가 아니라 가브리엘이라는 사람 옆에 묻히는 것이었다는 사실을 알게 되면, 영문이 궁금할 거예요. 가브리엘 프뤼당이 누구인지 알려고 할 텐데, 그럼 당신에게 묻겠죠. 묘지 문을 열고 들어선 순간, 맨 처음 마주칠 사람이 당신이니까. 제가 처음 이곳에 왔을 때 그랬던 것처럼."

"혹시 제가 아드님께 특별히 전했으면 하시는 말씀이라도?"

"아니요. 아니에요, 당신이 알아서 잘 말씀해주시리라고 믿어요. 아니면 쥘리앵 편에서, 한 번쯤 자기 얘길 할 수도 있겠죠, 당신에게 묻기 위해서. 당신이 틀림없이 그애를 도와줄 거라고, 함께 있어줄 거라고 믿어요."

나는 아쉬움 속에서 묘지지기 여자와 헤어졌다. 내가 브랑시옹엉샬롱 묘지를 찾는 건 이번이 마지막이 될 것이었기 때문이다. 나는 길을 떠나 마르세유로 돌아왔다.

2016년

일기를 끝낸다. 곧 가브리엘의 곁으로 가게 될 것이다. 그걸 알 수 있다. 벌써 그이의 담배 냄새가 느껴진다. 마음이 조급해진다. 우리의 마지막이 싸움이었다는 걸 생각하면. 이제 화해할 시간이다.

이렌의 냄새가 기억난다. 얼굴은 더는 기억나지 않는다. 성성한 머리칼과 피부, 가느다란 손가락과 트렌치코트가 떠오를 뿐. 무엇보다 냄새를 기억하고 있다. 내 집에서 이야기를 나누었을 때의 포근함도. 이렌이 가브리엘에 대해 한 말들도. 그 목소리, 그 울림도. 언젠가 자신의 아들이 나를 찾을 거라던.

쥘리앵이 처음 내 집 문을 두드렸을 때, 나는 이렌을 떠올리지 못했다. 나는 구깃구깃한 옷차림의 그가 잘생겼다고 생각했다. 그는 자기 어머니와는 닮지 않았다. 그의 어머니는 금발에 피부가 투명하고 매끈하고 야들한데, 아들인 그는 온통 갈색이었다. 온통 뻗친 갈색 머리에, 태양빛을 독차지한 듯 가무잡잡했다. 나는 내게 얹히는 그의 담배 냄새 밴 손이 좋았다. 또한 몹시 두려웠다.

마르세유로 떠나기 전, 그에게 몇 번이나 전화를 했다. 하지만 응답이 없었다. 마치 그가 존재하지 않는 것처럼. 경찰서로 전화했더니 그가 다른 곳으로 옮겼다고 했다. 편지를 쓰면 전해주겠다고.

내가 그에게 무슨 말을 쓸 수 있단 말인가?

쥘리앵,

난 미쳤어요, 난 혼자예요, 난 구제불능이에요. 당신은 날 믿었죠, 그렇게 되도록 난 모든 것을 다 했어요.

쥘리앵,

당신 차에서 내가 얼마나 행복했는지.

쥘리앵,

우리 집 소파에서 당신과 함께 내가 얼마나 행복했는지.

쥘리앵,

우리 집 침대에서 당신과 함께 내가 얼마나 행복했는지.

쥘리앵,

당신은 젊어요. 하지만 그런 건 아무 상관 없을 거예요.

쥘리앵,

당신은 너무 호기심이 많아요. 난 당신의 그 경찰 병이 싫어요.

쥘리앵,

당신 아들은, 내 손자라고 해도 될 거예요.

쥘리앵,

당신은 진짜 내 스타일이에요. 아니, 사실 난 그런 건 몰라요. 그냥 당신이 진짜 내 스타일이라고 생각하는 거예요.

쥘리앵,

보고 싶어요.

쥘리앵,
돌아오지 않으면 난 죽고 말 거예요.

쥘리앵,
나는 당신을 기다리고 있어요. 당신을 열망하고 있어요. 당신이 당신을 바꾼다면, 나도 나를 바꿀게요.

쥘리앵,
알았어요.

쥘리앵,
정말 좋았어요, 멋졌어요.

쥘리앵,
네.

쥘리앵,
아니요.

삶이 나를 뿌리째 뽑아버렸다. 나의 봄이 죽었다.

나는 무거운 마음으로 이렌의 일기장을 덮었다. 헤어날 수 없었던 소설책을 덮듯이. 늘 곁에, 가까이 두고 싶었던 친구와 헤어지듯이. 나는 정말 기쁘다. 그들의 추억이 담긴 어머니의 일기장을 쥘리앵이 내게 준 것이. 집에 돌아가면, 침실 선반에 소중히 간직한 책들 옆에 둘 것이다. 우선은 비치백에 도로 넣는다.

오전 10시. 나는 알레포 소나무 그늘 밑 하얀 모래밭, 바위에 기대 앉아 있다. 이곳에선 나무들이 바위 틈새에서 자라난다. 이렌의 일기장을 덮었을 때 매미들이 울기 시작했다. 태양이 벌써 따갑다. 발가락이 따끔거린다. 여름, 이곳의 태양은 단 몇 분이면 피부를 익게 한다.

배낭을 멘 피서객들이 가파른 비탈에서 하나둘 나타나기 시작한다. 정오 무렵이면 이 작은 해변이 비치 타월과 아이스박스와 파라솔로 가득 차게 될 것이다. 소르미우엔 아이들이 많지 않다. 성수기에는 직접 걸어 내려와야 하기 때문이다. 보메트 주차장에서 족히 한 시간은 걸린다. 가족에겐 쉽지 않은 코스다. 이곳에서 아이들이 보인다면, 그건 아빠가 목말을 태워 왔거나 아니면 휴가 기간 동안 아예 이곳 별장에 묵는 경우다. 여기선 그들을 '별장족'이라고 부른다.

이곳의 카페에선 아직 흡연이 허용된다. 등기우편은 집을 비운 주민들이 이동해야 하는 번거로움을 피하기 위해 집배원들이 사인한다. 마르세유에선 전혀 다른 곳과 같지 않다.

어제저녁엔 셀리아가 와서 같이 저녁을 먹었다. 그가 준비해온 해산물 파에야를 커다란 프라이팬에 데우는 동안, 나는 파란색 여행 가방을 열어 원피스를 옷걸이에 걸었다. 우리는 정원용 철제 테이블을 꺼내 그 위에 테이블보를 펼쳤다. 빨간색 유리병에 물과 로제와인을 준비했다. 노란색 볼에 얼음을 가득 채웠고, 캉파뉴 빵과 각양각색의 접시들을 테이블에 놓았다. 별장에선 물건들이 제각각이다. 도착을 제각각 하기 때문이다. 셀리아와 나는 우리의 재회와 심각할 것 없는 말들과 노랗게 물든 쌀밥과 시원한 로제와인으로 충만해졌다.

늦게까지 이야기가 이어지는 바람에 셀리아가 자고 가기로 했다. 기차 파업으로 우리가 처음 만났을 때처럼. 셀리아가 별장에서 자는 건 처음이었다.

우리는 침대에 누워서도 로제와인을 마셨다. 셀리아가 초 두 개에 불을 붙였다. 그의 할아버지의 가구들이 일렁이며 춤을 추었다. 우리는 바깥 공기가 안으로 들어오도록 창문 두 개를 열어놓았다. 날이 좋았다. 방에서 아직 파에야 냄새가 났다. 벽이 냄새를 삼켰다. 다시 출출해진 내가 파에야를 조금 더 데웠다. 셀리아는 사양했다. 나는 방바닥에 빈 접시를 내려놓으며 셀리아의 옆얼굴을 보았다. 아름다운 푸른 눈이 밤하늘의 두 별처럼 빛났다. 나는 촛불을 후 불어 껐다.

"셀리아, 할 말이 있어. 혹시 자는 데 방해가 될 수도 있지만 우린 휴가 중이니까, 괜찮겠지. 이 얘기를 하지 않고 넘어갈 순 없고."

"……"

"프랑수아즈 펠르티에는 필리프 투생이 사랑했던 여자야. 그가 말년을 보낸 것도 그 여자 집이고. 1998년 사라졌던 날, 거기로 갔던 거였어. 하지만 그게 다가 아니야. 그가 사라진 이유를 알게 됐어. 왜 집으로 돌아오지 않았는지. 그날 밤, 아이들을 죽인 건 화재가 아니었어…… 투생의 부친이었어."

셀리아가 내 팔을 움켜잡았다. "뭐라고?"

"투생의 부친이 아이들 방의 낡은 온수기를 손보고 작동시켰어. 절대 건드리면 안 된다는 걸 몰랐던 거지. 오랫동안 방치된 기계였어. 일산화탄소는 치명적이야, 무색무취…… 그래서 애들이 잠자는 중에 죽었어."

"누가 그런 말을 해?"

"프랑수아즈 펠르티에. 필리프 투생한테 들었대. 전부 다. 그래서 그가 영원히 집에 돌아오지 않은 거였어. 그걸 알게 된 그날로. 내 눈을 똑바로 쳐다볼 자신이 없어서."

"응."

"마음이 놓였어. 나 때문에 떠난 게 아니란 걸 알고. 자기 부모 때문이니까."

셀리아가 다시 한번 내 팔을 꽉 잡았다.

쉽게 잠이 오지 않았다. 나는 투생의 부모를 떠올렸다. 그들은 오래전에 죽었다. 샤를르빌메지에르의 법무사가 2000년에 내게 연락해왔다. 그는 그들의 아들을 찾고 있었다.

아침 햇살이 창문으로 비쳐들었다. 바깥 공기가 한층 부드러웠다. 셀리아는 눈을 떴다.

"맛있는 커피 마시자."

"셀리아, 나 누구 만났어."

"빨리도 만났다."

"그런데 끝났어."

"왜?"

"내겐 내 삶이, 익숙하게 습관화된 생활 같은 게 있으니까…… 오래 전부터. 게다가 나보다 어려. 게다가 부르고뉴에 안 살아. 게다가 일곱 살짜리 아들이 있어."

"'게다가'가 많기도 하다. 삶도 습관도 바뀔 수 있어."

"정말 그럴까?"

"응."

"셸리아가 나라면, 익숙한 습관을 바꾸겠어?"

"안 그럴 이유가 뭐야."

92

삶은 우리가 좋아하는 모든 것과의

기나긴 이별에 지나지 않지.[*]

2017년 5월

필리프가 브롱에 산 지 19년째였다. 그가 프랑수아즈에게 달려간 지. 그가 어느 아침, 처참한 상태로 정비소에 나타난 지. 그날, 그는 다시 태어나기로 결심했다. 마지막으로 부모를 만난 그 전날을 죽이기로. 그는 멀어지고 싶은 과거 위에 검고 진하고 굵은 선을 그었다. 비올레트와의 삶에 뚜껑을 덮고, 기억의 검은 방에 부모를 가두고 단단히 잠갔다.

이름을 필리프 펠르티에로 바꾸기는, 삼촌의 아들이 되기는 너무 간단했다. 조카던가 아들이던가, 사람들의 머릿속에선 그게 그거였다. 필리프는 '가족 관계인 사람', 즉 펠르티에였다.

서랍 속에 신분증을 넣어두기란 너무 간단했다. 모친이 눈치채지 못

● 빅토르 위고의 『웃는 남자』 중에서.

하게 통장을 비우기란. 그 돈을 무기명 채권으로 바꾸기란. 투표하지 않기란. 사회보장번호를 사용하지 않기란.

프랑수아즈로부터 뤼크가 1996년 10월에 사망해 묘지에 묻혔다는 얘기를 들었다. 감당하기 힘든 사실이었다. 하지만 그는 추모하러 가기를 거절했다. 묘지에는 더 이상 발을 들이고 싶지 않았다.

프랑수아즈는 1년 전 집을 팔고, 정비소에서 200미터 떨어진 브롱 시내에 살고 있었다. 몹시 병약하고, 너무 여위고 늙은 모습으로. 그럼에도 필리프는 그런 프랑수아즈를 기억 속의 프랑수아즈보다 더 원했다. 하지만 아무 말도 하지 않았다. 이미 주변을 충분히 아프게 했다. 타인에게 끼칠 불행의 총량을 다 써버렸다.

그는 손님방에 기거했다. 아들의 방. 존재한 적 없는 아이의 방. 프랑수아즈가 현금으로 지불해준 첫 월급으로 옷가지도 새로 샀다. 몇 달 뒤, 그가 정비소에서 멀지 않은 작은 원룸 아파트로 옮기겠다고 말했을 때 프랑수아즈는 못 들은 척했다. 그래서 계속 지속됐다, 그 기묘한 동거 상태가. 같은 욕실, 같은 부엌, 같은 거실을 쓰고 함께 식사하면서 방은 따로 쓰는 생활이.

그는 프랑수아즈에게 모든 걸 털어놓았다. 레오닌, 준비에브 마냥, 온수기, 여자들, 묘지, 부모의 자백. 비올레트를 제외한 모든 것을. 비올레트는 마음속에 간직했다. 비올레트에 대해선 이렇게만 말했다. "그 사람은, 그 사람은 잘못한 게 아무것도 없어."

세월이 흐르며, 그는 자신이 한때 다른 삶에서 필리프 투생으로 불렸던 것을 잊었다.

프랑수아즈와 살며 그는 용기를 되찾았다. 정비소에서 열심히 일을 배우며, 기름때와 기름과 고장과 우그러진 금속판을 사랑하는 법을 익혔다. 자동차 엔진들을 고치며 의욕과 화해했다.

1999년 12월, 프랑수아즈가 아팠다. 열이 끓고, 기침이 이상스러웠다. 걱정이 된 필리프가 밤중에 의사를 불렀다. 의사가 침대맡에서 진단서를 작성하며 프랑수아즈가 아내인지 물었고, 필리프는 생각할 것도 없이 그렇다고 대답했다. 그렇다고만. 이불을 덮고 누워 있던 프랑수아즈가 말없이 웃어 보였다. 파리하고 기진한 미소였다. 모든 것을 받아들인 미소.

의사의 조언에 따라 필리프는 욕조에 37도의 물을 받았다. 프랑수아즈를 욕실로 데려가 옷을 벗기고 욕조로 들어가게 도왔다. 프랑수아즈가 그를 꼭 붙들었다. 프랑수아즈의 벗은 몸을 보는 건 처음이었다. 투명한 물속에서 덜덜 떠는 몸. 그는 목욕 장갑으로 프랑수아즈의 배와 등과 얼굴과 목을 살살 닦아주었다. 프랑수아즈가 말했다. "조심해, 전염될지 몰라." 필리프는 대답했다. "잘 알지, 28년 전부터 알았어." 1999년 12월 31일에서 2000년 1월 1일로 넘어가는 밤, 그들은 처음으로 사랑을 나눴다. 한 침대에서 세기를 건넜다.

필리프가 브롱에 산 지 19년째였다. 그날 아침, 그는 프랑수아즈와 정비소를 팔면 어떨까 하는 이야기를 나눴다. 처음은 아니었지만 이번엔 진지했다. 그들은 태양을 욕심냈다. 지중해가 앞마당인 생트로페 지역에 정착하고 싶었다. 돈은 천천히 쓸 만큼은 있었다. 게다가 프랑수아즈는 곧 일흔이었다. 그동안 열심히 살았으니 이제 누릴 만도 했다.

점심시간에 프랑수아즈는 상가 및 업소를 전문으로 하는 부동산 중개소를 찾았다. 필리프는 옷을 갈아입기 위해 집에 들렀다. 너무 덥게 입고 나온 터라, 파란색 작업복 안이 땀범벅이었다. 그는 서둘러 샤워를 마치고 깨끗한 티셔츠를 입었다. 부엌에서 달걀 두 개를 부치고, 전날 먹다 남은 빵에 크림치즈를 발랐다. 커피를 내리는데, 타일 바닥에 우편물 떨어지는 소리가 들렸다. 집배원이 문틈으로 밀어 넣은 것이었다. 필리프는 프랑수아즈가 정기구독을 신청해준 〈오토모토〉를 제외하곤 우편물에 신경을 쓰지 않았다. 모든 서류는 프랑수아즈 담당이었다.

숟가락으로 커피를 젓는 그의 눈에 편지봉투의 글자가 눈에 들어왔다. "필리프 투생 귀하(프랑수아즈 펠르티에 부인 댁), 13, 프랭클린 루스벨트 대로, 69500 브롱."

그는 반신반의하며 필리프 투생이라는 이 이름을 다시 읽었다. 잠시 머뭇대다가, 봉투를 집어 들었다. 소포 폭탄이라도 되는 듯이. 봉투는 하얀색이었고 마콩의 변호사 사무실 직인이 찍혀 있었다. 초등학교에서 나오는 소녀들을 보았던 날이 떠올랐다. 레오닌과 똑같은 원피스를 입고 있던 아이가. 레오닌이 살아 있다고 생각했던 그날이.

모든 것이 화르르 되살아났다. 복부를 강타하듯 충격이 찾아들었다. 딸의 죽음, 장례식, 재판, 이사, 그의 상실감과 불행, 부모, 모친, 게임기, 여자들의 달뜬 몸, 여자들의 가슴, 여자들의 배, 루시 랭동과 엘로이즈 프티의 얼굴, 퐁타넬, 기차들, 무덤들, 고양이들.

필리프 투생 귀하.

그는 떨리는 손으로 봉투를 열었다. 마지막으로 만났던 날 본 준비에브 마냥의 손이 떠올랐다. "애들한테 어떻게 해코지를 해요." 마냥은 덜덜 떨면서 그에게 존댓말을 했었다.

필리프 투생의 배우자 비올레트 트레네가 둘 사이의 원만한 이혼 절차를 위해 변호사를 선임했으니, 담당 변호사와의 상견을 위해 변호사 사무실로 조속히 전화해줄 것을 요청 드린다는 내용이었다.

그는 문장들을 부분부분 읽어 내렸다. "…… 신분증을 지참하고…… 공증인의 이름…… 부부 재산 계약이…… 직업…… 국적…… 출생지…… 피부양자 정보…… 결별에 대한 배우자 간 합의…… 위자료 없이…… 마콩 지방법원…… 가정 방치…… 추가 요구 없이."

어림없었다. 당장 멈추게 해야 했다. 시간을 되돌리는 이 기계를 멈춰 서게 해야 했다. 그는 봉투를 점퍼 안주머니에 미끄러뜨린 뒤 헬멧을 채우고는 다시 거기로 향했다. 두 번 다시 발도 들여놓지 않겠다고 다짐했건만.

비올레트는 어떻게 그의 주소를 알아냈을까? 프랑수아즈의 존재는 어떻게 알았을까? 그 이름을 어떻게 알았을까? 부모가 말했을 리는 없었다. 그들은 오래전에 죽었다. 죽기 전에도 필리프가 사는 곳은 몰랐다. 꿈에도 몰랐다. 변호사 사무실에 가는 일은 없을 것이다. 절대.

비올레트가 그를 조용히 내버려두게 조치를 취해야 했다. 떠나야 했다, 프랑수아즈와 이사해야 했다, 그는 필리프 펠트리에로 불려야 했다. 필리프 투생, 이 이름은 그에게 영원히 불행을 안길 터였다. 묘지의 이름, 죽음의 이름, 국화의 이름. 냉담함의 악취를, 고양이들에 대한 기억을 풍기는 이름.

불과 100여 킬로미터 거리를 사이에 둔 두 개의 삶. 브롱이 브랑시옹엉샬롱과 이토록 가까운지 미처 알지 못했다.

그는 집 앞 길가에 오토바이를 세웠다. 이방인이 되어, 자신이 언제나 싫어했던 집 앞에 서 있다. 늙은 묘지지기의 집 앞에. 1997년에 비올레트가 심은 나무들이 높이 자라 있었다. 철문도 진녹색으로 새로 칠했다. 그는 문도 두드리지 않고 곧장 들어갔다. 19년 만이었다.

비올레트는 여전히 여기 살고 있을까? 새 삶을 시작했을까? 물론, 그 때문에 이혼을 원하는 것이리라. 재혼을 위해.

입술에 느껴지는 이상한 맛. 목구멍에 대포라도 쑤셔 박힌 기분. 주먹을 휘두르고 싶은 충동. 부글거리는 증오. 아주 오랫동안 느껴보지 못한 쓸쓸한 감정이었다. 그는 평화롭고 근심 없던 지난 19년을 곱씹었다. 그런데 이제 재앙이 되돌아왔다. 그는 다시 자신이 좋아하지 않는 남자, 스스로를 좋아하지 않는 남자가 되어 있었다. 필리프 투생이 되어 있었다.

오늘 아침 있었던 그 자리로 되돌아가야 했다. 이 음울한 과거를 이번에야말로 처분해야 했다. 연민하지 않기. 아니, 그는 절대 변호사 사무실에 가지 않을 것이었다. 그는 신분증을 찢어버렸다. 과거를 찢어버렸다.

부엌 테이블에는 원예 잡지들 위에 빈 커피 잔들이 놓여 있었다. 옷걸이엔 머플러 세 개와 하얀색 조끼 하나가 걸려 있었다. 매달린 옷가지에 밴 비올레트의 냄새. 장미향. 비올레트는 여전히 여기 살고 있었다.

그는 침실로 올라갔다. 흉측한 인형들이 담긴 플라스틱 상자들을 걸어차면서. 자제가 되지 않았다. 주먹으로 벽을 칠 수 있었다면 그렇게 했을 것이었다. 그는 분홍색으로 새로 칠한 침실의 벽과 하늘색 카펫, 연분홍색 이불, 연초록색 커튼을 발견했다. 침대맡의 하얀색 협탁 위엔 핸드크림과 책들과 불 꺼진 초 하나가 놓여 있었다. 그는 서랍장의 첫 번째 서랍을 열었다. 벽을 칠한 색과 같은, 분홍색 속옷들. 그는 침대에 누워 여기서 잠드는 비올레트를 그려보았다.

아직도 나를 생각할까? 기다렸을까? 찾았을까?

비올레트와 함께한 세월에 뚜껑을 덮었지만, 그는 오랫동안 꿈에서 비올레트를 보았다. 목소리를 들었다. 비올레트가 그를 불렀는데 그가 대답하지 않았다. 그는 비올레트가 보지 못하도록 어두운 구석에 몸을 숨겼다. 비올레트가 애원하는 소리를 듣지 않기 위해 양손으로 귀를 막았다. 그는 오래도록 죄책감에 시달렸다. 이불이 젖도록 땀이 흥건해 잠을 깼다.

욕실엔 향수, 비누, 화장품, 목욕 소금들과 함께 역시나 초와 소설책들이 있었다. 빨래 통엔 속옷과 하얀색 실크 잠옷, 검은색 원피스와 회색 조끼가 있었다.

이 집에 남자는 없었다. 공동생활의 흔적이라곤 없었다. 그런데 왜 그를 성가시게 하는 것일까? 왜 오물을 헤집는 것일까? 돈을 받아내려고? 위자료를? 변호사의 편지에 그런 내용은 없었다. "원만히…… 추가 요구 없이." 모친의 목소리가 들렸다. '믿지 마.'

그는 계단을 내려오며 아직 똑바로 서 있는 마지막 인형들을 넘어뜨렸다. 묘지로 나가 레오닌의 무덤을 보러 가고 싶었지만 참았다.

등 뒤로 그림자 하나가 어른거려 깜짝 놀랐다. 늙은 개가 멀리서 그를 향해 킁킁거렸다. 그가 걸어차기 전, 알아서 포근한 바구니 위에 가 앉더니 둥글게 몸을 말았다. 부엌 한구석 바닥에 먹이통들이 놓여 있었다. 옷에 고양이털을 묻히고 살아가는 자신을 상상하니 구역질이 났다. 그는 비올레트의 정원으로 이어지는 문을 통해 집 뒤로 나갔다.

비올레트는 바로 보이지 않았다. 이곳에도 온갖 식물이, 레오닌의 동화책에서처럼 무성했다. 송악과 개머루덩굴이 벽을 덮었고, 노란색과 빨간색과 분홍색 나무들이 쭉쭉 뻗었고, 아래쪽은 다채로운 꽃들의 향연이었다. 침실처럼 이곳도 새로운 칠이 되어 있었다.

거기, 비올레트가 있었다. 텃밭에 웅크리고. 못 본 지 19년이다. 이제 몇 살이 된 걸까?

연민하지 않기.

비올레트는 그에게 등을 돌리고 있었다. 하얀색 물방울무늬가 있는 검은색 원피스를 입고 있었다. 허리엔 해진 정원용 앞치마를 둘렀다. 고무장화를 신고. 어깨 정도까지 내려올 머리칼을 검은색 고무줄로 묶었다. 빠져나온 머리칼 몇 가닥이 목덜미를 간질이고 있었다. 손에는 도톰한 목장갑을 꼈다. 뭔가 걸리적거리는 게 있는지, 비올레트가 오른쪽 손목을 이마로 가져갔다.

비올레트의 목을 조르고 싶었다. 와락 껴안고 싶었다. 사랑하고 싶었다. 목을 졸라 죽이고 싶었다. 입을 다물게 하고 싶었다. 더는 존재하지 않게, 사라지게.

더는 죄책감이 느껴지지 않게.

순간 비올레트가 몸을 일으켰다. 그를 향해 돌아섰다. 그 시선에 보이는 건 공포뿐이었다. 놀람도, 분노도, 사랑도, 원한도, 회한도 없었다. 오직 공포뿐.

연민하지 않기.

비올레트는 변하지 않았다. 그는 처음 만났을 때의 비올레트를 다시 보았다. 가냘픈 몸, 계속해서 술을 따라줬었다. 그 미소. 이제 그 얼굴

에 주름이 있다. 색 바랜 머리칼도. 이목구비는 아직 반듯했고, 입술선
도 아직 뚜렷했고, 더없이 온화한 눈빛도 여전했다. 입가는 세월과 함
께 우묵해졌다.

거리를 두기.

이름을 말하지 않기.

연민하지 않기.

비올레트는 언제나 프랑수아즈보다 훨씬 예뻤다. 그러나 그가 좋아
하는 사람은 프랑수아즈였다. 취향도 가지가지…… 모친이 하던 소리
였다.

고양이 한 마리가 비올레트 곁에 다가와 앉았다. 소름이 끼치며, 문
득 자신이 여기 온 이유를, 이 불행의 묘지에 다시 발을 들인 이유를 깨
달았다. 비올레트 때문도, 레오닌 때문도, 다른 누구 때문도 아니었다.
그의 현재는 프랑수아즈였다. 그의 미래 또한 프랑수아즈일 터였다.

그는 비올레트를 거칠게 잡았다. 팔을 세게, 아주 세게 움켜잡았다.
으스러뜨릴 것처럼. 무감정한 사형집행인이 된 것처럼. 증오를 소환하
기. 꽃무늬 소파에 앉아 있던 부모를 되새기기. 차 트렁크에 들어 있던
레오닌의 여행 가방, 성, 온수기, 잠옷 차림의 모친, 넋이 빠진 부친. 그
는 비올레트의 팔을 움켜잡았다. 눈을 보지 않은 채. 눈썹 사이 약간 들
어간, 코가 시작되는 한 지점에 시선을 고정한 채.

비올레트에게서 좋은 냄새가 났다. 연민하지 않기.

"변호사한테 서신을 받았어. 그걸 도로 갖고 왔지…… 내 말 똑똑히
들어, 똑똑히 들으라고, 나한테 이 주소로 절대 다시 편지 보내지 마,
알아들어? 너도, 네 변호사도, 절대. 네 이름을 두 번 다시, 어디서도 보

고 싶지 않아, 또 어기는 날엔 내가 널…… 내가 널……"

필리프는 붙들었을 때처럼 거칠게 비올레트를 놓았다. 꼭두각시 인형처럼, 비올레트의 몸이 뒤로 휘청했다. 그는 비올레트의 앞치마에 봉투를 쑤셔 넣었다. 비올레트의 몸에 손이 닿자 배가 느껴졌다. 비올레트의 배. 레오닌. 그는 등을 돌려 집 안을 향해 갔다.

부엌을 지나며 테이블 위의 물건들을 거칠게 쓸어버렸다. 『신의 작품, 악마의 몫』이 바닥으로 떨어졌다. 그는 표지의 빨간 사과 그림을 알아보았다. 비올레트가 샤를르빌 시절부터 간직해, 읽고 또 읽던 책이었다. 레오닌 사진 일곱 장이 책갈피에서 떨어져 나와 카펫 위에 흩어졌다. 그는 주저하다가 몸을 굽혀 사진들을 주웠다. 한 살, 두 살, 세 살, 네 살, 다섯 살, 여섯 살, 일곱 살. 아이가 그를 닮은 건 사실이었다. 그는 사진들을 책갈피에 넣어 테이블 위로 올려놓았다.

그때였다. 19년 동안 덮어두었던 뚜껑이 그의 얼굴로 날아들었다. 아이의 모습이 처음엔 잔물결처럼, 이어서 세찬 파도가 되어 휘몰려왔다. 병원에서 처음 만났을 때의 모습, 그와 비올레트 사이에서 이불에 싸여 있던 모습, 욕실에 정원에 문 앞에 있던 모습, 뛰어다니던, 그림을 그리던, 찰흙놀이를 하던, 밥을 먹던 모습, 튜브 수영장에, 유치원 복도에 있던 모습, 겨울의 모습, 여름의 모습, 약간 반짝이던 빨간색 원피스, 작은 손, 마술봉. 그는 늘 멀리 있었다. 아들이기를 바랐던 딸의 삶에서 늘 손님이었다. 한 번도 읽어주지 않은 그 모든 동화들, 한 번도 데려가지 않은 그 모든 여행들.

오토바이에 올랐다. 눈물이 콧물 되어 떨어지고 있었다. 뤼크 삼촌말로는 코가 바통을 이어받는 거였다. 눈의 게이지 한도가 초과됐기 때문에. "엔진처럼 말이야." 그는 삼촌의 아내를 훔칠 만큼 형편없는 인간이었다.

속도를 높이기 시작했다. 좀 멀리 가서 숨을 돌리자고, 정신을 차리자고 생각했다. 묘지의 철문 너머로 십자가들이 보였다. 그러고 보니 신을 믿은 적이 없었다. 분명 부친 때문이었다. 부친이 주절대던 기도들 때문. 필리프는 엄숙했던 세례 날을, 성찬 와인을, 뤼크 삼촌의 팔짱을 끼고 있던 프랑수아즈를 떠올렸다.

사랑이 텅텅 비어버리신 주님
아버지의 이름이 십자가에 못 박히고 아버지의 통치가 피를 흘리며
아버지의 뜻이 가증과 가식 위에 세워졌으니
오늘날 우리에게 우리를 구원할 와인을 주시고
우리를 열 받게 하는 자들을 용서하신 것과 같이
우리의 소비도 용서하시고
우리를 삽입의 유혹에 굴복하지 말게 하시며
우리를 우리의 용감무쌍에서 구원하소서. 우리를 인도하소서.

묘지 담과 나란히 350미터를 달리며 점점 더 속도를 높이는 동안, 그의 머릿속에선 세 가지 생각이 부딪혀 충돌했다. 난폭한 추돌 사고처럼. 돌아가 비올레트에게 용서를 빌기, 빌기, 빌기, 빌기. 가능한 한 빨리 프랑수아즈에게 돌아가 남쪽 지방으로 떠나기, 떠나기, 떠나기, 떠나기. 레오닌을 찾아가기, 찾아가기, 찾아가기, 찾아가기.

비올레트, 프랑수아즈, 레오닌.

딸을 다시 만나, 느끼고, 듣고, 만지고, 호흡하기.

처음으로 레오닌이 간절해졌다. 이전에는 비올레트를 곁에 두기 위해 레오닌을 원했다. 그러나 지금 그는, 아이를 원하듯 레오닌을 원했다. 남쪽 지방보다도, 프랑수아즈와 비올레트보다도 강한 열망이었다. 이 열망이 그의 모든 것이었다. 레오닌이 어디선가 그를 기다리고 있을 터였다. 그렇다, 레오닌이 그를 기다리고 있었다. 지금까지는 나쁜 아빠였기 때문에 알지 못했다. 이제 그는, 딸이 기다리는 곳에서 처음으로 아빠가 될 터였다.

필리프는 헬멧의 버클을 풀었다. 첫 번째 커브 길에서 액셀을 당기기 전, 비탈 아래 국유림의 나무들 속에 처박히기 전, 그는 그동안의 삶이 주마등처럼 스쳐 지나는 것을 보지 못했다. 보고 싶지 않았다. 다만, 나무들 속에 처박히기 직전, 길가에서 한 젊은 여자를 본 것 같긴 했다. 있을 수 없는 일이었다. 그가 시속 200여 킬로미터로 달리는 동안 여자가 그를 응시하고 있었다. 여자의 주위에 정지된 건 아무것도 없었다. 그를 보는 여자의 시선을 제외하곤. 옛날 판화 같은 데서 본 것도 같은데, 엽서였나, 하는 생각도 잠시, 그는 환한 빛 속으로 들어갔다.

93

여름휴가가 끝났다.

다시 도시의 무더운 저녁 시간들을 되찾고,

집으로 돌아가야 한다. 계속되는 삶으로.

아직 물에 들어가지 않았다. 매년 8월, 나는 물에 몸을 담그는 첫 순간이 두렵다. 레오닌을 다시 만나지 못할까봐 두렵다. 그 아이를 느끼지 못할까봐. 나 때문에 그 아이가 약속 장소에 나오지 않을까봐. 내가 부르는 소리를, 이리 오라고 하는 소리를 듣지 못할까봐. 내 목소리가 가닿지 못할까봐. 내게 다시 돌아올 만큼 내 사랑을 충분히 느끼지 못할까봐. 더는 그 아이를 사랑하지 못할까봐, 영원히 잃을까봐. 터무니없는 두려움이다. 죽음은 절대 나와 내 아이를 갈라놓을 수 없고, 나는 그 사실을 알고 있다.

나는 일어나 기지개를 켜고 모자를 수건 위에 던졌다. 그리고 진주빛으로 너울거리는 광활한 에메랄드 카펫을 향해 나아갔다. 아침 햇살이 인정사정없이 쨍쨍하다.

그 햇살이 화창한 날을 예고한다. 마르세유는 늘 약속을 지킨다.

이 시각엔, 그늘이 지면 물이 검다. 파도는 언제나처럼 생생하다. 나는 천천히 나아간다. 머리까지 물속이 된다. 나는 눈을 감은 채 심연을 향해 헤엄친다. 그애가 벌써 와 있다. 그애는 항상 이곳에 있다. 이 자리에서 한 발도 움직이지 않았다. 그애는 내 안에 있기 때문이다. 하늘의 존재. 나는 짭짜름하고 따뜻한 아이의 피부를 코로 들이마신다. 파라솔 밑에서 낮잠을 재우기 위해 내 위에 아이를 올려놓았을 때처럼. 아이의 두 손이 내 등 위를 달린다. 두 개의 작은 인형처럼.

내 사랑.

나는 수면 위로 나와, 파란 하늘을 똑바로 바라본다. 아이를 항상 내 안에 품고 있으리라는 걸 안다. 그것이 영원이리라.

바다에 한참 있었다. 늘 그렇듯, 나가고 싶지 않다. 바람에 기우는 소나무들을 관찰한다. 삶을 관찰한다. 나는 그애 가까이에 있고, 그애는 내 가까이에 있다. 해안이 점점 가까워온다. 발밑으로 모래가 들어온다. 바다를 향해 뒤돌아 수평선을 관찰한다. 정박해 움직이지 않는 선박들, 투명한 빛에 매달린 하얀 자갈들을 관찰한다. 세상의 모든 것이 아름다운 이곳, 모든 요소들이 산 자들을 치유하는 이곳보다 더 구원인 곳은 없다.

날이 무덥다. 얼굴의 소금기가 따끔거린다. 입술의 소금기는 더하다. 나는 다시 물속에 얼굴을 담그고 두 눈을 감으며 헤엄친다. 바다를 가늠하고 바다의 소리를 듣는다. 그것이 좋다.

누군가가 느껴진다. 다른 사람. 누군가 내 몸을 스친다. 내 허리를 잡고 내 배에 손을 얹는다. 내 등 뒤로 몸을 붙여오며 나와 똑같은 몸짓을 한다. 춤, 거의 왈츠 같은 몸짓. 등에서 그의 심장 박동을 느낀다. 그를 그대로 둔다. 누군지 알겠다. 다른 사랑, 새로운 심장, 다른 사람의 그것이 내게 이식되었다. 목덜미엔 그의 입술이, 등에선 그의 머리칼이 느껴진다. 그의 손이 계속해서 내 몸 위를 오간다. 가볍고 조심스러운 걸음걸음. 너무도 바랐기에 그의 움직임을, 그가 온 것을 믿을 수 없다. 나는 수면 위로 올라간다. 그가 내 볼 위에서 눈을 감았다 뜬다. 나비의 날갯짓. 그가 나를 호흡한다. 나는 물 위에 눕는다, 그가 나를 붙들고, 나는 그에게 몸을 맡긴다, 내 몸이 자유로워진다, 내 다리가 수면을 스친다, 나는 나를 온전히 내려놓는다, 그가 나를 되찾고, 나는 나를 되찾는다.

우리가 있다.

우리.

터지는 웃음소리.

아이.

세 명.

다른 한 손이 내 팔을 잡으며 매달린다. 레오닌의 손처럼 작고, 힘차고, 따뜻한 손.

꿈이 아니기를. 현실을 살고 있는 것이기를. 아이가 내 품에 뛰어들어 이마와 머리칼에 젖은 입맞춤을 한다. 뒤로 몸을 젖히며 기쁨의 환호성을 내지른다.

"나탕!"

나는 아이의 이름을 길게 외친다.

아이의 동작이 서툴고 성급하다. 두 눈을 깜빡거린다. 수영을 배운 지 얼마 되지 않은 것처럼, 의욕이 나는 동시에 두려운 것처럼. 아이가 수경을 쓰고 물속에 머리를 담근다. 눈을 감싼 커다란 두 개의 원 안에서 더 편안하고 자신감 있어 보인다. 아이가 입안에 스노클을 넣는다.

잠시 뒤 다시 물 밖으로 나와 스노클을 빼내며 침을 뱉는다. 수경도 벗는다. 눈 주위에 커다란 갈색 자국이 남았다. 아이의 큰 두 눈이 남부의 찬란한 태양 아래서 반짝거린다. 아이가 내 어깨 너머로 쥘리앵을 본다. 내게 귀엣말을 하는 그를. "와요."

94

우리가 너를 생각하지 않고 지나가는 날은
단 하루도 없어.

2017년 9월 7일 토요일. 청명한 하늘. 기온 23도. 10시 30분. 페르낭 오코(1935-2017)의 장례식. 참나무 관. 검은 대리석. 가족묘엔 페르낭 오코의 배우자 잔 티예(1937-2009), 피에르 오코(1913-2001), 피에르 오코의 배우자 시몬 루이즈(1917-1999), 레옹 오코(1933)가 잠들어 있음.

하얀 장미 화환의 리본엔 〈삼가 조의〉, 하트 모양 하얀 백합 화환엔 〈우리의 아버지께, 우리의 할아버지께〉, 관에 놓인 빨간색과 하얀색 장미꽃 리본엔 〈옛 전우들〉이 쓰였음.

세 개의 추모패엔 각각 〈우리의 아버지께, 우리의 할아버지께. 우리가 사랑했고 우리를 사랑했던 당신의 삶을 기억하며〉 〈우리의 친구에게. 잊지 않을게, 자네는 늘 우리의 가슴속에 있어. 어부 친구들이〉 〈당신은 멀리 있지 않습니다, 건너편으로 간 것뿐입니다〉라고 적혔음.

장례식엔 세 딸 카트린, 이자벨, 나탈리와 일곱 명의 손자손녀를 포함해 50여 명이 참석.

엘비스, 가스통, 피에르 루치니와 나는 무덤 한옆에. 노노는 불참했음. 오후 3시에 시청에서 열리는 다리외 백작부인과의 결혼식 준비로 바빠서.

세드릭 신부가 기도문을 읊는다. 그는 고인만을 위해 기도하는 것이 아니다. 이제 그는 신께 기도할 때마다 카멜과 아니타를 생각한다.

"요한 1서를 낭독하겠습니다. 사랑하는 나의 자녀들이여, 우리는 형제를 사랑하기에, 죽음에서 삶으로 나아간다는 것을 압니다. 사랑하지 않는 자는 죽음 안에 머물러 있는 것입니다. 바로 그것이 우리가 사랑을 알아야 하는 이유입니다. 우리는 형제들을 위해 우리의 삶을 내주어야 합니다. 혹여 이 세상을 살아가기 위해 필요한 것이 있는 형제를 보고도 측은함을 느끼지 못하는 이가 있다면, 어찌 신의 사랑이 그 안에 머무르겠습니까? 나의 자녀들이여, 우리는 사랑해야 합니다. 말과 혀로써가 아니라, 행동으로써 진리 안에서 사랑해야 합니다."

유족이 피에르 루치니에게 입관 때 고인이 생전에 좋아했던 노래를 틀어달라고 청했다. 〈나의 자유〉라는 세르주 레지아니의 노래다.

가사는 아름답지만 나는 집중하지 못했다. 레오닌과 그 아빠를 생각한다. 젊은 신랑의 양복을 걸치고 있을 노노와 그에게 넥타이를 매줄 백작부인을 생각한다. 갠지스 강가를 여행하고 있을 사샤를, 영원히 서로에게 반말을 할 이렌과 가브리엘을, 주인인 마리안 페리(1953-2007)의 묘로 달려가는 엘리안을, 한 시간도 안 되어 이곳에 도착할 쥘리앵과 나탕을, 그들의 품과 냄새와 온기를, 늘 넘어지겠지만 그때마다 우리가 일으켜 세워줄 가스통을, 엘비스 프레슬리 이외의 노래는 절대 들을 줄 모르는 엘비스를.

몇 달 전부터 나는 엘비스 같아졌다. 늘 똑같은 노래만 듣는다. 그 노래가 내 머릿속의 모든 걸, 모든 중얼거림을 덮는다. 내가 무한반복해서 듣는 노래는 뱅상 들레름의 〈자기 앞의 생〉*이다.

● "기차를 타고 해안으로 달려요/페리 호에, 앉아요/버스 뒤를 달려요/검은 밤에, 그걸 생각해요/얼굴로 말해요/6층에서, 그 여자 얘기를 들어요/당신이 살아 있다는 걸 느껴요/이전의 다른 이들처럼/당신 이전의/자기 앞의 생/자기 앞의/자기 앞의 생/자기 앞의/(…)/자기 앞의 생/당신 앞의." 노래 중 '6층'은 에밀 아자르(로맹 가리)의 소설 『자기 앞의 생』에서 로자 아줌마가 사는 엘리베이터 없는 건물 7층을 빗댄 것이다. 발레리 페랭은 숱하게 인용된 노래들 중에서 마지막으로 뱅상 들레름의 〈자기 앞의 생〉을 비올레트가 흥얼거리는 것으로, 로맹 가리가 동명의 소설에서 이야기한 '인간은 사랑 없이 살 수 없다'는 말을 전하고 싶었던 듯하다. 사라진 이들이건 그들을 기억하는 이들이건, 우리 모두의 정서적 허기는 오직 사랑으로만 채워질 수 있다는 것을.

옮긴이 장소미

숙명여자대학교 불어불문학과와 동대학원을 졸업하고, 파리3대학에서 영화문학 박사과정을 마쳤다. 옮긴 책으로 조제프 퐁튀스의『라인 : 밤의 일기』, 마르그리트 뒤라스의『타키니아의 작은 말들』,『부영사』,『뒤라스의 말』, 프랑수아즈 사강의『패배의 신호』, 로맹 가리의『죽은 자들의 포도주』, 미셸 우엘벡의『지도와 영토』,『복종』,『세로토닌』, 샤를 페로의『거울이 된 남자』, 에르베 기베르의『내 삶을 구하지 못한 친구에게』, 필립 지앙의『엘르』, 브누아 필리퐁의『루거 총을 든 할머니』,『포커 플레이어 그녀』, 베르나르 키리니의『아주 특별한 컬렉션』, 앙리 피에르 로셰의『줄과 짐』,『영국 여인과 대륙』, 조제프 인카르도나의『열기』, 아녜스 르디그의『기적이 일어나기 2초 전』,『그와 함께 떠나버려』등이 있다.

비올레트, 묘지지기

1판 1쇄   2022년 7월 18일
1판 3쇄   2023년 12월 28일

지은이   발레리 페랭
옮긴이   장소미
펴낸이   김이선
편집   김이선 김소영 황지연
디자인   김진영
마케팅   김상만

펴낸곳   (주)엘리
출판등록   2019년 12월 16일 (제2019-000325호)
주소   04043 서울특별시 마포구 양화로 12길 16-9 (서교동 북앤빌딩)
✉   ellelit@naver.com
ⓞ   ellelit2020
전화   02 3144 3802
팩스   02 3144 3121

ISBN   979-11-91247-20-6   03860